总主编 何其莘

《英国浪漫派诗歌》伴读本
SFLEP NOTES TO
BRITISH ROMANTIC POETRY

张 剑

上海外语教育出版社
SHANGHAI FOREIGN LANGUAGE EDUCATION PRESS
外教社

图书在版编目(CIP)数据

《英国浪漫派诗歌》伴读本/张剑著.
—上海:上海外语教育出版社,2020
(外教社经典伴读丛书)
ISBN 978-7-5446-6584-1

I. ①英… II. ①张… III. ①浪漫主义—诗集—英国
IV. ①I561.2

中国版本图书馆CIP数据核字(2020)第217141号

出版发行:**上海外语教育出版社**
(上海外国语大学内) 邮编:200083
电　　话: 021-65425300(总机)
电子邮箱: bookinfo@sflep.com.cn
网　　址: http://www.sflep.com
责任编辑: 王冬梅

印　　刷: 上海盛通时代印刷有限公司
开　　本: 850×1092　1/32　印张 12.75　字数 306千字
版　　次: 2021年1月第1版　2021年1月第1次印刷
印　　数: 3 100 册

书　　号: ISBN 978-7-5446-6584-1
定　　价: 40.00 元

本版图书如有印装质量问题,可向本社调换
质量服务热线: 4008-213-263　电子邮箱: editorial@sflep.com

写在前面的话

何其莘

年初在编写上海外语教育出版社的经典伴读丛书之《双城记》时，有一天偶然点开了Martin Brest执导的影片 *Meet Joe Black*（国内译为《第六感生死缘》）——这是我最喜欢的影片之一。在观看影片过程中，我突然觉得自己对阅读英美文学的原著有了一种全新的感悟。上个世纪五六十年代，外国影片都使用中文配音。现在引进国外影片，则采用在原版电影屏幕上添加中文字幕的办法。国内许多观众都是依赖阅读中文字幕来理解剧中人物的对话。剧中人物的一言一行、一笑一颦可以从电影画面上捕捉到，屏幕上的中文字幕也可以勾画出故事的大意（当然这里要剔除错译、漏译的因素）。但是，如果观众无法听懂剧中人物的全部英文对话，则根本无法体会人物说话时的情感和语气，无法理解对话所传达的人物心灵深处微小的变化。读英文原著也是同样的道理，只有读了原著才能真正领会文学名著的精髓。

语言学习有明显的阶段性、连贯性和延续性。儿童学习语言要从贴近儿童日常生活的最基础的语言表达开始，以激发孩子对语言的好奇和兴趣。孩子慢慢长大后，读书的目的就是要养成阅读的习惯。中学阶段的阅读要开始接触外国作品的简写本、缩略本，以培养学生的学习兴趣，开阔学生的视野。

到了大学阶段，英文的简写本、缩略本就很难满足学生的需求了，因为那些版本毕竟只是编著者在阅读原著的基础上的一种再创造,与原著仍有不小的差距,读起来总有一种隔靴搔痒的感觉。对于我国的大学生来说,不论其主攻的专业是什么,学英语的最终目的都是为了直接阅读英文原作,阅读英语为母语的人士撰写的文章和书籍。因此,阅读英文原著是高校英语教学过程中一个必不可少的重要环节。

上个世纪90年代初以来,国内几个外语出版社都尝试过把国外的英文原著引进中国,采用的形式往往是在原版书的正文前增加中文的作者简介和内容提要,然后再用脚注或尾注的方式为部分语言点提供简要的讲解。从使用情况来看,效果似乎并不理想。

上海外语教育出版社推出的"外教社经典伴读丛书"是为落实教育部制订的《高等学校英语专业本科教学质量国家标准》而采取的一项重要举措。"外教社经典伴读丛书"选用《国标》配套的"英语专业本科生阅读书目"中的20种必读书,在出版英文原著的同时,出版配套的伴读本。这套导读类丛书将为高校学生阅读和理解英文名著提供有效的帮助。

每本伴读本包含下列内容:对作者生平、作品创作的时代背景的简要介绍;作品内容梗概和章节的详细摘要;对作品中有关文化、宗教、历史、地理、典故的讲解;对作品叙事结构、人物塑造和语言风格的简要分析;对作品主题、所代表的流派以及该流派在文学史上的地位的讨论。伴读本还编有一系列测试学生阅读理解水平的检测题目,以及为学生针对作品撰写论文而提出的建议。

不仅如此,每本伴读本还提供"随行课堂"移动学习资源。学习者可通过手机端,学习与原版图书相关的章节内容和难词难句,在手机上完成阅读理解练习;"随行课堂"还精选了原著片段配以录音,供学习者进一步欣赏原文。

为每本英文原著提供一百页左右的"伴读",并配以移动学习,这在国内还是第一次。

出版这套用中文撰写的伴读本是为了服务于同时出版的英文原著,为我国学生理解和欣赏英文原著提供启示和帮助。这些被几代人认可的经典作品,肯定有其独到之处。它们的语言优美,常常成功地描述了人类具有共性的某一个侧面,揭示了书中人物的内心世界。这些作品持久的魅力、感人的片段已成为几代读者之间的美谈。我们之所以强调学生阅读原著,是因为只有英文原著才能成功保持作者创作那个时代的风格,向后人真实地展示那一特定时代人们在想什么、做什么,以及他们的喜怒哀乐、他们的理想和追求,才能使我们的学生真正体会到这些传世佳作的美。

当前,我们处于一个浮躁的年代,年轻人大多喜欢快餐式文化,大部头的英文原著似乎得不到青年学生的青睐。但是,我们不能不承认,持久、系统的阅读才是终身学习的最佳形式。回顾一下我国英语界的几位泰斗——王佐良、周珏良、许国璋、李赋宁先生——的成功经验：上个世纪30年代，在没有现代化教学设备、没有电视、更没有互联网的年代里，这些老前辈正是依靠阅读一本本大部头的英文原著，培养了深厚的英文功底，最终使他们在英美文学研究、英语教育方面取得了后人尚未超越的成就。这些老先生的成功经验是我们学习的最好榜样。

近年来，教育界经常议论的一个话题是终身教育，而终身教育最有效的手段就是终身阅读。外教社新近推出了构建终身阅读计划的英文阅读丛书，冠名为Readathon，这是由read和marathon两个单词合并而成的，代表着持久、系统的阅读训练。"外教社经典伴读丛书"作为其中一个组成部分，为我国的大学生提供了终身学习的最佳形式，这也是学习一门外国语最简单、最有效的方式。

2018年2月于北京

目 录

3-6 创作背景

7-30 作家生平
 威廉·布莱克（1757–1827）*7*
 威廉·华兹华斯（1770–1850）*10*
 塞缪尔·泰勒·柯尔律治（1772–1834）*14*
 乔治·戈登·拜伦（1788–1824）*17*
 帕西·比西·雪莱（1792–1822）*22*
 约翰·济慈（1795–1821）*27*

31-58 时代背景
 美国独立战争 *31*
 法国大革命 *36*
 英国工业革命 *43*
 黑奴贩运 *48*
 女权运动 *55*

59-130 作品介绍
 浪漫主义与反浪漫主义 *60*
 浪漫主义研究的复兴 *71*
 传统研究 *71*
 解构主义研究 *82*
 社会与历史研究 *88*
 性别研究 *99*
 种族与东方研究 *105*
 中国视角 *113*
 生态研究 *119*

131-202 __作品解读

  威廉·布莱克诗选 __132

  威廉·华兹华斯诗选 __140

  塞缪尔·泰勒·柯尔律治诗选 __156

  乔治·戈登·拜伦诗选 __163

  帕西·比西·雪莱诗选 __176

  约翰·济慈诗选 __189

203-354 __作品欣赏

  威廉·布莱克诗选 __204

  威廉·华兹华斯诗选 __224

  塞缪尔·泰勒·柯尔律治诗选 __255

  乔治·戈登·拜伦诗选 __274

  帕西·比西·雪莱诗选 __297

  约翰·济慈诗选 __327

355-378 __拓展阅读

  英国浪漫派诗歌与生态批评 __356

***379-398*__Quiz**

***399-400*__Key to the Quiz**

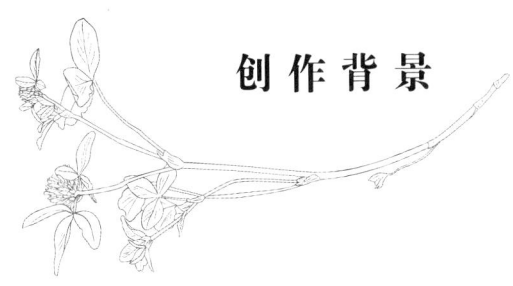

创作背景

英国浪漫派诗歌一般是指英国浪漫主义运动期间产生的诗歌作品,其主要诗人包括布莱克、华兹华斯、柯尔律治、拜伦、雪莱和济慈。然而说得更准确一点,"浪漫派诗人"是特指那些具有浪漫主义特质的诗人,而不是浪漫主义运动期间从事诗歌创作的所有英国诗人。杰里米·麦甘(Jerome McGann)编辑的《牛津浪漫主义时期诗歌集》(*The Oxford Book of Romantic Period Verse*)收录了近80位诗人,然而其中有些诗人,如罗伯特·彭斯,可能永远不会被视为"浪漫派诗人"。

我们今天所理解的"浪漫主义"一词在浪漫主义时期并不存在,它在19世纪后半叶才开始被用来描述那个时代,因此有人认为浪漫派是后世的发明:浪漫派诗人都不知道他们是浪漫派诗人。作为一个流派,浪漫派有什么特征?它与其他派别有何不同?它的发生与发展情况如何?这些问题可能是读者阅读本书之前想弄清楚的问题。

首先,读者应该知道的是,浪漫主义作为一个文学运动始于18世纪末,在19世纪上半叶达到鼎盛。洛根·帕塞尔·史密斯(Logan Pearsall Smith)在《四个浪漫主义词汇》(Four Romantic Words)一文中说,"浪漫"一词在19世纪前与后所表达的意思非常不同,它曾经让人想起中世纪的浪漫传奇,想起18世纪的哥特小说,想起青山绿水和风景画等等。"浪漫"一词还曾经被用来形容冒险经历、英雄行为、爱情、超现实的现象或者异国情调。诗歌中的"浪漫主义"虽然可能含有这些意思,但不完全是这些意思。(引自*Words and Idioms* 1926, PP. 66-72)

1798年,华兹华斯与柯尔律治共同出版的《抒情歌谣集》(*The Lyrical Ballads*),被认为是英国浪漫主义运动的肇始。在该书的第二版出版(1800)时,华兹华斯撰写了一篇深刻而厚重的前言,阐述了他和柯尔律治的创作理念以及诗集所要达到的目标。该前言被认为是英国浪漫主义运动的宣言。华兹华斯在《前言》中说,他撰写诗歌的"主要目的是……从日常生活中选择事件和情景,尽量用人们真正使用的语言来叙述和描述它们"。

"从日常生活选择事件和情景",以及"用人们真正使用的语言",不是当时诗歌界惯常的做法,因此有一定的反叛性和颠覆性。在18世纪,英国诗人更倾向于遵循古典诗歌的格律和诗体形式,特别青睐英雄双行体和赞歌,而不是"歌谣"之类的民间诗歌形式。他们更倾向于使用古典诗歌中常常使用的"诗歌语言"(poetic diction),即高尚、典雅、正式的词汇,而不是"人们真正使用的语言",特别是乡村的村民使用的语言。

除此以外,"前言"还将诗歌定义为"强烈情感的自然流露,它起源于平静中记起的感情"。这句话虽然短小,但是在它的历史语境中,同样具有强烈的反叛性和颠覆性。在18世纪,英国诗人更加注重技巧和诗艺,而不是"感情的自然流露"。如果诗人能够把思想植入一个复杂的艺术形式之中,那就是一个艺术成就。也就是说,形式和技巧是诗歌的生命,诗人追求的是机智和急智(wit),更加注重用理智来制约感情,而不是对"强烈感情"的表达。

虽然华兹华斯从某种意义上讲可以被视为浪漫主义运动的代言人,但这并不是说六位公认的浪漫主义大诗人具有完全一致的观点。浪漫派诗人可以分为两代,甚至可以分为两个派别。他们不仅观点和看法并不完全一致,有时候他们甚至视对方为竞争对手或者敌人。华兹华斯所代表的"湖畔诗人"常常受到来自年轻一代的奚落、批评甚至攻击。雪莱在《致华兹华斯》(To Wordsworth)一诗中批评华氏在创作生涯的后期背叛了他曾经为之献身的"真理与自由":"你抛弃了这些,我不禁哀悼/过去你如彼,而今天竟是这样。"

拜伦在《最后审判的幻视》(*The Vision of Judgement*)中不仅批判国王乔治三世为与自由为敌的"独裁",而且奚落"湖畔诗人"罗伯特·骚塞(Robert Southey)为马屁精,想象他的诗歌像魔咒一样吓跑了天堂里的天使、魔鬼和幽灵,最后圣彼得忍无可忍,用天堂之门的钥匙敲击他的头部,他掉到人间,掉进了湖中:"他一开始沉到了湖底,像他的作品,/但很快又浮起来了,像他自己,/因为所有腐败东西都会像瓶塞漂浮。"

在《唐璜》(*Don Juan*)中,拜伦对其他湖畔诗人也多有微词。他把青春期情欲躁动的唐璜比喻为华兹华斯式的孤独,"在小溪边漫步,/冥想着纠缠不清的观念";把唐璜的胡思乱想比喻为柯尔律治式的哲学,他变成了"像柯尔律治那样的一个玄学家"。

虽然如此,英国浪漫主义作为一个文学运动,是完整的、具有较一致的美学观念和创作理念的运动。这一点我们会在第二章详细论述;就目前来讲,我们至少可以这样说,浪漫主义运动是诗歌语言上和形式上的革命,是对18世纪英国诗歌传统和惯例的扬弃。在英国诗歌史上,它开创了一个崭新的时代。在有些人看来,浪漫主义运动至今仍然没有结束,它的主张和成就仍然在当今延续,以至于我们都生活在浪漫主义思潮的影响之中。

作家生平

威廉·布莱克（1757-1827）

威廉·布莱克（William Blake）1757年出生于伦敦一个袜商家庭，10岁时进入亨利·帕斯（Henry Pars）的绘画学校学习，12岁时开始写诗，表现出非凡的艺术和诗歌才能。1772年，他跟随雕版匠人詹姆士·巴塞尔（James Basire）学习雕版印刷，在巴塞尔的作坊中做了七年学徒，期间他被派往威斯敏斯特大教堂制作中世纪墓碑的绘画。

1779年，布莱克学徒期满，成了一个自由手艺人，作为雕版画家进入英国皇家美术学院学习。1782年，他与花匠的女儿凯瑟琳·布歇尔（Catherine Boucher）结婚，并教妻子读书写字，以便能够帮助自己的工作。1784年，他与同学詹姆斯·帕克（James Parker）在他家旁边开了一家印刷店，成为一名执业的雕版画家和出版商。

1787年，布莱克的画家弟弟罗伯特去世，在悲痛中他看见罗伯特的灵魂"欢乐地拍着手"，穿过屋顶升上天空。罗伯特后来在梦中告诉布莱克一种新的印刷方法，即在一块铜版上蚀刻诗与插图，然后印成书页并上色，这称为蚀刻版画。布莱克大部分的绘画和诗歌作品，包括1789-1794年间出版的《天真之歌》和《经验之歌》，都是以这种独特的方式制作而成。由于诗歌是画页的一个部分，因此往往诗画不分，两者互作印证。

1795-1797年，布莱克为诗人爱德华·杨（Edward Young）的长诗《夜思》（*Night Thoughts*）作了五百多张水彩插画。1799年，他的第一位重要的赞助人托马斯·巴兹（Thomas Butts）邀请他制作了五十多幅关于《圣经》的插画，并且购买了他1799-1800年间制作的多数作品，包括他为当时的著名作家约瑟夫·普莱斯利（Joseph Priestley）、玛丽·沃斯通克拉夫特（Mary Woltstonecraft）和托马斯·佩恩（Thomas Paine）等制作的插图。

1800年，布莱克应诗人威廉·赫利（William Hayley）的邀请，搬迁到奇切斯特附近的海边小镇菲尔普汉姆（Felpham），在那里他阅读了对他影响深远的弥尔顿的《失乐园》。赫利想帮助他成为一个常规的画家，能够养家糊口，但这却抑制了他的天赋，让他感到一种压抑。他抱怨说赫利"假装是我肉体生活的朋友，但却是我精神生活的敌人"。

1803年，他与一个私闯他花园的军人斯科菲尔德（John Schofield）发生了纠纷，由于该人蛮横无理，他强行将其驱逐，却被此人起诉到法院，告他暴力伤人，散布咒骂国王的煽动言论。法庭最终判他无罪。虽然他逃过了牢狱之灾，但却深受该事件的影响。这个军人和他的同伙成为他后期作品中那些邪恶力量的化身。

1804年布莱克回到伦敦之后，便开始了他的长诗《耶路撒冷》（*Jerusalem* 1804-1820）的创作，直到他去世之前才完成。1817年，布莱克结识年轻画家约翰·林内尔（John Linnel），这是他的第二个重要的赞助人，不但购买他的蚀刻版画，而且协助他建立了一个由年轻画家构成的小圈子。这些真诚的朋友的友谊给年老的布莱克提供了许多安慰。在林内尔的支持下，布莱克完成了多部插图作品，包括《约伯之书》和《坎特伯雷故事集》。1820年，他又开始了为《神曲》制作插图的浩大工程。从1825年开始，布莱克陷入疾病的困扰，他决意要在死前完成但丁《神曲》的插图，但是他仅完成了插图102幅。

1827年，布莱克在伦敦的一所简陋寓所里去世，身边有朋友林内尔、帕尔默等人陪伴。布莱克的艺术是超前的，当时皇家美术学院的掌门人、著名肖像画派大师乔舒亚·雷诺兹（Joshua Reynolds）认为，布莱克在画中注入了太多的"主观感情和幻想的成分"。这可能代表了同时代的人们对他的评价。直到19世纪末，布莱克的画作才获得了前拉斐尔派画家（Pre-Raphaelites）的赞赏，而他的诗歌在20世纪才真正受到人们的重视。

诗人叶芝等人重编了他的诗集，他的书信和笔记也陆续被整理和出版，他的神启式的伟大画作也逐渐被世人所认知。布莱克的关于"在荒原尽头，手指可以触天"的诗句，启发了西班牙画家格列柯和达利；在《记忆的永恒》和《西班牙内战的讽喻想象》中，达利用天才的画笔表达了对这位18世纪最伟大诗人的缅怀与赞美。

布莱克是一个靠想象创作的人，是一个"远离尘世"的疯狂天才。四岁时他曾大喊说看到上帝就在窗外，他说曾看见停在树枝上的天使，当时先知以西结就在树下。婚后，布莱克和妻子一丝不挂地坐在院子里的树阴下读《失乐园》，看到有人来，他高兴地喊道："进来，这就是亚当和夏娃，你知道吧。"布莱克的妻子曾经平静地说："布莱克很少陪着我，他总是在天堂里。"

夏洛特·布利女士在聚会上第一次见到布莱克后，在日记中写道："他不是一个常规的职业画家，而是一个酷爱艺术、以追求艺术为幸福的人。他充满了美的想象力和天赋。布莱克先生显然已经抛弃了世俗世界的所有关注。他看起来忧郁而温和，但在谈到他热爱的艺术时，他的脸上放出夺目的光芒。"

布莱克在1809年的个人画展目录的前言中写道："难道绘画仅限于单调乏味地摹写真实，仅仅表现濒死和死亡的对象，不是像诗与音乐那样有它自己的创造与梦幻？不！不是那样！绘画像诗和音乐一样，在不朽的思想中存在与狂喜。"布莱克鄙视世俗技能，与世俗世界的成功和财富是完全隔离的。他是想象力的先知，是从"魔鬼作坊"里冲出来的知觉已经净化的长者。他说，"思想从不在天堂中遨游的人不是艺术家"，他借神秘与梦幻经验"对感官不同程度"的扰乱，找到一条通向自由和赞美的"天国诗歌"的道路。他用"玫瑰的哭嚎"和"真理总是隐藏在疯狂的暮霭中"的语句，描绘了从"黑暗的烟囱"延伸到"玫瑰色天国"的神秘体验。

布莱克在《天真的预言》（Auguries of Innocence）总序中写道："一粒沙里看出世界，/一朵花里看见天国。/在手掌里盛着无限，/在瞬间里便是永远。"他的浪漫主义气息让后来的浪漫主义诗人难以超越，他说："我们凭借眼睛看世界，而非通过眼睛看世界。"他讨厌所有来自测量和计算的结果："愤怒的老虎要比顺从的马更机灵。"T. S. 艾略特说："但丁是经典的，而布莱克是个写诗的天才。"这应该是一个公正的评价。

威廉·华兹华斯（1770–1850）

威廉·华兹华斯（William Wordsworth）1770年出生于英格兰西北部著名湖区的科克茅斯镇（Cockermouth），父亲是朗斯戴尔子爵（Lord Lonsdale）的地契律师和收租人，他在家里的五个孩子中排行第二。母亲在他8岁时去世，他和兄长约翰被送到温德米尔附近的霍克斯海德（Hawkshead）的一所学校就读。他的房东太太安·泰森（Ann Tyson）无儿无女，对他们视如己出，给了他许多母爱，多年后他都还能记起。少年华兹华斯喜欢漫游湖区的山川，见证了大自然的优美景致，了解到乡村人民的生活和语言，这些对他未来的事业发展起到了重要作用。

1783年，他的父亲去世，将他们兄弟四人托付给居住在本瑞斯（Penrith）的舅舅，将妹妹多萝西（Dorothy）托付给外祖母抚养。然而华兹华斯在舅舅家并没有得到应有的关爱，而是遭到嫌弃。1787年，华兹华斯进入剑桥大学圣约翰学院学习，但是对那里的课程并不太喜欢。假期中他会回到湖区去看他的房东太太，到德比郡和约克郡徒步旅行。在毕业前，他与朋友罗伯特·琼斯（Robert Jones）到法国、瑞士、德国和阿尔卑斯山徒步旅行，当时的法国正在庆祝大革命开始一周年。

1791年他获得了剑桥大学学士学位，他试图成为律师或牧师，在伦敦度过了四个月，又到威尔士徒步旅行，但最终他去了法国学习法语和法国文化，希望能成为法语教师。他经过巴黎，来到了奥尔良，结识了保罗·瓦隆和安妮特·瓦隆（Paul and Annette Vallon）兄妹，并且与比他大四岁的后者成为恋人。两人回到了她的家乡布卢瓦（Blois），但是由于女方父母的反对，两人未能结婚。1792年，安妮特生下了他们的女儿卡洛琳（Caroline）。

在奥尔良和布卢瓦，华兹华斯结识了温和的吉伦特党人，见证了法国大革命的风暴。他怀着革命热情投身到这场革命之中，树立了崇高的革命理想。1793年1月在法国国王路易十六被送上断头台之后，华兹华斯回到伦敦。他的舅舅对他的政治倾向和无所事事的游荡表示不满，不愿再予以接济。1793年10月，他试图再次回到布卢瓦，但是发现巴黎通往布卢瓦的道路已经封闭。在巴黎，革命的风暴正在风起云涌，那一幕幕场景给他留下了深刻印象，多年后仍然萦绕在他心里，挥之不去。

回到英国后，华兹华斯的思想发生了急剧转变。他精神萎靡，无法振作起来，似乎失去了生活的方向和目标。1795

年10月，他与妹妹多萝西一起迁居英格兰西南部的多塞特郡的雷斯顿（Racedown）乡间，寄情山水，在大自然里寻找慰藉。正是由于妹妹的陪伴，以及乡间的山水美景的抚慰，他逐渐从精神危机中走了出来。他的一位传记作者认为，正是发生在1793–1795年的这次精神危机使他在重生之后，"成为了代表他的时代的声音"。

在此期间，华兹华斯结识了另一位诗人柯尔律治（Samuel Taylor Coleridge），并搬迁到萨默塞特郡离柯氏的家不远的阿尔福克斯顿庄园（Alfoxton House）。两人经常见面探讨诗歌，并一起筹划于1798年出版一本诗集《抒情歌谣集》（*Lyrical Ballads*）。虽然这本诗集出版后并没有引起轰动，但后来它被认为是一本改变了英国诗歌走向、开启了浪漫主义运动的诗集。其再版序言（1800）被视为浪漫主义运动的"宣言"，主张以平民的语言抒写平常的事物、思想与感情，主张诗必须含有强烈的情感，决不滥用"诗歌词藻"和陈腐语言。1798年9月，华兹华斯、多萝西和柯尔律治一起前往德国调研，为时半年，研习了康德等哲学家，深受德国唯心主义哲学的影响。期间，他创作了《采坚果》《露丝组诗》等，同时开始了长诗《序曲》（*The Prelude*）的创作。

1799年，华兹华斯与妹妹从德国回来后定居在湖区的格拉斯米尔（Grasmere），与柯尔律治的住处不远。华兹华斯与柯尔律治、罗伯特·骚塞（Robert Southey）等人因此获得了"湖畔派诗人"（Lake Poets）的称号。1802年8月，英法战争结束后，华兹华斯与多萝西前往法国，见到了安妮特和女儿卡洛琳，对他们之间的关系做了妥善安排。10月，他继承了他父亲的迟来的遗产，并与相识多年的玛丽·哈钦森（Mary Hutchinson）结婚。1803年他游历了苏格兰。1805年他的兄长约翰死于海难，同年，他完成了长诗《序曲》。

1807年，他出版了两卷本《诗集》，这是他创作最旺盛的10年（1797-1807）的作品，其中包括了著名的《决心与独立》（*Resolution and Independence*）和《永生颂》（*Intimations of Immortality*）。

1812年，华兹华斯的两个孩子相继死亡，1813年，他成为西摩尔兰（Westmorland）的一名政府职员（Distributor of Stamps），经济上有了保障，在莱德尔蒙特（Rydal Mount）买下了一幢大房子。1829-1835年间，多萝西出现精神失常，后期几乎完全精神分裂。此时，华兹华斯已经成为一个名人，其诗歌也受到大众的欢迎。1834年和1839年他分别获得了杜伦大学和牛津大学的荣誉博士学位。1842年，他退休后获得了政府的养老金。次年他继骚塞之后，成为英国桂冠诗人。1850年，他女儿多拉（Dora）去世，给他造成沉重打击，他自己也于当年去世。

后期的华兹华斯政治思想趋于保守，特别是在拿破仑上台之后，在英法交战的特殊气氛中，他不再公开支持法国大革命，因此曾被国内评论界视为"反动的浪漫主义"的代表。他的后期诗歌在深度与广度方面得到进一步的发展，在描写自然风光、平民事物之中寓有深意，有了更多的自我反思和哲学沉思。后期的华兹华斯更加渴望创作出一部厚重的作品，一部包括三个部分的"哲理诗歌"，表达他对"人、自然和社会的观点"。这个浩大工程的第一部分的第一章《隐士》（*The Recluse*）与第二部分《远游》（*The Excursion*）于1814年出版。华兹华斯一直没有出版他先前已经完成的《序曲》（1805），是因为他希望这首长诗成为他的最后杰作的"序曲"。他一直在对它进行修改，直到他去世后《序曲》才得以出版，并且被视为弥尔顿的《失乐园》（*Paradise Lost*）以来英国长诗的杰作。

华兹华斯被誉为17世纪的弥尔顿以来最重要的英语诗人，其诗句"朴素生活，高尚思考（plain living and high thinking）"被牛津大学基布尔学院定为院训。

塞缪尔·泰勒·柯尔律治（1772–1834）

塞缪尔·泰勒·柯尔律治（S. T. Coleridge）1772年生于德汶郡的奥特利圣玛丽（Ottery St Mary），父亲是一位农村牧师和小学校长，在他九岁时就离开人世。一年后，柯尔律治被送到伦敦的一所慈善学校"基督教医院"（Christ's Hospital）学习，在那里度过了八个年头，表现出出众的文学、哲学和演讲天赋，期间他与查尔斯·兰姆（Charles Lamb）建立了终生的友谊。

1791年，柯尔律治进入剑桥大学耶稣学院攻读古典文学，虽然那里的课程对他没有吸引力，但他在业余时间阅读了大量的文学和哲学著作。由于债务问题和对大学生活的失望，他在大学三年级偷偷地离开了剑桥，在伦敦用假名参了军，成为一名不太称职的龙骑兵。然而他兄长很快就发现了他的去处，重新把他送回了剑桥大学。

当时，法国大革命引起了剑桥学子们对社会制度和社会正义的热烈讨论，柯尔律治也有一腔热血和对理想社会的向往和追求。1794年，他遇到了罗伯特·骚塞（Robert Southey），合写了戏剧《罗伯斯庇尔的倒台》（*The Fall of Robespierre*）。他们两人计划在美国宾夕法尼亚的萨斯奎哈纳河畔建一个乌托邦的大同社会（Pantisocracy）。为了实现这个计划，柯尔律治没有获得学位就离开了剑桥。为了使这个计划得以延续，他1795年与萨拉·弗里克（Sara Fricker）结婚，骚塞与萨拉的姐姐结婚。

但是这个计划不久便因为骚塞退出而流产。1797年夏，柯尔律治与威廉·华兹华斯及其妹妹多萝西成为亲密的朋友。他们一同居住在萨默塞特郡，住处相距不远。他们经常见面，相互支持，相互启迪。1798年，他们共同出版了《抒情歌谣集》，卷首诗便是柯尔律治的《古水手吟》(*The Rime of the Ancient Mariner*)。在这段时期，柯尔律治还创作了神秘的哥特式长诗《克里斯特贝尔》(*Christabel*)的第一部分、梦幻诗《忽必烈汗》和政治诗《法国颂》《孤独中的恐惧》等重要诗作，后两首表达了对法国革命政府入侵瑞士联邦，以及可能入侵英国的失望和恐惧。

1798年，柯尔律治获得了著名的瓷器商威基伍德兄弟（Josiah and Thomas Wedgewood）的资助，他们提供150英镑年金以支持他从事哲学和人文研究。同年夏天，他与华兹华斯兄妹一同前往德国调研，在哥廷根大学学习了德国哲学和文学。他被康德的哲学和耶拿派的诗歌理论所吸引，翻译了席勒的剧作《华伦斯坦》。德国唯心主义哲学对他产生了深刻影响，改变了他对哲学、文学和宗教的认识。

1800年，他回国后迁居湖区的克斯威克（Keswick），与骚塞和华兹华斯做近邻，成为著名的"湖畔诗人"。同时，他与妻子的婚姻问题日益凸显，在极度苦恼和痛苦中，他爱上了华兹华斯的未婚妻妹萨拉·哈钦森（Sara Hutchinson）。为了缓解风湿病痛，他开始吸食鸦片，但逐渐吸食成瘾。家庭、身体、爱情等诸多因素使他无法创作，他仅仅完成了《克里斯特贝尔》的第二部分和根据一封情书改写的《失意吟》。

1804年，柯尔律治接受了在马耳他的一份工作，为英属马耳他的执行总督做秘书。他希望那里的温和气候能治愈他的疾病，在此期间，他游历了意大利，试图戒除鸦片，但是没有成功。1806年，柯尔律治返回英格兰湖区，与妻子分居，暂时与华兹华斯一家居住。

1809年，他创办杂志《朋友》(The Friend)，但很快杂志就停刊。1810年，他热恋的萨拉·哈钦森离开了他，前往威尔士投靠兄长，柯尔律治迁怒于华兹华斯，认为是后者的授意把他们拆散。一气之下，柯尔律治移居伦敦，开始了他的一段黑暗人生。他的写作中充满了对华兹华斯的怨恨、鸦片和失恋造成的痛苦、他的自怨自艾。他在这个时期的主要成就是从心理学角度讲了一系列关于莎士比亚戏剧艺术的讲座，吸引了许多听众，获得了巨大成功。他的悲剧作品《悔恨》（Remorse）也于1813年在伦敦的百老汇"特鲁里街剧院"（Drury Lane）成功上演。

为了消除鸦片和疾病的困扰，柯尔律治有时长期与朋友居住在威尔特郡（Wiltshire）的乡下，从而了解到罗伯特·莱顿主教（Archbishop Robert Leighton）论"彼得前书"的文章，在基督教中找到了方向，重拾生活的希望。1816年，詹姆士·吉尔曼（James Gillman）医生在伦敦北部的海格特（Highgate）给他提供了一处住所，并且帮助他戒除毒瘾，他的灵感似乎又获得了释放。

1817年，他出版了诗集《西比尔集》（*Sybilline Leaves*）和文学杂记《文学生涯》（*Biographia Literaria*）。后者看似杂乱无章的个人经历，但其实包含了柯氏关于哲学、想象力、诗歌评论的有价值的思考。其中他对早期生涯的记录、他如何抛弃了大卫·哈特利（David Hartley）和18世纪联想主义哲学、他对华兹华斯诗歌的评论都很有价值，并且构成了该书结构的整体性。1818年，他一系列关于莎士比亚的讲演收录出版为《莎士比亚讲演集》。

1824年，柯尔律治入选皇家文学院院士，获得了105英镑的年金。其晚年生活更加平静，他与华兹华斯重新和解，两人于1828年一同游览了德国莱茵河地区。他在海格特的居所成为英国和美国的仰慕者的朝拜圣地。他撰写了关于哲学、文学和宗教的专题论文《思考之辅助》（*Aids to Reflection* 1825），反对英国哲学的唯物主义倾向，试图把德国的康德、谢林等的唯心主义哲学引进英国。他撰写了《政教宪法》（The Constitution of Church and State）(1829年)，试图介入是否解放天主教的争论。1834年，他在《诗歌全集》出版之后不久就离开了人世。

柯尔律治具有很大的诗歌和哲学潜力，但是似乎没有完全把它们变成现实。他的诗歌产出非常有限，并且都是在激情中完成，而需要计划和规划的厚重作品他则无法完成。虽然如此，他的诗歌在浪漫派的诗歌中仍具有无可辩驳的地位，他的"谈话诗"与华兹华斯的作品一道，开创了描写与沉思相结合的无韵诗的先河。他把无韵诗运用到颂诗的写作中，产生了效果极佳的新型颂诗。

在柯尔律治的全部著作中，文学、哲学和神学论文占有重要的位置，《文学生涯》被I. A.理查兹（Richards）称为新批评派的思想源泉，也使他成为19世纪最重要的文学批评家。柯尔律治以自然、逼真的形象和环境的描写表现超自然的、神圣的、浪漫的内容，他敦促读者在阅读时"自动摒弃其不信任感"。他强调诗的形象思维，但他又认为好诗不只在于意象。不管意象如何美丽，如何忠实于自然，其本身却不能成为好诗；只有意象受主导的激情控制，或有删繁为简、化暂为久的效果，或受诗人智力统辖时，这样的意象才能成为好诗。

乔治·戈登·拜伦（1788-1824）

乔治·戈登·拜伦（George Gordon, Lord Byron）1788年出生于伦敦的一间简陋的租住房里，其父亲约翰·拜伦上尉（Captain John Byron）和母亲凯瑟琳·戈登（Catherine Gordon）都来自贵族家庭。父亲挥金如土，很快耗尽了家庭的收入,母亲只得带着年幼的拜伦回到了苏格兰的阿伯丁,过着穷苦的日子。1791年约翰·拜伦上尉在法国去世。

拜伦天生跛足,对此十分敏感,非常忌讳人们因此小看他。十岁时,他的伯父威廉去世,拜伦家族的世袭爵位意外地落到他身上,他成为第六世拜伦勋爵,并继承了世袭的宅邸:纽斯泰德庄园(Newstead Abbey)。成为勋爵后的拜伦于1801年进入了英国最著名贵族学校之一哈罗公学学习,这所由约翰·里恩于1571年创建的学校曾经培养了英国众多的知名人士,其中就包括十分崇拜拜伦的丘吉尔首相。

1805年,拜伦进入剑桥大学三一学院学习文学及历史,他不是一个刻苦的学生,却能广泛涉猎欧洲和英国的文学、哲学和历史,同时也从事射击、赌博、饮酒、打猎、游泳、拳击等剑桥学生喜爱的各种活动。在这期间,他与一位叫约翰·艾德尔斯顿(John Edleston)的唱诗班男孩建立了深厚友谊,一种几乎可以称之为"同性恋"的情感,他后来将此描述为一种"剧烈而纯洁的爱和激情"。

1806年,拜伦出版了早期诗集《即兴之作》(Fugitive Pieces),同年他认识了三一学院的同学、他一生的朋友约翰·霍布豪斯(John Hobhouse)。1807年,他出版了第二部诗集《闲暇时光》(*Hours of Idleness*),受到了正统的《爱丁堡评论》杂志的恶意攻击。作为回应,他于1809年出版了讽刺诗《英国诗人与苏格兰评论者》(English Bards and Scottish Reviewers),引起了文艺界的重视。

1809年3月,拜伦作为世袭贵族进入了英国上议院,他在议院发言的次数不多,但这些发言都鲜明地表示了他的自由主义的进步立场。他在第一次发言中就反对保守的托利党对诺丁汉造反的织布工人采取了高压政策。1809-1811年,拜伦与霍布豪斯一道开启了他们的欧洲"大巡游"(Grand

Tour），先乘船到葡萄牙里斯本，再骑马到西班牙南部的塞维利亚和加的斯，经撒丁岛、西西里岛、马耳他岛到阿尔巴尼亚，最终抵达希腊名城雅典。

拜伦此次出国远游，饱览了各地的自然景色，观察了各国的社会生活和政治制度，接触了各阶层的人们，以及他们为自由和独立而进行的战争。他和霍布豪斯进入了阿尔巴尼亚的内陆，参观了土耳其的特洛伊古城，横渡了达达尼尔海峡。1811年，拜伦母亲去世，他匆匆赶回英国，但没有见到最后一面。1812年，他的《恰尔德·哈罗德游记》（*Childe Harold's Pilgrimage*）的第1-2章出版，在英国文坛立即引起了轰动，使他一夜成名，同时他也成为伦敦社交界的明星。

1812-1816年，拜伦一直生活在持续不断的感情旋涡之中。他在伦敦的社交圈中有众多崇拜者和追逐者，他对这些逢场作戏的爱情应接不暇，风流韵事层出不穷。他先后与兰姆夫人、牛津夫人、韦伯斯特夫人有染，甚至与他的同父异母的姐姐奥古斯塔·李（Augusta Leigh）建立了一种乱伦关系。在这段时间，他创作了一系列所谓的"东方故事"，包括《异教徒》(The Giaour)、《阿比多斯新娘》（The Bride of Abydos）、《海盗》(The Corsair)、《拉拉》（Lara）。

为了终止那些危险的游戏与谣言，拜伦于1815年1月与安娜贝拉·密尔班克（Annabella Milbanke）结婚，他们的女儿奥古斯塔·艾达（Augusta Ada）于当年年底出生。拜伦夫人是一个平庸且偏狭的人，希望用她的正统思想来改变拜伦，但婚后一年，她便意识到这是不可能做到的。拜伦仍然浪荡而潇洒，她便带着一个多月大的女儿回到娘家，招致了关于拜伦的更多的流言蜚语以及公众对拜伦的道德谴责。

1816年，拜伦夫妇开始分居。由于不忍流言造成的巨大伤害，拜伦愤然离开英国，至死都没有再次踏上英国土地。

他顺着莱茵河进入了瑞士,在日内瓦与另一位英国流亡诗人雪莱、雪莱未来的夫人玛丽·葛德汶(Mary Godwin),以及玛丽的同父异母妹妹克莱尔·克莱尔蒙(Claire Clairmont)汇合。在1816–1817年间,拜伦撰写《恰尔德·哈罗德游记》第3章、叙事诗《锡雍的囚徒》(*The Prisoner of Chillon*)、悲剧《曼弗雷德》(*Manfred*),将他的经历和见闻写进了这些作品,包括滑铁卢战场、卢梭的故乡、瑞士的湖光山色、日内瓦的锡雍城堡、伯尔尼高地。在此期间,克莱尔生下了拜伦的女儿阿莱格拉(Allegra)。

1817年,雪莱等人回到了英国,拜伦和霍布豪斯来到了意大利的威尼斯。在异常开放的威尼斯,拜伦又开始了他一连串浪漫爱情的冒险,先后与房东太太玛丽安娜·希加蒂(Marianna Segati)、面包店老板太太玛格丽塔·柯尼(Margarita Cogni)等发生情爱关系。他在这段时间所创作的《贝波》(Beppo)讲述了一个威尼斯三角恋的故事,把意大利的热情与英国的内敛进行对比。《恰尔德·哈罗德游记》第4章则反映了他与霍布豪斯访问罗马的经历。

1818年,他变卖了纽斯泰德庄园,偿还了他的债务,同时也改善了他的经济状况。他开始了史诗巨著《唐璜》(Don Juan)的撰写工作,并于次年出版了第1–2章。唐璜的经历再次反映了拜伦欧洲"大巡游"的经历,即从西班牙出发,经过希腊、土耳其、俄罗斯,再回到英国。他将唐璜这个欧洲家喻户晓的传奇人物进行了改编,通过他的漫游,通过他的双眼,针砭时弊,对虚伪、腐败、伪善进行抨击。

在威尼斯,拜伦还认识了特丽莎·古奇奥利伯爵夫人(Countess Teresa Guiccioli),19岁的特丽莎嫁给了比她大近三倍的古奇奥利伯爵。拜伦逐渐跟她和她的家人都建立了良好关系,取得了他们的信任,包括她的父亲甘巴伯爵(Count

Gambi）和兄长彼得。1820年，拜伦随她来到了她的家乡拉文纳（Ravenna），她的父亲和兄长介绍他参与了地下组织"烧炭党"试图推翻奥地利统治的革命活动。在拉文纳，他创作了《唐璜》第3-5章，诗剧《马里诺·法利埃洛》（Marino Faliero）、《萨尔丹纳帕勒斯》（Sardanapalus）、《福斯卡利父子》（The Two Foscari）、《该隐》（Cain）等。

1821年，"烧炭党"的起义失败后，特丽莎和其父兄二人被驱逐出拉文纳，拜伦随他们来到了比萨。在比萨，他与雪莱等人再次汇合。1822年，拜伦在莱格霍恩（Leghorn）租赁了一套别墅，邀请英国诗人李·亨特（Leigh Hunt）与他们一起创办杂志《自由人》（The Liberal）。虽然雪莱于7月在意外中去世，但是杂志创刊没有停止，第一期发表了拜伦抨击桂冠诗人罗伯特·骚塞的讽刺长诗《最后的审判》（The Vision of Judgement）。拜伦后期的诗作，包括《唐璜》第6-16章，都首先发表于该杂志。9月，拜伦跟随特丽莎一家来到了热那亚。

1823年，拜伦开始热心于希腊人民争取自由、推翻土耳其奥斯曼帝国统治的斗争。7月他离开热那亚，前往希腊的西法罗尼亚（Cephalonia）。他个人出资4千英镑，用以重振希腊海军。12月他驱使舰队与希腊王子亚历山大·马洛克大托斯（Alexanderos Mavrokordatos）的军队在希腊西部汇合。拜伦亲自率领希腊军队，四处奔走以化解希腊各地方势力的矛盾，但是1824年他不幸遇雨受寒，一病不起，于4月在米索隆基（Missolonghi）去世。希腊人民将他视为希腊的民族英雄，对他的逝世深感悲痛。法国的多家报纸将他与拿破仑相比较，"本世纪的两大伟人拿破仑和拜伦几乎同时弃世了。"

6月29日，拜伦的灵柩运抵英国，被安葬在纽斯泰德的家族墓地。当时拒绝安葬拜伦的威斯敏斯特大教堂

（Westminster Abbey）在145年之后为拜伦树立了纪念碑。《拜伦传》的作者认为："拜伦挥动着他那热烈如火的诗笔，震撼了19世纪初期的欧洲。……只要人类还没有失去对自由、爱国、民族独立和个性发扬的思慕与渴望，诗人拜伦的气魄便会永久地阔步在大地上。"

罗素在《西方哲学史》（History of Western Philosophy）中说，拜伦是贵族叛逆者的典型代表，贵族叛逆者和农民叛乱或无产阶级叛乱的领袖是不同类型的人。拜伦的气质和行动混杂着撒旦的成分。撒旦式人物也受到拜伦的认同和赞许。他们孤傲、狂热、浪漫，却充满了反抗精神。他们高傲倔强，既不满现实，奋起反抗，但同时又显得忧郁、孤独、悲观，我行我素，始终找不到正确的出路。拜伦在诗歌里塑造了一批这样的"拜伦式英雄"。

拜伦将自己看作一个背离宗教、被国家驱逐的恶魔式人物，他时常在耻辱中狂欢。我们不能认同他的放荡，但却可以理解其作为反叛者的心理：既然被世界弃绝，就要做一个彻彻底底的恶魔，与上帝彻底决裂，公然蔑视教会、教徒和礼拜仪式。他在声名狼藉中游弋，残忍地享受报复世界的快感。作为贵族叛逆者，他所歌颂的自由是德意志邦主或柴罗基人酋长的自由，并不是普通凡人也可以享有的那种自由。

帕西·比西·雪莱（1792-1822）

珀西·比希·雪莱（Percy Bysshe Shelley）1792年8月4日生于英国苏塞克斯郡霍斯厄姆（Horsham）附近的菲尔德庄园（Field Place），父亲蒂莫西·雪莱（Timothy）是一个世袭男爵，但思想传统，性格懦弱。雪莱在六个孩子中排行老大，1802年他进入勃兰特福德（Brentford）附近的塞昂学校（Syon House Academy）学习，1804年他转入著名的伊顿公学（Eton College）。在这两所学校，身体瘦弱的雪莱都经历了"校园欺凌"，以激烈的形式予以反抗，获得了一个"疯子雪莱"的外号，同时也为他将来的叛逆性格打下了基础。

在校期间，雪莱大量阅读了人文著作、科学著作和儿童恐怖读物，包括卢克莱修（Lucretius）、普里尼（Pliny）、英国的葛德汶和潘恩、美国的富兰克林、法国的卢梭、孔多塞以及百科全书派的著作。毕业后，他于1810-1811年间出版了两本哥特式小说和两本诗集，其中包括《雪莱诗全集》中的第一首诗《一只猫咪》。1810年10月，雪莱进入牛津大学大学学院学习，与詹姆斯·霍格（James Hogg）成为好友。他撰写了《无神论的必然性》（The Necessity of Atheism）一文，并拒绝承认错误，1811年3月遭到牛津大学开除。

离开牛津大学之后，雪莱在伦敦认识了妹妹的同学、旅店老板的女儿哈丽特·威斯布鲁克（Harriet Westbrook），当得知她在家里的不幸后便与她私奔。雪莱被牛津大学开除一事已经让他的父亲愤怒，他与哈丽特私奔并在苏格兰爱丁堡结婚，更加激怒了他的父亲。后者掐断了他的经济来源，以迫使他就范。雪莱只能到处借钱，过着拮据的生活。最终，他父亲只答应给他每年一定的生活费，以维持生计。1812年2-4月，雪莱夫妇赴爱尔兰进行政治活动，散发他的政治论文《告爱尔兰人民书》（An Address to the Irish People），宣传天主教解放、爱尔兰自治等敏感问题。

回到伦敦之后，雪莱于1813年发表了长诗《麦布女王》（Queen Mab），抨击过去和现在的邪恶，包括战争、商业化、肉食习俗、婚姻、教会、国王等，寄托对美好未来的希望。1813年6月，在妻子生下第一个孩子后，雪莱爱上了哲学家、政论家葛德汶的女儿玛丽·葛德汶（Mary Godwin），两人于1814年7月私奔到法国，并且带上了玛丽同父异母的妹妹克莱尔。他们在法国、瑞士和德国游览，但回国后发现，他们已经是众叛亲离。

1815年1月，雪莱祖父去世，给他留下了相当数量的遗产。他偿还了债务，还有了数量可观的年金。他与朋友霍格和托马斯·勒夫·匹考克（Thomas Love Peacock）定居温莎，大量阅读古代经典。1816年他出版了长诗《阿拉斯特》（*Alastor*），表达了对幻想和理念的不懈追求。诗集中还包括《一个共和主义者闻拿破仑垮台有感》和《致华兹华斯》，后者对华氏背离革命理想表示了惋惜。

1816年5–9月，雪莱、玛丽和克莱尔再次旅行至瑞士日内瓦，与拜伦汇合。克莱尔与拜伦发生了一段恋情，生下了一个孩子。在此期间，雪莱创作了《赞精神的美》（Hymn to Intellectual Beauty）和《布朗峰》（Mont Blanc）等名篇，玛丽开始了《弗兰肯斯坦》（Frankenstein）的撰写。回国后他们居住在巴斯，12月，在哈丽特投湖自杀后，雪莱与玛丽举行了婚礼，并且得到了葛德汶的谅解，但法院拒绝给予雪莱对他的两个孩子的监护权。痛苦及愤怒中，雪莱写下了《致大法官》和《给威廉·雪莱》。

1817年3月，雪莱居住在伦敦以外的马洛（Marlow），撰写了长诗《雷昂和塞斯纳》（*Laon and Cythna*），但是由于故事涉及民众的和平抗议遭到国王和教会的血腥镇压，遭到出版审查机关压制，未能出版，后来经过修改，并改名《伊斯兰的反叛》（*The Revolt of Islam*）才于1818年面世。在此期间，雪莱还收集了他们在瑞士游览期间的书信和日记，编辑了一本小册子《六周游览纪实》（*History of Six Weeks' Tour*）。

1818年4月，雪莱、玛丽和克莱尔再次离开英国，前往意大利，雪莱夫妇未再返国。他们从米兰开始，经过比萨和莱格霍恩，最终于8月来到威尼斯，与流亡至意大利的拜伦相遇，9月他们又辗转到艾斯特（Este）。在此期间，雪莱撰写了《朱利安和马达洛》（*Julian and Maddalo*），在诗中雪莱与拜伦在化名的掩护下展开了关于人性和人类命运的辩论。雪莱还开始了巨著《解放的普罗米修斯》（*Prometheus Unbound*）的撰写。11月，他们又开始了到处游荡的生活，访问了罗马和庞贝，然后在那不勒斯住下来，但不久又移居罗马，后来又在莱格霍恩、佛罗伦萨等地居住。

1818-1819年间，雪莱与玛丽的女儿克拉拉和儿子威廉相继去世，给他们以沉重打击。虽然儿子帕西·弗洛伦斯降生，但夫妻两人的感情仍然开始疏离。雪莱完成了诗剧《钦契》（*Cenci*）和《解放的普罗米修斯》。前者是用文艺复兴戏剧模式写成的发生于罗马的强奸与弑父的故事；后者是根据古希腊戏剧改编的关于普罗米修斯因盗火给人类而受到惩罚的故事，但表达了对推翻独裁、获得自由的希望。两部诗剧都于1820年出版，集子中还包含《自由颂》《西风颂》《云》《云雀颂》等著名诗歌。

在此期间，英国曼彻斯特群众的和平集会遭到政府派骑兵残酷镇压，造成了一场流血惨案。雪莱在愤怒之中创作了《暴政的假面游行》《1819年的英国》《致希德茅斯和卡色雷》等政治诗篇。然而这些诗歌在当时无法出版，据雪莱夫人所说，"雪莱在1819年已相信人民与统治者之间的一场冲突已不可避免，而他急切地希望站在人民一边。他计划写一组政治诗，但因当时英国有所谓'诽谤罪'的法律压制，不可能出版"。在雪莱去世后多年，这些诗歌才得以面世（1832）。他同时期不能出版的作品还有讽刺诗《彼得贝尔三世》（*Peter Bell the Third*）和政论文《改革的一种哲学思考》（*A Philosophical View of Reform*），前者借讽刺华兹华斯的诗歌抨击英国社会的腐败，后者主张渐进式改革而非革命，以避免流血冲突。

1820年1月雪莱夫妇迁居比萨，6月迁居莱格霍恩。他撰写了《阿特拉斯的女巫》(*The Witch of Atlas*)，用神话模式与自我讽刺相结合的方式，表达了他的社会改良的思想。1820-1821年间，他还创作了诗剧《俄狄浦斯王》(*Oedipus Tyrannus, or Swellfoot the Tyrant*)和长诗《心之灵》(*Epipsychidion*)，前者呈现乔治四世的王后卡洛琳因通奸罪受到的审判，后者表达了雪莱对囚禁在修道院的女孩特丽莎的理想主义的爱，一种通过艺术才能满足的但丁式的爱。1821年2月济慈在意大利去世，雪莱作长诗《阿多尼》(*Adonais*)予以悼念，将济慈之死归因于评论界对济慈诗歌的残酷批评。雪莱夫人谓此诗为雪莱的自挽。同时，他撰写了《为诗一辩》(*A Defence of Poetry*)，通过应答友人皮柯克的诗论，将诗人誉为"没有得到承认的世界立法者"。他的诗剧《希腊》(*Hellas*)颂扬希腊人民在土耳其暴君统治下为争取自由的斗争，卷首题辞献给希腊民族革命的斗士玛夫罗柯达多亲王。

1822年5月雪莱夫妇移居勒里奇(Lerici)附近的斯贝齐亚海湾，与友人威廉斯少校夫妇、拜伦等人组成了著名的"比萨文化圈"。雪莱开始创作长诗《生命的凯旋》(*The Triumph of Life*)。6月20日，雪莱和威廉斯少校驾驶他们心爱的小艇"唐璜号"，赶赴莱格霍恩去迎接从英国来意的诗人和政论家利·亨特(Leigh Hunt)。7月8日，他们在驾驶"唐璜号"回家途中遭遇风暴，在斯贝齐亚海上覆舟身亡。雪莱时年不满三十周岁，拜伦和亨特等友人参加他的火葬。雪莱的骨灰安葬于罗马的新教徒墓园，其墓志铭引自莎士比亚的《暴风雨》(*The Tempest*)："他并没有消失，不过感受了一次海水的幻化，他成了富丽珍奇的瑰宝。"

约翰·济慈（1795-1821）

济慈于（John Keats）1795年10月31日出生于伦敦，他有一个妹妹和三个弟弟（其中一个夭折），父亲是马车行（livery stable）的经理。在青少年时期，济慈的父母便相继去世，兄妹四人由住在伦敦郊外埃德蒙顿（Edmondon, Middlesex）的祖母看护。济慈在恩菲尔德学校（Enfield School）接受了传统的正规教育，受到校长之子查尔斯·考顿·克拉克（Charles Cowden Clarke）的鼓励，在文学领域做了大量阅读，包括希腊、罗马的古典著作。

1810年，祖母将他们兄妹的看护权移交给理查德·阿贝（Richard Abbey），随后，济慈被送到一位药剂师那里做学徒。1814年，济慈结束学徒生涯来到伦敦，先后在盖伊医院（Guy's）和圣托马斯医院（St Thomas's）做包扎员和助理外科医生。1817年，济慈发现自己的人生志趣在文学而非医学，因此完全放弃了从医的计划，而潜心于诗歌写作。

在伦敦，克拉克向济慈推荐了斯宾塞和伊丽莎白时期的英国作家，同时也把他介绍给了诗人和政论家李·亨特（Leigh Hunt）以及他的文化圈，包括诗人约翰·汉密尔顿·雷诺兹（John Hamilton Reynolds）、画家本杰明·海顿（Benjamin Haydon）。济慈与他们成为终身的朋友，在文学创作和生活上得到他们的大力支持。

1817年3月，他将早期诗作收集出版为《诗歌集》（*Poems*）。这本诗集包含了著名的《初读查普曼译荷马史诗》一诗，诗集采用了松散的英雄双行体和轻韵，体现了亨特文化圈对他的影响。其中的《睡眠与诗歌》（Sleep and Poetry）一诗将人间纯粹的美与人间的痛苦和挣扎对立起来，从而预示了济慈随后的诗歌创作的一个重要主题。

同年，济慈离开伦敦，到怀特岛（Isle of Wight）和英格兰南部的坎特伯雷游历，回到伦敦后与两个弟弟一起住在伦敦北部的汉普斯特德（Hampstead）。1818年春，他此前开始创作的长诗《恩底弥翁》（*Endymion*）终于面世。该诗共4000行，是他根据古希腊神话故事改写而成。故事讲述了月亮女神戴安娜对一个年轻的牧羊人的爱和追求，但是济慈在诗中将主动权颠倒过来，突出恩底弥翁对戴安娜的爱和追求，从而凸显了浪漫主义文学中追求不可能实现的理想或追求不可能满足的欲望的主题。

1818年夏天，济慈与朋友查尔斯·布朗（Charles Brown）前往英格兰北部的湖区和苏格兰旅行，北方的寒冷也使济慈出现了肺结核症状。他的弟弟汤姆已经染上了肺结核，济慈为他提供了悉心的照顾，然而汤姆还是于年底死亡。另外，当时很有影响力的杂志《布莱克伍德》（*Blackwood's Magazine*）和《文学季刊》（*Quarterly Review*）对他的早期诗作和《恩底弥翁》进行了苛刻的攻击，也给了他沉重的打击。

在汉普斯特德期间，济慈认识了年轻的范妮·布朗（Fanny Brawne），并且爱上了她。范妮接受了济慈的爱，然而济慈的身体状况和经济状况给他们的未来蒙上了一层阴影。汤姆去世后，济慈的另一个弟弟乔治也移居美国。他自己便与朋友查尔斯·布朗一起搬到温特沃斯宅第（Wentworth Place），1819年4月范妮母女成为他们的邻居，10月两个年轻人订婚。

1819年是济慈诗歌创作的奇迹之年，他先后完成了《拉米亚》（*Lamia*）、《圣艾格尼丝之夜》（*The Eve of St. Agnes*）、《海皮里安》（*Hyperion*）、《海皮里安的坠落》（*The Fall of Hyperion*）等著名长诗，完成了六首伟大的颂诗《赛吉颂》《夜莺颂》《希腊古瓮颂》《忧郁颂》《怠惰颂》和《秋颂》。这些作品都是在济慈的肺结核逐渐加重、他对范妮的爱不断加深的情况下完成的，而其诗歌技巧和诗歌情感逐渐成熟，日臻完善，最终达到了极高的水平。

《圣艾格尼丝之夜》讲述了一对恋人私奔的故事，诗中波澜壮阔的激情和幸福折射了他与范妮的恋爱。《拉米亚》讲述了另一个爱情故事，但引入了"妖女"情节，使爱情故事更一波三折。当诗中女主人公被指是妖精时，男主人公因美梦破碎而死。他宁愿让美梦延续，也不要知道残酷的现实。

六首颂歌从某种意义上讲都是美梦与现实的对比。《夜莺颂》用夜莺的歌声将诗人带到了美妙的夜色之中，梦想着超自然的美和欢乐，然而歌声戛然而止，他又回到了疾病、恶语中伤、爱情无法圆满的痛苦现实。《希腊古瓮颂》描写了一个美丽田园，其中的爱情、阳光、音乐、宗教崇拜仪式等构成了一个由艺术创造的永恒美梦"美即是真"，但是在现实当中，夏天会消逝，冬天会来临，音乐会停止，爱情也会终结。

《忧郁颂》将忧郁与欢乐视为生活不可分割的两部分，欢乐不能持久，花朵不能常开，阳光灿烂的白天也将被黑夜替代，这就是忧郁的源泉，也是人类悲剧命运的写照。《秋颂》描写了一个果实累累的季节，像一个梦幻的景象，然而饱满丰硕的果实终将腐烂；粮食将被收割，送进粮仓；葡萄将被榨成果汁，酿成葡萄酒。虽然美梦不能持久，但是追求需要继续，这是济慈等浪漫派诗人的诗歌的重要主题。可以说，六首颂歌代表了济慈的最高诗歌成就。

《海皮里安》按照济慈的想法是一首史诗，但是他最终没有精力和体力完成这篇巨作。从他留下的片段看，史诗讲述的故事是古希腊神话中提坦神族（Titans）被奥林匹亚神族（Olympians）推翻之后的故事，提坦神族振兴的希望落到了太阳神海皮里安身上。作为一首史诗，济慈试图将之与弥尔顿的《失乐园》媲美，从弥尔顿那里借鉴了诸多史诗的特征，然而他对完成的部分并不满意。因此，他又对稿件进行了修改，添加了很长的序诗，形成了《海皮里安的坠落》。

在序诗中，女神蒙内塔（Moneta）向诗人昭示了诗人在世界上的作用，即他必须离开空洞的梦想，努力分担人类的苦难。史诗没有足够的长度显示故事发展的方向，但是可以看出太阳神海皮里安将是故事的主人公。如果《恩迪弥翁》讲述的是爱美之人对理想美的追求与其不幸的命运，那么《海皮里安》的两个版本讲述的是诗人对世界的责任。其无韵诗体现出济慈诗歌新的能量和新的流畅性，代表了他成熟时期的成就。

1820年3月，这些诗歌被集结出版。与此同时，济慈的肺结核在迅速恶化，他第一次咳出鲜血。他的朋友布朗、亨特和范妮母女都对他极其关心，为他提供必要的帮助。雪莱曾经邀请他去意大利比萨疗养，但他没有接受。1820年9月，济慈与朋友约瑟夫·塞文（Joseph Severn）踏上了前往意大利的道路，经过那不勒斯来到了罗马。1821年2月23日，济慈在罗马病逝，葬于罗马的基督教新教徒墓地（Protestant Cemetery）。

济慈英年早逝，是英国诗歌的巨大损失。"如果天以借年，他能够达到什么样的成就，是难以逆料的。但是人们公认，当他二十四岁停笔时，他对诗坛的贡献已大大超越了同一年龄的乔叟、莎士比亚和弥尔顿。"（《济慈诗选》序/屠岸）

时代背景

传统认为，浪漫主义时期始于1790年代，止于1830年代。它意思是，浪漫主义运动始于法国大革命，终结于英国的"改革法案"。然而，如果我们讨论时代背景，我们不能仅仅局限于这40年的时间。玛丽莲·巴特勒（Marilyn Butler）在《浪漫派、叛逆者与反动派》（*Romantics, Rebels and Reactionaries*, 1981）中将浪漫派的历史背景定位在1760-1830之间。她认为浪漫主义运动是一个革命时代的反映，这个革命时代不是始于法国大革命攻占巴士底狱（1789），因为这个革命的能量在1760以前就开始聚集，攻占巴士底狱只是它的一个结果。按照我的想法，1760年都不够，我们应该将浪漫主义运动的时间跨度至少向前延伸50年，因为过去50年的历史都可能会对当代的诗歌创作产生影响。如果这样的想法得到认可的话，那么浪漫主义的历史背景应该包括以下几个重大的历史事件。

美国独立战争

美国独立战争（1775–1783），或称美国革命战争（American Revolutionary War），是大英帝国与其在北美的13个殖民地之间的一场战争。这场战争使得原本相互独立的13个殖民地联合起来，战胜了它们的宗主国，最终成立了美利坚合众国。

英国人从1607年来到北美大西洋沿岸，建立第一个殖民地弗吉尼亚后，就不断地在美洲垦殖和移民，到18世纪30年代，他们在北美大西洋沿岸建立了13个殖民地，从英国送来大批移民，从非洲贩运大批黑奴，从而使美洲变成了一个巨大的经济和税收来源。到18世纪中期，13个殖民地的经济发展迅速，北部形成了发达的渔业、造船、食品、纺织等工商业，中部形成了小麦生产带，南部形成了生产烟草、稻谷、蓝靛的种植园经济。纽约、费城、波士顿逐渐成为工商业中心。

在政治上，各个殖民地相互并没有联合，但都效忠英国国王，接受国王任命的总督的统治。它们复制宗主国的政治制度，成立各个殖民地议会，在不违背宗主国法律的情况下，拥有制定法律、征税等权利。同时，相同的生存困境加强了北美殖民地内部的凝聚力，各个民族之间的交融和他们生活其中的不同的自然环境，使他们逐渐产生了不同的文化认同。虽然这个文化的根基在欧洲，但是这些移民和他们的后代却更加为他们现在生活的美洲大陆而自豪，称自己是美国人，而不是英国人。北美逐渐形成了一个经济繁荣、政治自主的地区。

与此同时，北美也逐渐出现了自己的思想家和政治家，如本杰明·富兰克林（Benjamin Franklin）和托马斯·杰弗逊（Thomas Jefferson）。他们接受了欧洲启蒙思想，在北美创办杂志、出版书籍，主张殖民地的权利，甚至号召殖民地争取自由和独立。在这样的思想气氛中，北美13个殖民地对英国的殖民统治和不合理的经济政策就更加不能忍受。

英国为争夺对北美殖民地的控制，在1756–1763年间与法国进行了"七年战争"（Seven Years' War）。虽然英国在战争中获胜，从法国手中夺取了加拿大，从西班牙手中夺取了佛罗里达，控制了北美大部分地区，但长期的战争导致了它的财政困难。于是，英国政府不断地向各殖民地增税，对殖民地进行蛮横的压榨和残酷的剥削，希望北美成为它永久的原料产地和商品市场。

英国当局颁布了法令，不准殖民地居民向西开拓，禁止其发行自己的纸币。它颁布的《航海条例》（Navigation Act）垄断了殖民地的贸易行为，限制其与其他国家进行贸易。1765年的《印花税法案》（Stamp Act）和1767年的《唐森税法》（Townsend Acts），规定殖民地自英国进口的纸张、玻璃、铅、颜料、茶叶等均一律征收进口税。还规定英国关税税吏有权闯入殖民地民宅、货栈、店铺，搜查违禁物品和走私货物。

这些措施引起了北美人民的强烈反抗。他们成立了抗税的组织"自由之子"和"自由之女"，号召人民抵制税收，甚至暴力袭击税吏，使他们无法正常工作。他们还号召人民抵制英国商品。同时，议会也在讨论和质疑收税的合法性，认为没有代表性的征税是非法的。因此，税收成为英国和北美殖民地之间矛盾的焦点，抗税成为殖民地反抗殖民统治的主要手段。

1770年3月5日，英国派驻北美军队开枪射杀波士顿的抗议民众，制造了"波士顿惨案"。1773年，英国当局颁布"茶税法"，将北美的茶叶垄断销售权授予东印度公司，引发了"波士顿茶党"化妆成印第安人登上英国货船倾倒茶叶的事件。消息传到英国，当局宣布马萨诸塞为叛乱，1774年英国颁布了5项被描述为"不可容忍"的"强制法案"，取消马萨诸塞的自治，并增派军队封锁波士顿港，更是激化了殖民地和宗主国之间的矛盾。

1774年9月5日，除了佐治亚，12个殖民地的代表55人在费城的独立厅召开了第一次大陆会议，通过了决议绝不服从强制法案、抵制英货以及敦促英王改变政策的请愿书。1775年4月19日，英国北美总督托马斯·盖茨（Thomas Gates）企图派兵搜查马萨诸塞附近康科德的一个民兵弹药库，途径列克星顿（Lexington）时遇到了后者的武装反抗，打响了美国独立战争的第一枪。

马萨诸塞的民兵包围了英国的据点，英国也开始向殖民地增兵，战争在各地爆发。1775年6月15日，第二次大陆会议举行，通过了旨在与英国和解的橄榄枝请愿书，但英王置之不理，并决定武力镇压这场"公开的叛乱"。在这种情况下，大陆会议决定组建殖民地正规的大陆军，任命乔治·华盛顿为大陆军总司令。美洲殖民地独立与否已经拿上了议事日程，托马斯·潘恩（Thomas Paine）发表了《常识》，谴责英国统治的邪恶，声称人民对自己的命运拥有自决权，号召美国独立，在殖民地产生了共鸣。1776年7月4日，大陆会议通过了由托马斯·杰弗逊起草的《独立宣言》，宣告了美国的独立。

英国军队是训练有素的正规军，美国军队是由农民志愿者组织起来的杂牌军，双方力量对比使美军在战争初期遭受了重大损失。但是英军的轻敌心理，美军的灵活机动的战术，使战争形势逐渐逆转。1777年，英军将领伯戈恩（John Burgoyne）在萨拉托加（Saratoga）向美军投降，标志着美国独立战争走向胜利的转折点。1778年2月，法国正式承认美国独立，并与之签订军事同盟条约，法国、西班牙、荷兰先后对英宣战。1780年俄国与普鲁士、荷兰、丹麦、瑞典等国联合组成"武装中立同盟"，打破英国的海上封锁。12月，荷兰进一步加入法国方面对英作战。北美独立战争扩大为遍及欧、亚、美三大洲的国际性反英战争。英国陷入空前的孤立境地。

1783年，英国将领康沃利斯勋爵（Cornwallis）的军队战败于弗吉尼亚，然而其海上的逃亡通道已经被法国海军堵死。在走投无路之下，他在约克城（York Town）率众向华盛顿投降，美国终于赢得了独立战争的胜利。1783年9月3日，英国被迫与美国签订了《巴黎和约》，承认美国独立，从而结束了它对美洲的殖民统治，美国实现了国家独立。

威廉·布莱克在《美国：一个预言》（*America: A*

Prophesy）中将美国独立战争描绘成一场争取自由、反对独裁的正义斗争。首先，他描写了华盛顿激昂的演说，"美国的朋友们，看向大西洋吧，/ 在天空上号已经拉开，沉重的锁链 / 一环环地从阿尔比昂的高山落下，/ 即将锁住美国的父老乡亲，直到 / 我们脸色苍白，头颅低下，声音微弱，目光下垂"。然后，诗歌描写英国国王听到了叛逆精灵奥克（Orc）的声音，浑身发抖："黎明来临，黑夜消逝，守夜人下班回家。"墓穴已经打开，尸骨重新站立，像赎回的犯人，镣铐和铁窗已经砸碎。在磨坊劳作的奴隶跑进了原野欢笑，被锁在黑暗中叹息的灵魂站立起来。"因为帝国已经灭亡，狮和狼都将消失。"最后，诗歌描写英国军队在美国遭遇的惨败："在华盛顿的脚下，/ 他们（十三位总督）倒在尘土上惨叫、打滚，同时 / 所有英国军队在十三个殖民地发出 / 痛苦嚎叫，扔掉他们的军刀和火枪，逃跑。"

对于浪漫派诗人来说，美国如果已经不是一片未开垦的"处女地"，也仍然是一片自由和空旷的土地。旧欧洲的独裁和压迫在这个自由的新世界已经不复存在，想象中的乌托邦和理想国可以在此建立。S. T. 柯尔律治与罗伯特·骚塞曾经计划到美国的宾夕法尼亚建立一个理想社会"大同邦（Pantisocracy）"，虽然这个计划最后没有能够实施，但是他们对美国的想象在那个时代具有相当的代表性。柯尔律治在《在美洲建立大同邦的展望》一诗中说，当他对英国感到绝望之时，当愁闷、忧伤"腐蚀了心性"，当泪水、绝望、苦楚"磨灭了豪情英气"，"当爱国志士为国运艰危而痛苦"，当暴君"妄图扑灭不朽心灵里永恒真理的光焰"时，

> 我呵，便以心智的眼光，
>
> 欢悦地，查看另一片疆宇——那边
>
> 天光破晓，新日子带来了希望，

它比艾尔宾最好的晨光还灿烂；

快了，我怀着亲族之情前往，

（告别此间扰攘不宁的苦况，）

获得满足和福祉——在大洋彼岸。

法国大革命

1789年爆发的"法国大革命"是法国经历的一个史诗性的变革。贵族和宗教特权受到自由主义思想及上街抗议的民众的冲击而土崩瓦解，旧的观念逐渐被新的天赋人权、三权分立等民主思想所取代，统治法国多个世纪的君主制在革命中走向终结。阿历克西·托克维尔（Alexis de Tocqueville）在《旧制度与大革命》中将法国革命描述为迄今为止最伟大、最激烈的革命，代表法国的"青春、热情、自豪、慷慨、真诚的年代"。

法国大革命的爆发有着它特殊的历史必然性。在18世纪，法国的资本主义工商业有了巨大的发展，在马赛、波尔多的许多工厂，纺纱机、蒸汽机得到广泛运用，个别企业雇佣数千名工人。资产阶级已成为经济上最富有的阶级，但在政治上仍处于无权地位。农村绝大部分地区保留着封建土地所有制，并实行严格的封建等级制度。天主教教士属于第一等级（1st Estate），贵族属于第二等级（2nd Estate），他们是居于统治地位的特权阶级，特权阶级的最高代表是波旁王朝国王路易十六（Louis XVI）。资产阶级、农民和城市平民属于第三等级（3rd Estate），处于被统治、被剥削的地位。到18世纪末，第三等级同特权阶级的矛盾日益加剧。

同时，美国的独立运动给法国和欧洲都传递了民主和自由的信息，要求改变现有社会制度的民主思想在法国和欧洲广泛传播。而法国由于参与美国独立战争耗费了大量金钱，造成国库空虚和财政困难。1789年5月，国王路易十六在凡尔赛宫召开了三级会议，企图向第三等级征收新税，但遭到第三等级的强烈反对。他们纷纷要求实行改革、限制王权。6月，他们决定将三级会议改为国民议会，制定宪法。路易十六准备用武力解散议会，封锁了巴黎至凡尔赛的道路。7月14日，巴黎响起了起义的警报，人民攻占了象征封建统治的巴士底狱（the Bastille），释放了被关押的政治犯，法国大革命爆发。

8月26日制宪会议通过了《人权与公民权宣言》，简称《人权宣言》（The Declaration of Man and the Citizen），确立人权、法制、公民自由和私有财产权等民主社会的基本原则。宣布人们生来是而且始终是自由的，在权利方面是平等的，财产权是神圣不可侵犯的，第一次将启蒙运动思想家的思想用法律形式固定下来。议会还颁布法令废除贵族制度，取消行会制度，没收并拍卖教会财产。

革命初期，大批贵族逃离法国，聚集在莱茵河沿岸的德国城市，企图凭借欧洲的封建势力伺机反扑回来。在国内路易十六拒绝承认《人权宣言》，并企图集结军队解散制宪会议。以拉法耶为首的斐扬派认为国王将是法国自由政体的重建者，极力推销君主立宪制。在巴黎出现粮荒、民众上街游行的背景下，国王和制宪会议的矛盾日益加深。1791年6月20日路易十六乔装出逃，企图与国外的法国贵族汇合，并勾结外国力量扑灭革命，途中被识破并被押回巴黎。

广大群众走上街头，砸碎国王塑像，要求废除王权，实行共和。他们的和平集会遭到制宪会议的镇压，五十多人被打死。君主立宪派呈请路易十六批准，强行颁布了《一七九一年宪法》，宣布法国为君主制国家，反对革命继续发展。与此同时奥地利、普鲁士等欧洲封建国家与法国逃亡贵族联合，对法国新政权宣战，企图武力干涉并恢复其君主制。在外国势力的威胁之下，法国人民同仇敌忾，奔赴战场，拯救法国。1792年8月10日，巴黎人民再次起义，推翻君主立宪派的统治，软禁了国王路易十六。

吉伦特派在这次起义中取得了政权，在执政期间颁布法令，强迫贵族退还非法占有的公有土地，将没收的教会土地分小块出租或出售给农民，严厉打击拒绝对宪法宣誓的教士和逃亡贵族。面对外来干涉，法国义勇军的爱国热情被激发出来，9月20日，他们在凡尔登附近的瓦尔密战役中打败了来犯的普鲁士军队。与此同时，巴黎民众将外国的侵犯归咎于路易十六，他们冲进了王宫，杀死了大批已经缴械的国王卫队以及贵族，造成了"九月大屠杀"。9月21日，由普选产生的国民公会宣布成立法兰西第一共和国。1793年1月21日，国民公会经过审判以叛国罪将路易十六处以死刑。

从1792年秋季开始，法国经济日益下滑，反饥饿的民众要求打击投机商人和限制物价的呼声日益高涨。吉伦特派却以保护私有财产为由拒绝采取行动，并颁布法令镇压群众运动。与此同时，欧洲的外国势力对路易十六的死大为震惊，英国、荷兰、西班牙、意大利等国也相继对法国宣战，形成了欧洲各国组成的反法联盟。法国国内也不断发生保王党叛乱。1793年4月，吉伦特派将领、前线的总指挥迪穆里埃叛变投敌。5月31日—6月2日，巴黎人民发动第三次起义，推翻吉伦特派的统治，建立起以罗伯斯庇尔（Robespierre）为首的雅各宾派专政。

雅各宾派颁布《雅各宾宪法》，废除封建所有制，分配土地、限定物价，平定吉伦特派叛乱，不屈不挠地抗击外国势力的干涉，赢得了下层民众的欢迎。不幸的是，雅各宾派过激的恐怖政策，以暴力手段镇压敌对势力，使法国进入了

"恐怖统治"。他们先后处死了王后、吉伦特派的头领、大批投机商人和贵族等,巴黎和里昂的行刑广场血流成河。但雅各宾派也逐渐走向了内讧和分裂,罗伯斯庇尔陷入孤立。1794年7月27日,雅各宾派内部遭到镇压的右派势力发动热月政变,逮捕了罗伯斯庇尔和圣鞠斯特等二十余人,在没有经过审判的情况下予以处死。

热月政变后,新建立的督政府清除了罗伯斯庇尔时期的恐怖政策和激进措施,建立了更加正常的统治。1796年,在与欧洲反法同盟的战争中,年轻的拿破仑（Napoleon Bonaparte）带领法国军队势如破竹,节节胜利,占领了意大利,进军莱茵河,迫使奥地利签订和平条约。回到巴黎后,时年27岁的拿破仑已经成为一颗新的政治明星。1798年为了打击英国的海外势力,拿破仑进军埃及,随后由英国率领的第二次欧洲反法联盟成立。法国国内的王党旧势力也蠢蠢欲动,法国急需一个强有力的政治核心。

1799年,拿破仑秘密从埃及回到巴黎,带领部下闯入元老院,发动了"雾月政变",推翻了热月党人的督政府,从此开始了独揽大权的拿破仑时代。1804年,独揽大权的拿破仑仍不满足,请来了教皇,在巴黎圣母院举行了盛大的加冕仪式,成为拿破仑一世。顺应国家对和平和稳定的渴望,他宣布大革命结束,并在政治、经济、宗教方面实施了一系列有力措施,先后颁布了"共和八年宪法"和"拿破仑法典"（1807）,既保留了平等、自由、博爱的革命成果,以及保护私有财产的原则,同时也打击了王党势力,稳定了法国社会,赢得了法国民众的支持。

1799-1815年,拿破仑率领法国军队一共打败了五次欧洲反法同盟,取得了四十次大战役的胜利,包括1805年的奥斯特里茨战役。他用在那里缴获的1200门大炮铸造了凯旋柱,在巴黎修建了壮丽的凯旋门,从而建立了法兰西帝国。正如华兹华斯所说,他也逐渐将"自卫战争"变成了"侵略战争"。在帝国最辉煌的时期,法国统治着意大利北部、比利时、莱茵河联邦和瑞士联邦;奥地利成为法国的战败国,俄国也不得不唯法国的马首是瞻,唯一没有被征服的就是英国。借口封锁英国的海上活动,拿破仑入侵了西班牙和葡萄牙,但遭到了英国支持的游击队的顽强抵抗,最后不得不从伊比利亚半岛抽身。

1812年,拿破仑远征俄国,遭到了惨败,60万大军只有5万得以逃回法国。随后奥地利与俄国组成了第六次反法联盟,英国等国纷纷加入,对法国开始了猛烈进攻。联军首先夺回了莱茵河地区,然后打入法国本土,英国的惠灵顿公爵也从西班牙向法国进军。1814年3月巴黎陷落,拿破仑被流放地中海的厄尔巴岛,波旁王朝路易十八复辟。然而不久,拿破仑便偷偷潜回巴黎,路易十八的军队闻讯纷纷倒戈,与拿破仑站到一起。

反法联盟用70万大军再次反扑,拿破仑首先击溃了奥地利军队,然后与英军对垒。1815年两军在尼德兰(比利时)决战,由于势均力敌,两军都等待援军,最终奥地利的援军先到,帮助英军在滑铁卢击败拿破仑。波旁王朝再次复辟,拿破仑再次遭到流放,于1821年在南大西洋的圣埃琳娜岛病逝。

法国大革命既有其经验,也有其教训。狄更斯在《双城记》(*A Tale of Two Cities*)用了一系列悖论的语言描写这个大革命时代:"这是一个最好的时代,也是一个最糟糕的时代;是一个智慧的时代,也是一个愚蠢的时代,是一个信仰的时代,也是一个缺乏信仰的时代;是一个光明的季节,也是一个黑暗的季节;是一个希望的春季,也是一个绝望的冬季。"

法国大革命在英国引发了关于政治体制和政治正义的大

讨论。艾德蒙·伯克（Edmund Burke）在《论法国大革命》一书中批评大革命中表现出来的极端主义，主张渐进式社会变革。托马斯·潘恩（Thomas Paine）的《人权论》和约瑟夫·普利斯特莱（Joseph Priestley）的《致伯克》对伯克的保守主义进行了批评，提出了更加激进的政治主张。威廉·葛德汶（William Godwin）在《政治正义论》中认为社会应该朝着一种均贫富、去政府的理想状态发展，他主张减少政府对社会的干预，给予个人以最大的自由。

这些政论对浪漫主义诗人产生了不同程度的影响。威廉·布莱克在《法国大革命》（*French Revolution*）一诗中，用象征性的语言记录了巴黎民众攻陷巴士底狱的情景：一开始，"古老时间的黑暗，聚集在法国天空，/ 发出了绝望的吼声，笼罩着巴黎；/ 灰暗的塔楼在哀鸣，巴士底狱在颤抖。"接下来，诗歌描述了巴士底狱的七座塔楼中的犯人的苦难，代表了旧势力的七种压迫，而这些压迫引发了大革命："牢房地动山摇：犯人们仰望 / 天空，试图呼喊；他们聆听，/ 然后在阴暗的牢房大笑，停下时只见，/ 一股光明照射进黑暗的塔楼。/ 在国会大厅会议在召开，/ 像太阳里的燃烧精灵在荒漠般的深渊 / 种下了美丽，/ 议员们在焦急的城市上空闪耀。"最终，"时间的三重镣铐打开了"，"古老的黑暗震撼了宫廷内外"。

华兹华斯在《序曲》第9章记叙了他1791年第一次来到巴黎时所看到的情景。当时，法国大革命正在如火如荼地进行之中，在马尔斯校场、烈士山、国民议会，"我看到革命的势力如抛锚的海船 / 在风暴中东摇西晃"。他在大街上观察着每一张脸，发现"各种希望的表情，/ 或抑制不住的疑惑和恐惧，全在 / 此处流露"；"每一种愤怒、懊悔、轻蔑的姿态 / 都不能自控，似乎结成一伙"。

在第10章中，华兹华斯进一步描写了1792年他从奥尔良回到巴黎时所看到的情景。当时"国王已经从王位倒下",奥地利和普鲁士的"入侵大军"也在"自由的平原上被粉碎"。然而,法国为了展示它的"高尚和无畏的灵魂",奚落"被挫败的(反法)同盟",没有给国王任何机会,立即宣布法国为"共和国"。他明白"可悲可叹的暴虐——(九月)大屠杀"已经过去,但是当他路过"那座监狱",他意识到路易十六和他的妻子和女儿就囚禁在里面;当他路过"皇宫",他意识到不久前暴怒的民众曾炮轰过它;当他路过"骑术广场",他意识到"不久前这里尸骨成山"。

对于华兹华斯,以及对于大多数浪漫派诗人,法国大革命代表了新世纪的新希望(millennial hope)。他受到博布伊伯爵(Comte de Beaubuy)的影响,曾经对一个"自由、平等、博爱"的理想时代和理想社会的到来充满了希望。柯尔律治和骚塞在剑桥大学时就对法国的共和运动产生了浓厚兴趣,两人曾经共同创作了戏剧《罗伯斯庇尔之倒台》。然而革命的进程和流血事件使他们产生了怀疑,失去了革命热情,甚至感到无比失望。

1798年英法交战,拿破仑试图进犯英国。英国政治进一步向保守主义转向,共和派思想受到进一步打压。在这种大环境中,华兹华斯和柯尔律治逐渐放弃了曾经拥有的激进思想。在《法国颂》和《孤独中的恐惧》(1798)中,柯尔律治一方面描述了法国大革命曾经给他燃起的希望的破灭,另一方面也表达了他对法国军队即将入侵英国的恐惧。1799-1805年,华兹华斯撰写了一系列"献给国家独立与自由的诗"(1802-1810),强烈谴责拿破仑对欧洲邻国包括瑞士、意大利和西班牙的入侵。

1816年拜伦在《恰尔德·哈罗德游记》(第三卷)中记录了他游历比利时、莱茵河地区、瑞士的经历。他向启蒙思想家卢梭和伏尔泰致敬,认为他们为法国大革命提供思想武器;他凭吊了抗击外国侵略和保卫法兰西共和国的法军将领马尔索(Marceau)的墓地,也凭吊了拿破仑战败的滑铁卢战场。他谴责拿破仑为暴君的同时,也认为欧洲反法同盟的君主们同样是暴君。

英国工业革命

英国工业革命始于18世纪60年代,它从棉纺织业的技术革新开始,在蒸汽机的发明和广泛使用中逐步实现了纺织、制造、冶金、交通等行业的机械化和工业化,到19世纪30-40年代,英国基本实现了整个工业的大机器生产和生产模式的转变。大机器工业代替手工业,工厂制度代替手工工场。历时近一百年的英国工业革命不仅使英国的生产力迅速提高,而且逐渐扩展到西欧和北美,继而影响到东欧、俄国和日本,它标志着世界工业化时代的到来。

1733年,机械师约翰·凯伊(John Kay)首先发明飞梭,织布效率提高一倍。织布技术革新造成织与纺的供需矛盾,从而出现了长期的"纱荒"。1764年,织工兼木工詹姆斯·哈格里夫斯(James Hargreaves)发明了手摇纺纱机,以他女儿的名字命名为珍妮纺纱机。它能够同时纺16-18个纱锭,工效提高了15倍。这解决了织与纺的矛盾,但由于珍妮机用人力转动,纺出的纱细而且易断,仍然有生产力的局限。1769年,理发师兼钟表匠理查德·阿克莱特(Richard Arkwright)制造了水力纺纱机,实现了一个重大进步。

1771年,阿克莱特与人合作在英国南部得比附近的克隆福德建立了英国第一座棉纱厂,雇了600个工人,突破手工工场的生产模式。由于阿克莱特的纺纱技术和工厂制度的传播,纺纱厂逐渐在英国西北部如雨后春笋般兴起,到1792年,仅阿克莱特自己就拥有了6家纺纱工厂,被誉为英国工业生产之父。英国进入近代纺纱的机器生产时代。

但由于阿克莱特的水力纺纱机要求靠河边修建厂房，并且织出的纱很粗，仍然有局限。1779年青年工人塞缪尔·克隆普顿（Samuel Crompton）综合了珍妮机和水力机的优点，发明了缪尔纺纱机，又称综合精纱机。"缪尔"的英文mule直译是骡子，有时也称为骡机。骡机同时能转动300-400个纱锭，极大地提高了工效，而且它纺出的纱又精细又结实。

纺纱机的不断发明和改进，又推动了织布机的技术革新。1785年，工程师埃德蒙德·卡特莱特（Edmund Cartwright）制造了水力织布机，工效提高了40倍。1791年，英国建立了第一个织布厂。随着棉纺织机器的发明和使用，与此有关的工序也不断实现了技术革新和机械化。净棉机、梳棉机、漂白机、整染机等都先后发明和广泛使用，纺织工业整个系统都实现了机械化。机器在其他轻工业部门，如毛纺织、麻纺织、丝纺织、造纸、印刷等行业也得到了广泛使用。到19世纪初，英国整个轻工业基本上实现了机械化。

工业化的推进使原来的人力、畜力和自然力作为动力的状况已经不能适应新的生产模式。1769年，苏格兰的格拉斯哥大学机械师詹姆斯·瓦特（James Watt）总结了前人的经验，经过多次试验，制成了第一台单动式蒸汽机。1782年，他又经过改进制成了联动式蒸汽机，这使人类二百万年来以人力为主的手工劳动时代进入了大机器生产的蒸汽时代。1784年英国建立了第一座蒸汽纺纱厂。

与此同时，冶金工业也开始飞速发展。英国人首先发明了用煤焦冶铁的方法，从而解决了用木材冶铁给环境和资源带来的压力，使冶铁业得以大幅发展。在冶铁的基础上，炼钢技术也得到发展。1740年亨兹曼发明了坩埚炼钢术，1756年贝斯麦发明了酸性转炉炼钢术（Bessemer process），1787年托马斯发明了碱性转炉炼钢术，使钢铁生产成倍增长，实现了材料科学的一次飞跃。

工业化的发展要求交通运输业跟进。在19世纪初，英国人开始改建公路，梅特卡夫、特尔福德和麦克达姆发明了新的筑路技术，用石板和碎石建成硬质路面，提升了旅行速度，将爱丁堡到伦敦的旅行时间从14天减少到40小时。英国人还开始修建运河，以运输煤炭等大宗物资。1761年煤矿主布里奇沃特公爵（Francis Bridgewater）开凿了第一条运河，将他的煤炭运到曼彻斯特。

1788年，船用蒸汽机被发明，1802年第一艘蒸汽船下水，1812年苏格兰人亨利·贝尔（Henry Bell）建造的"彗星号"蒸汽船开始了水上运输业。1800年英国工程师理查德·特里维西克（Richard Trevithick）发明了蒸汽火车头，1825年他建造了世界上第一列火车，并在斯托克顿和达林顿之间修建了第一条铁路。华兹华斯在《蒸汽船、引水渠和铁路》（1835）一诗中写道"时间将从你们勇敢的手中接过希望的王冠，用崇高的欢乐为你们微笑"。

到19世纪30-40年代，英国从工厂到矿山、从陆地到海洋，到处是机器在轰鸣，到处是机器在转动，组成了英国工业革命的协奏曲。英国在工业革命80年左右的时间里，建立了强大的纺织工业、冶金工业、煤炭工业、机器工业和交通运输业。英国工业革命使它的社会生产力得到飞速发展，在短短几十年内使英国由一个落后的农业国一跃而为世界上最先进的资本主义头号工业强国，号称"世界工厂"。

然而，工业革命带来的代价也是巨大的。煤炭的开采使土地被翻起来，土壤裸露在外面。伊拉斯莫斯·达尔文（Erasmus Darwin）在《植物园》（*The Botanic Garden* 1791）一诗中，将粗暴的工程建设比喻为开肠破肚，大批的工人，像军队一样，"用锋利的铁锹刺穿脚下颤抖的泥土"，大地的内脏都裸露出来。工厂的崛起和机器的运转严重污染了空气和水体,狄更斯的笔下伦敦成为了一个"雾都",泰晤士河成为了一条污水河,其中的鱼已经不能食用。威廉·布莱克将大机器生产的工厂称为"魔鬼磨坊",往外喷着黑烟。

除了伦敦以外,英国工业城市如雨后春笋一样涌现。西北盛产煤铁的荒芜地区出现了很多新兴的工业中心和城市,如曼彻斯特、兰开夏、伯明翰、利物浦、格拉斯哥、纽卡斯尔等。与此同时,英国农村的土地主为了生产更有利可图的工业原料如羊毛等,改变土地用途,将农民赶出土地。"圈地运动"使大批农民失去土地,涌入城市,成为工业劳动力。19世纪40年代,英国城市人口已占全国人口的四分之三,工人已达480万,形成了近代的工业无产阶级。

在资本主义原始积累过程中,剥削压迫、分配不均和劳资矛盾等问题日益暴露出来。布莱克在《扫烟囱的男孩》(1789)和《伦敦》(1794)中描写了童工的悲惨命运以及居住在都市的贫苦人民的辛酸血泪。大机器生产提高了生产率,也降低了对工人数量的需求。1811–1816年间,利兹、诺丁汉等地的纺织工人掀起了捣毁纺织机器的卢德运动(The Luddites),遭到了政府和资本家的镇压。1812年,拜伦在英国议会上议院的第一次演说中对卢德运动的工人表达了深切的同情,对政府的血腥镇压表示了强烈的谴责。在《卢德运动之歌》(1816)中,拜伦写道:"等我们把布匹织出,/ 梭子换成利剑,/ 就要把这幅尸布 / 掷向脚下的独夫,/ 用他的腥血来染遍"。

雪莱在《1819年的英国》和《给英国人民的歌》等诗歌中,将剥削阶级——国王、贵族和资本家——形容成蚂蟥,吮吸着英国民众的鲜血。他号召英国民众拿起武器,保卫自己的权利,"播种吧——但别让暴君搜刮;/ 纺织吧——可别为懒人织锦衣；/ 铸造武器——保护你们自己"。1819年，曼彻斯特的下层民众在圣彼得广场和平集会，要求进行议会改革，遭到了英国政府的镇压，实施了致十多人死亡的彼得卢大屠杀（Peterloo Massacre）。雪莱在《暴政的假面游行》中谴责英国政府为暴政，在屠杀了民众之后却耀武扬威地向伦敦进发，仿佛是凯旋。

为了争取自己的权利，工人阶级逐渐组织了强大的工会，递交请愿书，要求提高工资，改变工作环境。1837-1848年，英国爆发了第一次工业无产阶级有组织的大规模的政治斗争"宪章运动"（The Chartist Movement），无产阶级开始登上英国的政治舞台，为争取他们的权利进行不懈的斗争，成为推动社会发展的强大力量。1843-1856年间，恩格斯和马克思都在英国调研资本主义的发展，他们分别在《英国工人阶级状况》（1845）和《资本论》（1856）中，分析了工人阶级的生存状况、劳资矛盾，用剩余价值的理论揭露了资本家对工人阶级进行剥削和压迫的事实。

英国工业革命的成果和经验逐渐为其他国家所吸取。由于有英国的经验，其他国家的工业革命进程都比英国快，完成时间都比英国短。法国完成工业革命只用了约60年（19世纪初至19世纪60年代末），美国只用了约50年（19世纪初至19世纪50年代末），德国只用了约40年（19世纪30年代至19世纪70年代），日本只用了约30年（19世纪70年代至20世纪初）。

随着资本主义各国工业革命的进行和完成、商品经济的扩大，各地区在国际舞台上经济、政治和军事力量的对比发生变化。资本主义工业国家与亚、非、拉等殖民地和落后国家之间的关系也发生了根本性的变化。世界市场的形成产生了世界性的经济体系，世界性的经济、文化、科学的中心在西欧和北美形成。由于资本主义国家对亚、非、拉地区的侵略，世界范围内的殖民主义与被殖民地区的矛盾，必然给后者带来沉痛的灾难。

黑奴贩运

从15世纪中叶到19世纪末，欧洲殖民者为了给他们的种植园和矿山提供劳动力，把大批的非洲黑人从塞内加尔河口到刚果河口的广阔地带，贩运到美洲和其他地方为奴，以赚取利润。在400余年的黑奴贸易中，大批非洲黑人在贩运途中被残害或患疾病而死。按照每运至美洲一个奴隶，最少要死亡10个左右的计算方法，奴隶贸易使非洲损失了约一亿人口。

在古代和中世纪，奴隶买卖是普遍现象，被贩卖为奴的不仅有黑人，也有白人。战败的部落成员、欠债者的家人、妇女往往沦为奴隶。公元一世纪，阿拉伯帝国的阿拔斯王朝从东非输入黑奴，押至南美索不达米亚地区进行农业生产或者成为雇佣军。在世界历史上，古罗马斯巴达克斯率领的奴隶起义和阿拉伯帝国的阿里·伊本·穆罕默德率领的奴隶起义，都是大规模的奴隶反抗压迫的斗争。

然而，近代的黑奴贸易在规模上和破坏力上都远远超出了这些古代的奴隶贸易。在欧洲国家中，首先是葡萄牙、西班牙、荷兰走上了黑奴贸易的道路，接着英国、法国、瑞典、美国和巴西等也加入黑奴贸易行列。除奥地利、波兰和俄国等少数国家外，几乎所有的欧洲国家都参与了这一罪恶活动。综观其发展过程，黑奴贸易可分为三个时期：15世纪中叶至17世纪中叶为第一时期，17世纪中叶至19世纪初为第二时期，1807–1880年为第三时期。

第一时期：从15世纪开始，欧洲人开始殖民非洲大陆。葡萄牙首先占有了西部非洲，荷兰占领了南部非洲。葡萄牙在佛得角群岛、塞拉利昂、马里、刚果和安哥拉设立商站，同时也殖民东部非洲的毛里求斯和莫桑比克。他们最初的掠获对象是黄金、象牙、钻石、香料和其他最贵重物资,并且给西非沿岸地带取上"胡椒海岸""象牙海岸""黄金海岸"和"奴隶海岸"等名称。

1441年,由安陶·贡萨尔维斯和努诺·特里斯陶率领的葡萄牙探险队在布朗角附近沿海劫掠了10名非洲黑人,带回里斯本出售,这就是黑奴贸易的开始。葡萄牙人将黑奴贩运回国充当家务和农业劳动力,或贩运至马德拉群岛、加那利群岛和佛得角群岛等新辟的甘蔗种植园中工作,每年贩奴大约500-1000名。

1492年,哥伦布发现美洲新大陆,葡萄牙和西班牙随即在美洲殖民,开辟种植园。一开始,他们奴役的对象是印第安人,但由于他们在扩张掠夺的过程中,土著印第安人遭到大屠杀,其劳动力不能满足种植园及开发矿藏的需要,因此他们开始从非洲贩运黑奴。

1494年,西班牙和葡萄牙签订瓜分世界的托德西拉斯条约,它确定以佛得角以西370里格为西、葡两国势力范围的分界线,两国在美洲的势力范围以西经46度为界。从此,非洲、亚洲及巴西归属葡萄牙,美洲其他地区归属西班牙。因此,他们贩运的黑奴主要运往拉丁美洲和加勒比海地区。

1501年,葡萄牙人将250名黑奴贩运到加勒比海的伊斯帕尼奥拉岛,这就是贩运至美洲的第一批黑奴,也是美洲实行黑人奴隶制的开端。1518年,第一艘来自非洲的贩奴船到达西印度群岛,开始了非洲与美洲之间直接的黑奴贸易。到1540年,美洲殖民地每年运进的黑奴已达1万人。

在16世纪,葡萄牙人在非洲西海岸的贩奴活动主要在两个地区:一个是上几内亚,即从佛得角群岛到塞拉利昂沿海;另一个是圣多美和普林西比的圣多美岛,这里不仅是欧洲蔗糖的主要来源地,也是几内亚湾及刚果至安哥拉沿海的贩奴基地。

葡萄牙奴隶贩子深入圣萨尔瓦多内地，远至扎伊尔河上的马莱博湖，从贝宁湾、刚果、安哥拉等地运来黑奴。葡萄牙商人、传教士、教师、工匠等有时也起到了帮凶的作用。总之，葡萄牙和西班牙控制了16世纪西非和美洲的黑奴贸易，从中赚取了丰厚利润，直到17世纪中叶，英法等国的加入改变了这个格局。

第二时期：1588年英国打败了西班牙无敌舰队，取得了海上霸权。1620年英国逐渐在北美建立了13个殖民地，发展了甘蔗、烟草、茶叶、棉花等种植园经济。1625年，英国第一批移民来到西印度群岛，在这里发展烟草、棉花、蓝靛、甘蔗等作物。1635年，法属西印度瓜德罗普岛先后引种了烟草、甘蔗、咖啡等热带作物。欧洲市场对这些商品的需求量开始激增，伦敦从殖民地种植园进口的蔗糖占到进口总值的将近一半，超过了烟草。

英属、法属北美和加勒比海种植园经济的发展、劳动力需求的增加，以及奴隶贸易的丰厚利润使英国、法国、普鲁士、瑞典等欧洲列强也加入了奴隶贸易的行列。在17世纪中叶，贩奴的公司和机构相继成立，使贩奴活动形成了体系化的经营活动。非洲被变成了商业性猎奴的场所，黑奴贸易发展成为一个专门的行业。

奴隶贩子往往从欧洲出发，带着可供交换的商品，在西部非洲通过各种卑鄙的手段俘获黑人，这被称为黑奴贸易"初程"。然后，他们用船把黑奴运往美洲，把黑奴送上那里的奴隶市场，以5-10倍的价格卖给美洲的种植园主，这就是奴隶贸易的"中程"（Middle Passage）。最后，他们再把美洲的蔗糖、烟草、咖啡、棉花等运回欧洲，这被称为"归程"。在地图上，这一贸易路线正好形成一个三角形，因此被称为"三角贸易"。

到17世纪中叶,英国人取代了葡萄牙人和西班牙人成为"三角贸易"的主要经营者。奴隶贩子偷袭非洲黑人村庄,烧毁房屋,把精壮男子掳走。但这种直接用武力的方法引起了激烈反抗,于是他们改变手法,挑动一些非洲酋长从事猎奴活动,用枪支弹药、甜酒、纺织品和其他小商品向酋长们收买黑人。这样,猎奴活动不仅遍及非洲沿海,而且深入内地。

欧洲殖民者在非洲沿海设立要塞和商站。被掳的黑人被成串地押往那里的奴隶市场,让奴隶贩子"选购"。买卖成交后,奴隶贩子就会用烧红的烙铁,在奴隶的臂上和胸前打上带有公司纹章的烙印。然后,奴隶被关在要塞和商站的牢房,分期分批地运往美洲。然后,在美洲的黑奴市场销售。

贩运黑奴的大西洋航线是一条死亡线。从西非到美洲,黑人奴隶要经受6—10周的生死磨难。运奴船经常超载,一条90吨的船有时要载运390名奴隶,或100吨的船要载运414名奴隶。每个奴隶在船上的空间只有5.5英尺长、16英寸宽。黑奴一个挤着一个,就像书本排列在书架上一样。每两个黑奴被并肩锁在一起,右腿对左腿、右手对左手。黑奴在拥挤的船舱里,空气污浊,流行病猖獗,加上饮食恶劣,淡水供应不足。只有大约60%-80%的黑奴能够活着到达美洲。很多奴隶染上疾病后就被扔进大海,葬身鱼腹。

美国黑人作家阿勒克斯·哈利(Alex Haley)的小说《根》(*Roots*)记录了这个过程中非洲黑人的痛苦际遇,曾经引起极大反响。一位美国黑人诗人悲愤地写道:"大海的深处,泥泞的沙里,/ 躺着被人遗忘了的、/ 锁着铁链的人骸。/ 在死沉沉的黑暗里,/ 闪烁着不幸的奴隶的白骨,/ 他们从漆黑的巨浪里,/ 大声呼唤:"我们是证人!"

黑奴贸易为美洲地区的殖民开发提供了劳动力,同时加速了欧洲资本主义的原始积累。黑奴贩子大发不义之财，横渡大西洋几次之后，就可变成腰缠万贯的富翁。英国利物浦被马克思称为以奴隶贸易扬名天下的城市，在约一百年的贩奴历史中，它的贩奴船数量从区区1艘逐渐发展到132艘，每年从中赚取超过30万英镑的利润。

但是随着孟德斯鸠、伏尔泰和卢梭等人的启蒙思想的传播，随着法国大革命平等思想的传播，贩奴活动的残忍和非人道的一面受到了严厉谴责，欧洲社会要求废除黑奴贸易和奴隶制的呼声不断高涨。1787年，英国成立了"废除非洲奴隶贸易协会"，又称"伦敦协会"。从1780年代开始，美国也成立了各种反对奴隶制和黑奴贸易的团体，致力于废除黑奴贸易。

第三时期：在英国，废奴运动领导者威尔伯福斯（William Wilberforce）、克拉克森（Thomas Clarkson）、麦考利（Zachary Macauley）和布鲁格姆（Henry Peter Brougham）经过不懈努力，终于在1806年促使国会通过一项禁止英国人从事非洲黑人奴隶贩运的法令。法令宣布："英国国王陛下决定，从1807年1月1日起，绝对禁止非洲奴隶贸易，绝对禁止以任何其他方式买卖、交换与运输奴隶和那些准备在非洲海岸或非洲任何地区出售、运输或作为奴隶使用的人，绝对禁止把上述人输进和输出非洲，上述活动均宣布为非法。"法令通过之后，威尔伯福斯等人又继续致力于在大英帝国的殖民地废除奴隶制，并且终于在1833年促成奴隶制在西印度群岛被废除。

同年，美国议会也开始将废除奴隶制纳入议事日程，但是美国的情况特殊，废奴难度也大得多。美国的废奴运动受到了南方各州的激烈反对，最终达到国家分裂的程度。美国北方基本废除了奴隶制，并于1808年就通过了禁止黑奴贸易的法令，但是奴隶贸易并没有停止。南方奴隶贸易直到1862年林肯颁布《解放黑人奴隶宣言》后才被废除。

在法国，废奴运动的历史一波三折。1788年在孔多塞侯爵领导下建立了废奴团体"黑人之友"。1794年，雅各宾党人宣布在法国所有的殖民地禁止黑人奴隶贸易和无偿地解放奴隶。后来，拿破仑上台后恢复了法国殖民地的黑奴贸易和奴隶制。1831年，法国路易·菲利浦政府同英国签订条约，禁止法国国民从事黑奴贸易和以直接或间接的方式参与黑奴贸易，但法国政府又在1843年拒绝执行这一条约，在"自由劳工移民"的名义下恢复了黑奴贸易。法国直至1861年才真正结束黑奴贸易。

在19世纪上半叶，丹麦、瑞典、荷兰、墨西哥、海地、乌拉圭和智利相继禁止黑奴贸易。1815年葡萄牙在获得英国75万英镑补偿费后，禁止其国民在赤道以北的非洲地区从事黑奴贸易，1842年又禁止赤道以南地区的黑奴贸易。1817年西班牙在获得英国40万英镑补偿费后，也禁止其国民在赤道以北的非洲地区从事黑奴贸易，1835年又禁止赤道以南地区的黑奴贸易。

各国先后宣布禁止黑奴贸易后，黑奴贸易并没有立即消失，而是从公开走向了地下：黑奴走私贸易又持续了近一个世纪。19世纪60年代美国南北战争结束后，美国、古巴和巴西也相继废除了奴隶制度，黑奴贸易逐渐变得无利可图，明显衰退下去。1889-1890年的布鲁塞尔会议通过了禁止黑人奴隶贸易的总决议书，标志着黑人奴隶贸易在世界范围内的最终结束。

浪漫派诗歌对蓄奴制、废奴运动、种族问题都有所反映。在威廉·布莱克制作插图的书籍中，有一本叫《远赴苏里南镇压黑奴叛乱的五年纪实》(*A Narrative of a Five Years'*

Expedition, against the Revolted Negros of Surinam）。作者是英国殖民军将领J·G·斯特德曼（J. G. Stedman），在镇压黑奴叛乱的过程中，他对黑奴产生了同情，对奴隶主的残忍行径充满了愤恨。最终他与一位黑奴结婚生子，建立了家庭。

布莱克一共为该书制作了16幅雕版插图，从中了解到蓄奴制的恐怖行径，也产生了种族平等的思想。在名为"欧洲、非洲和亚洲"的插图中，他展示了三位不同肤色的少女亲密相见、平等友爱的画面，她们分别代表白、黑、黄三个种族和三个大洲。在《神圣的形象》一诗中，布莱克进一步认为不同人种，包括白人、黑人、犹太人、土耳其人等，都是"人形"的不同表现，都是上帝的子民，不应区别对待。在《黑男孩》一诗中，他让一个黑男孩带着白男孩去见上帝，而非相反，这是对当时歧视黑人的倾向的一种纠正。

柯尔律治曾经积极参与了英国的废除奴隶贸易运动，做过反对奴隶贸易的公开演讲（1795），谴责黑奴贸易给非洲带来的巨大灾难。他的名诗《古水手吟》讲述了一个英国水手随船出海，经历了种种非人的磨难后，最终独自一人存活下来，回到故乡。但是从此以后，他的心灵不得安宁，良心受到折磨。他不得不云游四海，讲述他的经历，借以赎罪。这位古水手的"良心"所谴责的"罪恶"是什么呢？很可能是奴隶贸易，那艘船就是一艘贩奴船。

罗伯特·骚塞在《参与奴隶贸易的水手》（The Sailor Who Had Served in the Slave Trade）一诗中，描写了主人公在黑奴贩运的"中程"（Middle Passage），对一个女黑奴进行残酷的殴打并致其死亡的经历。"他们把她抛进了大海，……她从她的痛苦中解脱，……但是我，上帝啊、耶稣啊，什么时候才能得到安宁？""希望大海把我吞没，在我无罪之时。"

华兹华斯在《1802年9月》和《致杜桑·卢维杜尔》等

诗中对法国在废除奴隶制问题上的反复不定进行了批评。在第一首诗中，他描写了一个"沮丧"的黑人女性。她是被法国当局驱逐出境的、华氏从法国返回英国的船上的同行者，"像那个种族的所有人一样，/目前都不能在那里落足"。第二首通过对死于法国监狱的海地黑人起义领袖杜桑·卢维杜尔（1743–1803）的凭吊，谴责了拿破仑军队的残酷镇压，表达了对海地民族独立运动的支持。

女权运动

英国是女权主义和女权运动产生和发展最早的国家之一。早在1694年，英国女性主义作家玛丽·艾斯泰尔（Mary Astell）在《致女性的严肃建议》（*A Serious Proposal to the Ladies*）中就提议建立一所女子学校，让女性受到同等的教育。她在书中还提出了许多超前的女性主义思想：女人不一定要承认丈夫高于自己；单身女人不必服从男权；受过教育的妇女应避免家庭奴役；女人的生活目标不应当只是为了结婚；应当建立妇女自己的社区，过一种摆脱男人的生活等等。

1792年，英国思想家玛丽·沃斯通克拉夫特（Mary Wollstonecraft）把启蒙主义思想应用到女性问题上，写下了《女权辩护》（*A Vindication of the Rights of Women*）一书，呼吁给予女性平等的权利。沃斯通克拉夫特在书中提出了三个观点：一、男女根本没有差别，女性之所以弱于男性，完全是由环境和教育造成的，是社会化的产物。二、男女彼此相倚，男女地位不平等将阻碍社会的进步。三、男女应该接受同等的教育，应该提高妇女的素质，使其具有和男子同等的就业机会，摆脱无知、劳苦和对男人的屈从，促进社会进步。这本书后来被视为19世纪女权运动的最重要文献之一。

到19世纪，人权的概念在西方已有了100余年的历史，但人权概念在这个历史时期内并没有适用于女性。英国哲学家约翰·洛克在17世纪就提出了天赋人权、自由平等的口号，然而在强调保障个人的权利的同时，洛克让家庭内部关系保留了父权制特征——家族统治和等级制。18世纪启蒙运动的思想家们也存在着同样深刻的内在矛盾：卢梭在强调人人平等的同时，却认为女人生来就应该服从男性，不具备公民权，不属于享受个人平等权利的对象。

1791年，法国大革命的妇女领袖奥兰普·德古热（Olympe de Gouges）发表《女权与女公民权宣言》，开宗明义地宣布"妇女生来就是自由人，和男人有平等的权利"。她领导的妇女俱乐部要求"平等、自由、博爱"理念同样运用于女性，不应对男女区别对待。然而，两年后她和她的女性同事们被推上了断头台，女权俱乐部被禁止活动，法国重回"男性共和国"。同时在美国，社会活动家阿比盖尔·亚当斯（Abigail Adams）和作家玛丽·奥提斯·沃伦（Mary Otis Warren）曾经给美国最初的领导人华盛顿和杰弗逊提议将男女平等和女性权利写进美国宪法，但是也没有成功。

虽然女性地位在19世纪没有任何改变，但是女权思想得到了普及和传播，并且随着社会生产模式的改变，女性权利问题日益凸显。在英国的工业革命过程中，由于农业和手工业逐渐衰退，下层妇女为了生计不得不走出家庭，进入劳动力市场。在最早的工厂中，女工的人数占据多数，"男主外，女主内"的性别分工模式开始瓦解，女性的经济地位在提升。然而，不平等的性别关系没有改变，并且女性在工厂受到了各种歧视。妇女每天工作十几个小时，得到的工资却低于男性。

另一方面，中上层妇女由于不用从事生产活动，被彻底排斥在经济活动之外。她们的父亲或丈夫在资本主义的发展过程中迅速富裕起来。家庭对于他们来说只是一个温馨、宁静的避难所,在竞争激烈的、物质主义的世俗社会中,为他们提供一种安全感。因此,他们竭力维护传统父权制的家庭特点,严格要求妇女做贤妻良母,对丈夫尽心尽责。他们声称"女人的位置在家庭",女人应该做"家中天使"。因此,虽然中上层妇女锦衣玉食,她们却被牢牢地禁锢在家庭里,丧失了一切社会功能,成为丈夫单纯的陪衬、玩物或生育工具。

直到19世纪中叶,英国的女性权利问题才被真正认真对待。维多利亚时期的著名诗人丁尼生(Lord Alfred Tennyson)在《公主》(*The Princess*)一诗中,描写了一座女性学校,提倡为女性提供平等的教育。1869年,英国著名哲学家和社会学家约翰·斯图亚特·穆勒(John Stuart Mill)发表了《论妇女的屈从》(*The Subjection of Women*),论述了"解放妇女除了促进妇女得到福利之外,也是为人类增添幸福的先决条件"。穆勒在书中提出男女在法律上应该享有平等的权利,呼吁给予妇女财产权、就业权和投票权。这部作品被称为19世纪世界女权运动的"圣经"。

在19世纪,英国的选举权一直因财产资格的限制而局限于贵族。劳动阶层男性和妇女被排斥在选民的范围之外。英国妇女运动与政治民主化运动相辅相成,促成了1832、1867、1884年的三次议会改革,逐渐消除了选举制度中的财产资格限制,使选举权逐渐由贵族扩大到工业中产阶级和成年男性,并最终在1918年扩大到英国女性。

在浪漫派诗人的作品中,性别问题有诸多反映。威廉·布莱克在《阿尔比昂女儿们的幻象》(*Visions of the Daughters of Albion*)中,通过乌苏恩的口提倡性自由,放弃传统的男权制对女性贞洁的严格要求,允许女性大胆追求自我满足。布莱克将女性受到的压迫与美洲黑奴受到的压迫联系起来,乌苏恩是一个女性，同时也是一个黑奴，她受到的是双重禁锢。然而，将追求性解放和性满足的主张放到一个女性黑奴口中，也许迎合了当时的大众对黑奴女性的想象，这可能也反映出布莱克的某种局限。

19世纪的人们对女性的认识实际上还很传统。据凯特·米利特（Kate Millett）在《性政治》（*Sexual Politics*）中所说，当时的社会仍然存在着传统遗留下来的仇女或厌女倾向。女性要么被视为温柔善良的"家中天使"，要么被视为充满危险的"浪荡女"或"妖女"。如果我们看华兹华斯"露西组诗"（Lucy Poems），那么我们会发现露西就是一个被理想化的女性化身：她在家中温暖的壁炉旁"转动纺车"；她像"鸽泉边"的一朵"紫罗兰"，远离闹市独自绽放；她似乎拥有永恒的美丽，"凡间的年代不能触碰"。

然而，如果我们翻阅拜伦的《唐璜》，那么我们就会看到女性被塑造成另一种形象。唐璜的大多数浪漫经历都不是他追求的结果，而是他被追求的结果。他总是一个被动的受害者，而不是一个主动的加害者。而女性，从朱丽亚和海盗的女儿，到土耳其女苏丹和俄罗斯女沙皇叶卡捷琳娜，要么充满了危险的魅力，要么位高权重。两者对男性的自我都形成了一种威胁。

这种将女性描写为威胁和妖女的倾向在济慈的《拉米亚》和柯尔律治的《克里斯特贝尔》中都有所体现。这些女性主人公往往外表美丽动人，但最终却是一条美女蛇。济慈的《没有怜悯的美女》（La Belle Dame Sans Merci）继承了中世纪的歌谣传统，讲述了一个骑士被"妖女"蛊惑，不能自拔，最终为情所困，死于野外。这样的故事在神话、童话和歌谣中被无数次重复，从而形成了一种常规的关于女性的文学想象。

作品介绍

浪漫主义与反浪漫主义

一

著名的浪漫派诗歌批评家亚伯拉姆斯（M. H. Abrams）在他的经典理论著作《镜与灯：浪漫主义理论与批评传统》（*The Mirror and the Lamp: Romantic Theory and the Critical Tradition*，1953）中，对浪漫主义文学观和创作观进行了详尽而系统的总结和梳理，为我们理解浪漫主义提供了一个很好的线索。

亚伯拉姆斯认为，任何一个文学作品都会涉及四大要素：世界、作品、作家、读者。根据侧重点的不同，文艺批评形成了四大不同理论，即模仿论、功用论、表现论和客观论（Mimetic Theory, Pragmatic Theory, Expressive Theory, Objective Theory）。如果强调作品对世界的反映，这就是模仿论；如果强调作品对读者的教化作用，这就是功用论；如果强调作品对作家内心的反映，这就是表现论；如果强调作品的独立存在，这就是客观论。

从历史来看，模仿论历史最悠久，它始于古希腊，一直延续到文艺复兴时期。莎士比亚的戏剧"对人生举起一面镜子"的说法就是一种模仿论。18世纪的亚历山大·蒲伯（Alexander Pope）所强调的文学的教化作用，以及文学对人格的塑造，类似于我们今天所说的"寓教于乐"，是一种功用论。19世纪的华兹华斯强调想象力及其创造性，充分凸显了作家心灵的作用，因此是一种表现论。20世纪的"现代派"强调文学作品的独立性、自律性和自在性，因此是一种客观论。

当然这并不是说，文学理论的发展历史严格遵循了这么一种简单化、高度归纳的发展模式。每一种文学观可能都存在于每一个历史时期，唯一的区别在于每一个历史时期都有不同的侧重点，因此显示出一种不同的时代特征、时代趋势。正是在这个意义上讲，英国浪漫主义对文学的理解是一种表现论，是一种强调心灵作用和想象力作用的文学观。用亚伯拉姆斯的话说，就是浪漫派诗人的心灵不是一面"镜子"，它不反映现实。它是一盏"灯"，它照亮现实。

浪漫主义诗歌的一个显著特征是强调心灵的想象力和创造力。根据这个观点，心灵不仅仅反映世界，而且是创造性地反映世界。说得更准确一点，心灵是创造世界，而不是反映世界。华兹华斯在《抒情歌谣集》的前言中说，诗歌的"主要目的是……从日常生活中选择事件和情景，尽量用人们真正使用的语言来叙述和描述它们；同时再给它们涂上一层想象力的色彩，从而使平凡的事物显现出非凡的面貌"。平凡的事物经过艺术的想象，就变得不再平凡。同时，我们也可以说这个不平凡的结果就不再是它所反映的外界事物，而是想象力的产物。华兹华斯在另处又说，"[诗歌中]从头到尾，事物的影响力并不来自事物本身，而是来自人们的心灵所赋予它的力量，即人们与它交流，受它影响后所产生的想象"。也就是说，诗歌的力量源泉并不是来自它所描写的事物，而是来自艺术家所赋予的想象力。

柯尔律治在为诗歌下定义的时候，也表达过类似的观点。他在《文学生涯》一书中写道："意象，无论多么美丽，多么忠实地模仿自然，多么准确地表达于文字之中，都不是原创天才的证据。只有当这些意象被一个强大的激情所改变，被强大激情引发的思想和附属意象所改变，……最终，只有当诗人为它们注入了来自其灵魂的人生和思想的生命，'其灵魂充满了大地，大海和天空'，它们才是原创天才的证据。"对于柯尔律治来说,意象作为诗歌的重要组成部分,其艺术价值不在于忠实地模仿了现实,而在于它们包含了诗人为它们注入的灵魂和生命,在于来自诗人的"强大激情"。同华兹华斯一样,他一直强调的是,心灵的作用不是模仿,而是创造:它是一盏能够照亮现实的"灯"。

浪漫主义诗歌的第二个显著特征是强调情感在创作中的作用。华兹华斯关于诗歌创作有一句名言:"诗歌是强烈情感的自然流露,它起源于平静中记忆起的感情。"这里的"情感"(emotion)和"自然流露"(spontaneous)不是简单的词汇,而是具有一定叛逆性的词汇。它们在我们今天看起来很平常,但在当时它们却充满了政治意味,甚至是充满了火药味。它们针对的是18世纪古典主义诗歌,讽刺古典主义"诗歌语言"(poetic diction)的机械和生硬,以及古典主义诗歌的形式主义。"情感的自然流露",要求诗人抛弃这些古典主义窠臼,使用人们日常生活的语言,书写发自内心的感情,真诚而不做作。诗歌应该源于自然,而非人为努力的结果。

正是由于这个原因,浪漫派诗人喜欢用植物生长来比喻诗歌创作。济慈曾经在给友人的信中说,"如果诗歌创作不能像树叶在树上生长,那最好就不要创作"。在济慈看来,诗歌创作的最高境界也许就是这样一个自然发生的过程。树上生长树叶,除非是使用科学技术进行嫁接,应该是最自然不过的自然现象。柯尔律治同样将诗歌创作比喻为植物生长,"每一株都有其生长的原则,将其生长的土壤的养分吸收进来,进行不同方式的组合……它们的不同色彩和不同特质都见证了它们的生长之地,以及它们内部生成和外部成长的情况。"

如果不用植物,那么浪漫派诗人也会用其他自然现象来描述诗歌创作。拜伦认为,诗歌"是想象力的岩浆,它的喷发可以形成一次地震"。雪莱认为，"心灵在创作时就是一块燃烧的煤。一种看不见的影响力，像一阵起伏的风，使它发出忽明忽暗的亮光；这个亮光来自它的内部，像花朵的颜色随生长而变化、消失一样；我们天性中的意识无法预见它的到来和离去。"这段话既用了燃煤的比喻，也用了植物的比喻，它所强调的无非是创作过程是感情的自然流露，而不是绞尽脑汁的刻意追求。

正是因为这个原因，浪漫派诗人特别喜欢用风弦琴（Eolian lyre）来比喻创作的心灵。风弦琴在浪漫主义时期比较流行，它们常常安装在窗上，风吹而发出琴声。柯尔律治在《风弦琴》一诗中写道："许多思绪，不请自来 / 许多想象，瞬间产生 / 通过我的怠惰而被动的大脑 / 像偶然的风，狂野而多变 / 在此心灵的琴上弹拨和发声。"雪莱在《西风颂》中写出了类似的诗行："把我当作你[西风]的竖琴吧，有如树林；/ 尽管我的叶落了，那有什么关系！/ 你巨大的合奏所振起的乐音 / 将染有树林和我的深邃的秋意。"雪莱将自己比喻为"竖琴"（风弦琴），在西风的吹拂中，产生出嘹亮的合奏。

浪漫主义另一个显著特点是作家将个人生活和思想作为诗歌的题材。华兹华斯在《序曲》中讲述了一个"诗人心灵的成长"的故事，而这个诗人就是他自己。在英国文学史上，把自己选为一首史诗的书写对象，在他之前几乎没有英国诗人这样做过。在诗中，华兹华斯告诉我们，他参考了前辈诗人弥尔顿，想到了英国和欧洲历史上的英雄豪杰，但是他最终还是决定写他自己，使自己成为他最长的一首诗的主角和英雄。

在有些人看来，浪漫派诗人就是比较个人化（personal），甚至有一种"利己主义"（egotism）倾向。拜伦的《唐璜》写了一个西班牙贵族一生的冒险和艳遇，虽然看上去主人公只是一个虚构的人物，但实际上他更是拜伦的替身、拜伦的面具。在他的身上，我们可以清晰地看到拜伦个人的影子。柯尔律治的《失意吟》（Dejection: An Ode）更是"个人化"的结果，它最初是一封私人信函，写给他的恋人萨拉·哈钦森。在这封以诗歌形式写成的信中，他书写了爱情的失意、人生的挫折。虽然经过修改和删节后，我们现在看到的《忧郁颂》已经不像当初，但是在某种意义上讲，它仍然是一首"自白诗"，仍然充满了柯氏的人生和思绪。

浪漫派诗歌的"个人化"倾向在20世纪的现代派时期受到了诸多的非议，但是"自我关注"或"内心声音"并不是浪漫派诗歌的目的。《序曲》的真正主角不是诗人自己，而是想象力、心灵的成长。《失意吟》的确有一些个人生活的元素，但它的主题是人与自然的关系。作者所忧郁的，不是爱情的丧失，而是不再能够看见曾经覆盖这个世界的"光、荣耀"。《唐璜》中的唐璜只是故事的表演者，诗歌真正的主人公是这个故事的叙事者和评论者。诗歌通过故事的展现，对政治的腐败、道德的沦丧、社会历史的扭曲进行了辛辣的讽刺和无情的批判。"个人化"倾向可能仅仅是一个表象。

二

一般认为，浪漫主义运动到19世纪30年代就已经结束，其文化遗产被洛根·史密斯总结为"四个浪漫词汇"：原创、想象力、创造力、天才（original, imagination, creative, genius）。但是作为一个文学模式，浪漫主义一直延续到19世纪末其精神力量都还没有完全耗尽。然而，在19、20世纪之交，英国文学走入了一个低谷，它没有引领者，没有活力，没有创新，没有突破。1914年，刚刚到达英国的T. S.艾略特（Eliot）抱怨说，英语文学没有生机，这个时代是"诗歌的低潮"。1918年，他又抱怨说，"英语文学的标准低到了令人沮丧的程度"。

但是，这个低潮的根源在哪里呢？有人将它追溯到已经强弩之末的浪漫主义运动。美国思想家白璧德（Irvine Babbitt）在《文学与美国高等教育》（*Literature and American College*）一书中认为，文学教育的最大弊病就是"个人主义"和"印象主义"，这是教育原则和批评原则已经崩溃的表现。"文学失去了标准和规训，同时也失去了力量和严肃性。它们沦为了业余爱好者，亦即浪漫主义的残渣余孽玩弄的对象。"值得注意的是，白璧德强调的是"标准"和"规训"，反对的是"个人主义"和"印象主义"，并且暗示后者是浪漫主义的残渣余孽。

在《卢梭与浪漫主义》（*Rousseau and Romanticism*）一书中，白璧德进一步将浪漫主义的诸多"弊病"追溯到卢梭身上：个人主义、个性、"内心声音"、无政府主义、新教主义等等。在哈佛大学的"19世纪法国文学批评"课程上，白璧德曾经演练过这些观点，而他的学生艾略特也肯定没有错过这些内容。1916年，艾略特受雇于牛津大学拓展课程项目，讲授"现代法国文学"。他首先将卢梭视为浪漫主义的代表，将他视为"不幸和灵感的永恒源泉"。然后他将卢梭的思想和事业总结为：（1）宗教上反权威；（2）国家治理上反贵族和特权。这两项主张的主要表现是：（1）抬高个性，贬抑典型；（2）强调感性，贬抑理性；（3）相信人本主义，本性向善；（4）在艺术上反对形式，注重自然流露。

艾略特在评论哈佛大学的另一位教授保罗·埃尔马·莫尔（Paul Elmer More）的《浪漫主义的放任自流》时，曾经说，"当前的时代是一个放任自流、任性、不负责任的情感宣泄的时代"。它的两大趋势，即物质主义和情感主义，在艺术、哲学、政治、伦理上，都表现为反对一切压制，反对生活中不可避免的制约，反对文明的必要的制约；表现为信仰不加限制的想象力和情感。他再次将浪漫主义与"情感宣泄"联系在一起，同时也添加了"放任自流、任性、不负责任"等其他负面特征。

艾略特是20世纪初高调反浪漫主义的代表，他的观点不光被运用到哲学、宗教和政治层面，也被运用到文学层面。他在他的第一部文学评论集《圣林》（*The Sacred Wood*）中宣称，"浪漫主义在生活中也许是可取的，但是在文学中没有位置"。他还批评华兹华斯的"在平静中记起的感情"是不准确的说法（inexact formula），诗歌不是个性的宣泄，而是对个性的逃避。这些观点都有意识地与浪漫主义诗歌理论唱对台戏。他著名的论文《传统与个人天赋》实际上是一篇反浪漫主义的檄文，强调作家不能过分倚重个人天赋，而要将个人天赋置于"传统"的制约之中。

艾略特所反对的"个性""情感宣泄""放任""无节制"等是否就是浪漫主义，值得推敲，而且他的"反浪漫主义"呼声可能还另有意图和目的。反浪漫主义对他来说可能就是一个策略：只有在反浪漫主义的过程中，他才得以建立自己的现代主义诗学。我们都知道，定义需要差异，只有在凸显他与浪漫主义的差异的基础上，他才能够说明他的现代主义为何物。有人甚至认为，艾略特的反浪漫主义是一种"影响的焦虑"，是一种弗洛伊德式的"弑父行为"：只有"杀死"前辈，后来者才能取而代之。

艾略特对20世纪反浪漫主义思潮影响最大的理论观点，是关于感性与理性结合的理论。他在著名的《玄学派诗歌》一文中说，从17世纪的弥尔顿开始，英国诗歌的感性和理性脱节了，诗人要么是感情宣泄，要么是抽象思辨，但是不能将两者有机结合起来。这就是他著名的"感受力脱节论"（dissociation of sensibility），其针对的是18、19世纪的英国文学，包括浪漫主义时期的文学。这个"感受力脱节论"，以及由此产生的可疑的历史观，在20世纪初的现代派诗歌研究中被广泛采用，被当成了批评浪漫主义"感情宣泄"的武器。

剑桥大学的批评家李维斯（F. R. Leavis）在专著《英国诗歌新方向》（*The New Bearings of English Poetry*）和《重新评估》（*Revaluations*）中认为，艾略特代表了英国诗歌的新方向，以他为代表的现代派诗人摒弃了浪漫主义时期的"诗性语言"和"诗性题材"的概念，使诗歌语言进一步口语化，使诗歌题材进一步现代化和民主化。在"重新评估"浪漫派诗人的过程中，他批评雪莱等人的诗歌意象紊乱无序，意象无法实现其可视性和图像成形。也就是说，雪莱的感性思维没有受到理性思维的很好制约，因此出现了"感受力脱节"的现象。

美国新批评家柯林斯·布鲁克斯（Cleanth Brooks）在《现代诗歌与传统》（*Modern Poetry and the Tradition*）一书中，将艾略特的"感受力脱节论"运用于对诗歌比喻的分析，认为20世纪现代派诗歌与17世纪玄学派诗歌在比喻的运用上有着共同的特点和共同的理念，即比喻连接迥然不同的事物，它是对思想的感性理解（sensuous apprehension），诗人就像嗅到玫瑰花香一样，感受到他的思想。最后布鲁克斯补充道："现代派诗人与玄学派诗人的特殊关系在于，他们在比喻的问题上，与古典主义和浪漫主义诗人是对立的。"这样的暗示实际上是在批评浪漫派诗歌有"感受力脱节"的嫌疑。

这些批评家，和其他批评家一道，组成了所谓的反浪漫主义阵营，他们的著书立说在20世纪初的确形成了一股反浪漫主义思潮。从他们的表述中，我们看到了他们对浪漫主义的误读和曲解，同时我们也更加理解他们的意图和要达到的目的：反对前辈，建立自我。其实，这种策略并非现代派诗人的发明，浪漫派诗人早在19世纪初就已经使用过它。华兹华斯为《抒情歌谣集》所撰写的前言（1800）就是一个反古典主义文学的"宣言"。从某种意义上讲，艾略特等人"反对前辈、确立自我"的策略也是浪漫主义遗产的一个部分。

三

到1950年代，随着现代派文学进入历史，人们对浪漫主义的认识发生了显著的变化，批评也逐渐回归理性。弗雷德里克·珀特尔（Frederick A. Pottle）在《雪莱一案》（The Case of Shelley, 1952）一文中追溯了雪莱的批评史，驳斥了现代派作家和批评家，特别是李维斯和艾伦·泰特（Allen Tate）对雪莱的无端攻击，说明了雪莱的《当那盏灯熄灭》是一首"值得尊重的诗歌"，维护了雪莱的声誉。

不仅学术界对雪莱等人进行了重新评价，而且更加倾向于将浪漫主义运动视为现代诗歌的肇始。1959年，罗伯特·兰格伯姆（Robert Langbaum）在《经验之诗》（*The Poetry of Experience*）一书中把浪漫主义视为现代文学的开端，他认为浪漫主义运动作为"对18世纪科学世界观的反叛"，把19和20世纪文学联结在一起。同年，弗兰克·克尔莫德（Frank Kermode）在《浪漫主义意象》（*Romantic Image*）一书中把现代主义的叛逆解释为一种时代需要，他列举了大量事实证明，艾略特、庞德和叶芝的象征主义诗歌是对浪漫主义文学的继承。

的确，从50年代开始，批评界更倾向于认为，浪漫主义运动一直延续至今，不管我们承认与否，我们都是一个后浪漫时代。1964年，C. K. 斯特德（C. K. Stead）在《新诗学：从叶芝到艾略特》（*New Poetic*）一书中认为，从浪漫主义时期开始，英国诗歌有两个走向，一是朝着大众化发展，二是朝着纯意象（Image）发展。19和20世纪之交的英、法象征主义诗歌就是第二个走向的极端表现。他认为现代派大师T. S.艾略特的"传统，不管从法国作家那里借鉴了什么，其来源都是浪漫派作家"。

诺斯罗普·弗莱（Northrop Frye）的评论应该是对这些观点的最好总结。在《英国浪漫主义研究》（*A Study of English Romanticism*，1968）一书中，他说，"浪漫主义是一场延续至今的想象力革命的第一阶段，它直到现在都还没有结束……这就是说浪漫主义之后的一切，包括五六十年以前英、法反浪漫主义运动，都最好理解为后浪漫主义。"他在《醉船：浪漫主义的革命性因素》（The Drunken Boat: Revolutionary Elements in Romanticism）一文中说，在浪漫主义时期，科学已经使诗人不可能像从前那样想象天上有一个上帝，"因此，当浪漫派诗人书写上帝时，他们比但丁和弥尔顿更难以给上帝找到一个合适的地方。总体来说，他们要么不愿设想有这么一个'地方'，要么觉得'内心'是一个比'上天'更合适的比喻。"

哈罗德·布鲁姆（Harold Bloom）在《寻觅传奇的内在化》（The Internalization of Quest-Romance，1970）一文中，将浪漫主义之后的诗歌定义为一种内在化的寻觅，其发展过程是"从自然到想象力的腾飞"。浪漫主义时期被他定义为"从布莱克和华兹华斯的童年一直延续到目前"。他还引用保罗·德·曼（Paul de Man）说，"现代派的每一个超越浪漫派的新尝试，其结果都反而是认识到浪漫派的先在性"。

乔治·伯恩斯坦（George Bornstein）在《浪漫主义的变体：叶芝、艾略特和史蒂文斯》（*Transformations of Romanticism*，1976）一书中认为，艾略特等人的"现代主义诗歌"仅仅是浪漫派诗歌的变异。不管他们的创新有多么五花八门,他们似乎都没有跳出浪漫主义的模式。爱德华·罗勃(Edward Lobb)在《艾略特与浪漫主义批评传统》(*T. S. Eliot and the Romantic Critical Tradition*,1981)一书中,仔细分析了艾略特1926年在剑桥大学做的"克拉克系列演讲",认为艾略特的批评观点是对浪漫主义批评观的继承。

到1975年,亚伯拉姆斯可以毫无愧色地宣布,"迄今已经20年左右的(关于浪漫主义的)争论大致已经结束,结果是有利于浪漫诗人的,以至于这样的说法现在已经变得很平常:现代作家以前常常因反浪漫主义而受到赞扬,而事实上他们只是浪漫主义时期的创新做法的当今例证"。

浪漫主义研究的复兴

浪漫主义研究从20世纪中叶开始可以说经历了一次巨大的复兴,吸引了一大批优秀的研究者进入该领域,产出了一大批优秀的研究成果。一开始,研究活动仍然采用了传统的文学研究模式,即来源研究,与传统上被称为语文学(philology)的研究范式相似,主要是通过探讨和比较文本与其来源,发现诗歌的意义及其创新。这些来源研究总体上讲所涉及到的来源包括"欧陆浪漫主义""西方思想与宗教传统""神话原型与集体记忆""作家个人与时代背景"四大部分,主要观点都可以总结为"传统与创新"这个命题。

但是,在20世纪70年代以后,随着各种西方批评理论的出现并被运用于浪漫主义研究之中,这个领域产生了一次研究能量的大爆发,形成了一大批研究成果。由于这些成果浩如烟海,专著和论文不计其数,涉及的类别纷繁复杂,包括原型研究、解构主义、新历史主义、性别研究、种族研究、阶级研究、东方研究、生态研究等视角,因此,任何文献综述都不可能穷尽所有。我们在此不求面面俱到,只求突出重点,有选择地介绍其中的一部分,以期读者从中看到端倪,从树木管窥到森林。

传统研究

浪漫主义诗歌研究在过去半个多世纪的发展历程是一个冗长的故事,但最适合的起点可能是M. H. 亚伯拉姆斯(M. H. Abrams)。他在这个领域做了许多开拓性的工作,是知名度最高的批评家之一。他在《镜与灯:浪漫主义理论与批评传统》(1953)中将浪漫主义诗学和古典主义诗学区分开来，运用了两个形象的比喻将两者的差异描述为"反映论"和"表现论"的区别。他认为浪漫派诗人的想象力就像"灯"一样，不是"反映"世界，而是"照亮"世界。亚伯拉姆斯一方面突出了浪漫派诗学的革命性，认为它开启了与古典反映论不同的新诗学；另一方面他强调这个浪漫派诗学的"表现论"核心（expressive theory），即放大想象力的作用，放大作者的内心激情，边缘化外部事物的作用，将诗歌视为情感喷发的结果，从而凸显了它强调主观作用的欧陆唯心主义色彩。

虽然这个"表现论"诗学可以追溯到古罗马的朗吉努斯（Longinus），但亚伯拉姆斯认为其主要来源还是德国唯心主义哲学和诗学。在史莱格尔、诺瓦利斯、赫尔德、康德、谢林、歌德等人的著述中，心灵的作用同样得到了凸显，心灵的创造作用被放到了异常重要的位置，这与唯心主义哲学凸显心灵的认知作用如出一辙。应该说，《镜与灯》开创了浪漫派诗歌研究的历史。首先，它从具体领域说明了英国浪漫主义文学是欧陆浪漫主义一部分，将前者置入更大背景之中去研究；其次，它凸显了浪漫主义诗学的革命性，在认知模式上将它视为一种新诗学，开创了英国诗歌新时代。

哈罗德·布鲁姆（Harold Bloom）主编的《浪漫主义与意识》（*Romanticism and Consciousness*，1970）也将浪漫主义运动视为英国文学史的一个新开端。其中的一篇重要文章，维姆塞特（W. K. Wimsatt, Jr.）的《浪漫派自然意象的结构》（The Structure of Romantic Nature Imagery，1954），将17—18世纪诗人与19世纪诗人进行对比，认为浪漫派诗歌在主题、哲学思想、认知方式和诗学上都发生了巨大改变。他首先指出，多恩将圆规比喻成恋人、蒲伯将个人判断比喻成怀表的做法很牵强、很机械。相比之下，浪漫派时期的威廉·鲍尔斯（William Lisle Bowles）对伊钦河的描写、柯尔律治对奥特河的描写，都很自然地与诗人的童年相联系，与失去的时光和朋友相联系，甚至与诗人目前的伤感和遗憾相联系："河流既是回忆的缘起，也是描写回忆所用比喻的来源"（Bloom，82）。这种比喻并不是机械地强调不同事物的相似性，而是在丰富多彩的事物中发现隐藏的结构和图案。维姆塞特认为它代表了一种新的认知方式、新的想象力、新的诗学，正如柯尔律治所说，"诗人的感觉和思想，与自然的现象结合起来，自然而无缝地结合，而不是松散地搅和在一起。"（quoted in Bloom，81）

该书还汇聚了多位著名批评家的文章，分"自然与意识""自然与革命""自然与文学形式"和"主要诗人"四个部分，对浪漫派诗歌进行了全方位的阐释，既有综合性和全局性论述，也有具体诗歌和诗人的解读，代表了当时浪漫派研究的主要倾向。布鲁姆在本书的前言文章《寻觅传奇的内在化》中对本书的主要命题"浪漫主义与意识"进行了阐释。他首先认为浪漫派诗歌的自我追寻与中世纪的骑士传奇类似，中世纪的外在的"寻求"（quest）在浪漫派诗歌中被内在化为一种内心的、对真实自我的追求。华兹华斯的《序曲》（一首"关于自我成长的诗歌"）和布莱克的《耶路撒冷》都是规模宏大的寻求传奇的范例，两首史诗般的鸿篇巨制的目标不是寻求与外界自然的结合，而是转向内心，在那里寻找"天堂"。布鲁姆运用弗洛伊德的心理分析术语来包装他的整个观点，认为力比多（libido）或欲望在寻求与外在对象结合的同时，仍然部分地停留在内心。

然而，"内在化"的风险在于，主体可能被封闭在内心，无法与客体结合，从而形成"唯我论"（solipsism）或者济慈所说的"自我崇高"（Egoistical Sublime）。华兹华斯在谈到他的《永生颂》一诗时说:"我曾经不能想象外界事物具有一种外在的存在,我曾经与我看见的一切进行交流,把它们视为我的精神世界的一部分,而非分离的事物。很多次在上学的路上,我不得不抓住墙壁或树木,以将自己从唯心主义的深渊中拉回来,拉回到现实。"因此,布鲁姆认为浪漫派诗歌的主题往往不是自然,而是"意识"或"主体性"(subjectivity)。在华兹华斯的诗歌中,主体与客体没有融合,其诗歌展示的是"心灵对外界所实施的掌控"(Bloom,9)。我们可以看出,探讨主体与客体、人与自然的关系,强调主体对客体的掌控,这些观点与亚伯拉姆斯所持观点基本一致,同时也将在杰弗里·哈特曼(Geoffrey H. Hartman)《华兹华斯的诗歌》(*Wordsworth's Poetry*, 1797–1814)和保罗·德曼(Paul de Man)的《浪漫主义修辞》(*The Rhetoric of Romanticism*)中得到进一步反映。

该书的其他文章在解读具体文本时,也会把主体与客体关系作为阐释的基础。亚伯拉姆斯的《大浪漫抒情诗的结构与风格》(Structure and Style in the Greater Romantic Lyric,1965)首先把某些浪漫抒情诗归类为"大浪漫抒情诗",认为它们具有类似的结构和风格,即"描写·沉思·描写"的三部曲结构。他认为柯尔律治的《风弦琴》和《失意吟》、华兹华斯的《丁登寺》(Tintern Abbey)和《永生颂》、雪莱的《忧郁诗节》和济慈的《夜莺颂》等作品都是典型的"大浪漫抒情诗",它们往往从景物描写开始,由景生情,进入沉思,或进行历史回顾,或描写想象境界,最后再回到现实,回到诗歌开头的情景。在这个过程中,诗人要么度过了精神危机,要么增加了人生智慧,对世界和人生有了更加深刻的认识。亚伯拉姆斯将这个循环结构或"蛇口咬蛇尾"现象(Bloom,206)追溯到17世纪到18世纪的英国文学中的"地方诗歌""玄学诗歌""宗教诗歌",追溯到"寓意的风景"这一概念,然后通过追溯风景诗的传统,引入人与自然、主体与客体的关系,从而厘清了浪漫派诗学的"表现论"自然观和想象力理论。

哈特曼的《浪漫主义与反自我意识》(Romanticism and Anti-Self-Consciousness)一文认为,浪漫主义时期是自我意识成熟和爆发的时期,它的症状就是焦虑、不安、压抑、受挫感甚至绝望。自我意识诞生的直接后果就是与自然的分离,诗人无法对自然进行直接认知和体验,使与自然的融合成为不可能。哈特曼的观点,虽然他没有提及,其实与席勒著名的《天真诗人与情感诗人》(Naïve and Sentimental Poets)一文类似。席勒的"天真诗人",即古代诗人,没有自我独立于自然的感觉,也没有自我与外界的分离感。而在浪漫派时期,诗人产生强烈的自我意识,从自然中异化出来,与自然形成了一种对立关系,这就是席勒所说的"情感诗人"。哈特曼认为,"情感主义"是"感知力从古典主义向浪漫主义转型的标志"(Bloom,50),自我意识的诞生和与自然的分离就像"失乐园"一样,挽救的方法就是"反自我意识",将自我意识变为想象力,从而回到先前的与自然融为一体的状态(Unity of Being),即布莱克所说的"更高级的天真"。

这里值得一提的还有哈特曼在别处发表的一篇文章《碑文与浪漫派自然诗歌》(Inscriptions and Romantic Nature Poetry,1965)。他在文中认为,浪漫派的自然诗歌的来源很可能是18世纪的碑文和墓志铭。作为一种文体,碑文一般出现在某个特别的地点,讲述在那里曾经发生的故事,或者在那里生活的某个人的经历。碑文还会想象有人从这里经过,因此往往会召唤旅人停下脚步,聆听这里的故事,从中汲取教训或寓意。哈特曼用华兹华斯的《紫杉树座位上留下的诗行》(Lines Left upon a Seat in a Yew-Tree)为切入口，用《迈克尔》、《丁登寺》、露西组诗和马修组诗为例，说明了华兹华斯"将这个文学类型从游客指南和古迹标牌的类别中解放出来，将自然碑文变成了一种独立的诗歌，能够铭记针对自然的任何情感，或者铭记引起这个情感的地点"。(Hilles & Bloom, 391) 这些文章都在说明浪漫派诗歌对传统的继承与创新，它要么开创了一种新的诗歌形式，要么代表了一个新的心理发展阶段。

浪漫派诗歌对西方思想和宗教传统的继承与创新，也是亚伯拉姆斯的《自然的超自然主义》(*Natural Supernaturalism: Tradition and Revolution in Romantic Literature*, 1971)一书的主要议题。在这部影响深远的著作中，他认为浪漫主义文学首先是19世纪西方思潮的一部分，这个思潮不仅在文学而且在哲学领域表现出来；不仅在英国而且在德国和其他国家表现出来。英国和欧陆浪漫派文学在思想、主题、表现模式上体现了惊人的一致性，这些思想、主题、表现模式包括危机自传、浪子回头、分裂与重合、归家之旅、末日想象等。虽然它们在浪漫主义文学和哲学中比比皆是，但它们并不完全是创新，其中多数在古典神话或基督教的概念、模式和意象中能够找到来源。这些古老的概念、模式和意象经过浪漫派诗人的精心改造或世俗化，成为诗人解读人生经验的工具或路径。浪漫派诗歌在这个意义上讲复兴了古老的欧洲思想与宗教传统。

"世俗化"是该书的关键概念，作者用以说明浪漫主义文学的某些主题和模式有它们的宗教来源或古典来源。其中一个突出的例子是华兹华斯的《序曲》，它属于一种可以被称为"危机自传"的文类，这种文类可以追溯到中世纪神学家奥古斯丁的《忏悔录》。这位中世纪圣人用以描写精神危机的自传模式，被华兹华斯挪用来描写他自己的人生危机、艺术危机和政治理想危机。奥古斯丁的宗教意义上的忏悔，变成了华兹华斯的世俗化的忏悔。因此，亚伯拉姆斯认为奥古斯丁开创了一些被后世的哲学家仔细研究的议题，"这些议题也成为世俗的忏悔录作者专注的对象，包括从卢梭和华兹华斯到普鲁斯特和乔伊斯的忏悔录作者"（Abrams，87）。

亚伯拉姆斯编辑的《英国浪漫派诗人》（*English Romantic Poets*, 1975）收录了他自己贡献的文章《对应的风》（The Correspondent Breeze: A Romantic Metaphor）。文章主要关注浪漫派诗歌中的风的意象，以说明人与自然、主体和客体的关系。文章以柯尔律治《忧郁颂》和华兹华斯的《序曲》为例，说明源于自然的风往往引起诗人内心也刮起一阵思想的风，内外的风所形成的对应关系与浪漫派的自然观有密切关系。文章题目来自华兹华斯的《序曲》的开端，描写华氏多年后回到了他的故乡"湖区"的心情。他站在山岗上，微风拂面，心潮澎湃，产生了撰写这首史诗的冲动。亚伯拉姆斯发现有多个浪漫派作品，包括雪莱的《西风颂》和《阿多尼斯》，都描写过这个现象，认为这个"对应的风"可以追溯到《圣经》、希腊罗马神话、西方哲学、文学和基督教传统中关于风、气息、生命、灵感的诸多文献。文章的研究路径与《自然的超自然主义》类似，它对浪漫派诗歌的"风"所进行的历史来源的考察，揭示了浪漫派诗歌对传统的继承与发展。从研究模式来看，它与原型批评也有类似之处。

原型批评（Archetypal Criticism）是借助心理分析理论家荣格的心理分析理论建构起来的批评模式。荣格认为许多自然界的意象、图案、模式经过历史的沉淀，在人类的神经系统中留下深刻印迹，形成原型，隐藏在人类的集体无意识中。这些原型不会消失,而是在后世的神话、宗教和文学中不断地重现。莫德·柏德金(Maud Bodkin)的《英国诗歌的原型图案》(*Archetypal Patterns in English Poetry*,1934)就是运用荣格的原型理论对英国诗歌中的"重生""天堂地狱""自然循环"等原始意象所进行的研究,她特别选取了柯尔律治的《古水手吟》和《忽必烈汗》、弥尔顿的《失乐园》、莎士比亚的《奥赛罗》、D. H.劳伦斯的《恋爱中的女人》和T.S.艾略特的《荒原》作为例子,来说明这些原型对于文学的重要性,她对浪漫派诗歌的评论是对浪漫派研究的重要贡献。

在她看来,柯尔律治的《古水手吟》涉及一个人的罪与罚,古水手由于无故射杀信天翁而受到责罚,在炎热的赤道的大海上漂泊数日,经受了地狱般的孤独、干渴、炙烤的磨难。这些外在经验是柯尔律治内心磨难的投射,人类无意识中的地狱原型在诗中的重现,与基督教圣徒传描写的"灵魂的黑夜"有类似之处。古水手又因为内心突然产生了一种普世的爱而重获雨和风,给他的身体以滋养,给他的船以生机和动力,他最终得以重回他的祖国。柏德金认为这也不是一种原创,它也是"重生"的神话原型在作品中的再现,在《圣经》和古代神话中,雨水是生命的象征,风是气息的象征。先前两者的消失造成古水手的"死",现在两者的重现同样给予了他"生"。

亚伯拉姆斯曾经批评原型批评说,这种批评模式"将所有——或至少是许多——严肃的诗歌简单地概括为一个亘古不变的主题的变种,对文学批评家的目标没有多少用处"。(Abrams,51)他认为诗歌中的类比在经过多次使用后,自然会形成一种口述和书写传统,"没有任何必要像荣格一样认为,这个意象……进入了无意识,然后不时地从集体无意识中浮现出来"。（Abrams，49）虽然亚伯拉姆斯对原型批评的做法比较抵触，但是他的研究还是与它非常类似。他在《英国浪漫派诗人》中一方面批评原型批评是"对所有重要因素的极端抽象化"，另一方面也收录了加拿大批评家、原型批评的主要阐释者诺斯罗普·弗莱（Northrop Frye）的论文《布莱克的原型》（Blake's Treatment of the Archetype）。

弗莱在他最著名的批评著作《批评的解剖》（*Anatomy of Criticism*，1957）中，将文学批评分为四个类别，"历史批评""伦理批评""原型批评"和"修辞批评"，强调文学批评不专注于个别作品，应该关注所有作品构成的总体，以及其中包含的结构原理。在"历史批评"中，他认为西方文学传统有"高模仿""低模仿"和"讽刺或反讽"三种模式，西方文学的发展历史就是朝着"讽刺"模式演进的历史。浪漫主义文学属于"低模仿"阶段，它反映的既不是古代神话、传奇和悲剧中的神、国王和英雄，也不是现当代文学中的"反英雄"和讽刺对象，而是生活在它那段历史和社会中的真正的一般人。弗莱认为"原型批评"的宗旨是"运用《圣经》的象征体系，同时也参照古典神话，借以说明文学原型的基本原理"（弗莱，190）。把喜剧、传奇、悲剧、讽刺或反讽的叙事结构与春夏秋冬四个季节相对应，把悲剧英雄的陨落追溯到亚当被逐出伊甸园的原型，将悲剧的效果，即观众得到的"净化"效果，追溯到基督教的献祭和圣餐仪式。（弗莱，306-311）

虽然《批评的解剖》并不是浪漫派诗歌的研究专著，而是一部纯粹的文学理论著作，但它是作者在研究浪漫派诗歌时萌生的想法和结出的硕果，是《可怕的对称：布莱克研究》（*Fearful Symmetry: A Study of William Blake*，1947）的副产品。应该说，弗莱在这部研究布莱克的著作中所使用的方法，在后来的《批评的解剖》中得到了系统化的总结和理论化的阐释。《可怕的对称》一书将布莱克的所有著作作为研究对象，旨在从中梳理出统领全局的结构原型。弗莱以布莱克的名言，即《圣经》是所有艺术的"伟大密码"为出发点，将《圣经》视为开启布莱克宏大思想的钥匙。《圣经》的叙事结构"伊甸园、堕落、世界末日、重返伊甸园"是一个循环结构，如果用另一种表述来呈现，就是天真、经验、高级天真。布莱克的《天真之歌》《经验之歌》《塞尔之书》(*The Book of Thel*)都是这些原型的体现。另外，在《四佐亚》(*Four Zoas*)中，阿尔比昂（人）从先前的完整状态分裂为理性和情感状态，引起了尤里森（法律和规则）和奥克（激情和情绪）的永恒冲突。阿尔比昂（人）只有重回先前的完整状态，即高级天真，才能恢复先前的活力和生命。这也可以理解为从伊甸园到伊甸园、从天真到天真的循环结构原型。

　　布莱克的诗歌特别适合用原型理论来解读，因为他的诗歌都有寓言性质，其人物都代表着某种特质。《美国》一诗不是写实地呈现美国独立战争的历史，而是以寓言方式呈现两种力量的冲突，好像是一场末日决战。诗中的英雄或主人公奥克代表着火山喷发一样的革命力量，誓死摧毁现存法律、规则和独裁的束缚。他的原型是"盗火者"普罗米修斯，也是宗教传奇中的"屠龙者"圣乔治。作为新的自由时代的号手，他召唤着古代"黄金时代"的回归，企图重建古代理想社会"阿特兰蒂斯"和"阿卡迪亚"。作为回归或"复生"的原型，他也可以追溯到古代生殖神话中的阿多尼斯，这位生殖神的生死与自然的循环相联系，冬天他死去，春天他复生。(Frye, 207–218)

　　浪漫派诗人的思想来源还包括诗人个人的人生经历，

一般涉及家庭、教育、成长经历、阅读、生活时代的政治、历史、文化、思想、意识形态等。约翰·利文斯顿·洛斯（John Livingston Lowes）的《通往大都之路》（*Road to Xanadu*，1927）通过研究柯尔律治阅读，展示了他的百科全书般的知识的具体来源。洛斯从心理学中汲取营养，认为诗人阅读的书籍中的具体内容，将在诗人大脑中形成知识和记忆，然后通过心理联想机制，在他创作的诗歌中以诗行和词语的形式再现。他说"那些翻腾而混沌的、无法言说的内容"将在诗人内心"弥漫一切，改变其色彩"，在诗人的"掌控力量"和"推进意志"的指导下，"闪烁和挣扎着形成言说"。（Lowes，13）

洛斯认为那些片段再现的原因是一种复杂的记忆系统运作的结果，他所关注的是诗歌中存在的可以实证的影响，与弗洛伊德所说的无意识的"欲望满足"（wish-fulfilment）无关。《古水手吟》第四部分描写的赤道附近的大海，像一潭死水，没有风浪，只有骄阳炙烤。水里充满了污浊的生物、闪光的水蛇。海水在月亮下波光粼粼，在船的阴影中却呈现猩红。洛斯认为这些细节都来自霍金斯船长和库克船长在他们的航行日志中所描写的南太平洋的大海的情景，在柯尔律治的想象和记忆中，前者的"水蛇"与后者的"水生物"，前者的"污浊海水"与后者的"微弱的火焰燃烧"混合在一起，形成了诗歌中的各个意象。

后辈诗人借鉴前辈诗人，前辈诗人促成后辈诗人的成长，两者的关系曾经被视为积极和正面的关系。然而布鲁姆在《影响的焦虑》（*Anxiety of Influence*，1973）中认为，"影响"在浪漫主义时期变成了一种压力和负担。在这个强调"天才""原创""个性化"的时代，前辈诗人不再是后辈的"保护天使"，而是后辈的威胁和桎梏。布鲁姆在书中探讨了新诗人面对前辈诗人的影响所必然产生的心理焦虑，以及他们为克服焦虑、拓展创作空间所采用的应对机制。他认为从浪漫主义时期开始，"影响的焦虑"变成一种"流行病"，诗人们恨不得烧掉所有的图书馆，抹掉英国诗歌传统中的斯宾塞、莎士比亚、弥尔顿等"强者诗人"，因为他们几乎穷尽了诗歌创作的可能性，他们留下的原创性空间已经非常有限。

布鲁姆借用了弗洛伊德的"俄狄浦斯情结"理论，将儿子仇父恋母的"家庭罗曼司"运用到文学史，认为作为儿子的后辈诗人，如果要成为"强者诗人"，就必须对前辈诗人的"优先权"进行挑战。通过"克里纳门"（Clinamen 误读）、"苔瑟拉"（Tessera 续完）、"克诺西斯"（Kenosis 不连续）、"魔鬼化/逆崇高"（Daemonization/Counter Sublime）、"阿斯克西斯"（Askesis 自我净化以至孤独）和"阿波弗里达斯"（Apophrades 死者的回归）六个机制，后辈诗人要向前辈诗人开战：像雅各一样，敢于与神摔跤；像俄狄浦斯一样，在十字路口见到拉伊厄斯时敢于亮剑（布鲁姆，12）。华兹华斯的《永生颂》就是对弥尔顿的《利西达斯》的误读，对前者的修正，通过修正地重复，他获得了第二次机会。布莱克的《老虎》表面上是一个儿童与老虎的造物主的对话，实际上这只老虎就是阻挡新诗人进入诗歌世界的拦路虎。（布鲁姆，10，36）

解构主义研究

将解构主义批评方法运用于浪漫主义诗歌的批评家主要来自美国，更具体地说，主要来自美国耶鲁大学，包括保罗·德曼、杰弗里·哈特曼、哈罗德·布鲁姆、J.H.米勒。在20世纪70年代末，他们与法国哲学家雅克·德里达共同出版了《解构与批评》（*Deconstruction and Criticism*，1979），开启了解构主义批评在美国的先河。哈特曼在该书的"前言"中指出,"解构批评拒绝将文学的力量等同于意义的呈现。……文学语言凸显了语言本身不能被简约为意义的特质"(Bloom et al. vi–vii)。作者们都认为,诗歌作为以语言为媒介的艺术,存在着语言在指涉过程中所普遍存在的问题:能指与所指的不对应性,或者说,语言与它所指涉的物的不对应性。诗歌努力奋斗要达到但可能又永远无法达到的目标就是极力使"文字的在场等同于意义的在场"。

比如,保罗·德曼在《浪漫主义的修辞》(1984)一书中认为,人们在19世纪的欧洲就越来越意识到语言与思想、主观与客观世界之间的鸿沟。浪漫主义时期的诗歌作品之所以越来越关注自然和想象力,其目的就是为了缩小主客观的距离。浪漫派诗人频繁使用"想象力"这样的术语,其诗歌语言也向更具体的方向发展或回归更具体的风格,"为语言恢复那快要失去的物质性和实体性提供了可能"。也就是说,"大量意象与自然之物同时出现,想象力主题与自然主题紧密相连,这种模棱两可就是浪漫主义诗学最基本的特点。"(de Man, 2)

在德曼看来,人与自然的关系包括三个环节:存在(超验的物)、具体的物和语言所表现的物(概念)。语言在与具体的物发生关系时,总是表达出对超验的物的怀念或向往。我们欣赏诗歌所描写的一朵花,就体现了对产生此意象的、被遗忘的存在的渴求,这种渴求在我们欣赏一朵真正的花时得到满足。换句话说,"对自然之物的怀念激发(诗歌)意象的产生,从而扩大为对物的起源的怀念"。然而,语言在本质上可以"形成"意象,却永远不能与自然之物达到绝对统一,诗歌中的花永远是个意象而不是真实存在。因此,"诗歌语言除了一遍又一遍地生成(意象)之外别无用处,它可以无视(自然之物在物质上的)存在而将之置换为意象,但是,出于同样的原因,它无法为所置换的意象提供物质基础,意象只能以意识和意图的形式存在"。(de Man, 6)

德曼认为诗歌产生于意识渴望接近物的实体状态的欲望,诗歌语言的发展和进化都与此趋势相关,但这个趋势注定要失败。他将华兹华斯的《有一个男孩》("There was a Boy")中的寂静山谷片段和《序曲》第二卷第170–180行进行了对比,认为两个段落呈现的是意识在接纳死亡的过程中所产生的焦虑与屈从。他认为自然和意识两个世界的对立总是这样:一个生机勃勃、给人快乐但却充满破坏力的世界,对抗着一个反思和沉默的(意识)世界,此时,意识就在离它们不远的地方。在这两个片段中,意识与现实的融合是以压倒一切的"沉寂"和"静止"的形式出现的,真实的世界仿佛被吸纳入了人的想象,它"从一个世界过渡到另一个世界的(瞬间)"比任何诗意的时刻都更重要。德曼认为即使在这样的时刻,诗人对语言和想象力的描写仿佛比真实的自然更宏伟、更壮观,物体实体的优先性从未受到过威胁,因为正是在这样的"神情恍惚"的时刻,诗人才更强烈地感受到自然。(de Man, 55)

另一位耶鲁出身的学者弗朗西斯·弗格森(Frances Ferguson)在《华兹华斯:与思想背道而驰的语言》(*Wordsworth: Language as Counter Spirit*, 1977)中认为,诗歌与自然的关系就是墓碑上的碑文与逝者的关系。虽然前者不足以完美地再现后者,却应该可以致力于传达其精髓,这是典型的解构主义批评模式。弗格森从华兹华斯的诗作中发现,被体现的自我和体现自我的修辞都具有不确定性,并且认为这点颠覆了客体的实在性和主体的全知性。她认为,华兹华斯之所以把1815–1850年间创作的诗歌分为四类,即情感诗歌

（Poems Founded on the Affections）、幻想诗歌（Poems of the Fancy）、想象诗歌（Poems of the Imagination）和伤感沉思诗歌（Poems of Sentiment and Reflection），是因为这四类诗歌代表了他在不同阶段对主客体关系和诗歌语言的思考。

"情感诗歌"的代表作《兄弟俩》（The Brothers）与柯尔律治的《老水手吟》不同，它没有任何"启示"，但是其主人公"伦纳德的失败也传达了一种知识，即将情感投注于客体是一种错误"（Ferguson 53）。"幻想诗歌"中的"命名并不解释任何客体的本质"，名称不过是客体演变链条的一个静止点，或者是"（幻想）试图用来描述他们的修辞中的（一个静止点）"（Ferguson, 66）。"想象诗歌"中的自然不过是被视作文本的自然，而想象中的天启时刻与任何文本一样都不具有权威性。"伤感沉思诗歌"则对语言的合理性完全不存幻想，认为诗人完全不可能找到合适的语言去捕捉"完整的灵魂"。

弗格森认为这些诗作充分表现了解构主义的语言观，即我们所能认识的世界或自我，是无法触及并无限延伸的情感链条的一点痕迹，它引领我们想象出意义的可能性（Ferguson, 154）。在弗格森看来，从《露西组诗》开始，华兹华斯诗歌呈现出这样一种趋势，即诗人逐渐意识到自己对知识的掌控不足。诗人不断批判自己先前的认知，认为面对永远都无法了解的"现实"，诗歌客体的"真实性"也显得无关紧要。《远游》则是这种否定的语言功能观的重要呈现，诗人越来越倾向于反思他先前对通过诗歌了解事物本质所表现出的自信。他似乎在不断重申，"自己并非真正了解我所谈论的自然"。他的诗歌开始宣扬一种"谦卑"，因此"无声"便自然而然地成为他表述"无法表述"的事物的最佳字眼。（Ferguson, 241）

在弗格森看来，读者对诗歌的解读没有尽头，解读同时包含了旧自我的消解和新自我的演变。但是，她又承认这一过程有必要延续下去，因为人们相信世界上有值得认知的东西，有值得解读的意义。这个信仰从本质上讲来自人们对自然和语言的一种不理性、非自愿的认可，认可它们作为人类的共同经历的外在见证，正如在母亲怀抱中的婴儿感觉自己（和整个世界）与母亲彻底融合，因而无法想象自己与世界之间还有隔阂。在一个人的成熟阶段，虽然他离开了母亲，他对"物"的情感也会比他对自己与世界的隔阂有更强烈的感受，从而抵消这种隔阂所引发的负面影响。无论如何，弗格森的重点仍然落在可以追溯的意义的痕迹，这实际上是对语言再现能力的一种悲壮的承认。

保罗·德曼在《盲点与洞见》（*Blindness and Insight*, 1983）中说："田园诗的传统，如果不是能够分辨、否定、立法的心灵与最初的简单的自然之间的永恒分离，那么它还能是什么？毫无疑问田园诗的这一主题实际上就是唯一的诗歌主题，这一主题就是诗。"（de Man, 1983: 239）但是德曼这句话只说了问题的上半部分，他在众多文章中也反复地说了问题的下半部分，即诗歌不但描写心灵与自然的分离，还尽其所能地弥合两者之间的鸿沟。这不仅是华兹华斯诗歌的真实写照，其实也是海德格尔对诗的定义。对海德格尔而言，诗是大地之歌，是大地和心灵结合的唯一方式。而在华兹华斯看来，诗歌虽然不能完整地再现自然，也不能赋予语言牢固的意义，即不能重现人类堕落之前主客体的完美结合的状态，但是诗人利用想象力确实能够短暂重现那种"天真"和"永生"状态，偶尔满足人们怀旧的愿望。

这个问题的两个方面——诗歌不但描写心灵与自然的分离，而且弥合两者之间的鸿沟——不但是解构主义批评家在解读浪漫主义诗歌时的不同侧重点，也是德里达和海德格尔哲学思想上的区别。两位哲学家都追求对形而上学的解构，德里达主张释放文本的多重意义,海德格尔则将文本的思想追溯到它"最初的、早已被遗忘的神圣使命",也就是文本所应该承担对"存在"或自然的再现功能。海德格尔影响了德里达,在颠覆形而上学的事业中既是德里达的同盟,又是他最强大的对手。杰弗里·哈特曼(Geoffrey H. Hartman)在《平凡的华兹华斯》(*The Unremarkable Wordsworth*, 1987)中也将华兹华斯的诗学与海德格尔哲学联系起来,"华兹华斯的《存在与时间》,可以说就是他的《永生颂》。这样比较的合理性在于,柏拉图神话中人们对存在的回忆,在海德格尔和华兹华斯的作品中都有极大的重要性。"(Hartman 1987, 202)与海德格尔的"存在"相对应的词汇,就是华兹华斯在《永生颂》中努力回忆和怀念的"永生"(immortality)。

对哈特曼来讲,英国浪漫主义研究应该被置入欧洲浪漫主义的大背景之中。他说,不论是华兹华斯、柯尔律治和雪莱这些英国浪漫主义诗人,还是德国浪漫主义诗人荷尔德林,对他们来说诗歌是一种具有神奇力量的"语言学的怪物"(linguistic monster),用来"解放或盗取那种足以解释存在的语言"。每一首浪漫主义诗歌都渴望成为"阿基米德的支点,一种基本的、活动着的元工具(meta-instrument)"(Hartman 1987, 206)。哈特曼表示,华兹华斯对18世纪诗歌中"诗意辞藻"的批判,与海德格尔对20世纪的工具崇拜和技术主义的批判,实际上是异曲同工(Hartman 1987, 206)。他认为华兹华斯的诗歌作品明确传达出这样的语言观:即语言与它描写的自然——也就是海德格尔的"存在"——有不可弥合的鸿沟,然而诗人通过想象力与自然的互动,在人类语言与自然语言(自然现象)的互文中,画出"存在"的影子。

解构主义关于语言呈现真理的局限性的观点,在雪莱的作品中到处都可以找到印证。正如吉姆·布兰克（G. Kim Blank）在《雪莱新解》（*The New Shelley: Later Twentieth-Century View*, 1991）中所说，雪莱的主要诗歌都可以解读为"认知与表达相对抗的寓言"（Blank, 6）。它们表现了语言和诗歌在认识真理上的不足，以及诗人不断地寻找修辞、叙事或思想策略，以弥补那些不足的过程。在《布朗峰》（Mont Blanc）中，诗人具有想要认识世界的欲望，并将它视为可认知的他者，但是由于这个他者与认知它的心灵可以互换，因此心灵和思想就变成了神秘性和不可知论的比喻：即宏伟的山峰实际上是心灵的想象。《解放了的普罗米修斯》的成功在于雪莱找到了一个宏大的神话故事来叙写"语言与认知的问题"（Blank, 8）。在这出戏剧的正中间，德莫高根（Demogorgon）承认语言永远无法接近真实："深层的真实无法呈现。"（Act II, Scene 4, 114–116）

社会与历史研究

新历史主义研究是20世纪80年代崛起的新的批评模式，它的应用领域主要在文艺复兴时期的戏剧和19世纪的浪漫主义诗歌研究。在英国，新历史主义也称为文化唯物主义，其主要批评家约纳森·多利莫尔（Jonathan Dollimore）和艾伦·辛菲尔德（Alan Sinfield）都是莎士比亚研究专家，他们试图将马克思主义的阶级观和历史观引入文学研究。在美国，史蒂芬·格林布拉特（Stephen Greenblatt）和路易斯·蒙特罗斯（Louis Montrose）等人也在做类似的工作，试图从微观历史入手，从隐秘文件的发掘入手，将文学文本与英国文艺复兴时期的历史大背景相联系，解读出里边的宏大政治和历史意义。这种批评模式试图将文学与历史联系起来，把意义追溯到社会和历史之中，是一种典型的社会历史研究模式。

在浪漫主义诗歌研究中,玛丽莲·巴特勒(Marilyn Butler)的《浪漫派、叛逆者与反动派》(*Romantics, Rebels & Reactionaries*,1981)一书批评传统的浪漫主义研究"将作家和文本的关系视为封闭的体系",把一切都视为作家心灵的想象,而不是广阔世界的真实事件。然而,她认为作家从社会中获得语言和素材,而作品最终回到社会中被读者阅读,因此文学创作不仅仅发生在作家的大脑中。作者的大脑参与了社会运作的过程,并被他参与的社会过程所塑造。因此,作家不是作品的唯一作者,从某种意义上讲,作品是由公众创作的,文学创作是一个集体活动,是特定时期和特定社会的社会因素所决定的。因此,巴特勒认为,浪漫主义研究应该反对"孤立主义",应该将作品与它的社会背景和历史过程结合起来。

马克思主义历史观在新历史主义批评模式中占相当重要的地位。杰里米·麦甘(Jeremy McGann)的《浪漫主义意识形态》(*Romantic Ideology*,1983)的题目就是马克思的《德国意识形态》一书的翻版。麦甘认为想象力、个性、独创性等概念都是浪漫主义诗人用以推销自己的手段,但并不一定是研究浪漫主义文学的最佳研究视角。传统的浪漫主义研究恰恰"受制于一种浪漫主义意识形态,受制于对浪漫主义自我表述的不假思索的吸收"。比如,浪漫主义诗歌中到处存在着情景的升华和概念化,一些很实际的社会问题被移植到理想化的环境之中,从而失去了它们原本的社会历史意义。浪漫主义研究恰恰是要将这些被置换和理想化的内容充分展示出来,使之重新回归它们的社会历史环境。

文学社会历史研究方法可以称之为历史主义,这并不是一种新的研究方法。新历史主义之所以"新",是因为它是后现代思潮中兴起的一种批评方法,是对历史的一种全新的认识。根据阿兰姆·维什尔（H. Aram Veeser）编辑的《新历史主义》（*The New Historicism*, 1989）一书，新历史主义关心两个基本问题：一是历史的真实性问题，二是文学和历史的界限问题。新历史主义认为，审美活动与其他的社会活动密不可分。格林布拉特在书中的《通向文化诗学》（Toward a Poetics of Culture）一文中举例说，诺曼梅勒的《行刑者之歌》就是一本关于杀人犯最终伏法的"真实生活小说"。当作者将官方文件、私人通信、报刊剪辑等写进小说之时，这些资料也就由社会话语转化为审美话语。同时小说主人公坦诚地承认，他是观看电影《飞越疯人院》成长起来的一代人，他们的观点、感情特征、行为规范都是由大众文化和通俗小说塑造的。

也就是说，艺术话语和社会话语两者之间是相互渗透、相互穿插的结构体系。两者的关系并不是传统美学所描述的前者反映后者，而是双方之间循环往复。它们之间的"谈判""交易"和"协议"最终产生了艺术作品。新历史主义认为，文学批评的目的就是要拆掉文学和历史、审美和真实之间的藩篱。一方面一定要将文学批评"历史化"，将文学放入一个大的历史环境中去考察；另一方面，它也在尝试将历史"文本化"，比如，格林布拉特近年出版的《尘世的莎士比亚》就将传记写成了文学，将文学的想象大胆地还原到生活中去。这种带有新历史主义倾向的文学实践以及目标类似的批评实践被史蒂芬·格林布拉特称为"文化诗学"。

新历史主义不仅吸纳了马克思主义，而且吸纳了福柯的话语理论和权利理论、德里达的解构理论和詹明信的政治无意识理论，具有了更多的阐释学意义上的复杂性，具有了更多的洞察力。它强调历史的建构性，将其视为叙事或者再现，永远不可能达到历史的真实。历史学家只能在叙事和再现的意义上去认知他们研究的对象。另外,它强调历史学家的主体不确定性,突出了历史学家个体的倾向性、历史性和视角的特殊性,从而使"超越利益"的历史学成为不可能,使"客观"的历史成为泡影。最后,它认为"大历史"和"小历史"的区别、正史和野史的区别,实际上是叙事视角的差别。因此,没有所谓的正史或者权威历史,而只有多种多样的、相互矛盾的历史文本。而文学研究正是要将所有历史,不管是文学的历史还是非文学的历史,都纳入一个超级互文结构之中。

由于新历史主义对历史学的目的、方法和对象都有了更多的"自我意识",它仿佛上升到了一个新的学术高度。1986年,马杰里·列文森(Marjorie Levinson)在《华兹华斯的伟大时期诗歌》(*Wordsworth's Great Period Poems: Four Essays*,1986)一书中宣称,"一个新的词汇在华兹华斯研究领域中流行:历史主义"。这些历史主义批评家拒绝了布卢姆、哈特曼、德曼甚至亚伯拉姆斯的"唯心主义"阐释模式,也拒绝了厄德曼(David Erdman)、伍德林(Carl Woodring)、汤普森(E. P. Thompson)的旧历史主义批评模式。他们将他们的批评立场定义为对浪漫主义文本和浪漫主义阐释模式的"去神秘化"解读。他们反对用实证主义的方法对待历史事实,重视文本中的缺失和矛盾成分,他们充分意识到他们自己的历史视角的局限性。一句话,他们将用历史,或者社会政治意义上重建的历史,来对抗包括亚伯拉姆斯和布卢姆在内的"耶鲁学派的控制"。

新历史主义的批评策略往往是从文本中的一个微不足道的细节开始,挖掘出这个细节背后所包含的历史渊源,然后利用这个历史渊源作为支点对文本中的意识形态或者思想倾向进行批判。比如,列文森发现华兹华斯的《丁登寺》一诗中没有描写丁登寺,诗歌描写由草地、森林、岩石、流水构成的田园风光,追溯了诗人心灵的成长过程,说明诗人与自然关系的变化成熟过程,可是题目中那个"丁登寺"在诗歌中始终没有出现。列文森以此文本裂痕为出发点,回到诗歌标题所说的1798年7月13日,回到怀河河谷和丁登寺上游几英里,对其历史和现状进行了考察。

结果她发现丁登寺当时是一片废墟,而它的荒芜与两个世纪以来的政治宗教斗争不无相关。另外,丁登寺下游已经成为一个工业区,运煤船在怀河上到处可见,而且丁登寺已经成为失业者、无家可归的流浪汉的避难所,那里到处布满了穷人撑起的帐篷。更有意思的是在当时的社会意识中,这里曾经发生的政治宗教斗争被视为英国历史上的"法国大革命",而且贫穷和潦倒也是爆发这场革命的火种。这些政治意义和不和谐因素被华兹华斯排除在诗歌之外,因而我们所看到的是一首关于心灵成长、具有普遍意义的诗歌。因此,列文森认为,华兹华斯诗歌中存在着一种抽象化和唯心化(idealization)的倾向:一个具体的事物和事件往往被升华和置换,在这个过程中,真实的人物和事件被拆解,并以新的面目被重新塑造出来(de- and re-figured)。列文森的批评目标就是要回到华兹华斯诗歌中已经暗示但最终又被压抑下去的层面,回到被普遍化和象征化的内容背后的具体历史。

从批评方法上讲,列文森既是唯物主义的,又是解构主义的。一方面,她不停地将文学文本"历史化",凸显它们的指涉价值,另一方面,她又精于发现文本中的断裂、矛盾、缺失,并且在这种断裂、矛盾、缺失中寻找文本的意义。通过对在场和缺场、所指和能指之间的复杂关系的分析,她旨在让"沉默"发声,让"不可言说"之事言说。她引用了阿尔杜塞(Louis Althusser)的话说,"我听见了这个沉默,它是一种话语受到另一种话语的压力和压迫而可能形成的弱势，这另一种话语通过这种压抑取代了第一种话语……我的目标就是要使第一种话语的沉默发声，以驱逐第二种话语"。

新历史主义似乎特别适合运用于济慈，因为传统的济慈评论倾向于将他与政治历史剥离，将他的诗歌视为纯粹的对美的追求："美就是真，真就是美。"他对他的时代所发生的那些令人兴奋的革命浪潮和政治变革几乎毫不关心；他对那个时代的政治和社会发展走向、对人类的未来、对"自由、平等、博爱"等观念没有兴趣。传统的济慈经典《夜莺颂》《希腊古瓮颂》《秋颂》等似乎都是对他那句名言的诠释，而济慈本人也被尊崇为唯美主义诗歌的先驱。这样的观点几乎从19世纪一直延续到20世纪80年代，从济慈的传记作者米尔恩斯（Richard Moncton Milnes），到20世纪初的浪漫主义专家塞林柯（Ernest de Selincourt），甚至到70年代的解构主义批评家德曼和哈特曼。

然而，新历史主义批评却不这么认为，它往往会深入到济慈诗歌背后，探讨他的思想和心灵得以形成的特殊文化环境（cultural matrix）。麦甘在《济慈与文学批评中的历史方法》（1979）一文中反对将济慈诗歌视为自我封闭、自给自足的文字组合，强调它具有"完全的社会特殊性"（complete, social particularity）。由于任何人都不可能生活在真空之中，他的思想、观念、态度的形成都会与他的教育、阅读、交往、家庭背景、生活环境形成密切的关系。因此，新历史主义会深入济慈就读的学校，深入济慈交往的朋友圈子（所谓的"伦敦佬诗派"），考察他的信件和"非经典"诗歌，如《咏和平》《写于李·亨特出狱之日》《写于查尔斯王复辟周年纪念5月29日》等等，考察他和朋友考登·克拉克和李·亨特的关系，从而发现他并非对社会历史毫不关心，而是非常关注英国的宪政自由和宗教宽容，非常关注英国政治制度的改革和发展，以及法国大革命后英国政治制度的倒退问题。济慈的表达方式是隐讳的，历史内容有时被审美意图所掩盖，有时因规避风险而改头换面（displacement），但是他的风格和用词选择都暗含了社会政治意义的存在。它们与当时的社会政治话语有着很强烈的对应效果。

尼克拉斯·罗（Nicolas Roe）的《济慈的共同体》（Keat's Common-wealth）一文运用新历史主义批评方法，在唯美主义的济慈之外看到了一个政治性的济慈。《秋颂》传统上被认为是最唯美、最无社会政治背景的诗歌，它发出的是"真正非自我化"的声音，表达的是一种"寂静主义"（quietism）或者"遁世主义"（escapism）的倾向。但是根据罗的观点，《秋颂》不仅仅是一首秋季的颂歌，它表达的是对"社会公正"（social justice）的一种渴望。秋天的果实是大自然给人类的赠予，而这些赠予如何能够在人类成员中进行公正合理的分配是诗歌的主题之一，也是一个唯美主义批评家无法注意到的潜文本。公平和正义的象征之一是"天平"，虽然在《秋颂》中没有天平的形象，但它刻画的女神"秋"在当时的话语中并不少见，她几度出现在对济慈创作非常重要的语境之中。

1819年，曼彻斯特的民众为争取议会改革和社会公正在圣彼得原野广场（St Peter's Fields）举行声势浩大的示威，在他们高举的旗子上，"正义女神"一手举着火炬，一手拿着天平。同年，李·亨特在他的杂志《审视者》的政论栏目"自然的年历"中，刻画出一个政治化的黄道神"九月"：一手握秤，一手握收割工具，监视着丰收果实的公正分配。如果《秋颂》被置于这样一个语境之中，那么它会呈现新的意义：太阳与大地的"合谋"（conspiring）可能会被理解为富人与政客的"阴谋";"果酒榨汁机"(cider press)中流出的"最后汁液"(last oozings)可被理解为富人对穷人的剥削,或者"彼得卢惨案"(Peterloo Massacre)中流淌的鲜血。正如罗所说,"重新审视这样的诗歌如何通过抒情干预与历史进行谈判的策略是有益的"。

由于新历史主义倾向于探讨文本背后被压抑或"缺场"的历史因素,因此它往往更倾向于寻找那些表面上是唯美的而实际上与社会历史有"交易"和"对话"的诗人和作品,而对于那些有明显政治倾向的作家可能没有那么有效,拜伦和雪莱可能就属于后一类作家,他们的政治立场很激进,不需要新历史主义对其内容进行"解密"。雪莱从大学开始就是巴特勒所定义的"叛逆者":他因"无神论"的言论而被牛津大学开除,他因娶了一个出身卑微的女孩而与家庭割裂,他因英国殖民统治爱尔兰造成的贫穷而发出呐喊,他为建立一个公平合理的新世界而发出预言,他的社会政治倾向不言而喻。

拜伦的叛逆精神并不在雪莱之下,他是一个孤独的"革命者",以个人的浪漫主义精神与社会抗争。他塑造了曼弗雷德和该隐这样的大逆不道的叛逆者:叛逆、惩罚和死亡对他们有一种特别的吸引力。这样的心理使他们以叛逆为荣,以叛逆为乐。在拜伦的内心深处,他追求着一种自由,但这种自由似乎不是人民大众所渴望的那种自由,而是哲学家罗素(Bertrand Russell)所说的"贵族式的我行我素"。但是,雪莱和拜伦的革命、叛逆和改革都涉及一个目的问题,也就是说,他们的叛逆和革命究竟为了谁?

多森(P. M. S. Dawson)在《雪莱与阶级》(Shelley and Class)一文中指出,雪莱的"家庭背景和成长经历,与有意识地设计出来的政治哲学"之间存在着差异。雪莱同情工人阶级的事实并不意味着他真正成为工人阶级的一员。虽然雪莱抛弃了他的贵族出身，为下层人民鸣不平，然而他作为一个知识分子又未真正加入下层社会，从而造成他的阶级身份的模糊和模棱两可。所有证据都表明，他的生活、穿戴、举止都显示着他的"绅士"身份。他在1811年写道，"我是贵族的一员……压迫民众的机器正在我身上建设，届时我也将成为一名压迫者"。因此，正如多森指出，雪莱的叛逆和改革总是有一定限度的，他所为之奋斗的理想不一定是实实在在的社会正义，而可能是一些抽象的哲学概念，如"公正、平等、仁慈和理智"。如果我们看一看雪莱后期的《解放了的普罗米修斯》和《生活的凯旋》，我们便会意识到，雪莱的革命主要是对个人内心的改造：即如果人人内心的主宰都是爱，而不是恨，那么雪莱的新世界也就诞生了。

关于布莱克与历史的关系，旧历史主义批评家厄德曼、伍德林和汤姆森常常将布莱克与法国大革命、黑奴买卖和基督教唯信仰论简单地联系在一起，但是布莱克与历史的对话可能更为复杂。萨瑞·麦克迪西（Saree Makdisi）在《威廉·布莱克：1790年代的不可能发生的历史》（*William Blake and the Impossible History of the 1790s*）一书中，首先对英国18世纪最后十年的历史进行了重写，然后将布莱克植入这个大背景中。根据麦克迪西的说法，1790年代不仅是法国大革命的时代，也是英国激进主义运动的年代。与处死国王的法国大革命一样，英国的激进主义运动也有共和主义的倾向，它反对旧王朝的专制，反对贵族的奢侈、腐败和堕落，提倡人权、自由和理性。不同的是它也反对下层人民所谓的"过度狂热"或过度革命。因此英国激进主义运动总体上是一场中产阶级的革命运动，它在反对没落贵族的专制堕落和下层人民的非理性狂热中建立起资产阶级的价值体系和主体意识：这就是延续至今的西方现代人的主体意识。

这个主体意识是建立在一系列最基本的概念性认识之上的，这些最基本的概念包括稳定统一的主体（stable unitary subject）和拥有主权的个体（sovereign individual）。在激进主义运动的代表人物潘恩（Tom Paine）、塞尔沃尔（John Thelwall）和沃尔斯顿克拉夫特（Mary Wollstonecraft）等人的著述中，自由、选择和权利的话语被凸显出来，被视为这个"主权个体"的基本条件，从而成为压倒其他一切话语的、具有霸权意义的主流话语。可以看到，现代西方主体是建立在与"他者"的差异的基础上的，同时与"他者"形成结构性的二元对立关系：西方的现代自我的建构不但排斥没落贵族和狂热暴民，而且也排斥非西方的其他种族。对这个具有霸权意义的主流话语，布莱克的态度是质疑、抵抗和批判。

更有意思的是，麦克迪西认为，激进主义话语与殖民话语是相互支持、合谋共通的关系。激进主义运动所反对的专制、腐败、堕落、奢侈和非理性也被投射到非西方的其他种族身上，特别是阿拉伯人和印度人身上。东方的"发现"和东方文本的翻译成为浪漫主义时期的一个重要主题，柯尔律治的《忽必烈汗》、骚塞的《毁灭者塞巴拉》（*Thalaba, the Destroyer*）、兰朵的《杰比尔》（*Gebir*）、拜伦的土耳其故事和《唐璜》、雪莱的《奥兹曼迪斯》和《伊斯兰叛乱》（*The Revolt of Islam*）、托玛斯·莫尔的《拉拉·鲁克》（*Lalla Rookh*）和德·昆西的《鸦片吸食者的自白》（*Confessions of an English Opium-Eater*）等等都说明了东方在英国作家的想象中的重要性。这些作家对东方的态度各不相同，从同情到敌视皆有，但是他们或多或少都染上了萨义德所说的"东方主义"。这些"他者"存在从某种意义上讲迫使这个时期的作家去思考和定义他们与这些他者的差异，从而促成一种欧洲主体与亚非客体的新型关系的产生。在这个问题上，似乎只有布莱克是一个例外。

在《神的形象》一诗中，布莱克写道，"人人都必须爱这个人形，/ 不论它是异教徒、穆斯林或犹太人。/ 只要哪里有仁慈、爱和怜悯，/ 哪里就有上帝与它们同在"（杨苡译文）。这里并没有暗示一种主客体的关系、帝国与殖民地的关系，而是一种唯信仰论的宗教观和反帝国主义的政治观。正如麦克迪西指出，它"对正在崛起的英帝国主义的文化政治提出了激烈的挑战"。与帝国密切相关的英国国教正是建立在与"他者"的区别之上的，而对于"唯信仰论"的布莱克来说，"所有宗教都是一种宗教，正如所有人都是相同的（虽然呈现出无限的多样化）"。这种政治宗教美学是对一种更古老的泛神论的一种回归，它超越了激进主义话语所倡导的"差异"和"区别"，而提倡一种内在性的统一。也就是说，所有民族在原初状态只有一种语言、一种宗教，其后出现的多样性仅仅是表现的不同。布莱克的《黑小孩》在雕版画中与白小孩差别不大，他的亚洲和非洲人物也显得更高尚、更英勇，丝毫不像弥尔顿所说："亚洲的人民"更倾向于接受"奴隶制"。

亚伯拉姆斯在《论〈抒情歌谣集〉的政治解读》（On Political Readings of *Lyrical Ballads*）一文中对新历史主义的政治倾向进行了猛烈抨击，认为新历史主义的政治批评派，所谓的"马克思的儿子"们，对文学中的政治意义有一种强制的假设，也就是说，他们首先预设文本有一种他们必须找到的意义，然后再发明一种方法将文本中在场和不在场的因素转化为表现这个预设意义的潜文本。只要他们有足够的生平和历史资料、有足够的小聪明，亚伯拉姆斯说，他们就一定能进行政治解读。因此"这种解读实际上是一种自我证实的伎俩，在实证意义上无法解释自己，它是一种预设政治意义、然后再成功地找到它的批评程序的结果"。

亚伯拉姆斯的批判源于他与一个后现代基本理念的分歧,即文本的意义究竟来源于作者,还是来源于社会。新历史主义认为文本并不存在于真空中,而是存在于给定的语言、给定的实践、给定的想象中,语言、实践和想象又都产生于一种结构和一种主从关系体系的历史中。因此文本并不完全是作者个人的创造,因为作者的意识是由他生活的那个社会和历史塑造的,他从某种意义上讲是组成那个社会和文化的大众的特权代言人,他的创作也必定是一个集体创作的结果。正如福克斯·杰诺维塞(Elizabeth Fox-Genovese)指出,"文本是人类存在中无以避免的政治本质的产物","它们是从它们无法从中彻底抽身的政治关系中产生出来的"。从这个意义上讲,所谓的"预设的政治意义",实际上是无处不在的政治关系的体现。

新历史主义反对大一统的历史建构,对历史的宏大叙事存有疑虑。它认为历史存在于过去发生的那些事件的细节之中。过去遗留下来的各种细致的资料,包括报纸、趣闻轶事、个人日记等等都是他们收集的对象,因而也给人一种避重就轻、强调细枝末节的印象。应该说这是一种误解,新历史主义从实质上讲避免了对历史的一种简约化解读,所谓"大历史"是对历史的一种高度概括和总结性建构,正如我们平时所看到的所谓"大历史"总是帝王将相的历史,仿佛这些人创造了历史,而其他的人和事件都不存在,新历史主义就是对这种宏大叙事的一种反动。

性别研究

女性主义是浪漫派诗歌研究的一个重要的批评视角,产生了许多有趣、新鲜和富有洞见的效果。女性主义从一开始就强调性别(sex)与性属(gender)的差异,从玛丽·沃尔斯顿克拉夫特,到弗吉尼亚·伍尔夫和西蒙尼·波伏娃,再到朱丽亚·克里斯蒂娃和朱迪斯·巴特勒,女性主义一直强调女性的性属由社会决定,而不是由生理决定。如果论成就女不如男,那不是因为她们天生技不如人,而是因为社会条件的限制。伍尔夫在《一间自己的房间》(*A Room of One's Own*, 1929)中设想,如果莎士比亚有一个妹妹,具有莎士比亚一样的天赋,那么她能够成为另一个莎士比亚吗?答案是不会。伍尔夫揭露了女性在整个社会历史中所承受的教育、社会、经济的偏见,以及这些偏见对她们成才所造成的巨大困难。

早期的女性主义著作,如吉尔伯特和古巴(Sandra Gilbert and Susan Gubar)的《阁楼上的疯女人》(*The Mad Woman in the Attic*, 1979),也为人们展示了女性成为作家的道路的艰辛和困难。女性作家的提法往往被视为一种"矛盾",她们的作品往往被视为一种"趣闻"。社会期待女性承担贤妻良母角色,她们的位置在家庭和婚姻。在浪漫派诗歌中,华兹华斯也有一个妹妹叫多萝西。她为他管家,为他整理文稿,支撑他度过了人生最困难的时刻,但是她一直是他身后的那个女性,她的天赋和光辉被他遮蔽。直到80年代,女性主义批评家如玛格丽特·霍曼斯(Margaret Homans)等才真正把多萝西视为一个作家,但研究的重点仍然集中于她成为作家所要克服的巨大困难。(*Women Writers and Poetic Identity*, 1980)

在女性主义到来之前,文学"经典"基本把女性作家和作品排除在外:多数女性作家根本无法进入主要由男性编撰的文学史和文学选读。因此,女性主义批评所做的第一件事就是收集、整理、弘扬女性作家和作品,正如伊伦纳·肖沃尔特(Elaine Showalter)在《她们自己的文学》(*A Literature of Their Own*, 1977）一书中所做的那样，建立一个19世纪的英国女性作家传统。在浪漫派诗歌研究中，从前没有被注意到的女性作家，如安娜·巴伯尔德（Anna Letitia Barbauld）、安娜·西沃德（Anna Seward）、夏洛特·史密斯（Charlotte Smith）、海伦·威廉姆斯（Helen Maria Williams）、玛丽·罗宾逊（Mary Robinson）、菲丽希亚·西曼斯（Felicia Hemans）等都进入了人们的视线，或者被收录于《诺顿英国文学选集》的最近版本（如第八版），成为美国大学里最具影响力的文学教材的一个部分。

女性主义批评不但整理女性作家传统，而且致力于建立女性特有的审美体系。帕特里西亚·斯帕克斯（Patricia Spacks）认为，女性的叙事具有不同于男性叙事的特征，并且这些特征构成了对男权信仰和社会现实的"潜在的挑战"（*The Female Imagination*, 1975）。女性主义对浪漫主义时期女性作家的研究，改变了人们对该时期文学整体的认识，促使人们重新思考浪漫主义的定义：浪漫主义仅仅意味着"想象力""个人主义""内省"和"激进政治"吗？正如伊丽莎白·费伊（Elizabeth A. Fay）所说，"这个时代的特征不仅仅包含传统的浪漫派特征，如神秘的诗性崇高和对自然的田园般的怀旧，它还具有社会情感、政治和社会批评、伤感等特征"（*A Feminist Introduction to Romanticism*, 1998）。

另一方面，浪漫主义的男性经典诗人，在女性主义批评的观照下，显示出了不同的意义。玛丽·雅各布斯（Mary Jacobus）从女性主义和心理分析的视角，对华兹华斯的《序曲》进行了重新解读（*Romanticism, Writing and Sexual Difference: Essays on* The Prelude, Oxford: Clarendon: 1989）。她认为《序曲》作为史诗，书写了人与自然的关系和想象力失而复得的故事，然而作为"危机"自传，它书写了诗人寻找"自我"和塑造"主体"的过程。华兹华斯的"危机"就是母亲去世造成的母子分离,解决"危机"依赖于诗人在自然中寻找到"替代的母亲",以及雅克·拉康所说的母子"浑然一体"的幸福感。

浪漫主义在性别问题上继承了西方传统的性属区分,如男性是理智的、有力的、主动的、光明的;女性是情感的、柔弱的、被动的、黑暗的等等。在18世纪的"理智时代"(Age of Reason),"理智"被视为通向知识的唯一途径,"情感"被认为是对道德判断的干扰。奥斯汀在《理智与情感》中就运用了这两个对立的思想倾向,来说明两个女主人公在择偶标准上的不同。然而在浪漫主义时期,英国诗歌出现了一种反理智的倾向,"情感崇拜"(Cult of Sensibility)成为时尚。"敏感"和"同情"被认为是一个有教养的人应该具备的品质,先前的"理智男人"逐渐被所谓的"情感男人"(Man of Feeling)所取代。

比如,"眼泪"曾经被视为软弱的象征、女性的专利,然而华兹华斯在《麻雀窝》一诗中将他在儿时所培育出来的心灵视为"甜蜜眼泪的喷泉"。对他来说,一个充满了想象力的男人将具有一颗"柔软的""像正在哺育的母亲的心灵":"他的生活将充满了女性的柔软、/ 细微的爱意和纤柔的期许,/ 柔软的兴趣和轻柔的同情心。"(《序曲:1805:13.204-210》)艾伦·理查德森(Alan Richardson)认为,浪漫派诗歌对女性特质的挪用和占领,使19世纪进入了一个"情感时代"(Age of Feeling)(from Anne Mellor ed. *Romanticism and Feminism*, 1988)。

在浪漫派诗人中,拜伦是最不女性化、最大男子主义的诗人。在《唐璜》中,他把女性描述为奇怪的和任性的生物——变幻莫测:"她的头脑是怎样的一阵旋风!/ 至于她的其他一切,又是怎样的 / 深浅莫测的危险漩涡!"(9.64)他塑造了博学多才的妻子和不学无术的丈夫,并问道,"哦,娶了才女的男人,请告诉我: / 说真的,你们是否被老婆欺负过?"(1.22)拜伦充满机智的诗行将女性的智慧贬低为一种折磨男人的工具。与同时代的人一样,拜伦也将理智定位为一种男性特质。"男人用大脑思考,想这想那,/ 女人则用心思考,或者天晓得用啥。"(6.2)

正是因为这些,拜伦有时候被指责在性别问题上和社会政治问题上自相矛盾。在性别问题上他相对保守,表现出仇女情绪,而在社会政治问题上他又主张人人平等,人人享有平等权利。然而,拜伦的仇女情绪实际上可能是一个假象,他在《唐璜》中对她们的女性状况(their she condition)充满了同情,把她们描写为"可怜的利用对象,身不由己 / 做对了,自我牺牲,错了,则受罚 / 生育是你们的刑罚。"(14.23)苏珊·沃尔夫森(Susan Wolfson)认为,这些都是对男权社会的不平等的一种挑战。("Their She Condition: Cross-Dressing and the Politics of Gender in Don Juan", from Robert Gleckner ed. *Critical Essays on Lord Byron*, 1991)

然而,在性认同上,拜伦表现出一种同性恋的倾向。路易斯·克朗普顿(Louis Crompton)认为,在同性恋没有得到认同,或者被视为犯罪的时代,拜伦在作品中往往将男性恋人变为女性(transvestism),或者给他取一个女性名字,以掩盖他的性别,使地下恋情得以进行。他在"塞莎"组诗中就是这样做的,在《拉拉》(*Lara*)中也是这样做的。剧中的拉拉与男仆卡里有着微妙的亲密关系,然而为了避免被指责为同性恋,卡里最终被解释为女扮男装。(*Byron and Greek Love: Homophobia in 19th Century England*, 1985)

在浪漫派诗人中，济慈被认为是最女性化的诗人，这并不是现代女性主义对济慈的特殊认识，而是他的同时代人对他已有的印象。济慈的朋友李·亨特（Leigh Hunt）发现，《海皮里安》中的阿波罗，在面对自己的智慧和随之而来的喜悦时，表现太过激动、太过"女性化和人性化"："他哭泣和惊叹，有点太动情了。"另外，济慈在诗学上强调同情或移情，他著名的"否定能力"理论（Negative Capability）要求诗人像一个"变色龙"，能够想象诗歌描写的对象，甚至变成那个对象，从而消弭诗人的"自我"，这与男性诗人张扬自我的倾向有很大差异。

济慈的性格脆弱、富有同情心和缺乏男性的阳刚，都使他显得女性化或不成熟。雪莱在悼亡诗《阿多尼斯》中将济慈描写为一株脆弱的花朵，"像悲伤的少女所养育的，/ 用真爱的眼泪所浇开的花朵。"（6.48–49）雪莱认为济慈的脆弱使他被评论界的负面批评所击倒，造成了他英年早逝。拜伦在《唐璜》中也表达了同样的观点："可怜的人！他的命运不济，/ 奇怪的是，由火一般物质构成的心灵，/ 让自己被一篇文章掐灭了。"（11.60）当代的批评家理查德·特里（Richard Marggraf Turley）将济慈刻画为幼稚的、不成熟的诗人，然而并不是为了贬低或奚落他，而是为了说明他利用了幼稚和不成熟的特质，从而达到自我塑造的诗学目的。（*Keats's Boyish Imagination*, 2004）

雪莱是浪漫派作家中具有女权主义思想的作家，这可能与他是沃尔斯顿克拉夫特的女婿有关。芭芭拉·杰尔皮（Barbara Charlesworth Gelpi）在《雪莱的女神：母性、语言和主体性》（*Shelley's Goddess: Maternity, Language and Subjectivity*, 1992）中，从女性主义和心理分析角度重新解读雪莱的生平和作品。她把雪莱放入了那个时代关于母性和母亲角色的思想大背景中,通过仔细解读《解放了的普罗米修斯》,揭示了其中的女性主义理想,以及这个理想无法实现的尴尬。

种族与东方研究

19世纪是英国浪漫主义文学的世纪,也是英国逐渐成长为帝国的世纪,然而浪漫主义与大英帝国的关系,直到20世纪90年代,都没有得到研究界的充分重视。到90年代才出现的关于浪漫主义的种族研究和东方研究,深受法国史学家雷蒙德·施瓦布(Raymond Schwab)和巴勒斯坦裔美国批评家爱德华·萨义德(Edward Said)的影响,前者在《东方的复兴:欧洲重新发现印度和东方1680–1880》中认为,浪漫主义发现东方的历史意义可以与文艺复兴时期发现古希腊和古罗马的历史意义相比拟,它让西方认识到,西方文明并不是唯一,而是众多文明中的一种。后者在《东方学》和《文化与帝国主义》中认为,西方学术机器与帝国主义事业存在着合谋关系,帝国主义往往将自己视为文明、进步和科学的化身,然后将负面想象投射到东方,使其形成西方镜像中的他者。这个被"他者"化的东方便被视为野蛮、落后和愚昧的化身,成为西方殖民者去征服、改变和同化的对象。因此,西方文化为殖民活动提供了一种借口,一种辩护。

施瓦布和萨义德的观点对90年代的英国浪漫主义研究产生了深刻影响。传统的浪漫主义研究将法国大革命视为那个时期最重要的历史事件,但19世纪的政治历史不仅仅包括法国大革命,而且也包括英国丧失美洲殖民地,向澳大利亚流放罪犯,攫取新的非洲殖民地,殖民开发加拿大,废除奴隶贸易运动,英中鸦片战争,印度、爱尔兰和西印度群岛等老殖民地的经营和管理等等。浪漫主义诗人对大英帝国在世界范围的存在和意义都有所认识。华兹华斯在《隐士》(The Recluse,1814)中写道,"大海向英国的力量、/意志、感觉和指定的需求／敞开了胸怀，邀请她输送大批臣民，／去海外每一块土地建立新社会／那里蕴藏着冒险的希望……／地球的每一个地方都将感觉到它；／甚至可居住的最小角落，／那里拍打着孤独的海浪，都将听到／文明社会的高歌……／你的国家必须完成／她的光荣使命。"

华兹华斯的《漫游者》（Wanderer）将英国的海外殖民视为"光荣的使命"，并赞扬英国给这些殖民地带来了"文明社会的高歌"。类似的观点在柯尔律治的《桌边闲谈》（Table Talk）中也有所表现："殖民并不是一个明显的权益之计，而是大不列颠的绝对必要的责任。上帝的手指似乎为我们指向了海外。"两位诗人对大英帝国成为世界领袖，引领世界文明进程，充满了信心和力量。女诗人安娜·巴伯德（Anna Letitia Barbauld）在《一八一一年》（Eighteen Hundred and Eleven）中写道："大英民族将覆盖恒河到极地的大地，／他们的声音将响彻半个西方世界：／……那些新兴国家将学习他们的知识，／像他们一样思维，用他们的想象发光。"在某种意义上讲，浪漫派诗人为英国的殖民事业提供了文化上的正名和辩护。

华兹华斯在《序曲》中提到了中国承德的避暑山庄："歌台舞榭／点缀着百花争妍的草地，溪谷的／茂树隐去东方的寺院，阳光／沐浴的山丘托起一座神庙"等等。然而，他认为所有这些奢华都是为了满足一个东方暴政"鞑靼王朝的享乐"。诗人的东方想象并没有超越东方主义的陈词滥调，一方面是他将负面想象（腐朽堕落的政治体制）投射到东方，另一方面这种负面想象又凸显了他作为西方人拥有的优越感。他说，自己的故乡"优美的境地，远胜过那个万树名园——热河的无与伦比的山庄"。正如李增在《政治与审美》（2014）一书中说，诗歌"以想象建构了一个暴政和处于西方下风的东方,终没有逃脱窠臼"(李增,82)。

华兹华斯在《序曲》中还描写了他1790年代在帝国的中心伦敦所见到的外国人,不仅包括欧洲各国的人,还有"美洲印第安猎人、莫尔人、/ 马来人、印度水手、鞑靼人、中国人、/ 黑人"(VII,233-41)等等。据说,18世纪末大约有2万外国人生活在英国,移民的拥入自然使伦敦成为了当时并不常见的种族大熔炉。华兹华斯之所以对这样的熔炉具有复杂的心态,甚至感到威胁和恐惧,是因为伦敦的空间已经成为帝国的空间。正如萨里·马克迪西(Saree Makdisi)在《浪漫主义与帝国主义》(*Romanticism and Imperialism*, 1998)中说,"大英帝国向外迈出的每一步,探险之旅、殖民冒险、冲突、占领、收编,每一步的踪迹和轨迹,都在第七卷描写的被奴役的帝国臣民象征性地和挥之不去地向伦敦回归中反映出来"(Makdisi,31)。

然而,浪漫主义文学与帝国主义的关系远远比这更复杂。奈杰尔·里斯克(Nigel Leask)在《英国浪漫派作家与东方》(*British Romantic Writers and the East*, 1992)一书中将拜伦的"东方故事"和《唐璜》、雪莱的《伊斯兰起义》和《解放的普罗米修斯》、德昆西的《英国鸦片吸食者的自白》和柯尔律治的《文学生涯》放入东西方关系的大背景中进行了认真解读。他发现,仅仅说这些浪漫派作家与帝国事业合谋,是一种过于简单的观点,因为浪漫派作家在支持大英帝国的海外事业的同时,也对这个事业表现出不同程度的质疑或者焦虑。殖民事业为英国带来了海外市场和财富,但同时也带来了象皮病和移民之类的麻烦。里斯克认为,德昆西在论及鸦片时,显然将殖民地比喻成帝国的鸦片,它一方面给欧洲人带来了刺激和快乐,但另一方面又让欧洲人上瘾,成为一种无法摆脱的痛苦。(Leask,9)

里斯克的观点受到了约翰·巴洛尔（John Barrell）《德昆西的感染：帝国主义的心理病理》（*The Infection of Thomas De Quincey: A Psychopathology of Imperialism*, 1991）一书的深刻影响。巴洛尔将德昆西吸食鸦片的个人的负罪感，最终归结到社会的和历史的根源，即帝国主义扩张带来的罪孽感，这一点为里斯克等人的东方研究指出了一种政治历史解读的可能性：“我们为什么不能说，[德昆西]对抽象的存在和生命的思考，承认和宣称受困于存在主义式的负罪感的姿态，都是一种象征性的语言？这种语言使性心理的和／或社会的负罪感得以再现、移植和神秘化。”（Barrell, 207）的确，浪漫主义的种族研究和东方研究特别注重对文学作品的历史化解读，从有限的文学空间中看到更大的历史空间。

拜伦撰写"东方故事"的时候正是土耳其奥斯曼帝国逐渐崩溃的时候，英法两国都对这个庞大帝国崩溃后遗留的大片土地垂涎欲滴。拜伦将那片土地挪用为他的"东方故事"的背景，把人们的注意力引导到那里，从某种意义上也配合了英国在那里的殖民活动（Leask, 23）。《异教徒》（*The Giaour*）的主人公就是来自欧洲的"非伊斯兰教徒"或"异教徒"，他爱上了哈桑家的女仆莱拉，但是哈桑发现了莱拉的不轨行为，把她装进了麻袋，扔进了大海。"异教徒"为了给莱拉报仇，愤怒地杀死了哈桑，烧毁了他的城堡。里斯克认为，所谓的"异教徒"有着欧洲殖民者的身影，他所爱上的莱拉似乎就是欧洲殖民者激烈争夺的殖民地的化身。虽然"异教徒"杀死了哈桑，但在性别问题上，他们是同谋。"异教徒"在故事结尾的自白中对莱拉的不忠和不贞表现出某种厌恶，说明他也是毁掉莱拉的罪魁祸首之一，在道德上没有任何优势可言。莱拉作为殖民地的化身，不仅是来自内部的独裁者的踩躏对象，也是来自外部的殖民者的踩躏对象。

拜伦的《阿比多斯新娘》(*The Bride of Abydos*)表面上看也是一个爱情故事。主人公塞里姆企图借助希腊海盗的力量，推翻做高官的父亲吉阿发东方的独裁，救出被父亲强行许配给老富人的妹妹祖莱卡。然而，塞里姆自比荷马史诗中的希腊英雄阿基里斯（Achilles），率领希腊海盗，与土耳其的地方高官对抗，他所上演的可以说是一场现代的特洛伊战争。双方对垒的是欧洲和亚洲、西方和东方、希腊理想和亚洲独裁，塞里姆的失败说明拜伦所信奉的辉格党的政治主张自身有它的局限性，他所代表的贵族姿态与海盗代表的贫民诉求仍然有一定差距。

雪莱的"东方"，按里斯克的说法，主要是印度，虽然他的故事也发生在东方的其他地方，《暗杀者》(*The Assassins*)发生在黎巴嫩，《伊斯兰起义》(*The Revolt of Islam*)发生在伊斯坦布尔，《阿拉斯特》(*Alastor*)发生在克什米尔，但是这些地域在雪莱的想象中都非常相似，似乎地中海以东的地域都可被视为一体。在实际生活中，雪莱与印度的关系更加密切。他的堂弟托马斯·麦德文（Thomas Medwin）曾经在印度服役，爱上了印度姑娘；麦德文曾经撰写过诗歌和回忆录来讲述他的经历，提到他在孟买的书摊上见到了雪莱的《伊斯兰起义》单行本；麦德文回国后于1820年在意大利的比萨见到雪莱，与他交流过他的印度之行，给雪莱留下了深刻印象。雪莱的朋友托马斯·匹考克（Thomas Love Peacock）曾经在东印度公司工作，雪莱曾经咨询过他是否有可能去印度谋职。他还购买和阅读了詹姆士·米勒（James Mill）的《英属印度历史》(*History of British India*)，这本书是东印度公司所有雇员上岗前的必读书目。

里斯克称雪莱为"开明的帝国主义者"（liberal imperialist）（Leask, 70），因为雪莱支持帝国事业的最终目的是为了输出革命和推翻暴政,不管暴政在东方还是西方。《伊斯兰起义》发生的地点(伊斯坦布尔),一方面说明在东方革命的必要性,另一方面也避免了在西方革命可能引起的政治麻烦。诗中的故事并非是一个特别的东方故事,而更像是法国大革命在东方的翻版。莱昂和西斯娜兄妹联手起义,推翻了旧政权,然而旧势力卷土重来,将兄妹俩绞死,革命遭遇了失败。雪莱拥有华兹华斯式的东方主义想象,认为东方独裁和暴政必须通过内部或外部的革命加以改造,同时认为帝国事业是西方对东方的开化和启蒙,是传播文明的使命(civilizing mission),可以实现他的革命理想。诗中的伊斯兰起义其实就是将革命从西方移植到东方的一种形式,在这个意义上,里斯克认为《伊斯兰起义》出现在印度的孟买,具有强烈的象征意义。

雪莱在《伊斯兰起义》前言中,极力淡化地域的选择对作品主题的重要性,淡化故事发生地的东方色彩,竭力用欧洲思维去"同化"异域的东方。但在后期的作品中,这种情况发生了改变。《解放的普罗米修斯》不仅改变了古希腊悲剧《被缚的普罗米修斯》的故事情节,让普罗米修斯放弃仇恨,让他心中重新充满了爱(甚至爱他的敌人),而且将故事的地点从格鲁吉亚的高加索山,向东移到了印度的高加索山;将女主人公伊奥(Io)改名为阿西亚(Asia)。里斯克认为这不仅仅是形式上的调整,还是"希腊神话的东方化"(Leask, 143),其背后有着深刻的思想渊源。

对于此时的雪莱,"解放"不再是用基督教或欧洲价值观去改变印度,也不是用印度教。《解放的普罗米修斯》将基督教和印度教同样视为偶像崇拜或"拟人说宗教",即人类崇拜自己用想象创造出来的形象,而真正的神是不可表述的。里斯克认为,在这一点上,雪莱与印度教改革运动领袖拉莫胡恩·罗伊（Rammohun Roy）的思想有诸多相似之处，显示出这个在英国掀起的印度教改革运动对他的深刻影响（Leask，145）。关于世界的起源问题，他与罗伊都使用了"否定"的方式来表述，或者认为它根本不可表述："但愿沟壑能吐出这些秘密，但它缺乏一种声音。"这与罗伊的《吠陀经选译》不谋而合。对于此时的雪莱，代表欧洲价值观的普罗米修斯需要与"阿西亚"的爱结合，才能创造出一个理想的世界。

浪漫派作家在蓄奴制和奴隶贸易问题上常常表现出激进主义的倾向。大卫·厄德曼（David Erdman）早在70年代出版的《反帝国的先知》（*Prophet Against Empire*，1977）中就为我们呈现了一个反帝国、反殖民的威廉·布莱克。厄德曼在书中全面梳理了布莱克与19世纪初的反奴隶贸易大辩论的关系，展示了布莱克为英国殖民军将领撰写的关于在南美苏里南平定黑奴叛乱的书籍所制作的雕版插图，并以此建构起一个宏大的历史背景，对布莱克的诗歌作品进行了全面的重新解读。这些开拓性的工作对90年代的浪漫主义种族研究和东方研究产生了深刻影响，所不同的是，后者经历了后殖民理论，对种族问题和东西方关系问题有更加复杂的认识。在祛除"本质主义"和二元对立的思维模式的同时，90年代更倾向于引入杂糅、模仿、认同、多元、同化等概念来分析帝国和殖民现象。

蒂姆·富尔福德（Tim Fulford）和彼得·吉特森（Peter J. Kitson）在他们共同编辑的《浪漫主义与殖民主义》（*Romanticism and Colonialism*, 1998）一书中指出，90年代的批评家在借鉴施瓦布和萨义德等老一辈学者的同时，也引入了霍米·巴巴（*Homi Bhabha*）、亨利·路易斯·盖茨（*Henry Louis Gates*）、科瓦米·安东尼·阿皮亚（*Kwame Anthony*

Apiah)、佳亚特里·斯皮瓦克（*Gayatri Chakravorty Spivak*）等人，以及印度的"属下研究"的理论。该书收录了14位学者的16篇论文，其中罗伦·亨利（Lauren Henry）的《阳光与荫凉的树林》（Sunshine and Shady Groves）和蒂莫西·莫顿（Timothy Morton）的《血腥的白糖》（Bloody Sugar）特别值得我们关注。前者将布莱克的《黑人小男孩》与当时颇有名气的黑奴女诗人菲利斯·惠特利（Phillis Wheatley）的《晨颂》联系起来，认为两首诗所使用的太阳和树荫的意象都具有象征意义。在将太阳的灼热视为一种需要逃避的伤害的同时，诗歌暗示了黑人在基督教与西方文化中所受到的禁锢和伤害，因为在西方文化中太阳是上帝的象征，阳光是上帝的爱。因此，两首诗都是"关于基督教在一个非洲奴隶的生活中所起的作用"，从某种意义上讲，"基督教对奴隶制是认可的"（Fulford & Kitson, 80）。

莫顿的论文将骚塞的十四行诗组诗《奴隶贸易之歌》（*Poems Concerning Slave Trade*）放入英国殖民历史中去考察，挖掘其中的政治和历史意义。他发现骚塞在作品中谴责资本主义贸易的贪婪，将"贸易"比喻为吃人肉者，将奴隶比喻为普罗米修斯。他描写了种植园经济的残忍：灼热的太阳无情地照射着奴隶，"毫无人性的奴隶主举起了残害人体的皮鞭"。他将种植园生产的白糖比喻为奴隶的血液："哦，那些在安逸中 / 品尝用血液调制的饮品的人们！你们也许会 / 蔑视这样的想法，"但是，当"一个黑人兄弟在皮鞭底下，在无声的痛苦中抽搐，"人们理应充满了义愤。正如莫顿所说，"饮品作为一个想象的物品，显示了殖民乐趣是建立在吃人肉行为一样的消费行为之上的"（Fulford & Kitson, 102）。

这些例子都说明，浪漫主义的种族研究和东方研究一方面扩大了研究范围，超越了6位浪漫派诗人构成的经典，另一方面进一步将诗歌与历史和政治进行互文化结合，把英国的对外关系历史、殖民历史、帝国历史与文学文本进行对照研究，从而产生了诸多新意。正如阿伦·理查德森（Alan Richardson）指出，"关注奴隶制、殖民活动的历史背景以及种族差异的建构，不仅可以引导我们重读边缘作家的被遗忘作品，而且可以用不同的、与历史更接轨的方式阅读经典作家"（Fulford & Kitson, 140）。

中国视角

在传统的浪漫派研究中，中国并不是一个热门话题。范存忠先生的《中国文化在启蒙时期的英国》（*Chinese Culture in Britain during the Period of Enlightenment*，1931）和钱锺书先生的《17-18世纪英国文学中的中国》（*China in the English Literature of the 17th and 18th Centuries*, 1935）都没有涉及19世纪的中英文学关系，因为浪漫派诗人很少关注中国。关于东方，拜伦关注中东，雪莱关注印度，布莱克关注美洲，济慈关注埃及和希腊，柯尔律治关注美洲和非洲的黑奴贸易，华兹华斯仅仅提到了大英帝国，因此中国似乎不在浪漫派诗人关注的范围之内，中国与浪漫派诗歌的关系没有得到批评界的充分重视。

关于中国与浪漫派诗歌的关系，有三条线索值得我们注意。第一条线索是亚瑟·威利（Arthur Waley）1948年在BBC做的一次广播谈话，后来发表为《道家信徒布莱克》（*Blake the Taoist*）一文（载《蒙古人秘史》（*The Secret History of the Mongols and Other Pieces*），177–184）。威利的这个奇思妙想的起因是，他的中国朋友徐志摩在他的书架上看到布莱克的长诗《弥尔顿》，取下来后随便读了几行，便高声喊道："这个人是道家信徒。"威利急忙查阅了徐志摩看的那几行诗歌，发现布莱克与道教思想的确有许多相似之处。威利并没有试图证明布莱克阅读过老子或庄子的著作，因为这些著作在布莱克去世后才传入英国。威利得出这个结论一是因为徐志摩的直觉给了他一定的启发，二是因为他自己的核实和体悟。

威利的文章的确包含着一些洞见。他认为老庄和布莱克各自生活的时代都是"百家争鸣"的年代，他们在著作中都企图达到一个超越纷争的境界。《庄子》"齐物论"中说世界万物看上去千差万别，但是实际上它们都没有区别，即"齐物"。世界上各种观点也千差万别，但归根到底它们也没有区别，即"齐论"。布莱克在《弥尔顿》中说，"有这么一个地方，那里相反的事物都是真实的"。然后，他用一个美丽早晨的情景来说明，有一个幸福境界可以去追求，这个境界超越了这个世界的纷繁复杂。布莱克反理性、反智性，反对道德对个性的约束。他反对18世纪的哲学家伏尔泰和卢梭，也反对科学家德谟克利特和牛顿，因为他们的规则限制了想象。在这一点上，布莱克与老子是一致的，老子曾经劝告惠子和公孙龙：抛弃一切学问，然后就不会有悲伤。

北京外国语大学王伟滨博士受到威利文章的影响和启发，于1999年完成了博士论文《布莱克的道》（*The Tao of Blake*）。他认为布莱克的诗歌反映了道家的"齐物论"思想、"天人合一"思想，并以此为线索试图对布莱克的自然观、世界观及宇宙观进行修订和重新定义。王伟滨博士借鉴了威利文章的精神，以及伊格尔顿的"每次阅读都是一次重写"的批评思想，将布莱克在《所有宗教都是同一宗教》中所提出的"诗性精神"（Poetic Genius）解读为道家的"道"。与"道"相似，布莱克的"诗性精神"也被理解为世界的起源，它不是神，不是上帝，而是一种想象力。这与道家的"道生一,一生二,二生三,三生万物"有一种一致性。另外,布莱克的"天真"不是宗教所说的道德,也不是来自某个权威的约束,而是个人内心生成的对某种天性的敬畏。这个"天真"不是儿童的无知,也不是以自我为中心的欲望(仅仅寻求自我满足),而是一种更高级的"天真"或"母爱原则"。这与道家的"德"是高度一致的,体现了一种东方的以母性思维为基础的生态思想。

在研究方法上,威利不是企图证明道家对布莱克有"影响",而是想说明某种"平行"的存在,是从道家视角来解读布莱克而产生的结果。在这个意义上,哥伦比亚大学的吴千之博士于1987年完成的博士论文《华兹华斯的想象:视自然为自然——用道家思想解读华兹华斯》(*The Wordsworthian Imagination: Seeing Nature as It Is: A Taoist Reading of Wordsworth*)是一本类似的著作。作者并不寻求说明道家思想影响了华兹华斯,而仅是想用道家的思想去解读华氏的诗歌。作者的目的是想说明华兹华斯不像有些批评家所说的那样,内心与外界脱节,主体与客体脱节,或者他所写的自然都来自他的内心。作者想说明的是,在人与自然的关系上,华兹华斯所追求的是人与自然融合,是自我意识的消解,从而使自我与自然成为一体,这就是道家所说的"天人合一"。吴千之认为,华兹华斯所说的"想象力"就是"视自然为自然",而不是视之为心灵的投射,华氏在《劝与答》一诗中提出的"明智的无为"(wise passiveness)思想就很好地体现了这一点。正如吴千之所说,"华兹华斯在自然中的经历,很容易进行道家式的解读"。正是利用这一点视角,他对当时流行的唯心主义的批评观点,如杰弗里·哈特曼、保罗·德曼、艾伦·刘等人的观点,进行了匡正。因此,道家给了他一个批评的视角,也给了他一个有别于当时主流的观点。

浪漫主义与中国关系的第二条线索是阿瑟·洛夫乔伊（Arthur O Lovejoy）1948年发表的论文《浪漫主义的中国根源》（The Chinese Origin of Romanticism）（原载《思想史论集》[*Essays in History of Ideas*]）。他在文中认为中国的园林（建筑）所包含的审美观在16~18世纪的欧洲推进并促成了"浪漫主义转向"。中国园林所代表的顺势而为、自然天成等思想与新古典主义倡导的以规则、均齐、平衡、平行为美的审美观大相径庭，浪漫主义从中获得了某种启发，以不规则、不对称、变化无常、惊异等作为审美观，以抗衡新古典主义所推崇的单一和统一的审美标准。洛夫乔伊认为，审美趣味和艺术实践中的这个新现象出现在浪漫主义初期，推进了浪漫主义运动。

在18世纪，英国公众对中国的认知包括青花瓷、室内装饰和中国园林，这些具有异国情调的艺术曾经在英国形成了一个"中国热"。当然，他们关于中国的想象主要来自传教士、外交人员、旅行家、贸易商、文学家所遗留下来的公文、游记、日记、专著、随笔等等。当时关于东方园林最有影响的设计师是威廉·钱伯斯（William Chambers），他曾经撰写《东方园林概论》（*Dissertation on the Oriental Gardening*，1772），认为中国园林崇尚巧夺天工、效法自然，可以为英国的皇家园林建造提供参照。钱伯斯曾经在英国的东印度公司任职，也到过中国的广州，后来还做过英国王太子（后来的乔治三世）的师傅，因此他的观点在当时影响巨大。那时在伦敦正在建造的皇家植物园"丘园"模仿了中国的园林，其中还设计了一座中国塔。日本学者（Kuri Katsuyama）将柯尔律治的著名诗篇《忽必烈汗》的前36行与钱伯斯在《东方园林概论》中关于中国园林的描写做了仔细对照，认为它们非常相似（*Coleridge, Romanticism and the*

Orient: Cultural Negotiations，2013，92-94）。

浪漫主义与中国关系的第三条线索就是中英关系史，特别是马嘎尔尼爵士1793年对中国的访问，以及这次访问所引起的"礼仪之争"。近期从这个视角讨论浪漫派诗歌的代表性学者有彼得·吉特森（Peter Kitson）《打造浪漫中国》（*Forging Romantic China*，2013）、日本学者（Kuri Katsuyama）的《〈忽必烈汗〉与英国的"中国热"》（"Kubla Khan" and the British Chinoiserie）和中国学者李增的《审美与政治：英国浪漫主义诗歌的东方书写研究》（2014）。马嘎尔尼的中国之行，以及他的副手乔治·斯丹顿（Sir George Staunton）的访问纪实《英王特使访问中国皇帝的真实记录》（*Authentic Account of an Embassy from King of Great Britain to the Emperor of China*，1797）的出版，在英国引起了关于中国的政治体制以及中英关系的热烈讨论。礼仪之争的焦点是"磕头"，因此"磕头"成为英国人理解中国政治体制的关键，中国的乾隆皇帝也成了"东方独裁"的象征。

正如吉特森教授在他的书中展示，浪漫派诗歌中多次出现关于"磕头"的意象，如雪莱在《暴政的假面游行》中描写了拟人化的"暴政"在进入伦敦时，伦敦市民迫于他的淫威，匍匐在地面迎接他的情景。拜伦在《曼弗雷德》中描写了曼弗雷德在冥界与死神（Arimanes）的对峙，以及他拒绝向后者磕头的叛逆精神。吉特森将死神视为亚洲独裁的化身，将这次对峙视为"欧洲人的自由精神与亚洲独裁的对抗"，也视为英中两国的礼仪之争的另一种呈现。柯尔律治在《政治与宗教演讲集（1795）》（*Lectures on Politics and Religion*）中提到他曾经阅读过的关于东方独裁的例子。他说，在有些东方国家的朝廷，欧洲的使节被要求绑住双手才能与那里的独裁者说话。这里的"使节"和"独裁"显然都是有所指的。

在马嘎尔尼访华之后，英国的"中国热"和中国园林逐渐也被政治化。吉特森教授将柯尔律治的著名诗篇《忽必烈汗》置入钱伯斯关于圆明园的论述，以及他与威廉·梅森（William Mason）的争论之中，从而凸显了该诗歌的政治含义。钱伯斯极力宣扬中国园林的价值，建议乔治三世的"丘园"按照中国园林的模式修建。他的提议遭到了反对党的代表梅森的尖锐批评，梅森认为这是在复制中国的东方独裁，而不仅仅是修建中国式的园林。在这个大背景当中，吉特森认为柯尔律治的《忽必烈汗》是一首反对钱伯斯以及保守党的独裁统治的诗篇，与梅森的观点相似。

吉特森的研究表明，华兹华斯的诗歌与中国也有一定的关系。1802年，华兹华斯得到的一笔迟来的赔款（别人欠他父亲的钱）被证明是从中国赚来的。他最著名的长诗《序曲》第八卷（76–97）所描写的花园就是中国的皇家园林避暑山庄的"万树园"，马嘎尔尼出使中国时正是在此接受乾隆皇帝的接见。华兹华斯曾经阅读过约翰·巴罗（John Barrow）撰写的关于他随马嘎尔尼出使中国的经历的《中国游记》（*Travels in China*，1806），完全了解英国使团这次中国之行的意义，因此，他将避暑山庄的万树园与湖区的格拉斯米尔进行对比，认为万树园是人工造就的园林，与自然田园无法比拟。吉特森认为这种厚此薄彼的选择背后还有政治含义，因为避暑山庄是皇家园林，是政治独裁和东亚霸权的象征，也是英国等西方列强在东亚的竞争对手，因此华兹华斯对万树园的贬低，体现了大英帝国的殖民主义优越感。

生态研究

在生态批评的视野中，英国浪漫主义运动处于一个特重要的位置，因为浪漫主义一直与"回到自然"和"自然崇拜"

的思想联系在一起。事实上，90年代的生态批评为英国浪漫主义文学研究掀起了一个新的高潮。生态批评，简单地说，是研究人与自然关系的批评理论，它探讨人对自然的态度，涉及主体与客体的关系、自然哲学和科学观等问题。生态批评之所以产生深刻影响，是因为它是对20世纪地球的生态危机做出的一种反应，有着明确的指向性和紧迫性；另外，它有非常明确的行动目标，那就是要改变人们的生活习惯，改变人们对待自然的态度，挽救地球于危机之中。

"生态"（ecology）一词由德国动物学家恩斯特·海克尔（Ernst Haeckel）在1866年首先使用。他说，"生态学是关于自然的系统的一整套知识——考察动物与其有机和无机环境的全部关系"。后来在1890年代，美国生态活动家艾伦·斯瓦洛（Ellen Swallow）在推动绿色生活的过程中借用该词，使之得到公众的认知。"生态"一词由"家"（eco）和"学问"（ology）构成，它暗示了地球是生活在其上的所有生命的家。生态学是一种整体性思维，认为所有生命形态相互联系，构成一个网络，对这个网络的任何一个部分的损害就是对整体的损害。

虽然拉切尔·卡森（Rachel Carson）的《寂静的春天》（*The Silent Spring*, 1962）在20世纪50年代发表，唤醒了西方的生态意识，但是文学中的生态批评在90年代才真正兴起。1992年，美国成立了"文学与环境研究学会"（ASLE），创立了《文学与环境跨学科研究》（ISLE）杂志，使生态批评逐渐在西方的大学和文学研究领域生根发芽，以至开花结果。对生态批评在美国的崛起，劳伦斯·布伊尔（Laurence Buell）做出了重要贡献。他的《环境想象》（*The Environmental Imagination*, 1995）对美国思想家梭罗的生态思想进行了重新诠释，它的议题，从新世界的梦想到梭罗的环境计划,从自然的主体性到环境末日想象,都凸显了梭罗在西方生态思想史中的核心地位。布伊尔的另一本专著《为濒危的世界写作》(*Writing for an Endangered World*,2001)用环境无意识、毒性、地方想象、大海想象、决定论、生态伦理、环境正义、分水岭意识等概念对美国经典作家和生态作家如惠特曼、梅尔维尔、威廉斯、福克纳、魏德曼、利奥波尔德、玛丽·奥斯丁等进行了仔细解读。虽然两本书都不是英国浪漫派的研究著作,但是在生态批评界具有重大影响。

另一部具有深远影响的书是切莉尔·格罗特菲尔蒂(Cheryll Glotfelty)和哈罗德·弗洛姆(Harold Fromm)共同编辑的《生态批评读本》(*The Ecocriticism Reader*, 1996)。全书分三个部分:生态理论、小说和戏剧、环境文学,收集了到当时为止最重要的生态批评资料,为生态批评成为美国大学课程提供了教材。虽然读本主要涉及美国文学、小说和戏剧,而不是英国浪漫派诗歌,但是读本的"生态理论"部分包含的议题具有一定的普遍意义。林·怀特(Lynn White)在《我们生态危机的历史根源》中认为,生态危机不仅仅是科学和理性发展的结果,其思想根源可以追溯到《圣经》以及基督教的人类中心主义思想。克里斯托弗·梅恩斯(Christopher Manes)在《自然与沉默》中认为,自然的声音在西方的话语中被基督教和科学压制了下去,自然从有灵魂的生命形式变成了象征性的物质存在,从会说话的主体变成了沉默的客体。尼尔·埃文顿(Neil Evernden)在《超越生态》中认为,个体只存在于环境中(individual-in-context),否则就不存在;自我只存在于地点中(self-in-place),否则也就不存在。文学可以让我们感觉到人与环境的密切联系。大卫·梅泽尔(David Mazel)在《美国文学的环境主义》中认为,所谓的"环境"仅仅是"社会和语言的建构",就像萨义德所说的"东方"一样。因此,环境的建构同样也是"行使文化霸权的结果"。阿奈特·康诺德尼(Annette Konodny)的《发掘她的历史》批判美国文学的男性中心主义,充满了土地是女人的比喻,这个女人有时是母亲,有时是情人,并将此视为人类对地球实施暴力和剥削性开发的原动力。这些议题在浪漫主义的生态批评实践中常常被使用。

约纳森·贝特(Jonathan Bate)的《浪漫主义生态学》(*Romantic Ecology: Wordsworth and the Environmental Tradition*, 1990)可以说是这个领域最早的研究著作之一,它在研究方法上旨在超越新历史主义的"粗糙的非左派即右派的旧模式",同时也要超越耶鲁学派将浪漫主义的"自然"悬置起来,"抛弃自然,以换取超验想象力"的做法(Bate 1990, 3 & 8)。贝特强调,如果浪漫主义文学研究要政治化,那么它应该从红色转向绿色,与目前全球关心的环境问题结合起来。书中的亮点之一是从"自然经济体系"(Economy of Nature)的角度详细分析了华兹华斯的《湖区指南大全》(*A Complete Guide to the Lakes*),"将这个边缘文本带到了研究的中心"。该文本是诗人华兹华斯与地质学家赛季维克的合作结果,是诗歌与科学、经济、旅游等话语的接轨,打破了先前批评界塑造的孤独、内省的华兹华斯形象,使该文本成为贝特所说的"浪漫主义生态学的范例"。

由于"自然经济体系"将自然视为完整的、相互依存的体系,因此破坏任何一部分,都是对整体的破坏。如果科学家告诉人们的是湖区的地质结构、物种之间的复杂联系,如光合作用,那么诗人告诉人们的是如何成为自然的一部分,如何"关爱湖区的脆弱的生态系统"。贝特认为,该文本在某种意义上预示了英国"国家文物托管会"(National Trust)

和"湖区国家公园"（Lake District National Park）在20世纪的建立。同时，诗人也在书中预示"大规模旅游业"将对湖区造成危害；其中十四行诗《即将修建的肯德尔-温德米尔铁路》对机器的入侵，对机器生产即将取代湖区的手工作坊，以及对该地区的整体经济的冲击都表达了忧虑。

另一部较早的关于浪漫派诗歌的生态研究著作是卡尔·克洛伯（Karl Kroeber）的《生态学文学批评》（*Ecological Literary Criticism: Romantic Imagining and the Biology of Mind*, 1994）。他在书中批评当代英美学术界，特别是新历史主义，将冷战思维和大国博弈心态投射到浪漫派诗歌的研究中，不但使浪漫派诗歌政治化，而且使人与自然的关系对立化。他认为，虽然浪漫派诗歌还不具有系统的生态观，但已经有了系统的生态观的雏形（proto-ecological views）（Kroeber, 5）。他同时认为，浪漫派的生态意识来源于斯宾诺莎（Spinoza）和马尔萨斯（Thomas Malthus），其主要的观点仍然是整体性自然观（holistic view）：即个体属于生态体系，但同时也是这个体系不可缺少的一部分。个体的独特性只有在这个体系内、在与各个部分的相互依存中，才能更好地凸显。（Kroeber, 14, 56）

克洛伯的生态批评视角使他的诗歌解读产生许多特点和新意。比如，他认为柯尔律治在《法国颂》（France: An Ode）中所说的"自由"不是人们所理解的政治口号，而是"个体参与无法抑制的自然生机"所获得的自由，就像天上的云、海里的浪、驰骋的风一样自由，即"在自然过程中找到了真正的自由的精神"（Kroeber, 12–13）。另外，克洛伯认为华兹华斯的《早春吟》（Lines Written in Early Spring）的名句"我岂不有理由悲叹，/ 人类如此作践自己"并不是指传统批评所说的在人类历史中所发生的邪恶、战争、相互屠杀等等，而是指垃圾、污染，以及人类对自己赖以生存的环境的破坏（Kroeber, 46）。同样，他认为华兹华斯的《在格拉斯米尔安家》（*Home at Grasmere*）的政治不是当时流行的进步政治、改革政治或者乌托邦政治，而是生态政治。诗人绝不会将人从自然环境中抽离出来谈"人权"，他对自然的理解是万物不是相互平等，而是相互依存、相互尊重各自的差异（Kroeber, 57）。

1994年，蒂莫西·莫顿（Timothy Morton）出版了《雪莱与味觉的革命》（*Shelley and the Revolution in Taste*, 1994），他通过细读雪莱的《为自然饮食一辩》（A Vindication of Natural Diet），说明素食主义在19世纪动物权利运动的大历史背景之中是一种激进的政治思想。与奥斯沃尔德（John Oswald）的《自然的呐喊》（A Cry of Nature）和李特森（Joseph Ritson）的《论忌食动物肉》（An Essay on Abstinence of Animal Food）相联系，肉食与动物权利、人性、贫富差异、饥饿、狩猎、印度教思想、奴隶贸易等其他政治议题联系在一起。汤姆·潘恩的《人权》（*The Rights of Man*）、玛丽·沃尔斯顿克拉福特的《为女性权利一辩》（*A Vindication of the Rights of Women*），以及威廉·泰勒的《为动物权利一辩》（*A Vindication of the Rights of Brutes*）都出自同样的逻辑，都是平等和自由思想的具体表现。

在《麦布女王》中，雪莱描写了一个纯洁的女孩被麦布女王（仙女）带到太空，看到了人类的过去、现在和未来。诗歌展示了人类以往的罪恶、残忍和暴力的历史，也展示了一个平等、博爱和光明的未来。在这个光明的前景中，人类已经放弃了肉食的习惯，达到了与自然的和谐："这时他不复屠杀面对面看着他的羊羔，/ 恐怖地吞噬那被宰割的肉，/ 似乎要为自然律被破坏复仇，/ 那肉曾经在人的躯体内激起所有各种腐败的体液,并在/人类心灵中引发出各种邪恶欲望、虚妄信念、憎恶"。

在《伊斯兰的叛乱》(*Laon and Cythna*)中,雪莱再次表达了类似的观点:"但愿再也不要有鸟兽的血迹/带着毒液来玷污人类的宴席,/让腾腾的热气含怨冲向洁净的天廷,/早就应该制止那报复的毒液,/不让它哺育疾病,恐惧和疯狂。"虽然雪莱的素食主义思想的来源比较复杂,且还不是一种现代的动物权益思想,但是里边充满了对动物的同情、对屠杀行为的憎恶。正如莫顿指出,雪莱的素食主义与他在政治上的激进主义密切相连,动物权与人权和妇女权受到了同样重视(Morton 1994,30-32)。可以说素食主义是雪莱政治上激进的平等主义、博爱思想在环境保护和自然饮食方面的延伸,有着一种生态思想的雏形。这种思想对后世的萧伯纳和甘地都有着重要影响。

约纳森·贝特2000年出版了他的另一部专著《大地之歌》(*The Song of the Earth*),虽然该书并不专注于浪漫主义,但是浪漫主义在其中占有重要位置和分量。他将拜伦的诗歌《黑暗》(Darkness)与1816年印尼特大火山爆发和由此引起的气候变化联系起来,认为诗歌描写的"世界末日"的景象具有气象学的依据:太阳熄灭了,世界一片黑暗;人们点燃了房屋、宫殿、城市,但是由此而得到的短暂光明很快消失。庄稼因缺乏阳光而停止生长,饥荒造成大面积人口死亡;人们为获取食物发动战争,朋友也因此反目成仇,最终死亡征服了一切。拜伦的世界末日很像《圣经》的启示录,也很像伯内特的《神圣的地球理论》、法国作家格兰维尔的小说《最后的人》(1805)、卢克莱修的《物性论》等等。但是,贝特认为,拜伦的环境末世论(environmental apocalyptism)并非完全来自阅读:诗中的太阳熄灭、农业欠收和饥荒都有史实依据,是他对自然环境的恶化做出的反应(Bate 2000,94-98)。

关于济慈的《秋颂》(To Autumn)描绘的果实累累的丰收景象,"天气"显得那么迷人那么明亮,贝特认为,这都是在经过了印尼火山灰遮天蔽日后的愉快心情的写照(Bate 2000,102)。在1819年的秋季,苹果压弯了枝头,葡萄结满了藤架,葫芦和坚果膨胀得溜圆。秋天女神躺在田野埂间,看着收割下的庄稼,看着榨酒机中流出汁液,被花香所陶醉。秋天的音乐在落日时分也鸣奏起来,河水滔滔,飞虫啾啾,羊群咩咩,燕子欢歌。然而在整个景象中,我们没有看到人的踪影。与济慈的其他诗歌不同,他自己没有出场,似乎刻意要把他的"自我否定力"(Negative Capability)发挥到极致。在自我隐退之后,诗歌突出了秋天本身,她的优美、和谐、丰饶,在充满了感性的语言中显露无遗,仿佛我们伸手便能够触摸到秋天的质感,望眼便能够捕捉到她的斑斓。自我的隐退与自然的凸显,使《秋颂》一诗的真正主角变成了秋天,颠覆了以人为中心的思想范式。(Bate 2000,103-109)

贝特对华兹华斯的《丁登寺》的评论很像是对新历史主义批评家马杰里·列文森的回应,虽然他并没有提到后者。他们都大量使用了威廉·吉尔平(William Gilpin)的《葳河游记》(*Observations on the River Wye*)作为背景资料,都谈到了"没有丁登寺的《丁登寺》",但是贝特没有涉及列文森关心的丁登寺的政治宗教历史、葳河下游的炼铁厂和污染、流浪汉和底层人民的痛苦。相反,他将《丁登寺》置于18世纪的"风景画美学"(picturesque aesthetics)传统中,说明它如何成为这个绘画传统的反叛。"风景画美学"往往要求有一个观察的制高点,暗示画家对风景的绝对掌控,要求画中一定有废墟,暗示画面有文化历史兴趣。贝特认为,华兹华斯把丁登寺废墟排除在诗歌之外,目的在于避免与宗教政治和民族主义发生关联,以便将他的宗教和政治热情投入到自然之中,升华成一种自然热情。(Bate, 144–145)

詹姆斯·麦库西克(James C. McKusick)在《绿色写作:浪漫主义与生态》(*Green Writing: Romanticism and Ecology*, 2000)中首先描述了英国浪漫派文学中萌生的生态意识,然后追寻华兹华斯、柯尔律治、布莱克、克莱尔等人对美国超验主义的影响,最终认为英国浪漫主义的生态意识构成了美国当代环境运动的理念和认识基础。在美国思想史上,人们常常强调自力更生和独立自主,爱默生和梭罗等人都曾否认或"有意遗忘"英国浪漫派对美国思想的影响。马克·吐温的《国外的天真者》(*The Innocents Abroad*, 1869)甚至对欧洲的文化成就表示出不屑的态度。(Mckusick, 2–6)麦库西克的观点可以说是对这种倾向的一个有益的反拨。

麦库西克对华兹华斯的《劝与答》和柯尔律治的《古水手吟》的生态批评式解读有一定特色。他认为《劝与答》中所提倡的放下书本、走进自然,暗示了对现有的知识体系和认知方式的拒绝。诗歌中提到的自然"力量"就像康德所说的"Ding an sich"或《古水手吟》中的"自然精灵"一样,无法被理性认知。面对这些自然奥秘,诗歌提倡一种"明智的被动"(wise passiveness)态度。因此,诗歌构成了华兹华斯对书本知识的批判,"对理性、科学、人文学的知识获取方式的批判"。(Mckusick, 57–59)

《古水手吟》的南极冒险航行在传统的批评中被理解为犯罪与赎罪的故事,表现了基督教的原罪与救赎主题。然而在麦库西克来看,这种说法显然没有切中要害:古水手在很大程度上是人类的缩影,他不是一个具体的人,而是所有人;他射杀信天翁所使用的弓箭一方面是人类赖以生存的工具,同时又代表了工业革命所带来的具有毁灭性的技术。他对信天翁的射杀在某种意义上象征着工业社会对自然的破坏,从而引来了自然对人类的可怕报复。在麦库西克的解读中,诗歌成为"一个破坏生态的寓言"(McKusick,44-48;Sagar,172-177)。古水手最终对水蛇所代表的大自然产生了爱,同时也改变了他的命运,使他成为这个生态寓言的践行者和传播者。

凯文·哈钦斯(Kevin Hutchings)在《想象自然:布莱克的环境诗学》(*Imagining Nature: Blake's Environmental Poetics*, 2002)一书中指出,虽然威廉·布莱克曾经说,"我的一切知识都存在于《圣经》之中","《旧约》和《新约》是艺术的伟大密码,"然而他的思想中有一种激进的平等思想与《圣经》中的等级观念和人类中心主义思想并不相符,这些都使他无法认同基督教所代表的自然观和政治取向。他的《塞尔之书》(*The Book of Thel*)中就证实了这一点。诗歌描写了天上的生命永恒之谷和居住在那里的一个塞尔姑娘。作为灵魂,塞尔无形无影,对自己的生存状况感到困惑,在对比了百合、云彩、蛆虫、土块的情况后,她决定从生命永恒之谷,通过人间的大门,进入尘世,变成一个有血有肉的人。但是当她看到人间的痛苦和悲伤之后,她害怕得尖叫起来,逃回了天上的生命永恒之谷。诗歌显然是一个寓言,暗示了心灵的成长必须经历磨难,在痛苦和挫折中才能真正成长和成熟。塞尔姑娘的退缩无疑将使她永远处于纯真状态,无法达到更高的纯真。

值得注意的是,生命的永恒之谷就像是一个生态乐园,这里草木茂盛、水天纯净、动物和谐,显然有伊甸园的影子,但是没有伊甸园的等级区分。在《圣经·创世纪》中,上帝创造了世界,并告诫人类说,"要多产,要繁衍,遍布世界,使世界屈服;要控制海中的鱼、天上的鸟、陆地上行走的所有生灵"。《圣经》将人类封为万物的灵长,赋予它控制和使用万物的权利。随着基督教在欧洲广泛传播,这种自然观为科学对自然进行开发提供了依据,同时也使人类"征服自然"的行为合法化。

哈钦斯还认为,塞尔姑娘在某种意义上也是人类的化身。在词源上,"塞尔"的意思是灵魂,也就是说,她有成为肉身的潜能,并且渴望身体的体验,以及七情六欲。她在整个生命的永恒之谷中处于一个特殊地位,她是山谷的公主,高踞王座,傲视着山谷里的一切生物,对它们的价值判断基本上是基于这些生物的"用处":小草有价值,是因为它们为牛羊提供食物,其芳香可以使牛羊精神振奋,牛羊也可以用它们擦嘴,蜜蜂还可以在其花间采蜜。塞尔对事物的认识有一种工具主义的价值观,即这些事物对人类有用,才有价值(Hutchings 2002,84—89)。哈钦斯认为,布莱克在《塞尔之书》中对这种以人类为中心的工具主义自然观进行了批判,预示了20世纪出现的"深层生态学"(Hutchings 2007,180)。

生态批评是一个跨学科的学问,它涉及生物学、地理学、物理学等科学知识,同时也涉及科学发展史、生态思想史和西方哲学等学科领域。它关注人与自然的关系,致力于改变人与自然的力量不对称、不平衡的现状,提倡用一种关爱和友好的方式对待自然,把自然界的一切生物视为平等的成员,改变人类的傲慢和主宰心态,使地球真正成为所有生命的家园,而不是强者的乐园、弱者的地狱。作为一种世界观和人生哲学,它在环境保护和可持续发展等领域起到了重要作用。

作为一种研究范式，它改变了英国浪漫主义诗歌研究的地貌地形，导致了浪漫主义诗歌的重新评估和重新洗牌。以前并不被人们看好的约翰·克莱尔（John Clare）、詹姆斯·汤姆森（James Thomson）等诗人重新获得了人们的重视；以前没有进入人们视线的《黑暗》和《最后的人》等作品也重新得到了关注。同时，经典作家和经典作品的价值和意义也在新的批评模式中有所调整。从生态批评的视角看，华兹华斯的《采坚果》显然比《丁登寺》更加重要（Buell 6-7），同样，柯尔律治的《古水手吟》要比《忽必烈汗》更重要；布莱克的《塞尔之书》要比《天真之歌》更重要。生态批评使我们看到了拜伦、雪莱和济慈的鲜为人知的思想倾向和人生选择。这就使得浪漫主义诗歌的阅读和研究又有了很多的新意，使得一个世纪以前的文学作品又重新焕发了勃勃的生机。

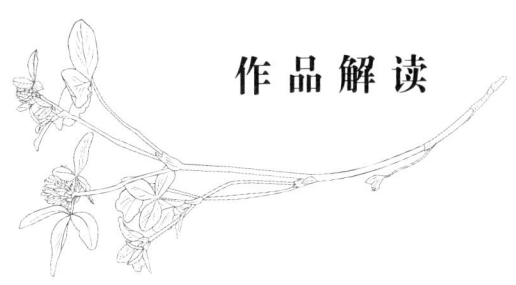

作品解读

威廉·布莱克诗选

《天真之歌》选篇（*From* Songs of Innocence）

《天真之歌》出版于1789年，后与《经验之歌》一起于1794年重新出版，合集名为《天真与经验之歌》。布莱克称其为"孩子们喜闻乐见的诗歌"，但它描绘的并非是天真烂漫的童趣，而是邪恶、苦难、社会正义的缺失等成人世界的现象。诗歌用"天真"和"经验"两种截然不同的方式看待这个世界，象征"灵魂的两种对立状态"。在"天真"的眼里，这个世界是一个简单幸福的田园，而在"经验"的眼里，这个世界却是充满了贫穷、疾病、淫荡、战争、社会和制度的压迫、性压抑的丑恶世界。为了突出这种差异，《天真之歌》和《经验之歌》两个部分相互呼应、互为补充：《婴儿的喜悦》对应《婴儿的悲伤》，《羔羊》对应《老虎》，《神圣的周四》对应《神圣的周四》。布莱克的《手稿》保留了"《天真与经验之歌》的卷首词"：

> 善良之人被人类的感觉指引，
> 并不为自己考虑，
> 直到经验教他们去追逐、
> 囚禁仙女、精灵。
>
> 而后，无赖者露出獠牙，
> 伪君子开始嘶吼；
> 好友间不再避讳各自的企图，
> 老鹰与猫头鹰开始有了差别。

《序诗》（**Introduction**）

l.6, 10 chear：cheer，喜悦的气氛。

l.20 Every child may joy to hear：这些诗歌本是写给儿童的，但简单的文字下却隐藏着儿童根本无法理解的内容。

《回响的绿地》（**The Ecchoing Green**）

l.23 The sun does descend：诗歌结尾的日落呼应开篇的日出，诗人将一天的时光比作人的一生。

《羔羊》（**The Lamb**）

l.1 thee：[古语] you，单数第二人称宾格。

l.2,10 Dost：[古语] Do；thou：[古语] you，单数第二人称主格。

l.13 He is called by thy name：耶稣基督也被称作"羔羊"。Thy：[古语] your。

《黑男孩》（**The Little Black Boy**）

该诗体现了激进的反蓄奴制思想：黑人当时被认为是"愚昧无知的异教徒"，但具有讽刺意味的是，在诗中，是黑人男孩带着白人男孩去见上帝，而非相反。

《扫烟囱的男孩》（**The Chimney Sweeper**）

l.1 very young：在布莱克时代，通常七岁男孩就可以去扫烟囱。1788年，乔纳斯·汉维（Jonas Hanway）将这些童工遭受的苦难报告到了英国国会：孩子被雇主残酷剥削，吃不饱，穿不暖，没有洗浴，扫烟囱的时候还常有窒息、烧伤的情况出现。布莱克在诗中也控诉了雇佣童工的现象。

l.3 'weep：sweep。童工太小，连"sweep"的发音都还没有掌握，只能叫"'weep"。

《神圣的形象》（**The Divine Image**）

ll.5-8 瑞典神学家伊曼努尔·斯韦登伯格（Immanuel Swedenborg, 1688-1772）认为，上帝是神圣的人，具有人的德行。人也具有神性，只不过这种神性相对次等。

l.18 Turk, or Jew：这些所谓的"异教徒"与白人基督徒一样，是"人形"的不同表现形式。因此，他们和后者应该平等。

《经验之歌》选篇（*From* Songs of Experience）

《经验之歌》一般与《天真之歌》一起发行，从未单独面世。在1794的版本中，布莱克将《走失的女孩》《复得的女孩》从《天真之歌》转移到了《经验之歌》。

《走失的小女孩》（**The Little Girl Lost**）

该诗将女孩莱卡面对自然、猛兽的天真稚气和其父母在同样情况下产生的疑虑恐慌进行对比。由于在该诗匹配的版画里，有女孩和青年在树下相拥的画面，所以这里的"自然"很可能不光指大自然中潜在的险恶，也包括一个女孩可能应该害怕的人性、性本能等。

l.37 the kingly lion：与莱卡（Lyca）同眠、其父母惧怕的兽王，可以理解为神话中的童话王子。

《泥块与卵石》（**The Clod & the Pebble**）

诗歌中柔软的"泥块"和坚硬的"卵石"可能分别象征女性和男性。

l.1 seeketh：[古语] seeks。这种第三人称单数的形式在本书会多次出现，此后不再一一注释。

l.2 hath：[古语] has

l.8 meet：合适的，适合的

《病玫瑰》（**The Sick Rose**）

l.1 art：[古语] are

l.2 worm：雄性生殖器的象征物，它在诗中捣毁了玫瑰花的贞洁

《苍蝇》（**The Fly**）

l.11 some blind hand：神的手。神可能也会不假思索地毁灭我们，就像我们不假思索地拍死苍蝇一样。莎士比亚曾经写道："我们之于神灵，就像飞蝇之于顽童，毁灭我们只是他们的一个乐趣。"（《李尔王》第五幕，第1场）

ll.13-20 该段大意为："如果人性与生活的精髓就是思考，那么我毫无精髓可言。我仅仅过着苍蝇般的生活：简单、本真，对此我很满意。"

《老虎》（**The Tyger**）

l.1 Tyger：[古语] Tiger

l.24 Dare frame thy fearful symmetry?：老虎和羔羊都是上帝创造的物种，二者相互对称，但却象征上帝的两个侧面，即怒与爱。

《我美丽的玫瑰》（**My Pretty Rose Tree**）

l.1 A flower：指一次浪漫爱情或桃花运的对象，而第三行的"我心爱的玫瑰"可能指诗人的结发妻子。在布莱克的版画里，女子在树下卧眠，而身旁的男子却是一副垂头丧气的样子。

《啊，向日葵》（**Ah Sun-flower**）

l.1 sunflower：指海洋仙女克吕提厄（Clytie）。根据奥维德《变形记》（Metamorphosis）第4卷，克吕提厄迷恋太阳神赫利俄斯，但赫利俄斯却与克吕提厄的姐姐琉科托厄

私通。出于嫉妒，克吕提厄向父亲告发了姐姐。盛怒下，父亲活埋了姐姐，琉科托厄便化成木藜芦，从土里生出。克吕提厄苦苦等待，却仍得不到太阳神的爱。最终，她化成向日葵，永远面朝太阳，追随他的轨迹。

l.2 countest：[古语] count。这种第三人称单数的形式在本书会多次出现，此后不再一一注释。

l.3 sweet golden clime：极乐世界，灵魂向往的人间天堂或乐土。clime：地方。

《爱的花园》（**The Garden of Love**）

l.3 the Chapel：教堂，维护道德的社会机构，监视着恋人的行为，故"用荆棘捆绑我的七情六欲"（第12行）。

l.6 shalt：[古语] shall。writ：written。

《伦敦》（**London**）

l.1 charter'd：已被出租的，或由于是私人财产而被清空的

l.7 ban：公共禁令、政治禁令

ll.14–15 Harlot's curse, Infant's tear：由于染病，妓女产下的婴儿先天失明。

l.16 Marriage hearse："婚床"与"灵车"的组合

《一株毒树》（**A Poison Tree**）

l.7 sunned it：晾晒它。

《塞尔之书》（**The Book of Thel**）

本诗标注的创作日期为1791年，但可能早在1789年就已经完成，与《天真与经验之歌》同时。这则寓言讲述了一个还未降生的精灵从永生世界下凡到人间，却又不能接受经验世界中自我牺牲之代价，最终重返永生世界的故事。

与《天真与经验之歌》一样，本诗也涉及"灵魂的两种对立状态"，但不同的是，布莱克看到了超越天真与经验的需求，企望到达一种更高境界：即"有序的天真"。《塞尔之书》是布莱克的第一部预言诗，它包含了诗人即将构建的一套神话体系的诸多因素。这套神话体系又在后来的《四佐亚》《弥尔顿》《耶路撒冷》等作品中得以完善。该诗与这些预言诗具有相同的叙事模式和诗歌形式，即十四音节诗行。

版画 i

雕版画号码代表页码，每张雕版画都有独特的、由布莱克亲自制作的图案。雕版画号码常用来标记布莱克的著作。

塞尔的箴言

ll.3-4 silver rod, golden bowl：银色的杖，金色的碗，象征性器官，暗指塞尔渴望却又不敢尝试的肉体"体验"。

版画 1

l.1 Mne：Mnetha的缩写，哈尔山谷（Har）的一位女神。Seraphim：撒拉弗，等级最高的天使。

l.2 the youngest：指塞尔（希腊语意为"希望""愿望"）。她是一位处女，居住在天堂般的哈尔山谷。这是一个二维的可能性世界，她不满足于这样的生存状态，希望化为肉身，体验人生。然而，肉身世界的一幕幕情景令她望而却步，最终她退回到哈尔山谷，退回到那种备受呵护的生存状态。

l.15 The Lilly of the valley：这里的"百合花"和其后的"云""蚯蚓"和"泥块"可能都是象征符号，代表了幻想、青年、青春期、母性。

版画2

l.5 doth：[古语] does

l.7 meekin：humble

版画3

l.8 Luvah：鲁瓦，是布莱克预言诗神话体系中的四佐亚之一，代表人类的欲望与激情。此处他化身太阳神的车夫，返回哈尔山谷休憩、饮马。

版画6

l.1 the eternal gates' terrific porter lifted the northern bar：指新柏拉图主义哲学家波菲利（Porphyry）所说的"北门"。按照他的说法，每个灵魂降生、死亡时都要经过这道门。

l.7 oft：[缩写] often

《阿尔比昂女儿们的梦幻》（Visions of the Daughters of Albion）

本诗创作于1793年，用十四音节诗行写成，讲述了一个包括强奸、嫉妒、惩罚情节的故事。处女乌苏恩（Oothoon）摘了一朵金盏花，置于双乳之间，大胆地表达对性爱的渴望。乌苏恩的情人特奥托门（Theotormon）具有虔诚的信仰和保守的恋爱观。乌苏恩在前往与他相会的路上，被奴隶主布罗缅（Bromion）发现，后者化成一道闪电强奸了她。特奥托门为嫉恨所困，将他们两人背靠背捆了起来，置于山洞中，自己坐在洞口恸哭。本诗分为三个部分：1）故事背景，2）三个人物间的对话，3）乌苏恩的长篇宏论。阿尔比昂的女儿们是这部缺乏情节的戏剧的旁观者，她们以合唱的形式回应着乌苏恩的哀叹。全诗从多个层次揭露了社会对人的奴役和禁锢的形式，包括性压抑、蓄奴制、经济剥削，诗歌开篇即是大写的"奴役"一词。大卫·厄德曼（David Erdman）在《对抗帝国的预言家》（*Prophet Against Empire*，1954）一书中认为，该诗"是一篇以戏剧形式写成的探讨道德压迫、经济压迫、性压迫问题的文章，是对'犯错的魔鬼'的控诉，这个魔鬼从本质上将身体与灵魂分裂开来，将女人、儿童、国家、土地沦为财产"。（p.211）

版画iii

l.4 Leutha：在布莱克的一些诗中，她是一位美貌性感但极不可靠的女性。

l.8 My virgin mantle in twain：暗指她的第一次性经历。

版画1

l.21 stampt with my signet：为了辨认黑奴归属而在他们身上烙上印记。signet：印章、封印。布莱克曾经为J·G·斯特德曼（J. G. Stedman）的《远赴苏里南镇压黑奴叛乱记》（*A Narrative of a Five Years' Expedition, Against the Revolted Negros of Surinam*）制作了16幅雕版画插图，从中他了解到美洲蓄奴制的恐怖。

版画2

l.1 maist：[古语] may

l.2 nine moons' time：妊娠期

l.13 Theotormon's Eagles：乌苏恩因失去贞操而受到了像普罗米修斯一样的惩罚：普罗米修斯为人类盗取火种而被宙斯绑在高加索山的悬崖上。两者受到的惩罚都是任由老鹰啄食肝脏。

版画5

l.15 buys whole corn fields into wastes：地主们购得肥沃的土地，改成狩猎场，因此土地荒芜。或者种庄稼的农夫被当局抓去作壮丁，因此土地没人耕种。

l.18 gins：陷阱。

版画7

l.12 Father of Jealousy：指尤里森（Urizen），布莱克神话中的伪造物主。

威廉·华兹华斯诗选

《猎手西蒙》（Simon Lee: The Old Huntsman）

华兹华斯于1843年说："这位老人曾经是阿尔福克斯顿庄园（Alfoxden）主人的猎手，但在我们住进庄园时，主人是一个年幼的孩子……四十五年后，老人的面庞在我的脑海里仍然清晰可见，好像就在昨天。"

l.1 Cardigan：卡迪根郡，位于威尔士。华兹华斯在修改此诗的时候，将原本发生在萨默塞特郡（Somersetshire）阿尔福克斯顿庄园的故事转移到此地了。

l.52 stouter：更强壮

《我们是七个》（We Are Seven）

根据华兹华斯的说法，本诗"1798年春创作于阿尔福克斯顿庄园……诗歌中这位小女孩是我1793年在古德里奇城堡（Goodrich Castle）附近遇到的"。

l.47 porringer：一碗粥

《劝与答》（Expostulation and Reply）

根据华兹华斯的说法，本诗和下一首均源自他"与威廉·赫兹里特（William Hazlitt 1778-1830）的一次谈话。赫兹里特有点不合情理地痴迷于当代的道德哲学"。以下两首诗是姊妹篇，对自然和书籍、情感和理性的相对优势表达了不同的观点。我们不能断定华兹华斯本人支持某一方的立场，因为它们是诗人与友人对话的再现，每个人都会突出自己的观点。

l.13 Esthwaite：艾斯维特湖，霍克斯海德（Hawkshead）附近的一个湖泊，位于坎布里亚郡（Cumbria）。

l.15 spake：spoke。

l.30 conversing：与天地交流，与自然交融。

《转折》（The Tables Turned）

l.28 We murder to dissect：分析即谋杀。这是华氏反对科学和哲学的分析式思维的名句。

《丁登寺》（Lines Composed a Few Miles Above Tintern Abbey）

本诗完整的标题告诉我们，它创作于"1798年7月13日重游怀河河谷之后"。1793年，23岁的诗人曾经到此一游。1798年，他在诗中对比了前后两次游历，讲述了自己在这期间的成长，以及第二次游历时他建立了与自然更加深远的联系。丁登寺原本是一座天主教教堂，在17世纪宗教改革时期被拆毁，待到华兹华斯访问之时，它已经是一片废墟。

ll.43–49 Until, the breath of this corporeal frame...We see into the life of things：华兹华斯使用了相对玄奥的语言来描述自然对他的影响，其效果显得意味深长：肉体上他已经"昏睡"，血液近乎停止流淌，但精神上他却仍然活跃，几乎"成为一个鲜活的灵魂"，就像基督徒受到神启时所体验到的狂喜。

ll.66–83–102 When first I came ... That time is past ... And rolls through all things：华兹华斯与自然的关系经历了三个发展阶段：幼年时，他体验的欢乐是"粗糙的"、身体层面的；青年时，他对自然的热爱仅仅是"痛楚的欢乐""炫目的狂喜"；成年时，他才真正听到了"人性的悲曲"，才真正看到了"一个存在，它可以激发我高尚的思想"。

ll.106–107 both what they half create, And what perceive：华兹华斯相信，"这个伟大世界"分别由物质世界和人的感知构成，而我们的"感知"中，"一半是我们的创造"。

l.115 Friend：指诗人的妹妹多萝西·华兹华斯（Dorothy Wordsworth）。

《我曾经有奇异的情感波澜》（Strange Fits of Passion Have I Known）

本诗创作于1799年，是"露西组诗"的第一首，此时华兹华斯与妹妹多萝西正旅居德国，并且归心似箭。

l.1 fits of passion：[古语] 阵阵突然的哀伤

《她住在人迹罕至的地方》（She Dwelt among the Untrodden Ways ）

l.2 Dove：德芙河，位于坎布里亚郡（Cumbria）的湖区（Lake District）。

《她生长了三年》（Three Years She Grew）

l.6 A Lady of my own：这并不是说露西三岁就去世了，而是说露西三岁的时候，自然对她许下了一个诺言。当露西长大后，自然兑现了这个诺言。

《沉睡锁住了我的灵魂》（**A Slumber Did My Spirit Seal**）

柯尔律治曾经暗示，这一关于露茜的崇高诗歌没有生活基础，它"很可能是华兹华斯想到他妹妹有一天会死去，黯然伤神时写下的"。

l.7 diurnal：每日的

《我曾经在异域滞留》（**I Traveled Among Unknown Men**）

l.2 in lands beyond the sea：华兹华斯1790至1791年旅居法国，1798至1799年旅居德国。

《两个四月的早晨》（**The Two April Mornings**）

l.3 Matthew：霍克斯海德文法学校（Hawkshead School）的校长，华兹华斯曾在那里读中学。

l.10 rills：小溪

l.60 wilding：野树，尤指苹果树

《采坚果》（**Nutting**）

本诗创作于1798年，华兹华斯当时居住在德国。据他回忆，"当时他正在构思一首写他自己的诗歌（《序曲》），而《采坚果》是其中一部分，但是后来他发现不合适"，最后该诗发表在1800年版的《抒情歌谣集》中。

l.11 my frugal Dame：指安·泰森（Ann Tyson），华兹华斯的房东，他上中学时曾在她家寄宿。

l.21 A virgin scene：尚未开垦的土地，处女地。诗人强调此地的"处女之身"是为后来将她遭受的破坏比喻为"强暴"作铺垫。

l.33 water-breaks：石块阻碍水流的地方

l.42 stocks：树桩

l.54 dearest Maiden：原本指露西，也有人认为是指华兹华斯的妹妹多萝西。

《决心与独立》（Resolution and Independence）

根据多萝西的《格拉斯米尔日志》（*The Grasmere Journals*）记载，华兹华斯于1800年10月3日傍晚在湖区邂逅了这位老者。华兹华斯说："我从厄尔斯湖畔的（Ullswater）克拉克森家出来，翻越巴顿塬（Barton Fell），前往阿斯坎姆村（Askam），心情正如诗歌开篇描述的那样。这时，我发现塬的顶上好像飞奔过一只野兔。"整个情景的成诗却是在一年半之后，平静的回忆使这一经历完整还原，历历在目。

l.43 Thomas Chatterton：托马斯·查特顿（1752-1770）。他年轻时就因用药过量而结束了自己的生命，在浪漫主义时期，他被视为怀才不遇、英年早逝的诗人的象征。

l.45 Him：罗伯特·彭斯（Robert Burns, 1759-1796），苏格兰诗人。他几乎一生都在埃尔郡（Ayrshire）种地，也是一位怀才不遇、英年早逝的诗人。

l.64 this Man：在《格拉斯米尔日记》（1800年10月3日）中，多萝西·华兹华斯将这位"捉水蛭（蚂蟥）者"描述为"几乎佝偻"："他身穿马甲加套衫，外面又披了一件大衣；手里拎着包裹，腰间系着围裙，头上戴着睡帽；他的五官长得也有意思。黑色的眼睛，长长的鼻子——约翰后来在维斯伯恩镇（Wythburn）遇见他，还以为他是犹太人。"

l.97 grave Livers：生活严肃的人

l.100 To gather leeches：在那个年代，水蛭曾被用来给病人放血治病，因此捉水蛭变成了一种职业，但老人这个年龄还在以捉水蛭为生，可见他的生活十分艰辛。"他说蚂蟥现在变少了，可能是因为天旱，但近几年一直都少——

他猜想可能是因为大家都在捕捉，蚂蟥繁殖缓慢，生长得也缓慢。"（《格拉斯米尔日记》，1800年10月3日）

l.139 stay：支撑

《我心飞扬》（My Heart Leaps Up）

ll.8–9 my days...by natural piety：连接诗人与自然的纽带，就像一条彩虹串起了他的童年、青年和老年。

《作于威斯敏斯特桥上》（Composed upon Westminster Bridge）

据多罗西·华兹华斯的《格拉斯米尔日记》记载，本诗描述的事件发生于1802年7月31日，而非9月3日。那天，华兹华斯取道伦敦前往法国，探望安妮特·瓦隆（Annette Vallon）和他们的女儿卡洛琳（Caroline）。"那是一个美丽的清晨。在我们经过威斯敏斯特桥时，伦敦城、圣保罗大教堂、泰晤士河、河上舟楫无数，组成了一幅美丽的画卷。延绵无尽的建筑，万里无云的天空，阳光照耀，其明媚之光如此纯净，与自然的壮美景象所拥有的那种纯净非常相似。"华兹华斯在此次返回法国的路上心情十分矛盾：他曾经在那里支持过法国大革命，爱过安妮特·瓦隆。

《这是一个美好的夜晚》（It Is a Beauteous Evening）

据多罗西·华兹华斯的《格拉斯米尔日记》记载，华兹华斯于1802年7月31日在加来（Calais）见到了安妮特和卡洛琳。"我们在金头街（Rue de la Tete d'or）的艾佛瑞尔夫人（Madame Avril）家里见到了安妮特和卡洛琳。我们住在两位女士的街对面，房间大小尚可，但家具简陋，味道难闻，院子里到处都是垃圾。天气很热，几乎每晚我们都去海滩散步，有时和安妮特和卡洛琳娜一起，有时就我们两人。我得了重感冒，不能游泳，威廉游了。退潮时走在沙滩上，看见四分之一英里以外，有上百人在游泳，真是一幅景象。一天的酷暑散去之后，我们会在沙滩上愉快地漫步，看见西边遥远之处，英格兰海岸好像一片云，漂浮在多佛城堡之下，城堡宛如这片云的顶端——晚星和晚霞。水中的倒影胜过天空本身，紫色的浪花比宝石更加晶莹，在沙滩上融化，永不停歇。"

l.9 Dear Child：指卡洛琳，安妮特·瓦隆与华兹华斯生的女儿。

l.12 Abraham's bosom：亚伯拉罕的胸怀，灵魂升天前休憩的地方。（《圣经·路加福音》，16：22）

《伦敦，1802》（London，1802）

华兹华斯在1843年称本诗是一个系列中的一首，"我从法国返回伦敦不久创作了这一个系列。正如诗歌所描述的那样，我没想到竟对祖国虚荣和炫耀感到震惊……相比之下，革命却给了法国一片死寂和满目疮痍。请大家记住这一点，否则读者会认为，在本诗以及其后的十四行诗中，我夸大了稳定和财富给我们造成的危害。"

l.1 Milton：约翰·弥尔顿（1608-1674），诗人，清教革命的斗士，反抗暴政的急先锋。

《尘世给我们太多拖累》（The World is Too Much with Us）

l.4 boon：礼物。sordid boon：肮脏的礼物，指出卖心灵的行为。

l.13 Proteus：普洛透斯，荷马史诗《奥德赛》中的海洋老人，能够变形。

l.14 Triton：特里同，海神之一，常以吹海螺的形象出现。

《致杜桑·卢维杜尔》（To Toussaint L'Ouverture）

弗朗索瓦·多米尼克·杜桑，后人也称他为"卢维杜尔"

（1743?-1803），是一个自学成才的奴隶，领导了海地的奴隶起义，后成为圣多明哥的总督。在大革命初期，法国曾经废除了国内与殖民地地区的蓄奴制，但拿破仑上台后却恢复了蓄奴制。卢维杜尔因反对拿破仑的这项政令，于1802年被捕，并被押送至巴黎，次年死于狱中。

l.7 bonds：脚镣，枷锁，桎梏

《1802年9月1日》（**September 1st, 1802**）

本诗最初发表于1803年2月11日的《朝日邮报》（Morning Post），原标题为《被放逐的黑人》（The Banished Negroes）。1827重新出版时，华兹华斯在题目下附上了一则题解："给那些时代带来耻辱的暴政，在其朝令夕改的行动中，就有法国政府驱逐黑人的政令：我们同行的一个乘客就是被驱逐的人之一。"

《永生颂》（**Ode: Intimations of Immortality**）

1843年，华兹华斯告诉伊莎贝拉·芬尼克（Isabella Fenwick），这首颂歌"创作于格拉斯米尔的汤恩德庄园（Town End）。诗歌开篇四个部分完成之后，至少过了两年，才完成其余部分。如果读者观察仔细、理解力强，本诗的大意无需解释。但是诗歌的结构与本人心灵的感受和经历关系密切，在此介绍一下可能也无妨。在儿时，我最不能接受的是，承认死亡概念也适用于我自己。我在他处也曾经说：

　　——一个单纯的孩子，
　呼吸轻盈，
　举手投足都生机勃勃，
　怎会知道什么是死亡？——（《我们是七个》）

"这种困惑并非因为生命力非常旺盛,而是因为一种精神上的不屈不挠。我曾经思考以诺和以利亚的故事(《圣经·创世纪》5:22-24;《圣经·列王记》2:11),我暗中下决心,不管他人如何,我死后一定要像他们一样上天堂。带着这个念头,我常常不能把外部世界想象成一种外部存在,我与我看到的所有东西进行交流,不是作为自我之外的客体,而是作为我精神世界的一部分。在上学的路上,我常常需要抓住一堵墙或一棵树,才能将自己从这种唯心主义的深渊拉回到真实的世界。在那个时候,我非常害怕这个过程。后来,我哀叹自己压制了一个相反的个性,我们都会有理由这样做,庆幸自己曾经有这样的记忆,正如以下诗行所说:

执意追问

感觉和外部世界,

凋零和消逝的一切

……

"对于童年世界所具有的这种像梦般的生动和辉煌,我相信每个人都体验过,如果我们还能回忆起来的话。在此我不必赘述。但是,关于诗歌把这种体验描述为一种先于存在的状态,我相信这一点会让某些虔诚善良的人感到不快,我反对读者做出结论认为我有宣扬它的意图。这种想法非常模糊,绝非信仰,仅仅是我们对永生的某种直觉……当我要写一首关于"灵魂之不朽"的诗时,我抓住了这个先在的存在概念,认为它具有人性的基础,可以授权我以一个诗人的身份充分利用它,为我所用。"

1.21 tabor:单面手鼓

1.57 Where is it now, the glory and the dream?:本诗前四节

可独立成诗，其主题是哀叹感受力失去其敏锐性，怀念诗人曾经能够看到的那个光芒四射的世界。

l.59 our life's Star：指太阳。每天的日出、正午、日落显示了一天的早、中、晚三个阶段，象征人的一生。

l.75 At length the Man perceives it die away：随着儿童长大成人，天堂般的光芒也随之消失。华兹华斯借用了新柏拉图主义的观点，认为天堂是灵魂的来源地，人生就是从天堂跌落的过程，与天堂渐行渐远的过程。年龄越大，离生命源头就越远。

l.102 little Actor：指人类，即人生舞台上的演员。正如莎士比亚所说，"世界就是舞台"。

l.103 "humorous stage"：人物性格得以展现的舞台。humour：脾性、性格。

l.126 earthly freight：人间的拖累。在第5-8段中，人生被描述为不断衰老的过程，忘记"天堂般的自由"的过程。

l.145 not realised：看似不真实的。

l.179 We will grieve not：虽然我们失去了天堂的光芒，它"永远从我们眼前消失"，但我们不应悲伤。在第9-11段中，诗人在岁月赋予的智慧和"哲思"中找到了补偿。诗歌又回放了开篇的欢乐画面：飞鸟、羊群、草地、山丘等等。

《我独自漫步像一朵云》（I Wandered Lonely as a Cloud）

多萝西·华兹华斯1802年4月15日在《格拉斯米尔日记》中写道："穿过高巴罗公园（Gowbarrow），走进树林，我们看见了溪水旁的水仙花。我们原以为，花种被湖水冲到了岸边，才长成了那些花朵——没想到，随着路程延伸，花越来越多，最终连成一大片，在湖水和树木之间绵延，宽度与乡间主路差不多。从未见过如此美的水仙花长在覆满青苔的乱石间：它们有些枕在石头上，仿佛疲惫了在那里休息，有些则翩翩起舞，随着湖面吹来的风尽情摇曳、旋转、欢笑，看上去是那样欢快，永不停歇。"

l.16 company：陪同

ll.21-24 They flash upon...dances with the daffodils：华兹华斯见到这些水仙两年后，才创作了此诗，这可以说是他曾经描述的"平静中记起的情感"的典型例子。

《孤独的割麦女》（**The Solitary Reaper**）

华兹华斯在《诗集》（1807）的注释中说：本诗并非基于他的经历，而是取材于托马斯·威尔金森（Thomas Wilkinson）讲述的《不列颠群山游记》（*Tours to the British Mountains*，1824）："上路看到一位独自割麦的女子：她一边弯腰挥动着镰刀，一边用盖尔语歌唱。这是我听到过的最美的歌声：旋律幽婉动人，萦绕耳畔许久。"后来，华兹华斯于1803年的确与妻子玛丽、妹妹多萝西和诗人柯尔律治到访过苏格兰，瞻仰了罗伯特·彭斯（Robert Burns）的坟墓，访问了沃尔特·司各特（Walter Scott）在《苏格兰边境歌谣》（*Minstrelsy of the Scottish Border*）的注释里提到过的地方。

l.2 Highland Lass：[苏格兰方言] 苏格兰高地的女孩。高地指苏格兰西北部的丘陵地带，也可被视为分裂的高原。

l.16 Hebrides：赫布里迪群岛，苏格兰西北海岸外的岛屿群。

l.20 battles long ago：在1707年英格兰和苏格兰合并为大不列颠联合王国之前，两国之间发生过许多次战争。

《我凝望，久久凝望》（**I Watch, and Have Long Watched**）

l.2 Sire：国王，这里指太阳。

l.3 quire：[古语] choir, 合唱

ll.12-13 our state... how different, lost Star, from thine：我们

的情况与太阳（lost Star）不同，因为太阳今日落、明日起，而人陨落后就不会复生。

《不必歌咏爱情、战争》（Not Love, Not War）

l.1 swell：潮汐

l.4 tuneful shell：海螺贴耳，就可以听到海浪的回声。

l.6 There also is the Muse not loth to range：那里也是缪斯有时不介意去游荡的地方。

l.9 Meek：谦卑的，相当于humble。

《无常》（Mutability）

l.3 notes：音符。

l.9 whitened：用霜雪染白。雪融化，象征着变化（无常）的过程，世间万物无一能逃脱这一变化过程，包括那座"崇高之塔"，现在也已经倒塌。

《致海顿》（To B. R. Haydon）

B. R. Haydon (1786–1846)：海顿，华兹华斯的朋友，创作了《拿破仑在圣海伦娜岛》，一生穷困潦倒，曾经因债入狱，最终自杀身亡。

l.7 the one Man：拿破仑·波拿巴（1769–1821），法兰西第一帝国的皇帝，1815年滑铁卢战败后，被流放至南大西洋的圣海伦娜岛，在那里度过了余生。

l.12 not set for aye：太阳不会像拿破仑那样永远陨落：它今天落下，明天还会再次升起。与拿破仑不同，太阳是"无罪的权威"。aye：always，永远。

《蒸汽船，水引渠和铁路》（Steamboats, Viaducts and Railways）

l.1 Motions and means：运动与运动的载体，指蒸汽船、水引渠和铁路。

ll.1–2 at war/ With old poetic feeling：本诗对待科技进步的态度异常积极，可以描述为热烈拥抱，不仅与诗人早期对理性和科学的怀疑态度不符，也与诗歌传统对科技的看法不符。

《如此美丽、如此甜蜜、如此敏感》（So Fair, So Sweet, Withal So Sensitive）

l.8 he：雏菊。他向往太阳的高度，就有了那个高度才可能有的见识。

ll.13–14 And were the Sister-power...so privileged, what...：正常词序应该是If the Sister-power were...so privileged, what... Sister-power：太阳的姊妹，指月亮。

l.21 boon：礼物，这里指天赋。万物都拥有神赋予的、与其世间位置相适应的"礼物"。有些人会漫无边际地索要更多、更大的天赋，本诗批判了这种"非法的欲望"（*lawless wishes*），体现了基督教倡导的一种美德——谦卑。

《序曲》·第一卷（The Prelude, Book the First）

根据诺顿标准版《序曲》（Norton Critical Edition）的介绍，该诗最终版本于华兹华斯去世三个月后首次出版，时间是1850年，共14卷。在此之前，该诗有两个原初版本，1799年版只有两卷，1805年版扩充至13卷。14卷版本于1836年才得以完成。也就是说，自1798年以后，诗人一直在创作、修改这首诗，直至生命的最后。按照华兹华斯的想法，该诗是他规划的鸿篇巨制《隐士》的序诗，但是由于《隐士》的规划过于庞大而最终没有完成，《序曲》便成为一部独立诗篇，具有史诗性质，有意识地模仿弥尔顿的《失乐园》。本诗属于自传体诗歌，讲述"一位诗人心灵的成长历程",包含了心灵的跌宕起伏、危机与复兴,其叙事结构类似圣奥古斯丁的《忏悔录》(*Confessions*)和但丁的《新生》(*Vita Nuova*)。

l.14 The Earth is all before me:引自弥尔顿的《失乐园》(12:646)。亚当和夏娃被逐出伊甸园后,在自然世界开始他们的新生活:"整个世界就在他们/面前"。

l.35 a correspondent breeze:自然的风吹动诗人的心灵而引起的思想亢奋。M. H. 艾布拉姆斯指出,浪漫派诗人常用风来象征灵感,如柯尔律治的《风弦琴》、雪莱的《西风颂》等所描写的风具有同样的功能。

l.36 quickening virtue:使人重生的力量。

l.37 redundant energy:充沛的能量。

l.39 congenial powers:心心相印的力量。

l.46 Friend:柯尔律治。

l.72 a known Vale:指格拉斯米尔(Grasmere)。

ll. 78–79 some work of glory:《隐士》。

l.96 Aeolian visitations:灵感。诗歌以风比喻灵感,因为灵感进入心灵,就像风拨动风琴弦(Aeolian harp)。

l.104 sabbath:休憩。

ll.140–141 Mother Dove sits brooding:引自《失乐园》(1:21–22)。弥尔顿呼唤圣灵,请求圣灵帮助他完成史诗:上帝创造世界与诗人创作史诗形成了比拟,"您像鸽子一样孵伏那洪荒,使它孕育"。

l.187 Mithridates:米特拉达梯六世,本都国(Pontus)之王,公元前66年被罗马帝国的将军庞贝击败。根据英国历史学家爱德华·吉本(Edward Gibbon)的《罗马帝国衰亡史》(*Decline and Fall of the Roman Empire* 1776–1788)记载,米特拉达梯是北欧神话传奇中的奥丁(Odin)的历史原型。他一心要建立一个大家族,以报复罗马人对他们的征服。华兹华斯在思考他的史诗题材时,考虑了许多像他这样反抗暴政的人物。

l.191 Sertorius:塞多留,与米特拉达梯六世结盟的罗马将军。他多次打退了庞贝和其他罗马人的军队,最终于公元前72年遭到刺杀。传说在他死后,其部下为逃离罗马帝国的暴政,纷纷从西班牙前往加那利群岛(Canary Islands)(古人认为是"幸运岛"),他们的后代在那里繁衍生息,直到15世纪末,西班牙人入侵了该群岛,岛上的人再次遭到了屠杀和奴役。

l.206 one Frenchman:多米尼克·德·古尔日(Dominique de Gourges),法国人。由于大批法国人在美国殖民时期的佛罗里达遭到西班牙人屠杀,古尔日于1568年奔赴佛罗里达,决心为国人报仇。

l.212 Gustavus:瑞典的古斯塔夫一世(1496–1530),曾经在瑞典达勒卡利亚省(Dalecarlia)的煤矿里做矿工,忍辱负重,为把自己的国家从丹麦的统治中解放出来而努力。

l.214 Wallace:威廉·华莱士,苏格兰的爱国将领,为抵抗英国的统治殊死鏖战,最终被捕,于1305年被处死。参见罗伯特·彭斯的《罗伯特·布鲁斯向本诺克本挺进》(Robert Bruce's March to Bannockburn, p.145)。

l. 229 philosophic Song:《隐士》。

l. 233 the Orphean lyre:俄耳甫斯的七弦琴。在希腊神话中,俄耳甫斯的歌声和演奏可以迷住人类和动物,乃至世间万物。

ll.237–242:该句句式复杂,意思是"没有能力(skill)辨别模糊的欲望(可能是无力的结果)和强烈的冲动、无限的延迟和认真的思考(circumspection)"。

l.251 Voluptuously：奢华地。

l.258 recreant：不忠的。

l.260 interdict：禁令、禁止。

l.275 Derwent：德温特河，流经科克茅斯（Cockermouth）的华兹华斯家。holms：河边的低地，沿河平地。

l.295 Skiddaw：科克茅斯东面的一座山。

l.302 Fostered alike by beauty and by fear：自然对心灵的影响被描述为"美"与"恐惧"两个方面，与美学中的"秀丽美"与"崇高美"两个范畴相对应。

l.304 beloved Vale：指埃斯韦特谷（Esthwaite），也是霍克斯海德村（Hawkshead）的所在地，华兹华斯曾在这里上学。

l.310 springes：捕鸟器。

l.373 pinnace：小舟。

l.387 covert：提供庇护的地方。

l.433 with steel：穿着冰鞋。

l.495 impetuous Courser：快马。

l.514 deal：松树，冷杉。

ll.521-525：这几行关于扑克牌发生变化的诗，影射了法国大革命带来的社会变化，尤其是法国国王的垮台。"统治者"牌（K、Q、J）随着时间流逝而丢失，而一部分"平民"牌被选出来替代它们。

l.531 Vulcan：伏尔甘，管理火与锻造的罗马神祇。由于天生跛脚，伏尔甘被他的母亲朱诺（Juno）扔下奥林匹斯山。

l.543 the Bothnic Main：波罗的海北部的一个港湾。

l.544 sedulous：勤奋的。

l.577 league:量词,相当于三英里。

l.581 vulgar:平常的(没有贬义)。

塞缪尔·泰勒·柯尔律治诗选

《风弦琴》(**The Eolian Harp**)

风弦琴的英文名称源自古希腊风神埃俄罗斯(Eolian)。风抚过琴弦,会产生一系列音符,好像是从自然中获得的音乐,因此风弦琴常用来象征创作中的心灵。本诗原标题为《有感·第35首》(Effusion XXXV),属于36首"有感"诗之一,它们被诗人一并收录在1796年的诗集里。1817年,诗人对该诗做了修改,重新命名为《风弦琴》,并称其为"谈话诗"——这是一种较长的无韵抒情诗,常常包含景物描写和诗意沉思,像是在与一位无声的听众谈话。

l.1 My pensive Sara:萨拉·弗里克(Sara Fricker),柯尔律治的妻子,二人于1795年10月4日结婚。婚姻是柯氏与朋友企图在美国建立乌托邦社会(Pantesocracy)的计划的安排。

l.5 meet:恰当的。

l.18 sequacious notes:延绵不断的音符。

l.50 O beloved Woman:指萨拉·弗里克。由于柯尔律治在诗中表达的观点与正统的基督教教义不符合("我顽固不化的心灵里的这些念想"),因此受到了妻子的责备。

《椴树荫处是我牢房》(**This Lime-Tree Bower My Prison**)

本诗作于1797年7月,而非6月,当时柯尔律治与妻子萨拉住在尼德斯托威村(Nether Stowey)的一座别墅里,友人托马斯·普尔(Thomas Poole)慷慨提供了这个住处。

在创作诗歌的当天早晨，柯尔律治遇到了一个小小的意外——萨拉不小心打翻一锅滚烫的牛奶，烫伤了他的脚。当天下午威廉·华兹华斯、多萝西·华兹华斯、查尔斯·兰姆（Charles Lamb）到访时，柯尔律治无法陪同他们到诗中描述的山谷去远足。屋外的花园里生长着一片让人愉悦的椴树林，他只能在树荫下遐想。柯尔律治在写给罗伯特·骚塞的信中（1797年7月17日）提到了这件事，并附有本诗的初稿。

l.1 they：威廉·华兹华斯、多萝西·华兹华斯、查尔斯·兰姆。

l.7 springy：有弹性的[柯尔律治的注释]。

l.10 the roaring dell：多萝西·华兹华斯在《阿尔福克斯顿日志》（*The Alfoxden Journal*）（1798年2月10日）中将该地描述为"湿润的低谷"，长满了"瓶尔小草和蕨类植物"，它们"随着流水的气流不停摇弋"，"乱石上滴下的水"使它们颤抖。

l.32 strange calamity：查尔斯·兰姆的妹妹在精神病发作时误杀了其母亲。

《古水手吟》（**The Rime of the Ancient Mariner**）

本诗的背景有三种文献记载：柯尔律治《文学生涯》第14章、华兹华斯1835年的一则评论（对亚历山大·戴斯[Alexander Dyce]牧师的谈话）、华兹华斯1843年的笔记（有关《我们是七个》）。柯尔律治原计划与华兹华斯共同创作该诗，以支付他们与多萝西于1797年去远足的费用。故事取材于柯尔律治的朋友克鲁克申克（Cruikshank）的一场梦，柯尔律治创作了诗歌的大部分，华兹华斯贡献了第13-16行和第226-227行，还设计了两个情节：一是老水手射杀信天翁，二是僵尸驾船。在

1798年《抒情歌谣集》发表时,本诗含有许多文言古语和旧式拼写,据说影响了诗集销量。柯尔律治便在后来的几个版本中去除了旧式拼写,附加了拉丁文的卷首语,还在页边加了注释。柯尔律治在1830年说,该诗并不缺乏寓意:"在我看来它包含了过多的寓意;它唯一的缺点,如果是缺点的话,就是在这样一部想象作品中,教化的情绪过于凸显,以至于构成作品的原则和因果联系。《天方夜谭》中有一个货郎坐在井边吃椰枣,枣核随手扔。吃着吃着,一个神仙跳了出来,说要杀了他,因为他扔的枣核弄瞎了他儿子的眼睛,该诗的寓意不应该超过这样的故事。"拉丁语的卷首语出自托马斯·本内特(Thomas Burnet)的《哲学考古学》(*Archaeologiae Thilosophicae* 1692):"我相信,在这个宇宙中看不见的部分要比看得见的部分大得多。但是有谁为我们解释这些生灵的总体状况,他们的分类和相互关系,以及每一种的突出特征和作用?他们如何生存?生活在什么地方?人类一直在试图弄清这些,但是至今为止没有成功。同时我不否认,在心里想象出一个更宏大、更美好的世界是有益的,它可以避免心智因长期纠缠于日常的琐碎事务而变得狭隘,沉沦于细枝末节。但同时我们又必须留意真伪,保持一种平衡感,这样我们才能区分可以肯定的和仍然存疑的类别,就像区分白天和黑夜"。

第一部分

l.10 quoth:[古语] 说,相当于says。

l.12 Eftsoons:立即。

l.23 kirk:教堂,相当于church。

l.30 此行显示,船已到达赤道,太阳直射头顶。

l.50 aye:总是,相当于always。

l.55 clifts：悬崖，相当于cliffs。

l.57 ken：知道，相当于knew。

l.62 swound：晕倒，相当于swoon。

l.75 shroud：固定桅杆的绳子。

第二部分

l.83 此行显示，船已绕过合恩角（Cape Horn）（智利南部合恩岛上的陡峭岬角），向北驶入太平洋。

l.113 此行显示，船又一次到达了赤道。

l.128 The death-fires：圣艾尔摩之火（St. Elmo's fire），船的桅杆或锁具上方发生的大气气电现象，被迷信的水手视为不祥之兆，但它也可能是海洋有机物腐烂后产生的磷光现象。（另见l.123）

第三部分

l.152 wist：知道。

l.164 Gramercy：[法语] grand-merci，感谢老天，谢天谢地。

l.168 weal：好处。

l.176 Betwixt：Between。

l.184 gossameres：蛛丝、细丝。

l.209 clomb：爬，相当于climb。

第五部分

l.297 silly：[无贬义]简单的，平凡的。

l.314 sheen：shone。

l.337 'gan：began。

l.348 corses：corpses。

l.362 jargoning：[中期英语] 歌唱、啭鸣。

第六部分

l.489 holy rood：十字架。

l.512 shrieve：赦免。

第七部分

l.518 countree：国家。

l.524 trow：发誓。

l.535 ivy-tod：一簇常春藤。

《忽必烈汗》（Kubla Khan）

忽必烈（1215–1294）是中国元朝的开国皇帝。塞缪尔·珀切斯（Samuel Purchas）的游记《珀切斯的朝觐旅行》（*Purchas's Pilgrimage* 1613）对忽必烈的宫殿和花园做了如下描述："忽必烈在上都（现位于内蒙古自治区锡林郭勒盟正蓝旗草原）建造了一座宏伟的宫殿，用一道墙围了方圆十六英里的草原。墙内，草场肥沃，泉水淙淙，小溪潺潺，猎兽繁多。在中央矗立着一座富丽堂皇的享乐宫，可以从一个地方移动到另一个地方。"柯尔律治在本诗的手稿上记载了他的灵感来源："1797年夏，在珀洛克（Porlock）与林顿（Linton）之间、离库尔波恩教堂（Culbone Church）四分之一英里的一间农舍里，我为了治疗痢疾，服用了两剂鸦片，产生了幻觉，便写下这个诗歌片段，和其他许多内容，但后者已经无法找回。"

l.3 Alph：阿尔法圣河，名称可能出自希腊的阿尔斐俄斯河（Alpheus）。据说，河水流入爱奥尼亚海（Ionian Sea）后，又从西西里岛上的阿瑞图萨泉（Arethusa）喷涌出来。

l.8 rills：小溪。

ll.39–41 an Abyssinian maid...Mount Abora：引自弥尔顿

《失乐园》（4.280-282）："阿比西尼亚国王养育皇子的地方，/ 阿玛拉山（有人认为那是 / 真正的天堂），在埃塞俄比亚以南。"

l.51 Weave a circle round him thrice：这可能是一种魔法仪式，用以保护受灵感启发的诗人不被打扰。

ll.53-54：参见柏拉图《伊翁篇》（Ion, 533-534）中描写的被灵感启发的诗人形象："就像那些酒神女祭师一样，在受到狄奥尼索斯影响时能够从河水里饮到乳和蜜，但在正常情况下却不会如此。"

《子夜冰霜》（**Frost at Midnight**）

本诗创作于1798年，此时英国国内弥漫着一种法国人可能再次入侵的恐惧气氛。与本诗同时发表的另外两首诗——《孤独中的恐惧》《法国颂》——都具有鲜明的政治立场。该诗描绘家庭场景，讲述个人生平，诗句看似平常，但却折射了民族主义的情怀。

l.4 my cottage：柯尔律治在尼德史托威村（Nether Stowey）的农舍。

l.7 infant：哈特利（Hartley），柯尔律治的儿子。

l.15 film：壁炉格栅上燃烧闪烁的木炭。柯尔律治在注释中说："这种闪烁的木炭在英国的所有地方都被称为陌生人，它预示着久别的朋友即将到来。"参见威廉·考珀（William Cowper）的长诗《任务》（The Task）（4.292-295）："木炭在格栅上闪烁起舞，像在预示着什么。在迷信看来，它仍然预示着，虽然仍然一词可能误导，陌生人就要到访。"

l.26 stranger：上述的"闪烁的木炭"。

l.28 birth-place：德文郡（Devonshire）的奥特利圣玛丽镇（Ottery St. Mary），柯尔律治1772年出生在那里。

l.37 stern preceptor：伦敦基督医院中学（Christ's Hospital）的教师詹姆斯·波伊尔牧师（The Reverend James Boyer），柯尔律治就读于基督医院中学。

l.42 sister：柯尔律治的妹妹安娜。

《失意吟》（**Dejection: An Ode**）

本诗原本是一封诗歌形式的书信，共340行，原题为"致——书"，收信人是华兹华斯未婚妻玛丽·哈钦森的妹妹：萨拉·哈钦森（Sara Hutchinson）（诗中称作"Asra"）。诗信创作于1802年4月4日，那天柯尔律治听了华兹华斯朗读他刚创作的《永生颂》前四节，敏锐地捕捉到华氏对"菁华已竭"的感慨。他自己的诗信曾经包含了大量的自传内容，连篇累牍地哀叹自己婚姻的不幸，表达他对萨拉·哈钦森的无望的爱。之后，柯尔律治对该诗信进行了大幅修改，剔除了儿女情长的内容，删去了几乎一半诗行，并对剩余的部分进行重新排列，最终形成了1802年10月4日发表的《忧郁颂》。这一天正好是华兹华斯结婚的日子，也是柯尔律治和萨拉·弗里克结婚七周年的纪念日。

l.7 Aeolian lute：风弦琴。自然的风吹进琴中，琴弦发出音乐。参见《风弦琴》的注释。

l.19 wonted：习惯的。

l.25 O Lady：萨拉·哈钦森，华兹华斯未婚妻玛丽·哈钦森的妹妹，当时柯尔律治疯狂地爱上了她。在该诗信的修改过程中，柯尔律治一开始将收信人称为"威廉"（华兹华斯），之后改为"埃德蒙德"，最终在1817年的版本里再次改为指称不明的"女士"。

l.39 genial spirits：天赋。

l.69 A new Earth and new Heaven：引自《圣经·启示录》（Revelation 21.1）。这里的"快乐"指柯尔律治所想象的无限的生机和人与外界自然的和谐，即"快乐"将我们和自然像夫妻一样结为一体，还奉上了厚重的嫁妆——"一片新天地"。

l.100 tairn：山间的水潭，相当于tarn。

l.106 yule：魔鬼的圣诞节。

l.120 Otway：托马斯·奥特韦（Thomas Otway 1652-1685），英国戏剧家，以悲情伤感的诗句闻名。

乔治·戈登·拜伦诗选

《从塞斯托斯到阿比多斯横渡海峡有感》（Written After Swimming from Sestos to Abydos）

本诗创作于1810年5月3日，当日拜伦和年轻的埃肯海德中尉（Lieutenant Ekenhead）游泳横渡达达尼尔海峡，该海峡是欧洲与亚洲的分界线。

l.2 Leander：勒安得耳，传奇故事的主人公，17世纪的英国诗人克里斯托弗·马洛（Christopher Marlowe）在长诗《赫洛与勒安得耳》（*Hero and Leander*）中记录了他的故事。勒安得耳是阿比多斯的一位少年，居于达达尼尔海峡（Dardanelles）的亚洲一侧。他爱上了对岸塞斯托斯的赫洛，后者是女神维纳斯的女祭司，居于海峡的欧洲一侧。勒安得耳每晚都会横渡海峡来见她，但有一天他遇风暴而溺亡。在相同题材的绘画中，赫洛总在窗前焦虑地盼望勒安得耳的到来，然而在得知他溺亡的消息后，赫洛悲痛地跳崖自尽。

l.4. Hellespont：位于土耳其的海峡，现称达达尼尔海峡。拜伦在注释中写道，跨越海峡的距离"约四英里，但真实宽度不过一英里。由于水流湍急，没有船只可以横渡。这里的海水由山上的融雪构成，冰凉刺骨"。

《致塞沙》（**To Thyrza**）

以下两首诗选自拜伦献给"塞沙"的一组挽歌，"塞沙"的真名是约翰·艾德尔斯登（John Edleston），是剑桥大学三一学院合唱团的一个男生，于1811年5月去世，拜伦曾与他有过一段甜蜜的友情。

l.3 save：except。正常语序为"perchance forgot by all save one"。

l.11 brook：忍耐。

l.15 long for：渴望。

l.18 mark'd：看到，留意到。

l.23 heart-drops：眼泪。

l.26 deserted towers：剑桥大学的塔楼，拜伦和艾德尔斯登曾在那里居住。没有了艾德尔斯登，塔楼空空荡荡，像是被遗弃了。

l.30 The smile none else understand：两人间产生了不为他人理解的相知之情。

l.49 worlds more blest than this：比此世更加美好的世界。传统上，挽歌的作者为了让死亡的现实更容易被接受，往往会想象死者进了天堂。

《去吧，去吧，悲凉的曲调》（**Away, Away, Ye Notes of Woe**）

l.9 The voice：合唱团的歌手艾德尔斯登的声音。

l.30 wrath：乌云。诗人在这里用愤怒（wrath）隐喻雷雨天气。

《她走在美的光影中》(She Walks in Beauty)

本诗描写的美女是拜伦妻子的表妹安娜·威尔莫特（Anne Wilmot）。拜伦在舞会上首次与她相遇时，她身穿黑色的丧服，上面点缀着闪亮的装饰物。拜伦见此情景，便想起了夜空，于是创作了此诗。本诗选自拜伦根据《圣经·旧约》主题创作的一组抒情诗《希伯来乐曲集》（Hebrew Melodies 1815），音乐家艾萨克·纳森（Isaac Nathan）为此谱了传统犹太教的吟唱曲。本诗作为诗集的开篇之作，也赞扬了《旧约》中的许多知名女性人物。

《当初我们俩分别》(When We Two Parted)

本诗中的女士很可能是弗朗西斯·韦德伯恩·韦伯斯特（Lady Francis Wedderburn Webster）。拜伦在1813年与她有过一段为时很短的柏拉图式恋情。诗中提到的丑闻很可能指1815年她与惠灵顿公爵（Duke of Wellington）在巴黎的艳遇，这位公爵就是同年在比利时的滑铁卢击败拿破仑的海军元帅。

《去国行》(Adieu, Adieu! My Native Shore)

本诗节选自《恰尔德·哈洛德游记》第一卷。这部长达四卷的叙事诗记录了一位名叫"恰尔德·哈洛德"的贵族青年游历欧洲的经历。"恰尔德"指中世纪即将宣誓成为骑士的乡绅。1811年，拜伦游历了西班牙、葡萄牙、阿尔巴尼亚和希腊后，发表了该长诗前两卷，1816年，在他游历了比利时、德国和瑞士后，他又发表了后两卷。《去国行》出现在第一卷第13-14节之间，恰尔德·哈洛德正乘船离开英格兰的多佛海港，缓缓驶向欧洲。

l.1 Adieu：再见，相当于good-bye。

l.4 seamew：海鸥。

l.5 yon：在那里。相当于over there。

l.10 Morrow：明天。相当于Tomorrow。

l.41 yeoman：自耕农。地位在绅士之下的乡村阶层。

l.54 gainsay：反对。相当于speak against。

l.59 feeres：朋友或同伴。相当于friends or companions。

l.74 Athwart：Toward。

《咏锡雍》（**On Chillon**）

本诗是拜伦1816年创作的长诗《锡雍的囚徒》（The Prisoner of Chillon）的卷首诗，全诗长达392行。拜伦的灵感来自他当年与雪莱一道参观了日内瓦的锡雍城堡的经历。城堡曾经关押着日内瓦著名的自由战士弗朗索瓦·邦尼瓦尔。

l.13 Bonnivard： 弗朗索瓦·邦尼瓦尔（Francois Bonnivard 1496-1570），曾经是日内瓦的一位牧师，他带领日内瓦的人民反抗萨瓦公爵查尔斯三世（Duke Charles III of Savoy）的统治，被关押在锡雍城堡长达六年（1530-1536）。对拜伦来说，他就是革命精神的化身。

《黑暗》（**Darkness**）

拜伦创作于1816年，在诗中他设想了所有生命在地球上消失的情景，呈现了一幅反乌托邦式的图景。1816年，拜伦与雪莱夫妇、M. G. 路易斯、波利多里（Polidori）一起暂住在日内瓦，他们关于地球末日的讨论也许就是该诗的灵感，因为拜伦的《黑暗》与玛丽·雪莱的小说《最后一个人》相互呼应。当然，他们并不是当时想象地球末日的唯一知识分子，在这之前，法国小说家库辛·德·格兰维尔（Cousin de Grainville）写过一部同名小说——《最后一个人》（1806），拜伦和玛丽·雪莱的作品可能都受到了它的影响。

l.3 darkling：在黑暗中。

l.50 clung：使枯萎、消耗。

《我们将不再徘徊》（**So We'll No More A-Roving**）

本诗创作于威尼斯，附在1817年2月28日致托马斯·摩尔（Thomas Moore）的信中。诗歌显示拜伦在威尼斯狂欢节期间，由于通宵达旦地寻欢作乐而感到身心疲惫。在给摩尔的信中他写道："我发现'剑已磨穿了剑鞘'，虽然我刚过29岁。"

l.1 So, we'll go no more a-roving：此行摘自一首苏格兰小曲《快乐的乞丐》（The Jolly Beggar）的迭句，原文是："And we'll gang nae mair a roving / Sae late into the nicht."

《在祖国既没有自由可为之而战》（**When A Man Hath No Freedom to Fight for at Home**）

这是一首具有国际主义精神的战斗诗篇，但是具有讽刺意味的是，拜伦在完成这首诗后不到四年，就在希腊为争取自由而死。

《从佛罗伦萨到比萨的途中所作》（**Stanzas Written on the Road Between Florence and Pisa**）

l.3 myrtle and ivy：香桃木（myrtle）是代表爱神维纳斯的圣物，常春藤（ivy）是代表酒神和欢宴之神巴克斯的圣物。

l.4 laurels：桂树。在古希腊，桂冠是代表巨大荣誉的奖励。

《哀希腊》（**The Isles of Greece**）

本诗选自《唐璜》（Don Juan, Canto III, 86–87），表达了对当今希腊的衰落的无限惋惜。这个国度曾经有辉煌的历史，而今却在奥斯曼帝国（Ottoman Empire）的铁蹄下一蹶不振。

l.2 Sappho：萨福，希腊女诗人，公元前6世纪生活在勒斯波斯岛（Lesbos），以创作女同性恋诗歌而著称。

l.4 Delos：提洛岛，位于爱琴海西南部，那里有阿波罗的神龛。Phoebus：福玻斯，即太阳神阿波罗。

l.7 The Scian and the Teian muse：荷马和阿那克里翁（Anacreon）。Scian：凯奥斯岛（Scio）的。该岛位于爱琴海，距离阿纳托利亚海岸7千米，希腊诗人荷马于公元前9世纪在这里出生。Teian：提奥斯岛（Teos）的。该岛位于小阿西亚西岸的爱奥尼亚（Ionia）海岸，希腊抒情诗人阿那克里翁于公元前6世纪在这里出生。

l.12 "Islands of the Blest"：幸福岛，在希腊神话中相当于天堂的地方，英雄和品行良好的人死后可以在那里得到永生和福佑。

l.13 Marathon：希腊东南部的马拉松平原。公元前490年，希腊人在那击败了来犯的波斯军队。

l.19 A king sate：波斯国王、波斯军队的最高统帅薛西斯一世（Xerxes公元前519?–465）。brow：悬崖。

l.20 Salamis：萨拉米斯，希腊的一个岛屿，公元前480年希腊人在该岛附近的海域击败了波斯人的庞大舰队。

l.40 our Spartan dead：战死的斯巴达勇士。斯巴达是古希腊的一个城邦，以其勇士著称。

l.42 Thermopylae：温泉关，希腊的一处山间的险隘。公元前480年，这里发生过一场闻名遐迩的战斗，三百名斯巴达勇士抵挡住了百万波斯大军。

l.50 Samian：赛莫斯岛的。这是一个希腊岛屿，位于爱琴海东部。

l.52 Scio's vine：凯奥斯的葡萄酒。凯奥斯岛（Scio）是荷马的出生地，以葡萄、柑橘、柠檬而闻名。

l.54 Bacchanal：饮酒作乐的人，酒神巴克斯的崇拜者。

l.55 Pyrrhic：皮瑞克斯的。皮瑞克斯发明了战斗方阵和战舞。Phalanx：手握矛和盾的步兵方阵。

l.59 Cadmus：卡德摩斯，腓尼基王子，他将字母和文字传入了古希腊。

l.63 Anacreon：阿那克里翁（公元前570?-480?），古希腊抒情诗人。

l.64 Polycrates：波利克拉特斯，阿那克里翁的朋友，古希腊萨摩斯岛（Samos）的僭主（tyrant）。僭主指未经合法政治选举程序而是通过政变或其他暴力手段夺取政权的独裁者。

l.67 tyrant of the Chersonese：半岛的僭主，指雅典统帅米太亚德（Miltiades公元前540?~前488?）。公元前490年，米太亚德统帅希腊军队在马拉松战役击败波斯大军。Chersonese：[希腊语]半岛，指达尼尔海峡北岸的加利波利半岛，米太亚德在那作了僭主。

l.74 Suli：苏利，希腊西北部伊庇鲁斯地区（Epirus）的一座山。Parga：帕尔加，伊庇鲁斯地区的一个海岸小镇。

l.76 Doric：多利斯地区的。多利斯（Doris）是希腊中部的内陆地区，位于柯林斯湾以北。该地区居住着大量的斯巴达人，所以"Doric mothers"指斯巴达人的母亲。

l.78 Heracleidan blood：赫拉克勒斯的后代。赫拉克勒斯（Hercules）是希腊神话中的大力神，以完成十二壮举而闻名于世。

l.79 the Franks：法国人，这里代指西方国家的统治者。

l.83 Latin fraud：拉丁国家的骗局，尤指法国。

l.91 Sunium：苏尼乌姆，希腊南阿提卡地区（Attica）的科伦纳姆海角（Cape Colennam）。

《唐璜》第一章（**Don Juan, Canto I**）

《唐璜》是一部未完成的讽刺史诗，长达17章，讲述了一位贵族青年在欧洲和小阿西亚的冒险故事。唐璜本是西班牙的一位传奇人物，是文艺复兴以来许多文学作品的主人公。他沾花惹草，放荡不羁，玩弄女性，最终被打入地狱。拜伦笔下的唐璜虽然也是一位浪子，但却具有"拜伦式英雄"（Byronic hero）或贵族叛逆者特质：出身名门，独来独往，任性，叛逆，给他人带来毁灭。所有这一切都让他自鸣得意，正如罗素所说，仿佛他"就是最伟大的罪人，可与曼弗雷德、该隐，甚至撒旦相媲美"。该选段讲述了唐璜的童年经历（包括他的教育情况）、成年危机、偷情丑闻，以及被迫背井离乡的故事。他离开"快乐"故乡塞维尔（Seville）后，先后游历了马耳他、希腊、土耳其、俄国，最终去了英格兰。其间他遭遇了一场海难，与海盗的女儿谈了一场恋爱，被当作奴隶卖给土耳其的女苏丹，逃到俄国后被女皇叶卡捷琳娜二世派遣至英格兰。

l.7 pantomime：英国的许多哑剧都取材于唐璜的传奇。

l.33 Agamemnon：阿伽门农，荷马史诗《伊利亚特》中的英雄，特洛伊战争中希腊军队的统帅。该句是对古罗马诗人贺拉斯（Horace）的拉丁语颂歌的松散翻译。

l.41 medias res：[拉丁语]插叙，字面意思为"在事情的中间"（贺拉斯《诗艺》148）。在古典文学作品里，如荷马的《伊利亚特》和维吉尔的《埃涅阿斯纪》，叙事总是从故事中间开始，然后通过回忆，交代之前所发生的事情。

l.66 Hidalgo：西班牙贵族。

l.82 All Calderon and greater part of Lopé：指Calderon de la Barea和Lope de Vega，两人皆是17世纪西班牙的剧作家。

l.85 Feinagle：指Gregor von Feinagle，德国记忆术专家，1811年去英国做过演讲。

l.91 Attic：雅典的。"雅典之盐"（Attic Salt）指雅典式的机智和讽刺。

l.210 mad：拜伦的妻子安娜贝拉·米尔班克（Annabella Milbanke）一度认为拜伦精神失常，为他四处寻医。拜伦却坚称，伊内兹（Donna Inez）这个人物并非是其妻的漫画像。

l.261 cause：诉讼。

l.290 messuages：住宅及四周的土地。

ll.305-312 伊内兹这个人物与拜伦的母亲有一定的相似度，后者也曾对儿子严加管教，努力保护其童贞。

ll.332-334 希腊修辞学家朗吉努斯（Longinus）在《论崇高》（On the Sublime，10）中曾赞扬了萨福颂歌中描写性觉醒的段落。

l.336 Formosum Pastor Corydon：在维吉尔的《牧歌》（*Eclogue*，2）中，牧羊人考瑞登（Corydon）对英俊的亚历克西斯（Alexis）怀有烈焰一样的情欲。

l.337 Lucretius's irreligion：据古罗马哲学家卢克莱修（Lucretius）的《物性论》（*De Rerum Natura*）说，我们不必借助神或超自然的力量就可以解释自然。

ll.339-341 Juvenal ... For speaking out so plainly：古罗马诗人尤维纳利斯（Juvenal）在其作品中讽刺了公元1世纪的罗马社会，揭露其丑恶的一面。

l.351 add them all in an appendix：拜伦在注释中写道："这是事实！曾经有，而且现在仍然有一个版本，把罗马诗人马提雅尔（Martial）的令人作呕警句都处理为附录。"

l.420 Verbum sat：[拉丁语]对于智慧之人，一个词足已。

l.439 zone：腰带。系上维纳斯式腰带会让一个女人十分性感，无法抗拒。

l.446 Boabdil wept：布阿卜迪勒（Boabdil），又称穆罕默德十一世（1482–1492），格拉纳达王国（Granada）的末代国王。格拉纳达地区曾是非洲穆斯林——摩尔人（Moors）——在法国的最后一块飞地。1492年，西班牙人占领了格拉纳达，迫使摩尔人迁回非洲，布阿卜迪勒曾因此潸然泪下。

l.494 mi vien in mente：[意大利语]我突然想起，相当于英文 It comes to my mind。

l.508 拜伦在注释中写道："若想详细了解圣徒安东尼如何在寒冬中保持清心寡欲，请参见奥尔本·巴特勒（Alban Butler）的《圣徒传》（*Lives of the Saints*）。"拜伦在这里暗指圣徒安东尼娶雪人为妻。

l.510 in mulct：作为罚款或法律后果。

l.567 Armida's fairy art：阿尔米达的迷幻术。据意大利诗人托尔夸托·塔索（Torquato Tasso）的史诗《耶路撒冷收复记》（Jerusalem Delivered 1581）记载，阿拉伯女郎阿尔米达用巫术迷惑了里纳尔多，使他放弃参加十字军的征战。

l.598 Tarquin：塔奎尼乌斯，传说中的罗马王室成员，以暴虐和残忍而臭名昭著。也可能指卢修斯·塔奎因努斯（Lucius Tarquinus），莎士比亚《鲁克丽丝受辱记》（*The Rape of Lucrece*）中的反派角色。

l.684 Medea：美狄亚。在奥维德的《变形记》（*Metamorphoses* 7）中，精通巫术的公主美狄亚疯狂地爱上了伊阿宋（Jason）。

l.824 post-obits：死后清偿的协约。拜伦可能在暗示，只有宗教才能告诉我们死后会有什么样的报应。

l.829 Anacreon Moore：托马斯·摩尔，拜伦的朋友，他于1800年翻译了阿那克里翁的颂歌。他还创作了具有东方情调的长诗《拉拉·卢克》(*Lalla Rookh* 1817)，诗歌描绘了伊斯兰教的"异教"天堂，那里有无数美女（houris）奖赏给升天的杰出人物。

l.1016 Prometheus：普罗米修斯，为人类盗取火种的提坦神（Titan），他因盗火受到了宙斯的惩罚，被绑在高加索山上。

l.1094 crack：时刻。

l.1102 her husband's temples：她丈夫的两鬓。在西方传统中，妻子若在外偷情，丈夫额头的两边就会长出犄角，这是"戴绿帽子"的另一种说法。

l.1110 levee：旧时帝王的早朝，或显贵一起床便进行的晨见。

l.1143 Arras：挂毯，壁毯。

l.1268 myrmidons：侍从，特洛伊战争中希腊将军阿基里斯（Achilles）的追随者。

l.1270 Achates：阿凯提斯，在古罗马诗人维吉尔（Virgil）的史诗《埃涅阿斯纪》(*The Aeneid*)中，该人是王子埃涅阿斯（Aeneas）忠实的伴侣，被称为"忠实的朋友"。

l.1294 Job's：在《旧约·约伯记》中，约伯的妻子劝他"诅咒神，然后死掉！"约伯回应道："你说话像个愚蠢的女人。"（Job 2.9–10）

l.1305 posse comitatus：[拉丁语]临时组织起来维持一个地方秩序的市民。

l.1328 maudlin Clarence：克拉伦斯公爵（Duke of Clarence），他是爱德华四世即后来的查理三世的兄弟，据说被他人按住并淹死在一桶香甜的葡萄酒里。

l.1392 rigmarole：一通胡言乱语。

l.1487 like Joseph：在《圣经·创世纪》中，贞洁的约瑟为了躲过埃及法老护卫长波提乏（Potiphar）的妻子的勾引，匆匆逃脱时把衣服落在这个女人的手里。（Genesis 39.7 ff.）

l.1511 Gurney：威廉·格尼（William B. Gurney 1777–1855），议会的速记员，著名的记者。

l.1516 the Vandals：汪达尔人，曾经在5至8世纪入侵西班牙和南欧的日耳曼部落，以奸淫和暴力而臭名昭著。

l.1567 needle：指南针的针。

l.1582 Elle vous suit partout：[法语]她将追随你去任何地方。这句话镌刻在拜伦的印章上，也镌刻在他送给约翰·艾德尔斯登（John Edleston）的珠宝上。艾德尔斯登是拜伦在剑桥大学的朋友，二人关系暧昧。

l.1603 Vade Mecum：[拉丁语]字面意思为"与我同行"，在这意为"手册"。拜伦很可能在此讽刺新古典主义的观点，即视亚里士多德的《诗学》（*Poetics*）为史诗、悲剧创作的"准绳"或"准则"。

l.1624 elopement with the Devil：在传统的戏剧中，唐璜的故事通常以他下地狱作为结尾。

ll.1633–1634：拜伦在这两行诗歌中反对同时代浪漫派诗人对德莱顿、蒲伯的批评。他在其他散文和诗作中曾多次这样做。

ll.1637–1642：乔治·克拉布（George Crabbe 1754–1832），曾创作《村庄》（*The Village*）和其他描写农村生活的写

实性诗歌。托马斯·坎贝尔（Thomas Campbell）、塞缪尔·罗杰斯（Samuel Rogers）、托马斯·摩尔（Thomas Moore）都是浪漫派时期的二流诗人。最后两位是拜伦的好友，伦敦自由派辉格党的成员。

l.1638 Hippocrene：希腊赫利孔山（Helicon）上的泉水，这座山是缪斯女神的居所，因此该泉被理解为灵感的源泉。

l.1642 Pegasus：珀伽索斯，长双翼的神马，被该马蹄踩过的地方皆有泉水涌出，诗人饮后可获灵感，故象征灵感。威廉·苏斯比（William Sotheby）是一位二流诗人，是拜伦的长诗《别波》（Beppo）中鲍德比（Botherby）的原型。

l.1643 "the Blues"：蓝袜子，当时对女性文人的称呼。拜伦在下一行中认为自己的妻子也属于这一类人。

l.1699 peruke：假发。

l.1734 "Time is, Time was, Time's past"：在罗伯特·格林（Robert Greene）的喜剧《培根修士和邦吉修士》（*Friar Bacon and Friar Bungay*，1594）中，一尊半身铜像说了这句话。罗杰·培根是13世纪的方济会修士，他运用魔法和妖术制成了一尊能说话的铜像。Chymic：炼金术的；treasure：假黄金。

l.1744 worse bust：这里暗指拜伦本人的一尊半身雕塑，作者为丹麦雕塑家托尔瓦森（Thorwaldsen）。

ll.1769-1772 引自浪漫派诗人罗伯特·骚赛（Robert Southey）《桂冠诗人叙事诗的尾声》（Epilogue to the Lay of the Laureate）的最后一段。

帕西·比西·雪莱诗选

《无常》（**Mutability**）

l.5 lyre：风弦琴，风吹琴弦，奏出音符的琴。

l.16 Mutability：变化，变化的趋势。

《勃朗峰》（**Mont Blanc**）

勃朗峰是阿尔卑斯山脉的最高峰，它最具吸引力的景点是霞慕尼深谷（Vale of Chamouni）。1816年7月，帕西·雪莱、玛丽·雪莱、克莱尔·克莱尔蒙特（Claire Clairmont）三人一同前往山谷游览，雪莱写下了该诗篇。据雪莱回忆："这首诗是在它描写的景物所激起的深刻和强烈的情感的直接影响下创作而成，作为灵魂的肆意流溢，该诗是对那些景物的桀骜难驯的野性以及它们不可企及的宏伟气势的一种临摹，它们也是我那些情感的来源。这些也许可以获得赞许"（History of a Six Weeks' Tour）。据说，雪莱是站在阿尔夫河（Arve）的桥上写下了这首诗。作为一首描写具体地点的诗歌，它与华兹华斯、柯尔律治的某些自然诗既相似，也不同。

l.15 awful：令人肃然起敬的。

l.27 unsculptured：不是人工，而是天然形成的。

ll.38–40 renders and receives ...universe of things around：这句涉及心灵与自然关系的话意味深长，引出了关于心灵的认知能力、知识的边界等相关议题。心灵同时"施加影响和接受影响"，这个说法同时强调了心灵的创造功能和反映功能。雪莱后来在回应大卫·休谟（David Hume）等18世纪的怀疑主义者时写道："万物均以被感知的方式存在，至少与感知者相关。"（《为诗一辩》837）然而，勃朗峰的毁灭性也在提醒人们，宇宙中存在一种心灵把握不住的力量。

l.59 viewless：看不见的。

l.69 tracks：跟踪。

l.72 Earthquake-daemon：在希腊神话中，daemon为次神，或某地和某人的守护神，这里指负责地震的次神。

ll.77-79 teaches awful doubt, or faith ... with Nature reconciled：这几行在语气和内涵上酷似华兹华斯。它提出风景既能教诲心灵信任自然，即自然与人的和谐；也能使心灵产生怀疑，即自然对人的目的和价值是冷漠的、异质的。

l.86 daedal：代达罗斯的，在希腊神话中，代达罗斯（Daedalus）是克里特岛（Crete）上的迷宫的设计师。

《奥斯曼迭斯》（**Ozymandias**）

Ozymandias：公元前13世纪的埃及法老拉姆西斯二世（Ramses II），他的希腊语名字是奥斯曼迭斯。根据公元前1世纪的希腊历史学家狄奥多罗斯·西库路斯（Diodorus Siculus）记载，埃及最大的一尊人面狮身石像上铭刻着以下文字："我，奥斯曼迭斯，万王之王。欲知我为何人、葬在何处，须先超过我之功绩。"

l.8 The hand：曾临摹（讽刺）了雕塑对象的王者气概的雕塑家的手。the heart：给予了那种气概的国王的心灵。

《不要揭开彩色的面纱》（**Lift Not the Painted Veil**）

l.1 painted veil：分离生死两界的帷幕。雪莱在《勃朗峰》（l.54）和《解放的普罗米修斯》（III iv 190-192）两处也使用了这个词，但后者的含义略有不同：它所说的"面纱"指错误的信仰和习俗的"丑恶面具"，革命将最终铲除它们。

l.14 the Preacher：传道者，他在《圣经》中说："一切都是虚空。""任凭他如何努力追寻，都无法获得。"（Ecclesiastes viii 17）

《爱的哲学》（**Love's Philosophy**）

l.6 a law divine：爱和婚姻的定律，它保证了物种的延续。

《印度小夜曲》（**The Indian Serenade**）

本诗的叙事人是一位想象的印度女孩，其口吻具有"东方"爱情诗所特有的华丽和夸张的风格。

l.11 champak：印度木兰花。

《给英国人民的歌》（**A Song: "Men of England"**）

本诗创作于英国社会动荡、经济萧条的1819年，表达了雪莱对无产阶级革命的期盼，后来成为英国工人阶级运动的战歌。由于当时的政治气候与审查制度，本诗与其他同一主题的诗歌一直无法出版，直到雪莱去世后在1839年才得以面世。

l.9 Bees of England：雪莱将劳动人民比喻为勤奋的工蜂，将统治阶级比喻为不劳而获的蜂王。

《1819年的英国》（**England in 1819**）

l.1 dying King：乔治三世（George III），1811年被宣布患有疯癫病，于1820年去世。

l.5 leechlike：像蚂蟥一样。统治者被比喻为蚂蟥，靠吸食人血而存活。

l.7 stabbed in th' untilled field：指1819年8月16日发生的"彼得卢惨案"（Peterloo Massacre）——民众在曼彻斯特附近的圣彼得广场（St. Peter's field）上和平集会，呼吁国会进行改革，但却遭到了当局的残忍和血腥的镇压，造成了流血事件。"彼得卢"是"圣彼得"与"滑铁卢"合并而成的混合词，具有讽刺意味。

l.10 Golden and sanguine laws：用金钱购得的、造成了流血事件的律法。

l.13 Phantom：一场革命。

《致希德茅斯和卡色雷》（To Sidmouth and Castlereagh）

本诗题目中的两位政客为外交大臣卡色雷子爵（1769-1822）和内政大臣希德茅斯子爵（1757-1844）。前者代表英国出席了处理滑铁卢战役的后续事宜的维也纳和会；后者在卡色雷的支持下策动了彼得卢惨案。

《暴政的假面游行》（The Mask of Anarchy）

本诗创作于"彼得卢惨案"之后，民众在曼彻斯特附近的圣彼得广场上和平集会，呼吁进行国会改革，却被当局用骑兵冲散，造成15人死亡，数百人受伤，史称"彼得卢惨案"。这个名称讽刺性地模仿了拿破仑军队被彻底击败的地点：比利时的滑铁卢。

l.6 Castlereagh：卡色雷子爵，参见《致希德茅斯和卡色雷》的注释。

l.15 Eldon：埃尔顿检察长，雪莱的前妻哈丽特溺水自杀后，埃尔顿拒绝了雪莱对孩子的监护权。

l.24 Sidmouth：希德茅斯子爵，参见《致希德茅斯和卡色雷》的注释。

l.30 Anarchy：暴政，指对"彼得卢惨案"负责的政府，并非通常指的无政府状态。

l.83 the Bank and Tower：泰晤士河堤与伦敦塔，代表英国首都的中心区域，权力所在地。

l.86 maniac maid："希望"的化身，以女孩的形象出现，她在竭力制止当局的军队的前进。

ll.103–110 A mist, a light...a Shape：一股洪水猛兽般的革命力量，它终将击溃暴政和大屠杀的刽子手。

l.155 "Ye are many – they are few"："大地"在号召"英国人民"发起反击。

《西风颂》（**Ode to the West Wind**）

雪莱在注释中写道："该诗构思和创作于佛罗伦萨近郊阿尔诺河畔的一片森林。那天，森林里气温温和而充满生机，一阵狂风吹拂，聚集起大片乌云，即将以秋雨的形式降落。"本诗的形式较为复杂，它每节14行，包含四组意大利式三行体，韵脚环环相扣：aba bcb cdc ded；四组三行体之后又有一组双行体，与最后一组三行体的第二行押韵：aba bcb cdc ded ee。

l.10 clarion：高音小号，这里指春风的声音。

l.14 Destroyer and Preserver：破坏者和保护者，雪莱在这里可能将西风比喻为印度教的破坏之神湿婆（Siva）和守护之神毗湿奴（Vishnu）。

l.17 tangled boughs of Heaven and Ocean：海天之间的纠缠的树枝。向天际眺望，海天之间的波涛就像纠缠的树枝一样。

l.21 Maenad：酒神狄奥尼索斯（巴克斯）的女祭司，由于崇拜酒神而为其狂舞。狄奥尼索斯也是植物神，据说他在秋天死去，春天复活。

l.32 Baiae's bay：巴亚海湾，位于意大利那不勒斯以西，那里有罗马帝国鼎盛时期修建的别墅，这些遗迹倒映在海水中，宏伟壮观。玛丽·雪莱的小说《最后的人》的序言里也提到此景。

l.40 sapless foliage of the ocean：雪莱在注释中写道，"海底的植物在季节变化之时，与陆地的植物有着同感，因此在听到风的号角时，也受到了影响。"

l.57 lyre：风弦琴，在风吹之时，发出悠扬的乐曲。M. H. 艾布拉姆斯（Abrams）认为，浪漫派诗歌中吹起的风，往往是诗人内心变化或者创造力迸发的表现。因此，诗歌中的"西风"是一个精灵，它像秋天的气息，给予雪莱灵感撰写了此诗。此风摧枯拉朽，以让万物在来年的春天复苏。这个主题贯穿全诗，象征植物、人、神的生死轮回。

l.64 leaves：既指树叶，也指书页。

《云》（**The Cloud**）

l.7 mother's breast：大地。

l.29 And I all the while bask in Heaven's blue smile：云的上部一直沐浴着阳光。

l.41 crimson pall：绯红的覆盖物，指晚霞。

l.51 woof：织物，编织物。

l.58 these：星星在水中的倒影。

l.59 zone：腰带，绶带。

l.81 cenotaph：衣冠冢，没有尸体的墓穴，这里指万里无云的蓝天（"blue dome of air"，l.80）。

《致云雀》（**To a Sky-Lark**）

本诗描写的云雀是一种在飞翔中才啭鸣的鸟，经常飞得很高，以至于肉眼很难看见。这种鸟冲破了大地的束缚，冲破了除听觉以外所有感官能达到的极限，故而被诗人用来代表超越人类经验的、纯粹的、精神的快乐的精髓。

l.22 silver sphere：晨星，金星。

l.55 thieves：指第53行的"暖风"。

l.56 vernal：春天的。

l.61 Sprite：精神，精灵。

l.66 Hymeneal：婚姻的。Hymen，许门，希腊的婚姻之神。

《哦世界，哦生命，哦时间》（O World, O Life, O Time）

l.8 [ ]：空白处应该添加"autumn"，才能使本行的逻辑顺畅，但添加"autumn"又会增加音步，超过本音韵应有的长度。

《致——》（To——）

本诗描写的主人公是简·威廉斯（Jane Williams），雪莱挚友爱德华·威廉斯（Edward Williams）的妻子。

l.9 I can give not what men call love：雪莱虽然暗恋简，但无法追求她，因为她是朋友之妻。因此他的爱就好像"飞蛾追求星星"（l.13）。

《当一盏灯破碎了》（When the Lamp Is Shattered）

l.18 Love first leaves the well-built nest：爱首先离开的是更有承受力的心灵。

l.30 thine eagle home：你的巢穴将像鹰的巢穴，高在悬崖，风吹日晒，众目睽睽。

《解放的普罗米修斯》（节选）（*From* Prometheus Unbound）

雪莱在该诗的"序言"中写道："本诗主要创作于卡拉凯拉浴场（Baths of Caracalla）的遗址，这些遗址坐落在山中的林间空地，灌木丛上的花朵散发着芬芳，在浴场宽阔的台基上延伸，像迷宫一样蜿蜒；悬在空中的拱门，让人眩晕。罗马的天空湛蓝，在春天神圣的气候中，万物复苏，春天将新的生命注入万物的灵魂，甚至使它们陶醉，这些构成了本诗的灵感。"本诗的故事来源于古希腊戏剧家埃斯库罗斯（Aeschylus）的《解放的普罗米修斯》

（Prometheus Unbound），但是雪莱对结尾的情节，即普罗米修斯和朱庇特的和解，做了革命性的修改："我的确不情愿看到英雄与人类的压迫者最终握手言和，这样的结局简直就是灾难。普罗米修斯坚韧不拔、忍辱负重的精神支撑了故事的道德寓意。倘若我们想象他收回他的豪言壮语，在背信弃义的敌人面前畏缩、屈服，这个道德寓意就荡然无存了。唯一与普罗米修斯相似的想象性人物就是撒旦了。在我看来，普罗米修斯这个角色比撒旦更具诗意：因为面对强敌时，他不仅表现得勇敢、威严、坚强、有耐心，而且丝毫没有让人觉得他有野心、嫉妒心、报复心，也没有自我膨胀的欲望；《失乐园》的主人公的这些特征都阻碍了人们的兴趣。可以说，普罗米修斯是道德和思想品质的最完美的典型，用最纯净、最真诚的动机，以达到最佳、最高尚的目的。"

第一幕：

这一幕故事情节主要涉及普罗米修斯的"转变"，即放下所有的恨，让爱占据他的心灵。内容包括他在高加索山（Mt. Caucasus）上饱受磨难；他战胜朱庇特的愤怒，获得道德上的胜利（三位海洋女神——阿西亚、潘提亚、伊翁涅见证了这一胜利）；他经受住了三位报仇女神（Furies）对他的诱惑。普罗米修斯的转变对于"新天地"在全剧结束时出现必不可少。

l.1 Daemons：精灵，位置处于神与人之间。

l.2 One：指冥王。

l.7 hecatombs：大献祭，即屠宰一百头雄牛的百牲祭。

l.13 aye：总是，相当于always。

l.18 Almighty, had I deigned：如果我当时屈服了，你就早已经是万能的了。

l.21 herb：植物。

l.48 Hours：时间精灵。在希腊神话和艺术作品中，他们是长着翅膀的人形精灵。

l.49 hales：拖拽。

l.53 Disdain? Ah no! I pity thee：这是普罗米修斯内心从仇恨转变为同情的开始，在303-305行达到了顶峰。

l.278 imprecate：祈求降祸于，诅咒。

l.289 A robe of envenomed agony：一件由剧痛构成的毒袍。在希腊神话中，半人半马之神涅索斯（Nessus）制作了一件毒袍，引诱大力神赫拉克勒斯（Hercules）穿上，毒袍烧灼他的肉体，引起难以忍受的剧痛，却无法脱掉。

l.306 Misery, O misery：大地之神错误地将普罗米修斯的仁慈视为屈服，错误地将他的道德胜利视为失败。

l.604 It hath become a curse："基督"这个名字已成为一句骂人的话，在引申意义上已成为对人类的诅咒，因为基督倡导的博爱已经变成了宗教战争、血腥镇压的借口。

l.609 ounces：用于打猎的猎豹。为了易于控制，猎豹常被遮住眼睛。hind：雌鹿。

l.619 The ravin it has gorged：它贪婪地吞下的猎物。

l.622 fanes：神庙。

l.625 want：缺乏。

ll.625-628 这一句是雪莱对他所处时代所表达的看法——一个被政治动荡和无情镇压撕裂的时代。

l.649 bright emblazonry：旌旗飘扬。

第二幕

第4场

这一幕故事情节主要涉及阿西亚（Asia）的变化，爱和美来到她心间，使她浑身发出了灿烂的光辉。阿西亚从前就是爱与美的化身，由于普罗米修斯当年深陷仇恨之中，他们分离了。如今，普罗米修斯已经发生了变化，把仇恨抛到了脑后，心灵又充满了爱，因此阿西亚也发生了相应的变化。在第4场中，阿西亚和姊妹潘提亚（Panthea）在这个万物复苏的季节的一个清晨，在内心强烈冲动的引导下，从美丽的印度山谷（即位于阿富汗和巴基斯坦之间的兴都库什山脉），通过冥府之门，来到了冥王（Demogorgon）的洞穴。冥王作为存在的终极原因，在剧中代表了一个谜：他不仅隔绝于认知之外，而且对控制他自己的规律也浑然不知。所以，面对阿西亚关于造物主、善恶的本源的质问，他只能给出像谜语一样含混不清的答案。

ll.2-6 引自密尔顿的《失乐园》（2.666-673）对"死神"的描写。

l.33 Saturn：萨杜恩，提坦神的最高统帅。提坦神是上一代神族，被朱庇特（Jupiter）率领的新一代神族（奥林匹斯神族）推翻。在希腊神话中，萨杜恩领导了一个辉煌的时代，但在雪莱的版本里，萨杜恩拒绝将科学知识赋予人类，开启了一个黑暗无知的时代，致使人类最深层的需求得不到满足。

l.55 desart：空荡的，相当于desert。

l.61 Nepenthe, Moly, Amaranth：忘忧草、白花黑根魔草、不凋花。它们是希腊神话中可以入药的三种花草。阿西亚（lines 59-97）罗列了普罗米修斯给人类带来的各种科学技术，他因此带来了启蒙。

l.87 implicated：相互交叉的。

l.91 interlunar：月缺期的。月缺期指新月与旧月之间的四日。

l.93 the chariots of the Ocean：大海的马车，指欧洲希腊罗马文化圈以外的凯尔特人驶往印度的船。

l.107 adamantine：坚不可摧的。

l.116 the deep truth is imageless：终极的真理不可见。它既不可知，也不可言。

l.148 Darkness：指冥王。

l.156 verge：天际线，地平线。

l.171 Atlas：阿特拉斯山，非洲西北部山脉，位于阿尔及利亚、突尼斯和摩洛哥境内。古希腊人认为，这座山如此之高，它撑起了整个天空。

第5场

l.10 The sun will rise not until noon：太阳正午才会升起。那是普罗米修斯与阿西亚重逢的时候。

ll.16-37 在这几行中潘提亚描绘了阿西亚的变化。此时，阿西亚焕发出绚丽的光彩，让潘提亚惊叹不已。

l.21 hyaline：玻璃一样透明的海。

ll.22-25 阿西亚被比作爱神阿弗洛狄特。在意大利文艺复兴时期画家波提切利（Botticelli）的绘画作品里，阿弗洛狄特站在贝壳里，行驶在地中海上。

l.85 pinions：翅膀。

l.93 pinnace：船。

ll.98-103 在这几行里阿西亚描述了自己对身上发生的变化的感受——仿佛时光倒流，她将会通过青年、童年、幼年，最后重生于一个"更加神圣的时代"。

第三幕

第1场

这一幕的主要情节涉及朱庇特的陨落。朱庇特是世界的主宰和暴君，只有推翻他，世间才有公道，才会改天换地。在希腊神话中有儿子推翻老子的传统，因此冥王以朱庇特儿子的面貌出现，杀死朱庇特，并将他打入了万丈深渊。由于雪莱认为暴政仅仅是人性中卑劣一面的外部表征，朱庇特正是人性的阴暗面，因此只有从内部改变人类的本性，我们才能革新政治体制。

l.10 coeval：与同时代的。

l.11 pendulous：垂悬的。

l.13 it：指第5行的"人的灵魂"。

l.19–24 fatal Child…trample out the spark：朱庇特相信，他养育的那个儿子即将化身为已经被征服的冥王，返回天庭，宣布他已经战胜了普罗米修斯。

l.25 Idaean Ganymede：艾达山的伽倪墨得斯，朱庇特的举杯人。他曾经在艾达山被一只鹰叼走，带到了天庭。

l.26 daedal：制作精巧的。该词源自希腊著名的工匠代达罗斯之名（Daedalus）。

l.40 Numidian seps did thaw：北非古国努米底亚（位于今阿尔及利亚）的毒蛇，被它咬过，伤口会腐烂。朱庇特与忒提斯的交媾被比喻为毒蛇伤人。

l.48 Griding：碾压，伴有刺耳的声音。

l.62 Titanian prisons：提坦的地牢。提坦神族被朱庇特带领的奥林匹斯诸神推翻后，被囚禁在冥府底下暗无天日的深渊——塔耳塔洛斯（Tartarus）。

l.76 whelm on them：冲刷它们。

第4场
朱庇特被推翻后，赫拉克勒斯解开了束缚普罗米修斯的镣铐。普罗米修斯与阿西亚重逢，并隐退至一个山洞，在那里他们"坐下来畅谈岁月的变迁，……我们丝毫未变"。

下文是本场结束前的情景,"时光精灵"讲述了他吹响改天换地的号角时,看到人间所发生的一切。

l.112 Phidian forms:菲迪亚斯式雕塑。菲迪亚斯(Phidias)是希腊最卓越的雕刻家,生活在公元前5世纪。"月亮形"战车,在完成改天换地的任务后,将化作一尊尊石像。其四周将环绕雪莱剧中的其他人物的塑像。

l.119 amphisbaenic snake:神话中的一种双头蛇,两端各有一头。作为一种警示,它象征着事物回到从前的可能性。

l.120 mock:模仿。

l.136 "All hope abandon, ye who enter here":这是镌刻在地狱大门上的一句话,曾出现在但丁《地狱篇》(*Inferno* 3.9)。

l.163 nepenthe:忘忧药,可能指鸦片。

l.167 glozed on:被注释、解释。

l.170 unworn obelisks:古埃及的方尖碑,被入侵的古罗马军队带回罗马。它们上面刻有象形文字,由于在雪莱的时代还无人能解读,所以这些文字看起来"丑陋怪异、粗犷原始"(见第168行)。

l.204 intense inane:最遥远的外太空。第198至204行意思是:新生的人类若要将自己从尘世肉身的束缚(clogs)中解放出来,就必须变成一种连星星都无法成为的东西——纯粹的理念。

第4幕

该剧于1819年春创作完成时,只有三幕。当年下半年,雪莱又添加了欢乐的第四幕,主要情节涉及普罗米修斯与阿西亚的婚礼,潘西亚和伊翁尼见证了这个普天同庆、载歌载舞的欢乐场景,并为读者描述了庆典的各个环节:一、经过净化的人类心灵与美好未来的时光精灵跳起了欢乐的舞蹈;二、月亮大地神各自生下了一个婴儿,期盼已久的欢乐终于来临;三、月亮围绕着刚获新生的大地、兄长兼爱人,如痴如醉地跳起了爱的舞蹈。以下节选是全剧结束前冥王讲的台词。

l.555 Earth-born's spell:普罗米修斯的咒语,没有仇恨,只有怜悯。

ll.565-567 剧终前的最后一次警告:双头蛇无时无刻不在试图挣脱,重启人类的堕落。

ll.568-569 雪莱的四个基本美德(见第562行),也是一种咒语,用以制服双头蛇,并将其封于深渊。

约翰·济慈诗选

《写于李·亨特出狱之日》(Written on the Day That Leigh Hunt Left Prison)

l.1 showing truth to flattered state:李·亨特(1784-1859),诗人、散文家、《观察家》主编、济慈与雪莱的朋友、政治激进分子,1813年因攻击摄政王而被捕入狱,虽然他证据确凿,毫无诽谤。

ll.3-4 as free/As the sky-searching lark:亨特被捕入狱后,获得了广泛的同情。他在狱中的待遇也相当特殊:当局允许他接受探监,拜伦、托马斯·莫尔、查尔斯·兰姆都曾到访过。

l.9 Spenser:埃德蒙·斯宾塞(1552?-1599),《仙后》(*The Faerie Queene*)的作者。

l.11 Milton:约翰·弥尔顿,《失乐园》的作者。

《初读查普曼译荷马史诗》（On First Looking into Chapman's Homer）

> Chapman's Homer：查普曼的荷马。乔治·查普曼（1559-1634）是伊丽莎白时期的诗人与剧作家，以翻译荷马的《伊利亚特》（*The Illiad*）著称。给济慈推荐这本书的人是他的事业导师查理·考登·克拉克（Charles Cowden Clarke）。
>
> l.6 demesne：领地，封地。
>
> l.7 pure serene：清澈的空气。
>
> l.10 ken：视野。
>
> l.11 stout Cortez：济慈此处的信息有误：站在达连湾（巴拿马东北部和哥伦比亚西北部的加勒比海的海湾）望见太平洋的第一人不是征服墨西哥的西班牙军事家埃尔南·科尔特斯（Cortez），而是淘金者瓦斯科·努涅斯·德·巴尔博亚（Balboa）。

《初见埃尔金石雕有感》（On Seeing the Elgin Marbles）

> Elgin：埃尔金勋爵。1806年他将希腊雅典的巴台农神庙（祭奠雅典娜女神的神庙，约公元前5世纪建成）的大理石像和浮雕偷运回英格兰。之后，这些文物被大英博物馆收购，这笔买卖至今仍饱受争议。1817年，济慈与他的画家朋友海登前往大英博物馆参观了这些石雕。埃尔金勋爵与其子小埃尔金还参与了1860年英法联军对圆明园的洗劫。

《我恐惧，我可能就要停止呼吸》（When I Have Fears That I May Cease to Be）

> l.3 charactery：字母。

《我为什么今夜发笑？没有声音回答》（Why Did I Laugh Tonight? No Voice Will Tell）

本诗附在诗人1819年3月19日写给弟弟乔治与弟媳乔治安娜的一封信中。他在信中写道："虽然一开始我是在用情写诗，但情很快消失了，我就用心写——也许我必须吐露一点心声……上床睡觉，一觉到天明。我清醒地睡下，清醒地起来。"

l.12 ensigns：锦旗。

l.14 meed：回馈，奖赏。相当于reward。

《明亮的星，愿我像你一样坚定》（Bright Star, Would I Were Steadfast as Thou Art）

济慈在1818年游历湖区时写道：湖区的风景，"将我们的视觉净化成一颗永不眨眼的北极星，坚定地守望着神创造的自然奇迹。"第二年，济慈将这一想法写成了这首十四行诗，1820年在前往意大利的途中，又抄在一本莎士比亚诗集里。

l.4 Eremite：隐士。

l.6 ablution：洗礼。

《冷酷的妖女》（La Belle Dame sans Merci）

本诗的题目来自一首中世纪诗歌，名为《无情的美女》（The Lovely Lady without Pity），作者阿兰·沙德兰（Alain Chartierand）。"引诱男人堕落的妖冶女人"或"红颜祸水"是神话、童话、歌谣中经久不衰的主题。济慈的这首诗形式上像民谣，呈对话体：前三段是对骑士说的话，其余为骑士的回答。

l.18 zone：用花编织的腰带。

l.29 grot：洞穴。

l.41 gloam：傍晚，光线阴暗。

《致睡眠》（**To Sleep**）

l.5 soothest：温柔的。

l.7 poppy：罂粟花。

l.11 curious：审慎的，一丝不苟的。

l.13 the oiled wards：锁芯，与钥匙凹凸对应的部分。

《这只鲜活的手，温暖而能干》（**This Living Hand, Now Warm and Capable**）

l.2 cold：死亡。诗人想象自己死后，他的爱人会悲恸不已，为了让他起死回生，她会不惜用自己的生命换回他的生命。

l.7 here it is：请抓住它。其意思是：要把握住现在，不要等待，等到将来会后悔。

《赛吉颂》（**Ode to Psyche**）

女神赛吉（Psyche）的名字在希腊语中意思是心灵、蝴蝶，也是现代心理学（Psychology）的名称来源。根据公元2世纪罗马诗人阿普列乌斯（Apuleius）的故事，赛吉本是凡间女子，但爱神维纳斯的儿子丘比特爱上了她。丘比特长着双翼（见第21行），仅夜晚去见她，并要求她永不过问他的身份，因为他知道他的母亲会嫉妒赛吉的美貌。赛吉没能信守诺言，经过了种种磨难，包括维纳斯对她的惩罚，最终她与丘比特终成眷属，随他一同升天，变成了女神。但是，与万神殿里的诸神相比，她"成仙"太晚，没有人膜拜。济慈在诗中许下诺言，要在心里为赛吉建起一座神庙，自己做她的祭司，传播她的神谕。

l.4 soft-conched：柔软的、贝壳状的。

l.14 Tyrian：紫色。紫色颜料曾是地中海城市蒂尔（黎巴嫩西南部，曾为古代腓尼基国海港）的特产。

l.16 pinions：翅膀。

l.20 aurorean：曙光女神奥罗拉（Aurora）的。

l.25 all Olympus' faded hierarchy：希腊神话中奥林匹斯众神的排位。济慈在1819年4月30日致乔治与乔治安娜的书中写道，"人们必须记住，在屋大维时期，在柏拉图主义哲学家阿普列乌斯（Apuleius）之前，赛吉还没有变成女神，从没有被膜拜过。没有人用古老的激情祭祀过她——甚至在旧宗教中没有人想起过她——我很正统，我不愿让这位异教女神被如此冷落。"

l.26 Phoebe's sapphire-regioned star：月亮。因为女神菲比或称狄安娜（Phoebe or Diana）是月亮的监护神。

l.27 Vesper：晚星。

l.41 lucent fans：闪光的翅膀。

l.50 fane：神庙。

ll.54–55 Far, far around ... trees/ Fledge：一排排的树就像一层层的羽毛。

l.56 zephyrs：微风。

l.57 Dryads：树妖。

l.67 Love：丘比特。

《夜莺颂》（Ode to a Nightingale）

本诗作于伦敦西北部的汉普斯蒂德（Hampstead），当时济慈与朋友查尔斯·布朗（Charles Brown）住在一起。根据布朗记载："1819年春，一只夜莺在我家附近的树上筑巢。从它的歌声里，济慈听出一种安详、愉悦的情绪；一天清晨，他早饭后从桌旁搬了一把椅子，坐在李子树下的草地上，长达两三个小时。当他回到屋内，他将手里的几张纸悄悄地塞在一排书的后面。我询问后得知，那四五张纸记录了夜莺的歌声在他心中激起的诗性感受。"

l.2 hemlock：毒芹，微量服用可以安神。

l.4 Lethe：[希腊、罗马神话]冥界的忘川，亡灵饮了河水会忘掉前世经历。

l.11 vintage：葡萄酒。

l.13 Flora：罗马神话中的花神。在此指花朵。

l.14 Provencal：普罗旺斯的。普罗旺斯是法国南部省份，在中世纪那里以创作、吟唱情歌的游吟诗人而著称。

l.16 Hippocrene：赫利孔山上的灵泉，被视为灵感的源泉，这里指葡萄酒。

l.26 Where youth grows pale, and spectre-thin, and dies：济慈的弟弟汤姆曾患肺结核，在前一个冬天刚刚去世。他死的时候如此行所写，苍白而憔悴。

l.32 Bacchus：[希腊神话] 酒神巴克斯，在文学和艺术作品中常驾驶一辆豹（pards）拉的战车。

l.37 Fays：小仙女，小精灵。

l.40 verdurous：郁郁葱葱的。

l.66 Ruth：路得，圣经中年轻的寡妇，丈夫死后仍孝顺地照顾婆母。在绘画作品里，她总在收获后的地里拾穗，以此养活家人。

l.69 casements：窗户。

《希腊古瓮颂》（Ode on a Grecian Urn）

这尊希腊古瓮上的图案有相互追逐、气喘吁吁的恋人，春天树下的田园笛手，小镇市民祭祀的队伍。这些都曾经出现在形形色色的花瓶、雕塑和绘画中，但作为一个整体它们只存在于济慈的脑海和想象之中。古瓮捕捉到生活的优雅时刻的片段，将它们凝固在大理石上。济慈发现古瓮完美地体现了"美即真、真即美"的艺术追求，寄托了诗人在瞬息万变的世间渴望永恒的情怀。

l.3 Sylvan：森林的；乡村的。

l.7 Tempe：坦佩谷，位于希腊东部塞萨利的景色优美的山谷，代表了西方文学史中的田园美。Arcady：阿卡狄地区，位于古希腊伯罗奔尼撒半岛中部山区，其居民过着田园牧歌式淳朴的生活，象征理想的田园生活。

l.41 Attic：阿提卡的，希腊的。古希腊的雅典城邦坐落在阿提卡地区。attitude：绘画和雕塑中的人物摆出的姿势。brede：图案。

l.49 "Beauty is truth, truth beauty"：该行的引号出现在1820年出版的济慈诗集中，却未现于同年在《艺术年鉴》(*Annals of the Fine Arts*)发表的版本。这一差别引发了针对这行诗的多种解读。

《忧郁颂》（**Ode on Melancholy**）

虽然方括号[ ]中的段落在1820年出版的版本中被删除，但它颇为有趣，讲述了一个人想从死亡中寻找"忧郁"却没有找到的情节。

l.[1] bark：船。

l.[2] gibbet：绞刑架。罪犯的尸体常被留在绞刑架上示众。

l.[5] rudder：船的舵。

l.[8] certes：肯定的、确定的，相当于certainly。

l.[10] Lethe：冥河，进入冥界前必须渡过的忘川。

l.2 wolf's-bane：附子草，乌头，有毒。

l.4 nightshade：茄科植物，野生品种有毒。Proserpine：珀耳塞福涅，冥后。

l.6 death-moth：骷髅天蛾，背部有骷髅的图案，被认为象征死亡。

l.7 Psyche：赛吉，灵魂的化身，常以蝴蝶和飞蛾形式出现，从死人的嘴里飞出。

l.8 mysteries：神秘的宗教仪式。

l.21 She dwells with Beauty：她（忧郁女神）与美同在。"忧郁"在诗中被拟人化为女神，在"快乐神庙"中受人膜拜。这种生活观，即生活是喜忧参半、痛并快乐、矛盾辩证的，是济慈诗歌的核心主题，代表了他对人类悲剧性命运的理解。

l.30 among her cloudy trophies hung：古希腊和古罗马有在神庙里悬挂战利品的习俗。

《怠情颂》（Ode on Indolence）

诗歌的题词意思是"它们不劳作，也不纺线"，源自《圣经·马太福音》（Matthew 6.28）。在这一段中，基督耶稣正在谈论田野中的百合花，他用这个寓言教导人们要相信上帝，而不要为吃穿担忧。

l.1 three figures：1819年3月19日，济慈在写给弟弟乔治和弟媳乔治安娜的一封信中写道："今早，我的情绪慵懒，无所挂念……不论是诗歌、志向，还是爱情，从我心中掠过，都没有让我留意：它们好像希腊花瓶上的三个人物——一个男人，两个女人——除了我，谁都不能识别他们的伪装。这是一种幸福的感觉；这也是身体战胜心灵的罕见的时刻。"

l.10 Phidian：菲迪亚斯的。菲迪亚斯是公元前5世纪的古希腊雕刻家，巴台农神庙中的大理石雕塑的设计师。

l.54 pet-lamb：济慈在1819年6月9日的一封信中写道："最近我非常懒散，极度厌倦写作；一是因为前辈诗人的影响有一种压倒性的势头，二是我不愿再对名誉如此热衷。我希望自己是一个哲学家，而不是舞文弄墨的宠物羔羊

（Pet-lamb）……要知道，我今年最高兴的一件事就是完成了一首献给'怠惰'的颂歌，这就是我整个一年的心情，希望你能明白。"

l.59 spright：精神、心灵。

《秋颂》（**To Autumn**）

济慈在1918年9月21日写给J. H. 雷诺兹（Reynolds）的信中写道："这个季节真美——空气好，温和中透着凛冽。的确，绝不是玩笑，贞洁的天气——狄安娜似的天空——我从未像现在这样喜欢收获之后的大地——是的，胜过春天寒冷的绿野。不知为何，收获之后的田野看起来很温暖——就像某些绘画看起来很温暖一样——此情此景在周日散步的时候深深地打动了我，我便作了这首诗。"

l.15 winnowing：扬谷。为了扬掉谷壳而簸谷物。

l.17 hook：镰刀。

l.30 bourn：地域。

l.32 croft：被圈起来自家耕种的田地。

《拉米亚》（**Lamia**）

第一部分

l.2 Nymph and Satyr：仙女和萨梯，古典神话中的神仙，居住在水泽和山林里，据说被后古典时期的仙王奥伯龙（Oberon）驱逐。仙王专管中世纪的各路仙人、精灵。

l.5 Dryads, Fauns：古典神话中类似仙女和萨梯（见第2行）的神仙。

l.7 Hermes：赫耳墨斯，或称墨丘利（Mercury），朱庇特的信使，有双翼，以多情著称。

l.15 Tritons：特里同，海洋神仙。

l.42 dove-footed：像鸽子一样的安静。

l.46 cirque-couchant：蜷缩成一团的。

l.47 gordian：用难解的结系起来的，就像戈耳狄俄斯国王（Gordius）系的结，无人能解。

l.49 pard：豹。

l.57 wannish：黑暗的。

l.58 Ariadne's tiar：阿里阿德涅挂满珠宝的婚冠，由酒神巴克斯所赐。阿里阿德涅被另寻新欢的恋人忒修斯（Theseus）抛弃后，酒神巴克斯娶其为妻。在1816年伦敦展出的意大利画家提香（Titian）的油画《巴克斯与阿里阿德涅》（Bacchus and Ariadne）中，这顶婚冠上的珠宝变成了天上的星丛。

l.60 pearls：在伊丽莎白时代的情诗中指牙齿。

l.63 Proserpine：冥后普洛塞耳皮娜，又称珀耳塞福涅（Persephone）。她年轻时曾经在恩纳（西西里中部，意大利南部）城外的郊野采花，被冥王普路托（Pluto）掠到冥界为妻。

l.67 stoop'd：（像鹰捕捉猎物时）俯冲。

l.78 Phoebean dart：太阳神福玻斯（又称阿波罗）的光芒。

l.81 the star of Lethe：忘川之星，指赫耳墨斯。赫耳墨斯像一颗星星，出现在忘川的河畔，其职责就是为亡灵指引冥界的方向。

l.103 Silenus：塞林纳斯，萨梯神仙之一，酒神巴克斯的导师，总是一副胖乎乎、醉醺醺的样子。

l.114 psalterian：像圣歌，或发出像古代弦乐器索尔特里琴（psaltery）一样的音乐。

l.115 Circean：像喀耳刻一样的。喀耳刻（Circe）是荷马史诗《奥德赛》中美丽的仙女，精通巫术，曾把奥德修斯的同伴变成了猪。

l.116 live damask：具有大马士革蔷薇的颜色，这种蔷薇花朵大，气味香，呈粉红色。

l.133 lythe Caducean charm：神杖的魔咒。赫尔墨斯的神杖是信使的标志，其上二蛇缠绕，顶端长有双翼。

l.143 to the lees：直到杯底，直到最后一滴。

l.148 besprent：被洒上。

l.158 mail：铁环铠甲上相互连接的铁环。brede：编织物上相互连接的图案。

l.163 rubious-argent：泛银光的红色。

l.174 Cenchrea：森其利亚，希腊南部城市柯林斯的一个港口。

l.187 lea：草场。

l.188 kirtle：长袍。

l.198 unshent：未被教坏的，未丧失原有自然美的。

l.204 list：喜欢，想要。

l.206 Elysium：有德行之人死后居住的地方。

l.207 Nereids：涅瑞伊得，大海中的数位仙女，包括阿喀琉斯（Achilles）的母亲忒提斯（Thetis），见第208行。

l.212 Mulciber's columns：锻冶神穆尔塞伯，又称伏尔甘（Vulcan），制作的柱子，围绕着庭院和长廊，发出微光。

l.248 Orpheus-like：就像俄耳甫斯在冥界回望欧律狄刻（Eurydice）一样。在希腊神话中，冥王普路托（Pluto）允许俄耳甫斯将死去的爱妻欧律狄刻带回人间，但条件是不能回头望她。俄耳甫斯没能遵守诺言，在他回头那一霎那，永远失去了妻子。

l.259 belie：违背，与……不符。

l.265 Pleiad：普勒阿得斯，阿特拉斯（Atlas）和普勒俄尼（Pleione）所生的七个女儿之一，后来七个女儿化为天上的昴星团。以下几行引自一种古代的看法：即行星在一个水晶球中公转，它移动的时候会奏出天堂般的音乐。

l.293 amenity：快乐。

l.320 Adonian feast：阿多尼斯式的宴会，阿多尼斯是爱神维纳斯所爱的美少年。

l.329 Peris：佩里斯，波斯神话中的精灵。

l.333 Pyrrha's pebbles：皮拉的卵石。在希腊神话里，宙斯的大洪水灭绝人类之后，杜卡利翁（Deucalion）（普罗米修斯和克吕墨涅之子）和妻子皮拉用卵石重造人。他们从肩头向身后扔石头，石头便变成了男女，如此重新创造了人类。

l.347 comprized：隐藏，藏于心中。

l.352 temples lewd：指淫秽的维纳斯神庙。对维纳斯的祭祀活动常伴有仪式性的卖淫行为。希腊古城柯林斯过去以发达的商业和卖淫活动而著称。

l.386 Sounds Aeolian：像风弦琴发出的声音。风弦琴的名称来自风神埃俄罗斯（Aeolus）。

第二部分

l.36 empery：帝国。

l.39 passing bell：丧钟。

l.48 My silver planet：金星（Venus），即是晨星，也是晚星。名称也与爱神维纳斯相关。

l.136 viewless：看不见的。

l.137 fretted：有格子纹的；饰有回文、万字浮雕的。

l.151 amain：专注地。

l.155 demesne：宅邸，房产。

l.160 daft：困惑、迷惑。

l.171 mien：面容。

l.185 libbard：豹。

l.187 Ceres' horn：丰饶角，象征丰饶的羊角，装满了谷神的赏赐，如花果、谷穗。

l.194 meet：得体的、合适的。

l.217 osier'd：编织成图案的。osier为柳条，用以编织篮子。

l.224 adder's tongue：毒蛇草，瓶儿小草，一种蕨类植物，叶子像蛇的舌头。

l.226 thyrsus：酒神巴克斯所执的酒神杖，上有藤蔓缠绕，顶端为松果形，用来象征醉酒。

l.230 cold philosophy：自然哲学，即科学。济慈的朋友本杰明·海登（Benjamin Haydon）的自传记录了这样一个场景：在一次晚餐聚会上，大家都喝了很多酒，兴致极高；济慈说他赞同查尔斯·兰姆（Charles Lamb）的观点，即牛顿的光学"用棱镜将彩虹拆分成不同的颜色，使彩虹的诗意完全丧失"。

l.236 gnomed mine：土地神出没的矿井。在西方传统中，土地神是矿井的守护神。

l.245 pledge：给……祝酒。

l.257 own'd：认可。

l.264 myrtle：香桃木，一种灌木，维纳斯的圣物，故象征爱情。

l.277 juggling：奸诈的。

l.301 perceant：尖利的。

作品欣赏

威廉·布莱克诗选

以下选读作品来自布莱克创作生涯的早期和晚期，虽然无法涵盖所有最主要作品，但力图反映其作品的主要风貌和主要内容。他的早期作品以《天真之歌》和《经验之歌》为代表，主要是短小的抒情诗；后期作品以《弥尔顿》和《耶路撒冷》为代表，主要是宏大的叙事史诗，称为"先知书"（Prophetic Books）。由于这些"先知书"内容复杂，有一定难度，因此选读中只包含了两首相对较容易阅读和理解的先知书。

"抒情诗" 选读包含《天真之歌》6首和《经验之歌》11首。布莱克曾经说，"天真"和"经验"不是两个地方，如天堂与人间，而是指两种不同的心理状态。有些话题在"天真"和"经验"两个集子中同时出现，但它们反映的心理状态完全不同。"天真"指儿童对世界的简单的、纯洁的看法，简单地说，反映了一种童贞，世界充满了爱，充满了美、善、真。"经验"指成人对世界的复杂的、不单纯的看法，往往反映出剥削、虚伪、嫉妒、邪恶等人间的特征。布莱克区分两种心理状态，一方面是对人性的分析，另一方面也是对人成长过程的描述和对他生活的社会的评论。然而，他想象的人性成长并不仅仅停留在"经验"，而是应该超越"经验"，达到更高的"天真"。也就是说，我们无法回到童年，但是我们可以经过修炼和自我升华，找回一种更加练达的"童贞"，就像基督教的"复乐园"一样，不是原初的伊甸园，而是耶稣开创的"新天地"。

"先知书" 选读包括《塞尔之书》和《阿尔比昂女儿们的梦幻》。两首诗虽然不是典型的先知书，但是它们反映了先知书的一些特点和风格。比如，它们都具有一个故事，但是故事又反映了一个更大的象征体系。第二首中的阿尔比昂就是这个象征体系中的核心人物，他代表了英国，是一个堕落的神，也是原初的人。他的四个侧面尤里森、厄索那、鲁瓦、托马斯（Urizen, Urthona, Luvah, Tharmas）称为四佐亚或四天神，它们之间的斗争形成了布莱克的另一部重要的"先知书"：《四佐亚》（Four Zoas）。按照通常的理解，四佐亚不是四个神，而是阿尔比昂人格的四个侧面，分别代表了理性、想象力、激情和感知等。原初的阿尔比昂是一个整体，而现在他的人格已经分裂，因此英国出现了诸多的问题。而布莱克这个神话体系的最终目的，就是复原阿尔比昂的整体，使分裂弥合。这个目的将在《弥尔顿》和《耶路撒冷》两部先知书中得到实现。

《序诗》（Introduction）

这是《天真之歌》的序诗，以对话形式写成。背景是田园，诗人在那里演奏快乐的歌曲，这时云端出现了一个幼童。他请求诗人用牧笛演奏一首关于小羊的乐曲，诗人便演奏了一首。幼童非常感动，流下了热泪。然后，幼童请求诗人放下牧笛，用歌喉演唱一首快乐的歌曲。诗人演唱了一首，幼童再次感动得热泪盈眶。然后，幼童请求诗人将这些歌曲记录下来，以便让所有人能够阅读。因此，诗人摘了一根芦苇，做了一支芦苇笔，蘸上了清泉，为所有儿童们写下了这些歌曲。

显然，《序诗》讲述了《天真之歌》的来历，田园场景是一个梦幻，那位幼童在结束时也消失了。作为序诗，它一方面交代了儿童是这些诗歌的读者群，另一方面它暗示了诗歌的主要基调是快乐和天真。

《回响的绿地》（The Ecchoing Green）

该诗描写了一幅春天的田园场景：教堂钟声轰鸣，林中百鸟歌唱，儿童在草地上玩耍，一幅阳光明媚、春意盎然的画卷；老人们坐在橡树下，观看着儿童们玩耍，回忆着他们自己年轻时候的情景，露出了开心的笑容。

虽然诗歌描写喜气洋洋的春天，但其中也包含着欢乐终将结束的暗示。诗歌的时间从一天的开始发展到一天的结束，从清晨发展到傍晚。然而，从儿童到老人的描写，从春天到冬天的描写，也暗示了一个人从生命开始发展到生命结束，从季节开始发展到季节结束。最后，太阳落山，欢乐结束，绿地变得空空荡荡，疲惫的儿童们纷纷回家，回到了母亲的怀抱。

从这个意义上讲，诗歌不仅描写了一幅天真烂漫的景象，也暗示了人生的发展历程和生死的自然规律。我们不能留住时光，人人都会变老；春色无法留住，春天必须通往冬天。虽然诗歌并没有明说，但是它暗示了世事无常，人生际遇有高潮和低谷，有欢乐和悲伤，有光明和黑暗。诗歌重述了这个也许人人明白的道理。

《羔羊》（The Lamb）

该诗以问题形式写成，是孩子与羔羊的对话，围绕着"谁创造了羔羊"这个问题展开。孩子向羔羊提出了这个人人都知道答案的问题，但是对于羔羊来说，这可能就是一个真正的问题。孩子的话也许解开了羔羊的迷惑，同时也重申了一个人人都知道的真理。

第一段首先描写羔羊的温柔和可爱：她在泉边喝水，在草地吃草，长着一身厚厚的绒毛，是"欢乐的衣裳"。她叫声柔软，让整个山谷都充满了欢乐。这时孩子问羔羊，你是否知道是谁创造了你？

第二段是对话的核心，孩子告诉羔羊，它的创造者也叫羔羊，他很温柔、很慈祥，他常常以孩子的面貌出现。在基督教中，耶稣是孩子形象，也是羔羊形象，有着孩子般的天真。孩子、羔羊和他们的创造者有很多共同的特征，"我们都叫他的名字"。因此，该诗歌与其说是关于羔羊，还不如说是关于耶稣。羔羊和耶稣都是天真的化身，但是他们代表的天真不同，前者是童真，后者是弗莱所说的"更高的天真"，或"有序的天真"（organized innocence）。

《黑男孩》（The Little Black Boy）

该诗是一个黑男孩的自述，对他与英国男孩的差异进行思考，并且为这种差异寻找一个合理的解释。他来自南方的国度，皮肤呈黑色，而英国男孩的皮肤呈白色，"白得像天使"。黑男孩显然有一种自卑感，"似乎被剥夺了光明"。然而，他的母亲把他搂在怀里，在一棵树下，给他讲述了黑色的来历，给了他一种安慰。

她说，上帝住在太阳里，给世界以光明和温暖，为了让我们能够承受那份爱的光芒，他给了我们黑色的皮肤。这黑色皮肤就像一朵云，或者一片树林，减轻了那份爱的灼热。然而，一旦我们学会承受那光和热，那片云就会消失。

因此，他告诉那位英国男孩，当他的那片黑云和他的那片白云消失之后，他们将来到上帝的膝下，像羔羊一样快乐地玩耍。他将为英国男孩挡住他承受不了的光和热，他们将是一样的，他也会学着爱他。

据罗伦·亨利（Lauren Henry）考证，关于奴隶制和奴隶贸易的争论在布莱克的时代非常普遍，对他产生过深刻影响。非洲黑奴被大量贩卖到美洲，黑人被视为奴隶和贱人，甚至被视为可以买卖的动物。（*Romanticism and Colonialism, Writing and Empire*, 1780–1830, ed. Tim Fulford & Peter Kitson,

1998）布莱克没有迎合当时的主流意识，而是把黑人和白人同样视为上帝的子民，同样得到上帝的爱。他们的本质是一样的，皮肤只是外在的现象，去掉这个因素，他们没有区别。

然而，诗歌中也存在两种文化、两种宗教的裂痕。诗歌突出了男孩对基督教和西方文化的接受，他的母亲教导他抛弃了自己种族的太阳崇拜，转而相信基督教的上帝，然而具有讽刺意义的是，太阳光所代表的上帝的爱是刺眼的、灼热的，他无法承受，因此需要躲避和大人的保护。黑男孩的叙述还巧妙地避开了黑奴所承受的痛苦，以及他们在被贩运到美洲的过程中大量死亡的事实，对种族平等存在着一种"天真"的期盼。

《扫烟囱的男孩》（The Chimney Sweeper）

该诗是一个扫烟囱的男孩的自述，讲述了他变成童工的痛苦经历，同时也因对未来充满希望，他并没有就此沉沦。在很小时，他母亲就已经去世，父亲把他卖给了经营扫烟囱生意的老板。那时，他还不会说"扫"字，并且每天都睡在煤灰里。

他没有失去快乐，因为他凡事总往好处想，总是看到光明的一面。当同伴汤姆因一头金发被剃掉而落泪时，他安慰他说，头发剃掉更好，因为煤灰不会弄脏它。因此，汤姆在那晚就做了一个梦，看到成千上万被关在棺材里的扫烟囱男孩，被放了出来，他们欢笑着奔向了绿色的原野，在清澈的河水中洗净，在阳光下嬉戏。他们抛弃了扫烟囱的袋子，升上了云端，在风中玩耍。天使告诉汤姆，"如果他做一个乖孩子，/ 上帝就会做他的父亲，从此不会缺少爱"。从此，汤姆安心下来，快乐地工作。他天不亮就起床，背着袋子和刷子去工作，虽然天气很冷，但他还是很高兴，因为他相信，"如果人人都做好自己的工作，他们就不必担心受到伤害"。

据马丁·努尔米（Martin K. Nurmi）考证，在该诗创作的1788年，扫烟囱的童工的生活境遇已经引起英国全社会的关注，国会甚至通过了《扫烟囱行业法》，以纠正社会对童工的不公。（*Blake, A Collection of Critical Essays*, ed. Northrop Frye, 1966）诗歌可以说就是布莱克对这个残忍的现象的谴责，但在情绪上它也存在着一种具有讽刺性的裂痕：男孩们从小沦为童工，受尽了生活的折磨，没有接受正常的学校教育，但是他们没有抱怨，而是对生活抱有天真的幻想。这就是布莱克所说的"天真"：即对生活有一种简单而天真的认识，不能看到生活痛苦的实质。

《神圣的形象》（The Divine Image）

诗歌描写人与神的关系，它的大意是：人们在苦难之中总是向慈悲、怜悯、平安和仁爱祈祷，对这些美德表达感谢之意。但其实慈悲、怜悯、平安和仁爱就是上帝，同时也是人类自己。因为人类就是上帝的"儿子和他的爱"：慈悲有着人类的心灵，怜悯有着人类的面孔，仁爱有着人类的神圣形状，平安有着人类的外衣。

因此，所有在苦难之中祈祷的人们，不管他们是什么地方的人，"所有气候带中生活的所有人"，都是在向"人类的神形"祈祷。所有人在天堂都必须爱这个"人类的神形"，"无论是土耳其人，还是犹太人"，因为哪里有慈悲、怜悯、平安和仁爱，哪里就有上帝。

该诗除了思考人与神的关系，同时也体现了布莱克的种族平等观念。因为对上帝来说，无论你是哪一个民族，哪一种肤色，无论是土耳其人，还是犹太人，其实都是人，是上帝的儿子。从这个意义上讲，不同种族、不同肤色的人对上帝来说没有区别，应该都是平等的。

《序诗》（Introduction）

该诗是《经验之歌》的序诗，在诗中，我们听到一个诗人在呼唤大地，呼唤她从梦中醒来。诗人在古代是先知、魔法师。他不但能够通晓过去，而且能够预知未来。他得到过上帝的指引，"听过古森林中行走的圣言"。"圣言"呼喊这个"沉睡的灵魂"，在傍晚的露水中哭泣，期望控制地球的两极，重现消失的光明。

他呼喊道："啊，大地，啊，大地，醒来吧！"黑夜已经过去，清晨已经来临。"从睡梦的混沌中起来吧！"他呼唤她不要离开，星星照亮的大地和波涛拍打的海岸都属于她，直到白天的来临。

作为《经验之歌》的《序诗》，它提示我们"大地"一直在沉睡之中，而现在该是她醒来的时候了！她应该以清醒的眼睛看待这个世界，认清世界的本质。这个情节可能暗示了从"天真"向"经验"的过渡："天真"就是一场梦，醒来之后才知道世界原来并不是先前所想象的那个样。

《走失的小女孩》（The Little Girl Lost）

该诗讲述了一个小女孩走失的故事。在南方的某个阳光明媚的地方，7岁的莱卡（Lyca）追逐着鸟儿的歌声，越走越远，最终她发现来到了一片偏僻的沙漠，不知道是哪里。她精疲力竭地躺在树下，欲进入甜蜜的睡梦，但她知道父母会担忧和哭泣。她已经迷失了方向，夜晚已经来临，月亮已经升起，她最终昏昏地睡去。

然而，这时猛兽走出了它们的洞穴，来到了莱卡睡去的地方。狮子王围着这个女孩转圈，豹子和老虎也在她身边嬉戏。狮子王低下了头，亲吻她的胸脯，不禁老泪纵横。母狮子脱去了她的衣衫，将这个睡梦中的女孩赤裸裸地抬进了洞穴。

其实,如果读者仔细品味,不难看出这是一个寓言,是一个失去童贞的寓言。诗歌几次提及莱卡是一个"少女""处女",那些猛兽围着她嗅、舔她的胸脯,最后她被脱光了衣服,赤身裸体,被抬进了洞穴。这首诗放在《经验之歌》的开始,有着它的深刻意义。

《找回的小女孩》(The Little Girl Found)

该诗与《走失的小女孩》是组诗,续写女孩走失后所发生的故事。莱卡走失之后,其父母万分着急,翻山越岭,四处寻找。他们在山谷和沙漠里寻找了七天七夜,风餐露宿,嗓子喊哑了,眼泪哭干了,历尽了千辛万苦,最终精疲力竭。当其母亲再也走不动了,父亲将她抱在怀里时,一只狮子出现了。

莱卡的父母被狮子摔倒在地上,在几近绝望之时,他们发现狮子并没有吃他们的意思,而是平和地舔着他们的手,静静地站在他们身旁,眼中闪着和蔼的光芒。狮子对他们说:"跟我来,不要为女儿哭泣。莱卡在我的宫殿里休息。"他们跟着狮子来到宫殿,看见他们的女儿躺在老虎中间,睡着了。从此,他们就生活在那个遥远的山谷,听到狼嚎或狮吼也没有任何恐惧。

批评家查易斯(Irene H. Chayes)认为,莱卡作为一个迷失和寻回的女孩在西方神话和文学中是一个多次出现的形象,她就是荣格所说的一个神话原型克尔(Kore)或者珀耳塞福涅(Persephone)(*Blake, A Collection of Critical Essays*, ed. Northrop Frye, 1966)。在荣格看来,这两个形象是西方无意识中所沉积的集体记忆,作为神话原型,她们会不断地出现在作家的创作中,同时也会在读者心中激起深层的反响。在神话中,珀耳塞福涅在田野中采花时被冥王(Hades)掠走,她的母亲大地女神(Demeter)在悲伤中四处寻找,最终在冥府找到她,并且要求冥王放人。但是冥王只同意她每年一半时间回到人间,另一半时间必须生活在冥府。当她回到人间,大地进入春季和夏季,当她再次来到冥府,大地进入秋季和冬季。

《泥块和卵石》(The Clod & the Pebble)

该诗是泥块和卵石的对话,用拟人的手法,表达了关于"爱"的两种不同看法。泥块认为,爱是无私的、利他的,爱不是为了自己高兴,而是一种奉献,"在地狱的绝望之中建立起一座天堂"。而卵石则有不同看法,他认为,爱就是自私,为了自己的高兴,去束缚另一个人。爱就是从他人的不安中获得快乐,在天堂里建立起地狱。

作为一首"经验之歌",该诗对问题的看法显得更加复杂,对世界的认识不再那么天真。诗歌看上去很简单,只有短短的12行,但是它提出的关于爱是利己还是利他的问题,无论如何也是一个儿童无法理解、也无法回答的问题。它意识到对同一个问题,可能存在着不同的视角。

《病玫瑰》(The Sick Rose)

该诗描写花朵被飞虫啃噬的自然现象,但反映了其后隐藏的爱的哲学。在一个风雨交加的夜晚,一只飞虫发现了一朵玫瑰花,它降落到猩红色的花瓣上,然而,正是它的爱毁掉了花朵的生命。这个故事很简单,但是它的细节充满了许多其他的暗示,使整首诗歌变成了一个意义丰富的象征。

首先,玫瑰花等于爱,它传统上就是爱的象征,因此诗歌不仅仅是描写自然现象,更是一首关于爱情的诗歌。另外,玫瑰花瓣被描写成"猩红色快乐的床",激发了情人结合、男欢女爱的想象。最后,飞虫被描写为男性("他"),玫瑰花自然就是女性,虽然诗歌并没有使用"她"。爱情的结合就是

"天真"的结束和"经验"的开始,因此,从这个意义上讲,虽然他的爱情毁掉了她的"天真"或者"生命",但却使她能够过渡到"经验"状态,向"更高的天真"跨出了第一步。

《苍蝇》(**The Fly**)

该诗看似写苍蝇,实则影射人生。一个人无意中打死了一只苍蝇,然后联想到自己是否也跟苍蝇一样,或者苍蝇从某种意义上讲是否也跟人一样,随时可能因为他人的某种无意之举而丧命。因为对于人来说,神可能就是这样的"他人":"我跳舞、喝水和唱歌,/ 直到有一只盲目的手,将我的翅膀折断"。

莎士比亚曾经在《李尔王》(*King Lear*)中写道,"我们对于上帝来说,就像苍蝇对于调皮的男孩,他们杀死我们仅仅是为了一时快乐"。哈代在小说《苔丝》(*Tess of the D'Urbervilles*)的结尾,也引用了莎翁这段著名的话来描述苔丝最终被绞死的悲惨命运。"众神之神结束了他对苔丝的玩弄"。诗歌暗示死亡的偶然性,它随时都可能降落到我们头上,并且以一种非常不经意的方式。

布莱克在《天真的预言》(Auguries of Innocence)一诗中也提到了这一名句,他写道:"杀死了苍蝇的顽童 / 将会知道蜘蛛的敌意。"意思是顽童打死了蜘蛛的食物,一定会感觉到蜘蛛的敌意。我们看到,莎翁的名句以稍微不同的方式被写进了布莱克的诗歌。

《苍蝇》一诗的结尾提出了一个非常令人深思的问题:"如果思想是生命、力量和呼吸,而没有思想意味着死亡,那么我就是一只快乐苍蝇,不管我活,还是死。"它的字面意思是,细心(thought)意味着生命,粗心(thoughtless)意味着死亡。由于叙事人的粗心,才造成了苍蝇的死亡。

但是更深层次的意思可能是,苍蝇没有思想,意识不到即将到来的死亡,因此它很快乐!人有思想,能够意识到死亡,因此他快乐不起来。从这个意义上讲,该诗是一首关于死亡和人生态度的诗歌。如果将该诗纳入布莱克的象征体系,那么我们也可以将"没有思想"(thoughtless)理解为"天真",将"思想"(thought)理解为"经验",叙事人宁愿保持一种天然的天真和快乐。(John E. Grant in Frye ed. *Blake*, 32)

《老虎》(**The Tyger**)

该诗与《羔羊》是组诗,都是以问题形式写成,而问题都没有答案,或者有一个人人都知道的答案。诗歌对老虎的描写突出了老虎的凶猛,其眼睛放出的光芒,其心脏剧烈的跳动,以及其巨力所形成的"致命的恐怖"。这样一个凶猛之物,谁能是它的创物主呢?

整首诗重复着这样一个问题:谁创造了老虎?"什么样的手敢抓住那团火焰?""什么样的臂膀、什么样的技艺 / 能够扭住你心脏的肌肉?""什么样的锤子,什么样的链条? / 在什么样的高炉中炼就了你的大脑?""什么样的铁砧?什么可怕的手,敢抓住那致命的恐怖?"

《老虎》显示了造物主的另一面,也就是与《羔羊》不同的一面。作为一首"经验之歌",它显示了世界的复杂性,甚至上帝都有两面性。上帝既是羔羊,也是老虎;他既是仁慈的,但也是愤怒的。对于虔诚的人们,上帝是羔羊,但对于有罪的人们,上帝也是老虎。

大卫·厄德曼(David V. Erdman)还将《老虎》的锻造和展示的力量与布莱克的《法国大革命》和《四佐亚》联系在一起,认为布莱克在后两个作品中描写皇家军队的溃败时使用了类似的词语:"星星投下了光的标枪"。在为老虎的造物主辩护时,布莱克也使用了他后来为法国大革命和美国独立战争辩护时所使用的词语,因此《老虎》在某种意义上是一首革命诗歌。(*English Romantic Poets: Modern Essays in Criticism*, ed. M. H. Abrams, 1975)

《我美丽的玫瑰》(**My Pretty Rose Tree**)

该诗讲述了一个"路边的野花不要采"的故事。有人送给叙事人一株玫瑰花,一株奇特的、并非生长在大自然的花,但是他没有接受,因为他家里有一株玫瑰。但是,当他精心照料家里那棵玫瑰,日日夜夜呵护它时,那棵玫瑰不理他,充满了嫉妒之心。无论如何,叙事人都不介意,因为玫瑰的"刺"就是他的欢乐。

读者应该意识到,这是一个寓言:它说的不是花,而是爱情,或两性关系。我们常说"家花不如野花香","路边的野花你不要采"。诗歌大致就是在写这样一层意思:叙事人没有接受路边的野花,他抵挡住了诱惑。诗歌是关于"忠诚"和"美德"的作品。虽然家花嫉妒心很强,给叙事人带来了很多烦恼,但她就像"我的野蛮女友",彰显了个性,反而很可爱。

罗伯特·格勒克纳(Robert F. Gleckner)认为这样的理解可能有误。他指出那朵野花并非自然生长(as May never bore),因此它代表了一个超越自然的机遇,"一个爱、欢乐或者达到更高天真的机遇"。相反,"家花"代表了婚姻和规则,也代表了"经验"世界的理性和惯例。因此,格勒克纳认为诗歌并不是关于什么"美德",如果我们理解布莱克的"天真"与"经验"的大框架,那么我们就会理解布莱克提倡打破规则,超越惯例。这也就是为什么叙事者回家后收获了嫉妒和痛苦。(Blake, *A Collection of Critical Essays*, ed. Northrop Frye, 1966)

《啊,向日葵》(Ah Sun-flower)

该诗看似写向日葵,实则写一种追求。向日葵得名于它的向日的特点,顾名思义,就是指它一直朝向太阳,追随着太阳从东方升起、在西方降落,因此,它似乎在追逐着"太阳的脚步"。诗歌凸显了向日葵蕴涵的这一层寓意,它解释道,向日葵之所以这样做,是因为它有一种渴望,它"厌倦了时光",希望超越时间的世界,奔向那"甜美的、金光灿烂的世界"。

第二段写两个人物,一个是少年,一个是少女。一个因为欲望而消瘦,一个因禁欲而苍白。有人认为,少年就是那耳喀索斯(Narcissus),那位爱上自己而不能自拔、最终溺死湖中的神话人物。少女就是珀耳塞福涅(Persephone),那位在田野采花时被冥王掠走做了冥后的姑娘。两个人物都与花有关,那耳喀索斯死后变成了水仙,珀耳塞福涅因为采花才被掠走。同时,两人都在追求不可能企及的境界:那耳喀索斯追求的是自己的影像,珀耳塞福涅追求的是大地的光明。

威廉·基斯(William J. Keith)认为,诗歌赞扬了一种不懈的、锲而不舍的追求,就像向日葵追逐太阳一样。向日葵扎根于泥土,但它向往天空。这个故事模式是希腊神话珀耳塞福涅的故事的翻版,是一个古老的神话原型(archetype),说明灵魂落入尘土、然后努力超越尘土的现象。(Blake,*A Collection of Critical Essays*, ed. Northrop Frye, 1966)用现在的话来说,就是不满足于眼前的苟且,还向往着诗和远方。从另一个角度看,诗歌也表达了一种无法超越现世、无法实现理想的痛苦。虽然诗歌在结束时说,"起来吧,离开墓穴,追求理想,/ 去到向日葵渴望的地方",但是我们意识到,那个地方实际上是可望不可及、无法达到的。

《爱的花园》（The Garden of Love）

该诗描述了叙事人看到爱的花园的不同景象。这座"爱的花园"原本充满了鲜花和绿草，是一个给人欢乐的地方，然而当叙事者再次来到这个花园，他看到的景象完全变了。花园的中央，他曾经玩耍的地方，已经不再是树木和鲜花，而是一座教堂。花朵已经不见了踪影，只有层层叠叠的坟墓。教堂大门紧闭，上面写着："禁止"。牧师穿着黑色的礼袍，在花园里巡视。

诗歌以比喻的手法描写了宗教的禁欲主义。"爱的花园"表征着人生的欢乐，或者肉体的结合。对于宗教来说，爱就是一种身体的放纵，是一种罪恶。从诗歌描写的两种景象来看，我们可以说并不是"爱的花园"变了，宗教所提倡的身体欲望的克制由来已久。变化来自叙事者自身，他的成长使他已经认识到成人世界的规则、宗教和道德上的约束，因此花园才变成了一个荒芜的死亡和黑暗的可怕地方。对于一生追求自由的布莱克来说，禁欲主义，或者对自由的任何形式的思想限制，都是不可接受的。

《伦敦》（London）

该诗描写18世纪英国伦敦的景象。它所选择呈现的细节没有突出这个世界级大都市的辉煌，或者它作为英国政治文化中心的宏伟。它呈现的形象具有高度的社会批判意义，在每一张脸上，都可看到"孱弱的痕迹，苦恼的痕迹"。在男女老幼的话语中，都可听到"心灵铸成的镣铐"。在伦敦街头，我们看到的是被特别管辖（chartered）的街道和河流，听到的是童工为赚取微薄的薪水而忍受剥削的哭喊，士兵为帝国征战流血结束后流落街头的哀号，妓女饱受摧残之后所发出的诅咒。瘟疫夺去新生婴儿的生命，将新婚的婚车变成灵柩。这些细节将伦敦呈现为一座人间地狱。

萨利·麦克迪西（Saree Makdisi）认为，布莱克的伦敦是工人和下层人民的伦敦，与华兹华斯、拜伦、雪莱等人的贵族伦敦或中产阶级伦敦非常不同。诗歌反映了来自政府、教会、经济体系和性别的系统性的压迫（*Romanticism and Imperialism*, 155, 158）。而且，诗歌不仅涉及社会正义问题，如童工、剥削、社会保障的缺失、逼良为娼等，而且还涉及言论自由问题。据厄德曼（David V. Erdman）考证，诗歌创作于乔治三世时期，当时盛传这位汉诺威王朝的德裔国王正在考虑出台皇家禁令，或者"反煽动写作法案"，以限制潘恩和布莱克这样的自由人士的言论自由，给他们的思想戴上枷锁，用布莱克的话说，就是"心灵铸成的镣铐"（mind-forged manacles）。诗歌对这种禁锢思想的高压政策提出了抗议。（*English Romantic Poets: Modern Essays in Criticism*, ed. M. H. Abrams, 1975）

《一株毒树》（**A Poison Tree**）

该诗描写愤怒的心理，这是基督教的"七宗罪"之一。愤怒需要发泄，发泄才会平息。如果得不到发泄，它就会扩大，变成毁灭性的力量，引发毁灭性后果。诗歌的叙事者对朋友产生愤怒，他将愤怒告诉他，从而获得了一种宣泄。但是他对敌人产生了愤怒，他没法将愤怒告诉敌人，因此愤怒越来越大，最终造成流血冲突。

诗歌将愤怒比喻为一株毒树，眼泪和虚伪就是养料，它们催生了毒树的成长。最终毒树结出了有毒的果实。愤怒不能通过沟通化解，因此它才催生了阴谋诡计，表面上笑脸相迎，暗地里捅刀子。最后愤怒的对象被阴谋摧毁。

《塞尔之书》（**The Book of Thel**）

该诗描述了塞尔从天堂到人间然后再退回到天堂的故事。塞尔（Thel）在希腊文中的意思是"灵魂"或者"精神"，与肉体相对立。她生活在快乐的哈尔山谷（Vale of Har），那里百鸟歌唱、百花争艳，万物和谐地生长。塞尔过着无忧无虑的生活，但是并不快乐，因为她觉得自己无形无体，不能感受人间的欢乐，像"彩虹""梦幻"或"水中倒影"，是一个无用的灵魂，因此她郁郁寡欢，不断抱怨。

她询问百合花（Lily of the Valley）、天上的云（Little Cloud）和蛆虫（Worm），希望能够从它们那里得到某种启示。百合花安慰她说，"我是一株水草，我很渺小"，但是"上天每天造访我"。她感觉得到了上帝的关爱，沐浴着上帝的阳光，因此很满足。塞尔意识到，百合花把自己贡献给那些需要它的人和动物，它的芳香可以滋养羔羊，它的鲜花可以填饱它们的肚子，它的花叶将擦去它们嘴上的污泥，它有一个躯体去实现你的价值，而她自己就像一片云，很快就会消失。

天上的云降到了地面，告诉塞尔说，我的确和你一样无形无体，很快就会消失，"但是，美女，我告诉你，当我消失，我已经获得了十倍的生命、爱、宁静和神圣的欢乐"：滋润花朵，沐浴露珠，在天边为祈祷之人连接成彩云飞霞等等。塞尔意识到，这正是她不满足的地方，"没有用处，我这个漂亮的女人白白活着，/ 或者活着仅仅是为了死后成为蛆虫的食物？"

蛆虫从泥土里显身，但是它不会说话，只会哭泣。这时它的母亲泥土（Clod of Clay）出现，一边安慰着蛆虫，一边对塞尔说道，我们虽然卑微，但是上天给了我一个王冠（花冠），给了我牛奶和黄油。"但这是为什么，美女，我不知道，也不可能知道"。塞尔很羡慕这种卑微的生活，请求进入尘世一试究竟。

这时尘世的大门已经打开，塞尔进入了泥土，看到了肉身世界的秘密。死者躺在墓穴中，心脏的根深深地扎在泥土中。"这是一片悲伤和眼泪的大地，看不到任何笑容。"她在这片土地游荡，听着那里的悲鸣，最终来到了她自己将要埋葬的地方，听到了无解的矛盾，感到了可怕的前景。在惊愕之中，塞尔退缩回来，迅速逃回到快乐的哈尔山谷。

诺斯罗普·弗莱（Northrop Frye）认为，"《塞尔之书》呈现了从天真状态向经验状态过渡的失败"（*Fearful Symemtry*, 1947, 238）。布莱克认为，人的心智发展就是从"天真"到"经验"。这类似于《圣经》所说的"堕落"，即亚当和夏娃从天堂堕落到人间。然而"经验"，无论对布莱克还是对基督教来说，都不是终点，而是一个过渡。心智发展的最终目标是更高层次的"天真"，布莱克称之为"更高的天真"或"有序的天真"。从这个意义上讲，塞尔的退缩是一种胆怯，一种不敢直面人生的痛苦和挑战的懦弱。对于布莱克来说，只有经过了人生的考验，在一种有意识的追求的引导下，重新找回"天真"，才是人的心智发展的最高境界。《塞尔之书》在批评灵魂的胆怯的同时，也是对勇敢面对人生的态度的褒扬。

《阿尔比昂女儿们的梦幻》（Visions of the Daughters of Albion）

诗歌讲述了一个爱恨情仇的故事，三个人物演绎了类似于我们今天常常看到的三角恋。场景设在阿尔比昂和美洲之间，阿尔比昂的女儿们相当于故事的见证人，或者古希腊戏剧中的合唱队。故事的大意是：美洲的乌苏恩（Oosoon）爱上阿尔比昂的特奥托门（Theotormon），但她在去与特奥托门会合的路上，遭到布罗缅（Bromion）强奸。特奥托门怀疑他们是通奸，因此把他们双双囚禁在山洞里，他自己在洞门外苦恼流泪。诗歌就是他们三人之间的对话，乌苏恩企图安慰特奥托门，竭力让他相信她虽已失身，但仍然是纯洁的。特奥托门虽极端苦恼，但无法表达，心里有一种无法疏解的压抑。布罗缅极力表达他的占有欲，将乌苏恩视为妓女，以为他的行为正名。

首先，乌苏恩呼唤老鹰撕裂她的胸膛，以解特奥托门心头之气。然后，她呼唤特奥托门振作起来，她说黑夜已经变成白昼，为什么他还是那么阴郁？为什么他不说出心头的苦恼？她竭力说明她自己的纯洁，就像被虫子咬了一口的美妙果实，像羔羊沾染上炊烟的黑点，虽然它们外表有污染，但是可以洗刷。它们都是纯洁的。

特奥托门仍然不能摆脱苦恼、不满和绝望。"旧时的欢乐在何处？古典的爱在何处？"他仍然走不出狭隘的思绪，不能完全放开自我。他祈求"思绪"，祈求它回来之时，给他带来"安慰，带来露水、蜜糖和香膏，或者就是毒药，从沙漠，从嫉妒者的眼睛中带来"。

布罗缅也似乎有许多的哀怨，他说，"你知道树会结果，但是你是否知道树结果都是为了满足欲望？"他说除了贫穷的悲哀，还有别的悲哀吗？除了富有的欢乐还有别的欢乐吗？世界上只有一个法则，主宰着万物，对于狮子和牛都一样。也就是这个法则将人们束缚来世俗的世界。

第二天来临，乌苏恩的悲伤呼唤再次回响。她抱怨造物主没有按照自己的形状造人，才产生了各种不同的类别："一种欢乐如何能够吸纳另一种欢乐？难道不同的欢乐不都是神圣、永恒和无限的吗？每一种欢乐不都是爱吗？"贫穷和富有、人和牲畜、地主和农夫、牧师和士兵等等，他们各有不相同的经验，可能不能理解各自的欢乐，但是最终欢乐只有一种。

乌苏恩是一个充满了青春活力的人，完全没有意识到任何限制，但是法则让她限制在她讨厌的命运之中。"难道她必须拖着生活的镣铐，在欲望中挣扎？难道冰凉的致命的思绪必须污染她永恒的春天和晴朗的天空吗？"世界万物都有它们的天性，鲸鱼与飞鸟、蜘蛛与苍鹰都不同，但是它们都有天性，无法改变。

乌苏恩从婴儿时期开始，追溯一个人的发展，直到她的思想被束缚。人在婴儿时期是天真、无畏、开放的，"充满了欲望"。但是"是谁教会她谦逊？"婴儿的懵懂到成人的清醒，难道就意味着那些"秘密欢乐"的消散？少女时期的她将"秘密的欢乐"视为罪恶，"给它打上妓女的烙印"。乌苏恩说，"难道我的特奥托门追求的是这样的虚伪吗？如果这样，那么乌苏恩真的就是妓女"。

但是乌苏恩说，情况不是这样。她是一个充满了纯真幻想的少女，对欢乐和美感开放。如果在晨曦中有欢乐，她就与晨曦嬉戏，如果晚霞有欢乐，她就与晚霞做伴。少女怀春，获得巨大欢乐，少男压抑，闭门独处，难道这就是宗教？难道那些追求不能给你愉悦，你逃避它们？

乌苏恩对"嫉妒"做出了猛烈的批判，"嫉妒之父，诅咒你从这个世界消失！"她认为正是这"可诅咒的东西"使特奥托门郁郁寡欢、闷闷不乐。嫉妒是"自私的爱"，是"爬行的骷髅"随时监视着他的"婚床"。真正的爱应该"像山上的风一样自由"。乌苏恩愿意看到特奥托门完全释放，即使与其他女孩欢愉，她也不会嫉妒。

因此，乌苏恩呼吁特奥托门振作起来，嫉妒之人就像"冷酷的守财奴"，阳光不会照耀他的门廊。她呼吁世间万物振作起来,"拥抱永恒的欢乐","歌唱你们婴儿似的欢乐","起来吧,畅饮你们的欢愉,因为世间一切都神圣!"但是直到最后,特奥托门也没有能走出阴影。阿尔比昂的女儿们见证了乌苏恩的苦恼,"回应着她的叹息"。

诗歌看上去是反对一切禁锢、倡导人性解放和个性自由的虚构作品,但其实它还有历史和政治层面的意义。我们已经看到,在诗歌中,乌苏恩与布罗缅的关系就是奴隶与奴隶主的关系。她就是"美国的平原"(your American plains),就是美国的"南和北"(your South & North),他的"烙印"(signet)深深地打在她和她的儿女身上。他想对她做什么就对她做什么。

据厄德曼(David V. Erdman)考证,在诗歌创作的年代,英国的国会对是否废除奴隶制进行了激烈的辩论。奴隶制的辩护者们认为,黑奴需要暴力治理,他们崇拜恐怖,崇拜暴力。如果没有暴力,就没有秩序。这与诗歌中的布罗缅的说辞如出一辙。而奴隶制的反对者们则认为,人人应该平等,实现平等是实现秩序的先决条件。但是这种平等思想在当时被攻击为雅各宾主义,或者与暴力革命联系在一起,在英国社会得不到认可和支持。因此,为了与这种倾向撇清干系,奴隶制的反对者们只好仅仅反对黑奴贸易,而不反对在美国实行奴隶制。从这种意义上讲,诗歌中的特奥托门就是英国的废奴运动的进步人士,他对美国黑奴具有深深的同情,但是又不敢完全反对奴隶制。(*Blake: Prophet Against Empire*, 1977)

布莱克曾经为一个英国殖民军官斯特德曼(J. G. Stedman)所写的书籍《远赴苏里南镇压黑奴叛乱记》(*A Narrative of a Five Years' Expedition, Against the Revolted Negroes of Surinam*)做了多幅插图。这位英国军人在参与镇压黑奴叛乱的过程中良心发现,对黑奴产生了巨大同情,甚至娶了一位黑奴(Joanna)为妻。他看到黑奴所遭受的苦难,不能出面拯救,内心充满了煎熬。他想施救,但是又无能为力,这种复杂心理在布莱克做的插画中得到了充分的反映。从某种意义上讲,这位军人的心态与废奴运动的进步人士是一样的,同时与诗歌中特奥托门的心态也是一样的。

威廉·华兹华斯诗选

以下作品主要来自华兹华斯的几个重要诗集:《抒情歌谣集》(1798,1800),《诗集》(1807)和《序曲》(1850),同时也有几篇诗歌选自他后期的其他诗集。《抒情歌谣集》主要写乡村故事,有的写人物如西蒙、马修、露西、迈克尔等,有的写地方如丁登寺、鹿跳泉、山中石凳、山楂树等。在英国诗歌传统中,歌谣就是民间故事的载体,其中还常常含超自然成分,或者有迷信成分,如鬼魂、因果报应等等。华兹华斯的抒情歌谣描写的人物常常是乡下穷人,他们的境遇常常反映出湖区或者英国乡村正在发生的一些变化,以及这些社会变迁给个人带来的后果。

《诗集》中最著名的诗歌有《决心与独立》《永生颂》《水仙花》和《孤独的割麦女》,以及伦敦十四行诗。《永生颂》应该说是诗人这个阶段写下的最重要的诗歌,在常人看来是宏伟、深邃、感人的诗篇,但是该诗已经表达了一种灵感枯竭的感觉。有人说,华兹华斯在1797-1807的十年中写下了他最伟大的诗篇,这是他的事业的"伟大时期",有一定道理。如果我们意识到《序曲》在1805年已经完成,他的"伟大的十年"涵盖了这个史诗巨作,那么我们就明白这里边的道理,因为我们所读的华兹华斯经典,大概也就包括这些。

《序曲》之所以叫这个题目，是因为华兹华斯有一个宏大的创作计划，这篇7800多行的鸿篇巨制仅仅是他的宏大计划的一个部分，或者一个序曲。作为序曲，该诗主要写他的早期生活和思想，包括他的政治思想和艺术思想，特别是他在法国大革命时期的经历和看法，但是这些政治上的热情和幻灭，同时也是他艺术思想的一个部分，是他关于"想象力"的思想的补充，因此整个作品的副标题是"心灵的成长"。我们的选篇来自诗歌的第一部分，也是全诗的开篇，诗人在经历了法国大革命和漂泊的生活以后，再次回到他的故乡湖区，企图创作一首史诗。这时他的童年记忆回到了他的脑海，他决定以自己的人生为题，撰写一篇想象力失而复得的诗篇。

《猎手西蒙》（Simon Lee: The Old Huntsman）

该诗讲述了一个人衰老无助的故事。西蒙曾经是卡迪根最好的猎手，他身材高大，健壮敏捷，无人能够匹敌。没有人比他跑得快，没有人吹号能比他吹得响。然而，时过境迁，当前的西蒙已经不是过去那位充满活力的小伙，他身体萎缩了，力气消失了，脚踝肿痛，眼睛几乎失明，不但不能够打猎，连种地都力不从心。诗歌凸显了过去与现在的差异，今昔对比，现在的西蒙已经是日薄西山，进入了风烛残年，不禁让人感叹。

同时发生改变的还有环境，西蒙和他的主人曾经居住的爱福尔庄园（Ivor Hall）。那里曾经灯火通明，人声鼎沸，然而现在已经人去楼空，荒凉冷清。人的衰老和庄园的荒废相互映衬，取得了相得益彰的效果。正如约翰·丹比（John Danby）指出，"诗歌所描绘的世界图景是所有生物都受制于衰败"（*The Simple Wordsworth*, 1960）。

在诗歌结尾,诗人帮助无助的西蒙砍断了一株树的树根,西蒙对他感激涕零。诗人感叹道:"我常听说不善之举,或者善举得到冰冷的回报。啊,他的感激反而让我悲伤。"诗人"悲伤"的原因很是让人深思,应该说他的"悲伤"不是因为西蒙的感激有多么稀罕,而是因为这个感激让诗人看到年轻的西蒙已经不复存在,那个生龙活虎的青年现在已经年老体衰,让他感到悲伤。

《我们是七个》(We Are Seven)

该诗讲述了一个关于"天真"的故事。华兹华斯说,该诗"1798年春创作于阿尔福克斯顿(Alfoxden)……诗歌的主人公是我1793年在古德里奇城堡附近碰到的一个小女孩"。这个八岁的女孩有兄弟姐妹七人,其中两人已经去世,但她执意认为他们总共有七人。两个去世的就埋葬在她家门前的墓地里,她经常去那里陪伴他们,像他们生前一样与他们玩耍。对于她来说,他们似乎仍然活着,仍然是家庭成员。诗人感叹道,"单纯的小孩,轻快地呼吸着生命,四肢充满了活力,她如何懂得死亡?"

诗歌凸显了成人与儿童对死亡理解的差异。成人将死亡理解为生命的终结,人间与天堂的隔离。而儿童没有这样的空间概念,对于他们来说,两个世界不是对立的,而是相通的。诗歌并没有嘲笑女孩的"无知",而是暗示她对死亡的理解,在某种意义上讲,比成人更得要领,更接近真理。正如保罗·希兹(Paul D. Sheats)所说,诗歌暴露的是成人"自己心灵的局限。他自己成为了批评的对象和讽刺的靶子,诗歌邀请读者超越他的局限"(*The Making of Wordsworth's Poetry*, 1973)。

诗歌内容虽然简洁而平实,但其中反映了华兹华斯思想的两个重要方面:儿童崇拜和自然崇拜。小女孩久居乡村,与大自然融合，是华兹华斯所追求的一种生活状态。她对死亡的理解凸显了对生命的直觉式理解，是一种对理性秩序的超越。生命在生理意义上的终结，并不意味着灵魂的死亡，因此她的"天真"胜过诗人的"经验"，代表了一种来自大自然的朴素智慧。

《劝与答》（Expostulation and Reply）

华兹华斯曾经说，该诗起源于一次与朋友的谈话，"这位朋友有一点过于沉迷现代道德哲学著作"。这位朋友就是他曾经就读的学校的教师马修，华兹华斯写过一系列关于他的诗歌，总称为"马修组诗"。该诗可以分为两个部分，以对话方式依次呈现两个人关于感性和知性关系的不同观点。

第一部（1-4节）中，马修（Matthew）敦促威廉（William）看书学习，不要坐在石头上做白日梦，在无所事事中消耗时光。他说大地母亲（Mother Earth）生下了他，不是让他无所事事，而是让他有所追求。他劝威廉认真读书，从书籍中获得启蒙，因为书籍充满了智慧，有古人的灵魂，我们可以与他们神交。

第二部分（5-8节）是威廉对马修的回应，他说虽然我独自坐在石头上，但并不是无所事事。眼睛观察，耳朵聆听，不管你愿意不愿意，它们都在进行。我们只要保持一种"明智的无为"（wise passiveness）状态，自然就会对我们传递信息，自然的力量会在我们的心中留下印记，心灵可以自动接受自然的馈赠。

《转折》（The Tables Turned）

该诗与上一首对应，构成一个硬币的两个方面，形成一组组诗。该诗的内容是对马修的观点的进一步回应，对天然智慧的进一步阐释。它首先指出死读书的害处，即书本知识枯燥乏味，读书艰苦费力，使人愁眉苦脸，弯腰驼背。因此它规劝人们抛弃书本，走进自然，因为大自然让人精神焕发，使心灵豁然开朗，它给我们健康，给我们好心情。

它对天然智慧的阐释甚至有些夸张，说自然是导师，也是牧师，教人天然智慧和自然虔诚。"森林的一个律动给我们的启示，胜过圣贤给我们的道德说教。"这是对自然的馈赠的一种夸大其词的说法，很难完全让人信服，但是在这个上下文中，我们可以理解诗人的观点，理解他主要的思想倾向。

他的思想倾向是希望纠正理性的过度主宰，重新调整感性与理性的扭曲的关系。对于诗人来说，理性知识是对美好事物的扭曲，就像美丽的彩虹，在理性的显微镜下，变成了一条条干瘪的光谱，因此诗中说"分析就意味着谋杀"（We murder to dissect）。也正如诗人在别处所说，理性"用一个僵死的宇宙，替换了这个充满生命和光辉的宇宙，这个实在、神圣、真实地运行着的宇宙"。诗歌从整体上说反映了华氏"回归自然"的思想。

《丁登寺》（Tintern Abbey）

该诗写诗人与自然的关系，也写诗人的自然观所经历的一个发展和变迁的历史。诗歌记录了诗人与妹妹多萝西游览葳河河谷和丁登寺的经历，它由丁登寺的风景开始，逐渐进入对往事的回忆，对人与自然关系的沉思，最后又回到当前的风景而作结，形成了一个亚伯拉姆斯（M. H. Abrams）所说的"更伟大浪漫抒情诗"的三段式结构（*From Sensibility to Romanticism*, ed. Fredrick Hills and Harold Bloom, 1965）。

第一部分（第1–57行）描写丁登寺旁的田园风光，以及自然对诗人人生的影响。诗人重游葳河河谷，那里的一切，包括泉水、悬崖、榕树、森林、果园、农舍，都展示出一片宁静、绿色的田园景象。在闹市之中，这一切曾经给了他快乐的回忆，平复了他心灵的创伤，有一种疗伤作用，产生过神秘的效果。他认为，自然让人更具有同情之心，更有宽大胸怀，甚至使人天眼洞开，顿悟人生。

第二部分（第58-110行）主要通过过去和现在的对比，描写诗人的自然观所发生的变化，即从幼稚到成熟的发展过程。青年时代的诗人对自然的认识很简单，他就像一头小鹿，仅仅感觉到身体的欢乐，而没有精神的食粮。他对自然的爱只是一种生理需要（appetite），"像一个因恐惧而逃离的人，而不是一个追求所爱事物的人"。而现在一切都改变了，没有了年轻时那种"痛苦的快乐""眩晕的狂喜"，取而代之的是更有思想的沉思。他在自然中听到了"人生的悲曲"，感觉到一种高尚的"存在"，一种动力，一种精神，在宇宙万物中运行不息，推动着一种思维的主体和思维的对象。自然成为他的灵魂导师，全部精神生活的灵动。

第三部分（第111-159行）又回到了现实，诗人在妹妹多萝西身上看到了自己过去的影子。他展望未来，相信在自己身上发生的一切，也会在妹妹身上重现。他认为"自然不会背叛热爱她的心灵"，她使人高尚，使人超越日常的事务，不至于在这些琐碎的生活中沉沦。对妹妹来说，在将来某个时候，她不会忘记他们曾经像自然的崇拜者一样来到这里参拜，肩并肩站在这风景美丽的河边。那"心醉神迷的狂喜"逐渐转化为"清明恬静的欢愉"。

《丁登寺》一诗有一个有趣的现象，那就是诗中并没有丁登寺。该诗的题目很长，包含非常具体的时间和地点，有一种凸显历史背景的倾向，但是人们往往将它理解为一首普遍意义的诗歌，似乎历史背景无关紧要。马杰里·莱文森（Marjorie Levinson）认为，我们今天看到的这首关于人与自然关系、关于心灵成长、具有普遍意义的诗歌，实则是通过凸显某些细节压制另一些细节的结果。她的解读凸显了宗教改革和工业革命给英国乡村带来的毁灭性变化，以及它们对华兹华斯所向往的那种"有机社会"的冲击。通过凸显前工业化时代的有机社会，华兹华斯实际上唱出来一曲具有纪念意义的悲歌，同时也希望通过诗歌永远留住那个时代，使它永存。（*Wordsworth's Great Period Poems*, 1986）

"露茜组诗"（Lucy Poems）

以下五首诗歌合称为"露茜组诗"（Lucy Poems），它们讲述了诗人与露茜的故事，形成了一组纪念露茜的悼亡诗。虽然这些故事似乎讲述了诗人对露茜的爱情，但是在诗人生活中没有露茜这个人，很难确认露茜就是诗人感情的依托。正如约纳森·华兹华斯（Jonathan Wordsworth）指出，"是什么让华兹华斯想到写下这些优美而悲伤的爱情诗，我们不得而知，但是答案也许不是爱情……从某种意义上讲，华兹华斯自己就是他哀悼的对象"。也就是说，他哀叹的是"个人的丧失"，或一个已经丧失的自我，而不是一个逝去的恋人。（*Proceedings of the British Academy*, LV, 1969）

《我曾经有奇异的情感波澜》（Strange Fits of Passion Have I Known）

该诗没有直接描写露茜，而是描述了诗人在去探望露茜的路上所发生的奇特经历。诗人骑马朝山顶爬去，目标是露茜的农舍。他越往上走，月亮就离他越近。当他到达山顶，月亮突然消失了，似乎从露茜的农舍后面坠落下去。"啊，上帝"，他惊叫道，"难道露茜已经死了？"诗歌表达了一种不良预感，这种即将失去露茜的恐惧产生于一种特殊视觉效果。一直在视野中的月亮突然被农舍挡住，以至于使诗人产生了错觉，似乎月亮坠落。

《她住在人迹罕至的地方》（She Dwelt Among the Untrodden Ways）

该诗分两个部分：第1-8行描写露茜不为人知的生存状态，第9-12行描写"她"对"我"的重要性。诗人首先将露茜比喻为野花，虽然生长在深山，其美丽没人知晓、没人欣赏，但也没有受到文明的污染。这朵美丽的鲜花开在荒郊野外，开在乱石丛中，是生是死，似乎也无人在乎。但是第二部分暗示，世界上唯一在乎露茜的人就是诗人自己，对于他来说，露茜的死就是一个巨大的打击。"她已经葬在墓中，啊，这对我是多大的差异！"诗歌通过对比凸显了诗人对露茜死亡的悲伤，凸显了他对露茜的爱和思念。

《她生长了三年》（Three Years She Grew）

该诗通过大地的独白，暗示露茜的死亡是事先的安排：即露茜被大地掠走，成了大地的新娘。在大地的独白中，死亡被描写为露茜的婚姻和新生活，在这个新生活中，大地像一个传统的丈夫，代表了法律、威严、力量和灵感，而露茜也得到她所想要的一切。"浮云"将向她致敬，"杨柳"将向她弯腰，"星星"将与她亲近，"河流"将为她跳舞，她将在大自然中欢乐幸福地生活，成长为亭亭玉立、身材匀称的姑娘。

大地的独白很像英国传统的爱情诗，大地扮演的角色就是传统爱情诗中的恋人。他滔滔不绝地发表他的爱情演说，宣称他将为露茜提供舒适的生活，希望露茜能够接受他的爱。就在大地发表这篇求爱演说之后，露茜就去世了，只给诗人留下了"这片荒野，这片寂静；/ 以及过去的一切 / 和来年不再的记忆"。

诗人的心情应该是非常复杂的，一方面作为露茜的追求者，他对大地的捷足先登充满了嫉妒；另一方面，他对露茜的良好归宿感到一种安慰。实际上，诗人已经将他的自我投射到了大地的身上,他何尝不希望自己能够成为露茜的爱人和夫君?然而,如果按照约纳森·华兹华斯的理解,露茜就是华兹华斯本人,那么露茜与大自然的"婚姻"正是诗人自己的向往。

《沉睡锁住了我的灵魂》(A Slumber Did My Spirit Seal)

该诗对比过去和现在,写出了诗人对露茜死亡的深切感受。诗歌第一、二段形成了一个思想认识上的对照。过去,他认为露茜的美丽和生命不被时间和空间制约,因此他毫无"人间的恐惧",沉浸在一种睡意朦胧的幸福之中。现在,露茜已经没有了生命,没有了活力,她仅仅随着大地旋转于太空之中,与岩石和树林没有两样。诗人意识到,露茜也是人,也会死亡。与所有人一样,她的生命也受到时空的制约。该诗与传统的悼亡诗有类似之处,作为"露茜组诗"的最后一首,该诗表达了传统悼亡诗结尾常常书写的安慰和希望。传统悼亡诗的对象一般最终进入天堂,获得永生。而露茜最后融入了大自然,与岩石和树林一样,获得某种意义上的永存。

《我曾经在异域滞留》(I Traveled among Unknown Men)

该诗表面上写游子思乡之情,实则写游子对恋人的思念。它的思维逻辑在于,思恋祖国是因为那里有恋人。诗歌第一部分暗示,不离开家乡,就不知思乡之情。只有在异域游历过的人,才能体会什么是爱国。华兹华斯青年时期长期滞留法国,在那里恋爱生子,后来由于法国大革命和英法开战,他未能再次回到法国,这一段经历也许就是他在诗中所说的"忧郁的梦"(melancholy dream)。然而,诗歌后半部分(9–14行)笔锋一转,我们才明白诗人爱国,是因为那是露茜曾经生活的国度。她曾经欣赏过的山山水水,曾经玩耍过的树林，曾经纺纱织布的地方对于诗人来说，都是那么弥足珍贵。诗歌将爱国与爱人巧妙结合起来，不能说是爱屋及乌，也可以说是爱国与爱情合二为一。

《两个四月早晨》（Two April Mornings）

该诗写父亲对女儿的思念，同时也写诗人对老师的思念。全诗以故事的形式写成，而故事的核心就是"两个四月早晨"的相似性。乡村教师马修与诗人在山里漫游时，看到太阳升起，却并没有热血沸腾，而是情绪低沉。诗人不解，便问"一天刚刚升起，太阳如此美丽，是什么事让你发出如此感慨？"马修停下脚步，注视着东边的山顶说，"那片云彩，带着紫色缺口的云彩，让我想起30年前的一个早晨"。在马修的记忆中，那天与今天完全相同，天上的云彩的颜色都一样。那天他上山钓鱼，顺便去教堂看望他女儿的墓。女儿生前非常可爱，歌声悠扬，胜似夜莺，但9岁时去世。随着时光流逝，他越发思念她。此时，他一转身，看见一个女孩走过。她头顶着篮子，步伐轻盈，如山间清泉，如浪花一朵，在海上舞蹈。马修感到，这个女孩就像是自己的女儿复活，重新回到人间。时光荏苒，如今马修自己也已经作古，诗人似乎看见马修手捧鲜花，像从前一样矗立在墓前。

该诗是"马修组诗"中的一首，据杰弗里·哈特曼（Geoffrey Hartman）考证，这些诗歌以纪念为主题，主要书写"高尚死者与高尚生者之间的连续性"，往往被放置于某个与马修有关的地点，如教室、他喜欢的树、纪念他的石碑等等。在该诗中，生与死的连接主要通过联想和幻视来完成：马修在幻视中看到女儿，诗人在幻视中看见马修，从而克服了先前"做作而幼稚的方式"，将"纪念物"放到了诗人的心中。（*From Sensibility to Romanticism*, ed. Fredrick Hills and Harold Bloom, 1965）

《采坚果》（Nutting）

该诗描写了一次发生在乡村的平常经历，然而就是这样一次简单的采坚果行动，让诗人记忆深刻，给他震撼，使他无法释怀。他首先发现了一处静谧的树林，人迹罕至，花朵盛开，树木葱郁，溪水潺潺，一幅原生态的景象。他在那里度过了快乐的一瞬间，然后在没有任何理由的情况下，他动手将树枝折断，一根又一根，直到这片树林被完全毁坏。

"采坚果"是乡村生活中的一种常见的行为，是生存的一部分。从某种意义上讲，人类的生存，无论与自然多么和谐，都是对自然的一种索取和破坏。林地被开垦、水土被污染、动物被猎杀等等，都是为了人的生存。文明与自然似乎有一种必然的对立。除非人类不存在，自然无法获得完全的保护。"采坚果"被描写成了一种暴力，一种罪行。这说明，诗人认为生存的理由是有一定限度的，生存不能以破坏自然作为代价。

值得注意的是，华兹华斯一直在使用性的术语描写这次暴行。树林在一个"幽深僻静的角落"，是一片"未经碰触的景色"。榛树"悬着诱人的榛果团簇"，似乎在召唤着我的感官。在那里逗留片刻，我"心里涨满快乐"。端坐花间，并和花朵嬉戏，"获得意外的，超过一切想象的幸福"。我把脸贴在块石上，听到低语和沙沙的声音，我的心"在喜悦也来凑趣的恬美的情绪里"，获得"满足和快乐"。性意象的使用使"采坚果"的暴行变成了一种"蹂躏"，一次强暴。

至少从17世纪以后，人们就日益将自然视为开垦和征服的对象。人们相信，理性可以穿透一切奥秘，科学应该将人类智慧的帝国延伸到"自然"，去揭示自然的未知领域。正是因为如此，在西方的科学话语中，自然像一个女人：她是神秘的和未知的，撩动着科学家的好奇心，她的秘密等待着科学去探索。培根在《新工具》中将科学探索描写为"穿透自然的子宫"。伊拉斯姆斯·达尔文（Erasmus Darwin）在《植物园》中将自然描写为"大地母亲"，科学技术的精神"刺穿你[自然]的泉眼，打开你的水井"，去获取知识和奥秘。这种性暗示十足的话语都指向同一个事实：即"男性统治女性与人类统治自然在逻辑上的同一性"。对自然的占有和对女性的占有之间存在着重要的关联。

最重要的是，诗人从痛苦的教训中深切地领悟到大自然的灵性。他告诫他人："怀着柔情在树阴里走，用轻柔的手碰触——树林有灵魂。"华兹华斯在这里所表达的是一种古老的、与科学相抵触的自然观，这种自然观曾经在童话、古老的传说和民俗中存在，然而现代科学的到来，使这样的自然观几乎消失殆尽。正如马克斯·韦伯（Max Weber）所说，现代性就是一个持续的"世界的祛魅"过程（disenchantment），现代以来形成的机械性、物质性的世界观认为一切自然现象都可以通过数学原理来计量、通过物理原理来解释，毫无生命可言。华兹华斯的"树林有灵魂"可以说复兴了古老的、将自然视为有感情的生灵的自然观。

《决心与独立》（Resolution and Independence）

该诗写诗人与一位衰老的劳动者的邂逅，以及这次邂逅所给他带来的力量和心理震撼。诗歌整体的构架是，从描写诗人低落的情绪开始，到描写老人的决心和独立，以及由此给诗人带来的心灵的启迪，最后描写他如何从低落情绪中走出，从而驱散了心理的阴霾。诗歌与其说是写一个孤独的老者，不如说是写诗人自己的精神危机。

第一部分（第1-7段）写诗人与妹妹多萝西在湖区游览，他们欣赏着雨过天晴后的阳光，百鸟的歌唱，流水的欢歌，野兔的追逐，青草上的露珠，然而就是在这个欢乐时刻，一种低落的情绪向华兹华斯的心头袭来。虽然他竭力逃离都市、远离人群、远离烦恼，但仍然无法驱逐孤独、痛苦、贫穷可能有一天会降落自己身上的预感，就像它们曾经降落到查特顿（Thomas Chatterton）和彭斯（Robert Burns）身上那样。在19世纪的社会心理中，"诗人"常常是被社会遗忘的、在贫困潦倒中死去的青年才俊。

据华兹华斯本人说，诗歌所描写的乐极生悲、大起大落的情绪发生于1802年4月7日他翻越厄尔斯湖附近的巴顿山的过程中。阿尔伯特·杰拉德（Albert Gerad）认为，华氏低落的情绪主要来自他的个人生活。仅仅在两周之前，他收到了初恋法国女友阿奈特的来信，因此决定去法国与阿奈特做一个了断，也许涉及承担女儿的抚养等经济问题。他此次去约克郡正是要向未婚妻玛丽·哈钦森解释此事，因此心情相当复杂。（*Wordsworth: The 1807 Poems*, ed. Alun Jones, 1990）

第二部分（第8-20段）写诗人和多萝西在荒野中碰到的一位老人，这是一位靠捕捉蚂蟥为生的劳动者。人生的磨难都写在他的身上：他拄着拐杖，身体弯曲，耳聪目障，他风餐露宿，日夜劳作，仅仅为了赚取一个光明磊落的人生。虽然老人声音孱弱，但字句铿锵，语重心长，像苏格兰的高僧大德。诗人听了老人的话语，看到老人的劳作，心里感到非常惭愧。老人年迈体衰，仍然在为了生计而劳作。他没有抱怨，没有悲伤，只有坚持和坚忍，体现了题目中所写的"决心和独立"。在华兹华斯的眼里，老人就像是上天派来教诲他的使者，对他的伤感多有责备。他给予的启示驱散了诗人先前的"孤独、痛苦、贫穷"的预感，同时也给予他人生的力量。

阿尔伯特·杰拉德（Albert Gerard）认为，华兹华斯的诗歌依赖于童年的幻视，但是成人的必然结果就是与自然的分离，失去童年的幻视。成人就必须承担生活的责任，虽然这意味着失去幻视的代价。因此,该诗的主题是"成长":接受幻视的消逝,承担生活的责任,即"华兹华斯的成人礼"。(*Wordsworth: The 1807 Poems*, ed. Alun Jones, 1990)华兹华斯从老人身上所得到的启示其实就是接受生活的安排,以及随之而来的欢乐和痛苦。最后,诗歌将老人幻化为一个神话,一个原型意义上的"流浪者"和"着魔的、永恒的漫游者",云游四方,给世人带去教诲和力量。

《我心飞扬》(My Heart Leaps Up)

该诗描述了诗人与自然之间形成的"天然虔诚"(natural piety)。该诗在其他版本中被命名为《彩虹》,其主要命题是天上的彩虹使得"我心飞扬"。与华兹华斯的其他诗作一样,该诗对自然充满了崇敬,他称之为"天然虔诚",并且把这一点看得比生命都重要。他希望过去如此,现在如此,将来也是如此。如果不能这样,他宁愿死去。

"儿童是成人之父"的命题让许多人困惑,华氏的意思大致是:童年对自然的爱最真切、最强烈,它延续一生,不会磨灭。因成人继承了儿童的"天然虔诚",所以"儿童是成人之父"。儿童在华氏的诗歌中具有特别重要的意义,它已经不是现实世界的儿童,而是一个被浪漫化、理想化的概念。人们会赞同童年的天真纯洁,但是如果像华氏所说,儿童是"先知""哲人""预言家"或"成人之父",那么这就有夸大之嫌。因此,儿童是华兹华斯建构起来的一个崇拜对象,目的是表达他的"天然虔诚"。

《作于威斯敏斯特桥上》(Composed upon Westminster Bridge)

诗歌描写一个阳光明媚的清晨的伦敦景象。这个美景深深地感染了诗人,以至于他认为,如果有人见到如此美景而无动于衷的话，那么他的灵魂一定是迟钝的。他俯瞰整座城市，晨曦像一件漂亮的衣裳，穿在这座城市的身上。船只、高塔、圆顶、剧院、教堂构成了一道风景线，在明媚的阳光下闪闪发光。华兹华斯不仅强调了这幅风景中的"光"，而且强调了它的"静"。远处的山脉、山谷和岩石浸润着太阳的光辉，泰晤士河缓缓无声地流淌。整座城市都似乎沉浸在睡梦中，伦敦的巨大心脏似乎都停止了跳动。

19世纪的读者曾经指出诗歌中存在的矛盾，它一会儿说城市"光秃秃"（bare），一会儿说城市"穿上了衣裳"（like a garment, wear）。华兹华斯解释说，"光秃秃是因为没有烟或雾，穿上衣服是指披上了霞光"。20世纪的读者在诗中发现了更多的矛盾，哈维（**G. M. Harvey**）指出，"太阳"和"城市"的拥抱是诗歌中的核心意象，暗示了一种激情，一种"爱"的狂喜，然而，诗歌最后却说"心脏似乎都停止了跳动"（*Ariel*, E 6, 3 [1975]）。但是，哈维的"新批评"并不认为这是问题，因为诗歌中有两条线，一条是逻辑，另一条是意象。逻辑上，诗歌对城市进行理想化；意象上，诗歌探讨感知的迟钝，从而对理想化进行匡正。诗歌的结构中有一种诗人并未意识到的反讽。

《这是一个美好的夜晚》（It Is a Beauteous Evening）

该诗极力为读者描绘出一个夕阳西沉的美景，以表达诗人对自然的崇拜之情。诗歌前一部分（第1-8行）描写了美好夜晚的宁静和自由：太阳静静地西沉，落到了地平线下，和蔼的天空俯临着大海，而大海像一个苏醒的巨神，发出了雷鸣般永恒的吼声。值得注意的是，傍晚的宁静被比喻为修女虔诚和狂喜（breathless adoration）的祈祷。诗人对自然的爱与修女对上帝的爱，在某种意义上形成了类比，从而展示了诗人对自然所拥有的类似宗教的虔诚。

诗歌后一部分（第9-14行）描写诗人的女儿卡洛琳（Caroline）的天真无邪，以及她与自然之间所形成的某种天然的连接。虽然她站在诗人身边，但这位女孩没有意识到诗人的"严肃思考"。尽管如此，诗人相信，她与自然的天然联系是存在的。如果自然崇拜是一个宗教的话，她应该是这个宗教最虔诚的信徒，神与她在一起。

《伦敦1802》（London 1802）

该诗是对1802年的英国社会的评论和批判，把它描写为"一潭死水"，毫无生气。诗歌前6行主要写英国的现状，它表面充满了活力，政治、宗教、艺术、财富等等，似乎都在正常运转，但是人们失去了天然的自由和幸福感。诗歌后8行是一个呼吁，它呼吁17世纪的伟大英国诗人弥尔顿回到1802年的英国，来看看他曾经生活和战斗的地方，感叹它现在已经成了这个可悲的模样！同时，他呼吁弥尔顿把他的纯粹的精神带回到当今的英格兰，来改变这个现状：给我们美德、自由、力量！

《尘世给我们太多拖累》（The World Is Too Much with Us）

诗歌描写诗人对大海美景的欣赏，以及世俗生活给心灵造成的麻木。在第一部分，诗人认为，我们的生活已经被"得与失"所污染，我们的头脑已经被收与支、赚与赔所占领。商业活动，在充满铜臭的气氛中，已经迟钝了人们的灵魂，因此，人们在自然中看不到任何美。他们看不见大海正在向月亮敞开胸怀，看不见风云正在海上聚集，像一片片沉睡的花朵。这些美景不能让我们感动，因为我们早已经与它们脱节。在第二部分，诗人说他宁愿回到古代，回到前商业时代，成为一个异教徒，以恢复对自然的感受力，恢复对自然的想象力。像古希腊人一样，在大海中能够看到变幻无常的海神普洛提厄斯（Proteus），能够看到吹着螺号的海神特莱顿（Triton）。

哈维（G. M. Harvey）指出，诗歌的语义逻辑暗示诗人希望回溯到古代的泛神论，以重建人与自然的连接。"诗歌开头的几行所表达的怀旧情绪，以及诗人愿意与读者一同承担商业化的罪过，而不是居高临下地说教，赢得了读者对诗人立场的赞许。"诗歌的意象结构对这个语义逻辑进行某种意义上的修正，但是最后还是与其合二为一。"古代社会直觉地抓住了人与自然的出神入化的结合所带来的快乐，并能够将它融入到宗教经验之中。"（*Ariel*, E 6,3 [1975]）这是华兹华斯所极力想恢复的古代智慧。

《致杜桑·卢维杜尔》（To Toussaint L'Ouverture）

该诗悼念的对象杜桑·卢维杜尔（1743-1803）是海地的黑人革命领袖。他所领导的抵抗殖民统治的海地起义遭到拿破仑的军队镇压，而后他被押送到法国监禁，死后葬于法国。在诗中，华兹华斯（第1-5行）认为他是世界上最不幸的人，他也许被葬在哪个田埂边，听着农夫犁地的声音；也许躺在哪个深渊，可能是深不可测的地牢。但是诗人（第6-14行）呼吁他不要悲伤，要振作起来；要活下去，不要死亡，因为他有许多支持他的力量：大地，天空，风暴都不会忘记他，他的朋友还包括欢乐与痛苦、爱与不可战胜的心灵。通过这首悼亡诗，华氏表达了对海地民族独立运动的支持。

该诗选自华氏的《献给民族独立自由的诗》，诗集抨击了拿破仑对欧洲诸国的入侵与征服。它哀叹威尼斯共和国的灭亡，有感于瑞士人和蒂罗尔人的屈服，歌颂抗击拿破仑的"西班牙的游击队员"，歌颂"奴役的废除"和"道义的不朽铁肩"。

《1802年9月1日》（September 1, 1802）

该诗描写1802年诗人和他的妹妹多萝西去法国处理一些私人事务，在回国途中看到的情景。诗歌中的"同路人"是他们在横渡英吉利海峡的渡轮上碰到的一个黑人女性。诗歌前9行主要描写这个黑人女性的穿着和表情，她穿着艳丽，但却沉默不语，似乎受到了责备。她显得压抑和温顺，一脸的忧郁。诗歌后5行告诉我们，她是被法国拿破仑政府驱逐的黑人，同千千万万个生活在那个国家的黑人一样，无法再在那个国家生活。

《永生颂》（Ode：Intimations of Immortality）

该诗写感受力的衰退，以及这种衰退的原因。所谓的感受力就是指我们感知世界的能力，它在童年时期似乎最敏感、最强烈，在那时世界显得光辉灿烂、美妙动人。然而，随着年龄的增长，这种感受力会下降，甚至会丧失，同样的世界可能失去光泽，似乎被蒙上了一层浮灰，显得灰暗。华兹华斯所描写的是我们每个人都可能会有的经历，在我们的记忆中，朝霞曾经是那样艳丽，饺子曾经是那样美味，然而现在那种感觉已经没有了。这就是为什么序诗说，"儿童是成人的父亲"。

第一部分（第1–4段）以诗性的语言描写感受力衰退的现象。该部分曾经是一首独立的诗歌，后来华兹华斯感到意犹未尽，因此才加上了后面的思考。它首先可以被视为一首悲歌或者哀歌，它哀悼的是我们曾经拥有但现在已经失去的东西。"曾经有一个时候，大地的千形万态、绿野、丛林、滔滔的流水，在我看来，仿佛是天国的明辉，赫赫的荣光，梦境的新姿异彩。可是如今，光景已不似当年。"诗歌充满了忧伤，哀叹着一个灿烂世界的消逝，"大地的荣光"已经不复存在。

诗歌这一部分的口气中充满了悲哀、不解和无奈，其悲伤的根源可能与诗人自身的诗学困惑有关，而不是对人生衰落的普遍哀叹。华兹华斯的诗歌源泉主要来自童年，在《永生颂》创作之时，他已经步入中年，因此很可能感到他诗歌的源泉正在干涸。诗歌不断地提问，"到哪里去了，那些幻异的光影？／如今在哪儿，往日荣光如梦境"（杨德豫译）。

第二部分（第5-9段）借鉴新柏拉图主义思想来解释感受力衰退的原因。新柏拉图主义认为，灵魂来自上帝，带着天堂的荣耀和光辉来到人间，然而在人间成长的过程中，那荣耀和光辉会逐渐消失。因此人生就是一个衰落的过程，人生如监牢把我们逐渐围困。为了说明这个道理，诗歌运用了莎士比亚的"人生是舞台"的比喻，一一呈现了人的一生将要扮演的各种角色。童年、青年和成年的成长过程就是一个遗忘的过程，天堂在我们的记忆中越来越模糊，离我们越来越远。童年好比清晨的太阳，霞光烂漫；进入白天之后，金色的阳光变成了灰色的白昼，失去了它原有的灿烂。

如果我们把这一段视为诗人对人生的认识，那么这个人生观显得非常悲观。人生不是成长，而是衰落。人生是"沉睡""遗忘""监狱"等等，这些观点都可能给人一种低沉消极的印象。令诗人困惑的是，那个在童年曾经"哲人"的人，那个"伟大的先知"，"为什么会迫不及待地吁请'年岁'，早早把命定的重负加在自己身上"？（杨德豫译）如果诗歌以这样的语气结束，那么它给我们的教益就会大打折扣。

第三部分（第10-11段）描写诗人从衰退中寻找力量，从人生中重拾希望的过程。诗人认为，虽然人生就是衰退，但是天堂的余辉和遥远的记忆犹存。虽然我们离天堂更远，虽然我们的感觉更迟钝，但是岁月给了我们更多的智慧。诗歌开头的那种低落和悲观情绪逐渐被驱散，逐渐被一种积极和乐观的情绪所取代。"尽管那一度辉煌耀眼的明辉，已经永远从我的视野里消退，尽管什么都无法挽回，鲜花往日的荣光，绿草昔年的明媚，但我们将不会悲伤"。诗歌最终并没有陷入悲观和消极的境地，而是在一种积极的欢歌中重新站立起来。诗歌呼吁大自然重新欢乐起来：百鸟歌唱，羔羊跳跃，尽享五月的春光！

《我独自漫步像一朵云》（**I Wandered Lonely as a Cloud**）

诗歌描写自然的美景，以及这个美景日后对诗人的心灵所产生的积极影响。诗歌描写了一次真实的出游经历。据多萝西·华兹华斯（Dorothy Wordsworth）1802年4月15日的日记记载，华兹华斯在那次出游中的确在尤斯米尔（Eusemere）的一个湖畔看到了一大片黄水仙："沿着岸边生长着长长的一片，大约有乡间公路那么宽……它们跳跃、旋转、舞蹈，像随着湖面的风欢笑，看上去如此快乐。"

诗歌第一部分（第1-18行）展示了那片水仙所形成的壮观景象，它们一望无际，延绵不断，在风中摇曳，像是在翩翩起舞。诗歌用了两个形象的比喻来描述它们：星星点点，像天上的银河；上下起伏，像湖中的浪花，但其欢乐超过了浪花的欢乐。大卫·伯金斯（David Perkins）认为，风在该诗中，甚至在华兹华斯的整体创作中都有着特别的象征意义。它就像上帝的气息，将生命吹进了人间的万物，给它们活力，给它们欢乐（*Wordsworth and Poetry of Sincerity*, 1964）。

诗歌第二部分（第19-24行）将这幅美景变成了多年之后的记忆，在都市的繁杂事务中，它给诗人的心灵带来了巨大而积极的影响：在他忧郁时给他愉悦，在他烦闷之时给他欢乐。回忆起来的美景，使他的心像水仙花一样翩翩起舞。柯尔律治认为，这最后的回忆是一个败笔，"一个精神上的装腔作势……思想与实际情况完全不符。"然而，柯氏的批评可能有失偏颇。该诗从整体上体现了华兹华斯在《抒情歌谣集》（1802）的序言中所描述的诗歌创作原则："在平静中回忆起来的强烈感情的自然流露"。

《孤独的割麦女》（The Solitary Reaper）

该诗描写一个在原野里独自割麦和唱歌的苏格兰女孩。华兹华斯1803年游历苏格兰后，曾经写下了一系列诗歌，包括《致高地少女》和《向西行》。虽然该诗（作于1807）描写苏格兰的景象，但是内容并非华兹华斯亲眼所见，而是受到了一本书中的内容启发。

诗歌的结构大致可以描述为描写、思考、描写。第一段对这位苏格兰姑娘的劳作和歌声进行了描写，在苏格兰的旷野中，其歌声打破了旷野的寂静，响彻了整个山丘，给诗人留下了深刻的印象。第二和第三段运用了两个比喻来描写姑娘的歌声，1）将其比喻成阿拉伯沙漠中的夜莺，使疲惫的旅行者振作起来；2）将其比喻为遥远的赫布里迪斯群岛（Hebrides）上的布谷鸟，打破了大海的沉寂。作为外乡人，华兹华斯不能理解歌曲的内容，他猜测涉及历史上的战争，或者当代的某种烦恼。虽然他不知道歌曲是什么内容，但是歌声同样使他振作和兴奋。最后一段又回到了苏格兰的现实。诗人因歌声的魔力而驻足，久久不能离去。那歌声是如此动人、如此悦耳，以至于当他逐渐远去，已经翻山越岭，那悠扬的歌声仍然在他的耳旁回荡，挥之不去，有着余音绕梁的效果。

从政治历史角度来看，该诗可能还涉及英格兰和苏格兰的关系，以及对诸多历史和文化议题的思考，包括两种语言（英语和盖尔语）、古代和当今、东方和西方的关系。在诗歌中，孤独的割麦女用盖尔语歌唱，歌声"忧郁"

(melancholy strain),可能涉及"不幸的往事或古老战争"。诗人应该注意到,苏格兰与英格兰在历史上发生过多次战争,造成了流血和死亡的悲剧。在1707年两地最终合并后,英格兰还在苏格兰进行了人口上的"高地清洗"(Highland Clearances)和语言上的统一管理,使苏格兰人和盖尔语完全边缘化,形成了某种"内部殖民"。正如王苹所说,一方面,"《孤独的割麦女》反映了英语和盖尔语复杂的压迫和反抗的关系",另一方面,"华兹华斯与苏格兰少女的关系,对位着[萨义德《东方主义》中记载的]福楼拜与埃及妓女的关系"。在这个"看与被看;说与被说"的知识框架中,诗人不自觉地产生某种优越感,而诗人由于与英格兰有千丝万缕的联系,"实质上成为帝国权威的象征"。(《外国文学评论》2011年第三期)

《我凝望,久久凝望》(I Watch, and Have Long Watched)

该诗描绘夕阳西下的美景,以及这个美景在他心中激起的联想。诗歌第一部分(第1-9行)描写夕阳缓缓西下的详细过程,当这位"永恒的君王"(immortal Sire)下降至地平线时,他仿佛"脱下华服",其烈焰逐渐消减为一团微暗的篝火,他仿佛温顺地返还了他的流光溢彩,然后默默地消失在远方。

诗歌第二部分(第9-14行)将人类的命运与夕阳西下进行对比,写出了人类命运的悲剧。太阳落山,第二天还照样升起。然而人类的健康、力量、荣耀一旦扫地,再无法升起。通过对比,人们充分感觉到人类的渺小和自然规律的不可抗拒。

《不必歌咏爱情,战争》(Not Love, Not War)

该诗是一首"以诗论诗"的诗歌,它的主题是诗学,提出的问题是:什么是适合诗歌的题材?诗歌第一部分(第1-4

行)写传统给人们留下的偏见。过去的诗歌多写爱情或战争,因此人们一般认为诗歌应该书写爱情的大起大落,或者历史的沧桑巨变等宏大场面。

但是(第5-12行)诗人认为缪斯同样会青睐宁静和谐的场景,如炊烟从林中的农舍升起,或者清澈见底的小河蜿蜒流淌。也就是说,缪斯也"赞许明智知足,志趣恬淡;也赞许寂寞勤苦,沉郁安详"(杨德豫译)。诗歌最后(第13-14行)总结说,这些安宁祥和的素材同样能够感动人心,同样能够给人教益:"柔和的乐曲魅力乃绵长,羞涩的花朵气味最芬芳"(杨德豫译)。

《无常》(Mutability)

该诗写事物从兴盛到衰落的发展过程。所有事物都有从低到高和从高到低的发展周期,这是一个自然规律。诗人以音乐、白雪、建筑作为例子来说明这个道理。它说,音乐不可能永远保持高调而不起伏。生活就是一个可怕的乐章,如果你心灵纯洁,你将听到它的音符。真理不会灭亡,但它的外表会灭亡,就像覆盖山顶和原野的白雪很快就会融化一样。昔日高耸入云的塔现已颓败,塔顶长出了青草。它已经岌岌可危,无力承受一声喊叫。时间的轻轻触碰都将使它瞬间倾倒。

诗歌书写的是西方文艺复兴以来诗人最喜欢的主题之一。斯宾塞、莎士比亚、锡德尼、马洛等都写过时间的无情和生命的易逝。莎士比亚将死亡比喻为时间的镰刀,它随时会割断青草一样的生命。除了哀叹世事无常,生命易逝,诗人们常常把永恒作为一种追求,斯宾塞和莎士比亚都曾经提出诗歌使人永恒的思想,并以此作为求爱的理由,以换取爱人的芳心。华兹华斯的《无常》承袭了这个传统,将"无常"主题作了进一步发挥,将生活的起伏、变化莫测以诗性语言作了充分的展示。

《致海顿》(To B. R. Haydon)

该诗中的画家杰明·罗伯特·海顿（1786-1846）是华兹华斯的友人。他终生贫困潦倒，因债务缠身而入狱，最后自杀。他的画作《拿破仑在圣海伦娜岛》反映了拿破仑在滑铁卢战役（1815）大败之后，被流放到南大西洋的圣海伦岛的情景。

诗歌第一部分（第1-6行）赞扬海顿画作的线条与色彩，诗人认为他也许没有资格评论海顿的绘画技巧，但是他绝对欣赏其中的"思想"，认为其充满了诗情画意。诗歌第二部分（第7-14行）聚焦于画中的拿破仑，他独自站在那座岛上的山顶，身后是空旷的天空、平静的大海。他双臂交叉于胸前，身体半转过去，脸上映着落日的余晖。

诗歌与其说是赞扬画家和他的画作，倒不如说是评论画作的对象。诗歌将拿破仑的命运比喻为他身后的落日，说"无罪"的落日第二天还会照样升起，而拿破仑却不会。通过对比，诗歌暗示了这位曾经"奴役全世界"的君王的"有罪"，从而以一种诗意的方式对他的罪行进行了谴责。

《蒸汽船，水引渠和铁路》(Steamboats, Viaducts and Railways)

该诗通过描写诗人对当时的科技成果的态度，写出了诗人的科学观。文学与科学代表了截然不同的思维方式，两者传统上处于对立的地位。然而这首诗中，华兹华斯对科学技术表现出了一种浓厚的兴趣，一种罕见的乐观。他认为，虽然有人可能认为它们损害了大自然的美，但我们不能误判蒸汽船、引水渠和铁路所代表的"移动和手段"。当心灵能够预见未来的变化、想象世界的前景时，它才会真正意识到科技的价值。

作为一个诗人，华兹华斯能够这样看待科技进步，实属难得。他认为自然终将拥抱人类智慧的成果，尽管审美将抵制科技的人工特征。时间将对科技战胜空间的成就感到欣慰，将从科技的手中接过希望的桂冠，露出崇高和乐观的笑容。

《如此美丽、如此甜蜜、如此敏感》（So Fair, So Sweet, Withal So Sensitive）

该诗可以分为三个部分，分别写花朵、空想、回归现实，表达了一种与世无争的谦卑。1）诗歌开始写雏菊及类似的小花，说它们美丽、甜美，但也很卑微，没有自我意识。诗人多么希望这些星星一样的花朵能够知道自己有多美丽，多可爱！2）但是，如果我们想象一朵雏菊，有了一个疯狂的想法，那就是上升到太阳的高度，甚至成为一个太阳，看到万物在它沐浴下茁壮生长，在它的帮助下，它们建立了相互依存的关系；看到它自己如何掌控了白天与黑夜的交替；看到它的月亮妹妹出来时，其光线是如何透过云层映入人类的眼帘。那时它会是什么感觉？它肯定会想做太阳，而不想做雏菊。3）在第三部分，诗人告诫读者，这些都是狂想，是不应该做的事。他给所有人提出了这样的忠告：无论你的眼睛看到大地、海洋还是天空，你都应该以纯粹的同情心与自然交流，抛弃那些虚高与不合法的欲望，热爱和歌颂你已经得到的东西，无论它是大还是小。可以说，诗歌是对蒲伯的《论人》（*Essay on Man*）一诗的回应，它从宗教角度说明，世界上的一切差异都是上帝的安排，无论伟大还是渺小，强壮还是柔弱，聪明还是愚钝，我们都应该谦卑地接受。

《序曲》·第一卷（The Prelude, Book the First）

"寻找家园"（第1–131行）描写华兹华斯从繁华都市重回故乡的快乐心情，以及他寻找栖居之地的漫长过程。在英国北部的坎伯兰的湖区,他呼吸着新鲜的空气,感到生活的一切重负都已经卸下,长时间的休闲和安逸就在眼前。大地就在他面前,白云就是他的向导,他可以随意挑选这里的任何地方安家。清风吹在他的身上,他感到内心也有一股清风正在酝酿,或者说自然的风在他的内心激起了一阵思想的风,这思想的风不断聚集,正在形成一个风暴。它将打破思想的沉寂,打破灵感枯竭的坚冰,带来一种思想活跃、文思如泉涌的希望。对着空旷的原野,他感到自己是一个被选中的人,来承担历史的重任。"诗歌旋律,为一个重生的灵魂穿上了法袍,它被特意选中来从事神圣的事业。"他在树下坐下,观看着四周的秋色,享受着山川的宁静。他所选择的那个山谷、那间农舍就在视野远处。他想象着那间农舍,不由得爱意油然而生,想象着他将在这里完成一项神圣的工作,不由得心情激动。他就像一个朝圣者,沿着山路,迎着夕阳,迈向那间农舍。一路上,他产生了许多想法(Visitations),同时又不想让这些理想和抱负来打扰眼前的宁静。路途是愉快的,经过三天的跋涉,他最终来到了他的隐居处。他在这里宁静地生活,暗自庆幸那久违的安逸,但是一种严肃的思考很快又回到了心中,迫使他重新振作起来,去追求一种果敢的目标。一种更高的希望,无论是创造新知,还是抢救过往,像海市蜃楼的想象,漂浮在眼前,给心灵增加了重压。晨光给人一种期待,然而晨光总是变成白昼,不能把那种期待转变成现实。他想要的那个主题一直没有出现,这个障碍每天都会重复出现。

"寻找主题"(第132-270行)描写诗人的宏伟蓝图,以及追寻他的鸿篇巨制的主题的艰难过程。诗歌用了几个比喻来描写他现在的心情:诗人像恋人,都有不安的日子。创作的心灵像鸽子,在孵化小鸟时最舒适,然而它的正常生活不会如此安逸，它总有一种内心阵痛使它在林中来回飞翔。诗人现在的心境与此类似，他正在为他的杰作主题而焦虑。他不缺少天赋，也不缺少灵魂，更不缺少外在的素材，但没有一样能够被确定下来，成为他的最终选择。他考虑过弥尔顿（Milton）没有写过的英国浪漫主题，某种骑士传奇、田园爱情、妖魔鬼怪、战争对决、长矛盾牌、短兵相接，或者为降妖伏魔、匡扶正义，而跋山涉水、苦苦追寻，歌颂勇猛者的耐心、真诚者的无瑕等等。他考虑过撰写罗马时期历史人物米特拉达梯六世（Mithridates）和奥丁（Odin），他们被罗马帝国打败后，逃到了欧洲的北部，盼望着有一天能够打回老家，报仇雪恨。他也考虑过撰写罗马将军塞多留（Sertorius），他盘踞在西班牙与罗马帝国对抗，他被暗杀后，其追随者逃到了"幸福岛"，在那里建立了乌托邦，繁衍生息，直到15世纪。他也考虑过撰写法国人多米尼克·德·古尔日（Dominique de Gourges），他于1568年来到美国佛罗里达，兴兵报复在那里的西班牙人对法国人的屠杀。他也考虑过撰写瑞典人古斯塔夫一世（Gustavus Vasa），他曾经号召达勒卡利亚（Dalecarlia）地区的农民与他一起，拿起武器反对丹麦的统治，解放自己的国家。他也考虑过撰写苏格兰民族英雄华莱士（Wallace），让他的名字像野花一样，开遍他的国家，让他的事迹像幽灵一样出没于那里的山川河流，传递独立和自由的讯息。但是，所有这些主题似乎都太遥远，不如他更加熟悉的话题，更能与他的激情和思想对接。最后，他的希望集中到一首哲理之诗，吟唱日常生活的真实，一首用内心深处的沉思，用奥尔普斯的旋律写下的不朽之诗，但是他很快也从这样的想法退却下来，他应该等到年龄更成熟之时再去成此大业。在这样的犹豫和徘徊中，他承受着时光的煎熬，他既不能放下他的雄心，又无法继续前行。这种煎熬给他造成了不尽的痛苦,仿佛这就是他的宿命:他要么发现主题有缺陷,要么感到自己力不从心,因此他在进退两难中,在无精打采中消耗着时光。

"童年记忆(一)"(第271-478行)描写华兹华斯童年时在大自然中玩耍的几个故事,它们分别发生在春、夏、秋、冬四个季节,每一个故事讲完之后,诗人会发表一段感想。正当华兹华斯为寻找巨作的主题而困惑时,他的童年记忆涌上了他的心头。这些记忆,就像他熟悉的德温特河(Derwent)的河水一样,源源不断地涌来。河水起源于山涧清泉,流经浅滩和渡口。潺潺流水夹杂着保姆的童谣和催眠曲,流经他的家门,成为他的玩伴。他曾经在河水中游泳,然后又到山林中嬉戏,就像一个出生在美洲平原上赤身裸体的野蛮人,狂奔乱突。大自然给予华兹华斯的教育不仅仅是美育,而且还在于教会了他敬畏:"我的成长受到了美和恐惧的培养。"这不仅仅发生在他的出生地,而且也发生在他家后来迁居的那个美丽的山谷。春、夏、秋、冬的故事分别向读者展示了自然如何与童年的诗人建立了原初的情感联系。

"捕鸟、掏鸟窝"的故事(第301-356行)发生在秋季和春季。他背着捕鸟用的索套,踏上山鹬飞翔的山岗,从一个站点到下一个站点,他焦急地巡查,看是否有鸟飞入索套。月亮和星星在头顶照耀,四周一片宁静,他是宁静的唯一破坏者。有时,他也将别人捕的鸟放入自己的囊中,每当这种事情发生,他似乎都会听到后边有人追赶,气喘吁吁,紧追不舍。春天到来,山谷更加暖和,树木更加葱郁,他会攀爬上悬崖,去掏鸟蛋,感觉像强盗一样。当他在悬挂乌鸦的窝上,靠着草丛作为支撑或用手抠紧着悬崖裂缝,似乎他悬在空中的身体是被劲风托起,他得到了一种异样的感觉。风声诉说着多么奇怪的话语!天已经不像是人间的天,云在天上急驰,其速度多么惊人!这些恐怖、痛苦、后悔、不安、乏力的感觉现在都成为他成长过程的一部分,构成了他现在的平静人生的一部分。因此他感谢大自然使用了各种不同的手段,有温柔的,也有严厉的,使他顺利地成长。这些不同的手段就像不同音符构成的和谐,存在一种无法理解的整体方案,将各种不同的,甚至是矛盾的事物汇聚在一起,形成了一个整体。

"偷船"的故事(第357-424行)发生在夏季。一天傍晚,他发现一条小船停靠在一株柳树旁的洞穴中,他解开缆绳,将船划进了湖中。这是一种偷盗行为,也是一种不安的乐趣。划桨声在山谷中回响,船尾的波浪在月光下闪烁,拖出一条长长的光带。他注视前方山脊的起伏,那就是视野的边界和极限,其上是星星点点的天空。船像一只天鹅在水中滑翔,突然,从那山脊背后耸起一座山峰。它的可怕的形象随着船的前行,变得越加巨大,像一个活灵活现的巨人,迈着有节奏的步伐,在后面追赶。他发抖的双手赶紧调回船头,把它划回到先前那株柳树,将它放还到原处,朝着家的方向拼命地跑去。在那以后,这个超大非凡的形象很长时间占据着他的心灵,像黑暗、孤独和不可知的生命形式,白天给他不安,晚间给他噩梦。诗人感叹宇宙的智慧和精神,"你是灵魂,是超越时间、万世永存的思想",给予了万物以灵气与活力,在他的人生之初给予他的灵魂所需的激情,用崇高的事物、永恒的客体净化他的感情和思维,通过净化,使痛苦和恐惧都变得神圣,使他意识到在心脏的跳动中有一种宏伟壮丽的含义。自然的无限善意促成了他与自然的灵交,每当他身处自然之中,无论是忧郁的峰峦,还是雾霭滚滚的山谷,这种灵交就会发生。

"滑冰"的故事(第425-477行)发生在冬季,当太阳落山，家家户户的窗上都亮起了灯光，而诗人却不愿理会灯光的召唤，而是继续在结冰的湖面玩耍，像脱缰的骏马不恋马厩。他和小伙伴们穿着冰刀，在冰面上相互追逐，模仿着森林和原野上的狩猎：响亮的号角，铃铛摇摆的猎犬，被追逐的野兔等等。他们飞驰着穿过黑暗，喧闹声响彻山巅。而诗人常常离开这喧闹的一群，独自到湖边安静的角落徜徉，或看着一颗孤星在冰面上闪烁，他们飞驰的冰刀，一闪而过，划破了星光在冰面的倒影。在急驰中，两岸的树木在黑暗中飞驰而过，他有时突然停下，而那些山峰和悬崖仍然在飞驰，像地球在绕着轨道不停旋转一样。他会矗立原地，看着飞驰的影子，"绵延的峭壁在我身后排出了庄严的队列，延伸而去"，直到所有的物体都停止下来，像是梦幻。诗人感叹大自然的精灵，在天上和地下显现，是山川和空寂之地的灵魂，在多年中萦绕着诗人幼小的心灵，在山峰、树林、岩洞，在所有物体上，打上了危险或欲望的印记，使地球表面像大海一样充满了胜利和快乐、希望和恐惧。"当你们行使着如此圣职（ministry），你们对我寄托的怎么可能是平凡庸俗的希望？"（丁宏为译）

"童年记忆（二）"（第478-611行）继续描写童年的经历，但不是以故事形式，而是以总体记忆形式关注几个重要的童年活动：钓鱼、放风筝、玩纸牌，下三连棋。他说"钓鱼"是愚蠢期待的象征，它以某种魅力诱导人们沿着不见星光的岩石和水塘，来到弯弯溪水形成的瀑布。在午后的阳光中，"纸糊的风筝"从山顶飞入云端，诗人像控制烈马一样，拉紧了风筝的线。在有风的日子，诗人从草坪上放飞风筝，看着它迎风飞翔，又突然被风暴抛弃，一头栽到地面。户外的活动固然有趣，室内的活动同样有趣。那座简陋的山间农舍，虽然朴素，但却给人以舒适和快乐。在温暖的炉火旁，开展过各种室内娱乐活动。他们在光滑的石板上画出方格和十字，然后头碰头、肩换肩，在这样的棋盘鏖战，出谋划策、绞尽脑汁。在杉木、樱桃木或丹枫木的桌上，他们用纸牌上演了一场场卢牌或惠斯顿之战。这些战役与现实的战争不同，在战后士兵不会被抛弃，一脚踢开，而是要重复使用，直至身经百战。纸牌的高下之分也不是一成不变，有些"贫民"牌也被用来代表君王与权贵。黑、红、梅、方全都一样，K，Q，A虽代表国王、王后和大臣，但它们不分高低贵贱。游戏使他们完全忘记了外面的大雨，或霜冰，或者被囚禁的风暴极力挣脱束缚所发出的怒吼。

华兹华斯感叹自然的神奇！大自然在他童年的心中装满了"崇高"和"秀丽"的自然景色，以及其他更加微妙的欢乐和喜悦。在其中，诗人常常体验到神圣而纯洁的感官活动，一种思想的魅力。它们培养了他最初的情愫，使童年的生命与外在的事物紧密联结在一起，使生命与快乐紧密联结在一起。在他最初十年的岁月里，变幻无穷的大地将一年四季的多彩景色镌刻在他的心间，使他能够与创世一样古老的美景进行无声的交流，享用那秀色可餐的有机快乐。威斯特莫（Westmore）的沙滩，坎布里亚（Cumbria）的小溪和湖滨，它们应该记得在傍晚时分，在大海脱下了晚霞的阴影、将月亮升起的喜讯送至远山歇息的牧羊人时，他站在水边，看着那一泓粼光闪闪的水，像蜜蜂采蜜一样，从中吸取着新鲜的快乐。

这些朴素的乐趣一年四季都伴随着诗人童年的成长，这些令人目眩的喜悦曾经像风暴一样激情荡漾，但很快就冷却、被忘怀。即使如此，记忆的灵光仍然时时闪现，大地时时对他诉说记忆犹新的东西。偶然的事件，或偶然的景色，在当初没有任何特别之处，在记忆中沉睡多年，直到多年后才被记起,充盈着心灵,使人振作。即使这些朴素的乐趣荡然无存,那些激起这些乐趣的景色都会长期留存在大脑中,时时出现在他眼前:那么明亮!那么美丽!那么庄严!虽然它们已经远去,但却仍然那么亲切!它们变幻莫测的轮廓和色彩被无形的链条联结到诗人的内心情感。

"**尾声**"(第611—645行)又回到了第一章的开头,似乎要给选题的困惑提供一个最后的答案。全诗像是一个滔滔不绝的演讲,讲述诗人返回家乡,决心创作一部名垂千古的诗作,在选题上举棋不定。诗人的听众就是他的挚友柯尔律治(honored Friend),在这个尾声中,他告诉柯尔律治他并非沉迷于陈年岁月的记忆,长篇大论讲述一个乏味的故事,而是确实希望从早先的岁月中提取一些振奋心灵的思绪,以驱逐内心的犹豫和动摇。那些童年往事对于他来说具有幻景般的魅力,让他回到了生命的源头,让最遥远的记忆在太阳的照耀下,显出可见的形状。他达到了这样一个目的,即心灵被唤起,路就在面前,如果灵感不把他抛弃,他决心朝前走下去。他相信他的努力将得到他这位尊贵的朋友的赏识。

塞缪尔·泰勒·柯尔律治诗选

以下选读作品可以分为两个组:第一组可以称为"神秘诗"(Mystery Poems)或"魔鬼诗歌",包括《古水手吟》《克里斯特贝尔》和《忽必烈汗》;第二组可以称为"对话诗"(Conversation Poems)或者"友谊诗歌",包括《风弦琴》《椴树荫处是我牢房》《子夜冰霜》和《忧郁颂》。

"**魔鬼诗歌**"之得名,是因为其中的诗歌都与鬼魂、精灵或者超自然的神秘力量有关。《克里斯特贝尔》写一个纯洁的女孩被鬼魂附身的故事;《古水手吟》写一个水手因杀死一只信天翁而遭到报应的故事;《忽必烈汗》写诗人在梦中所看到的一个仙境似的宫殿和花园。它们不是现实生活的写照,而是想象力的结果。几个故事虽是独立的故事,但合起来可能形成一个整体。批评家威尔逊·奈特(G. Wilson Knight)将几首诗歌视为"地狱""炼狱"和"天堂"的组合。第一首中的哥特式的恐怖气氛和整体上的吸血鬼情节使它成为"地狱"的化身;第二首中由罪恶带来的报应和苦难,以及赎罪的焦虑和挥之不去的心痛,形成了一个灵魂备受煎熬的"炼狱",可以说是一个基督教意义上的"灵魂的黑夜";第三首中由梦幻产生的伊甸园式的宫殿和花园,以及众多的令人陶醉的感官细节,让人自然地联想起"天堂"。几首诗合起来构成了类似于但丁的《神曲》的结构,可以说是柯尔律治的一个微缩版《神曲》。(*English Romantic Poets*, ed. M. H. Abrams, 1975)

"友谊诗歌"主要写柯尔律治与妻子、朋友、恋人的感情和友谊,以及他在这个人生阶段的心态和思想所发生的变化。《风弦琴》写柯尔律治夫妇在自家的花园中听风铃的故事,展示了夫妻之间的恩爱和感情交融;《椴树荫处是我牢房》写朋友来访、游览山川美景的故事,展示了朋友之间的快乐交往和牢不可破的情谊;《子夜冰霜》写诗人在儿子熟睡时的思绪,展示了一个父亲对儿子未来的殷切期望;《失意吟》写诗人在一个风雨来临的不眠之夜的内心倾诉,反映了他生活发生变故之后所体验到的忧郁、沮丧和苦闷的心理状态。这些诗歌合起来也可能形成一个整体,可以被看作诗人这段人生的情感折射。1795年,柯尔律治与萨拉·弗里克(Sara Fricker)婚后居住在布里斯托市附近的克里夫顿(Clevedon),度过了一段快乐的时光。在那里他写下了他的第一首著名的诗歌《风弦琴》，也反映了他与妻子的和谐恩爱。1797年，夫妻二人搬到了萨默塞特郡的下斯托依（Nether Stowey），与华兹华斯等人邻近，得到了托马斯·普尔（Thomas Poole）的支持和关照。他的《椴树荫处是我牢房》就记录了华兹华斯、兰姆等友人来访的经历。在这期间，柯尔律治还为出生不久的儿子哈特利（Hartley）写下了《子夜冰霜》，对儿子的成长表达了殷切希望，体现了家庭的和谐和幸福，同时也反映了他自己在此时的诗才横溢。然而1799年他访问德国回来，这一切逐渐发生了改变。他与妻子的关系几乎崩溃，他开始使用鸦片以缓解病痛，同时他感到诗歌的灵感几近枯竭。到1802年，这些问题似乎变得更加严重。夫妻矛盾，移情别恋，病痛和鸦片使他陷入了人生最低谷。正是在这样的情况下，诗人创作了《忧郁颂》。正如乔治·哈珀（George McLean Harper）所说，这些诗歌都与"具体地点"和"具体事件"相联系，反映了"他的青年时代的黄金朋友圈"，柯尔律治的人生轨迹在这些诗歌中清晰可见。（*English Romantic Poets*, ed. M. H. Abrams, 1975）

《风弦琴》（The Eolian Harp）

该诗写风弦琴的美妙音乐，以及诗人对这种音乐的哲学思考。风弦琴是一种风铃，在18世纪的英国比较流行，一般安装在窗上，自然之风可以抚出它的美丽音乐。柯尔律治将自然比喻为一座巨大的风弦琴：心灵之风吹进自然，产生美妙的思想和美妙的诗歌。

诗歌第一部分（第1-2节）描写诗歌的场景，即诗人和妻子在萨默塞特郡的农家小院。两人坐在美如爱巢的家中，她依偎着他的肩膀。他们看着天上的星星和浮云，听着远方的海浪，四周一片寂静。这时，诗人听到了安装在窗户上的风弦琴的乐声。风抚着琴，就像诗人抚摸着爱人：她半推半就，拒绝却又向往。同样，那音乐也有着优美的起伏，像精灵飞出了仙境，展翅飞翔。那旋律像天堂的鸟，乘风而去，绵延不断。诗人感叹道，有一个"连接心灵内外的生命"（One Life within us and abroad），它是声中之光，光中之声，是一切思维之节奏，一切事物之快乐。它存在于一切事物之中，使我们不可能不爱一切事物。

诗歌第二部分（第3-4节）首先推出一个比喻，将风吹琴产生音乐，与大脑受到自然的启发而产生思想进行类比。诗人回忆在阳光明媚的日子，他常常躺在坡上，闭上双眼，感觉到太阳的光线像晶莹的宝石，在眼前闪耀。同时，无数的想法也从他的大脑中飘过，就像风在琴上抚出了音乐。由此诗人想到，也许整个自然就是一把琴，当心智的风吹进它的琴弦，它也会产生美妙的思想。

这时，妻子萨拉向他投来了严肃的目光，对他的这些奇思妙想进行了批评。这提醒他，这些泛神论的想法与基督教的教义不符，从而把他重新拉回到正道。诗人承认这些思想都是从虚幻哲学的泉眼中涌出来的泡沫，它们出现又消失，闪着光芒，但却是"顽固不化的心灵的臆想"（shapings of the unregenerate mind）。诗人对上帝充满了敬畏，他对上帝赞美都是发自内心深处的信仰，因为上帝使他重新拥有了宁静、家和爱人。

从结构上讲，该诗是乔治·哈珀（George Mclean Harper）所描述的典型的"对话诗"："诗歌以平静的场景描写开始，经过一段想象腾飞的畅想之后，心灵又回到了开头，这个令人愉悦的创作手法，我们可以称之为'回归'"。（*English Romantic Poets*, ed. M. H. Abrams, 1975）柯尔律治说，"这种诗歌应该像一条尾巴缠在脖子上的蛇"（Poems of this kind ought to be coiled with tails around its head）。

风弦琴在浪漫派诗歌中是"心灵"的象征,自然之风吹进心灵,产生一种哲思或灵感。这个比喻正好符合浪漫派诗人对自然的理解,自然对于他们来说是灵感的源泉。亚伯拉姆斯在《对应之风:一个浪漫派比喻》(The Correspondent Breeze: A Romantic Metaphor)一文中认为,"风弦琴已经成为浪漫派关于心灵的比喻,成为连接外部活动与内心情感之间的媒介……如果没有这个18世纪的玩具,那么浪漫派诗人将会缺乏关于心灵和想象力回应自然之风的思想模式,那么他们的许多典型的诗歌段落将无法想象"。(*English Romantic Poets*, ed. M. H. Abrams, 1975)

"连接心灵内外的生命"(One Life within us and abroad),有时也译为"太一"。批评界认为,这个概念是理解柯尔律治思想的关键,它相当于开启他的其他诗歌的钥匙。比如谢默斯·佩里(Seamus Perry)就认为,解读《古水手吟》的标准答案就是把它视为"一种'太一'寓言":杀死信天翁就是对"太一"的犯罪,因为世界上所有生命都合为"太一"。老水手经过了灵魂的炼狱和酷暑的考验,最终意识到所有生物存在于一个相互依存和博爱的太一之中,从而获得了救赎。(*Samuel Taylor Coleridge, Bloom's Modern Critical Views* [New Edition], ed. Harold Bloom, 2010)

《椴树荫处是我牢房》(**This Lime-tree Bower My Prison**)

该诗写诗人的自然观,以及想象力在认识自然过程中的作用。诗歌的场景是诗人和妻子萨拉(Sara Fricker)在萨默塞特郡的农舍。在诗歌的序中,他写道:"1797年7月,几位期待已久的朋友访问了寒舍。在他们到达的那天早晨,敝人出了一点小事,在他们访问期间都无法行走。一天傍晚,他们离开了几个小时,敝人就写下了诗歌"。诗人提到的"几个期待已久的朋友"是华兹华斯、其妹多萝西和查尔斯·兰姆；"一点小事"是指他的妻子不小心将烧开的牛奶洒到了他的脚上。那天傍晚，华兹华斯等人游览了附近的山岗和山谷，而柯尔律治由于脚伤而无法前往，只得坐在家附近的椴树下，感觉像被囚禁于监牢。

诗歌第一段想象华兹华斯等人爬上了山岗，然后在快乐中蜿蜒而行来到了山谷（roaring dell）。狭窄的山谷两岸树木葱郁，遮天蔽日。一颗光秃秃的白腊树弯下了树干，从一岸到另一岸，像架起一座桥梁，它的树叶在水流的轰鸣声中瑟瑟颤抖。两岸的水草，探向水流，似乎在点头。这是华兹华斯等人游览的第一个景点，也是柯尔律治可望不可及的景点，他感叹自己"失去了美和感觉，在一个人衰老和失明之时，这些美和感觉将成为甜美的记忆"。

诗歌第二段想象几位朋友从山顶俯瞰山下的原野和大海的景象。原野上教堂的尖顶鳞次栉比；大海上孤帆远影，点亮了两岛之间的天空。诗人想象，久居都市的查尔斯·兰姆应该是最渴望这些自然美景的人。夕阳西下，斜光照耀，点燃了紫色的野花。傍晚的云彩似乎燃烧得更加烂漫。森林和大海似乎都披上了金色晚霞。诗人想象，他们会站在那里极目远眺，沉浸在欢乐气氛之中，直到他们染上宇宙精灵（Almighty Spirit）的色彩。只有在宇宙精灵允许你感觉到他的身影时，你才会染上这样的色彩。

诗歌第三段写诗人在椴树荫下所见到的美景，这减轻了他不能外出游览的痛苦。夕阳西下，浓密的绿叶在金光中闪烁、嬉戏。胡桃木和常青藤，密密麻麻，层林尽染（richly ting'd, a deep radiance）。榆木脱掉了往常的阴郁，色彩在晚霞中变得更加轻快。虽然这里没有燕子叽喳，但有蝙蝠飞翔，有蜜蜂采花粉。因此诗人感叹道，"自然不会抛弃明智和纯洁的人"。自然不仅仅在山顶，自然也在你用心观察的任何地方。"没有地方太狭窄,以至于盛不下大自然;没有原野太空旷,以至于不会刺激感官,让心灵感受到爱和美"。塞翁失马,焉知非福!诗人想象查尔斯·兰姆在欣赏落日余晖时,最后一只回家的乌鸦飞过金色落日,或从他的头顶啼鸣而过,对他都会产生无穷的魅力,因为任何反映"生命"的声音都是旋律。(No sound is dissonant which tell of Life)。

批评家杰克·斯蒂林格(Jack Stillinger)认为,柯尔律治的"对话诗"是诗情画意的想象与平淡无奇的场景的完美结合。比如《椴树荫处是我牢房》有一个高大上的主题,即"从此我知道自然决不会抛弃明智与纯洁的人",然而它的故事却是一件平淡无奇的事情:一个人由于腿脚受伤而不能与朋友一起游览山川美景。因此,诗歌中有一个"向上"和"向下"的力的掣肘,上帝与美在自然中无处不在的高大上主题,与平淡无奇的因脚伤而不能出游的遗憾之间形成了一种有益的张力。从中我们可以看到浪漫派的优秀诗歌的特点:风格素朴、内容实在、想象具体,但又不失主题的高尚。(*Samuel Taylor Coleridge, Bloom's Modern Critical Views* [New Edition], ed. Harold Bloom, 2010)

《古水手吟》(The Rime of the Ancient Mariner)

该诗讲述一个老水手因射杀一只无辜的信天翁而终生受到良心谴责的故事。由于故事涉及自然中存在的诸多神秘生灵,或超自然力量,因此诗歌开头引用托马斯·伯奈特(Thomas Burnet)的《哲学考古学》(Archeologiae Philosophicae),以为这个故事辩护或正名。

"我相信,在这个宇宙中看不见的部分要比看得见的部分大得多。但是有谁为我们解释这些生灵的总体状况,他们的分类和相互关系,以及每一种的突出特征和作用?他们如何生存?生活在什么地方?人类一直在试图弄清这些,但是至今为止没有成功。同时我不否认，在心里想象出一个更宏大、更美好的世界是有益的，它可以避免心智因长期纠缠于日常的琐碎事务而变得狭隘，沉沦于细枝末节。但同时我们又必须留意真伪，保持一种平衡感，这样我们才能区分可以肯定的和仍然存疑的类别，就像区分白天和黑夜。"

诗歌共分七个部分，柯尔律治为它写了一个故事梗概，称诗歌讲述了"一条船驶向了赤道，但却被风暴吹向了南极附近的寒冷地带；古水手残忍地杀死了一只海鸟，违背了好客的自然法则；他受到了许多奇异的惩罚，但最终他以特别方式活了下来，回到了他的祖国"。七个部分的内容大致如下：

第一部分讲述老水手拦下了一个参加婚礼的人，强迫他倾听他讲述的故事。婚礼就要开始，乐队开始奏乐，新娘来到了大厅，因此这位客人非常着急，捶胸顿足，试图离开。但老水手用双眼施展魔法，迫使他坐下来，听他的故事。老水手说，他们的船在一片欢乐气氛中，离开了教堂和灯塔下面的港口。太阳东边出、西边落，直到他们来到了赤道。太阳在正午时直射头顶，这时一阵风暴将他们吹向南方。风暴强劲，不由分说，船像逃离鬼怪一样向南急驰，直到他们来到一个冰山浮漂的海面；这儿荒无人烟，一片死寂，只有冰山偶尔崩塌的可怕声响。这时一只信天翁从雾中出现，来到船上。水手们喂它食物，与它玩耍。信天翁一直跟随这条船，似乎带来一点吉祥的气息。船终于在艰难困苦中驶出了浮冰，驶向北方的家和祖国。但是不知为了什么，老水手突然掏出弓箭，射死了这只信天翁。

第二部分首先写其他船员对杀死信天翁的态度，然后写这个暴行所引起的可怕后果。老水手杀死了信天翁之后，心里有所不安，但船仍然在航行，风仍然没有停，其他水手都安慰他说，射杀大鸟，做得对，这给他们带来了好运。水手们的支持态度实际上把他们变成了这个暴行的参与者，他们与老水手同样有罪。这时风停了下来，船一动不动，茫茫大海，一片寂静，像绘画中的大海和绘画中的船（a painted ship upon a painted ocean）。四周到处都是水，但没有一滴能够饮用。白天烈日当头，夜晚波光粼粼，海水像女巫的油灯，燃起了绿色、蓝色和白色的火焰，像是一团团死火（death-fires）。船员们意识到，信天翁乃某位仙人的使者，老水手射杀这只鸟，是做了一件多么可怕的事情。因此，他们将大鸟挂在了老水手的脖子上。

第三部分写"死亡"和"生不如死"对老水手灵魂的争夺。正当水手们饱受煎熬之时，老水手在远处的地平线上看见一个小黑点，正在向他们靠近。虽然大家很激动，但喉咙都已经干枯，喊不出声来。老水手咬破了手臂，吸了一口血，喊道"一条船，一条船"。只见那条船映着西沉的太阳向他们驶来，没有木板，只有龙骨，像一条鬼船（skeleton boat）。船上的两个人，一个是"死亡"，另一个是"生不如死"，他们正在掷骰子，争夺老水手的灵魂。最终，"生不如死"赢得了老水手的灵魂，"死亡"赢得了其他人的灵魂。此时，天突然变黑，那条船也急驰而去。月亮显示出不祥的预兆，恐惧笼罩着整个大海。紧接着，船员一个接一个地倒地而亡，200个水手的200双眼，充满了对老水手的诅咒。他们的灵魂离开他们的躯体，从老水手眼前嗖嗖飞过。

第四部分写老水手在大海上独自经受的"生不如死"的苦难，以及他的"救赎"的开始。在布满同伴尸体的船上，老水手独自活了下来。他不敢看大海，那里空无人烟；他不敢看甲板，那里全是死人；他仰望天空，却不能祈祷。船员的尸首既没有腐烂，也没有发臭，只是那诅咒的眼神也没有消散。婴儿的诅咒都可以把人从天堂拽进地狱，何况是这些人的诅咒,它们比那更加可怕!整整七天七夜,老水手在这样的恐惧中度过。月亮升上天空,白光照耀着大海,海面泛出磷光。在船头,老水手看见了无数的水蛇,它们在水中嬉戏,快乐地游玩。"一股爱意涌上心头",在无形之中,他为它们祝福。然而,正是这一点改变一切,转折从此开始。霎时间,老水手感到他又可以祈祷了,他脖子上的那只大鸟也掉了下来,重重地沉入了大海。

第五部分写一群精灵推动老水手的船向回家的方向前进。信天翁从老水手脖子上掉下之后,他沉入了睡梦。一场大雨湿润了他的喉咙,给环境也带来了生机。天空中一阵躁动,一阵风似乎鼓起船帆。大雨倾盆,从天而降。船开始移动,而那些死去的水手也开始动弹。他们发出了一阵呻吟,然后全部站立起来。他们没有话语,目光呆滞,但是各就各位,如生前一样,驾驶他们的船舶向北方驶去。这些人并没有起死回生,而是有一群精灵附体,借他们的躯体操纵着船舶。天亮之后,这些精灵从他们口中飞出,在天空中盘旋,其声如云雀歌唱,如群鸟叽喳,如笛子独奏,如交响乐齐鸣。虽然没有风,但船仍然在前行,发出一种声音,如溪流滚滚,这是精灵在深海推动着船舶。突然,船急驰向前,像脱缰的野马,老水手吓得晕厥过去。他在恍惚中听见两个声音在对话,一个说就是这个人杀死了信天翁吗?另一个说,这个人已经忏悔,将进行更多的忏悔。在某种意义上,信天翁被比喻为耶稣,他的死亡拯救了杀死它的人类。

第六部分写老水手终于回到了他的家乡,回到了他的祖国。一开始,那两个声音仍然在对话,一个说不能理解船为什么飞驶,大海在做什么?另一个说大海什么也没有做,仅仅像一只巨大的眼睛仰望着明月,月亮就是向导,告诉它应该飞驶的方向。当老水手醒来,他所看到的仍然是到处躺着的尸体和它们眼中的诅咒,他无法逃避他们的眼光,但是这个魔咒瞬间就被打破了。一阵清风吹到他脸上,像田野上的春风,撩起了他的头发。船不停地向前,风静静地吹拂。很快他看到了家乡的那座灯塔,那座教堂。突然许多红色的人影在船头站起,老水手在甲板上惊奇地发现,每一个倒地的尸体上都站着一位天使。他们形成了一个群体,向陆地发出信号,构成了一个神奇的景象(heavenly sight)。很快他听到了领航员的声音,隐士的声音,他知道他已经到家了。

第七部分写老水手内心深重的罪孽感,以及无法治愈的心理剧痛(woeful agony)。当领航员和隐士靠近这艘船时,他们发现许多奇怪的现象。那些信号灯不见了,甲板已经弯曲,船帆轻薄枯萎,像小溪中漂浮的死树叶,整条船有一种魔鬼的感觉。突然一阵巨响,海水开裂,船掉进了裂缝。当海水合拢,老水手像是一具溺水的尸体漂浮在水面。他被领航员救起,然而他的模样吓坏了这位领航员。在领航员的惊恐声中,他请求隐士听他忏悔,赦免他的罪行。自那以后,老水手胸中不时地出现阵阵剧痛。只有当他讲述了他的故事之后,那剧痛才会消失。因此,他被迫云游四方,讲述他的故事。而听他故事的人,像这个参加婚礼的客人一样,都会受到教益,变成一个更明智的人(a sadder and wiser man)。

女诗人巴伯尔德夫人(Mrs. Barbauld)曾经抱怨该诗"缺少寓意",柯尔律治回应说,不是缺少寓意,而是寓意太明显。传统的批评认为,该诗讲述的是一个"犯罪"与"赎罪"的故事,与基督徒的"天路历程"类似。基督徒在获得救赎之前,一般会经历一个痛苦的过程,他会被罪孽感所折磨,被孤独感、焦虑感、枯竭感、干渴感和被抛弃感所淹没,感觉像是独自在黑暗中无望地摸索。在基督教圣徒的传记中,这个过程被称为"灵魂的黑夜"。但是,基督徒最终会从这个痛苦的经历中逐渐解脱出来，他会坚定信仰，重新振作，从而获得"新生"。此时的基督徒已经不再是原来的那个基督徒，他的认识和信念都达到了一个更高的境界，他已经是一个全新的、获救的人。

批评家莫德·博德金（Maud Bodkin）运用弗洛伊德和荣格的心理分析理论，从原型批评的视角对老水手的"重生"进行了解读。她认为"重生"是诗歌最重要的主题，同时它也是古代生殖神话和仪式、耶稣复活等基督教神话的主题，它作为一种原型在文学传统和当代人的梦中不停地重现。在诗歌中，"风"对"重生"有着重要的象征意义：风停则厄运，风吹则希望。上帝曾经用"风"将生命吹进了亚当，从这种意义上讲，"风"停则"死亡"，风吹则"重生"。在心理分析中，老水手的"死亡冲动"不是对生命终结的渴望，而是一种企图逃避现实矛盾冲突、回到生命原初状态的冲动，即"回到母体"那和谐和自由的状态。"重生"之前，老水手看见圣母玛利亚给他送来了甜蜜的睡梦；月亮作为女性的化身一直在保佑着他。因此他的"死亡冲动"与"回到母体"的原初动力密切相关。（*Archetypal Patterns in Poetry: Psychological Studies in Imagination*, 1934）

然而，诗歌可能还不仅仅是一种心理状态的外在化，或者"将一种内心的体验投射到现实"的结果。虽然诗歌看上去是纯粹的想象，那些奇异的事件不可能在现实中发生，然而事实上，诗人阅读过许多关于航海的故事，包括当时著名的邦迪叛舰事件（Bounty Mutiny）、库克船长和丹皮尔等人的南太平洋的航海故事、乔治·基特的《皮鲁岛纪事》（*Account of the Pelew Island*）等等。批评家帕特里克·吉恩（Patrick Keane）认为该诗写的是历史，而不是心理。通过与《鲁滨逊漂流记》的比较，他认为诗歌中隐藏着柯尔律治的政治诉求。鲁滨逊因贩卖黑奴而被困孤岛，老水手出海的目的虽未明说，但很可能是出于同样的目的。诗人对黑奴贩运的态度，在他巡回英国多地所作的义愤填膺的演讲中可以看出。因此，老水手的负罪感可能还另有原因，因为杀死一只鸟不可能引起如此强烈的负罪感，这个原因可能是一个更大的罪孽。（*Coleridge's Submerged Politics: The Ancient Mariner and Robinson Crusoe*, 1994）

《忽必烈汗》（**Kubla Khan**）

该诗写诗人在药物的作用下所看到的一个美妙的幻境。在诗歌的引言中，诗人讲述了该诗的缘起：1797年夏天，诗人身体欠佳，因此隐退到萨默塞特郡和德汶郡之间的一个偏远的农庄。为了缓解症状，他饮用了麻醉药，从而进入了一种恍惚状态，看到了诗歌中描写的宫殿和花园。他在沉入这种恍惚状态之前，正好在读《帕查斯的朝圣历程》（Parchas's Pilgrimage），并读到这样一句话："忽必烈汗下令在此修建宫殿和御花园，用高墙圈下了方圆十英里的肥沃土地。"在三小时的睡梦中，诗人至少创作了200-300行诗歌，记录了他所看到的那个胜境。他醒来之后，立即拿出笔和纸，试图记下那些诗行，但不幸的是，他的一个朋友因事把他叫出，在外停留了至少一个小时。回来之后，他只记得这个幻境的梗概，以及8-10行诗歌和少量意象，其他内容皆已烟消云散，像湖中倒影，被一块石头击碎。

诗歌第1-2段写忽必烈汗在上都（Xanadu）修建的一座富丽堂皇的宫殿和花园。第一段简要地勾勒出花园的全貌，包括其中的圆顶、角楼、高墙、河流、岩洞以及园中的花卉和园外的森林。第二段详细描写了花园中的几个标志性的景观，包括"浪漫山谷"（romantic chasm）、"雪松林"（cedarn cover）、"神喘泉"（a mighty fountain）、"圣河"（sacred river)、"无底暗河"(caverns measureless to man)、欢乐圆顶(pleasure dome)等。诗歌的细节充分展示了幻境的效果,比如"浪漫山谷"被描写成在月下思念魔鬼情人的女人出没之地。"神喘泉"被描写成喷涌而出的泉水,像急促和剧烈的喘息,蹦蹦跳跳的水珠像拍打在地面的冰雹,或打谷连枷下的米粒。"欢乐圆顶"在水中倒映,遥听着河水和泉水的交响音乐。

诗歌第3段写诗人醒来后试图重现那个幻境所做出的努力。显然,那个幻境不是现实主义的描写,而是想象力的臆造,就像是一座空中楼阁。诗人曾经听过一位阿比西尼亚姑娘(Abyssinian Maid)用洋琴(dulcimer)演奏的奇妙音乐,他试图用这曲令他魂牵梦绕的音乐的魔力,在空中重现忽必烈宫殿和御花园(a dome in the air)。所有听到音乐的人都将看到诗人在空中的呼风唤雨:他喝过"天堂之奶"(milk of Paradise),已经成了一位诗歌狂人,一个"着魔"的诗人,这是诗歌描绘的一幅诗人自我画像。

从文本角度讲,诗歌可以分为三个部分:1)忽必烈汗的宫殿与花园,2)如痴如醉的诗人,3)诗歌之前的序言。如果前两者为正文文本(text),那么后者即为附属文本(paratext)。附属文本也是文本的一部分,在产生意义的过程中起着重要作用。柯尔律治曾经区分"指挥天才"和"绝对天才",如果忽必烈汗代表了前者,那么如痴如醉的诗人就代表了后者。"绝对天才"是柯尔律治在诗学上渴望达到的境界。诗人一直因为灵感枯竭而烦恼,序言中那个灵感喷发的梦幻被意外打断,可能是他创作生涯的写照。正如海蒂·汤姆森(Heidi Thomson)所说,诗歌的核心情节就是"诗人渴望重新进入灵感喷发的状态,以便能够展示诗歌究竟有何效果"(*Coleridge, Romanticism and the Orient*, ed. David Vallins et al, 2013）。换句话说，柯尔律治是在"以诗论诗"，用一个想象的梦幻表达他对灵感的渴望。

如果诗歌展现的是一幅天堂的图景，那么它也传达了一种达到天堂的狂喜。诗歌结尾那位烂醉和着魔的诗人用语言建造一座"空中楼阁"，这种想象力的狂喜对应着诗歌中的另一种狂喜：悲情女夜游"浪漫山谷"，呼唤魔鬼情人。实际上，诗歌中的许多意象都可能暗示爱的狂喜：泉水喷涌、大地喘息、生命之河蜿蜒流淌。正如威尔逊·奈特（G. Wilson Knight）所说，"无论我们如何理解它们，性的力量都存在其中"，那些"痛苦、骚动、力量"给人的印象是"生育和创造的原动力的运作"。（*English Romantic Poets*, ed. M. H. Abrams, 1975）那么，我们可不可以这样理解：灵感的喷发就如同爱的狂喜？

《子夜冰霜》（Frost at Midnight）

该诗写诗人在一个不眠之夜，回忆往事和展望未来而发出的感慨，可以称为柯尔律治的《静夜思》。诗歌的场景是诗人在萨默塞特郡的家，摇篮中的婴儿是他们的儿子哈特利。

诗歌第一段以描写开始，以沉思结束。在那个寒冷而寂静的夜晚，所有人都已经入睡，而诗人却不能入眠。幼小的儿子（Hartley Coleridge）安静地躺在摇篮里，冰霜在屋外静静地凝结，猫头鹰偶尔发出一声鸣叫。整个环境笼罩在一片寂静之中，从而形成一种适合沉思的特殊场景。壁炉中的火焰静静地燃烧，仿佛一动不动。只有炉膛里那块煤上燃起的火苗（stranger），像翅膀一样微微颤动。诗人与火苗似乎成为同伴，他寻思揣摩着这株火苗（a toy of Thought），陷入了沉思。

诗歌第二段写诗人回到童年的沉思。炉膛里那块煤上燃起的火苗，让他想起了曾经就读的学校。在那里，他曾经在炉膛中看见过类似的火苗。在英国的民俗中,这种火苗(stranger)预示着朋友即将到来。在火苗中,他似乎看到了美丽的家乡(Ottery St. Mary)和家乡的教堂。教堂的钟声从早到晚鸣响,甜美的音乐给他带来狂喜,像从未来传来的讯息。他曾经注视着火苗进入梦乡,第二天仍然在思寻,盼望着远方的朋友到来。他躲开老师的严厉目光,装着看书学习,然而每一次开门声都会给他带来一阵激动,希望进来的是一个远方的朋友、同乡、姑妈或妹妹。

诗歌第三段又返回到了那个不眠之夜。诗人儿子的呼吸在宁静中显得更加轻柔,在思绪的间隙中可依稀听见。诗人看着儿子,想着他的未来,相信他将来会有完全不同的生活。他会在大自然中长大,而不会像诗人自己一样囚禁在都市。他会在湖水边,在高山上,在浮云下自由驰骋,像一阵风。那些云写意着地上的湖和山,显现出湖和山的形状。他将与美丽自然亲密接触,听懂上帝的永恒语言(eternal language),因为上帝与自然相互交融。自然是他的导师,将铸就他的灵魂,这将迫使它去索求。

乔治·哈珀(George McLean Harper)认为,这些诗歌的最优美之处,在于它的"回归"(a return),在回首往事、展望未来之后,诗歌又回到了开头,回到了原点,回到了屋檐上悬起的冰柱。诗人看着摇篮中的儿子,希望所有季节对他"甜美",无论是大地郁郁葱葱的夏季,还是知更鸟在光秃秃的苹果树上欢唱的冬季;无论是风吹的间隙听见的屋檐的滴水,还是霜冰在屋檐上悬起的冰挂。

诗歌的意义可以从不同角度解读。从内部看,它表现了一个父亲的慈祥、一个家庭的和谐。它渴望理解"上帝的永恒语言",达到人与自然和谐状态。然而从诗歌外部看,它可能显示出完全不同的意思。保罗·麦格纳森(Paul

Magnuson)将该诗放入了当时的社会政治语境中考察,发现它不仅仅是"家庭和谐"的个人沉思。当时,《反雅各宾》杂志对柯尔律治及其朋友进行了恶意攻击,说他们是革命党、共和派,在英法交战之际,两顶帽子都很要命。在杂志的漫画、小品、评论中,柯尔律治被刻画为卖国贼、说谎家、遗妻弃子的负心人。正是在这样的语境下,诗人发表了该诗和两首政治诗《法国颂》与《孤独中的恐惧》,其中回应的正是以上那些关于"革命党""卖国贼"和"负心人"的恶意攻击。(*Samuel Taylor Coleridge, Bloom's Modern Critical Views* [New Edition], ed. Harold Bloom, 2010)

《失意吟》(**Dejection: An Ode**)

该诗中的忧郁是柯尔律治自身心态的反映,他的不幸婚姻和他对萨拉·哈钦森(Sara Hutchinson)无望的爱,都在诗歌的沮丧情绪中充分暴露出来。萨拉·哈钦森即他的好友华兹华斯未婚妻玛丽·哈钦森之妹。诗歌创作于1802年4月4日,那天他听华兹华斯朗读了《永生颂》的前四个部分,其中的忧郁、失落和沮丧深深地感染了他,当天晚上,他便创作了他自己的《失意吟》。柯尔律治的《失意吟》当时取名为《致——书》,是写给他深爱着的萨拉·哈钦森的一封信。原诗充满了个人的忧郁,提到了许多私人的信息,但经过几次修改之后,最终的版本变成了一首具有普遍意义的关于人与自然关系的诗歌。

诗歌第1-3段主要描写了那天晚上的奇异天象。风不停地吹(ply a busier trade),在空中聚集了乌云,在林中发出了呜咽(sobbing)。月亮有一个重叠的光影(the old Moon in her lap),泛出了幽灵似的磷光(phantom light),预示着一场暴风雨的到来。诗人说,这些自然现象曾经使他奋发、使他激动,他希望现在它们也能够起到同样的作用。然而,有一种悲伤、一种虚无、一种黑暗和令人窒息的情绪，笼罩着他的心。他无法排解悲伤，完全找不到发泄的出口。他仰望夜空，看到黄绿色的天上飘着奇形怪状的乌云，其后时隐时现地闪烁着星星和月亮。诗人欣赏着它们的美，但是它们无法使他振奋，无法卸下他内心的包袱，因为诗人感到，他不可能从外部事物中去获取只有从内部才能产生的激情和生命（the passion and the life, whose fountains are within），这些美景又有何用处？

诗歌第4-6部分主要写人与自然的关系，其中提出一种类似于"想象之灯照亮自然"的浪漫主义思想："我们所看到的一切都是我们的给予，自然仅存在于我们的生命之中"。自然的"快乐"实际上是我们的快乐的投射，相反，自然的忧伤也是我们的忧伤的投射（Ours is her wedding garment, ours her shroud）。如果我们要在这个冰冷的世界（inanimate cold world）中看到更大的价值、更高的意义，那么我们必须从自己的灵魂中投射出一种光、一种荣耀或一片云霞，覆盖整个大地。诗人说，我们不必知道这光、荣耀和云霞是什么，也许它仅仅是一种欢乐、一种精神和力量，但它可以将我们和自然连接（wedding us to Nature）在一起，从而给我们展示出一片"新天地"。因为一切美，一切旋律和色彩皆是从我们自己的欢乐中溢出的。这种欢乐曾经存在于诗人的灵魂之中，驱散了他的忧郁，给予他一种幸福的幻象。而现在痛苦压弯他的腰，夺走了他曾经与生俱来的想象力，直到那个"自然人"从他身上消失，忧郁成为他灵魂的常态。

诗歌第7-8段又回到了那个不眠的夜晚。诗人将沮丧比喻为盘踞在他心中的毒蛇，使他产生了黑色的梦。但是，当他把目光转向外界时，他从无休无止的风中听到的也是一种痛苦的嚎叫（a scream of agony）。这风就像一位"琵琶狂人"（Mad Lutanist），在这个春雨和鲜花盛开的季节，在蓓蕾和绿叶中，弹奏出了魔鬼的圣诞乐章（Devil's Yule），更适合在峭壁、山坳、枯树、无人的树林、废弃的房屋或女巫的窝中去弹奏。在这个风声中，人们可能听到无数人在逃离，相互踩踏，溃不成军，发出混乱的骚动和哀鸣。但在风声咆哮的间隙，他们也可能听到一种更加令人揪心的声音（tender lay）：像一个孩子孤独地走失在原野上，发出一阵阵悲哀的哭声，希望母亲听见。

最后，诗人为萨拉·哈钦森送去了最真挚的祝福。希望她不要像他一样失眠，希望美妙的睡眠乘着治愈伤痛的翅膀伴她入睡！希望所有星星像俯瞰大地一样俯瞰她的家，并保佑她！希望她第二天起床时，能够精神饱满地迎接新的一天的到来，心里充满了欢乐！希望人间一切都为她而生，随她的灵魂而起伏（the eddying of her living soul）！总之，他希望她永远欢乐！

该诗创作于1802年，这时柯尔律治的生活发生了巨大的变化。他与妻子已经分离，虽然没有离婚，但两人已经形同陌路。他受到了病痛的困扰，不得不吞食鸦片以缓解疼痛，逐渐成瘾而造成了更大的痛苦。他对华兹华斯未婚妻的妹妹萨拉·哈钦森的爱，也因为娶之无望而徒增了许多烦恼。他的诗歌灵感似乎正在枯竭，看到华兹华斯等人的创作生涯如日中天，他自己感到特别沮丧。这就是《失意吟》中的"忧郁"的来源。

诗中的"风"有着特别的意义，与《风弦琴》中的风有相似之处。虽然诗人在诗中说"风"没有可能激发他的想象，但实际上他的流畅的诗歌已经说明，他的内心完全被激发，想象力完全被激活。亚伯拉姆斯在《对应之风：一个浪漫派比喻》中主要以该诗为例,说明"风"在浪漫主义诗歌中"不仅仅是风景的一个属性,而是诗人心灵急剧变化的手段"。他说,"在柯尔律治的《失意吟》中,风弦琴的呜咽预示着风暴的来临,诗歌叙事人受到情绪低落的困扰,他等待并希望这场风能够像过去那样,使他的灵魂腾飞"。

虽然该诗与《风弦琴》有着相似之处,但是它们在处理"风"与"心灵"的关系方面存在着根本的差异。保罗·麦格纳森(Paul Magnuson)认为,前者的"心灵"仅仅被动地接受"风"的灵感,而后者的"心灵"受到了"风"的激发,从而将自身的"欢乐"投射到自然之中。"自然不仅仅是一种能量,作用于心灵的乐器,而是一种语言,供心灵去解读"。他认为,诗歌将"诗人是自然乐器的被动比喻,改为了他是充满想象的人的主动比喻",这个变化反映了他的思想已经"从大卫·哈特利的唯物哲学,转向了心灵创造世界的唯心哲学"。(*The Cambridge Companion to Coleridge*, ed. Lucy Newlyn, 2002)

乔治·戈登·拜伦诗选

以下选读作品可以分为两组,第一组与拜伦的生活轨迹相重合,可以称为"传记诗",包括《从塞斯托斯到阿比多斯横渡海峡有感》《她走在美的光影中》《当初我们俩分别》《去国行》(选自《恰尔德·哈罗德游记》第一章)、《我们将不再徘徊》《从佛罗伦萨到比萨的途中所作》,它们都有着拜伦生活的影子。第二组是"政治诗"和"讽刺诗",包括《咏锡雍》《黑暗》《在祖国既没有自由可为之而战》《哀希腊》和《唐璜》(第一章)。

拜伦的诗歌或多或少都与他自己的生平有关。1809年,他从剑桥大学毕业之后就到欧洲游历，这次游历不是游玩，而是贵族教育的一个部分。《去国行》和《从塞斯托斯到阿比多斯横渡海峡有感》就记录了他离开英国到欧洲游历的经历。回国后，他出版了《恰尔德·哈罗德游记》（第1—2章），一夜成名。他当选了国会议员，参与辉格党的政治活动。他在国会谴责政府对捣毁机器的卢德派人士和爱尔兰天主教徒的镇压，对受苦受难的人们表示出无限的同情。同时他与诸多女性建立了暧昧关系，引起了许多绯闻。《她走在美的光影里》和《当初我们俩分别》就是这一个阶段的生活的产物。1814年，他与安娜贝拉·米尔班克（Annabella Milbanke）结婚，生下女儿艾达（Ada），但终因拜伦的绯闻而离婚。他于1816年离开英国，再也没有能够踏上英国的土地。

在日内瓦，他与雪莱等人生活在一起，度过了一段快乐时光，与雪莱夫人同父异母的妹妹克莱尔生下了女儿阿莱格拉（Allegra）。他们一起出游和创作，他写下了《咏锡雍》和《黑暗》。离开日内瓦之后，他去了意大利的威尼斯，在那里度过一段骄奢淫逸的生活。他成天饮酒作乐，玩弄女性，又卷入了不少绯闻。《我们将不再徘徊》和《唐璜》的前几章就创作于这个时期。1819年，他逐渐对这种生活感到厌倦，因此与贵妇古奇奥利（Lady Teresa Guiccioli）确定了稳定的关系，并与她来到了意大利北部的拉文纳。在这里，他参与了"烧炭党"企图推翻奥地利统治的革命活动。1820年，在革命活动失败后，他和古奇奥利等被迫离开拉文纳，转移至意大利中部的比萨。正是在这个时期，他创作了《从佛罗伦萨到比萨的途中所作》和《在祖国既没有自由可为之而战》。从这些简短的事实，我们就能够看出，阅读拜伦的诗歌，不了解他的生平和思想就寸步难行。

拜伦的诗歌看上去很直白，多数作品是直来直去、直陈胸臆，似乎没有太多东西可以解释，但其实它们充满了反讽。诗人总是与诗歌的叙事人保持距离，以让读者意识到叙事人不是诗人自己，而是他塑造的人物，不能将叙事人与诗人划等号。《从塞斯托斯到阿比多斯横渡海峡有感》中那位横渡海峡的英雄，同时又是拜伦反讽的对象。拜伦一边扮演着浪漫角色，一边对这个浪漫角色进行反讽式批评。正如罗伯森（W. W. Robson）指出，所谓"真诚"就是有"一种感觉得到的诗人与所表达的感情的等同"，而拜伦诗歌的特征是"完全的等同并不存在"。但是，正是这种距离给他的诗歌形成了某种优势，即"浪漫悲剧型的剧情与玩世不恭的评论的结合"。（*English Romantic Poets*, ed. M. H. Abrams, 1975）

《从塞斯托斯到阿比多斯横渡海峡有感》（**Written After Swimming from Sestos to Abydos**）

该诗写拜伦横渡达达尼尔海峡（古称Hellespont）后的感想。达达尼尔海峡位于今天的土耳其，是连接亚洲和欧洲两个大陆距离最近的连接点。在诗歌第1-2节中，诗人将横渡海峡视为模仿古代的林德尔的壮举。在希尔洛和林德尔（Hero and Leander）的故事中，林德尔来自达达尼尔海峡亚洲一方的塞斯托斯，他爱上了住在海峡对面欧洲一方的希尔洛。他俩一个在亚洲，一个在欧洲，被海峡隔开。林德尔每天晚上都横渡海峡去看希尔洛，但在最后一次横渡海峡时，他在风暴中溺水身亡。如今，海峡和洋流依旧，但拜伦对故事的主人公感到一种认同，同时也感到一种怜悯。

在诗歌第3-5节中，诗人将自己横渡海峡的时间、目的和方式与古代的浪漫爱情故事做了一个对比。虽然他的横渡不是发生在冬季，也不是为了爱情，但他仍然有一种成就感和荣耀感。但是，诗歌紧接着对林德尔横渡海峡的真正意图表示了一种玩世不恭的怀疑："去求爱，但天知道是否还为其它。"诗歌暗示，拜伦横渡海峡的行为是对林德尔的"努力"（labour）的一种"嘲笑"（jest）：林德尔在"努力"中溺亡，而诗人在开了这个"玩笑"后，爬上岸来，像落汤鸡一样瑟瑟发抖（ague）。

1809年拜伦从剑桥大学毕业后，到欧洲进行了一次大巡游（Grand Tour），在此期间他到过土耳其的达达尼尔海峡。虽然他天生腿部有残疾，不能正常行走，但他还是坚持横渡了这个一英里宽的海峡，耗时超过了一小时。拜伦出生于贵族家庭，不但继承了巨大的领地和庄园，而且也继承了勇敢、无畏的贵族传统和追求荣耀、承担社会责任、追求高尚的贵族精神。同时身体残疾给他一种急于证明自己的渴望，横渡海峡是一个难能可贵的壮举，是一个可以证明自己英雄气概的难得的机会。

诗歌中的反讽口吻非常明显：诗人在一开始将自己塑造成一个林德尔式的传奇英雄，然而结束时把自己描写成为一只落汤鸡，在风中瑟瑟发抖。同时，诗歌还调侃林德尔横渡海峡的真实意图。其中的目的可能都是为了证明近千年来人类不变的命运："悲哀的人类啊，虽然古今相隔，神同样在使你们苦恼"。

《致塞沙》（To Thyrza）

这是一首悼亡诗，纪念的对象塞沙（Thyrza）是化名，普遍认为是剑桥大学三一学院唱诗班的成员约翰·埃德斯顿（John Edleston），拜伦与他有一段难忘而浪漫的友谊。埃德斯顿于1811年5月不幸夭折，拜伦万分悲痛，为纪念他而创作了大约20首悼亡诗。

该诗将生离死别的悲痛和阳光幸福的记忆混合在一起，表达出对埃德斯顿的无限怀念。全诗可分为三段，第一段

（第1-24行）写离别之痛，没有墓碑矗立在墓地，但他知道这是已经天上人间之隔。他在他最后时刻守护在他身边，在他离去之后仍然对他充满了爱。第二段（第25-44行）写幸福的回忆，他们同住的大楼已经空空如也，但他的眼神、笑容只有他能懂，他的手和他的吻曾经让他心跳，他的歌喉和歌声对他是那样甜蜜。第三段（第45-56行）写逝者安息，他不知道他现在何处，但是他已经卸下了生活的忧虑，如果他在死亡中找到了安息，已经在福佑的世界栖身，那就是一种安慰。希望他能够保佑生者，教他如何面对生活的艰辛。

《去吧，去吧，悲凉的曲调》（Away, Away, Ye Notes of Woe）

该诗是"塞沙组诗"中的一首，它纪念的对象埃德斯顿是唱诗班的成员，因此对于诗人来说，嗓音曾经是埃德斯顿的名片，音乐就是他的化身。音乐本是赏心悦目的艺术，但是在这一首诗中，它给诗人带来的是痛苦，因此他在歇斯底里中喝令音乐停止。

诗歌第一部分（第1-2段）写音乐给诗人带来的痛苦记忆，音乐在勾起美好记忆的同时，也让他记起了埃德斯顿的死亡，让他意识到那个嗓音现在已经沉寂。第二部分（第3-4段）写埃德斯顿的声音犹在，曾经的美好旋律现在已经是哀歌，他的声音永远回旋在诗人的耳畔，不管在醒来时还是睡梦中，不管他愿意与否。诗歌最后将埃德斯顿比喻为一个"梦"，一颗"星"照耀着人间，而诗人在这"风雨交加"的世界，无限怀念那已经消失的"阳光"。

《她走在美的光影中》（She Walks in Beauty）

该诗是一首赞美诗，赞美的对象是诗人妻子的堂妹威尔莫夫人（Mrs. Robert John Wilmot），诗人在一次晚会上认识了她,当时她正在服丧。诗歌第一节描写年轻的威尔莫夫人的美丽,当时她穿了一件黑色的晚礼服,装饰着晶莹闪亮的饰品,看上去像黑色的夜空中点缀着无数明亮的星星。"明与暗的最美形象,交汇于她的容颜"(杨德豫译)。第二节描写威尔莫夫人身上散发的一种"无名的优雅"。黑与白、光与暗的完美搭配,给予她黑发的"柔辉"、外形的"纯洁高贵"。"多一道阴影,少一缕光芒,都会损害她难言的优美"(杨德豫译)。第三节从威尔莫夫人的外形描写到她的内心,呈现出她的幽娴、宁静。在迷人的笑容和灼人的红晕背后,诗人看到了她生活幸福的过去、心境平和的现在,以及爱意纯真的心灵。

诗歌中给人印象最深刻的是:明与暗、白与黑的形象对比。考虑到威尔莫夫人"服丧"的事实,读者可能意识到,明与暗、白与黑很有可能暗示生与死、人间与冥界的隔离。这样威尔莫夫人的美丽与她的现实状况有了一种有意义的联系。但从整体上讲,诗歌不是对生离死别的思考,而是一首纯粹的赞美诗。

《当初我们俩分别》(When We Two Parted)

该诗写一对恋人的分离,表现了这次分离给主人公 / 叙事人带来的心理冲击。在第一节中,主人公回忆了分离时的情景,眼泪、悲伤、无言、面颊冰冷,亲吻更是毫无激情,对于主人公来说,这已经预示着长久的分离,也预示着他们的关系难续前缘。在第二节中,主人公抱怨恋人离开后就忘记了海誓山盟,到其他人那里投怀送抱,以至于身败名裂,声名狼藉。在第三节中,主人公呈现了自己内心的爱恨情仇的交织。人们并不知道他们之间的情缘,还常在他面前提起她。虽然他对她的爱难以割舍,但当听到她的名字,他"周身不住战栗"。在第四节中,主人公默默地承受着她的负心和欺骗。但是，尽管他有失望和愤怒，他仍然对她念念不忘。他思索着，如果多年以后他们再次相见，他将如何面对？无言与眼泪？

诗歌中提到的那位恋人可能是拜伦的"柏拉图式"精神情人弗朗西斯·韦伯斯特（Francis Wedderburn Webster）。1815年，韦伯斯特在巴黎投入了刚刚在滑铁卢击败拿破仑的英国海军将领惠灵顿公爵的怀抱。

《去国行》（Adieu, Adieu! My Native Shore）

该诗是拜伦的长诗《恰尔德·哈罗德游记》（*Childe Harold's Pilgrimage*, 1812）（第一章）的选段，诗歌主要叙述哈罗德在欧洲大陆游历的经历和思考，选段反映他离开祖国、离开家乡和亲人的轻松而惆怅的复杂心情。在第一部分（第1-2节）中，诗人站在船尾，看着海岸渐渐在远方消失。他听着海涛、海鸥和海风，看着西沉的夕阳，向祖国最后说一声再见。他意识到，当第二天来临之时，他再也见不到他的祖国。在第二部分（第3-7节）中，他问年轻的侍从（my little page），"你双眼充满了泪水，难道你害怕海浪汹涌，害怕狂风咆哮？"他回答道，"我不怕风、不怕浪，只因我离开父母，无朋无友"。他又问忠实的随从（my staunch yeoman），"你为什么看上去如此苍白，难道害怕法国人入侵，还是怕狂风？"他回答道，"你看我是贪生怕死之辈吗？我情绪低落，只为在家的妻子和孩子"。诗人对他们的惆怅和悲伤无可指责，但他认为他自己的心情完全不同，有一种轻松和愉快的感觉：难道这是逃离吗？

在第三部分（第8-10节），诗人认为，在祖国和家乡他没有什么无法割舍，他应该说是带着高昂的情绪，狂笑着离去。他说："谁会相信妻子和情人的眼泪？／新的情人将为她们擦去眼泪。／我既不为过去的欢乐而悲伤，／也不为未来的危险而苦恼。/ 我的最大的苦恼是 / 没有任何东西无法割舍。"我们可以发现，口气中有一种愤懑，一种厌恶，似乎离开是最好的选择。他继续道，"没有人为我叹息，/ 我为何要为别人悲伤？"他想象他的那条狗哀鸣，但接受别人的施舍后，就变成了别人的看家犬，看到他回家时，也许会把他撕得粉碎。这显然是一种比喻，不是写狗，而是写人。在这样的情景中，诗人恨不得离开，走得越快越好。他不在乎去到哪里，只盼望早日离去。他欢迎黑暗的海浪，欢迎远方的沙漠和洞穴，在复杂的心情中，对他的祖国道一声再见！

拜伦1811年从欧洲大陆回到英国，随后发表了《恰尔德·哈罗德游记》（1812），成为国会议员，参与了多场政治辩论，成为英国政界和文学界名人。同时他与多位女性有染，兰姆夫人（Lady Caroline Lamb）对他穷追不舍，甚至让他当众出丑。他与米尔班克（Annabella Milbanke）结婚后仍然生活放荡，致使妻子最终决定与他离婚，虽然他们已经有了一个女儿艾达（Ada）。他因此承受了众多非议，并于1816年在众人的指责中，愤然离开英国，永不回归。拜伦曾经否认他诗歌中的人物是他自己的化身，但是他的诗歌很容易让人想到他自己，应该说，他的诗歌使用了许多自传的成分。这些经历与诗中的恰尔德·哈罗德的经历有诸多类似之处。

《咏锡雍》（**On Chillon**）

该诗是拜伦的长诗《锡雍的囚徒》（*The Prisoner of Chillon*）的选段，诗歌讲述了一个真实的历史人物弗朗索瓦·德·邦尼瓦尔（Francois de Bonnivard, 1496–1570）的故事。邦尼瓦尔由于反对萨弗瓦公爵查理三世（Duke of Savoy Charles III）对日内瓦的统治而被囚禁于锡雍城堡。诗歌第一部分（第1–8行）将邦尼瓦尔比喻为"自由之精神"，因为自由只存在于热爱它的人的心中。虽然自由之子被套上了枷锁，囚禁于潮湿的地牢，但是他们的心永远不会被束缚（chainless mind）；即使他们牺牲，也可以换来自由的翅膀迎风翱翔。诗歌第二部分（第9-14行）写锡雍城堡因为邦尼瓦尔的到来而变得神圣。他曾经被关押在里边，踏着它的地面、台阶和祭坛，在上面留下了自由的印记。这些印记永远不会磨灭，并将唤醒上帝去制裁暴君。

该诗创作于1816年的日内瓦，是拜伦愤然离开英国、到达欧洲后的第一站。在日内瓦期间，拜伦与雪莱和他的朋友一起居住在迪奥达蒂别墅（Villa Diodati），度过了一段极其快乐和辉煌的创作时光。拜伦与雪莱一起参观了锡雍城堡，这座曾经被用作监狱的城堡给拜伦留下了深刻印象。他回来之后，便写下了《锡雍的囚徒》，纪念为自由而战的邦尼瓦尔，同时也歌颂一切反对压迫、追求自由的精神。正如马尔科姆·凯尔索尔（Malcolm Kelsall）指出，拜伦作品中最重要的政治要素就是他遵循的辉格党的"自由"原则，"在作品中，这个原则已经从时空中解放出来，获得了一种神圣的、超越历史的恢弘"。（*The Cambridge Companion to Byron*, ed. Drummond Bone, 2004）

《黑暗》（**Darkness**）

该诗描写的"黑暗"是一幅世界末日的图景。它大致可以分为三个部分，第一部分（第1-21行）描写地球的黑暗，以及人们燃烧房屋和森林以求光明；第二部分（第22-69行）描写人类和动物的恐慌、绝望和饥饿，以及相互残杀以求生存的情景；第三部分（第70-82行）是一个结尾，描写宇宙的荒凉、死寂。诗歌内容的结构安排是从全景到特写，再从特写回到全景。

在第一部分中，太阳熄灭了，星星在宇宙中飘浮，地球变成了冰窖，在没有月亮的太空盲目地旋转。人类在恐惧中祈祷，他们将可以燃烧的东西点燃，包括穷人的草屋和国王的王宫，以获得光亮和热量。城市已经燃尽，人们在家中相视而坐，那些生活在火山口旁边的人们，把火山当成了他们的火炬。森林也被点燃，树干劈劈啪啪地倒下。

在第二部分中，人们的脸上布满了绝望，在火光中显得可怖。一些人躺下，捂住脸哭泣；一些人用双手托住下巴，发呆；一些人来回踱步，狂躁不安。他们仰望天空，整个天空就像死去的大地的坟墓。他们又将目光投向地面，发出诅咒的咆哮。鸟儿惊恐地尖叫，在地上扑打着无用的翅膀。野兽变得温顺和胆小，毒蛇盘在人群中，嘶嘶地叫，但不再咬人。战争又在人类之间爆发；食物必须用鲜血去换，每个人都充满了郁闷，整个大地笼罩着一个念头：那就是马上要死，死得毫无荣耀。

饥饿夺走无数性命，死者得不到安葬。他们的肉被一点点吞食，甚至狗也吃主人的肉。只有一只忠诚的狗一直守望在主人的尸首旁，驱赶着鸟和野兽，直到这些鸟和野兽离去或饿死。最后它自己也在饥饿中倒下，发出一声长长的、可怜的叹息，舔着主人的手死去。无数的人死去了，只剩下最后两个人还活着，但他们变成了仇敌。在无人的祭坛边，在那些神圣的器皿中间，他们相遇了。他们都在灰烬中努力寻找着什么，他们的呼吸在灰烬中吹起阵阵火星，像鬼火复燃。在那光亮的一瞬间，他们彼此看见了对方的脸，不知是人是鬼，便惊恐而亡。

在第三部分中，整个世界变得空空荡荡，没有季节、没有植物、没有人、没有生命。一切都已死亡，死亡把一切连在一起。河流、湖泊、大海都凝住了，没有任何动静。船舶在海上腐烂，帆布一块块掉下。海浪已经不再起伏，潮汐不再涌起。风已经停滞，云已消散，黑暗占领了整个宇宙。

1816年，拜伦与雪莱夫妇在日内瓦居住期间，几个作家聚集在一起，相互鼓励，竞相创作，激发灵感。他们进行了一次创作比赛，题目就是"科幻故事"，拜伦的《黑暗》可能也是这次创作比赛的结果。虽然诗歌反映的"世界末日"的图景和"反乌托邦"想象可能参考了一位佚名的法国小说家创作的《最后一个人》（1806），但是正如乔治·里德纳（George Ridenour）指出，拜伦的世界末日完全是"自然主义的"，而不是法国小说中反映正统的基督教的"世界末日"，以及上帝实现其意图的结果（*From Sensibility to Romanticism*, ed. Harold Bloom, 1965）。玛丽·雪莱著名的科幻小说《弗兰肯斯坦》（*Frankenstein*，1818）和《最后一个人》（*The Last Man*，1826）可能也是在这次创作比赛上获得的灵感。

然而，约纳森·贝特（Jonathan Bate）认为，《黑暗》的缘起可能并不是科幻的"反乌托邦"想象，也不是佚名法国小说《最后一个人》，它的起源可能是现实的天气状况。根据诗歌的创作日期（1816年8月21-25日），他查阅拜伦当时的信件，发现他常常抱怨日内瓦的阴雨、浓雾，缺少阳光。他还查阅了当时的气象记录，发现印度尼西亚的坦博拉火山（Tambora volcano）于1815年喷发，伤亡人数达到8万人，是1500年以来最猛烈的一次喷发，其火山灰漂洋过海，到达了欧洲，遮住了太阳光，降低了可见度。因此，拜伦在诗歌中描写的可能是一次生态灾难，而不是一个"梦幻"。正如诗歌所说，"我做了一个梦，不完全是一个梦"。（*The Song of the Earth*, 2000）

《我们将不再徘徊》（So We'll No More A-Roving）

该诗对宁静和歇息表达了一种渴望，对狂欢与放荡表现出一种厌倦。该诗创作于1817年，拜伦在威尼斯狂欢节期间过度饮酒作乐，与多名女性有过不同程度的亲密关系。他对那一个月的疯狂生活感到身心俱疲，在给友人托马斯·莫尔（Thomas Moore）的信中说，"我感到我的剑把鞘磨穿了，虽然我才刚刚度过了29岁生日"。在诗中"剑把鞘磨穿"的形象与"灵魂把胸膛磨穿"形成了对应，表达了一种对歇息和呼吸的渴望。

如果我们把这一首诗与前边的诗歌结合起来读，那么我们可以看到拜伦的某些生活轨迹。在日内瓦期间，他已经把在英国期间的恋人和女友抛到了脑后，与雪莱夫人的同父异母妹妹克莱尔生下了一个女儿阿莱格拉（Allegra）。1817年，他辗转到了意大利威尼斯，又开始了一段放荡的生活。在意大利这样的地中海国家，他的力比多能量得到了充分的释放。有人估计，他在威尼斯期间交往过约200个女性。拜伦感到身心俱疲，渴望回到正常生活，这就是诗歌中所表达的心情。

《从佛罗伦萨到比萨的途中所作》（Stanzas Written on the Road Between Florence and Pisa）

该诗是一首爱情诗，也是对青春、荣誉和情爱的思考。诗歌第一部分（第1-2节）写青春的重要性：如果没有青春，荣誉没有任何用处。诗人将22岁的青春比喻为常青藤，将布满皱纹的额头上的桂冠或王冠比喻为干草上的露珠，它已经毫无用处。诗歌第二部分（第3-4节）写名声的用途：如果不是为了爱情，名声没有任何用处。对于诗人来说，追求名声不是为了让世人称赞，而是为了让爱人感到他没有辜负她的爱。这是他所理解的"名声"的唯一用途："听我的事迹，她目光炯炯，这就是爱情，这才是光荣"。

该诗创作于1821年，经过了威尼斯的放浪经历，拜伦不再想继续那样的生活，而是与古奇奥利公爵夫人（Teresa Guiccioli）建立了稳定的亲密关系。他与她一起移居到意大利北部的拉文纳（Ravenna），与她的族人"甘巴"家族（the Gambas）一起，参与了"烧炭党"反对奥地利统治的革命活动。在革命斗争失败后，拜伦与"甘巴"家族一起被驱逐出拉文纳，辗转来到意大利中部城市比萨。诗歌中反映的沮丧和低落情绪可能是革命失败后的现实情形的反映，表达了一种希望从公众生活（荣誉）回归个人生活（爱情）的愿望。

《哀希腊》（The Isles of Greece）

该诗是拜伦著名的巨著《唐璜》第三章的选段。在这一部分，唐璜来到了希腊，看到这个文明古国现在已经沦为土耳其的奥托曼帝国的附属国，其国民也成为了暴君的阶下囚或亡国奴，他心中充满了惆怅。诗歌可以分为两个部分，第一部分（第1-8节）写悲哀，第二部分（第9-16节）写希望，合起来表达了拜伦期待这个文明古国能够重新站立起来的期望。

在第一部分中，诗歌历数了古代希腊的辉煌，描写出当今希腊的衰落。古代希腊在诗歌、音乐、哲学、军事上都取得过杰出成就，而当今萨福、荷马、安那克利翁等响亮的名字现在已经销声匿迹。在希腊的历史上，这个英雄的民族曾经两度战胜波斯人的入侵：一次是著名的马拉松之战，另一次是萨拉米海战。古代希腊的斯巴达人以骁勇善战而著称，在著名的特莫比利战役，300斯巴达勇士曾经阻挡了数以万计的波斯军队的进犯。但是这些优良的传统似乎已经丧失，与西沉的夕阳一样，落到了地平线之下。想到这里，拜伦发出了痛苦的呼喊，"他们在哪里？那些希腊的勇士！那些曾经的辉煌！"它们给当今希腊留下的只有脸红和眼泪。他呼吁希腊人重新站立起来，恢复往日的勇猛和锐气，赶走侵略者，但是却无人回应。

在第二部分中，诗人端起萨默斯的美酒（Samian wine），悲叹古希腊的悠久传统的堕落。他说古希腊人曾经创造了辉煌的文明，发明了皮利克兵法（Pyrrhic phalanx），发明了古老的文字，这些发明都不是为了奴隶，而是为了自由人。诗人安娜克利翁（Anacreon）曾为独裁者波利克拉提斯（Polycrates）效力，但波利克拉提斯毕竟是希腊人，而不是外族人或侵略者。切松人（Chersonese）的统治者米尔提阿迪斯（Miltiades）也是独裁，但是他能够保证国家的独立和领土的完整。在希腊的苏利（Suli）地区和帕尔加（Parga）地区，骁勇善战的传承和基因仍然存在。希腊人不能依靠外族人来保证自己的自由，无论是土耳其人还是拉丁人，他们只会让你们缴械。诗歌对未来表现出空前的失望，他看到希腊的美女在桂树下跳舞，想象她们将成为奴隶的母亲，她们的乳房将喂养亡国奴，就充满了无限的痛苦和惆怅。最后，诗人躺在苏尼安姆海角（Sunium）的岩石上，听着海涛发出的哀鸣，将那杯萨默斯美酒扔下了深渊。他宁愿像这杯酒一样坠入深谷，因为他不愿在一个奴隶的国度生存。

该诗在20世纪早期的中国曾经引起了极大的反响，被数次翻译成中文，译者包括苏曼殊、马君武、胡适、闻一多、卞之琳、查良铮、杨德豫。诗中衰落的希腊使人想起了现实中衰落的中国，两个文明古国有着类似的命运。诗中的希腊已经是奥托曼帝国统治下的亡国奴，而中国从1848年开始逐渐沦为半封建、半殖民地国家，受到西方列强的瓜分和宰割。因此，拜伦在诗歌中表达的满腔悲愤实际上道出了许多中国的仁人志士的心声。同时，拜伦号召希腊人奋起反抗的呼声也激励着中国的人民为争取民族独立和自由而战斗。

《在祖国既没有自由可为之而战》（When A Man Hath No Freedom to Fight for at Home）

该诗是一首励志诗，表达了一种自由理想，以及为自由而战的决心，应该是诗人直陈胸臆的告白。诗歌第一部分认为，为祖国争取自由与为他国争取自由没有区别，它激励有志之士追求古希腊和古罗马式的荣耀，为自由而战，"头颅被敲破"，也在所不惜。诗歌第二部分将为自由而战视为为全人类做贡献，是一种骑士风范，会得到丰厚的回报。因此它敦促有志之士为自由而战，不管在何处，去赢得骑士的称号吧，"只要没被打死，没被绞死"。

该诗创作于1820年，三年之后，拜伦毅然来到希腊，加入了希腊的民族独立和自由的战争。1824年，他在希腊争取民族自由的斗争中献出了36岁的宝贵生命，可以说实现了他在诗中表达的那种自由理想。俄国作家车尔尼雪夫斯基和杜勃罗留波夫认为，该诗代表着拜伦一生的指导思想和行动准则。

然而，诗歌中的反讽口吻又使它成为一首非常特别的励志诗。为自由牺牲的壮举被描写为"头颅被敲破"，"只要没被打死，没被绞死"，一开始让人有一点惊讶，似乎有一点自我调侃的味道。但是纵观拜伦的诗歌，我们会发现他是一个具有极大幽默感的诗人。即使书写严肃的话题，他也会追求一种喜剧效果。在这里是如此，在《从塞斯托斯到阿比多斯横渡海峡有感》也是如此。

《唐璜》第一章（Don Juan, Canto I）

该诗共17章，13000多行，900多页，它讲述主人公唐璜在欧洲各地的冒险经历。唐璜的故事在欧洲早已存在，他是中世纪一个家喻户晓的传奇人物，尤其以风流韵事而臭名昭著，法国戏剧家莫里哀在戏剧中曾经使用这个故事。拜伦的唐璜有这个中世纪传奇人物的影子，他仍然是浪漫的公子哥，但已不是那个中世纪传奇人物的翻版，而是一个全新的当代人物，是拜伦自己的创新和创造。

在拜伦的《唐璜》中，主人公从西班牙出发，在地中海遇到海盗，在希腊凭吊古迹，在土耳其后宫行浪漫之事，在俄罗斯拜见叶卡捷琳娜女皇，在英国巧遇各种善恶人物，其故事情节全部发生在19世纪，并且有拜伦自己的思想和影子。拜伦的另一个创新是，在诗歌中，唐璜只是主人公之一，另一个主人公则是叙事人或拜伦。唐璜是行动者，叙事人或拜伦则是旁观者和评论者。两者相互配合、相得益彰，才构成了这部诗歌巨作。

第一章的故事发生在西班牙，讲述了唐璜到欧洲冒险之前的事情，其主要情节集中于他的少年和青年时代：家庭、教育、恋爱。实际上，他到欧洲各地的冒险不是一个自愿的选择，而是因为他在家闯祸、受到非议和报复，在巨大的社会压力下被迫背井离乡、远走高飞。为了理解方便，我们将第一章分为五个部分，分别取名为"序言""家庭与教育""成年与恋爱""闯祸与逃离""后记"，并对它们一一进行概述。

第一部分"序言"（第1–7节） 主要交代诗歌主人公的选择和选择的理由。当代的各大报纸充斥着各种各样的名人，英国有许多著名的海陆军将领，还有在滑铁卢击败拿破仑的惠灵顿（Wellesley）和在特拉法尔加海战打败拿破仑海军的纳尔逊（Nelson）。法国除了拿破仑（Buonaparte）和杜莫里哀（Dumourier）等军事将领以外，还有法国大革命时期涌现出来的政治人物。诗歌说，自荷马塑造的阿加门农（Agamemnon）以来，欧洲出现过无数英雄人物，他们各有千秋，但是"当代我实在找不到有谁适用于我的诗"，因此就选择了唐璜。古代的经典叙事方法是从中间开始（in medias res），而拜伦将打破这个成规，他的故事将从头开始（begin with the beginning）。

第二部分"家庭与教育"（第8-53节）主要讲唐璜父母的故事，其中我们隐约看到唐璜的少年时代和教育经历。这一部分又可分为三个小节："父母"（第8-25节）、"争吵"（第26-36节）、"教育"（第37-53节）。唐璜来自塞维尔城，"以柑橘和美女而名扬海内"。父亲何塞（Don Jose）是西班牙贵族，一个优秀的骑手。他被塑造成一个粗人、军人，不学无术，没有多少心计，但却喜欢拈花惹草。母亲伊内兹（Dona Inez）是一个博学之人，"各科各门学问无一不精通"（查良铮译）。她记忆力惊人，把高尔德仑和罗培的戏剧台词背得滚瓜烂熟。除了本国的西班牙文，她懂一点拉丁文和希腊文，会讲法文和英文。她发现英文的"诅咒"后总跟着希伯来文的"我是"。诗歌竭力将其母亲塑造成一个强势而可笑的形象，以不无讽刺的口吻强调了她的"妇德"："她真称得上十全十美、无与伦比！当代女界的圣徒都望尘莫及"，仿佛是"艾吉渥斯小说中跳出的人物"。两人的婚姻可以说是秀才碰到兵，无法交流。在强势老婆面前，何塞变成了"怕老婆"（hen-pecked）。唐璜从小就调皮，有一次从楼上将尿盆（a pail of housemaid's water）泼到了叙事人的头上。

何塞在外有两个情人，伊内兹大为不快。他们表面上彬彬有礼，宛若可敬的伉俪，但实际上经常吵架，甚至希望对方去死。伊内兹找来了医生,希望证明丈夫患有精神病。她还拥有一本日记本,记录着丈夫的各种罪孽,以至于整个塞维尔城都在议论和谴责。看到丈夫受罪,她泰然处之。朋友亲戚都在劝他们重归于好,律师查遍了离婚的律条,"但是,还没等他们拿一笔讼金",何塞就一命呜呼。对于何塞之死,叙事人的口吻也充满讽刺,说他"死得不巧",因为公众正等着看笑话,期待其成为轰动事件。他死了,"他的宅子卖掉了,仆从也遣散了,他的两个情妇,一个跟了犹太人,一个归了牧师"。对他的唯一怜悯是:何塞太不容易,摆脱不了自己的命运,"不是离婚就是死——他选择了后者"。

唐璜继承了父亲的部分家产,母亲伊内兹是他唯一的监护人。由于何塞的外遇风波的影响,伊内兹特别留意儿子唐璜的教育,对其进行了严格监管,以避免他在道德上重蹈覆辙。她指示家庭教师将所有教科书提供给她审查,保证内容适合儿子的年龄。她特别删除了古典名著中的男欢女爱的情节,也不让他过早接触到自然历史。唐璜的教育包含传统的贵族教育的各个部分,包括骑马、击剑、射击、兵法等,但以人文教育为主,包括学习古典语言、文学艺术等内容。"唐璜读的书都是最佳版本,而且经过了饱学之士的删节。他们去掉了碍眼的部分,以保护青年学子的天真无邪"。诗歌通过讲述唐璜的教育,不但讽刺了当时英国教育体系的虚伪,同时也对古典作家进行了玩世不恭的评论:"奥维德(Ovid)是浪子,他的诗就是证明,/阿那克瑞翁(Anacreon)是一个更糟的榜样,/卡图鲁斯(Catullus)没写过一篇体面的诗,/我认为萨福(Sappho)的颂诗也不必表扬"。然而唐璜继承了父亲的性格,恰恰对母亲删除的内容感兴趣。他看弥撒书,看圣徒传,不是对其中的信仰感到好奇,而是对弥撒书的亲吻插画,对圣徒封圣之前的越轨行为感兴趣。母亲的教育似乎达到了目的，幼年那匹小野马已经驯服，但是叙事人对此表示怀疑，因为有其父必有其子。

第三部分"成年与恋爱"（第53-133节）主要讲述唐璜与朱丽亚的关系，以及他们越过道德底线的过程。这一部分可进一步分为四小节："朱丽亚的婚姻"（第53-65节）、"朱丽亚与唐璜"（第66-85节）、"唐璜的青春期"（第86-102节）、"偷吃禁果"（第103-133节）。伊内兹的朋友朱丽亚（Dona Julia）是家里常客，她比唐璜大七岁，有摩尔人的血统，有东方女性的魅力，在二十岁时嫁了五十岁的贵族阿尔方索（Don Alfonso）。叙事人开玩笑道，与其嫁给一个五十岁的家伙，"倒不如找两个二十五岁的丈夫"。阿尔方索家血统日益混杂，但异种杂交却产生了奇特效果，"从西班牙最丑的一族里，却长出一枝美丽而簇新的花"：朱丽亚的确美丽而又迷人。南方的温暖气候更容易让人屈服于肉体，这都是"可恶的太阳"的罪过。夫妇居住在一起，既不相爱，也不相互嫌弃，只能说凑合过日子。

朱丽亚俨然就是唐璜的大姐，在过去几年，她曾经搂抱他、抚摸他，没有任何不自然。然而转眼间唐璜已经十六岁，"不知什么原因，他们都变了，夫人变得冷淡，小伙子爱脸红"。唐璜仍然会拉她的手，而她却总会把手抽走，只是在抽走之同时，会留下轻轻的一捏。那轻轻一捏啊！叙事人评论道，"无论阿尔米达施展多少魔法，也不及这一捏所引起的千变万化"。朱丽亚对唐璜怀有无限温婉的表情，却难以启齿，表面保持着平静。叙事人评论道，"有乌云蔽天，遮蔽越暗，越显示必有暴风雨"。朱丽亚意识到，为了自己和丈夫，也为了宗教、美德、荣誉和尊严，她必须做出高贵的努力，发誓绝不再见唐璜。但是，她发现逃避不是办法，逃避也做不到，不如像一个贞洁女人一样，去面对诱惑、战胜诱惑。她决定与唐璜建立一种圣洁的爱,毫无欲望的爱,柏拉图式的爱。

与此同时,唐璜的内心也在翻滚、心也在迷茫,他不知道发生了什么。他开始喜欢独处,像华兹华斯一样,到密林,到幽静的地方,冥思苦想,寻章觅句,和自己的灵魂神交;或者思考玄学问题,像柯尔律治一样,不着边际,从自己想到宇宙,从地球想到星星,从古代想到当代,仿佛要解开宇宙的奥秘,但是最终却"想起朱丽亚的黑眼睛"。叙事人解说道,"如您认为这是由于哲学的熏染,我不得不说,也是发情期使然"。在青春期,人的行为往往怪异,心智非常敏感,想象力特别丰富。对他们来说,每一阵风都可能传递着某种讯息。看到林荫深处,他们可能会想象仙女到访人间。看到风吹书页,他们可能会想象吹出了诗的芳香。可是这些怪异的行为,母亲伊内兹仿佛视而不见,或者看见了,依然任其发展,可能期待唐璜从朱丽亚那里得到某种经验。

在一个夏日,应该是六月六日,大约是六点三十分,朱丽亚与唐璜坐在美丽的树荫下,两个人面对面,她的心情已经写在她脸上,然而她没有感到丝毫不对。叙事人评论道,"她所立足的悬崖是多么深!对自己的清白她可同样自信"。她思索着贞操、德行、真诚和她对丈夫的爱,便下定决心"绝不辱没她手上那只戒指",但同时阿尔方索五十岁的年龄让她沮丧,感到缺憾。诗歌突显了朱丽亚内心的挣扎,她的手不知不觉地握住了唐璜的手,不知不觉地她把头贴近了他的另一只正在拨弄她卷发的手。唐璜呢?他年轻的嘴唇给予了她的手"感激的一吻",但又对自己的狂喜感到羞涩。这时月亮已经升起,两人之间发生了不该发生的事情。叙事人评论道,在贞洁的月亮下,人们干了多少坏事,可月亮还是那么娴静而清白。他还把这一切归罪于古希腊哲学家柏拉图，他所谓的男女之间的"纯洁之爱"（Platonic love）证明不可能："你硬说你那套胡诌的哲学，/ 能对人不驯的深心发号施令，/ 岂不知以你那活见鬼的幻觉，/ 为多少败德行为开辟了途径"。唐璜第一次偷吃禁果，只感到欣喜若狂，不可言状。在接下来的这一首可以称为"初恋之歌"（第122-127节）的诗歌中，"初恋"被大大地神秘化，被比喻为亚当的"堕落"和普罗米修斯的"盗火"："谁不感到甜蜜，若是他走近家门，听到家犬向他吠出低沉的欢迎？"人生的甜蜜不计其数：被天鹅唤醒、被瀑布催眠、听蜜蜂嗡嗡、听鸟儿啭鸣、看葡萄累累扑落满园；城市的欢宴、乡村的野趣；父亲看见孩子出生，吝啬鬼看见黄金澄澄，年轻人继承一大笔遗产；报复的痛快，瓶装的老酒，桶盛的啤酒，所有这些都很甜蜜，"但比这一切更美，更妙，更珍贵的 / 是热烈的初恋：它独异其趣，好似亚当回忆中那次堕落。生活再也提供不了任何快乐，/ 可以和那一甜蜜的罪过相比"。

第四部分"闯祸与逃离"（第134-199节）讲述唐璜与朱丽亚在她家卧室幽会，被阿尔方索捉奸在床的故事。这一部分又可进一步分为三个小节："幽会"（第134-168节）、"捉奸"（第169-187节）和"结尾"（第188-199节）。故事发生在11月一个乌云密布的夜晚。半夜时分，朱丽亚的卧室外，突然有一阵密集的脚步声，女仆安东尼亚（Antonia）急切通报：阿尔方索带了大队人马正向朱丽亚房间赶来，让唐璜赶快离开。然而已经来不及，阿尔方索和一大群市民、仆人，举着火把，已经站在门口。叙事人评论道，这些人多是已婚人士，希望捉到奸夫淫妇，以正风化。而阿尔方索半夜三更，举着火把和利剑，私闯夫人卧房，为的就是证明他就是那个被戴绿帽子的人。朱丽亚从床上跳起，安东尼亚顺手将被子堆成一团。两个女人站在一起，似乎受到了惊吓。终于，朱丽亚从噩梦中醒来，开始哭泣和叫骂，"老天在上，阿尔方索，你是干什么？""深更半夜你竟带人来胡闹，是发酒疯，还是另有邪火？"阿尔方索根本不听，带人在屋内翻箱倒柜。床下窗外，无处不查，不留死角，然而他们什么也没有搜到，只能面面相觑，不知所以。诗歌使用大量篇幅（第145-157节）描写朱丽亚的叫骂，她骂他是老糊涂，忘恩负义，口是心非，无缘无故地搜罗证据，破坏一个贞洁女人的名声。阿尔方索迷茫地站在那里，不知所措。他的那群打手也个个垂头丧气。他刚要说话就被女仆顶了回去："得了，老爷，请离开吧，别再说了，不然太太会死掉。"阿尔方索懊恼地看了一眼，带着他的人乖乖地退出。唐璜赶快从床上的被窝里爬了出来，他已经被闷得半死，原来他就藏在被子里。

　　唐璜从被子里出来后，又与朱丽亚卿卿我我。阿尔方索送走那群人后，又独自朝朱丽亚的房间走来。安东尼亚赶快将唐璜藏进衣橱，起身告退。阿尔方索停顿了一下，然后为刚才的行为进行辩解。他长篇大论，恢恢弘弘，朱丽亚总是不肯接受。然后她要求约法三章，约束其行为。就在这时，阿尔方索发现了一双男人的鞋。呜呼悲哉！他先是拿起仔细观看，然后就爆发了一腔愤怒。他冲出房间去取他的佩剑，朱丽亚立刻奔向了衣橱，叫唐璜快跑。唐璜飞身出逃，但还是与赶回来的阿尔方索碰了个正着，两人扭打在一起。阿尔方索誓死要报仇，唐璜也热血沸腾，"没有一点意思要以身殉情"。阿尔方索的剑被唐璜打落在地，赤手空拳仍然不放过唐璜。后者也年轻气盛、不知节制，如果他看见地上的剑，那阿尔方索可能凶多吉少。阿尔方索扭住唐璜不放，把他唯一的衣衫撕得精光。唐璜只得打出一记重拳，赤身裸体，仓皇而逃。这时，全体仆人已经聚集，目睹了这不雅的一幕。

唐璜从朱丽亚处仓皇地逃回了家，但不知后面还有更加严重的后果。第二天阿尔方索诉讼离婚，消息开始蔓延，甚至传到了英国，登上了英国的报刊。人们在报纸上可以了解到事件的前前后后，以及诉讼的全过程。伊兹在朋友的建议下将唐璜送出了国门，到欧洲游历，以重建道德，而朱丽亚则被送进了修道院。在那里，她给唐璜写了一封长长的信，诉说了她的痛苦，以及她对唐璜不变的爱情，她说对男人爱只是生活的一部分，而对女人，爱就是全部。"你可以到世界上去争取你的快乐，成就，实现理想，追逐功名，而我在这个世界已经无法放弃仍然在胸中燃烧的激情"。她的痛苦达到了顶点，求死无门，只能忍受生活，为他祈祷。

第五部分"后记"（第200-222节） 主要介绍全诗的意图、规划、诗学主张，回应读者可能产生的问题。全诗计划共12章，按古典史诗的模式撰写。荷马、维吉尔、但丁曾写战争与爱情、天堂与地狱、船长与航海等。拜伦也有他的史诗框架和史诗内容，但他的故事不是虚构，而是真实：唐璜的冒险和顽劣最终把他自己送下了地狱。拜伦的诗歌形式不是散文或无韵诗，而是传统的押韵诗体裁。他将仿效弥尔顿、德莱顿和蒲伯，而不效仿华兹华斯、柯尔律治和骚塞。有些读者可能会对该诗产生非议，甚至责难，说它"不道德"。要是前些年，他一定会大力反击，但是现在他已经人到中年，不再年轻气盛，只求读者留意唐璜下地狱的情节。在接下来的一首动人的"告别青春歌"（第214-224节）中，诗人抒发时光飞逝、青春不再的悲挽情绪，描写了功名利禄、流芳百世的虚幻。最后，诗人与读者暂时道别，希望如果有缘，还有机会再次见面。

帕西·比西·雪莱诗选

以下诗歌可以分为政治诗、自然诗和爱情诗。"政治诗"包括《1819年的英国》《给英国人民的歌》《致希德茅斯和卡色雷》《暴政的假面游行》《解放了的普罗米修斯》等;"自然诗"包括《勃朗峰》《云雀》《云》《西风颂》等;"爱情诗"包括《爱的哲学》《印度小夜曲》《当一盏灯破碎了》和《致——》。

然而,从某种意义上讲,雪莱的诗歌都是政治诗,只是有些有明显的政治倾向,有些政治意图比较隐晦。玛丽·雪莱(Mary Shelley)曾经说,"雪莱相信在社会中两个阶级的冲突不可避免,他渴望让自己站在人民一边。他曾经打算出版一系列诗歌,以此来记载他们的状况和境遇。他写了一些,但是在那个以诽谤名义实施迫害的时代,它们都无法出版"。这里提到的"一系列诗歌"不但包括以上的"政治诗",而且还包括《西风颂》《自由颂》和《解放了的普罗米修斯》。它们属于政治意图比较隐晦的政治诗,因此在当时得以出版。

在玛丽·雪莱的描述中,雪莱的政治立场似乎很明显:"站在人民一边",成为人民的代言人。在《1819年的英国》中,他把统治阶级描写成吮吸劳动人民鲜血的蚂蟥,把英国描绘成欧洲的一个最腐朽的国家:国王昏聩,朝政腐败,人民生活在水深火热之中,军队绞杀自由,法律拜金而嗜血,宗教只是一本闭阖的书。在《给英国人民的歌》中,他号召人民拒绝将自己生产的粮食给统治阶级享用:"英国人民啊,何必为地主而耕?/ 他们一直把你们当作贱种"(查良铮译文)。在《暴政的假面游行》中,雪莱描写了专制政权镇压争取自由的民众的"彼得卢大屠杀",其中被拟人化的屠杀、虚伪、欺诈、暴政等,戴着国王、大臣、刽子手的面具,在英国的大地耀武扬威地游行。

从某种意义上讲,雪莱从一开始就将自己塑造成了一个革命诗人:追求自由,痛恨专制和暴政。以上这些诗歌揭露了剥削、压迫、不平等、不公正的社会现象和社会体系。他的激进思想使他"几乎成为尚未成熟时期的英国工人运动的号角和旗帜"。马克思甚至把雪莱的早期作品《麦布女王》描述为英国工人运动"宪章派的《圣经》"。

然而,雪莱的贵族出身也许根本无法使他真正成为工人阶级的一员。他试图超越自己的阶级和出身,但是却一直保持着一个绅士的行为举止和思维模式。他在给友人的一封信中说,"我是贵族的一员……压迫的机器也在我身上建立,以至于有一天我也将成为一个压迫者"。正如道森(P. M. S. Dawson)所言,"雪莱的阶级意识不可避免地是充满了负罪感的阶级意识,这个阶级意识把他定位于特权阶层,'压迫者',从不公正的社会制度中受益"。(*The New Shelley*, ed. G. Kim Blank, 1991)

雪莱同情劳动人民,但同时也害怕人民真正起来革命。他支持社会变革,但是希望这个变革是可控的、在精英阶层指导下进行的。他在《诗辩》中说,"变化需要从高层次开始,自上而下地进行,否则无政府主义就会是通向专制的最后挣扎"。因此雪莱作品的定位和目标读者是精英阶层,具有细腻的品味和丰富的知识。《西风颂》作为政治诗只有这个阶层能够理解,《解放了的普罗米修斯》可能也是如此。后者主张革命应该从内心开始,只有人心改变了,社会才能改变。它们能在那个年代出版,已经说明对当时的统治阶级来说是可以接受的。

可以说,雪莱效忠的不是他自己的阶级,可能也不是任何其他阶级,而是一些抽象的理念:公正、平等、仁慈、理智等。受到新柏拉图主义(Neo-Platonism)的影响,他在政治上和其他领域都一样,追求一种理想,或者抽象的"美"。《勃朗峰》中那个用语言无法表述的"力量",《赞精神美》中追求的那个理念,都是这个抽象的"美"的化身。甚至他在那些"爱情诗"中追求的"爱"可能都是抽象的理念,而不是具体的个人或女人。

英国学者保罗·约翰逊在《知识分子》(中文版1999)中说,"同卢梭一样,总的说来他[雪莱]爱人类,但对特定的人他常常是残酷无情"。在实际生活中,他是一个"极端的个人主义者和自我为中心主义者"。他曾经因两次私奔、与两个女人同时同居、对前妻的自杀异常冷漠而备受责难,被称为"不道德的人",被剥夺了自己孩子的监护权。保罗认为雪莱在《印度小夜曲》《爱的哲学》等诗中苦苦思念的姑娘其实都是乌有之物,或者一些纯粹理念。

约翰逊的雪莱与30年代起就在中国流行的安德烈·莫洛亚的《雪莱传》(1923)大相径庭,他对雪莱的尖锐批评引起了中国知识界的强烈反响。人们在问雪莱到底是"无私的?不道德的?疯狂的?"还是具有"金子之心"?他到底是天使,还是魔鬼?这些问题需要读者去认真思考。雪莱固然有瑕疵,但我们也应该看到他善良、温情的一面:他经常掏出钱来接济穷人,有一次他看见一位妇女光着脚在路上一瘸一拐,他就脱下自己的鞋给她穿上。然后自己光着脚回家,脚都磨破了。也许所有读者都应该在阅读的基础上形成自己的看法。

《无常》(**Mutability**)

该诗通过两个稍纵即逝的自然形象(乌云和旋律),感叹人生短暂和世事无常。第1-2节将人生的短暂比喻为夜空中的乌云，它们在空中奔驰、闪亮，遮住了月亮，然而在黑夜结束时，它们也会完全消失。同时，人生的短暂也被比喻为风弦琴所弹奏的音乐。风吹琴弦，发出不同的旋律，然而每一个旋律都与上一个不同：它们出现一次，就完全消逝。

第3-4节直接描写世事的无常，感叹人生的痛苦和易逝。诗歌说，我们入睡时可能会做噩梦，我起床后可能会被思绪困扰。我们感知、推理、欢笑、哭泣，人生仿佛就是欢乐与痛苦的混合体，即"可爱的悲伤"（fond woe）。但是无论欢乐还是悲伤，它们都不会长久，只有"无常"才是永恒。

该诗继承了文艺复兴时期以来的英国诗歌传统，把"无常"视为人生的主要特征。莎士比亚和斯宾塞都以"无常"为题书写过人生和爱情。莎士比亚的《十四行诗·18》曾经用"夏天"和"骄阳"比喻人生，因为乌云随时可能遮住阳光。斯宾塞的《爱情小曲·75》（*Amoretti*·75）曾经用沙滩上撰写姑娘名字的方式来表达他的爱情，但是海水涌来，冲刷掉那个爱的表白。在雪莱的时代，华兹华斯的《无常》一诗将人生比喻为起伏的音乐，它有高有低，不断变化。雪莱自己的《奥斯曼迭斯》从某种意义上讲，也是写人生的易逝：过去不可一世的君王今何在？沙漠上的一堆废墟。

《勃朗峰》（Mont Blanc）

该诗描写阿尔卑斯山勃朗峰的雄伟、壮丽，以及诗人对人与自然关系的思考。全诗分五部分，即"序言""阿尔夫河谷""勃朗峰""冰川与河流"和"尾声"。作为一首自然诗歌，它与一般的自然诗歌不同，它并不描写"田园风光"，鲜花、青草、大树、村庄、流水等，它描写的对象是欧洲的最高峰，壮观而伟岸，不可企及。面对高耸入云的山峰，人们不会觉得它"美丽"，只会觉得它"崇高"。根据古希腊美学家郎吉努斯（Longinus）和英国哲学家艾德蒙·伯克

（Edmund Burke）的定义，"崇高"是巨大的力量、高度、数量、速度、尺寸等属性的总和所激起的"崇敬感、敬畏感，甚至恐惧感"。了解这个背景对于理解这首诗歌，获得期望的效果，非常重要。

第一部分"序"描写绵延不断的山峰，忽明忽暗，其景象像一条河流，穿过诗人的心灵。那山顶的冰盖既是自然的河流的源头，从山顶冲向山下，也是诗人的思绪的源头，源源不断地穿过他的脑海。山上，狂风吹过茂密的森林，发出阵阵声响；巨大的水流撞击岩石，溅起水花四散。据说雪莱创作该诗时，就站在霞慕尼深谷（Vale of Chamouni）的一座桥上，从那里勃朗峰的全貌可以尽收眼底。

第二部分"阿尔夫河谷"（Ravine of Arve）描写阳光从云间穿过，照射到山麓，云影在山谷中漂移。河流的源头像一股巨大的"力"（Power），坐在山顶的王座上。河水从那里的冰川向下倾泻，气势犹如闪电和暴风骤雨。河水奔腾流经之处，浓密的松树高高矗立，古老的山风嗅着它们的芳香，在树间弹出和谐的音符。瀑布从云端倾泻，彩虹横跨其上，无形的秘密隐掩在其后。巨大的山洞回响着阿尔夫河的巨响，其水流像脱缰野马无法"驯服"（tame），奇特的沉睡将一切包裹在"永恒"（eternity）之中。诗歌是"描写"与"思考"的结合：雪莱在直陈景观之后，不禁浮想联翩，对人与自然的关系有了新的理解。他的心灵思考着山峰的意义，同时也接收着山峰的影响，与其进行着不断的互动和交流。狂野的思绪，像插上了想象的翅膀，在黑暗的山谷之上飞翔，在诗歌的奇幻洞穴中逗留，在漂浮的阴影中寻找一切事物的灵魂、幽灵或形象。

第三部分"勃朗峰"感叹山峰的雄伟气势给人的启示，像"天外的神灵"（unknown omnipotence）揭开了生与死的面纱。面对刺破天空、高耸入云的勃朗峰，诗人的灵魂仿佛都陶醉了。他看见群山臣服，冰和岩石"以非凡出世的形态"（unearthly forms）环绕四周。山峰之间的深谷中，冰川（frozen floods）缓慢流动，蜿蜒而下，映射蓝天。这是一片巨大的荒野，杳无人烟，偶尔有一只鹰或一只狼。所有的事物，一眼望去，都是那么原始、光秃和可怖，仿佛古老的地震曾经光临，或者曾经有一片火海在此燃烧。读者应该注意诗歌到此为止所使用的形容词："无限"（infinite）、"永恒""力""奔腾""巨响""非凡出世""狂野"，它们都体现了一种力量和雄伟，在心中激起"崇敬感、敬畏感，甚至恐惧感"。与前一部分相同，诗歌在此从"描写"进入了"思考"，从这壮美的景致，诗人体悟到这样一种信息："这片荒野有一条神秘的舌头，/ 传授着可怕的怀疑，或温和、庄严、安恬的信仰；/ 正是由于这样的信仰人与自然，/ 才有可能达到和谐。"换句话说，山峰有一种"声音"，只有明智、伟大、善良的人才能理解，它将废除世间的欺骗和悲伤的法典。

第四部分"冰川与河流"感叹所有事物都有生死存亡，必须遵循自然规律：高山、湖泊、大树、小草、风暴、闪电、洪水、飓风都无一例外。花蕾和树叶现在冬眠，不久它们便会突然苏醒，茁壮成长。人类工作和生活，有消有长；身体和灵魂，以及他将赢得的一切都有生有死，有崛起与衰落。只有勃朗峰山巅的那股"力"是永恒的，它遗世独立、遥远、安详、不可企及。冰川像蛇一样缓慢地前移，注视着它的食物。它途经之地，一切都将被它碾压、毁灭。那些原始的岩石模仿并嘲笑着人类的文明，它们像圆顶、金字塔、尖顶、城墙，像一座城市，但都将被席卷而去。冰川是一股毁灭的洪流（a flood of ruin）。这股从天际倾泻下来的永恒的冰川，将带走参天大树，带走古老的岩石，将其带到无法找到的地方，带到生与死的边界。鸟、兽、昆虫的住所将成为它的牺牲品，永远失去其生命和欢乐。人类早就逃离了这片可怕的地方，他们的遗迹早已烟消云散。然而，冰川并非纯粹的"毁灭者"，它也是"保护者"。它来到山下，变成河流与浪花。它们在平原汇聚，蜿蜒前行，给予远方的土地以滋养和生命（breath and blood of distant lands）。

第五部分"尾声"重述了前几部分所提到的许多景致，许多声音，许多生死的"力"。那些平日无人留意的"冰雪"，现在夕阳下闪耀，在星光下晶莹发亮。强劲的"风暴"互相竞争，堆起了万顷雪花。"闪电"在无声的空寂中一闪而过。诗人感叹存在于山峰上的万物的神秘力量（Strength）：它不仅控制着人的思维，而且是宇宙的规律："如果对于人类的想象，安静和孤寂都只是空虚，那么大地、星辰和海，你们又是什么？"（江枫译）

作为自然诗歌，《勃朗峰》描绘了一个气势恢宏的高山形象，它高大、神秘、遥远，超出了人们的认知和想象。浪漫派诗人往往会将这样无法理解的"崇高"追溯到上帝，而雪莱作为无神论者不可能这样做。宗教意义上的"崇高"对他来说是不可接受的：在夏慕尼下榻的伦敦酒店中，他留下了这样的希腊文铭文："P. B. Shelley: Democrat, Philanthropist, Atheist"。勃朗峰的"不可言说的气势恢宏"，在他看来，不是来自上帝，而是来自"必然"（Necessity），即自然规律，生死轮替的自然法则：山峰顶端的那个神秘的"力量"就是这个"必然"的化身，它并不受制于生与死的自然法则。

在这首诗中，雪莱不仅修正了浪漫派的宗教式的"崇高"理念，而且还对这个"崇高"理念向革命和进步的方向做了进一步的解读。正如塞恩·达菲（Cian Duffy）所言，雪莱对"崇高"做了如下重构：1）用平等的模型替代了宗教的不平等的创世神话（"生命之链"中的等级制度），从而对永恒的自然体系进行了重新解读；2）拒绝接受宗教对自然界的末世想象，用"摧毁"和"保护"（destroy and preserve）思想替代了宗教的终极毁灭思想。这是对文学领域的勃朗峰想象的革命性改造。（*Shelley and the Revolutionary Sublime*, 2005）

《奥斯曼迪斯》（Ozymandias）

该诗描写古埃及法老奥斯曼迪斯曾经的辉煌，以及他在当今留下的一堆废墟，感叹人生易逝、死亡面前人人平等。拉姆希斯二世（Ramses II），希腊人称之为奥斯曼迪斯，生活在公元前13世纪。作为埃及法老，他曾经大权在握、不可一世，自称"王中之王"。然而现在，这位"王中之王"早已作古，他的雕像已经崩塌，变成了一堆废石头，一半被黄沙掩埋。

虽然在那堆倒塌的石像上仍然依稀可以辨认奥斯曼迪斯的威仪，但是他的居高临下的冷酷早已荡然无存。这些毫无生气的石头远远超过了奥斯曼迪斯和创作该雕像的艺术家的寿命，从而说明无论你有多么伟大的艺术，也无论你有多么可怕的权势，都不可能逃脱死亡的命运。不可一世的国王和他的雕刻匠仆人的鲜明对照说明，无论高低贵贱，无论贫富亲疏，在死亡面前人人平等。

传统的评论主要将该诗的政治意义定位在抨击一个东方独裁者的残暴统治：古埃及法老的权势与独裁已经埋进了历史的黄沙，曾经傲视一切的君王今何在？仅仅是"一片荒凉而寂寞的平沙"。其实它的政治意义远比这一点更加复杂。雪莱没有见过他描写的雕像，他的诗歌是他与朋友史密斯（Horace Smith）进行同题创作比赛的结果。全诗除了第一行以外都是引文，来自一位"古国的旅行者"。传统评论认为，这位"古国旅行者"是古希腊历史学家迪奥朵勒斯（Diodorus Siculus），他曾经提到奥斯曼迭斯雕像上的铭文："我是奥斯曼迭斯，王中之王"。但根据奈吉尔·里斯克（Nigel Leask）的考证（*Curiosity and the Aesthetics of Travel Writing 1770–1840*），这个旅人还可能是法国东方学者、哲学家和历史学家康斯坦丁·沃尔内（Constantin Volney）或跟随拿破仑远征埃及的旅行家维凡·德农（Vivant Denon）。前者著有埃及和叙利亚游记《帝国废墟》（*Les Ruines*，1791），后者出版过《上下埃及游记》（*Voyage dans la basse et la haute Egypt*, 1801）。

拿破仑征服埃及的企图，以及英国打败拿破仑接管埃及，都使得"埃及学"成为西方学界的研究时尚，大英博物馆也在1818年3月，即在雪莱的诗歌出版之后，迎来了人面狮身像"年轻的曼农"。《奥斯曼迭斯》体现了美学领域与帝国事业的某种共谋，因此希腊美学被暂时放到了一边，埃及美学一时成为新宠。拿破仑曾经随军带到埃及150位学者专家，成立了"开罗研究院"，将军事征服与文化征服结合起来。然而，法国的这个埃及美学梦想随着拿破仑的覆灭而覆灭。1801年，法军撤离了埃及，甚至连"年轻的曼农"也没有带走。

从某种意义上讲，雪莱的《奥斯曼迭斯》不仅是对古代东方的独裁者的抨击，可能也是对现代西方的殖民和霸权事业的抨击。正如张德明所说，"一首小小的十四行诗承载了一种流行的文化恋古癖、两座沉重的花岗岩雕像、三部写实的游记、两个帝国的命运和两种不同的美学理念，重申并实践了雪莱在《诗辩》中提出的著名论断：'诗人是未经公认的世界立法者'。"（《雪莱<奥西曼底亚斯>的"语境还原"》，《绍兴文理学院学报》2009第五期）

《不要揭开彩色的面纱》（Lift Not the Painted Veil）

该诗写一个寻找真实但一无所获的人的沮丧和失望。叙事人告诫人们，"不要揭开生活的彩色面纱"，即使你旨在追寻爱、追寻真实，你都不要揭开它，因为它的背后什么也没有，只有"恐惧"和"希望"在面纱上投射了各种不同的幻影。诗歌中的形象好似柏拉图的山洞和烛光的比喻：生活不是"真实"，而只是在面纱上的投影。面纱上的一切都是"表象"，是对真实的"模仿"。它只是表象，而不是"真实"。第二部分讲述了一个人曾经揭开面纱的例子，以说明他所收获的失望。他希望找到爱，找到真实，但是他什么也没有找寻到，没有找到他能赞许的东西。他在整个世界寻找，但是没有人理会他。

《面纱》（*Painted Veil*）曾经被英国小说家萨默塞特·毛姆（William Somerset Maugham）用作小说的题目，这部小说于2010年被改编为电影。故事讲述19世纪的一个英国女人由于爱情不顺而仓促嫁给了一个即将去中国工作的医生，但是在中国她却爱上了英国驻华领事，他们的地下恋情被发现后，医生要求她要么离婚，要么跟他到中国西部的疫区工作：她知道这无异于自杀和杀戮。这个故事之所以取名为《面纱》，也许是因为"生活"和"爱情"都不真实，仅仅是投射在面纱上的影像而已。

《爱的哲学》（Love's Philosophy）

作为爱情诗，该诗可能继承了英国17世纪玄学派诗歌的传统，即企图在简单的感情背后去寻找一个高大上的哲学，或者为爱寻找一个哲学层面的理由。在第一部分，它想证明"世上一切都不孤单"：山泉汇入河流、河流汇入大海，因此你和我也要汇合，因为"万物遵循同一神圣法则，在同一精神中会合"（江枫译）。在第二部分，它进一步说明两人应该在一起的理由：高山吻着天空，浪花相互拉着手，花朵不会蔑视花朵。阳光拥抱大地，月光亲吻大海。雪莱所说的"爱的哲学"就是万物不可能独自生存，它们在感情上、生理上、精神上都需要相互依存，因此你和我必须相爱，否则就没有存在的理由："这些接吻又有何益，要是你不肯吻我？"意思是，既然自然界的所有事物都在相爱，那么我们没有理由不相爱。

《印度小夜曲》（The Indian Serenade）

该诗叙事人不是诗人，而是一个印度姑娘，其爱情也有一种东方爱情的火热。故事很简单。第一段中，姑娘从梦中醒来，不知不觉来到了爱人的窗下，希望与爱人幽会。第二段写夜色阑珊，星光照耀，姑娘触景生情。在这个迷人的夜晚，乐声（airs）像花瓣一样已经在小溪上散落，金木香（Champak）的芬芳已经消散殆尽，夜莺的抱怨声也在其心上死去，姑娘也希望依偎着爱人的心死去。这里的"死"不是真正的"死"，就像在莎士比亚的十四行诗中一样，"死"暗示爱的狂喜。第三段中，姑娘祈求爱人把她抱起，让他的吻像雨点一样落在她的嘴唇和眼睑。她的心在剧烈地跳动，她祈求他将她的心贴近他的心，让它在那里破碎。"破碎"也不是"悲伤"，而是心花怒放的隐喻。雪莱没有到访过印度，但这个想象的印度场景具有强烈的东方色彩。

《给英国人民的歌》（A Song: "Men of England"）

该诗很像是一篇工人阶级的战斗檄文：它控诉剥削阶级对劳动人民的压迫，同时号召劳动人民奋起反抗。在19世纪中叶爆发的英国工人反剥削压迫的"宪章运动"中，雪莱被奉为偶像，得到宪章运动批评家的高度赞赏。《给英国人民的歌》几乎成为宪章运动的"战斗进行曲"。

全诗分两个部分，第一部分（第1-5节）以"为什么"提问，刺激劳动人民的大脑，唤醒他们的觉悟：为什么要为压榨你们的贵族耕种？为什么要为那些暴君织布？诗歌将劳动人民比喻为工蜂，他们起早贪黑，劳作不止，但他们的劳动果实却被那些懒虫似的雄蜂占有："你们撒的种子，别人拿收成，/ 你们找到的财富，别人留存"。

第二部分（第6-8节）号召英国的劳动人民不要再忍受、不要再沉默，而要拿起武器保护自己，保卫自己的劳动果实。"播种吧，不要让暴君搜刮！纺织吧，可别为别人织锦衣！"诗歌告诫英国的劳动人民：他们之所以住陋室，是因为他们修建的大厦被别人占有了；他们之所以戴镣铐，是因为别人拿着他们制造的武器逼迫他们。如果他们不奋起反抗，他们只能用自己的劳动工具为自己挖掘坟墓，为自己编织尸衣，把英国当成自己的坟场。

《1819年的英国》（England in 1819）

该诗是一幅反映1819年的英国的全景式图画，通过对这个国家自上而下的描写，展示它的黑暗和腐朽。这是一首十四行诗，但它与一般十四行诗略有不同。一般的十四行诗分为前后两个部分，前八行陈述一个现象，后六行出现一个转折，形成一个新的想法，得出一个新的结论。该诗的结构是，前十二行写腐朽的具体表现，最后两行表达重生的希望。

在前12行中，国王是昏庸的国王；王子是庸碌的渣滓；统治者是毫无人性的蚂蟥，叮住国家的躯体，吮吸其鲜血，直到喝足了血，不打便跌落，而劳动人民却在饥荒中挨饿；军队是一把双刃剑，对于使用它的人来说，既可以用它杀戮，也可以被它杀戮；法律有着金色和希望的外衣，但却是害人的陷阱；宗教没有耶稣、没有上帝，仅仅是一本合上的书；议会不愿废除史上最糟糕的法律。英国自上而下都是一片黑暗、一潭死水。在最后2行中，诗歌认为英国就像一座巨大的坟墓，从中将有一个幽灵升起，这个幽灵将照亮整个世界。

马克思在《共产党宣言》中可能借用了雪莱的幽灵意象："一个幽灵，共产主义的幽灵，在欧洲徘徊。旧欧洲的一切势力，教皇和沙皇……都为驱逐这个幽灵而结成了神圣同盟。"在马克思看来，这个幽灵是希望所在，它在已经死亡的旧欧洲上空飞翔，"照亮"了这片黑暗的大陆。它标志着欧洲即将从坟墓中站起，获得重生。

《致希德茅斯和卡色雷》（To Sidmouth and Castlereagh）

以上题目是该诗的原题，玛丽·雪莱在整理出版时，曾经将题目改为《为1819年两政客造像》（Similes for Two Political Characters of 1819）。当时，希德茅斯是内政大臣，卡色雷是外务大臣，两人在镇压曼彻斯特圣彼得广场（St. Peters Fields）的民众和平示威过程中起到了关键作用，可称为罪魁祸首，沾满了人民的鲜血，因此是该诗讽刺和抨击的对象。

整首诗歌就是一系列比喻，将两人比喻为各种凶残的猛兽。在第1-3节中，他们被描写为吃死尸的动物：他们像乌鸦，嘶哑的叫声传递着不祥的预兆，好似嗅到了尸首的腐肉；他们像猫头鹰，从墓地的紫衫树上的窝中飞出，在毫无星光的黑夜中吓坏了过路的人；他们像狗鱼和鲨鱼，等待着黑奴船经过，争抢从船上扔下来的黑奴尸体。在第4节中，诗人将他们比喻为秃鹰、蝎子、豺狼、毒蛇，两个政客的恶毒和凶残在这些比喻中被描写得淋漓尽致。

《暴政的假面游行》（The Mask of Anarchy）

该诗运用一个幻象抨击了19世纪英国政府对曼彻斯特和平示威民众的残酷镇压，将外相卡色雷、内务部长希德茅斯和他们的追随者讽刺性地描写为杀人犯、骗子、伪君子、暴君。1819年8月16日，民众在曼彻斯特附近的圣彼得广场集会，支持国会改革，却遭到了英国政府的血腥镇压，史称"彼得卢大屠杀"，可与英军在"滑铁卢"屠杀拿破仑的军队相比拟。全诗分为两个部分，第一部分"暴政的凯旋"写卡色雷等人镇压了示威民众之后，得意洋洋地回到伦敦的情景。第二部分"暴政的覆灭"写由于一股神奇的力量的干预，暴政最终被打倒，希望重新升起。

在第一部分（第1—18节）中，诗人通过幻视看到了一个假面游行，谋杀、欺骗、伪善分别戴着卡色雷、埃尔顿和希德茅斯的面具，趾高气昂地穿过英格兰的大地。卡色雷身后跟着七匹狼狗，他不时地从怀里掏出一颗颗人的心脏，喂食这些狼狗。埃尔顿喜欢落泪，泪珠晶莹透亮，像珠宝一样，但是落下的过程中却变成了顽石，砸碎下面玩耍的儿童的头。希德茅斯披着《圣经》的外衣，却骑着一条鳄鱼。在他们后面还跟着许多破坏者和打砸抢人员，长相酷似主教、律师、贵族和间谍。走在假面游行最后的是他们的头领"暴政"（Anarchy），他骑着沾满鲜血的白马，其相貌酷似"死亡"。他手握权杖，头戴王冠，额头上写着"我是上帝、国王和法律"。

"暴政"和他的追随者横行霸道，像一支强大的军队，他们踏着有力的步伐，震得地动山摇：踏平了英国的城镇和村庄，将民众踏入了血泊之中。撕裂的撕裂，践踏的践踏，他们最终来到了伦敦城。这里的居民看见这可怕的凯旋，无不心惊肉跳。被雇佣的杀人犯在路边列队迎接，高呼"上帝、法律和国王"，要求"暴政"给予他们杀戮的任务和杀戮的报酬。律师和牧师在路边卑躬屈膝，顶礼膜拜，所有人都在叩头，称暴政为"国王、上帝和主人"。

在第二部分（第19-38节）中，暴政扫视了一下来迎接他的众人，脸上露出一丝藐视的神情。他知道这个国家的一切都是他的，包括宫殿、王冠、权杖、王袍。他命令属下去接管市中心和伦敦塔，他自己要去训斥国会，这时一个狂女子挡住了他的道路，她的名字叫"希望"（Hope）。她喊道："我的父亲叫'时间'，他已经老朽，像傻子，他用泥土掩埋了一个又一个孩子，啊，悲哀，悲哀。"接下来，她不顾生命安危，躺倒在地上，任由谋杀、欺骗和暴政的化身从她身上踏过，企图挡住这些杀人犯。

然而，一阵尘土或烟雾从地上卷起，它迅速膨胀，形成一个"巨人"（Shape）。其全身铠甲像毒蛇的鳞片，额头上有一颗闪闪发光的星。这个巨人从所有人头上飞过，人们看不清它的面貌，但却能感到它的存在。诸多的联想，犹如春花烂漫、犹如群星照耀、犹如浪花翻腾。待尘埃落地，"希望"没有被踏平，而是在平静地前行。反而是"暴政"躺在地上，已经死去，他的白马已经成为惊弓之鸟，狂奔乱突，掀起的尘土扑面而来，打在那些杀人犯脸上。

在这阵混乱之中，一个声音传递着"快乐与恐惧"的信息。就像曾经养育了英国人的"大地"（Earth）勃然大怒，被遭到镇压的人们的鲜血所惊醒，带着一个母亲的痛苦，抹去脸上的血迹，从内心深处喊道："英国人，像雄狮一样醒来吧！以你们不可战胜的数量，卸下你们的枷锁……你们是多数，他们是少数。"

作为一首抗议诗，该诗表现出了应有的激进和战斗精神，因此无法在当时出版。但是如果我们看诗歌的第三部分

（省略），我们又可能看到诗歌的保守的一面。诗歌中所有的革命只是一个神秘力量的革命，不是人民大众的革命。在这个被删掉的部分，我们可以看到被压迫的人民不是拿起武器，而是"手臂交叉""平静地站立"，以示抗议。所谓的"暴政"在英文中的准确意思是"无政府主义"或"混乱"。因此，雪莱恐惧的是"混乱"，而不是真正意义上的"暴政"。他提倡的是非暴力抗议，以及和平改革，可能不是马克思主义意义上的"革命"。

《西风颂》（Ode to the West Wind）

该诗描写风暴来临前的陆地、天空和大海，抒发诗人振作起来、找回人生信心的希望。诗歌创作于1819年的意大利佛罗伦萨，雪莱描述了当时的情景："该诗是在佛罗伦萨附近的阿尔诺郊外的林中构思和创作的，那天暴风正在聚集乌云和水蒸气，将降下一场秋雨，那风既温和又刺激想象。正如我预测，它在落日时分演变成了一场狂风暴雨，夹杂着阿尔卑斯山南部地区特有的恢弘的雷电。"

第一部分（第1-3段）主要描写自然现象，包括西风横扫"陆地""天空"和"大海"的情景。西风横扫大地，摧枯拉朽。落叶像鬼魅碰到巫师，纷纷落荒而逃。但是诗歌并未将西风描写为纯粹的破坏者，它还是一个保护者："把有翼的种子催送到 / 黑暗的冬床上，它们就躺在那里，/ 像墓中的死尸，冰冷、深藏、低贱，/ 直等到春天"（查良铮译）。在第二年春天，这些种子将苏醒和发芽，焕发出新的生命。

西风在天空聚集了成片的乌云，"高空一片混乱，/ 流云像大地的枯叶一样被撕扯，/ 脱离了天空和海洋的纠缠的枝干"（查良铮译）。诗歌将空中层层叠叠的乌云，描写成酒神祭司飘扬的卷发（the locks），散布在茫茫地平线的边缘，直到苍穹的绝顶。呜咽的西风像垂死的岁月的挽歌，即将来临的黑夜就是这个世界的墓穴。同第一节一样，这里的死亡也预示着重生。

西风唤醒了沉睡的地中海，在海上掀起了惊涛骇浪。往日宁静的水面，曾经映射着岸边的宫殿和塔尖，让感官迷醉。而如今西风势如破竹，掀起的巨浪可让大海开道。海底的海藻和生物听到西风经过，在恐惧中瑟瑟发抖。

第二部分（第4-5段）主要描写西风给诗人的启示，包括"拯救"和"认同"两个主题。第四节中，诗人希望具有西风的力量，获得西风的自由。生活的重担已经将他的想象力和生命消耗殆尽，"我跌倒在生活的荆棘上，我在流血"。诗人急切希望西风能够将他从他跌倒的地方托起，驰骋天空，无忧无虑。他希望西风能够使他重新振作、重获新生，就像风吹进森林一样。

第五节中，诗人呼吁西风把他当成风弦琴，在他身上弹奏出美妙音乐，甜美而悲哀的音乐充满了秋天的气息。不仅如此，他还希望自己就是西风，像风吹树叶一样，将他的思想吹进整个宇宙。这些思想将像种子一样，在整个宇宙生根发芽，茁壮成长。他将用诗歌的力量，将诗意的文字播撒到全人类；将嘴唇当成号角，对沉睡的大地发出预言："如果冬天已经来临，春天还会遥远吗？"

诗歌充满了死亡和重生的意象：冬去春来，植物在秋天死去，在春天又复苏。树木在秋天枯萎，在春天又生长。它描写的死亡和重生不仅仅是自然现象，也是人类社会变革和求新的隐喻。它歌颂的西风同时是"摧毁者"和"保护者"，它既埋葬已经死亡的旧世界，同时又为即将重生的新世界播下种子。诗歌有着强烈的政治象征意义，雪莱对西风的呼唤一直被认为是对革命的呼唤。

该诗也被解读为一首关于诗歌创作的诗歌，一首"以诗论诗"的诗歌。西风横扫大地，激起了雪莱内心的想象，从而产生了《西风颂》。该诗是风暴刺激想象的结果，现实的风暴变成了内心的风暴、想象的风暴，亦即华兹华斯所说的"对应的风"（correspondent breeze）。诗歌的风格正是对西风横扫大地的气势的模仿，它具有一种狂放、有力的行文风格，这就是西风特征在诗中的反映。

然而，"狂放"不是诗歌的唯一特征，也不是无节制的情感释放，而是在特别的诗歌形式内的超常发挥。它运用但丁《神曲》的三行体（terza rima）和aba bcb cdc…的韵律，为这次想象力的爆发创造了一个非常适合的载体。诗歌在灵感奔放和诗歌体裁之间达到了一个难得的平衡，形成了柯尔律治所说的"非凡的情感与非凡的秩序的结合，永远警觉的判断力和牢固的自我克制，与深刻而猛烈爆发的情感和热情的结合"。

《云》（The Cloud）

该诗运用多种修辞手法，包括比喻、拟人、夸张等，把云的形状、色彩和动作描写得淋漓尽致。全诗是云的独白，它把自己与地面的植物、土地、大海、湖泊和飓风的关系，与天上的太阳、月亮、星星、雨雪、雷电和彩虹的关系进行想象和书写。

第1-2段突显了云和雨雪的关系。云为干渴的花朵提供了滋养，为被炙烤的绿叶提供了荫凉，为甜蜜的花蕾提供了露珠。云就像用连枷打谷子一样，把冰雹打落到地面，让绿色的平原变成了白色；云就像巨大的筛子，将雪花筛到了地面，使松树变白。闪电坐在云的高塔上，像领航员一样指引着云的缓缓航行。雷被困在地面的岩洞里，挣扎着、咆哮着。闪电受着海底精灵的爱的吸引，引导着云越过大地和海洋，越过山峰和湖泊，而云一直沐浴着蓝天的笑容。

第3-4段突显了云与太阳和月亮的关系。在霞光烂漫中，朝阳跳上云的帆板，就像老鹰在山巅降落，感觉到地震又突然飞起。从金光灿烂的海面，夕阳嗅到歇息和爱的气味，而傍晚的猩红从天穹覆盖整个大地。此时，云已经收起了翅膀，在自己的空中巢穴歇息，像鸽子孵化幼鸟。洁白无瑕的月亮在云用羽绒铺成的道路上闪耀，她的轻柔的脚步，只有天使才能听见，在云构成的大帐顶上踩出了裂口。星星从月亮后面偷窥，像一群金色的蜜蜂。当云掀开自己的裂口，星星和月亮映射在平静的河流、湖泊和海洋上，像天空从这个裂口掉落到地面。

第5-6段突显了云与风和彩虹的关系。龙卷风吹拂，展开了云的风帆或旌旗。云从海角到海角，架起了一座桥，横跨在滔滔的大海上，两岸的山峰就是它的桥墩。那弓箭一样的彩虹就是斑斓的凯旋门，云从那座凯旋门穿过，自然力被缚在其座位上。火一样燃烧的天空编织出柔和的色彩，而湿润的大地在下面狂笑。云就是大地和水分的女儿，也是天空的婴儿，它穿过大海的毛孔，只改变形状，但不会消失。这是雪莱对云做出的、经得起科学检验的定义。云变成雨降到地面，天空一片晴朗，像一座蓝色的天穹。云将会对着自己的坟冢狂笑；因为从雨水的洞穴中，云将像婴儿降生或灵魂升天一样，再次崛起，升上空中。

《云雀》（**To a Sky-Lark**）

该诗描写云雀的歌声，以及诗人由此产生的诸多联想。全诗可以分为两个部分，第一部分可称为"云雀"，主要描写云雀的歌声、飞翔的高度和姿态的矫健。第二部分可称为"联想"，主要描写诗人受到的启示，以及他对云雀歌声的思考。

在第一部分（第1—12节）中，诗歌充分凸显了云雀飞翔的高度，它"一跃而起"，"有如一团火云"，像"金属的闪电"。它就像"晨星"（that silver sphere）一样，白天看不见，但就在天上。"你从天庭，或它的近处／倾泻你整个的心。"那歌声就像彩虹云间滴落下来的晶莹雨滴，就像月亮倾泻的清光，弥漫了整个大地和天空。诗歌以四个比喻来描写云雀，1）它就像"诗人"，用希望和恐惧的歌使世人由冷漠而至感动；2）它就像"名门少女"，独坐高楼，以甜蜜的音乐抒发其缠绵的心情；3）它就像"金色的萤火虫"，在凝露的山谷里，到处流散其轻盈的光；4）它就像"玫瑰花"，幽蔽在自己的绿叶里，其芳香被阵阵暖风吹散，醉倒了偷香的人。诗人感叹，无论什么鲜明而欢愉的乐音，都无法超越云雀的歌！

在第二部分（第13—21节）中，诗人想知道云雀的歌声表达了什么思绪。他认为没有任何人，无论是在恋爱中还是陶醉中，都无法唱出如此美妙的歌声。"凯旋的歌声，婚礼的合唱，要是比起你的歌，就如一片空洞的夸张。"诗人将云雀的歌声想象为一种高尚的、超越人间疾苦的欢乐，它只知道"爱"的欢乐，"但不知爱能毁于饱满"。它虽超越人间疾苦，却深谙人生真谛："对死亡这件事／你定然比人想象的／更为真实和深沉"。正是因为人类被仇恨、骄傲、恐惧困扰，"我们最真心的笑也洋溢着／某种痛苦"。

诗歌中的云雀显然是"理想的诗人"的化身，云雀的歌声胜过了一切音乐的旋律，胜过了一切书籍的智慧。诗人真切希望云雀能够教会他一半的欢乐，以使自己的诗歌充满和谐和狂热，赢得世人的喜爱。但是他同时又意识到，云雀的歌声无法理解，超越了想象，因此可能是学习不到的。正如吉姆·布兰克（G. Kim Blank）所说，雪莱在诗歌中表现出一种认知意义上的怀疑主义，对于语言能否呈现真实表现出一种强烈的焦虑，因此他的诗歌往往是画龙不点睛（closure without disclosure）。他邀请我们倾听他的文本，通过文本倾听云雀，而云雀却被定义为不可知，因此他实际上"意识到诗歌在认知上的一种可能的失败"。（*The New Shelley: Late Twentieth Century Views*, 1991）

《哦世界，哦生命，哦时间》（O World, O Life, O Time）

该诗回顾人生的旅程，对比过去的辉煌，哀叹目前的衰落。在攀登世界、生命和时间的最高峰时，诗人感叹力量已经不足。青年时代的辉煌已经结束，"不再，哦，永远不再。"这里的"不再"不但指身体的变化，而且可能也指想象力和灵感的枯竭、感受力的迟钝。目前，自然景色和季节的变化都不再能够像过去那样，给他带来精神的欢乐，而只能给他带来悲伤。

虽然雪莱在创作该诗时只有29岁，但是他已经经历了许多磨难，被大学开除、私奔、妻子自杀、被拒绝孩子的监护权、公众的道德谴责、孩子夭折、夫妻关系紧张等等，他有一种身心俱疲的感觉。他感到已经站在"世界、生命和时间的最后台阶"。而实际上，雪莱的确于当年溺水身亡。

《致——》（To——）

该诗是一首玄妙的爱情诗。雪莱夫妇在意大利的比萨与一批旅居意大利的英国文人（包括诗人拜伦）建立了深厚的友谊，形成了著名的"比萨社交圈"。其中，爱德华·威廉斯（Edward Williams）是一位退伍军官，曾经在印度服役，其妻子珍妮（Jane）漂亮优雅、魅力四射。雪莱对她怀有仰慕之情，写下了若干优美的抒情诗献给她，该诗就是其中的一首。1822年7月8日，雪莱与威廉斯驾驶名为"唐璜"的小艇出海，从莱格霍恩前往位于莱里奇的夏季别墅，途中遭遇风暴，造成了船翻人亡。

诗歌第一部分（第1-2节）主要写雪莱对珍妮所怀有的深厚的爱，但是这种爱不能称之为"爱情"。因为爱情太俗气，它常常被"亵渎"和"玷污"。另外，由于是朋友之妻，他对她的爱几乎没有希望，因此这种希望几乎就是"绝望"。然而，虽然几近绝望，他仍然无法抑制他的感情。他虽谨慎行事，但"慎重也不忍心[将爱]窒息"。我们可以看到雪莱感情的强烈程度以及他复杂纠结的心境。

诗歌第二部分（第3-4节）对这种感情进行了重新定义：既然它不是"爱情"，那它又是什么呢？诗歌说，它就像信徒对上帝的爱，是一种虔诚、一种去除了肉欲的爱。她就像一颗明星，他只是一只飞蛾，他的感情就像"飞蛾对星光的向往，/ 黑夜对黎明的渴望"。诗人将他对珍妮的爱上升到了宗教的高度，使人想起了但丁在《天堂篇》中所描写的情景：他与初恋情人贝特丽雅奇的重逢：那是一个纯粹的时刻，一个去除了杂念的时刻，充满了崇敬，但又洁白无瑕。这就是《致——》一诗所想要达到的效果，但是诗歌中的爱是否达到了但丁的那种纯粹，读者可以自由判断。

《当一盏灯破碎了》（When the Lamp Is Shattered）

该诗描写爱意消散、人去楼空的悲凉，以及爱人离去后仍然在为爱叹息的人的悲鸣。如果"爱"需要两个人完成，那么一个爱、一个不爱，则是一种痛苦。诗歌分两个部分，第一部分（第1-2节）写爱的离去；第二部分（第3-4节）写爱的延续。这两种情况都是痛苦，虽有所不同，但共同组成了这首哀歌的两个部分。

第一部分写爱意消散后的痛苦。爱意消散，被比喻为一盏灯的破碎、彩虹的消隐、音乐的沉寂。诗人说，当"爱"

字被说出，它很快也就被忘。如果爱已从内心消散，那么心灵再也弹奏不出爱的乐章，而会发出哀鸣，就像风吹进废墟所发出的哀鸣，也像海浪为死去的水手敲响的丧钟。

第二部分写爱意仍然延续的痛苦。爱人离去后，脆弱的人却仍然在为爱叹息，仍然在默默地忍受，无法忘记、无法割舍。诗歌质问"爱"为什么要折磨弱者："为何偏偏／要找最弱的心灵作为你的摇篮、居室、灵棺？"用激情颠簸他？用理智嘲笑他？直到他没有任何保护，裸露于世人的冷嘲热讽之中。

批评家李维斯（F. R. Leavis）曾经批评该诗的意象混乱，说"灯光"不可能在灰烬中"死亡"，也无法想象"爱首先离开更加结实的巢"。由此，他得出结论说，雪莱的诗歌没有严谨的思维掌控，他把握外在现实的能力较差，因此只有靠某些激发情感的陈词滥调来获得其效果。然而，批评家波特尔（Frederick A. Pottle）从另一个角度对这两个意象进行了重新解释，企图证明李维斯理解有误。他说灰烬中的灯光与灯上的灯光分别代表精神的爱和肉体的爱，在第二节中，精神的爱消失了，肉体的爱还在继续。（*English Romantic Poets*, ed. M. H. Abrams, 1975）

《解放的普罗米修斯》（Prometheus Unbound）

这是一出未被上演过的诗剧，它剧的成分少，诗的成分多，被叶芝称为"世界圣书"之一。雪莱在"序言"中说，该剧的故事来自希腊悲剧家埃斯库勒斯（Aeschylus）所著的两部关于普罗米修斯的戏剧：《被缚的普罗米修斯》和《解放了的普罗米修斯》。前一部写这个盗火英雄违背天神的意志，将火种盗给人间，并因此受到了非人的惩罚。后一部写普罗米修斯向朱庇特透露一个惊天的秘密，并与他和解。这个秘密是：朱庇特与忒提斯所生的儿子将比他更强大，并且将推翻他。但雪莱在他的剧中并没有沿用这个故事，而是对它进行了改造，以更加适合他所想要表达的革命思想。全剧共分为四幕，普罗米修斯不但没有与朱庇特和解，而且与他斗争到底，直到朱庇特倒台为止。第一幕可称为"普罗米修斯受难记"，第二幕可称为"阿西亚的爱"，第三幕可称为"朱庇特的倒台"，第四幕可称为"宇宙的欢乐"。

第一幕主要写普罗米修斯的诅咒，以及他思想的转变过程，可以分为三个部分："普罗米修斯受难""诅咒"和"诱降"。在"普罗米修斯受难"中，普罗米修斯被囚禁在高加索山上，暴露在狂风暴雨之中，老鹰啄食着他的肝脏，他忍受着各种非人的折磨。他诅咒朱庇特的独裁统治，视他为自己的死敌，与他势不两立。三千年的孤独和折磨并没有使他屈服，而是更加坚定、更加有力，更有意志去战胜朱庇特的报复和他自己的悲惨心态（triumph over mine own misery and vain revenge）。天地和大海都见证了普罗米修斯的痛苦，在高不可攀和老鹰光顾的山顶，在黑暗寒冷和毫无生命迹象的极地，冰川刺进了他的心脏，锁链伴着极寒使他皮开肉绽，老鹰带着毒液的咀已经撕裂了他的心脏。自然力戴着各种可怕的面具似乎在嘲笑他；地震震裂了岩石，使钉子在他的伤口中转动；风暴咆哮着将冰雹拍打在他的身上。然而，这些痛苦并没有打垮普罗米修斯，他诅咒朱庇特的独裁统治，视自己为他的死敌，与他势不两立。他盼望着独裁者垮台的那一天，相信每一天都会更加接近那个决定性的时刻（the wingless, crawling Hours）。到那时，那个万神之神将躺在他的苍白的脚下叩头。如果这只苍白的脚并不介意，它将踏在这个趴在地上的奴隶的身上，不是蔑视他，而是可怜他，不是恨他，仇恨早已经没有踪影。痛苦已经使他变得更加理智、更加明智。

在"诅咒"部分，普罗米修斯回忆起他曾经对朱庇特的诅咒，高山、泉水、太阳、空气、风暴都曾经见证过他的诅咒。以幻影（Phantasm）的形式，这个诅咒得以回放："魅鬼，我蔑视你！"普罗米修斯对朱庇特喊道。他除了对朱庇特的迫害表示了轻蔑以外，还希望他作为受害者的诅咒像毒蛇一样缠住朱庇特的身体，折磨他到永远；像浸透毒液的袍子穿在他的身上，永远无法脱下；像紧箍咒一样紧紧地套在他的头上，使他永远痛苦。他希望所有厄运降临到朱庇特身上，把他打入十八层地狱的痛苦与孤独之中；让上天将朱庇特从崇高的王座上拉下来，在世人的蔑视中坠入时空的深渊。至此，"幻影"结束了放映，然而普罗米修斯对自己的诅咒感到惊愕！现在，这已经不是他所想要的结果，他觉得这里边字字句句都不假思索，充满了虚荣，他感到一丝后悔，因为他不希望任何人经受痛苦。

在"诱降"部分，报仇神（Fury）企图劝说普罗米修斯放弃对抗，接受朱庇特的条件。他从人类堕落的角度说明，普罗米修斯为了人类的福祉，承受如此巨大的痛苦并不值得。"看这个形象吧，那些为人类忍受屈辱、蔑视和镣铐的人，只能给人类和自己增加数以千倍的折磨。"普罗米修斯从"报仇神"举起的形象中看到耶稣，看到了耶稣所忍受的苦难：荆棘刺进了额头，宁静而呆滞的双眼受尽了折磨，痛苦的抽搐振动着十字架。不仅如此，那些正直、明智、高尚的人因与耶稣类似也遭到了迫害，有些被赶出了家门，有些被囚禁起来，有些被焚烧至死。"报仇神"还为他回忆了人类在心中所经历的恐惧：好人没有权力，当权者没有善意，明智者没有爱，有爱的人没有智慧，世界变成一片混乱。然而，这些话并没有打动普罗米修斯，他感到了痛苦，但他的心更加坚定。他对朱庇特说："你用来折磨我的那些形象，将使我的灵魂更加坚强。"

第二幕主要写阿西亚版的宇宙简史和作为爱神的阿西亚（Asia），可以分为"阿西亚的质问"和"爱的诞生"两个部分。阿西亚是"女性原则"和爱的化身，是普罗米修斯的恋人，在普罗米修斯被仇恨迷惑之后，他俩曾经暂时分离。在第一幕中，普罗米修斯已经战胜了内心的仇恨，心中重新充满了爱，因此他俩也即将重逢。在第二幕开始，阿西亚（Asia）和妹妹潘提亚（Panthea）在一个春天的清晨，从美丽的印度山谷，来到德莫高根的洞穴，要求他回答她们的问题。德莫高根（Demogorgon）是"必然性"的化身，事物发展的必然过程，然而在必然性背后推动事物发展的动力是什么一直是一个谜：它无法想象，无法用语言表达。阿西亚的第一个问题是"谁创造了这个世界？"回答是"上帝"。但对接下来的问题："谁创造了恐惧，犯罪，悔恨？""谁创造了痛苦、绝望、自我蔑视、地狱和对地狱的恐惧？"德莫高根似乎就没那么肯定，他的回答都是"统治者"（He reigns）。在他不愿正面回答的情况下，阿西亚回顾了世界的起源和发展。在世界之初，在众神之神萨特恩（Saturn）的统治下，万物自然生长、自然灭亡。他不给万物与生俱来的权利，不让它们拥有知识、力量、技能和思想。其后，朱庇特（Jupiter）从普罗米修斯那里获得了智慧和力量，推翻了萨特恩。虽然他坐上了王座，但他并没有听从普罗米修斯"解放人类"的教诲，因此饥饿、劳碌、疾病、战争、创伤和死亡降临到人类身上。朱庇特成为了世界的独裁，在人类的心中种下了空虚和疯狂的种子，导致他们相互杀戮。

为了减轻人类的痛苦，普罗米修斯使希望的花朵茁壮生长，以掩盖住死亡的形状；他给人类送去了爱，让充满生命汁液的藤蔓重新聚集，一同生长；他驯服了火焰，使这个可怕的猛兽变成了可爱的宠物，将铁和金子锻造成人类想要的形状；他给予人类语言，用语言创造思想，从此有了征服宇宙的武器。他还给人类带来了科学、艺术、音乐、医学等，安排整个宇宙的运行轨迹、月亮对大海的吸引、大海中波浪的翻腾。普罗米修斯为人类做了这一切，却被绑在高山上，忍受着剧痛。阿西亚想知道是谁创造了邪恶。肯定不是朱庇特，因为他在普罗米修斯的诅咒下发抖，而朱庇特背后的主子是谁？德莫高根无言以对、无法回答："多么希望黑暗的深渊能够吐露秘密！——但没有能够说话的声音。那深刻的真理，无影无形；让你注视那旋转的世界又有什么意义？何必要求谈论命运、机遇、偶然和变异？除了永恒的爱，万物都逃不脱它们的支配。"（江枫译）阿西亚的最后一个问题是"普罗米修斯何时能够像太阳一样升起，照耀整个大地？"这时，天空出现了众多车辇，"在羽翼如虹、四蹄生风的骏马牵引下，奔驰而过"。它们就是"不朽的时辰"（the immortal Hours），正在奔向它们的终点，而在那个终点世界将会改变。其中有一辆马车停了下来，带上了阿西亚和潘提亚。她们将去见证那个最后的、激动人心的时刻。

在"爱的诞生"部分，她们的马车来到了云端，停在雪峰一样的云内。潘提亚被一阵光明照耀，但那光明肯定不是来自太阳，因为太阳还未升起。她惊奇地发现，那光明来自阿西亚："你怎么变了，我不敢正眼看你。"她对阿西亚说，"我能感觉但不能看你，我忍受不了你的美发出的光华"。在潘提亚的描述中，阿西亚像希腊爱神维纳斯一样，从大海中升起，在贝壳上航行。她像太阳一样散发着光和热，"生命世界的烈火气氛，从你的身上送发，照亮了天空、大地、海洋"。这时，精灵在空中齐唱，"生命的生命！你的双唇能用爱点燃从中通过的呼吸，你的微笑在消失前，就能使冷空气燃烧"。在它们的美妙歌声中，"爱"的化身阿西亚被描述为"光的孩子"和"人世的明灯"。阿西亚感觉到,她的灵魂就像是一只小船在这美妙的音乐上漂浮,受到美妙音乐的指引,穿过了一个伊甸园似的美丽花园,进入了一片无边的大海,最后来到了一个充满爱的极乐世界:"爱是我们在那里呼吸的空气","爱"像光一样平凡,但"能使爬虫和上帝不分高低"。阿西亚感觉到,她的灵魂一直在向其源头前进,"经过了老年的冰窖,壮年的汹涌澎湃的浪波,青年表里不一的平静海面",最终逃出了童年,返回到它的原初状态:"从死和生来到更加神圣的一天———一个高厅广厦般的天堂"。

第三幕主要写朱庇特的垮台,以及世界的改天换地,可以分为"决战"和"新世界"两个部分。在"决战"部分,朱庇特(Jupiter/Jove)在他的天上宫阙向众神宣布,他已经成为这个世界的主宰,万物都已经顺从和驯服。只有人的灵魂,那仍然没有浇灭的火焰,在抱怨、怀疑、悲叹和祈祷,给他的天国带来了不稳定的因素。虽然他把诅咒降临到人间,像雪花一样,一片片降临山顶,但是那个没有驯服的灵魂仍然在向上攀爬,企图战胜痛苦,拒绝跌倒。朱庇特希望,他那即将出生的儿子具有更加可怕的力量,他将派他下凡到人间,去踏灭那仍然在燃烧的火星。他召唤众神盛满酒杯,让琼浆玉液给他们全身注入欢乐,为这个儿子的即将到来而开怀畅饮。

朱庇特也召唤妻子忒提斯(Thetis)来到他身边,他们俩的结合产生了力大无比的儿子,他的能力将胜过他的父亲,就像朱庇特胜过他的父亲萨特恩一样。现在这个儿子仍然是一个灵魂,正在孕育之中,正等待着形成肉身。此时,时辰之车到达,德莫高根从车上下来,直奔向朱庇特的宝座:"不要问我是谁,我就是你的儿子,比你更强大。"他告诫朱庇特不要试图反抗,束手就擒即可。朱庇特哪里肯束手就范，决意要与这个大胆的叛逆者一决高下。朱庇特与他的敌手扭打在一起，一同从天堂跌落，像蛇与老鹰之战，两败俱伤，掉进了无边的大海。地狱打开了火海的大门，无边的混沌淹没了征服者和被征服者。

在"新世界"部分，普罗米修斯与阿西亚在森林中重逢团聚。这个具有象征意义的团聚，展示了"智慧"与"爱"的结合，它是雪莱改变这个世界的法宝。普罗米修斯问"时辰精灵"（Spirit of the Hour）都看到了什么？时辰精灵的回答构成了这个部分的主要内容，它描述了一个改天换地的"新世界"。朱庇特倒台后，"难以捉摸的稀薄空气和普照万物的阳光全都变了样，仿佛是融化在其中的爱用双臂抱住了这整个浑圆的世界"。时辰精灵心情非常激动，兴奋的情绪跃然纸上。他的骏马在天上找到了他们的家，不需要再劳累；他的车辇将停在那里的一座庙宇之中，其圆顶上雕像林立，犹如菲迪亚斯的雕刻，其中骏马雕塑的奔腾被体现得淋漓尽致。至此，时辰精灵意识到他已经跑题，又立刻回到世界的变化这个主题。

他所描述的"新世界"的主要特征是解放、自由、正义："王位上不再有君王；人与人同行，就像精灵与精灵一样。"同时，旧世界的那些独裁、压迫、憎恨都消失了："没有一个男人阿谀奉承；没有人踩蹦人……再也看不见人脸上刻着憎恨、轻蔑、恐惧、自私自利或自轻自贱，没有人发怒，也没有人发抖，没有人怀着惶恐紧盯着别人颐指气使、冷酷的眼神"。实际上，诗歌对"新世界"的描述以否定形式为主："再也没有人把嘴唇包出虚假线条，用假笑笑出舌头不用说的谎言；再没有人怀着冷酷的讥嘲把他心中的爱和希望的火花踏灭成为灰烬……再没有人说那种庸俗、虚伪、冷漠的空洞话语"。另外，诗歌对女性解放的描述也非常有趣："……

女人也一样,坦诚、美丽、善良,就像把清新的阳光和雨露倾注给广阔大地,这些都把人间变得仿佛是天堂。"

曾经黑暗然而强大的王权、法权和神权,面目狰狞且奇形怪状,现在只能引起人们惊奇,但已经无人理睬。那些丑恶形象有许多名称和形式,却都是宇宙暴君朱庇特的化身。许多民族曾经由于惊慌失措而供上了鲜血和因失望而破碎的心,淹没在自己逆来顺受的泪水中。而现在,"人们称之为生活的彩绘帷幕 / 其上用彩笔漫不经心地描绘了 / 人们相信和希望成真的一切, / 现在这帷幕已经拉开"。新世界的人们没有了王权,无拘无束:"人类从此平等, / 再没有阶级、部落、国家, / 无须敬畏、崇拜、区别高低, / 人人是主宰自己的君王, / 人人正直、高尚、聪明"。但是,人类还未完全摆脱罪过和痛苦,还未完全摆脱偶然、死亡和无常的支配,因此还不能飞翔到高不可及的天空,不可能达到"完全虚空至高无上的顶点"。

雪莱到底是革命者,还是改革者?是害怕"暴民"和暴力革命,还是支持他们的武装斗争?这个问题是长期困扰雪莱批评界的问题。在《解放的普罗米修斯》中,这个问题也许能够找到一些答案。关于革命还是改革,雪莱本人的言论前后矛盾,从两个方面解读似乎都可以成立。早期的雪莱传记作家突出了他温和的一面,突出了他的贵族出身,把他塑造成一个改革派,强调社会变革的可控性和渐进性。但是从另一面看,也许雪莱并不是如此。保罗·福特(Paul Foot)在《红色雪莱》(*Red Shelley*, 1980)中充分展示了雪莱的激进政治,其中关于《解放的普罗米修斯》一章中,他认为雪莱在此剧中最终抛弃了温和改革的主张,接受了暴力革命的观点。剧中推翻暴君朱庇特的德莫高根(Demogorgon)不是抽象的必然性(necessity),而是革命的力量。德莫高根的名字在希腊文中的意思是"人民"(demo)的"魔鬼"(gorgon)。

约翰·济慈诗选

以下诗歌作品的主题可分为这样几个类别：1）关于生活的洞见；2）关于诗学和艺术的美；3）关于政治与历史。这些分类不是绝对的，而仅仅是一种引导，目的在于指引读者更好地理解和把握这些诗歌作品。有些诗歌可能交叉，属于两个或多个类别。如果分类能够有助于理解，那么它们的目的就达到了，类别就可以被抛到一边了。

济慈的人生是欢乐和痛苦的结合。在他看来，生命就是苦中有乐，乐中有苦。在他短暂的27年生命中，他一直都生活在死亡的阴影下。他的母亲、弟弟先后死于肺炎，他自己在生命的后期也染上了这个疾病。他一直有一种与时间赛跑的紧迫感，力图在有限的生命中完成他的宏图大业。《我恐惧，我可能就要停止呼吸》《我为什么今夜发笑？没有声音回答》《致睡眠》《这只鲜活的手，温暖而能干》《夜莺颂》都包含着对死亡的恐惧，但同时又有一种只争朝夕的奋斗精神。

济慈素有"唯美诗人"的美誉，他的诗歌充满了细腻而生动的细节描写，富有形象和象征的活力，有希腊艺术的典雅。在《希腊古瓮颂》《初读查普曼译荷马史诗》《初见埃尔金石雕有感》《赛吉颂》等诗歌中，他表达了对希腊艺术的崇敬，以及他对希腊艺术所代表的唯美精神的追求。他的名言"美即是真，真即是美"表达了艺术来源于生活但高于生活的诗学理念。"美的事物是永远的乐 / 它的美丽与日俱增；永远不会 / 烟消云散"，他在《恩底弥翁》中写道。

然而，济慈并非仅仅专注于"美"，也不像人们批评的那样，在对"美"的追求中逃避现实。《秋颂》是一首非常"唯美"的诗歌，它的细节描写从视觉到触觉，再到听觉，将秋天的丰硕景象描写得惟妙惟肖。但是它不仅仅是一首"秋颂"，它也有非常现实的关切，即收获的果实的分配问题、社会的公平和正义问题。它还可能暗中描写了他的时代所发生的政府镇压抗议民众的臭名昭著的"彼得卢大屠杀"。

因此，济慈并不是一个逃避主义的唯美诗人，甚至他的"美"也带有某种政治性，昭示着他在政治上的选择和拒斥。他对美的追求，同时也是对"自由"的追求，对现实的"丑"的批判。他在诗学上对18世纪理性传统的批判，与在政治上的激进是同源的。在《拉米亚》中，济慈批评理性的分析损毁了美的事物，"哲学将剪去天使的羽翼"，与华兹华斯的名言"剖析无异于屠刀"有异曲同工之妙。正如在透镜下彩虹将会变成七种单调的颜色一样，在理性的目光下，"美"将会变成骷髅。

《写于李·亨特出狱之日》（Written on the Day That Leigh Hunt Left Prison）

该诗是一首彼得拉克式十四行诗（Petrarchan sonnet），由两个"四行体"（quatrains）和一个"六行体"（sestet）两个部分构成，典型的韵式为abba, abba, cdc, dcd。彼得拉克是意大利文艺复兴时期的著名诗人，以写十四行诗闻名。从内容上讲，他的十四行诗一般前八行描述一个现象，后六行对这个现象进行评论。济慈的诗歌大致遵循了这个模式。

在"四行体"部分，李·亨特因直言之罪而被投入了监狱，但他的不朽精神却像直冲云霄的云雀一样自由和快乐。如果有人认为他仅仅是在狱中等待，什么也不做，望着监牢的墙壁发呆，等待牢门有一天打开，放他出来，那么这就大错特错。诗歌的"六行体"部分显示，在被监禁的日子里，李·亨特并没有歇息，他比监外还要忙。他一直在文艺复兴时期伟大诗人斯宾塞（Edmund Spenser）的诗歌殿堂和诗歌庭院中徜徉，采摘那里的鲜花；他一直与17世纪伟大诗人兼革命者弥尔顿（John Milton）一起在广袤的天空飞翔，飞向他自己的才华的天空。济慈说，当你们这帮权贵的宠儿死掉之后，亨特的美名将不会受到任何影响，而是将与世长存。

李·亨特（1784-1859）是《观察家》杂志主编，济慈的朋友，因为撰文讽刺摄政王而被控"诽谤"，罚款500镑，监禁两年。但在此期间，他仍然坚持创作，主编杂志，接受朋友探望。因此，正如诗中所说，他并不是等待出狱，而是与狱外生活一样自由。来探望亨特的朋友包括济慈、赫兹利特、雷诺兹等等，都是聚集在其身边的诗人、文人、艺术家，他们被反对者称为"伦敦佬派"（Cockney School）。济慈与这个小圈子交往甚密，受亨特等人的影响也不小。

《初读查普曼译荷马史诗》（On First Looking into Chapman's Homer）

该诗也是一首彼得拉克式十四行诗，由两个"四行体"和一个"六行体"两个部分构成，典型的韵式为abba, abba, cdc, dcd。从内容上讲，此类十四行诗一般前八行描述一个现象，后六行对这个现象进行评论。

在该诗的"双四行体"中，济慈将他的阅读比喻为旅行，说他去过许多地方，见过许多城邦和王国，但有一个地方没有去过，那就是荷马的领地。所幸的是，查普曼带领他进入了这个博大精深的领域。在"六行体"中，诗人描写了荷马史诗对他心灵的巨大冲击。他就像一个天文爱好者，突然发现了一个新的行星；也像西班牙航海家柯特兹（Cortez）在巴拿马翻过达雷恩山（Darien），突然看到了太平洋。济慈感到荷马史诗使他眼界大开,豁然开朗,就像发现了一片新大陆。

乔治·查普曼(George Chapman)是伊丽莎白女王一世时期的戏剧家和翻译家,他翻译的荷马史诗是一个权威的版本。济慈于1816年阅读了该译本的荷马史诗,感到仿佛进入了一个崭新的世界。在浪漫派时代,18世纪的蒲伯翻译的荷马史诗版本很流行,但是济慈选择了前一个时代的查普曼,在某种意义上,他表达了他贬抑古典派诗学、复兴文艺复兴时期诗学的美学观点。

济慈所使用的地理发现、新大陆的比喻值得玩味:作为比喻,它们暗示了在审美领域以外所发生的事情,是从侧面对历史和现实的反映。之所以说是"侧面反映",是因为诗歌的主题并不是殖民历史,也不是军事占领,但是它将军事占领和殖民历史用于描写对知识的占有和对信息的攫取。这说明济慈对殖民活动是知情的,他的比喻强化了这些活动的合理性,也许这就是爱德华·萨义德(Edward Said)在《文化与帝国主义》(*Culture and Imperialism*, 1993)一书中所说的文化与帝国的"合谋"。

《初见埃尔金石雕有感》(On Seeing the Elgin Marbles)

该诗也是一首彼得拉克式十四行诗,由两个"四行体"和一个"六行体"两个部分构成,典型的韵式为abba, abba, cdc, dcd。从内容上讲,此类十四行诗一般前八行描述一个现象,后六行对这个现象进行评论。

在"四行体"部分,诗人描写想象与现实的差距,抱负与能力的矛盾:虽然"我的心灵很脆弱",死亡像重负一样压在诗人身上,但是他有一种直冲云霄的抱负,有一种完成伟业的志向。因此,他就"像患病的鹰隼,只向着高空怅望",心中有一种无奈的绝望和痛苦。他备受病痛折磨,即使是渴望每天早晨都能以一种清新的面貌迎接新的一天到来，都是一种奢望。在"六行体"部分，诗人引入了埃尔金石雕，把它们视为高不可攀的艺术理想，艺术上的鬼斧神工，不可名状、不可企及。正如理想与现实的矛盾给心灵带来痛苦，这些石雕也给心灵带来同样的冲击。这些希腊的奇观同脆弱的人一样，也逃脱不了"古老时光的无情毁损"、大海汹涌波涛的冲刷、太阳强烈光线的照射，终于成为仅仅"辉煌的影子"。

埃尔金爵士（James Bruce, Lord Elgin）于1806年将雅典巴台农神庙中的大理石石雕和石柱的中楣劫回英国，又于1816年将它们出售给英国政府。这些文物被称为"埃尔金石雕"，陈列于大英博物馆中。埃尔金父子还参加了1860年英法联军对中国圆明园的纵火和洗劫，据法国著名作家雨果给友人的书信（1861年11月25日）记载，埃尔金的儿子小埃尔金（James Bruce）是洗劫圆明园的罪魁祸首。

《我恐惧，我可能就要停止呼吸》（When I Have Fears That I May Cease to Be）

该诗是一首莎士比亚式十四行诗（Shakespearean sonnet），一般由三个"四行体"和一个"双行体"构成，典型的韵式为abab, cdcd, efef, gg。济慈一共写了61首十四行诗，其中16首莎士比亚式十四行诗，39首是彼得拉克式十四行诗，其余为实验型十四行诗。从内容上讲，莎士比亚式十四行诗一般三个"四行体"陈述一个现象，最后的"双行体"表达一个观点或抒发一种感情。

该诗的"四行体"部分描写济慈的三个担忧。第一是担忧在死亡前无法完成他想写的诗歌；第二是担忧在死亡前无法记录下那些高贵的传奇；第三是担忧在死亡后无法再看到他的爱人，陶醉于那种"不假思索"的爱情。在这个过程中，诗人将"创作"比喻为在大脑中捡拾麦穗，而他的粮仓还没有储满，他似乎就已经走到了人生尽头。另外，作为传奇作家，他把自己比喻为一个魔法师，在繁星闪烁的夜空看到了高贵的传奇的面孔。他想要点石成金，使这个传奇面孔最后成形，然而即将到来的死亡使这个愿望无法实现。

在"双行体"部分，诗人表达一种壮志未酬的惆怅与沮丧心情。由于身体的原因，他无法完成他的事业，无法充分体验人生的乐趣。他对爱情和诗歌曾经抱有幻想，然而它们现在都将成为泡影。他似乎是"站在广大世界的崖岸上"，一切都"沉降为虚无"。其中的孤独和悲伤之情跃然纸上。

凯瑟琳·威尔森（Katherine Wilson）在《夜莺与老鹰》（*The Nightingale and the Hawk*, 1964）一书中，发现济慈的诗歌与荣格的心理分析有一种特别的相似，并特别使用了这首诗歌来说明，济慈已经意识到在"意识"以外还有广大无边的"无意识"，即荣格所说"集体无意识"。济慈在诗中谈到他"站在广大世界的崖岸上"，看到了那广袤无边的未知领域。这是济慈对集体无意识的直觉性把握，虽然他无法弄清无意识的内容，但他已经感觉到它们的存在。（13–16）

《我今夜为什么发笑？没有声音回答》（Why Did I Laugh Tonight? No Voice Will Tell）

该诗也是一首莎士比亚式十四行诗，由三个"四行体"和一个"双行体"构成，典型的韵式为abab, cdcd, efef, gg。但是从内容上讲，诗歌则分为前八行和后六行。前八行写诗人的提问得不到回答，后六行写诗人尝试回答自己的问题。

在前八行中，诗人提出"我今夜为什么发笑？"可是，无论是上帝还是魔鬼，都不作答，也许对它们来说不屑回答。然后，他转向自己的内心，把问题提给孤独和悲伤的自己，但内心也沉默不语。困惑得不到答案，诗人感到异常痛苦，似乎被黑暗所包围，或掉进了黑暗之中，只能哀声叹息（moan）。

在后六行中，诗人尝试着给自己一个答案。对于他来说，生命就是一个"租期"（lease），一切都是幻影。他虽志存高远，憧憬着人生的"极乐"（utmost blisses），但他愿意马上停止呼吸，悄然死去，让那些远大理想（gaudy ensigns）烟消云散，或者把它们撕个粉碎（shreds）。至此，诗歌显得非常消极、异常绝望，似乎生活失去了任何意义，因此无论是诗歌，还是名声和美貌，都不如死亡那样让人激动："死亡是生命的最高报偿。"

凯瑟琳·威尔森（Katherine Wilson）认为，济慈"大笑"的原因是因为"人生态度的突然转变"使他感到"释然"，作为"生命的最高报偿"，死亡将使他一生的人生追求"诗歌""爱情"和"名声"等成为荒唐可笑的东西。虽然死亡将结束生活的"极乐"，但是死亡也是生活的终极目标。（104）

《明亮的星》（Bright Star）

该诗是济慈写给恋人范妮·布朗（Fanny Browne）的一首十四行诗，表达他对她的爱恋之心。他望着天上的明星，希望自己的爱能够像星星一样坚定和执著："永恒地睁着眼睛"。他也希望能够永远注视着心爱的人："像自然中耐心和不眠的隐士。"这个比喻既浪漫，又凄凉，因为虽然明星与大地的爱情是动人的、富有想象力的，但是从另一个角度讲，星星与大地的爱万里相隔，只能够遥遥相望，有点像中国神话中的牛郎与织女。

济慈与范妮从某种意义上讲的确是一种精神恋爱。范妮是济慈的邻居，先前对济慈根本不在意。由于一次偶然的机会，她认识了济慈并且陷入了爱河。但是，由于济慈身患肺病，没有稳定的收入，因此他根本不具备结婚的条件。济慈本人非常明白这一点，并不奢望建立一个家庭。在诗歌中，他把自己比喻为星星，把范妮比喻为大地，这是东西方文学中天上人间故事的重写，也暗示出诗人对自己身世的无奈和感叹。

但是从第9行开始，诗歌的意象也发生了变化。诗人的确需要"坚定不移"，但更希望看到自己与恋人相伴相守、不离不弃，达到一种灵与肉的交流。接着，诗歌为我们描绘出一幅美丽的爱情图画：诗人"坚定不移地／将头枕在爱人酥软的胸脯上，／永远感到它舒缓地起伏"，不断聆听她的呼吸，心里充满了爱的甜蜜。也就是说，诗歌在最后6行写出了诗人的真意：他渴望着与爱人的结合，否则他宁愿死去，从而否定了他前面所想象的那种柏拉图式的爱情。

十四行诗的形式，从意大利诗人彼得拉克开始，经过三百多年发展，形成了许多窠臼：写爱情、时间短暂、及时行乐，用花朵比喻恋人等等，济慈的星星与大地也是传统的意象。按照十四行诗的规矩，一般前八行为入题，后六行为点题，中间一般有一个转折，从这个意义上讲，济慈的这首诗是一首标准的十四行诗。济慈的故事在2009年被好莱坞搬上了银幕，就取名为《明亮的星》。

《冷酷的妖女》（La Belle Dame sans Merci）

该诗是一首民谣体诗歌，故事以对话体展开，虽然没有引号，但是可以看出，第1-3节是提问，第4-12节是回答。题目的法文原意是"没有同情心的美女"，著名翻译家屠岸先生把它翻译成"冷酷的妖女"，因为故事中这位美女应该是一位仙女，也是中世纪以来西方文学、神话、传奇中常见的"毁灭英雄的女人"（femme fatale）。

在济慈的诗歌中，一个骑士在湖边徘徊，芦苇枯萎，松鼠囤粮，鸟儿不见踪影，一片秋风落叶的萧条。有人问骑士，为什么不肯离去？骑士回答说，为了爱。他在那里等待一个姑娘的再次出现。

从他讲述的故事中我们得知,他先前在这里碰到了一位美丽的姑娘,她长发曼妙,美如天仙。他为她做花冠、手镯和腰带;她为他唱歌谣,采草根、仙露和蜂蜜。两人陷入了爱河,或者说骑士陷入了爱河。姑娘把他引到了山洞,使他进入了甜蜜的梦乡。在梦中,他看到了可怕的景象:脸色死白的国王、王子和武士,张大了嘴,对他发出可怕的警告,说这姑娘是妖女,说他上当受骗。

当骑士醒来,他发现姑娘已经不见踪影,他因此悲伤不已,不能自拔,独自在此徘徊。诗歌暗示那些国王、王子和武士都是这位妖女的受害者,骑士自己也将接受这样的命运。

特丽莎·凯里(Teresa M. Kelley)认为,由于济慈的早期诗歌备受评论界的批评和诋毁,他的风格被斥责为"幼稚""矫揉造作"和典型的"伦敦佬派"(Cockneysim)风格,因此该诗很可能是济慈对这些批评的强势回应:诗中的妖女很可能是"伦敦佬派"风格的喻体,她的"他异性"(otherness)造成了骑士、国王、绅士以及全世界的不安。她认为济慈在成熟期并没有因为批评就放弃了早期诗歌的风格,而是发展和完善它,使之成为了他独特的诗歌特征。(*John Keats: Bloom's Modern Critical Views*, ed. Harold Bloom, 2007, 67–69)

《致睡眠》(**To Sleep**)

该诗是一首实验型彼得拉克式十四行诗,由两个"四行体"和一个"六行体"构成,韵式为abab, cdcd, bc, efef。从内容上讲,前八行赞美睡眠,后六行呼唤睡眠给予他拯救。诗歌写出了睡眠的甜蜜和温馨,表达了诗人对睡眠和休息的渴望。然而在诗歌中,死亡的气息非常浓烈。睡眠与死亡无法区分,紧密相连,用来描写睡眠的意象往往来自死亡。

在"四行体"部分，诗人将睡眠比喻为"涂香者"（embalmer），用细心和慈祥的手指，合上诗人的眼睛，使他进入了神圣的遗忘之乡。"涂香者"在古埃及是制作木乃伊的祭师，将香膏涂到尸体上，使之保持不朽。另外，诗人呼吁睡眠之神，不要等他结束祈祷，不要等到他说"阿门"，就让他合上甘愿的双眼，将罂粟花的致幻的花朵布满他的床边。罂粟是制作鸦片的原料，这个比喻将睡眠描写成了迷魂、销魂状态，而不是休息。

在实验型"六行体"中，诗人呼唤睡眠拯救他，不要让一天的思绪像阳光一样照射在他的枕头上，纠缠他；不要让好奇心和意识（curious Conscience）像鼹鼠（mole）一样，往黑暗里钻，给他带来无尽的痛苦（woes），折磨他。诗人之所以表达了对睡眠和休息的渴望，是因为他一生为了成名和爱情而极尽心力，但是到此时为止，在两个方面他似乎都没有遂愿。因此，他感到心力交瘁，用现在的话说，就是"感觉身体被掏空"。因此，睡眠或死亡显得非常甜蜜。

《这只鲜活的手，温暖而能干》（This Living Hand, Now Warm and Capable）

该诗是一首特别的爱情诗，它表达了一种强烈的渴望，同时也表达了一种强烈的绝望。它的意思大致是：这只手现在很鲜活、很温暖、很能干，但是一旦死亡，它将变得很冰凉、很苍白、毫无生气。到那时，它将缠住你，毒化你的睡梦，摆脱不得；你会如此痛苦，甚至会希望你自己的鲜血流进这只手，使它重新活过来；或者你的良心会受到如此责备，你希望你自己死去，这只手活着。因此，诗人告诫她，不要等到将来后悔，现在就接受这只手，握住这只手，与它相爱吧。

在欧洲中世纪的爱情诗中，有一个"当你老了"的主题，意思是如果你现在不接受我的爱情，"当你老了"，你回想起今天，你一定会后悔。17世纪的法国诗人龙沙（Pierre Ronsa）曾经以"当你老了"为题，写过一首十四行诗。爱尔兰诗人叶芝（W. B. Yeats）著名的《当你老了》就是这个传统在20世纪的杰出代表。济慈的《这只鲜活的手》实际上是对这个传统的承袭：不要等到将来后悔，现在就抓住这只手。

《赛吉颂》（Ode to Psyche）

该诗可以分为两个部分，前一部分写赛吉与丘比特的爱，后一部分写诗人对赛吉的崇拜之情。赛吉（Pysche）原是民间女子，由于天生丽质，美丽动人，受到爱神丘比特（Cupid）的青睐。但丘比特之母维纳斯（Venus）嫉妒赛吉的美，对这段姻缘进行了百般阻挠。经过许多磨难之后，赛吉和丘比特终成眷属，赛吉也由人变神，被封为"灵魂之神"。

在第一部分（第1-2节）中，诗人梦中来到了一片森林，看见幽静处有两个神仙相拥而眠。那里山花烂漫，流水潺潺，一片人间仙境。他们躺在树荫下，在草坪上，面对着面。虽未相吻，但醒来后肯定会使热吻超过先前的数量。诗人认出，两人就是赛吉和丘比特。诗歌赞颂赛吉的美丽，同时也感叹她后来者的尴尬。虽然赛吉的美丽超越了奥林匹斯山上的诸位女神，胜过月亮女神菲比（Phoebe）蓝宝石一样的清芒，胜过金星维斯佩（Vesper）傍晚在天边发出的萤火虫一样的微光，但却由于是后来者，没有自己的神庙，没有自己的祭坛，没有自己的唱诗班在深夜吟唱。没有竖琴、管箫、烧香浓烈；"没有神龛，没有圣林，没有神谕，没有先知狂热"。（屠岸译）

在第二部分（第3-4节），诗人对赛吉表达了衷心，愿意做她的崇拜者。在这个远离敬神虔诚的时代，他愿意成为赛吉的唱诗班,在午夜时分"唱出哀婉的咏叹"。他愿意成为她的"声音、竖琴、管箫,香烟从悬空摆动的香炉播散"。他还愿意成为她的神龛、圣林、神谕、先知,"嘴唇苍白,沉迷于梦幻"。不仅如此,诗人还愿意在心中为赛吉建设一座神庙,四周"有思想如树枝长出,在风中沙沙作响"。这里的一切都将是大脑想象的结果,因此这座玫瑰色的殿堂四周,将有大脑形状的花环,点缀着无名的花蕾、铃铛和星星。那里的园丁将是"幻想",他培育的花朵争奇斗艳,绝不雷同。诗人将"为你准备冥想能赢得的一切",包括大树层层叠叠,覆盖着山峰。林仙在轻风、小溪、小鸟、蜜蜂的歌声中安然入眠。"一支火炬,一扇窗户敞开在深夜,好让热情的爱神进来!"

海伦·汶德勒(Helen Vendler)在《约翰·济慈的颂歌》(*The Odes of John Keats*,1983)中将《赛吉颂》视为企图恢复希腊神话的一个尝试。这些想象丰富的神话被基督教的兴起所驱逐,济慈要用想象力促成它们的象征性的回归。赛吉在希腊文中的意思是"灵魂"和"心灵",对济慈来说,她可能代表了一种想象力至上的诗歌,他对她的崇拜也暗示了他要创作这种"新"诗的决心,这与华兹华斯等人所追求的"想象力"是一致的。作为一种新的心灵之诗,它虽然没有得到他人的崇拜,但济慈将在心中为它建立起自己的神庙。

《夜莺颂》(Ode to a Nightingale)

该诗也许是济慈作品中最著名的诗歌之一,它创作于1819年,当时济慈与好友查尔斯·布朗(Charles Brown)住在伦敦郊外的汉普斯特德(Hampstead)。在他们住处旁的一棵树上,有一只夜莺筑巢,济慈非常喜欢。一天早晨,他独自将椅子搬到了那棵树下,在那里坐了两至三小时。当他回来的时候,布朗发现他手里拿着一叠纸,经过询问才知道那些纸上记录的是他听夜莺歌声的一些感受。

诗歌可以分为三个部分（开篇、主体与结尾），它们构成了一个三段式结构。诗人以景物描写开始，然后进入沉思，在沉思中获得一种洞见或者解决一个问题，最后又回到了景物描写。亚伯拉姆斯（M. H. Abrams）称这样的诗歌为"更伟大浪漫抒情诗"（Greater Romantic Lyric），华兹华斯的《丁登寺》、柯尔律治的《忧郁颂》和雪莱的《西风颂》也属于此类诗歌。

"开篇"部分主要是描写现实。夜莺的歌声很美，旋律悠扬，在绿树成荫的环境中，歌声是对夏季的高歌。但很特别的是，这没有给诗人带来快乐，而是给他痛苦。他的感觉像是喝了毒药，心中剧痛，正在飘然而逝。

"主体"部分主要是沉思，但这个沉思经过了一个过程，一种发展。诗人从急切想离开、去到一个天堂般的美丽世界开始，到重新接受这不完美的世界，勇敢地面对生活结束。这个部分可以进一步分为"痛苦的现世""美丽的梦幻"和"生还是死"三个小节，合起来它们描写了夜莺给诗人带来的启示。

在"痛苦的现实"（第2-3节）部分，诗人表达了一种逃离的愿望，希望借助一杯普罗旺斯的美酒，仍然飘着南方花朵和快乐的香气，或者借助缪斯山上的甘泉，还有珍珠般的泡沫在杯沿闪烁，总之，他希望借助酒精或诗歌逃离这个世界，因为这个世界充满痛苦。济慈从亲身经历中得知生活的艰难："人们对坐着相互呻吟"，"瘫痪病颤动着几根灰色的发丝"，"青春渐渐苍白、瘦削、死亡"，"美丽保不住慧眼的光芒"，"爱情顷刻间就为之憔悴"。

在"美丽的梦幻"（第4-6节）部分，诗人描述了一个伊甸园般的世界，夜莺的歌声将他带进了一个"夜色温柔"的仙境。天上,月亮登上了宝座,群星像仙子样拥戴着她。地面,花朵挂满了枝头,散发着浓烈芳香。他看不见这些是什么花朵,只能在暗香中猜想每一朵奇葩,山楂花、野蔷薇、紫罗兰、麝香玫瑰等等,千娇百媚,"夏天的蚊蝇嗡嗡盘桓"。

在"生还是死"(第7—8节)部分,诗人听着夜莺的歌声,在它创造出的这个美丽世界里,感觉死亡是多么美好。"多少次,我几乎爱上了安谧的死神,用深思的诗韵唤着它的名字,请它把我这口气化入空明。"然而,转念一想,死亡将使他变成一抔黄土(sod),夜莺的歌声也就变成了安魂曲,他的耳朵再也听不到这美妙的歌声,这岂不是一个巨大的遗憾?而夜莺似乎具有永恒的生命,它今天的歌声曾经给古代帝王和宠臣带去欢乐;曾经激励过路得(Ruth)的心,在她想家之时,在生活的艰难困苦之中,能够坚持履行她的孝敬的职责。它也曾经出现在许多童话中,安慰过在窗里望着大海的惊涛骇浪等待白马王子的姑娘。

"结尾"部分再次回到现实。诗人仍然拥有对美好世界的向往,但是已打消了死亡的念头。"失落!呵,这字眼像钟声一敲,催我离开你,回复到我自己。"他不再胡思乱想,他似乎从梦中醒来,"幻想这个骗人的小妖,名不符实,再不能使人着迷"。他抛弃了美丽幻想,接受了生活的安排。

杰克·斯蒂林格(Jack Stillinger)认为,该诗存在着"梦幻与现实"两个境界的区分,这两个境界也可以称之为"天堂与地狱、死亡与永生、时间与永恒、已知与未知、有限与无限、现实与浪漫等等"。诗歌的结构是从现实进入梦幻,再从梦幻回到现实,不是回到原点,而是回到一个不同的现实,一个他更好地理解的现实。(*Twentieth Century Interpretation of Keats's Odes*, 1968)

换言之,诗歌回答了"逃避现实,还是面对现实"的艰难选择。一方面，诗歌将生活视为各种痛苦、挫折、疾病、失落、沮丧的混合体。另一方面，夜莺的歌声暗示了一种逃避的可能性，死亡也许就是一种最终的、完全的解脱。然而，这种想法在最后被诗人否定和拒绝。在诗歌最后，济慈从梦幻回到了现实，以积极的心态，勇敢地面对痛苦与欢乐并存的人生。

济慈在1819年给弟弟乔治和弟妹乔治安娜的信中说，我们不能把这个世界视为"泪水之谷"（vale of tears），而要把它视为"锻造灵魂之谷"（vale of Soul-making），因为一个灵魂要成为真正的灵魂就必须经受艰难和困苦的考验，"你难道不明白痛苦和磨难在锻炼个人和使之成为灵魂的过程中有多么的必要？"应该说，诗歌是对现世的肯定，充分体现了济慈的"人文主义者"（humanist）的思想境界和人文情怀。

《希腊古瓮颂》（Ode on a Grecian Urn）

诗歌所描写的"希腊古瓮"可能在现实中并不存在，其上的画面，如年轻的恋人相互追逐、笛手在春天的田园中吹奏，以及在神庙进行的祭祀活动，可以在不同的希腊瓷器上找到，但是它们合起来的画面只存在于济慈的想象之中。全诗分为开篇、主体和结尾三个部分。它们的关注点从整体到细节再到整体，从而再现了希腊古瓮的全貌。

"开篇"部分将希腊古瓮称为"宁静的新娘""领养的少女"以及"山林的历史学家"。作为开篇，它引导读者注意到古瓮上的那些画面，"追逐""笛声""仪式"等等，同时也留下了许多有待解决的问题："什么绿叶镶边的传说缠绕在你的四周？""讲的是神，还是人，还是两者都讲？""在坦佩，还是在阿卡狄的山谷？"

"主体"部分（第2-4节）主要描写"追逐""笛声""仪式"三个画面，一方面诗人强调这些画面的真实、生动、活灵活现,另一方面又强调它们只是那些真实生活的一个瞬间,那些真实的生活早已经消失,成为过往。虽然如此,这些捕捉到的瞬间已经被雕刻艺术赋予了一种永恒,它在读者心中可以留下丰富的想象。"听到的乐曲很甜美,听不到的乐曲更甜美,"虽然我们听不到笛手的演奏,但他的演奏将永远不会停止。

同样,艺术固定了那个美丽的春天,使之获得了永恒状态。树木将永远郁郁葱葱,树叶永远不会凋谢,春天也永远不会离去。在那个艺术的瞬间里,恋人虽然永远吻不到他的姑娘,但是那位姑娘也永远不会消失。恋人的爱情将永远浓烈,姑娘也将永远美丽,永远不会变老。恋人的心将永远激动,永保激情,不会有人间爱情常常带来的痛苦。

这些看似矛盾的说法实际上可能是诗人有意识的追求。批评家克林斯·布鲁克斯(Cleanth Brooks)认为,该诗的内部结构就是一个贯穿始终的"悖论"(*The Well-Wrought Urn*,1947)。在那山脚下,大海边的小城里,祭祀仪式也是真实生活的一个瞬间,然而艺术已经使这个瞬间达到不朽。诗歌的细节有意创造出一个生动而富有生机的场面,"居民们倾城而出,赶清早去敬神";"神秘的祭师,你的牛向上天哀唤/花环挂满了她那光柔的腰身/你牵她去哪一座青葱的祭坛?"然而,诗歌提醒我们,虽然艺术保存了这个瞬间,那些真实的人都早已经作古。"小城啊,你的大街小巷将永远地/寂静无声,没有一个灵魂会回来,/说明你何以从此变成了荒芜。"艺术本身就是一个关于变化和永恒的悖论。

这个"悖论"可以说从诗歌开篇,一直延续到诗歌结尾。我们记得,诗歌开篇的那个"宁静的新娘""山林的历史学家",虽然是沉默的,却为我们"讲述"了一个优美动听的故事。诗歌"结尾"部分,也是全诗的高潮,它的画龙点睛之笔，是诗人称古瓮为"雅典的形状，美的仪态"，它所捕捉到的生活是一种比真实生活更加真实的生活，它使那个被固定的瞬间具有了一种艺术的永恒。艺术来源于生活，但艺术高于生活。正如诗歌最后的名言所说，"美即是真，真即是美"。

格兰特·司格特（Grant F. Scott）将该诗放入18世纪"绘画诗"（ekphrasis）的传统中（古瓮毕竟也是一件艺术品）去考察，发现关于"绘画诗"的争论与性别政治有密切关系。以此入手，他发现该诗充满了性暗示和性追求的意象，如"保持贞洁的新娘""领养的少女""疯狂的追逐""接吻"等等。因此，古瓮代表了济慈追求的对象，但同时她的魔力又使他感到不安，甚至恐惧。像美杜莎一样，她可能使凝视她、消费她的男性变成雕塑。从女性主义视角来看，该诗可能是一首关于性别身份、女性威胁和男性恐惧的诗歌。（*The Sculpted Word: Keats, Ekphrasis, and the Visual Arts*, 1994）

《忧郁颂》（Ode on Melancholy）

该诗对"忧郁"进行拟人化，把她描写为一位女神，她没有神庙，而是隐身于"快乐神庙"之中。只有那些在快乐中能够体验到痛苦的人，才能意识到她的存在。从诗歌的立意中，我们可以看出济慈对人生的认识：快乐与痛苦同在。没有纯粹的欢乐，也没有纯粹的痛苦。这就是人生或命运的悲剧所在：人生就是不同或相反的感受的集合体。

第一部分"死亡"是该诗手稿的一部分，但是在最终出版时被删除。它反映了诗歌意义的一个重要层面。也许你想知道"忧郁"是什么滋味？也许你想见到"忧郁"女神，但是如果你到地狱去找，你可找不到她。诗歌想象了一次地狱之行，"用尸骨建造一艘船"，"用绞刑架支起风帆"，然而"忧郁"不在地狱，以这种方式，"你肯定找不到她"。

第二部分延续了第一部分的主题,但是从一个不同角度再次否认了死亡是见到"忧郁"女神的途径。它列举了各种不同的死亡方式,否认它们可以让你见到"忧郁"。它告诫这些追求者,"不要到忘川",不要把乌头的毒汁当成美酒,不要让龙葵草亲吻你的额头,不要用紫杉的坚果做你的念珠,不要让墓畔的甲虫和飞蛾做你的赛吉等等,因为"忧郁"来自灵魂的痛苦,而人死后再也无法感受痛苦,因此也就不可能见到"忧郁"。

第三部分"忧郁瞬间"描写"忧郁"情绪何时产生、如何产生。首先,它产生在快乐之时,产生在美好的事物中,如早晨的玫瑰、天空的彩虹、牡丹的姹紫嫣红、情人的娇嗔颦眉。四月的明媚春光,突然降下一阵乌云,将绿色的山丘罩上了一片阴霾,这就是"忧郁"。我们应该注意到,春光、彩虹、鲜花、情人都不能永远保持美丽,而是有一种向对立面变化的倾向。正是这种物极必反、青春无法永驻、美丽必然消失的人间命运才带来了"忧郁"。"她与美同在——那美必将消亡"。

第四部分"忧郁女神"将"忧郁"想象为一位女神,但她是一位没有神庙的女神,她隐身于"快乐神"的神庙之中。只有那些"舌头灵,味觉好 / 能咬破'快乐'果的人才能瞧见"(屠岸译)。诗歌用了几个形象的比喻来说明"忧郁"与"快乐"和"喜悦"同在:"快乐"像离别者,永远都在飞吻,说再见;"喜悦"像特别的美酒,浅尝则变毒药。快乐不常在,欢喜变悲伤,这才是"忧郁"的根源。

《怠惰颂》(Ode on Indolence)

该诗的引文来自《圣经·马太福音》(6: 28),在这一节中,耶稣告诫人们"不要忧虑":"何必为衣裳忧虑呢?你想生长在野地里的百合花怎么长起来?它不劳苦,也不纺线。"这是因为上帝在关照它,而人类比百合花更加珍贵,因此人们更不必为吃穿忧虑。这也许就是诗中所说的"怠惰"的终极理由。

在创作此诗之前,济慈曾经给弟弟和弟妹写信(1819年5月19日)说:"今晨我陷入了一种怠惰和万事都不挂于心的状态。无论是诗歌,还是雄心,还是爱情,从我身边经过,脸上都毫无留意的表情:他们就像希腊花瓶上的三个形象,一男两女,只有我自己能够辨别他们的伪装。这是唯一的快乐,也是让身体控制心灵的美妙的一个例子。"

全诗共6节,分为三个部分,每两节为一个部分。每个部分都描写以上三个人物经过诗人眼前,在他的内心所激起的波澜。在第一部分(第1-2节)中,三个人物低着头、牵着手,一个接一个,安静地通过、消失,像是转到了花瓶背面。然而他们又回来了,穿着拖鞋,披着白色的袍子,仿佛有人把花瓶又转了回来。三人两次从济慈眼前经过,但由于他们低着头,济慈并没有认出他们。

在第二部分(第3-4节)中,三个人物第三次来临,这次他们朝他正面看过来,使他心潮澎湃。他认出了他们:第一位是爱情,是一个美丽的姑娘;第二位是雄心,脸色苍白,眼神疲倦;第三位是诗歌,是一位顺从的姑娘,备受责难。(济慈的早期诗歌曾经遭到了无端的指责。)济慈将三人所代表的激情和奋斗,与他现在所享受的宁静和休闲相对照,表达了对前者的厌倦,对后者的向往。"但愿啊,来一个时代,避开烦恼,让我永远不知道月缺月圆,/ 永远听不见常理的繁忙喧嚷!"

然而,在第三部分(第5-6节)中,爱情、诗歌和雄心三个人物第四次出现,诗人感到诧异,他不理解这是为何。他再次强调他很享受他目前的闲适状态:睡眠为他编织了美好的梦想;他的灵魂像一片长满了鲜花的草坪,早晨虽有阴影,但没有雨水降落,仿佛云的眼里含着五月的泪水;他的窗上长满了常青藤,为的是迎来春光和鸟语花香。因此,诗人希望三位立即离开,还他以宁静和闲适。他的头正枕着草坪上的花朵,享受着他的休闲,他不希望他们再打扰他。"消失吧,鬼魂们!离开我闲怠的心灵,/飞入云端去,不要再回来,永远!"

诗歌的意思非常明显:诗人渴望休息,渴望宁静,他感到生活极其劳累,日子异常艰辛。他不是碌碌无为之辈,也没有轻易放弃理想,但是客观条件不允许他奋斗:他的身体太差,精力不足。因此当三个人物经过他的眼前,他要么否认认识他们,要么拒绝他们的诱惑。

这里有一个自觉层面和不自觉层面的差异:在自觉的层面,济慈驱赶他们,而在不自觉的层面,他又渴望他们回来。诗歌的核心其实就是济慈内心的挣扎:不是这几个人物不听指点,而是他自己无法释怀。那几个人物不是别人,就是他驱赶不走的精神追求。

《秋颂》(**To Autumn**)

该诗是一首描写秋季的诗篇。传统诗人一般喜欢描写春季,因为那是一个富有诗意的季节。而在这首诗中,济慈把秋季写得比春季更加富有诗意。济慈在给朋友雷诺兹(J. H. Reynolds)的信中说:"我从来没有像现在这样喜欢秋收后的田野,胜过了喜欢春天田野的冰冷绿色。秋天的田野看上去很暖和,就像有些绘画一样。它在我星期天散步时,给我留下了如此深刻的印象,我写下了一首诗。"

第一部分"果实"描写大地与太阳"合谋",使苹果树挂满了果子,压弯了它的腰,使葫芦膨胀,使坚果充实,为蜜蜂催开了花蕾,把它们的蜂巢填满,以致这些蜜蜂产生了

"暖日无尽"的幻想。这些描写给人的印象是丰腴、硕大，果实累累，大自然的馈赠似乎无穷无尽，展示了一幅人间天堂的景象。

第二部分"女神"描写秋收的大地上，处处可见秋天女神的身影。有人看见她漫不经心地坐在粮仓的地上，扬谷的微风吹起了她的头发；有人看见她在收割了一半的地里甜睡，陶醉于罂粟的浓香，她的镰刀放过了下一陇庄稼和野花；有人看见她在榨汁机旁，观看着果汁一股股流出。这些描写使秋天女神的形象尽显无遗，她不是一个高大威严的女神，而是一个有亲和力、富有人性甚至有些顽皮的女孩，让人想起文艺复兴时期的意大利绘画。

第三部分"音乐"描写秋天的各种声响，包括在金色傍晚的河边，蚊虫飞舞，其嗡嗡声所形成的大合唱，歌声随着风声的起伏，变换着音高和音量。秋天的"音乐"还包括从山坡上传来的羔羊的咩咩声、知更鸟从菜园中发出的百啭千鸣以及燕子在天空中的呢喃声。诗人认为，秋天的音乐虽不如春天的百鸟歌唱，但有它突出的特点。不似春光，胜似春光。

虽然济慈似乎在书写"唯美"的秋天，但是政治和历史其实隐藏在其后不远处，以比较低调、比较隐晦的方式呈现。尼克拉斯·洛（Nicolas Roe）在《济慈的共同体》（Keats's Commonwealth）一文中认为，"合谋"一词在上下文中非常刺眼，一般来讲这个情景不需要这个词汇，其中必有深刻的原因。他顺着这个思路挖掘，发现该词在当时的报刊中经常出现，都是在描述"彼得卢大屠杀"。另外，诗中的秋天"女神"与斯宾塞的《牧羊人月历》和李·亨特的《自然月历》中描写的"谷神"形象类似，她通常拿着天平，暗示秋天的果实要惠及所有人。因此，尼克拉斯·洛认为济慈的诗歌其实是在暗示社会分配的不均等政治问题。

《拉米亚》(Lamia)

拉米亚的故事来自罗伯特·伯顿(Robert Burton)《忧郁的剖析》(*Anatomy of Melancholy*, 1621)。原文的故事与济慈的版本相差无几,包括希腊青年莱修斯邂逅拉米亚,双双回到她在柯林斯的家,共同幸福地生活,哲学家阿波罗尼斯出现在他们的婚礼,他识别了拉米亚的画皮,拉米亚和她的豪宅等顿时消失。在希腊神话中,拉米亚是一个妖女,专吃爱上她的男人。但是在济慈的诗中,她不但美丽,而且毫无恶念,似乎代表了一种美妙的梦幻。莱修斯是典型的被爱情蒙住了双眼的恋人,似乎代表了感性和激情。阿波罗尼斯则代表了莱修斯的反面,即理性和哲学。

第一部分

"交易"(第1–145行)讲述赫尔墨斯(Hermes)与拉米亚如何达成了一桩交易。希腊神话中的天神信使赫尔墨斯在天宫感到百无聊赖,他听说希腊克里特岛(Crete)的森林中住着一位美丽的仙女,受到林仙(Satyrs)和海神(Tritons)的追捧。赫尔墨斯慕名而来,在林中四处寻找,但一无所获。他在失望中停了下来,心中感到郁郁不欢,充满了痛苦和嫉妒。这时,他听到一个微弱的哭诉声,仔细观看,原来是一条蛇。这是一条色彩缤纷的美女蛇,身上的条纹像斑马,斑点像豹子,眼睛像孔雀,浑身闪耀着月亮的银光。她对赫尔墨斯说:"我知道你为什么来到克里特岛,也知道你没有得到你想要的东西,但是我可以帮你。"赫尔墨斯感到一阵兴奋,也感到一丝希望,回答说:"只要你告诉我那位仙女的踪影,我可以让你尽享你能想到的福祉。"美女蛇说:"君子一言,驷马难追。"赫尔墨斯发誓将兑现诺言,因此美女蛇对他说:"这位仙女无影无形,一般人看不见。她经过时也不会在林中留下任何痕迹,这是因为我让她隐形于林中,以保护她不遭到冒犯，不蒙受袭击。但是如果你答应我的请求的话，我能够让你看见，仅仅让你一人。"赫尔墨斯问什么请求，她说她从前也是一个女子，现在只请求变成一个女子，与从前一样美丽，再次出现在心爱的人莱修斯（Lycius）面前。赫尔墨斯没有异议，美女蛇立即在他的额头和眼睛上吹了一口气，突然，赫尔墨斯的双眼看见那位仙女在草坪上微笑。他感到内心在燃烧，向她奔了过去，拉起她的手。仙女只感到这只手的温度，像听到蜜蜂的花朵一样，向他敞开了心胸，献出了花蜜。两人最终消失在树林深处。

"邂逅"（第146-289行）讲述拉米亚与莱修斯如何"偶然"相遇。美女蛇开始了她的蜕变，她的血液开始沸腾，口中冒出白沫，双眼在痛苦中凝固，身体不住地抽搐，身体从银色变成了火山的焦黄，"青草在剧毒的唾液下立即枯萎"。她蜕下了从前的一切，逐渐融化在空气中，那呼唤"莱修斯，温柔的莱修斯"的声音也逐渐消散。取而代之的是一个艳丽、娇小、新生的美女拉米亚，站在通往柯林斯（Corinth）的路边，像刚刚从林中飞出的小鸟。乍一看，她就是一个纯情少女，但在心头她"对爱的哲学却作过精深的研究"。她像是"丘比特学院"的毕业生，"楚楚可怜地学完了所有课程"。她为什么要在这条路上等候呢？因为她知道她心爱的莱修斯将从这里经过。莱修斯先前来到埃琴纳岛（Egina），向众神之首朱庇特（Jove）献祭，神庙里香烟缭绕，他的誓言已经被听到，他的愿望也将实现。在回来的路上，他离开了众人，独自行走在山路上。他埋头行走，心事重重，从拉米亚身旁经过，并没有留意到她。拉米亚叹息道，"啊，漂亮的莱修斯，让我一个人留在山上，你忍心？"莱修斯回头一看，像希腊神话中痛失爱妻的俄耳甫斯（Orpheus）看到了妻子欧律底刻（Eurydice）一样。如果世上存在一见钟情，那么这就是见证。他迫不及待地上前，献上他对美女的赞美："把你一个人留在这里？我是怕我的眼睛无法再往别处看。一旦你消失，我会死去。"看到莱修斯已经坠入情网，拉米亚不但没有投怀送抱，反而欲擒故纵，显出一副羞涩的模样。"如果你要我留下，那么你能给我什么，以让我忘记甜蜜的家？让我抛弃我的福祉和永生，在这些山上漫游？对不起，再见。"听到"再见"，莱修斯立刻晕厥过去，这不是拉米亚想要的结果，她立刻用一个吻使他苏醒过来，从此，两人的命运便纠缠在一起。

"进城"（第290-397行）讲述他们俩的最初交往与回城经过。她给他唱美丽的歌曲，声音婉转，像经历长期磨难后重逢的人儿。她让他抬头，驱散心中的疑虑，然后谈起他们之间的缘分。她说他们都住在柯林斯，他怎么会没有注意到她？她一直在柯林斯过着半隐居的生活，过得很快乐、很幸福，直到有一天她在维纳斯神庙前见到了他。莱修斯听着她讲述的这些爱情故事，感到很吃惊，同时也感到灵魂的激动和人间的欢乐。对拉米亚的问题，他一一作了回答，每一个字都带着双倍的叹息，最后他问拉米亚是否能够与他一同回到柯林斯城。拉米亚当然一口答应，但暗中使用了魔法，使路程大大缩短。莱修斯在迷迷糊糊中并没有意识到路程缩短，不知不觉地拉着拉米亚进入了柯林斯。夜色中的柯林斯仍然熙熙攘攘，宫殿、神庙、街道都挤满了人。有的三两成群，有的独自漫步。灯火阑珊，照射着人们的身影，映射在围墙上、拱门内、廊柱旁。在人群中，有一个胡子灰白、眼光敏锐的秃顶老者，他穿着哲人衣袍，步履缓慢。看到这位老者，莱修斯退缩，拉米亚发抖。她问道："那位老者是谁？"他回答："他是哲人阿波罗尼（Apollonius），是我的导师，但是今夜他就像愚蠢的鬼魂，缠绕着我的美梦。"最终，他们俩来到了莱修斯的家，宅邸的门廊上挂着一盏灯，在灯下大理石地面显现出鲜亮的颜色。两扇大门打开，发出神奇而悠扬的声音。除了两人外，再没有人知道这个地方。

第二部分

"爱巢"（第1-105行）讲述拉米亚和莱修斯的同居生活。爱总有爱的烦恼，无论贫穷，还是富有，信任的流失和嫉妒的抱怨都会使温暖的声音变得刺耳。何况爱神看到如此完美的一对也会嫉妒，给他们的关系投下阴影。两人在他们的爱巢，躺在柔软的沙发上，窗户开向一幅夏季的天空，清澈而蔚蓝。突然，一阵刺耳的号声传来，莱修斯从沙发上跳了起来。他为了爱情而抛弃的那个喧嚣世界，仿佛又回到了他的脑海。这一点没有逃脱拉米亚的眼睛，她叹息、哀伤，抱怨他已经不爱她。莱修斯一边安慰她，一边表衷心："不是我不爱，相反，我正在努力加倍爱你，让心中充满更加猩红的爱，把你的灵魂吸入我的灵魂，像玫瑰花蕾呵护其馨香一样。"莱修斯说，他要用婚姻的方式向全世界宣誓他的爱，让全柯林斯城都为他们欢呼，像胜利的凯旋。听到结婚和婚礼，拉米亚惊慌失色，满面泪水，跪求莱修斯改变主意。莱修斯感到诧异，被她的反应所刺痛，反而更加坚持他的初衷。莱修斯问道，"我一直以为你是女神，但如果你是俗人，请问芳名，请问是否有亲朋好友，来见证我们的幸福时刻，分享我们婚宴的欢乐？"拉米亚否认自己有亲朋好友，她说："我双亲的尸骨已埋入了坟墓，他们不幸的后裔，除了我以外，都已经死去。如果我不反对那神圣的仪式，都是为了你。"但是，她嘱咐莱修斯，如果他对她还有一点爱，千万不要邀请阿波罗尼参加他们的婚礼。虽然莱修斯不解其中含义，但也无法从拉米亚那里弄清原委。

"婚礼"（第106-220行）讲述准备婚礼和婚礼进行的过程。当地本来有习俗，在傍晚时分，新娘将由朋友簇拥，乘车巡游，穿过鲜花、火炬和婚礼歌曲构成的盛典，然而，拉米亚没有一个朋友。在莱修斯外出邀请亲朋好友之时，拉米亚独自在家为婚礼做准备，很快宴会厅被装饰一新。木雕的松树、芭蕉，从大厅两侧往上延伸，在屋顶中央汇聚。在这下面，一盏盏灯火贯穿中间的通道。拉米亚一半满足、一半焦虑地忙碌着，差遣仆人们将墙上的浮雕拾掇得更加美观。树木之间是素净的大理石和碧玉装饰板，大树和小树交织成纷繁的图案。一切准备停当，只等狂欢的客人来扰乱她的平静。婚宴的日子终于到来，客人们鱼贯而入，惊叹宅第的恢弘和豪华：堂皇的门廊，宏丽的庄园。只有一个人在苛刻地观察，一脸严峻，踱着沉静的步伐，他就是阿波罗尼。他一会儿也开怀大笑，似乎曾经折磨他的问题已经得到化解。他在大厅的人声嘈杂中碰到了他的门徒，说："如果我以一个不速之客的身份来到婚礼，干扰年轻朋友们的欢娱，请莱修斯原谅，因为这件事我必须做。"莱修斯并没有领会阿波罗尼的意思，快乐地引领导师进入了大厅，用客气的言辞安慰着老人，从而化肝火为乳汁。宴会大厅富丽堂皇，灿烂的灯火，扑鼻的芳香。三角座上的香炉，整齐地排列，香烟缭绕，柔细的羊毛地毯，柔软舒适。十二张圆桌由豹爪形桌腿支撑，四周摆放着绸面座椅。桌上，巨觚盛着佳酿，金杯盛着果实，中央供奉着神像。每个客人进入大厅之前，仆人用海绵为客人洗手洗脚，用适合的礼仪向客人头发洒香油。客人都穿上白袍走向筵席，按顺序落座。音乐悠扬婉转，人们的谈话也低声细语。然而，随着美酒增加，场面逐渐变得人声鼎沸，金属乐器也乐声宏亮。在绚丽的色彩、豪华的屋顶、美丽的奴仆、仙露般的美酒之中，拉米亚出现了。翠绿芬芳的花冠，由山谷的鲜花和树木的枝干编织而成，放在金柳条的篮子里，客人可以随意取之，戴在自己的额头。也许，拉米亚应该戴上细长的柳条和瓶尔小草的嫩叶；莱修斯应该戴上密锥花，沉入遗忘之乡；阿波罗尼应该戴上针茅和带刺的蓟草。

"悲剧"（第221-311行）讲述梦幻的消逝，主人公的死亡。所有"美"在冷酷的哲学触碰下都会烟消云散。天空的彩虹流光溢彩，但是在科学的透镜下，它仅仅是几种颜色的组合而已。"哲学将会剪去天使的羽翼，"使天空和地下的妖魔鬼怪都无处藏身。莱修斯在拉米亚身边就座，端起盛满美酒的杯子，向桌子对面的导师投去恳请的目光，然而这位秃头的哲学家的双眼已经盯住了惶恐不安的新婚美人，并且目不转睛，决不放弃。莱修斯感觉不妙，马上拉住拉米亚的手，但却感到它的冰冷。不过，它突然又由冷变热，热量直袭他的心脏。他叫道："拉米亚，你怎么啦？"她的双眼已经失去了光泽，对他的焦急呼喊没有任何反应。全场都听到了莱修斯的呼喊，音乐和高谈阔论都停了下来，一种死寂逐渐降临，令所有人毛发倒竖。"拉米亚，拉米亚！"只有莱修斯的尖叫刺破沉寂。她"美丽的两鬓不再有朝阳的活力，面颊上不再有嫩蕊的红晕；激情也不再照透深深隐藏的目光：全部凋枯，拉米亚不再美丽，坐着的是一堆白骨"。愤怒的莱修斯转向他的导师，"闭上你那残忍的双眼，否则天上的神祇将用荆棘刺破它们恶魔般的眼球。柯林斯人，你们瞧吧！我可爱的新娘在他的逼视下枯萎了。"阿波罗尼回答道："愚蠢！我一直在保护你不受邪恶的伤害，我怎能看到你今天成为一条毒蛇的牺牲品？"他继续将锋利的目光刺向拉米亚的心脏，莱修斯也无力地倒在拉米亚的身旁。听到"毒蛇"二字，拉米亚发出一声痛苦的尖叫，从莱修斯的怀抱中消失了。莱修斯失去了新娘,失去了欢乐,躺在高榻上,脉搏和呼吸也已经停止。

《拉米亚》的故事发生在古希腊,代表了一种"希腊精神"(Hellenism)。诗歌对拉米亚的消失,以及她所代表的幸福和快乐的消失,表达了一种深深的遗憾,从而展现出一种对身体、感性、爱情的崇拜,与"基督教精神"大相径庭。玛丽莲·巴特勒(Marilyn Bulter)将阿波罗尼斯的"冷酷哲学"与圣保罗的教义,即正统基督教的"禁欲主义"等同起来,认为诗歌是对希腊的异教思想的倡导,对正统的基督教思想的扬弃,展现了一种历史相关性和激进的政治意识。她说,雪莱、拜伦和济慈"对性爱的颂扬已经在文化、伦理、政治等一系列领域成为对正统思想的挑战";这种挑战也瞄准了"体系化的基督教会,因为它是国家机器的一个部分"(*Romantics, Rebels & Reactionaries*, 135–137)。

拓展阅读

英国浪漫派诗歌与生态批评

一、生态危机与生态批评

生态批评,简单地说,是研究人与自然关系的批评理论,它探讨人对自然的态度,涉及主体与客体的关系,涉及自然哲学和人生态度等等问题。这样的理论看上去没有什么新颖之处,可以说,人与自然的关系历来都是文学和哲学思考的问题。如果不进一步加以界定,这个理论就像是新瓶装旧酒,变换了一套术语而已。要领会生态批评的要旨,必须关注其起源和目标:生态批评之所以成为生态批评,是因为它是对20世纪地球所经历的生态危机所做出的一种反应,有着明确的指向性和紧迫性;另外,它有非常明确的行动目标,那就是要改变人们的生活习惯;改变人们对待自然的态度;挽救地球于危机之中。

雷蒙·威廉斯(Raymond Williams)在著名的《乡村与城市》一书中指出,英国人对环境恶化的危机感并不始于当今,事实上,每一个时代都有类似的危机感。20世纪回望19世纪,怀念传统英国的"有机社会";19世纪回望18世纪,悲悼一个"幸福的伊甸园般的时代"的终结;以此类推,18世纪怀念17世纪,17世纪怀念16世纪,16世纪怀念中世纪,每一个时代都怀着一颗怀旧的心在回望历史,似乎一个有机的乡村英国和一种健康的生活方式消失了。(Williams 9-12)威廉斯所描述的现象的确存在,它是英国文化阶层对英国不断发展的工业化和商业化倾向所表达的不满:怀旧是一种对当今的抗议。但是,目前的生态危机与以前的各种类似危机都有所不同,它不仅仅是威廉斯所说的"视角的问题",不仅仅是一种浪漫的怀旧情绪的结果,而是实实在在的生态灾难，它就像一把利剑，悬在我们所有人的头上，随时都有可能掉下来，产生灾难性后果。

18世纪工业革命以来，人类社会处于"加速度"发展的时期。是"加速度"而不是"加速"，因为人类社会的发展越来越快，像一匹脱缰的野马，或者像刹车失灵的列车，无法停下来。其速度可以说呈几何级数增加，过去几十年甚至几百年完成的变革，如今只需几年。特别是进入21世纪后，发展缓慢都是一种落后。过去，10年的电脑还可以使用，现在，1年的电脑就已经过时。去年的技术，今年可能就已经老掉了牙。这种高速度的发展对地球的资源形成了极大的消耗，对地球的生存环境造成了极大的破坏，对除了人以外的其他生物物种构成了极大的威胁。如果查一下基本数据，我们就可以知道，在过去50年人类消耗的不可再生的化石能源，可能相当于过去500年的总和；在过去50年消失的生物物种，可能相当于过去5000年的总和；过去50年地球气温上升的幅度，可能相当于过去500年的总和。这样的发展是一种不可持续的态势，它将威胁着人类的延续和生存。

在全球范围内，从联合国到各国政府，从公民社会到民间组织，人们在寻求解决问题的方法和路径。联合国气候会议、京都议定书、可持续发展计划、动物保护组织、野生动物保护区、简略的生活方式、塑料袋的禁止使用、绿色蔬菜种植基地等等，这些我们耳熟能详的事件，都是人类在政治、经济、科学、技术等方面为挽救地球所采取的行动。猛地一看，生态危机是一个政治和技术层面的问题，似乎与文化没有什么关系。其实它与思想意识密切相关，因为有什么样的生活哲学，就会有什么样的生活态度，什么样的生活方式，就会产生什么样的生态后果。如果我们要挖掘目前地球所面临的生态危机的根源，我们必将会挖掘到人们的思想意识之中，挖掘到产生这种思想意识的历史根源。这就是生态批评产生的缘由，也是在文学生态批评更广阔的思想史范围内的意义所在。

二、浪漫主义的研究与其生态诉求

我们都知道，欧洲的浪漫主义运动一直与"回到自然"和"自然崇拜"的思想联系在一起，也就是说，"自然"是浪漫主义文学特别重要的一环。美国生态文学批评家劳伦斯·布依尔（Lawrence Buell）在《环境想象》一书中，为生态文学下了如下四条定义：1）环境在文本中不只是场景，而是存在，暗示人类历史存在于自然历史之中；2）人类的利益在文本中不是唯一合法利益；3）人类对自然的责任是文本的伦理指向的一部分；4）文本至少暗示，环境是一个过程，而不是既定事实，或者恒定存在。（Buell 7-8）可以说，英国浪漫主义文学特别符合生态文学的定义，是生态文学的典型种类。正是因为如此，在生态批评的视野中，英国浪漫主义文学处于一个特别重要的位置。事实上，生态批评使英国浪漫主义文学研究又掀起了一个新的高潮。如果我们追溯一下浪漫主义研究在过去50年的历史，我们就会更清楚地看到为什么生态批评作为一种批评模式会在浪漫主义研究领域开花结果，并且形成一个宏大的批评浪潮。

从20世纪60年代开始，浪漫主义一直是英国文学研究的热点，并且长期以来一直保持着这种热度。从一方面讲，这是浪漫主义文学在现代派时期受到打压的一种反弹，有批评家就曾经公开宣称，现代派时期的"反"浪漫主义倾向是一种自我塑造的策略，并不代表对浪漫主义的公正评价。从另一个方面讲，浪漫主义文学研究的繁荣也是该领域内部在批评方法上不断创新的结果。这个繁荣的态势首先应该归功于美国耶鲁大学的四位重要的批评家。M. H. 亚伯拉姆斯对浪漫主义文学理论进行了富有成效的梳理，他的"镜与灯"的比喻突出了想象力在文学创作中的重要作用：心灵不再像一面镜子被动地反映现实，而是像一盏明灯主动地照亮现实。哈洛德·布卢姆对浪漫主义作家的创作心理进行了弗洛伊德式的分析，突出了诗人在成长过程中个人与传统的博弈，以及过去的伟大作家和作品给他们造成的心理压力，即影响的焦虑。杰弗里·哈特曼和保罗·德曼则将19世纪德国唯心主义哲学和20世纪解构主义哲学引入了浪漫主义诗歌的研究，对文学中反映出的人与自然的关系进行了革命性的分析。哈特曼将自然归结为人的意识的反映，文学中不存在真实外在的自然。（Hartmann 39-42）如果说在亚伯拉姆斯和布卢姆那里，人与自然形成了一种良性互动的关系，那么在哈特曼和德曼这里，自然已经由一个外在的客观存在转变成为心灵的产物，人与自然的关系变成了人与其灵魂的自我对话。

进入20世纪80年代，浪漫主义文学研究又开始了新的一轮批评模式的变革，即从强调想象力为特征的唯心主义批评模式走向强调历史相关性为特征的唯物主义批评模式。这种新的批评模式，即"新历史主义"反对以抬高想象力作用的方式来否定客观现实的存在，认为浪漫主义的文学创作同样依赖于一些不可缺少的外部条件：即历史事件、读者大众、出版状况以及诗人接受的教育和成长的环境在他心中塑造起来的艺术观、道德观和意识形态。新历史主义的倡导者玛丽莲·巴特勒、杰里米·麦甘、马杰里·列文森等反对将艺术的来源定位于作家的心灵，强调文学与历史、与外部世界存在着千丝万缕的关系。巴特勒认为诗歌描写的经验不是"在大脑里发生的事情"，而是在"自我之外的世界里上演的戏剧"。（Butler 7-9）批评家的任务就是要将艺术的来源还原到外部世界和历史。麦甘认为20世纪的浪漫主义批评严重受制于"浪漫主义意识形态",即用浪漫主义作家自己的批评理念来衡量和判断他们的文学,因此跳不出想象力和唯心主义的怪圈。列文森则将新历史主义与解构主义结合起来,试图去挖掘诗歌中被掩盖或被压抑的历史根源,让无声者重新发声,从而揭示浪漫主义作家的政治意识,以及在法国大革命失败后他们不得不压抑下去的革命热情。新历史主义批评作为一种后现代批评模式,借鉴了马克思主义的思想精髓,具有极强的政治性,有时被称为"政治批评"。从某种意义上讲,它也是60年代西方激进主义从社会退守大学校园的大趋势的一个部分。

到90年代,浪漫主义文学研究又产生了一种新的、旨在超越先前批评模式的冲动,这种新的思路和新的批评模式特别强调与当下的关切相结合,从而产生出新的批评力量。生态批评不满足于新历史主义对浪漫主义研究的政治化,也不满足于耶鲁派批评家对浪漫主义自然的解构。约纳森·贝特(Jonathan Bate)在《浪漫主义生态学》(1990)中认为,新历史主义纠缠于华兹华斯的政治态度(革命者还是反动派?),虽然其分析非常细腻老练,但其实是一种"粗糙的非左派即右派的旧模式"。同时他也认为,耶鲁学派将浪漫主义的自然悬置起来,认为诗人的想象力是一个自为的功能,完全独立于外部存在,其实是一种"抛弃自然,以换取超验想象力"的做法。(Bate 1990, 3 & 8)贝特强调,浪漫主义文学研究应该尽可能与目前全球所关心的问题更加紧密地联系起来,将文学批评的政治化从红色向绿色转移,以满足当前一些更加紧迫的政治诉求。

三、华兹华斯与自然的"复魅"

1798年,威廉·华兹华斯(William Wordsworth)从伦敦回到了他阔别已久的湖区,回到了大自然的怀抱。他回归自然的冲动最终得以实现：不是衣锦还乡，而是回来定居。清风拂面，他思绪万千，感慨不已，"从那个大城市里逃脱，在那里我困苦已久，一个不愉快的逗留者"。（*Prelude, I.* ll.6–9）他像一个囚徒，终于获得了自由。"自然"对华兹华斯的重要性可以从他轻松和愉快的心情中略见一斑。在英国工业化发展吸引大批人员从乡村流入城市，以寻求更加富裕生活的时候，华兹华斯却反其道而行之，从城市回到乡村。这里面的原因，一方面有他的政治抱负无法实现的失落，同时也有他对城市文明感到失望的厌倦。在他看来，城市的发展并不一定意味着美好前景，作为人类文明的重要标志之一，城市也是滋生邪恶、腐败和犯罪的场所。科学的发展促进了工业的"进步"，但也滋生利欲熏心的拜金主义，以及贪婪的思想意识。相反，自然却是那样的纯洁和美好，人与自然的融合是那样一种崇高的生活境界。要了解华兹华斯的自然观，以及他所理解的人与自然的关系，让我们先从一首诗歌谈起。

在《采坚果》（Nutting）一诗中，华兹华斯描写了一次发生在乡村的平常经历，然而就是这样一次简单的采坚果行动，让他记忆深刻，给他震撼，使他无法释怀。诗人首先发现了一处静谧的树林，人迹罕至，花朵盛开，树木葱郁，溪水潺潺，一幅原生态的景象。他在那里度过了快乐的一瞬间，然后在没有任何理由的情况下，他动手将树枝折断，一根又一根，直到这片树林被完全毁坏。"采坚果"是乡村生活中的一种常见的行为，是生存的一部分，无可厚非。然而从某种意义上讲，这首诗又包含了一层深刻的含义，它是一个寓言：人类的生存，无论与自然多么和谐，都是对自然的一种索取和破坏。正如本雅明在另一个场合指出，"没有一本文明发展史不是一本血淋淋野蛮行径的历史"。（Benjamin

258）林地被开垦、水土被污染、动物被猎杀等等都是人生存的必要行动，然而这也是人与自然矛盾对立的缩影：如果人类生存必然对自然造成破坏，那么，除非人类不存在，自然无法获得完全的保护。难道文明与自然必然对立吗？

可以承认，"采坚果"是乡村生活中的一种常见的行为，是生存的一部分，毫无恶意，然而在华兹华斯笔下，这一简单的行为被描写成了一种暴力，一种罪行。这说明，在华兹华斯那里，生存的理由是有一定限度的，生存不能以破坏自然美作为代价。随着那片僻静的树林遭到毁坏，自然的美也遭到了"蹂躏"，诗人充满了愧疚感，甚至是负罪感。值得注意的是，华兹华斯一直在使用性别的术语描写这次暴行。树林在一个"幽深僻静的角落"，是一片"未经碰触的景色"。榛树"悬着诱人的榛果团簇"，似乎在召唤着我的感官。在那里逗留片刻，我"心里涨满快乐"。端坐花间，并和花朵嬉戏，"获得意外的，超过一切想象的幸福"。我把脸贴在块石上，听到低语和沙沙的声音，我的心"在喜悦也来凑趣的恬美的情绪里"，获得"满足和快乐"。性意象的使用，在这样的描写中，使"采坚果"的暴行变成了一种"蹂躏"，一次强暴。

将原生态的自然比喻成少女，或者处女，是一种古老的修辞传统。至少从17世纪以后，人们就日益将自然视为开垦和征服的对象。笛卡尔的哲学、培根的经验主义、牛顿的物理学逐渐开启了一种二元对立的思维模式，作为思维主体的人逐渐将自己与作为思维客体的外在世界分离开来，将自然视为外在的、机械的、没有灵魂的物质存在。人由于具有理性、道德和精神意识，相对自然来说具有至高无上的优越性。人们相信，理性可以穿透一切奥秘，科学应该将人类智慧的帝国延伸到"自然"，去揭示自然中的未知领域。正是因为如此,在西方的科学话语中,神秘的自然像一个女人:她是神秘的未知的,撩动着科学家的好奇心,她的秘密等待着科学去探索。提到"自然",人们常用"她"来代替"它"。未开垦的自然往往被称为"处女地"。培根在《新工具》中将科学探索描写为"穿透自然的子宫"。伊拉斯姆斯·达尔文(Erasmus Darwin)在《植物园》中将自然描写为"大地母亲",科学技术的精神"刺穿你[自然]的泉眼,打开你的水井",去获取知识和奥秘。大批的工程建筑工人,像军队一样,踩踏在潮湿的泥土上,"用锋利的铁锹刺穿脚下颤抖的泥土"。(Hutchings 2007,172-202)这种性暗示十足的话语都指向同一个事实,即"男性统治女性与人类统治自然在逻辑上的同一性"。也就是说,"对自然的占有和对女性的占有之间存在着重要的关联"。(韦清琦 18)

华兹华斯的"强暴"比喻一方面暗示了这个行为的残忍以及他个人的悔恨,同时也刻写了人类对待自然的态度上的某种蛮横。诗歌最后几行常常被认为是一个别扭的结尾,有点"多余"或者"败笔"(张旭春 2006,60),但它却包含着本诗最重要的信息,即诗人从痛苦的教训中深切地领悟到大自然的灵性,意识到自然像生灵一样,应该受到尊重和保护。他告诫他人:"怀着柔情在树阴里走,用轻柔的手碰触——树林有灵魂。"华兹华斯在这里所表达的是一种古老的、与科学相抵触的自然观,在人类不断地将自然视为机械的、没有灵魂的物质存在的时代,华兹华斯将自然看作有生命、有灵魂的生灵,几乎与人类一样,知冷知热。这种自然观曾经在童话里存在,或在更古老的传说和民俗中存在,然而现代科学的到来,使这样的自然观几乎消失殆尽。正如马克斯·韦伯(Max Weber)所说,现代性就是一个持续的"世界的祛魅"过程(disenchantment)(Weber 129-156;

Clark 143），现代以来形成的机械性、物质性的世界观认为整个世界并无任何神圣性可言，一切自然现象都可以通过数学原理来计量、通过物理原理来解释，世界上的一切都是人类可以控制和开发利用的自然资源。正是这种世界观导致了今天全球性的环境和生态危机。

华兹华斯的"树林有灵魂"，可以说，复兴了古老的、将外在世界视为有感情的生灵的自然观。这样的自然观使他与自然的交流成为可能："来吧，来瞻仰万象的光辉，/ 让自然做你的师长"（《转折》）；"我成长 / 同样被美和恐惧所培育"（《序曲》）。这样的自然观也使他从自然中受益无限："当我孤栖于斗室 / 困于城市的喧嚣，倦怠的时刻 / 这些鲜明的影像便翩然而来 / 在我血脉中，在我心房里，唤起 / 甜美的激动；使我纯真的性灵 / 得到安恬的康复"（《丁登寺》）。华兹华斯所做的相当于对自然进行"复魅"（re-enchantment），恢复自然的灵性、神圣性，从而呼吁人类的尊重。"天若有情天亦老"，自然不再是冷漠的旁观者，而是能够与人类达到沟通的朋友。

四、柯尔律治与"自然的系统"

塞缪尔·泰勒·柯尔律治（Samuel Taylor Coleridge）对人与自然之间、自然界所有生命形式之间的深层连结有一种直觉性的感知。在《风弦琴》（The Eolian Harp）中，他描写了风吹进琴中所产生的旋律，这个比喻的意思很明显：诗人的心灵（风弦琴）从自然界得到灵感（风）而被激活，产生了创作的冲动。"整个自然就是 / 不同形状的有机风弦琴，/ 当思想之风，柔软而强劲，/ 吹入其中，它颤抖着形成了思想。"在这个被称作"浪漫主义比喻"的修辞中，柯尔律治不但将自然视为思想的源泉，将自然的风变为一种超自然的灵感，同时也在人与自然之间建立了一种连接（Abrams

37-44)。他习惯于用"有机体"(organism)的概念来看诗歌,说它像植物,会生长,其各个部分存在着有机联系,不可拆解等等。他甚至把有机体的比喻延伸到整个自然,认为自然界的所有生命构成了一个"生命整体"(One Life)。这样的世界观使整个自然变成一个整体,其各个部分都有自身的价值,同时在整体中又起着相应的作用。伤害其一个部分,就是对整体的伤害。这个世界观也极像18世纪生物学所提出的"自然的系统"概念(the Economy of Nature)。

18世纪可以说是自然的整体性被欧洲科学界认识的时代。1749年,瑞典科学家林奈(Linnaeus)撰写了论文《自然的系统》(*The Oecconomy of Nature*),将整个地球视为一个相互连接、相互依存的生物网络。他认为"我们从自然界中物体的相互关系中看到造物主的明智意图,这些物体相互连接以实现总体目标,产生互利的用途"。在那个年代,科学和宗教似乎还不能完全分开,"自然的系统"概念带有强烈的宗教色彩:既然自然是上帝创造的,那么每一样东西都承载着上帝的意图。虽然它们各不相同,但是在上帝的意图中,它们是相互连结的,一环扣一环。1789年,伊拉斯姆斯·达尔文(Erasmus Darwin),著名的查尔斯·达尔文的祖父,发表了长诗《植物园》(1789-1791),诗歌去掉了林诺斯的宗教思想,保留了其"自然的系统"概念,突出了植物的光合作用,及其在整个自然的系统中所起到的作用。在其后的一部著作《动物生理学》(1794-1796)中,伊拉斯姆斯·达尔文继续强调自然的体系性、整体性,以及生物网络的相互依存性。柯尔律治的"有机体"和"生命整体"的概念得益于他对18世纪生物学的发展情况的了解,及其关于"有机体"概念的争论(Wylie 73),同时这些思想对他的诗歌创作也产生了重要影响。

《古水手吟》(The Ancient Mariner)描写了一次到南极的冒险航行，古水手随船从英国出发，跨过赤道，到了南极附近。一路上，有一只信天翁尾随船后，捡食船员们丢弃的食物，但似乎也给航行带来了平安。但是，古水手突然拿起弓箭，射杀了这只大鸟。这次毫无理由的攻击改变了这只船的命运，招致了"极地精灵"的可怕报复。在回程途中，经过赤道时，风停了，水用完了，烈日高照，炙烤难耐。水手一个接一个地倒地死亡，古水手在酷热、干渴、恐怖的环境中进入了他的人生地狱，生不如死。在经历了难以想象的苦难之后，他看到了水中的水蛇，一种同情心油然而生。这个充满关爱的举动似乎改变了一切，先前水手们为惩罚他而挂在他脖子上的大鸟掉了下来；天降甘霖，滋润了他干渴的喉咙；和风刮起，推动了在烈日下静躺的船舶。在"海底神灵"的推动下，船带着古水手最终回到了英国，回到了他出发的那个港口。然而，古水手的人生和思想却因此完全改变了，他内心燃烧着一种不安和焦虑，迫使他周游各地，对认识和不认识的人讲述他自己的故事，以获得一种内心平衡。

传统的批评将该诗视为一种犯罪与赎罪的故事，表现了基督教的原罪与救赎主题。有人还认为杀死一只鸟太微不足道，不至于产生古水手的恐惧和犯罪感。(Bodkin 56–57)然而，显然这种说法没有切中诗歌的要害，因为诗歌还有另一层意思：古水手在很大程度上是人类的缩影，他不是一个具体的人，而是所有人；他所使用的弓箭一方面是人类赖以生存的工具，同时又代表了工业革命所带来的具有毁灭性的技术。他对信天翁的射杀在某种意义上象征着工业社会对自然的破坏，从而引来了自然对人类的可怕报复，就好像射杀信天翁就是对"自然的系统"的破坏，对自然这个"有机体"的损害，从而影响到了自然的"生命整体"。正如詹姆斯·麦库塞克(James McKusick)指出,"《古水手吟》可以被读成一个破坏生态的寓言"。(McKusick 44; Sagar 172-177)古水手最终认识到这种罪恶,对水蛇所代表的大自然产生关爱之情。这种认识上的改变最终改变了他的命运,也使他成为这个生态寓言的践行者和传播者。

"生态"(ecology)一词由德国动物学家恩斯特·海克尔(Ernst Haeckel)在1866年首先使用。他说,"生态学是关于自然的系统的一整套知识——考察动物与其有机和无机环境的全部关系"。后来在1890年代,美国生态活动家艾伦·斯瓦洛(Ellen Swallow)在推动绿色生活的过程中借用该词,使之得到公众的认知。"生态"一词由"家"(eco)和"学问"(ology)构成,它暗示了地球是生活在其上的所有生命的家。这些生命形态相互联系而构成的网络就是生态,对这些生命形态的任何一个部分的损害都是对整体的损害。也许这就是柯尔律治的生态寓言给我们的启示吧。

五、布莱克与"人类中心主义"批判

威廉·布莱克(William Blake)曾经说,"我的一切知识都存在于《圣经》之中";"《旧约》和《新约》是伟大的艺术密码"。言外之意,如果我们掌握了这个密码,那么我们就获得了进入他的诗歌的钥匙,就可以对他的艺术进行解码,从而理解其中的深意。的确,布莱克在其诗歌中不断使用基督教的创世纪、失乐园、堕落和救赎等概念来解读现代生活,比如,他用"天真、经验、高级天真"来描述人的心理成长过程,用"统一、分裂、再统一"来描写灵魂成长过程,从某种意义上讲,这些都是《圣经》叙事结构——失乐园和复乐园——的思维原型的运用。批评家诺思若普·弗莱说:"布莱克的象征主义就其本原而言儿乎完全是圣经式的"(Frye 65)。然而,布莱克并不是《圣经》的意识形态的传

播者和阐释者,更多的时候,他是这种意识形态的质疑者和批判者。比如,在《天堂和地狱的结合》中,布莱克戴上了狂人的面具,写下了类似于异端邪说的狂言;在《阿尔比昂女儿们的梦幻》中,他对性经验的讴歌可以说是对基督教所倡导的禁欲主义和贞操思想的反动。在布莱克的思想中有一种激进的平等思想与《圣经》中的等级观念和人类中心主义思想相抵触,这些都使他无法认同基督教所代表的自然观和政治取向。下面我们用一首诗歌来说明这一点。

在《塞尔之书》(The Book of Thel)一诗中,布莱克描写了一个名叫塞尔的姑娘,居住在天上的生命永恒之谷。她对自己的生存状况感到困惑,便与百合、云彩、蛆虫、土块对话,以寻求解决困惑的答案。最终,她听从土块的劝说,从生命永恒之谷穿越通往人间的大门。但是,她看到一个充满泪水和悲伤的世界,害怕得尖叫起来,逃回天上的生命永恒之谷。诗歌是一个寓言,它暗示了心灵的成长必须经历磨难,在痛苦和挫折中才能真正成长和成熟。塞尔姑娘的退缩和懦弱无疑将使她永远处于一种纯真状态,无法达到更高一级的纯真,即"高级天真"。这个寓言与布莱克对天真和经验的理解相吻合,值得注意的是,他对生命永恒之谷的描写创造出了一个生态乐园。在这里,草木茂盛、水天纯净、动物和谐,有伊甸园的影子。小草沐浴着太阳的光辉,但同时也为牛羊提供了食物和芳香;云彩生命很短暂,只有瞬间的闪耀,但是它却变成雨水降落大地,滋润小草和树木。物种不分高低贵贱,都享受着上帝的关爱,"上帝将爱给予一条蛆虫,我知道,将惩罚 / 那只故意伤害其无助身躯的邪恶之脚"。即使是最卑贱的土块也沐浴着太阳的爱,它们的结合为世界结出了丰厚的果实。

这个童话般的生态乐园的确有着伊甸园的影子,但没有伊甸园的等级区分。在《圣经·创世纪》中，上帝创造了世界，创造了生物和植物，最后创造了人。"上帝保佑他们（人类），对他们说，要多产，要繁衍，遍布世界，使世界屈服：要控制海中的鱼、天上的鸟、陆地上行走的所有生灵。"《圣经》将世界上的生物划分了等级，将人类封为万物的灵长，赋予它控制和使用万物的权利。这个等级划分最终体现在西方文明中普遍存在的宇宙观：即从上到下由上帝、天使、人、动物、植物和物质构成的"生物之链"。正如林·怀特（Lynn White）所说，"《圣经·创世纪》不但建立了人与自然的二元对立，而且坚信人为了自己的目的对自然进行开发是上帝的意旨"（White 10）。虽然在这一点上《圣经》有被阐释者曲解的可能，但从12世纪基督教在欧洲广泛传播开始，这种理解在西方已经形成了一个传统，影响了西方自然观的形成，为科学对自然进行探索和开发提供了依据，同时也使人类"征服自然"的行为合法化。《塞尔之书》的生命永恒之谷在这一点上显然与伊甸园有着很大区别，它不是一个由人统治的世界，而是一个各种生物相互依存、相互扶持、和谐共处的世界。正如百合花所说，"我很渺小，但我喜欢在这个河谷生活"，得到阳光沐浴、朝露滋润，享受着生存的幸福。

在诗中，塞尔姑娘在某种意义上是人类的化身，代表了人类的欲望和思维。在词源上，"塞尔"的意思是灵魂，也就是说，她有成为肉身的潜能，并且渴望身体的体验，渴望七情六欲，不满足于没有感觉的灵魂状态。她在整个生命永恒之谷中处于一个特殊地位，她是山谷的公主，高踞王座（pearly throne），傲视着山谷里的一切生物，对它们的价值判断基本上是基于这些生物的"用处"：小草有价值，是因为它们为牛羊提供食物，其芳香可以使牛羊精神振奋，牛羊也可以用它们擦嘴,蜜蜂还可以在花草间采蜜。塞尔对这些事物的认识有一种工具主义的价值观,即这些事物对人类有用,才有价值。"所有生物／都不是独自生存,也不仅仅为了自己。"如果相反,它们也就没有价值。从18世纪的启蒙主义时期开始,这种自然观就在西方的思想史中占有很重要的位置。自然哲学与技术创新一道,促进了人类对自然的统治,人们为了利用自然和开发自然,不断地对自然界的事物进行评估,揭示它们的用处。在这种心态的支配下,人们逐渐将自然界的一切视为工具,认为它们存在的价值就在于能够为人类的生存和发展服务。正如凯文·哈钦斯(Kevin Hutchings)指出,这是一种典型的以"人类为中心"的工具主义自然观(Hutchings 2002,84-89),即认为自然自身是没有价值的,仅仅是实现人类福祉的手段,除非它成为一种"资源"或者商品,否则它没有内在的价值。

《塞尔之书》对这种以人类为中心的工具主义自然观的批判,也预示了20世纪"深层生态学"的出现(Hutchings 2007,180)。"深层生态学"是一种激进的平等主义和生态中心主义话语,认为事物都有其存在的内在价值,并且这个价值不依赖于它们是否对人类有用。正如布莱克在别处所说,"所有生存的事物都是神圣的"(*Daughters of Albion*, Plate 8 Line 10)。也就是说,人类应该赋予自然与人类同等的道德地位,建立起一种与自然相互关联、相互依存的生态系统,才能够最终真正保证自然生态不遭到破坏,才能够真正地保护自然。相反,灾难将在不远处等待着我们:诗歌最后,塞尔姑娘进入肉身,体验了做人的喜怒哀乐,也看到了人世间的种种苦难,她惊愕,害怕,退缩了回去。我们可以把这最后的可怕场景视为一种启示录,它在向我们昭示未来,为我们展示生态灾难的可怕后果:"一片悲伤和泪水之地,没有笑容可以看见。"

六、雪莱、济慈和拜伦：素食主义、自我否定力和生态启示录

雪莱（Percy Bysshe Shelley）的"素食主义"思想，应该说，现在已经是人们所熟知的事实，他的论文《为自然饮食辩护》和《论素食》为我们勾勒出他的素食主义主张。他认为人天生就是素食动物，"没有可用以捕捉猎物的利爪，也没有可用以撕扯活物皮肉的尖锐牙齿"（江枫 第三卷431），人的天然饮食是植物的果实、面食和水果，并不包括被屠杀的动物的尸体。只是因为普罗米修斯从天上盗火，使人类能够烹煮食物，将血淋淋的动物肉煮熟，人们才开始接受肉食。但雪莱认为，肉食是人类疾病和罪恶的根源，因为它违反了自然的生活习惯，而疾病就是违反自然生活习惯的结果。另外，食肉会增加人类的残忍性和侵略性，猎杀动物会助长嗜杀的天性，长此以往，人类会堕落到自相残杀的地步，引起战争和流血。（江枫 第三卷431）可以说，人类因违反自然的饮食规律而牺牲了生命的纯洁和幸福。在雪莱的诗歌中，这些思想也不断地被表现，得到了演绎和发挥。

在《麦布女王》（Queen Mab）中，雪莱描写了一个纯洁的女孩被麦布女王（仙女）带到太空，看到了人类的过去、现在和未来。诗歌展示了人类以往的罪恶、残忍和暴力的历史，也展示了一个平等、博爱和光明的未来。在这个光明的前景中，人类已经放弃了肉食的习惯，达到了与自然的和谐："这时他不复屠杀面对面看着他的羊羔，/ 恐怖地吞噬那被宰割的肉，/ 似乎要为自然律被破坏复仇，/ 那肉曾经在人的躯体内激起所有各种腐败的体液，并在 / 人类心灵中引发出各种邪恶欲望、虚妄信念、憎恶"（江枫 第三卷363）。"万物不再有恐怖：人已丧失 / 践踏的特权，而成为平等的 / 一员处在其他平等成员之中：/ 虽然晚了一些，毕竟，

欢乐／与科学已开始出现在地球上"(江枫 第三卷364)。在《伊斯兰的叛乱》(*Laon and Cythna*)中,雪莱再次表达了类似的观点:"但愿再也不要有鸟兽的血迹／带着毒液来玷污人类的宴席,／让腾腾的热气含怨冲向洁净的天廷,／早就应该制止那报复的毒液,／不让它哺育疾病,恐惧和疯狂"(江枫 第二卷217)。虽然雪莱的素食主义思想的来源比较复杂,且还不是一种现代的动物权益思想,但是里边充满了对动物的同情、对屠杀行为的憎恶。正如蒂莫西·莫顿(Timothy Morton)指出,雪莱的素食主义与他在政治上的激进主义密切相连,动物权与人权和妇女权受到了同样重视(Morton 1994, 30-32)。可以说素食主义是雪莱政治上激进的平等主义、博爱思想在环境保护和自然饮食方面的延伸,有着一种生态思想的雏形。这种思想对后世的萧伯纳和甘地都有着重要影响。

济慈(John Keats)的诗歌,人们现在知道,是一种"自我隐退"的诗歌,与其他浪漫主义诗人相比,他的重要区别在于不认同诗人人格的自我膨胀(de Mann 542)。在给理查德·伍德豪斯的一封信中,他写道,"[诗性人格]有别于华兹华斯式或自我主义的崇高;它本质上是一种事物,自然独立。它不是它自己——它没有自我——它是万物又什么都不是——它没有人格——它享受阳光与阴影;这种人格生活在'兴味'之中,无论这种兴味是美还是丑,高雅还是低俗,浓烈还是平淡,低劣还是高尚……诗人是万物中最没有诗性的人,因为诗人没有身份——他一直参与——注入其他形体——太阳、月亮、大海、男人和女人,他们是冲动的产物,具有诗性,有不变的特征——诗人没有"(Keats 387)。这种"自我消解"的举动,济慈称之为"自我否定力"(Negative Capabitlity):即当处于不确定状态、被神秘和疑惑所困时，能够不去追问事实和原由，不受理性思维的影响，让对美的追求胜过一切其他考量。"如果我在窗前看见一只麻雀，我会融入它的身体，在砾石上觅食。"这样的思想对济慈自然观有着重要影响，对人与自然的关系起到了重要的平衡作用。

在《秋颂》（To Autumn）中，济慈为我们描绘出一幅果实累累的丰收景象，特别是在经过了几个灰暗夏季之后（火山灰遮天蔽日），1819年秋季的"天气"显得那么的迷人和那么的明亮（Bate 2000，102）。苹果压弯了枝头，葡萄结满了藤架，葫芦和坚果膨胀得溜圆。秋天女神躺在田野埂间，看着收割下的庄稼，看着榨酒机中流出汁液，被花香所陶醉。秋天的音乐在落日时分也鸣奏起来，河水滔滔，飞虫啾啾，羊群咩咩，燕子欢歌。然而在整个景象中，我们没有看到人的踪影。与济慈的其他诗歌不同，他自己没有出场，似乎刻意要让他的"自我否定力"发挥到极致。在自我隐退之后，诗歌突出了秋天本身，她的优美、和谐、丰饶，在充满了感性的语言中展露无遗，仿佛我们伸手便能够触摸到秋天的质感，抬眼便能够捕捉到她的斑斓。自我的隐退与自然的凸显，使《秋颂》一诗的真正主角变成了秋天，从某种程度上讲，调整了人与自然的不对称关系，颠覆了以人类为中心的思想范式。正如约翰·费尔斯蒂纳（John Felstiner）所说，济慈的诗歌将事物的本质充分显露出来，创造出"一个人类仅仅在麦茬、羊群、花园中得到一丝暗示的生态系统"（Felstiner 54）。

拜伦（George Gordon Lord Byron）与自然的关系，从表面上看，比其他浪漫诗人更为疏远。他的题材常常是政治性、社会性较强的讽刺题材，他的场景多是上流社会、爱情、漫游、战争等等。然而，他有一首诗让生态批评家眼前一亮，成为拜伦的生态意识的证据，这就是《黑暗》（Darkness）。诗歌描写了一幅世界末日的景象：太阳熄灭了，世界一片黑暗；人们点燃了房屋、宫殿、城市，但是由此而得到的短暂光明很快消失；庄稼因缺乏阳光而停止生长，饥荒造成大面积人口死亡；人们为获取食物发动战争，朋友也因此反目成仇，最终死亡征服了一切。"世界空空荡荡，/ 人口稠密和国力强大的疆土都成了一整块，/ 没有季节、没有草、没有树、没有人、没有生命—— / 一整块死亡"。整个世界陷入了一片死寂，黑暗成为了世界的主宰——"她就是宇宙"。拜伦的世界末日很像《圣经》的启示录，但是其来源可能是多种多样的，牛津版《拜伦诗歌全集》列举了伯内特的《神圣的地球理论》、法国作家格兰维尔的小说《最后的人》（1805）、卢克莱修的《物性论》等等。但是，他的世界末日并不完全是臆想："我做了一个梦，但不完全是梦。"约纳森·贝特认为诗歌中描写的太阳熄灭、农业欠收和饥荒是有史实依据的，它与1816年印尼特大火山爆发和由此引起的气候变化有强烈的关联（Bate 2000, 94-98）。也就是说，《黑暗》不仅仅是拜伦的文学阅读的结果，也是他对自然环境的恶化作出的反应。

环境末世论（environmental apocalypticism）在19世纪并不罕见，它主要是指人类的行为致使自然环境的恶化、进而导致世界毁灭的思想。托马斯·马尔萨斯（Thomas Malthus）关于人口的理论著作《论人口原则》（1798）归根到底是一种环境末世论，他认为人口增长的速度远远超出食物产量增长速度，前者呈几何级数增长，后者呈算术级数增长，这种情况最终将会导致因食物引起的战争和饥荒，甚至会导致人类的灭亡（Garard 93-94）。离拜伦更近一点，玛丽·雪莱（Mary Shelley）于1826年发表了小说《最后的人》

(*The Last Man*),与格兰维尔的小说同名。小说讲述了人类在一场巨大的瘟疫中走向毁灭的故事。小说有两个主人公,一个在希腊为那里的解放事业而战斗,另一个是和平主义者、素食主义者,反对一切战争。在两个主人公身上我们可以看到拜伦和雪莱的影子。瘟疫就是从希腊的战争地区传播出来的,它横扫欧洲、美洲、非洲和亚洲,无数的人在瘟疫中倒下、死亡。小说开始时瘟疫的幸存者莱昂内尔·威尔尼在罗马的废墟中思考着人类的毁灭,时间是2100年。玛丽·雪莱同样将战争和疾病视为毁灭人类的两大罪魁祸首,其环境末世论思想是20世纪关于人类毁灭的生态文学和非文学著作如乔治·斯图尔特的《世界延续》和拉切尔·卡森的《寂静的春天》的先驱(McKusick 107-109)。而拜伦的《黑暗》一诗在这样一个语境中可以得到更好的理解。

七、结语:生态批评及其不满

生态批评是一个跨学科的学问,它涉及生物学、地理学、物理学等科学知识,同时也涉及科学发展史、生态思想史和西方哲学等学科领域。它关注人与自然的关系,致力于改变人与自然的力量不对称、不平衡的现状,提倡用一种关爱和友好的方式对待自然,把自然界的一切生物视为平等的成员,改变人类的傲慢和主宰心态,使地球真正成为所有生命的家园,而不是强者的乐园、弱者的地狱。作为一种世界观和人生哲学,它在环境保护和可持续发展等领域起到了重要作用。然而,生态批评从全球化的视角看是一种政治性很强的批评思想。由于环境与发展是一对矛盾,生态批评也可能被视为西方的阴谋,一种遏制第三世界发展的手段,一种没有必要的"奢侈",甚至是一种"生态法西斯主义"。(张跣;张旭春 2007)在西方不断将污染企业迁移到第三世界的时候,生态批评的"环境正义"观念都正在经受着严峻的挑战。另外，生态批评作为一种反工业化、反现代化的思潮，抨击西方启蒙运动以来的理性主义和科学主义，抨击资本主义社会的消费主义，把凯尔特、印第安、禅宗、道教、佛教思想视为替代物，试图用古代神秘智慧为当代生态危机找到一种解决方案，可以说是一种"原始主义"或"复古主义"。它提倡"有机主义"的生活方式和"诗意栖居"的生活理念，可以被视为一种回归前工业化的农耕生活的浪漫幻想。

然而，在全球生态危机日益恶化的大背景中，生态批评在提高当代人们的生态意识、改变人们的生活方式，使其朝着更加健康、更加合理的模式转变的过程中有非常积极的意义。简单地将生态批评抛出窗外是不明智的。从浪漫主义文学研究自身来讲，生态批评建立了浪漫主义文学与当代环境危机的相关性，使之成为当代环境意识的先驱。(Kroeber 19) 作为一种新的研究范式，它的引入改变了英国浪漫主义诗歌研究的地貌地形，导致浪漫主义诗歌的重新评估和重新洗牌。在生态批评的关照下，以前并不被人们看好的约翰·克莱尔（John Clare）、詹姆斯·汤姆森（James Thomson）等诗人重新获得了人们的重视；以前没有进入人们视线的《黑暗》和《最后的人》等作品也重新得到了关注。同时，经典作家和经典作品的价值和意义也在新的批评模式中有所调整。从生态批评的视角看，华兹华斯的《采坚果》显然比《丁登寺》更加重要（Buell 6-7）；同样，柯尔律治的《古水手吟》要比《忽必烈汗》更重要；布莱克的《塞尔之书》要比《天真之歌》更重要。生态批评使我们看到了拜伦、雪莱和济慈的鲜为人知的思想倾向和人生选择。这就使得浪漫主义诗歌的阅读和研究又有了很多新意，使得一个世纪以前的文学作品又重新焕发了勃勃的生机。

参考文献:

Abrams, M. H. "The Correspondent Breeze: A Romantic Metaphor", *English Romantic Poets: Modern Essays in Criticism*, London: OUP, 1975

Bate, Jonathan: *The Song of the Earth*. Cambridge, MA: Harvard UP, 2000

—————: *Romantic Ecology: Wordsworth and the Environmental Tradition*. London and New York: Routledge, 1990

Benjamin, Walter: *Illuminations*, trans. Harry Zohn. London: Collins / Fontana Books, 1973

Buell, Lawrence: *The Environmental Imagination: Thaureau, Nature Writing and the Formation of American Culture*. Cambridge, Mass: Belknap Press, 1995

Butler, Marilyn: *Romantics, Rebels and Reactionaries, English Literature and Its Background 1760–1830*. Oxford and New York: OUP, 1981

Clark, Timothy: *The Cambridge Introduction to Literature and the Environment*, Cambridge: CUP, 2011

de Mann, Paul: "The Negative Path", in *Keats's Poetry and Prose*, ed. Jeffrey N. Cox, London: W. W. Norton and Co. 2009

Felstiner, John: *Can Poetry Save the Earth? A Field Guide to Nature Poems*, New Haven & London: Yale UP, 2009

Frye, Northrop: "Blake's Treatment of Archetypes", in *English Romantic Poets: Modern Essays in Criticism*, ed. M. H. Abrams, London & Oxfor: OUP, 1975

Garard, Greg: *Ecocriticism*, London and New York: Routledge, 2004

Hartmann, Geoffrey: *Wordsworth's Poetry 1787–1814*, New Haven and London: Yale UP, 1964 & 1971

Hutchings, Kevin: "Ecocriticism in British Romantic Studies", *Literature Compass* 4/1 (2007)

—————: *Imagining Nature: Blake's Environmental Poetics*, Montreal and Kingston: McGill-Queens UP, 2002

Keats, John: *The Letters of John Keats*, ed. Hyder Edward Rollins, Vol. I, Cambridge, MA: Harvard UP, 1958

Kroeber, Karl: *Ecological Literary Criticism: Romantic Imagining and the Biology of Mind*, New York: Columbia UP, 1994

McKusick, James C.: *Green Writing: Romanticism and Ecology*, Basingstoke and London: Macmillan, 2000

Morton, Timothy: *Shelley and the Revolution in Taste*, Cambridge: CUP, 1994

———— "Nature and Culture", The Cambridge Companion to Shelley, Cambridge: CUP, 2006

Weber, Max: "Disenchantment of Modern Life", in *From Max Weber: Essays in Sociology*, trans & eds H.H. Gerth and C. Wright Mills, New York: OUP, 1946

White, Lynn Jr., "The Historical Roots of Our Ecological Crisis", in *The Ecocriticism Reader: Landmarks in Literary Ecology* ed. Glotfelty and Fromm, Athens and London: Georgia UP, 1996

Williams, Raymond: *The Country and the City*, New York: OUP, 1973

江枫(主编):《雪莱全集》7卷,石家庄:河北人民出版社,2005年

韦清琦:《生态女性主义:文学批评的一枝奇葩》,载《外国文学动态》2003年第4期

张　跣:《生态批评:必要的奢侈》,载《外国文学》2008年第四期

张旭春:《生态法西斯主义:批评的尴尬》,载《外国文学研究》2007年第2期

张旭春:《〈采坚果〉的版本考辨语批评谱系》,载《外国文学评论》2006年第1期

Quiz

1 Points for Understanding

Romanticism

1. According to M. H. Abrams's *The Mirror and the Lamp*, the theory of art criticism during British Romantic period can be characterized as _____.
   A. Mimetic
   B. Expressive
   C. Pragmatic
   D. Objective

2. Romanticism's glorification of the so-called "Four Romantic Words," ie. originality, genius, imagination and creativity, indicates an emphasis on the _____ faculty of the mind.
   A. reflective
   B. creative
   C. rhetorical
   D. meditative

3. Among the many poets writing in early 19th century, how many of them consist of the so-called canonical Romantic poets?
   A. 4
   B. 8
   C. 6
   D. 10

4. Wordsworth's famous definition of poetry as "the spontaneous overflow of powerful feelings recollected in tranquility" was first published in the Preface of _____.
   A. *Lyrical Ballads* 1798
   B. *The Prelude* 1799
   C. *Lyrical Ballads* 1800
   D. *The Prelude* 1805

5. Edmund Burke's famous essay "A Philosophical Enquiry into the Sublime and Beautiful" (1757) was inspired by a treatise on the same subject by the

Roman author _____.

A. Longinus
B. Cicero
C. Virgil
D. Aurelius

6. According to Edmund Burke, the difference between the Sublime and the Beautiful is that the former inspires in the beholder a sense of _____.

A. awe
B. pathos
C. respect
D. empathy

7. Shelley made his famous statement about the poet as "the legislator of the world" in _____.

A. *The Necessity of Atheism*
B. *Prometheus Unbound*
C. Ode to the West Wind
D. *A Defence of Poetry*

8. Keats, who suffered a great deal during his short lifetime, describes this world as a "Vale of Soul-Making" in a letter to _____ on 14 Feb.–3 May, 1819.

A. John Hamilton Reynolds
B. Fanny Browne
C. Benjamin Bailey
D. George and Georgiana Keats

9. The Reign of Terror, a bloody period of the French Revolution, refers to the time of government by _____.

A. Danton
B. Napoleon
C. Louis XVI
D. Robespierre

10. The "apocalyptic hope" inspired by the French Revolution creates the prospect of an ideal world which is expected to come with the close of the past _____ years.

A. 1000 B. 100 C. 2000 D. 500

11. In the great debate in Britain over the French Revolution, who represented the conservative side that denounced the revolution's extremism and radicalism?

A. Edmund Burke B. Tom Paine
C. Joseph Priestley D. William Godwin

12. At a time when British society was calling for rights of man and rights of animals, who raised the issue concerning the rights of women?

A. Mary Wollestonecraft B. Mary Godwin
C. Joanna Baillie D. Felicia Hemans

13. *The Angel in the House*, which embodies the patriarchal ideal of womanly virtue, was a _____ published by Coventry Patmore in 1854–63.

A. short story B. play C. novel D. poem

14. The so-called Middle Passage of slave trade in the 18th century refers to the voyage from _____.

A. Europe to Africa B. Africa to America
C. Europe to America D. America to Africa

15. Coleridge delivered a number of public lectures in the city of _____ attacking the cruelties of slave trade.

A. Southampton B. Liverpool
C. Bristol D. Plymouth

16. Industrial Revolution brought machanization and mass-production to the factories which Blake denunciatorily called _____.
   A. Harlot's hearses   B. Satanic mills
   C. Coffins of black   D. Devil's plagues

17. Peterloo Massacre, the bloody suppression of mass demonstration by the Sidmouth and Castlereagh government, took place in 1819 in the city of _____.
   A. Glasgow   B. London
   C. Birmingham   D. Manchester

18. The labour movement, in which the workers in Leeds destroyed machines to save their jobs, is called the _____ movement.
   A. Diggers   B. Chartist
   C. Luddites   D. Enclosure

19. America's War of Independence was supported by _____ because the country was Britain's rival in colonial activities in North America.
   A. Holland   B. Spain
   C. France   D. Portugal

20. The utopian society which Coleridge and Southey planned to establish in America was called _____.
   A. Republica   B. Paradiso
   C. Theocracy   D. Pantisocracy

21. *America: A Prophesy*, a long poem which dramatizes the rebellion by the thirteen British colonies in America in 1776, was written by _____.
   A. Blake   B. Shelley
   C. Byron   D. Coleridge

William Blake

1. The "Great Code of Art," which is believed to provide the key to the complex thoughts of Blake's poetry, is found in _____.
   A. The Bible
   B. Mythology
   C. The Unconscious
   D. History

2. Which of the following poems can be regarded as Blake's protest against child labour?
   A. London
   B. The Little Black Boy
   C. The Chimney Sweeper
   D. Holy Thursday

3. Which of the following poems uses sexuality, often regarded as a symbol of adulthood, to show the passing from innocence to experience?
   A. The Clod and the Pebble
   B. The Ecchoing Green
   C. The Sick Rose
   D. The Fly

4. As an engraver, much admired by the Pre-Raphaelites in late 19th century, Blake made designs to illustrate many books except _____.
   A. Book of Job
   B. *The Canterbury Tales*
   C. *The Night Thoughts*
   D. *Paradise Lost*

5. "The Tyger," with its image of "deadly terror," mighty beatings of heart, and burning "fires" in the eyes, is often considered as a symbol of _____.
   A. Revolution
   B. Satan
   C. Nihilism
   D. Hell

6. "Ah, Sun-Flower," which presents a simple picture of a flower following the sun's movement across the sky, is

put forward by Blake as an image of _____.

A. self-possession

B. natural health

C. outdoor sunshine

D. transcendental aspiration

7. "The Fly," which tells the story of a man "brush[ing] away" a fly with "thoughtless hand," is obviously an allusion to Shakespeare's _____.

A. *Hamlet*   B. *King Lear*
C. *Othello*   D. *MacBeth*

8. In *The Book of Thel*, Blake indicates that the mind of an individual must pass through innocence and experience to reach a third stage of development called _____.

A. higher experience   B. organized innocence
C. Selfhood   D. Unity

9. *The Visions of the Daughters of Albion* tells a story of rape, jealousy and punishment, but it may also be read as an allegory of moral, economic and _____ oppression.

A. sexual   B. physical
C. racial   D. political

William Wordsworth

1. *Lyrical Ballads* (1798) is the result of a well-known collaboration between Wordsworth and Coleridge, to which the latter contributed _____.

A. "Frost at Midnight"   B. "Dejection: An Ode"
   C. "Ancient Mariner"   D. "Kubla Khan"
2. "Simon Lee," which has been subjected to overt political reading, is actually a poem about _____.
   A. charity   B. poverty   C. senility   D. glory
3. "Tintern Abbey" is about Wordsworth's revisit to the banks of River Wye in Wales, after a lapse of _____ years.
   A. 7   B. 5   C. 15   D. 10
4. "The Tables Turned," which praises nature as a better teacher "of moral evil and of good" than the sages, is a dialogue between the poet and a _____ Friend.
   A. lawyer   B. farmer
   C. geologist   D. schoolmaster
5. "Wise passiveness," a famous phrase from "Expostulation and Reply," refers to a special attitude from all who desires true communion with nature, an attitude which can be described as _____.
   A. humility   B. abandonment
   C. inaction   D. displacement
6. "Nutting," which describes the child's destruction of a hazelnut grove, compares the devastation to _____.
   A. assault   B. insult   C. bullying   D. rape
7. "Ode: Intimations of Immortality," Parts 1–4 originally composed as an independent poem, can be read as an elegy about the _____.
   A. end of spring

B. decline of environment

C. passing of youth

D. loss of perceptivity

8. In "Ode: Intimations of Immortality," Parts 5–8, what philosophy does Wordsworth borrow to explain the phenomenon he describes in Parts 1–4?

A. Christian B. Aristotelian

C. Kantian D. Neo-Platonic

9. The kind of flower, which "I Wandered Lonely as a Cloud" describes as dancing in the wind, is widely seen in the Lake District and is called _____.

A. meadowsweet B. daisy

C. narcissus D. lily

10. What is the language, which the girl in "The Solitary Reaper" uses to sing her song and which the poet does not understand?

A. Celtic B. Gaelic C. Irish D. Cornish

11. In *The Prelude*, Book One, Wordsworth returns to his native Lake District and experiences a turbulent desire to write, which is said to have been aroused by the _____.

A. breeze B. rain

C. mountains D. lakes

12. In *The Prelude*, Book One, Wordsworth is hesitant about what to write about, but finally decides on the story of _____.

A. Mithridates B. Wallace

C. Gustavus D. himself

Samuel Taylor Coleridge

1. In "The Aeolian Harp," who is "my pensive Sara," the silent listener who reproves Coleridge for having "dim and unhallowed thoughts" or un-orthodox ideas?

A. Sara Hutchinson **B.** Sara Fricker
C. Dorothy Wordsworth **D.** Emily Lamb

2. What is the place which Coleridge in "This Lime-tree Bower My Prison" cannot accompany his friends to visit?

A. a dell **B.** a lake
C. a tree **D.** a stream

3. In "The Rime of the Ancient Mariner", what does the old Mariner use to hold the wedding guest to listen to his story?

A. hands **B.** eyes **C.** nose **D.** leg

4. As their ship comes to a standstill near the Equator in the Pacific Ocean, the sailors blame the Ancient Mariner by hanging the Albatross on his _____.

A. back **B.** arm
C. neck **D.** shoulder

5. As the Ancient Mariner's ship is becalmed on the ocean and the sailors dying, what is approaching from the horizon?

A. a ghost ship **B.** a slave ship
C. a pilot **D.** a hermit

6. Who wins the soul of the Ancient Mariner after casting dice?

A. Death   B. Death-in-Life
   C. Life   D. Life-in-Death
7. After the Ancient Mariner prays and blesses the water snakes and the curse is broken, who operate the ship back to his home country?
   A. ghosts   B. fellow sailors
   C. angels   D. seraphs
8. What does the Ancient Mariner have to do in order to shrive his sin?
   A. wander   B. repent
   C. tell his story   D. confess to the Hermit
9. Coleridge's description of the palaces of Kubla Khan is based on the travel writing of _____.
   A. Purchas   B. Byron
   C. Theocritus   D. Porlock
10. In Kubla Khan's royal garden, there are caves of ice, a pleasure-dome, a chasm, a fountain and a _____.
    A. damsel   B. demon lover
    C. fortress   D. sacred river
11. In "Frost at Midnight," what does the "strangers" refer to?
    A. blue flame   B. grates
    C. Moon   D. dreams
12. In "Dejection: An Ode," Coleridge uses the Aeolian lute as a metaphor for _____.
    A. mind thinking   B. wind blowing
    C. grief spreading   D. clouds raging

George Gordon Byron

1. Bryon's stormy and complicated relationship with women can be seen in "When We Two Parted" where the speaker complains about the woman's _____.

A. ugliness B. poverty
C. infidelity D. dullness

2. The praise, which Byron presents in the famous lyric "She Walks in Beauty," is structured on a contrast between _____.

A. night and day B. sun and moon
C. wisdom and folly D. light and darkness

3. John Edleston, for whom Byron wrote a group of elegies including "To Thyrza" and "Away, away, ye notes of woe", was his suspected homosexual lover and was a _____ at Trinity College, Cambridge.

A. junior student B. choir boy
C. reading club member D. close roommate

4. In "Written after Swimming from Sestos to Abydos," the sea strait, called Hellespont, which Byron swam across in imitation of the ancient legendary hero Leander, is located in the present-day _____.

A. Turkey B. Egypt C. Spain D. Malta

5. The terrible prospect about the end of the world in Byron's "Darkness" — the sun extinguished, the earth becoming freezing, famine and war ensuing — is in literary criticism called _____.

A. dystopia B. apocalypse

C. heterotopia   D. bildungsroman

6. In 1816, Byron composed "On Chillon", a sonnet which begins the long poem "The Prisoner of Chillon", in the city of _____.

A. Venice   B. Geneva

C. Pisa   D. Revenna

7. "The Isles of Greece", a song from *Don Juan*, Canto III, is often read as an independent poem about Greece's _____.

A. past glories   B. national decline

C. scenic beauty   D. Samian wine

8. "Thermopylae", in l.42 of "The Isles of Greece", refers to a battle which took place in 480 BC between the Spartans and the _____.

A. Persians   B. Turks   C. Trojans   D. Arabs

9. In *Don Juan*, Canto I, apart from the story of the protagonist's parents' quarrel, his classical education, his first love, and his secret affairs with Dona Julia, what else should one particularly notice?

A. the author's intention

B. the reader's response

C. satire on contemporary poets

D. the author's self-mockery

10. *Don Juan,* Canto I, Parts CXXVI and CXXVII, which can be read as an independent poem, compares the experience of first love to _____.

A. sports honour   B. battle victory

C. Adam's fall   D. Prometheus's curse

11. In lines like "Oh! Ye lords of ladies intellectual,/ Inform us truly, have they not hen-pecked you all?" and "Oh, Sin! Oh Sorrow! Oh Womankind!" from *Don Juan,* Canto I, what attitude to women is shown?

A. satire B. irony

C. anxiety D. disapproval

12. Byron's rebellion, pretending to be the world's greatest sinner and enjoying to be so, can be described as a kind of _____.

A. Satanism B. Protestantism

C. Whig politics D. aristocratic pose

Percy Bysshe Shelley

1. In "Mont Blanc", the Power which is enthroned on top of the mountain is later on in the poem called _____.

A. mysterious Tongue B. secret Strength

C. Trance sublime D. restless Gleam

2. Ozymandias, the King of Kings in Shelley's poem, who enjoyed endless authority in his lifetime, is ultimately defeated by _____.

A. Time B. Art C. Passion D. Space

3. In "Sonnet: Lift not the painted veil", the speaker who did lift the painted veil of life had aimed to find things to _____.

A. approve B. believe C. praise D. love

4. The glorious Phantom, which bursts from the graves to "illumine our tempestuous day" at the end of "England in 1819", is a symbol of _____.
A. rebirth B. freedom
C. hope D. enlightenment

5. What do the drones stand for in Shelley's "Song: Men of England," which uses the natural world as metaphor for the economic relationship of the human society?
A. workers B. gentlemen
C. weavers D. exploiters

6. What name does Shelley use in "The Mask of Anarchy" for the "maniac maiden" who blocked the advance of Anarchy and his followers?
A. Despair B. Hope C. Earth D. Shape

7. The "negro-ship" in Shelley's "To Sidmouth and Castlereagh" refers to the history of the _____.
A. Middle Passage B. Peterloo Massacre
C. Luddite Movement D. French Revolution

8. Which of the following poems does the famous line "When Winter comes, can Spring be far behind" come from?
A. "Love's Philosophy"
B. "O World, O Life, O Time"
C. "Ode to the West Wind"
D. "The Indian Serenade"

9. "Ode to the West Wind" is used by M. H. Abrams as an example of the "correspondent breeze", because of its emphasis on the wind's _____ function.

A. inspirational B. revivalist

C. preserving D. destructive

10. In Shelley's "To a Sky-Lark", the bird is compared to the morning star ("that silvery sphere"), which shines unseen in the morning daylight, but which ultimately is more like a _____.

A. glow-worm B. hidden poet

C. high-born maiden D. embowered rose

11. In *Prometheus Unbound*, Act I, a drastic change takes place in the Titan's attitude to Jupiter, a change which is seen by Earth as his defeat, but which is actually a change from hatred to _____?

A. forgiveness B. tolerance

C. sympathy D. pity

12. In *Prometheus Unbound*, Act II, the glorious transformation of Asia into the symbol of Love is presented as a reverse voyage through the _____ Ages of human psychic development.

A. three B. five C. seven D. nine

13. In *Prometheus Unbound*, Act III, Jupiter the supreme ruler of the world is overthrown while all the deities are gathered to witness the arrival of _____.

A. the Terror of the Earth

B. the Spirit of the Hours

C. the awful Demogorgon

D. his new-born Son

John Keats

1. "Ode to Psyche", one of John Keats's early odes, is written in the form of _____.

A. Horatian ode   B. Pindaric ode

C. irregular ode   D. regular ode

2. Keats in "Ode to Psyche" expresses the wish to devote himself to Psyche because she is _____.

A. a human-turned goddess

B. the symbol of a new poetry

C. the beloved of Cupid

D. an image of Fanny Browne

3. Keats begins "Ode to a Nightingale" with a special kind of joyful feeling, which he describes in terms of _____.

A. hemlock   B. Lethe

C. happiness   D. pain

4. The passage in "Ode to a Nightingale," initiated by the famous line "tender is the night", describes _____.

A. the song of the nightingale

B. the beauty of the flowers

C. escape to the dream world

D. sweetness of the dark night

5. When Keats describes this world not as a "vale of tears", but as a "vale of soul-making", he expresses a determination to _____.

A. face life's difficulties

B. enjoy the world's beauty

C. devote to religion

D. pursue his poetic muse

6. In "Ode on a Grecian Urn", what is the rhetorical device called, which is used repeatedly in lines like "Heard melodies are sweet, but those unheard / Are sweeter"?

A. irony
B. hyperbole
C. paradox
D. ambiguity

7. The pastoral scene in "Ode on a Grecian Urn", which is constructed with images of trees, birds, pipers, lovers and melodies, is intended to recall the Greek pastoral ideal of _____.

A. Utopia
B. Arcadia
C. Hades
D. Happy Isles

8. According to Keats's "Ode on Melancholy", the goddess Melancholy is found only in the Temple of Delight because the mood is caused by _____.

A. suicide
B. poison
C. fleeting joy
D. April shroud

9. In "Ode on Indolence", Keats expresses a wish to leave worldly ambitions, and dismiss worldly success as _____.

A. a pet-lamb in a sentimental farce

B. an open casement pressed a new leaved vine

C. an age sheltered from annoy

D. a lawn besprinkled over with flowers

10. "Ode to Autumn", which is about harvest and fruitfulness, is traditionally read mainly as a poem of _____.

A. aesthetic beauty B. social reality
C. personal happiness D. spiritual ecstasy

11. In "Ode to Autumn", Part 2, the figure of Autumn is associated by some New Historicist critics with the goddess _____, because Keats is suspected of intending to urge equal distribution of the year's harvest and of the nation's wealth in general.

A. Libra B. Aphrodite
C. Dianna D. Ceres

2 Essay Questions

1) What is romanticism? What are the characteristics of this literary movement? What distinguishes it from the Neoclassicism of the previous age?

2) What are the major perspectives in the criticism of romanticism? Who are the most prominent critics representing each of these perspectives?

3) What is the relationship between romanticism and modernism? Is it a relationship of continuity or discontinuity? Why or why not?

Key to the Quiz

Key to the Quiz

Romanticism
1 B 2 B 3 C 4 C 5 A
6 A 7 D 8 C 9 D 10 B
11 A 12 A 13 D 14 B 15 C
16 B 17 D 18 C 19 C 20 D
21 A

William Blake
1 A 2 C 3 C 4 D 5 A
6 D 7 B 8 B 9 C

William Wordsworth
1 C 2 C 3 B 4 D 5 A
6 D 7 D 8 D 9 C 10 B
11 A 12 D

Samuel Taylor Coleridge
1 B 2 A 3 B 4 C 5 A
6 D 7 D 8 C 9 A 10 D
11 A 12 A

George Gordon Byron
1 C 2 D 3 B 4 A 5 A
6 B 7 B 8 A 9 D 10 C
11 B 12 A

Percy Bysshe Shelley
1 B 2 A 3 D 4 A 5 D
6 B 7 A 8 C 9 A 10 B
11 A 12 C 13 D

John Keats
1 C 2 B 3 D 4 D 5 A
6 C 7 B 8 C 9 A 10 A
11 A

生灵物语
北京那些虫儿

索俐 / 著

北京燕山出版社

图书在版编目（CIP）数据

生灵物语——北京那些虫儿/索俐著.— 北京：北京燕山出版社,2021.3
ISBN 978-7-5402-5905-1

Ⅰ.①生… Ⅱ.①索… Ⅲ.①散文集－中国－当代 Ⅳ.① I267

中国版本图书馆 CIP 数据核字（2021）第 025360 号

生灵物语——北京那些虫儿

作　　者	索　俐
责任编辑	王　迪
项目策划	金贝伦
封面设计	张　萌
出版发行	北京燕山出版社有限公司
社　　址	北京市丰台区东铁匠营苇子坑 138 号 C 座
电　　话	010-65240430
邮　　编	100079
印　　刷	北京富诚彩色印刷有限公司
经　　销	新华书店
开　　本	710mm×1000mm　1/16
字　　数	325 千字
印　　张	19.5
版　　次	2021 年 3 月第 1 版
印　　次	2021 年 3 月第 1 次印刷
定　　价	68.00 元

版权所有　翻印必究

过往岁月的另类表达

凸 凹

《生灵物语——北京昆虫记》，是索俐先生撰写的一部回顾、记录、研究北京郊区常见昆虫的科普散文集，是他所创作的京郊动物系列书稿中的一卷。

索俐先生从小生长在京西南房山区的一个小山村，从童年到青年，他生活在20世纪五六十年代艰辛、淳朴并带有浓郁自然经济状态的环境里，有幸与诸多动植物亲密接触、朝夕相伴、相依相知。正因为如此，鸟语虫鸣、兽走禽飞、花红叶绿、蔬绿果肥，都始终让其心驰神往、共鸣强烈，充满探求与渴望。

众所周知，随着社会发展、人口膨胀、传统自然经济的转型和人类对自然环境的破坏，动植物赖以生存栖息的环境及条件在一天天恶化；全球一百多万种动植物，每天以几十种甚至上百种的速度在快速灭绝。想到这些，就让人扼腕叹息！

多年来，出于未泯的童心，出于对环境恢复的渴望、对京郊动物的浓厚兴趣，以及对自己艰辛困苦、纷繁复杂、多姿多彩生活的特殊感受，作者生发了一种记述和表达那个过往时代的强烈愿望和责任意识。

为此，20多年来，索俐先生以大自然为师，以记录、还原、挖掘之功，深入昆虫世界的内部，努力探寻和研究其中的各种奥秘和新奇有趣的故事，揭示其中所蕴含的哲理、规律、经验和教训，描绘了一幅情趣盎然的别样画卷。

作品遵照真实性、故事性、趣味性、知识性原则，以散记笔法，记录了他童年到青年所处时代的自然环境、社会环境、人文生活及与昆虫亲密接触的所见所闻，堪称20世纪京郊生活的一部别史，也是作者特殊经历的一部自叙传。

积累素材、探求动物奥秘是一项十分艰苦的工作，需要深入生活、深入观察、深入探究，不断学习充实自己，甚至要亲自饲养一些小动物。所以，书稿写作持续的时间较为漫长，从20世纪90年代开始，至今已达20多年，可谓孜孜矻矻，饱含心血，其坚忍精神令人肃然起敬。

当今社会很多人心态浮躁。能排除干扰，静静地、心无旁骛地做一项看似"小儿科"的文化工程，需要的是恒心和定力，更需要一种责任和毅力。索俐先生以自己的实际行动坚持了下来，让我感喟不已，他是坚定的文化使者和甘于奉献的文化圣徒。

阅读这部书稿，读者可以深入了解许多有关昆虫的知识和奥秘，还能唤醒内心深处关心爱护动物的感情，并尊重它们在地球上生存的权利，进而改变漠视动物生存权、嘲弄保护动物运动、仍然贪婪甚至冷酷杀戮的情感和行为。

阅读这部书稿，读者不但能间接了解和感知20世纪传统自然经济条件下，人与动物亲密接触的生动有趣场景，还能了解那个年代所经历的、如今已难以重现的多姿多彩、艰辛困苦而又有滋有味的生活。

那些过往的岁月，因为有动物相伴而糅合着浓浓的自然韵味，散发着令人回味流连的芳香。随着生活现代化和居住城市化，人们接触动物的机会越来越少。不用说野生动物，就是家禽、家畜和人工驯养的动物，许多人也已很难看到。

因为有了动物存在，地球才充满生机，人类才能生存繁衍。生命链条中的每一个环节都是不可替代的。一种动物基因的形成需要亿万年时间，而一旦灭绝就很难再生。在逝去的岁月里，人和动物之间曾经是那样密不可分、息息相关。希望通过阅读此书，能够激发人们为建设与动物和谐共生的美好生活而共同努力的热情。

为突出文稿的形象性和趣味性，结合每篇文稿内容，作者不但自己深入生活、深入实际，拍摄了大量有关图片，还邀请朋友协助拍摄。

为突出文稿的科普性，每篇文稿之后都设置了"科普链接"内容，以帮助读者从动物学角度了解该篇介绍的昆虫，透出悉心照拂的美意。

本套书不但适合青少年阅读，也适合成年人作为枕边书，大快朵颐。

以文学散记的形式撰写科普文章，是索俐先生对科普文学创作的一种有益尝试和独特贡献，功莫大焉。

是为序。

目 录

01 树瘿之谜 / 001

02 坎坷"绿蝈蝈" / 007

03 御蚊琐记 / 015

04 苍蝇利害 / 020

05 "磕头虫"的秘密 / 026

06 童年的蜻蜓 / 031

07 化蝶 / 037

08 追寻"蜂鸟蛾" / 044

09 胡蜂印象 / 051

10 生死搏杀 / 059

11 盗叶贼 / 065

12 中华蜜蜂的危机 / 069

13 老姜养蜂记 / 074

14 温柔的杀手 / 080

15 毁誉蟑螂 / 087

16 蚕桑记趣 / 093

17 关于蚂蚱的童话 / 102

18 初见草原飞蝗 / 110

19 臭椿、锁儿与"花大姐" / 115

20 叶上毒虫慢悠悠 / 121

21 "知了"与蝉鸣 / 127

22 多面"金龟子" / 134

23 威武的"锹甲" / 141

24 讨厌的"臭板子" / 147

25 神奇的水黾 / 152

26 打斑蝥 / 158

27 神秘的"打灯婆" / 164

28 诡秘的斑潜蝇 / 169

29 "螵蛸"与小螳螂 / 174

30 怪异的螳螂 / 181

31 "骗人"的母螳螂 / 189

32 恼人跳蚤 / 194

33 扑杀桃天牛 / 200

34 蚂蚁的奇异本能 / 207

35 鸣虫蟋蟀 / 216

36 探秘树蚁 / 224

37 蝈蝈声声 / 231

38 奇妙的"倒退儿" / 236

39 蚁狮嬗变记 / 241

40 "纺织娘"的歌唱 / 249

41 夺命猎蝽 / 254

42 "蚜狮"奇变 / 261

43 蝤蝠辨析 / 268

44 寄生蜂的绝技 / 272

45 蝼蛄拾趣 / 278

46 贪婪蚧虫 / 284

47 树胶与天牛 / 290

48 星彩瓢虫 / 294

树瘿之谜

▲ 檀树瘿

童年时,故乡有不少人患"大脖子"病,脖颈无端膨胀起或大或小的半圆形鼓包,不但影响美观,而且阻碍了头的左右转动。乡里人把这种病叫"瘿袋",应属良性肿瘤之类,是缺碘地区人们常患的一种地方病。

张婶的脖子上圆滚滚的"瘿袋"在村里最大,就像挂着个葫芦,让人看了感到格外劳累和别扭。但张婶很能干,不但养大了6个孩子,而且操持着繁重的家务,那累赘的"瘿袋"并没有影响一个农家女人应完成的各种活计。

人长"瘿袋"是因为缺碘。可童年时我就发现一些树木上也会长出奇怪的"瘿袋",难道它们也缺碘吗?

在故乡的树木里,榆树、橡树、杜梨树、栗子树、柳树……常能见到大小不等、形状不一的"瘿袋":有的长在树叶上,有的长在嫩枝上,有的长在树干上……

在各种"瘿袋"中,叶子上的"瘿袋"最多。其中最典型、最常见的则是榆叶"瘿袋",故乡人称其为"榆叶娃子"。

"榆叶娃子",顾名思义,就是榆叶上生出了自己的"孩子"。

初春的时候，嫩榆叶刚长出来，孩子们就兴冲冲地来捋榆叶了。捋回的榆叶可以和在玉米面里加点盐做成榆叶窝头，可以掺在玉米糁中做成榆叶玉米糁粥。由于榆叶有一定黏性，做出的窝头很劲道，熬成的粥也黏糊可口。

在捋榆叶时要认真察看上面有没有"榆叶娃子"，若有，就要舍弃，因为"榆叶娃子"内有令人讨厌的小虫子。

"榆叶娃子"刚生出来很小，黄绿色，长在嫩嫩的榆叶表面如同米粒一般，大一点后便长成了大米粒。随着榆树叶子的生长，"榆叶娃子"吮吸抢夺着榆叶的营养，迅速膨胀成不规则的椭圆形，有的直径竟达到了1厘米以上，还挂上了漂亮的粉红色。

这时候，"榆叶娃子"无论是个头还是重量，都远远超过了榆叶自身。榆叶逐渐变得枯瘦发黄、低垂无力。

常常能见到这种情况，路旁小树的榆叶上，长满了令人生厌的"榆叶娃子"，就像是挂上了数不清的"小铃铛"，让人感到头皮发麻，甚至有些恶心。

倘若摘下一枚"榆叶娃子"掰开查看，就会发现里边有一只、几只或十几只令人生厌的黑色蚜虫——"榆叶娃子"竟然是这些蚜虫的巢穴啊！

可"榆叶娃子"是个封闭的囊状物，细细的根部与榆叶紧密相连，没有任何可进入的孔隙或通道，这些蚜虫是怎样进去的呢？

原来，这是一种专门寄生在榆叶上的蚜虫，名字叫"榆叶瘿蚜"。

初春，嫩嫩的榆叶刚发芽，藏匿蛰伏了一冬的榆叶瘿蚜便开始寻找寄主。由于小榆树出芽早、长叶快，因而成了榆叶瘿蚜的最爱。这也是小榆树上"榆叶娃子"很多的原因。

▲ 榆叶瘿

选中寄主以后，榆叶瘿蚜会用尖尖的产卵器刺破嫩叶表面，将卵产在嫩叶之中。受到刺激的嫩叶，会迅速启动防卫机制，分泌汁液将卵包裹起来，形成一个小囊。而卵则会迅速孵化为幼虫，正好把榆树的汁液作为自己的美食。就这样，瘿蚜不断在瘿囊内用针刺式口器从囊壁吸吮汁液；而瘿囊则在刺激中随着榆叶生长而不断变大。伴着时间的推移，具有孤雌繁殖能力的瘿蚜在瘿囊内不断繁衍下一代，瘿囊里的蚜虫便逐渐增多。

到了七八月份，瘿囊逐渐变老、变干、破裂，里面的瘿蚜也随之飞出，进入下一轮繁殖周期。

以榆叶为"寄主"的榆叶瘿蚜并非一种，不同榆树会招来不同的瘿蚜，形成不同的树瘿。例如，北京郊区榆叶瘿蚜形成的瘿囊，表面较光洁，呈浅绿色，有的还带着淡淡的红晕；而在张家口地区黑龙山国家森林公园白榆林中发现的榆叶瘿囊，则是黄绿色，表面疙疙瘩瘩，如同烂菜花一般。看来，不同的"寄客"是喜欢不同"寄主"的。

榆树叶子会寄生榆叶瘿蚜，柳树叶子会寄生柳叶瘿蚜，还有棉瘿蚜、蚊母瘿蚜、黄连木瘿蚜等等。总之，瘿蚜是昆虫中的一个大家族，叫得上名字的就有几百种。此外，在植物叶子上寄生的还有各种瘿蜂。

夏天，去京郊橡树林，时常会在橡叶上发现许多圆圆的褐色、浅红或淡黄的小圆球。这些小球的直径四五毫米，光洁漂亮，根部紧贴着叶片，与叶片共生在一起。这就是栎叶瘿蜂的"杰作"。

橡树的学名叫栎树，栎叶瘿蜂是专门寄生在橡树叶上的一种蜂类，主要危害橡树的叶子。受到危害的橡树，叶子逐渐变黄、变白，最终变为灰褐色，且叶面会皱缩变形，严重的还会造成叶子干枯甚至提早脱落。

清明节以后，橡树长出了嫩叶，越冬的栎叶瘿蜂成虫也开始在橡叶上产卵。它们把卵产在橡树叶背面的侧脉上，受到刺激的叶脉迅速变得畸形肿大，而叶子的正面则逐渐凹陷下去。紧接着，蜂卵在肿大的瘿囊内快速孵化，并刺激叶子正面组织形成一个小球状瘿囊。瘿囊逐渐变大，直径可达到 5 毫米以上。剖开一枚瘿囊观看，会发现中央有一个圆形虫室，虫室外生有数十根针状体，犹如一个微型栗子蓬，下端长有一柄，与瘿囊内壁及叶片侧脉相连，故而能够源源不断得到树叶提供的营养。

平时，瘿蜂的幼虫在虫室内刺吸汁液。随着幼虫成长，瘿囊内的虫室逐渐变成一个小圆球。剖开圆球，会发现一只白色的、胖胖的小虫子。到了9月上旬，叶子上的球形瘿囊陆续脱落，虫室内的幼虫蜕变为蜂蛹；至9月下旬，蜂蛹羽化为成虫，咬破瘿囊外壁钻出越冬。

栎叶瘿蜂一年繁殖一代，成虫会钻入枯枝败叶中度过寒冷的冬天。

据有关资料介绍，瘿蜂是一个大家族，有数百种之多，除了栎叶瘿蜂，还有栗叶瘿蜂、柳叶瘿蜂，等等。

瘿蚜、瘿蜂之类的小昆虫，都以树叶为寄主，均有孤雌繁殖能力，能在叶子上制造出一个个瘿囊；而有些稍大一点的昆虫，则能在树木当年的嫩枝上制造出瘿囊，让树枝也长出"瘿袋"来。

到山野树林中穿行游玩，时常能看到杜梨树、朴树的小枝上突兀地生出一个个圆球状瘤体，就像细枝穿上了一个微型"糖葫芦"。折下小枝用手去捏，瘤体很硬、很结实。可以断定，不仅是树皮，连树枝的木质部也一定随着膨胀起来。剥开瘤体的外皮一看，果然如此，那瘿囊的中心竟深入了木质部。

是什么东西让树枝莫名奇妙地膨胀起来了呢？将瘿囊放在石头上一砸，开裂的瘿囊中呈现出一个奇妙的小室，小室中躺卧着一条胖胖的小虫子。无疑，瘿囊就是小虫子的家。

那么，小虫子又是如何钻入这包裹严密的瘿囊呢？

其秘密与叶瘿形成的过程基本相似：春天，越冬的成虫用产卵器刺破嫩枝，将卵产在嫩枝内，而嫩枝迅速分泌汁液将其包裹起来；孵化后的幼虫不断啮食刺激瘿囊使其不断膨胀，最终发育成了细枝上的瘤状体。

待到秋天来临，瘿囊内的幼虫发育成熟，便会咬出一个茧窝，然后从容作茧，最终羽化为成虫破茧而出。

任何生命的延续都离不开空气。在密闭瘿囊中生活的瘿蚜、瘿蜂幼虫，是如何获得生命所必需的空气的呢？

原来，树叶也好，树皮也好，人眼看上去似乎是密不透风的，实际上却有很多肉眼无法看到的"气孔"。这些气孔，保证了树木的呼吸需要，同时也使生活在瘿囊内的瘿蚜、瘿蜂幼虫获得了生命所必需的空气。

俗话说：蛇有蛇道，鼠有鼠道。各种生物都有自己的生存高招，这就是大千世界的奇妙所在。

至于树干上的那些大型"瘿袋"，则是由天牛等幼虫打洞啮食所形成。天牛的成虫在榆树、国槐、桃树、杏树等寄主的树干上产卵，孵化后的幼虫钻入树皮，深入木质部危害树木。为了自保和防御，树干一边用分泌物封堵虫洞，一边发育出相关组织，试图包裹或阻隔敌害的侵蚀，久而久之，便形成了巨大的瘿瘤——树干"瘿袋"。

当然，也有一些树木的瘿瘤并非昆虫入侵所致，而是由于受到了有害真菌的感染，比如杨树。

春季当气温上升以后，有些杨树受到真菌感染会出现褐色病斑，树皮开始软化、龟裂，呈现明显黑褐色，随之会产生许多针状突起，病斑不断扩展，逐渐包围树干形成黑色瘿瘤，上部的枝条便会逐渐枯死……

如此种种的实例表明，树瘿是树木枝叶受到昆虫虫卵、幼虫或真菌的刺激，受害部位细胞不断增生而形成的一种瘤状物。这种"瘿袋"一样的瘤状物，既是植物自身防护的一种生理反应，也是某些昆虫赖以生存繁衍的寄主及"保护伞"。

树瘿形成的奥秘表明，在整个生物链条进化的过程中，植物与动物共存共长，但动物的智慧和本能终究要比与其共存的寄主植物技高一筹。

科普链接：

树瘿是树木因受到害虫或真菌的刺激，局部细胞增生而形成的瘤状物。制造瘿瘤的害虫主要有瘿蜂和瘿蚜。瘿蜂和瘿蚜均有数百种；每一种均有特定宿主植物，并在植物的特定部位产卵刺激其生长出具特定形状的虫瘿，有的在植物叶子上，有的在植物嫩枝、嫩干上。瘿蜂和瘿蚜的幼虫在树瘿内吸食汁液或啃食植物，进而长大变为成虫飞走。瘿瘤严重危害植物生长，甚至会造成宿主植物死亡。

坎坷"绿蝈蝈"

▲ 蝈蝈

饲养任何宠物恐怕都免不了忧伤。养好了高兴，养不好伤心，但宠物终究会病死或老去，所以给主人带来的最终还是忧伤。

今年7月，我去农贸市场买菜，突然听到了久违的蝈蝈叫声。

记得少年时生活的故乡，盛夏的蝈蝈会在山野的荆棘上叫成一片。于是，逮蝈蝈、养蝈蝈、斗蝈蝈……这鸣叫的小虫给村娃们艰辛的生活增添了一抹欢娱有趣的色彩。

顺着诱人的叫声望去，市场拐弯的一角，一个小贩正用自行车推着一蓬用高粱篾子编成的金黄多角的蝈蝈笼在叫卖。一个蝈蝈笼子只有拳头大，每个里边都有一只碧绿的蝈蝈。好像在向围观的人们推销自己，虽然困在小小的囚笼里，但绿蝈蝈们仍在卖力地叫着，背上的两个短翅振动得有声有色。

"蝈蝈喽——好养好活，10块钱一个！"小贩吆喝着。

孙儿就要上幼儿园了，对饲养小宠物非常感兴趣。我们曾为他饲养过桑蚕，喂养过"倒退儿"，还捉养过一只大螳螂……也曾去过故乡的山野，想为他捉一只蝈蝈饲养，但寻遍了两个山坡，当年叫声一片的蝈蝈却连一只也没见到。

眼下，见到了这么多漂亮的绿蝈蝈，真有"踏破铁鞋无觅处，得来全不费工夫"的兴奋。我立即掏出 10 元钱，挑了一只正在鸣叫的蝈蝈。

1

▲ 蝈蝈

回到家里，把蝈蝈笼提到孙儿眼前，孙儿高兴得又蹦又拍手，伸手要抢过去。

我知道蝈蝈的厉害，避过孙儿的抢夺告诉他："看见它的两个大黑牙没有？爷爷小时候曾被蝈蝈咬住了手指，破了一个大口子不算，还流了一手鲜血！最可怕的是它咬住就不松嘴，即使扯掉了脑袋，大牙还咬在手指上……"

听了我的警告，孙儿害怕起来，再给蝈蝈笼也不伸手了。

京城养蝈蝈的行家，都用专门带盖的葫芦做蝈蝈"居室"，冬天也能把葫芦揣在怀里听蝈蝈鸣唱。好友据寿江来我家小坐，曾从怀里掏出了蝈蝈葫芦让我观赏。据说，冬养的蝈蝈可以活到第二年的五一节。

可现在我却没有地方去找专门养蝈蝈的葫芦。

为了给蝈蝈换一个更大的空间，也便于喂养和观看，我找来一个长方透明的塑料盒：长 20 厘米，宽 10 多厘米，高 10 厘米左右。在盒子里，蝈蝈的行动可以一览无余。为保证蝈蝈换气，还用烧红的铁钎在盖上烙出了筷子头般的几个小洞。

绿蝈蝈被放进盒子以后大约感到很新奇，它不停地在盒子底部和四周爬来爬去，并用长长的两条触角感知着周围环境，甚至爬到顶盖上倒仰着身子从小洞向外窥探。

说是小孩子养宠物，其实侍候宠物的活儿几乎都要大人承担，孩子们只是看看过程、长长见识、增长知识罢了。

在我的经验中，蝈蝈爱吃南瓜花，我便到小区周围巡视，总算从一家围墙的瓜秧上摘回了两朵含苞待放的花蕾。

让孙儿往蝈蝈盒里放一枚，另一枚存放在冰箱里保鲜。

终于可以坐下来仔细看一看这只蝈蝈了。

真是一只名副其实的绿蝈蝈：头、胸、腹、翅、四条步足、两条折叠带刺的大腿皆为晶莹水绿，仿佛是绿宝石雕刻出来的一般；就连两条棕黄色的触须、两只棕亮的复眼，也透着微微的浅绿。

根据颜色，蝈蝈可以分为"山青""草白""铁蝈蝈"和"绿蝈蝈"几个品种。故乡的蝈蝈为褐绿色，是典型的"铁蝈蝈"。"铁蝈蝈"比眼前的"绿蝈蝈"要大一圈，两颗黑色的大牙明显凶悍，尤其是两条棕黑的触须，比绿蝈蝈更长更灵动，且叫声洪亮清脆，浑身透着一种威武。

相比之下，这只绿蝈蝈则显得小巧了许多，有"小家碧玉"的感觉。

但细心观察之后，我发现了一点缺憾：绿蝈蝈右后步足的脚掌与脚钩竟然缺失了。

昆虫纲动物的共同特征就是胸部长有6条腿。蝈蝈的两对步足和胸后的一对大腿使它们成为既能蹦跳又能攀爬的高手。两条折叠的又粗又长的大腿是它们弹跳的"武器"，4条步足则是用于攀爬的主要工具。

蚂蚱、蝈蝈之所以能在垂直或倒仰的光滑物体上攀爬，主要得益于它们脚爪的特殊脚垫。这种脚垫，带有柔软的外皮，外皮上有细密的六角形杆状及树丛状组织，可以通过充血以增加脚垫的摩擦力和附着力，甚至制造出脚垫与物体间的"真空",这才使得蚂蚱和蝈蝈获得了可以任意攀爬的超凡能力。

可这只绿蝈蝈缺了一个脚掌和脚钩,攀爬力多少会受到影响。

我猜想,可能是饲养人在捕捉过程中不慎蹭掉的。

蝈蝈俗称"百日虫",是说一般蝈蝈能够活到 100 天以上。这只绿蝈蝈瞳孔比较小,颜色比较嫩,一看就知道是个风华正茂的"青年"。

为了拍摄几张照片,我让绿蝈蝈从塑料盒里爬到手上。

孙儿惊呼:"它会咬你的!"

▲ 蝈蝈

我告诉他,只要让蝈蝈慢慢去爬,不抓头部,它是不会咬人的。正说着,蝈蝈突然从我的手上蹦跳到地上,我连忙用手去扣,它便蹦着发出"吱啦啦、吱啦啦"的叫声。很显然,这是在表达愤怒和抗议,是对捕捉表示不满。女儿拿来一棵大白菜,慢慢把蝈蝈引到白菜上,它顿时安静下来。我拿起相机连连拍照,直到拍出了满意的照片,才捏着绿蝈蝈后背的"鞍子",把它送回了塑料盒。孙儿则拍着手发出了开心的笑声。

2

绿蝈蝈似乎很通人意,第二天早晨大家还没起床,就发出了的叫声。但那叫声很微弱、很缥缈,仿佛来自很远的地方;但我知道,那就是绿蝈蝈的叫声。

来到塑料盒前我才恍然大悟:盒盖上虽然有几个气孔,但基本上是封闭的,是四周的塑料板阻隔了蝈蝈的叫声。我立即对塑料盒进行改造,在四周烙出了许多小洞,蝈蝈的叫声果然洪亮起来。

▲ 蝈蝈

蝈蝈可吃的东西很多,瓜花、白菜、葡萄、胡萝卜、西红柿等均可作为食物,但最爱吃的还是胡萝卜。看蝈蝈吃胡萝卜很有趣:前腿按着胡萝卜块,歪着头翕动大牙左啃一下、右啃一下,啃掉一块后慢慢咀嚼一番接着再啃,胡萝卜块上留下了一道道沟痕。

白菜、葡萄、西红柿（尤其是冰箱储存的）虽然也很受欢迎，但由于水分较大，蝈蝈吃了容易拉稀，所以要尽量少喂。

蝈蝈正常的粪便为一段一段，如铅笔芯一样粗细成形；倘若变成一摊一摊，便是腹泻了，必须赶快调整饲料。实践证明，胡萝卜是蝈蝈最喜爱的健康食品。

为了保证蝈蝈住所的洁净，每隔两天我就要把塑料盒清洗一遍，顺便让它到茶几上放放风。盒子洗净以后，用卫生纸将内壁擦干才放它重回家园。

精心地呵护，让绿蝈蝈长得很健壮，那美妙的、带着清脆水音的叫声成了一家人开心的源泉。

这天夜里，蝈蝈一直没叫。早上打开塑料盒，眼前的情景使我大吃一惊：绿蝈蝈右侧的大腿掉了，无精打采地蹲在旁边。

是谁？是什么东西把它的大腿弄掉了呢？问了家里所有人都说没有动过。盒子封闭着，没有任何东西进来的痕迹，那条掉下来的大腿还完整地躺在盒子底部。

到底是怎么回事呢？望着绿蝈蝈的大腿，我一时不得其解。

下午与老伙伴遛弯儿，大家说起了晒太阳补充维生素D才能吸收钙的话题，我忽然若有所悟：绿蝈蝈买回来已经半个多月，一直放在客厅里的茶几上。客厅是背阴房间，终年难见阳光，绿蝈蝈是不是因见不到阳光身体缺钙，才造成了大腿自行脱落呢？

回到家以后，我立即把塑料盒端到了阳台窗台上。果然，两天以后，蝈蝈重新恢复了蓬勃生气。

然而，晒太阳也没能从根本上解决问题。半个月之后，蝈蝈的另一条大腿也脱落了。

端着塑料盒子反复观察，苦苦思索着蝈蝈掉腿的原因。

蓦然，那盒子的高度引起了我的注意：上下只有近10厘米的间距，而蝈蝈折起大腿就有五六厘米高。在如此低矮的环境中，蝈蝈用来弹跳的大腿毫无用武之地，只能与胸前步足一样用来爬行，甚至成了累赘。俗话说"用进废退"，长时间不使用大腿，其功能必然退化，很可能是在环境的束缚中无可奈何地脱落了。我寻思，倘若在自然中蹦跳觅食，这情景一定不会出现。

或许还有食物的原因。在我的印象里,野外的蝈蝈多是以蝗虫、蛾蝶幼虫为食,基本属于肉食动物;可我们现在只喂它蔬菜瓜果,营养单调恐怕也是造成大腿脱落的原因之一。

亡羊补牢,我开始尝试着从楼前草坪的树木上寻找虫蛾为绿蝈蝈补养身体。果然,对送过来的小虫子绿蝈蝈十分欢迎,一对大牙一两分钟就能把一两厘米长的小虫子吃下去。

蝈蝈对环境温度很敏感。一般情况下,25摄氏度以上蝈蝈会大声鸣叫,20摄氏度时鸣叫的频率就会降低,低于16摄氏度时就会停止鸣叫。

只剩下四条小腿的绿蝈蝈虽然成了残疾,失去了蹦跳的能力,但仍然顽强地爬着、活着,只是那鸣叫变得颤巍巍的缺少了底气。

一天傍晚,从幼儿园回来的孙儿去阳台看蝈蝈忘了关闭盖子,家人也没有发现。第二天早晨,塑料盒里的蝈蝈不见了。大家急忙在阳台四处寻找,可找遍了犄角旮旯也没见到踪影。一只失去蹦跳功能的残疾蝈蝈又能到哪里去呢?到与阳台相通的居室搜索仍无所获。难道绿蝈蝈飞走了不成?我甚至怀疑它可能死在了某个角落。

一天以后,我去客厅西侧的卫生间,意外发现绿蝈蝈竟在卫生间的地面上爬动!这太让人惊讶了:从阳台到卫生间,中间隔着南居室和客厅,距离足有20多米,爬到这里,对于只有4条小腿的残疾蝈蝈来说简直如同一次长征!

好在失而复得,我赶紧把蝈蝈捧起来送回了阳台"老家"。

国庆节之后,天气渐渐冷起来。绿蝈蝈开始显得无精打采,只有阳光充足的中午,才哆哆嗦嗦叫上几声。

之后的日子,让人担忧的事情不断出现:先是蝈蝈左侧剩余步足的脚掌脱落,接着右足的一个脚掌也断掉了……简直是致命的伤害。步足没有了脚掌如同断了手脚,绿蝈蝈已完全失去了攀爬和平衡能力,它的"大限"已经不远了。

果然，挨到 10 月 27 日，可怜的绿蝈蝈死了。从 7 月中旬购买到死亡，绿蝈蝈共活了近 100 天，确实应了"百日虫"的说法。

绿蝈蝈的脚掌为什么也会自行断掉呢？我猜想，或许是因为塑料板太光滑，每天攀爬太费脚力，因而才出现了这意想不到的伤害；或许是因为年老多病，生命之烛已燃到尽头，才导致了肢残腿断？

小小的秋虫留下了诸多让人不解的疑团。

御蚊琐记

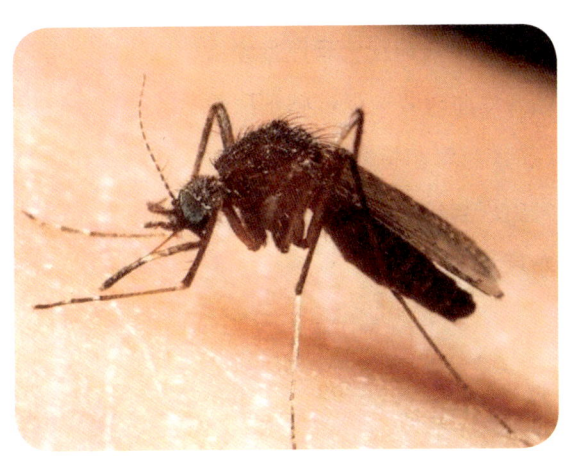
▲ 蚊子

儿时纳凉，二爷摇着蒲扇，给几个小伙伴出了一道谜语："为了我打它，为了它打我；打破它的肚子，流出我的鲜血。"

几个人歪着头想，就是猜不对。一只蚊子在耳边"嗡嗡嗡"绕起了圈子，我顿时恍然大悟："蚊子！"我兴奋地大喊。二爷高兴地连拍我的脑袋夸我聪明，伙伴们也投过羡慕的眼光。从此，蚊子的谜语就印在了我的心里。

对于蚊子，记忆中的切肤之痛从童年就开始了。20世纪50年代的农村，家畜满街走，粪便满地丢。盛夏雨季，街巷宅院，脏水粪便"星罗棋布"，苍蝇、蚊子成群结队。夜晚，苍蝇收起了淫威，蚊子开始了张狂。昏昏沉睡一宿之后，清晨醒来便会觉得浑身奇痒，就拼命去挠，被蚊虫叮过的地方很快被挠成红肿的、浸出黄色体液的大包。于是，日复一日，旧伤未愈，新伤又添。感染、化脓、结痂，再感染、再化脓、再结痂，胳膊和腿上始终连绵着几片让人害怕的溃烂。如今，40多年过去了，腿上因蚊虫叮咬而落下的伤疤仍然清晰可见。

蚊子为昆虫纲、双翅目、蚊科的一种小飞虫，全球约有3000种。化石资料显示，蚊子和苍蝇都是比人类历史要早得多的史前昆虫。早在1.35亿年前的白垩纪，南美洲岩层中就出现了蚊子的祖先。那时候，蚊子祖先的体形大约是现在蚊子的3倍。

在整个蚊子群体中，并不是所有蚊子都会吸血。其中，雄蚊子主要食素，以植物的汁液、蜜露果腹；而雌蚊子嗜血，专门吸食动物和人的血液。为什么雌蚊子要吸血呢？因为只有吸食了其他动物的血液，雌蚊子才能繁衍后代。由此看来，蚊子的繁衍历史是不折不扣的雌性吸血史。

蚊子叮人的时候，多数人都难以察觉。当人们感觉到刺痒的时候，它们大多已经吸足血液逃之夭夭了。雌蚊叮人时我们为什么难以察觉呢？原来，雌蚊的唾液中有一种麻醉剂，蚊子的尖喙刺入皮肤时我们很难感到痛痒。

此外，蚊子喙中还有一种具有舒张血管和抗凝血作用的物质，它使血液更容易被吸食。被蚊子叮咬后，皮肤常出现起包和发痒症状。但痒的感觉并不是因为蚊子唾液里的化学物质引起的，而是我们体内免疫系统释放出的一种对抗外来物质的蛋白质引起的过敏反应。

蚊子吸人血，还会"挑肥拣瘦"，专门寻找合乎"口味"的对象。一般来说，汗腺发达、体温较高，过度疲劳、呼吸频率较快，肤色较黑或肤色发红的人最受蚊子青睐。

被蚊子咬了起包发痒还是小事，最可怕的是感染上致命的疾病。

医学研究表明，蚊子传播的疾病可达80多种。在我们的地球上，没有哪种动物比蚊子对人类的危害更大了。据世界卫生组织的统计，全球每年约有7亿人会患上由蚊子感染的各种疾病，且每17人中就有1人不幸死亡。疟疾是疟蚊传播的一种最常见疾病，每年会造成数百万人死亡。在非洲，平均每30秒就有一个儿童死于疟疾。

在我国，能传播疾病的蚊子主要有疟蚊——传播疟疾；库蚊——传播丝虫病和流行性乙型脑炎；黑白斑纹——传播流行性乙型脑炎和登革热。

蚊子传播疾病的过程是：当蚊子吸食了病人的血液后，便把病人的病毒或疟原虫吸进体内。当它们再咬人的时候，又将口中的病毒或疟原虫注入到了被咬者体内。

可怕的流行性乙型脑炎就是由蚊子传播的。乙型脑炎也叫大脑炎，患病者发烧、头疼、呕吐、抽风、昏睡、昏迷，没有什么特效药可用，只能依靠自身免疫力治愈，所以死亡率非常高。

驹子是我童年伙伴中最壮实的一个：四肢滚圆，虎背熊腰，论摔跤小伙伴们谁也不是对手。可那一年他被蚊子咬了，患了乙型脑炎，赤条条躺在病床上，医生用神经探测器测试已没有了反应。我和驹子的家人一起流泪了。20世纪60年代,得了乙型脑炎能活下来的很少,即使侥幸活下来也会落下严重残疾。然而,驹子却奇迹般地活了过来。

为了医治落下的残疾,驹子要长期服用一种药片,可有一段时间哪里也买不到。我托一位赤脚医生花90多元钱为驹子买来了这种药,并拒绝收他的药费,驹子便把我当成了患难之交。病愈后的驹子说话虽然还略显结巴,但终究能参加简单劳动了。我离开故乡后,每年秋季,驹子都要驾着拖拉机给我送来红薯、柿子等家乡特产。相聚之中,我既为驹子康复感到欣慰,也为他留下的残疾感到沉重。

为了驱蚊、灭蚊,人们可以说是想尽了办法。为了与蚊子作战,童年时我就学会了许多御蚊之术。在农村,殷实一点的人家,可用竹帘和"冷布"(一种棉窗纱)将门窗防护起来,阻止蚊子进入。但多数农家采用的是烟熏法:临睡前,在屋内地上燃起一堆青蒿,闭门锁户,全家外出,任浓烟将蚊子熏倒后再回来;或者点燃一根"火绳",挂在房梁,敞开门窗,让袅袅青烟盘绕在屋中将蚊子熏跑。

"火绳"是农家人制作的一种土"蚊香"。仲夏以后,长满黄色籽粒的野蒿成熟了。这时节,人们早出晚归,争相把一捆捆黄蒿割回家,再拧成火绳以备来年使用。

黄蒿拧成的"火绳"驱蚊效果虽好,但烟味太浓,人不免被熏得咳嗽难耐。于是,精明的农家人又造出了一种用栗子花拧成的香"火绳"。

仲春以后,栗树开花了,几寸长的细穗几天后就落了一地。把细穗及时收起来,极艺术地编绕成手指粗的小辫栗花"火绳"。这种"火绳"烟小、味香,驱蚊效果又好,所以是农家人的稀罕物。但村中栗树有限,且制作又费工夫,所以,多数农家对它是可望而不可即。

20世纪70年代参加工作后,家里有了向往已久的蚊帐,驱蚊手段也有了进步。"敌百虫""敌敌畏"之类药物相继登场,但负作用颇大,常因驱蚊而把人熏得头晕气喘。于是,盘绕的蚊香渐渐替代了"敌敌畏",那细细的、袅袅的清烟虽比"火绳"小,但驱蚊效果却比"火绳"强得多。

20世纪90年代以后,清洁、环保的生活方式成为人们追求的时尚,无烟、无火的各式驱蚊器便悄然出现，蚊香又成了过时的手段。

1998年搬入新居后，偶见对门儿住的老师傅手持一支"儿童羽毛球拍"正舞动扑蚊，我顿感新奇。老师傅告诉我，这叫"电蚊拍"，装两节5号电池，是新式灭蚊武器，发现蚊子后，只要按动开关，挥拍而上，金属丝网就会将蚊子吸住电死。说话间，一只蚊子恰好飞过头顶，他随手挥拍，蚊子立即爆成电火花被烧死在金属丝网上。老师傅介绍说这是上海买的，如我喜欢，日后可替我代买一支。那年入夏，去上海看望女儿的老师傅果然兑现诺言，为我带回了电蚊拍。

电蚊拍取代驱蚊器确实好处多多。高科技的灭蚊手段不仅保证了室内空气不再受化学烟气污染，而且雪白的墙壁也不再因拍打蚊子而沾染污点。

一则古老的谚语形容蚊子："八月钢嘴，九月挺腿。"是说中秋前后的蚊子最厉害，到了阴历九月秋凉以后，蚊子就会耐不过低温而死去了。为什么会这样呢？因为中秋前后正是蚊子繁殖季节，雌蚊子必须大量吸血之后才能促其卵巢发育以繁衍后代。所以，人们才感到中秋的蚊子特别"凶猛"。

这则谚语表明，蚊子是害怕低温的。实验表明：在25摄氏度以下，蚊子的活动能力开始明显减弱；当温度下降到22摄氏度以下时，蚊子的活动基本受到抑制。

掌握这一规律后，我曾做过实验：将卧室空调的温度调到22摄氏度，果然一夜平安，连蚊子"嗡嗡嗡"的声音都没有听见。

然而，灭蚊、驱蚊、抑蚊的手段即使再先进，也难免被蚊子叮咬。一旦被蚊子叮咬，掌握一些应急小窍门还是可以减少痛痒之苦的。例如，可用肥皂水涂抹患处，或用芦荟汁、盐水、牙膏涂抹患处，这些办法都可以有效止痒。

但最根本的方法，则是能找到并消灭蚊子的滋生地。

蚊子的一生经过卵、幼虫、蛹、成虫4个阶段。雌蚊必须把卵产在水中才能孵化，如河水、水洼、水塘、池沼、积水等处。在温暖的季节里，卵大约3天就可孵化为幼虫——孑孓。孑孓吃水中的微生物，经过4次蜕皮后变成蛹；蛹继续在水中生活两三天，即可羽化为成虫——蚊子。这一周期需要10天左右。

蚊子的幼虫最易杀灭。发现蚊子的滋生地以后，及时清除孑孓生存的积水(如家中的下水漏、花盆等积水处），或在积水点喷洒杀虫剂，就能最大限度地消灭孑孓，从而有效减少蚊子的数量和危害。

科普链接：

　　蚊子为昆虫纲、双翅目、蚊科、吸食类昆虫，全球约有3000种。是一种具有刺吸式口器的小飞虫。在繁殖前雌蚊需要叮咬动物以吸食血液来促进卵的成熟。蚊子的唾液中有一种具有舒张血管和抗凝血作用的物质，它使血液更容易汇流到被叮咬处。被蚊子叮咬后，被叮咬者的皮肤常出现起包和发痒症状。而雄性则吸食植物的汁液。吸血的雌蚊是登革热、疟疾、黄热病、丝虫病、日本脑炎等疾病的传播者。除南极洲外各大陆皆有蚊子的分布。

苍蝇利害

▲ 苍蝇

提到苍蝇,人们就会与肮脏、可恶、传播疾病联系在一起,并从心里产生一种强烈的厌恶感。

俗话说,病从口入。苍蝇长着翅膀到处乱飞,且有搓足、刷身的习性。它们在粪便、脏物及腐尸上爬行摄食后,又会飞到人体、餐具上停留,飞到我们的食物上漫步舔食。

苍蝇为舐吸式口器,取食时先要吐出嗉囊的消化液来溶解食物,然后才能舔食;更让人恶心的是,它们边吃、边吐、边拉,每分钟要排便四五次。由于苍蝇多以腐败有机物为食,它们的身上和消化液中会携带多种病原微生物,在食物上吐出消化液时会将大量病原体吐在食物上,人吃进这些食物或使用了被污染的餐具,就会感染霍乱、痢疾等各种疾病。

正因为如此,苍蝇成了"四害"之一,成了人民健康的"公敌"。

20世纪50年代初期，美国对朝鲜半岛发动侵略战争，曾使用生化武器。美国等联合国军队用飞机撒下了许多带有各种病菌的苍蝇、老鼠。为了粉碎敌人这一阴谋，在中央防疫委员会的领导下，全国各地迅速掀起了群众性卫生防疫运动。仅半年里，全国就清除垃圾1500多万吨，疏通渠道28万公里，新建改建厕所490万个，改建水井130万眼；共扑鼠4400多万只，消灭蚊、蝇、跳蚤共200多万斤。

1958年2月12日，为进一步消灭病害，提高人民卫生健康水平，中共中央、国务院发出《关于除四害讲卫生的指示》。《指示》提出要在10年或更短一些的时间内，完成消灭苍蝇、蚊子、老鼠、麻雀的任务(后来将"麻雀"改为"臭虫")，使我国人民转病弱为强健，转落后为先进。指示发出后，全国迅速掀起了轰轰烈烈的除"四害"、讲卫生运动。

记得那时我刚上小学，也加入了"除四害"的大军。为了消灭苍蝇，小学生们上学每人都要携带一把苍蝇拍，还利用手工课每人叠制了"苍蝇斗"。大家拍苍蝇、数苍蝇、记数字、评灭蝇小能手，活动搞得热火朝天。

苍蝇属于完全变态昆虫，一生要经过卵、幼虫、蛹、成虫四个阶段。苍蝇产卵后会孵化为幼虫，乡人们叫作"蛆"，主要滋生在旱厕的便坑里，蝇蛆长大后会爬出便坑钻进土里化成蛹，经过一周左右的时间再羽化为苍蝇成虫。

为了最大限度消灭苍蝇，我们除了用苍蝇拍直接消灭，还结成小组深入到各家各户的厕所，用小铁铲在厕所附近的土里挖蝇蛹。蝇蛹为褐色，常常是十几只、几十只集在一起。挖出蝇蛹后，把它们夹进一个瓶子或纸盒，然后交到学校计数后消灭。

俗话说，春灭一只蛹，夏少万只蝇。意思是说，由于苍蝇有超强的繁殖能力，如能在蛹期消灭一只，就等于日后消灭了一万只苍蝇。

除了污染食物、传播疾病，苍蝇还是干扰人休息的重要罪魁。

那时候，贫困的农家根本没有什么蚊帐、纱窗等防蝇器物，苍蝇尽可以在室内外飞来飞去。盛夏暑热，不管是纳凉休息，还是午睡小憩，它们都会"嗡嗡嗡"飞来跟你捣乱：或者趴在你皮肤上让你痒得难受，或者在你身上拉一堆蝇屎让你恶心得不行,常弄得人心烦意乱、不得安宁。

尽管经历了大张旗鼓的除"四害"运动,人们也千方百计想办法消灭它们,可苍蝇的种群一直不见减少,至今仍种族兴盛、遍布各地!

苍蝇为什么会有如此强大的生命力呢?认真分析和研究苍蝇的特点和习性,可以归结为以下几个原因:

首先在于它们强大无比的繁殖力。雌性苍蝇羽化后 30 个小时即可性成熟交配,大多数苍蝇终生只交配一次,雄蝇的精液可以长久贮存于雌蝇的受精囊中,并在数周之内使蝇卵不断受精,而不必与另一只雄蝇再去交配。

▲ 苍蝇

一只雌蝇一生可产卵五六次,每次产卵约 100 枚,一年之内可繁殖 10 至 12 代!按照最保守的估计,若每只雌蝇只能保留下 200 个后代,那么,100 只雌蝇只需经过 10 代便可繁衍出 2 万亿亿只苍蝇!正是这一呈几何级数增长的繁殖能力,才使得它们的种族始终能兴旺发达、无法灭绝!

其次在于其特殊的消化系统及免疫能力。苍蝇的消化系统非常独特。当苍蝇吃了许多带有各种病菌的食物后,它们能在消化道内进行快速处理,迅速摄取有营养的食物并及时将无用的糟粕、废物及病菌排出体外。由于这个过程只需要 7 到 11 秒的短暂时间,因而大多数细菌在进入苍蝇体内后尚来不及繁殖就已经被排出体外了。

一旦苍蝇吃下的食物中带有快速繁殖能力的细菌,它们的免疫系统会产生被称作 BF64 和 BD2 的两种球蛋白。这些蛋白与细菌接触后就会发生"爆炸"并与细菌"同归于尽"。正是有了这两种特殊球蛋白的护卫,才使得苍蝇虽生于腐朽肮脏之中,却始终能不被各种病菌、病毒所侵害。

科学家研究发现,BF64 和 BD2 这两种球蛋白的杀菌能力,要比青霉素等药物强千百倍。如果人类能够从苍蝇体内提取出 BF64 和 BD2 球蛋白，并用于为人类医治疾病，那么一定会使免疫治疗领域发生一场革命性的变化，给整个人类带来巨大的福音。

再次在于苍蝇适应环境的特殊能力。苍蝇前翅非常发达，而后翅则退化成平衡棍，这在其他昆虫中极为少见。正是这种构造，使苍蝇的飞行不但快速而且敏捷。这也是我们拍打苍蝇不容易成功的重要原因。

苍蝇的头部有一对圆而大的复眼和一对短小的触角。巨大的复眼几乎能看到 360 度的视野；短小的触角是苍蝇异常灵敏的嗅觉器，相当于鼻子，能嗅到数千米外的各种气味，能让苍蝇循着气味迅速飞向锁定的目标。出色的眼睛和超常的嗅觉，使苍蝇具备了发现和获得更多食物的本领。

最后苍蝇有六条腿，腿末端的脚掌都有分泌黏液的吸盘。因此，它们能在光滑的玻璃上垂直或倒仰着行走，使它们获得了更大的活动空间与活动范围，生存也有了更多的自由。

然而，苍蝇并非只有我们传统印象中讨厌的一面。从生态学的角度看，苍蝇实际是我们这个世界上无法战胜、不可或缺的昆虫种族。

在整个生态系统中，苍蝇的幼虫扮演着垃圾清道夫的重要角色：动物粪便、动植物尸体的分解……没有蝇蛆，我们的生态系统就会变得腐臭不堪、难以生存。

由于苍蝇成虫具有强烈的嗜甜性，因此它们能像蜜蜂一样在采食花蜜中为各种植物授粉。我们常常可以看到，在鲜艳的花朵上，苍蝇与蜜蜂一起在吸吮着花蜜。倘若没有食蜜苍蝇帮助各种植物授粉，我们这个星球可能要变得单调和苍白。

由于活蝇蛆具有食腐的嗜好，在临床医学上常将它们接种于久腐不愈的伤口上，让其清除腐肉，杀菌清创，帮助伤口愈合。

由于蝇蛆富含丰富的粗蛋白和人体所需的氨基酸，可以作家禽、家畜的优质饲料，因而饲养蝇蛆也成了一种现代产业。

在苍蝇大家族中，还有许多种寄生蝇，能够通过寄生的方式抑制和消灭各种害虫。例如，以蛾蝶类为寄主的寄生蝇，会把卵产在蝶蛾幼虫的体内，以蝶蛾幼虫身体作为蝇蛆的食物，长大后再钻出寄主体外化蛹，寄主则在蝇蛆蛀食中逐渐走向死亡。

还有一种食蚜蝇，专门捕捉植物叶片上的蚜虫，和七星瓢虫一样，是消灭和抑制蚜虫的高手。

更让人惊讶的是，在澳大利亚，苍蝇居然被视为"宠物"，50澳元纸币上印的就是苍蝇图案。澳大利亚人为什么喜爱苍蝇呢？原来，澳大利亚的这种苍蝇与其他国家的苍蝇不同。它们多以森林为家，以植物汁液为食，不带病毒和细菌。这种苍蝇个头很大，整个躯体及翅膀呈现出柔美的金黄色，飞行时也没有令人讨厌的"嗡嗡"声，因而被人们当作是美丽、干净、可爱的宠物。这种苍蝇甚至成了澳大利亚的出口商品。在悉尼和布里斯班两大港口，每月都有大批装满苍蝇的集装箱运往国外，或供研究之用，或作垂钓者的鱼饵，或作养鱼场的优质饲料。

由此看来，我们原认为"罪孽深重"的苍蝇，不仅有自己独特的生存诀窍，而且有诸多可取之处，是我们这个纷繁多彩世界中不能缺少的一分子呢！

💡 **科普链接：**

苍蝇属于节肢动物门、有颚亚门、昆虫纲、有翅亚纲、双翅目、短角亚目、蝇科、苍蝇属、苍蝇种昆虫，为完全变态类昆虫。全世界蝇类约有34000种，我们身边常见的种类有家蝇、市蝇、丽蝇、麻蝇、大头金蝇、丝光绿蝇等。苍蝇的食性饕餮而广泛，香的、甜的、酸的、臭的……各种食物它们都喜欢，从不挑食，而且吃起来没完没了，是传播疾病的重要媒介，为"四害"之一。

▲ 苍蝇

"磕头虫"的秘密

▲ 金针虫成虫——磕头虫

童年时,经常会捉一类黑色油光的小甲虫玩耍。这类小甲虫身长一两厘米,身宽三四毫米,身体很坚硬,很有力气,属于瘦长形的硬甲虫。

这类小甲虫的最大趣味便是会"磕头":被捉住以后,从后面捏住腹部,它的头胸部就会不断仰起来,然后磕下去,"咔——咔——"仿佛是在连续叩头朝拜。因为这一特点,乡人便给它们起了个非常形象的名字"磕头虫"。

孩子们捉这类甲虫主要是看它们"磕头"。有时候几个孩子拿着各自的"磕头虫"比试,看谁的"磕头虫"能连续"磕"得最多、速度最快。一些"磕头虫"累了中途停下来,主人便会立即用手指拨弄它的头部,促使它继续"磕"下去……连续的劳累和被拨弄,会让这些"磕头虫"口吐液体,乃至捏着它的手指肚都被浸湿了——大约就是因过劳而"口吐鲜血"了吧?

"磕头虫"学名为"叩头虫",属于节肢动物门、昆虫纲、鞘翅目、叩甲总科昆虫,全世界约有 8000 种,我国约有 200 种。叩甲总科的昆虫多为植食性、腐食性,是庄稼、树木、蔬菜的重要害虫。

我们所见的"磕头虫"是这类昆虫的成虫阶段。至于其幼虫阶段,则是乡人们非常憎恶的"铁嘴子虫",学名叫"金针虫",终年生活在地下,以植物的根茎为食,不但生长时间长,而且危害大。

"磕头虫"身体为黑色或黑褐色，头部长着 1 对触角，胸部生有 3 对细长的步足，前胸腹板有一个突起，平时可以收纳到中胸腹板的沟穴中。

"磕头虫"为什么要不断磕头呢？这实际是它们的一种逃生方式。捏住"磕头虫"腹部让其磕头，你会感到每磕一次，它的腹部似乎就向前移动了一点，连续磕下去，光滑的身体会突然从你的手指向前脱去掉在地上。这实际是一种脱身术，是用身体振动收缩的方式在一点点挣脱。

落在地上以后，若有人想继续抓捕，有的"磕头虫"会做假死状，一动也不动；少数"磕头虫"会展开外面的硬翅，快速扇动膜质的内翅，瞬间飞向空中；但大部分"磕头虫"面对追捕，会"啪"地瞬间跃起，使整个身子一下弹起几十厘米，然后落在远处。若你不放弃追捕，它会故技重演，不断地弹跳逃避，直至躲过危险。

由此可以知道，"磕头虫"的磕头，实际是为了逃避天敌，是为了逃生和避险，抑或是为了翻越什么障碍，是一种生存本能反应。

此外，"磕头虫"磕头所发出的声音还是雌雄之间相互求偶的一种信号。

那么，"磕头虫"为什么能够磕头弹跳呢？原来，它们的前胸腹面有一个楔形突起，正好插入到中胸腹面的一个槽里，这两个东西结合在一起便形成了一个灵活的机关。当它们发达的胸肌收缩时，先是向中胸收拢，然后突然仰头发力，那胸片不偏不倚地撞击在地面上，使身体向空中弹跃起来，然后在空中完成一个"后滚翻"落下来。

当"磕头虫"仰面朝天时，它也会运用这一"机关"，先把头向后仰，在身下形成一个三角形空间，然后猛然收缩背纵肌，使前胸突然伸直。这时候，它的背部就会猛烈撞击地面，在反作用力下，磕头虫的身体就会被猛然弹向空中，然后做一个"前滚翻"，落在远远的地上。

别看"磕头虫"身长只有一两厘米，却能跃到 40 多厘米的高度，算得上是昆虫里的跳高健将。

正是看到这一特点，孩子们除了让"磕头虫"比赛"磕头"，还让它们比赛"跳高"：把几只"磕头虫"放进一个铜盆里，让它们一次次仰面朝天翻过来"啪——啪——"地蹦，看谁的虫子蹦得高……这是 20 世纪五六十年代山村孩子的一种独特娱乐项目。

那时候,"磕头虫"特别多,常常不期而遇:有大一点的,小一点的,长一点的,短一点的,壳甲闪着油亮的,或土里土气没有光泽的。总之,种类很多,可以顺手抓来。

2

记得童年的时候,村里的孩子们对"磕头虫"很喜欢,对"金针虫"却十分憎恶。那时我们还不知道"磕头虫"与"金针虫"实际是一类昆虫的不同生长阶段。

对"磕头虫"的喜欢是因为好玩,对"金针虫"的憎恶是因为它们啃食庄稼。人们管"金针虫"叫"铁嘴子",是与"小地老虎"齐名的庄稼大敌。

"铁嘴子"主要危害庄稼的种子和根茎,小麦、大麦、玉米、高粱、谷子、花生、甘薯、豆类、棉花和各种蔬菜无所不吃。它们终年生活在地下,咬食幼苗根部或嫩茎,甚至钻进根茎内啃噬,是危害性极大的地下害虫。

为什么叫"金针虫"呢?

因为这种虫子只有火柴棍般粗细,约3厘米长,身体金黄或褐黄,皮厚而坚挺,身体富有光泽,上面长有细毛,胸部有十分短小的3对步足,犹如一枚结实闪亮的金针,故称为"金针虫",与我们常见的面包虫有些相似。

为什么又叫"铁嘴子"呢?

因为"金针虫"的咀嚼式口器锐利凶狠,非常结实,堪称铁嘴钢牙,什么样的庄稼都会被咬得千疮百孔,而且需用指甲用力掐住才能掰掉其牙齿,所以乡人们叫它们"铁嘴子"。

在我的印象里,一入春季,农家与"铁嘴子"和"小地老虎"的"拉锯战"就开始了。

"小地老虎"色黑而粗壮,个头较大,身体比较柔软,容易发现和捕捉。

"铁嘴子"因为身体比较细小,身上的颜色又与植物的根茎相似,所以寻找和捕捉都比较困难。

"铁嘴子"主要残害玉米、谷子、高粱、花生等幼苗的根茎,常常从地下把根茎整齐地咬断。乡人们把这一现象称之为"放倒"。

清晨来到地里,朝阳中你会看到刚长出地面的小苗有的明显枯萎了,这肯定是被"小地老虎"或"铁嘴子""放倒"了。

用小铁铲循着枯萎的小苗根部边挖边检查,便会在一两寸或两三寸深的地下抓到这些现行"罪犯"。

对抓获的"小地老虎",我们会一铲拍下去将其打烂;而对于"铁嘴子",则必须双手掐住用力把它们身体扯断,因为用铁铲拍是很难伤害它们身体的。

玉米、谷子、高粱、花生等庄稼一般采用条播或点播方式,每垄或每埯会有多株小苗,损失一两株影响并不大;发现有"放倒"的现象后,及时抓捕"罪犯",补齐缺苗就可以了。

最让人担心的是白薯秧。对刚栽到地垄里的白薯秧,"铁嘴子"能在一个夜晚将数株嫩苗齐刷刷连续"放倒"!由于刚栽下的薯秧尚未扎根,被咬断后就等于"断了香火"无法再生,所以只能花费力气重新补栽……补栽的小苗要反复多次浇水才能成活,这一活计主要由小孩子承担。

所以,少年时与"铁嘴子"和"小地老虎"的拉锯战,给我留下了深深的印象,也由此牢牢记住了它们的习性。

上中学以后,才知道"铁嘴子"学名叫"金针虫",竟然是"磕头虫"的幼虫。

在昆虫世界,大部分昆虫一年至少会繁衍一代,而"金针虫"却要在地下生活近3年才能作茧化蛹,进而羽化为"磕头虫"。这一点与蝉的生物习性十分相似。

在京郊地区,"金针虫"八九月间化蛹,经20天左右羽化为成虫。成虫在土中越冬,来年三四月间出土活动。它们白天躲在麦田或田边杂草中休息,夜晚出来活动寻找配偶,然后雌虫把卵产在土壤深处,开始又一个生命轮回。

从生物学的角度看,"磕头虫"的成长经历也算是漫长而艰辛,况且一生中还有诸多天敌在等着它们。

令人憎恶的"金针虫"也并非一无是处。听骨科医生说，它们竟是一味很好的接骨中药呢！

科普链接：

磕头虫，为节肢动物门、昆虫纲、鞘翅目、叩甲总科昆虫，学名叩头虫，其前胸腹面有一个楔形的突起，正好插入到中胸腹面的一个槽里，这两个东西镶嵌起来，就形成了一个灵活的机关。当它发达的胸肌收缩时，前胸准确而有力地向中胸收拢，"啪"地撞击在地面上，身体向空中弹起，一个后滚翻再落在地上。仰面朝天时，它会后仰猛地一缩，"啪"的一声打在地面后弹向空中，落地时便正面朝下停在那里。其幼虫为纤细金黄色，故称"金针虫"，又叫铁嘴子，在地下危害庄稼的根茎，是顽固的地下害虫。

童年的蜻蜓

▲ 蜻蜓

　　童年的蜻蜓,像五彩的精灵在天上飞,像夏天的天使在空中忙。孩童时的夏季,雨分明特别勤快:三五天一场小雨,十来天一场大雨,至于暑伏连天,阴雨连绵更是常有的事情。村边的小河涨满了水,周围的山谷涌出了泉,水坑、洼泽很多很多。池塘、小溪、河流,便为蜻蜓的生息繁衍提供了优越的环境。

　　乡人们管蜻蜓叫蚂螂。蚂螂是夏季阴雨天的云使。每逢云积气凝、骤雨将至,闷热的天空中就会有无数蜻蜓神秘而至,翻飞盘绕、如织如梭,村北打谷场上空会笼罩出一张流动的蜻蜓网,招引得村童们挥舞荆棘,扑杀捕捉。娃儿们念念有词,像是祭雷公电母,又像是祭风婆雨神:"蚂螂蚂螂过河来,小脚儿娘筛箩来,大——筛,小——筛,筛你大头脑袋……"就这样喊着、叫着,抡着棘条向那流星般的蚂螂抽去。

　　为什么阴雨天蜻蜓就降临了呢?童年时并不知晓。后来才知道,是因为下雨前空气湿度大，苍蝇、蚊子之类的小昆虫飞不高了，以小昆虫为食的蜻蜓才从高空追到了低空来捕食。酸枣棘条有蓬勃四伸的侧枝，侧枝上有坚硬的直针和弯曲的钩针，只要蜻蜓碰上，不是掉头，就是断腹。无头的蜻蜓已无法飞翔，断腹的蜻蜓却可飞上一段，但因失去了平衡飞不了多远。村娃们因无知也就无忌，并不在意蜻蜓是不是益虫，因为它们实在太多了！把捕获的蜻蜓用莠草穿起来，拎回家都喂了母鸡。然而也有报应，大约是太疯狂、太专注，抽蚂螂的村娃们往往顾前不顾后，抡起的棘条有时竟向同伴呼啸而去。于是，就有了弯曲枣针钩住耳朵的惊险，就有了头上鲜血淋漓、抱头大哭……但孩子的记性总爱荒芜，几天以后，耳伤未愈，又舞着荆棘条在打谷场上疯起来。

　　用荆棘条抽蜻蜓是耍蛮力，也得不到完好的蜻蜓，智慧的捕捉是用手擒。蜻蜓飞累后会落在篱笆、枯枝或河草上。猫下腰，蹑手蹑脚走过去，从蜻蜓的尾后慢慢伸出手，张开拇指、食指和中指，待接近蜻蜓的尾部时突然合拢，蜻蜓便被擒在手中。被擒的蜻蜓会扇动翅膀弯过身子拼命挣扎，想咬你的手指，但怎么又咬得了呢？被捉的蜻蜓因其飞行能力未受损害，孩子们便有了如下的恶作剧：把一柄细草叶插入蜻蜓腹部或用细线拴一叶纸条系在蜻蜓尾部放飞，蜻蜓便歪歪扭扭拖着"风筝"飞起来。蹒跚的蜻蜓，拖着草叶或纸条在空中晃呀晃、转呀转，飞不高也飞不快，娃儿们却仰头拍手跟在后面跑……

　　据科学家观察和计算，在所有的动物中，昆虫的眼睛是最多的，而蜻蜓的眼睛又是昆虫中最多的。每个昆虫除了有单眼，在头部前方还都有一对大而突出的复眼。一只复眼并不是一个单体，而是由许多六角形的小眼聚集在一起形成的。蜻蜓的一对复眼又圆又大，竟是由10000至28000个小眼组成的，几乎能看到360度范围的物体。蜻蜓的复眼虽然又大又多，但仅对前面和上面的情况看得较远，对后面和下面却有些近视，只能看到几米远；再加上它们长期捕食的是飞翔的昆虫，对快速移动的物体很敏感，对缓慢移动的物体则较迟钝，所以才会被村娃们从后面捕捉。

　　蜻蜓属蜻蜓目、差翅亚目、蜻蜓科昆虫，是飞行的高手，时速可达40公里。若看见附近有一只蚊子，蜻蜓可在一秒钟之内飞过去将其捉住再返回原地。两对亮而大的翅膀薄而透明，使它既能像箭羽一样转瞬无影，又能在空中进退自如；既能顷刻间完全停住而悬浮空中，又能在剧烈的搏斗中翻筋斗；既能做180度大回转，又能做突然升降和俯冲。正因为如此，蜻蜓才成为捕捉蚊子、苍蝇的高手，一天即可捕获上百只蚊虫。

▲ 蜻蜓

飞机的翅膀比起蜻蜓可算是又厚又重，稳定性却远不如蜻蜓。飞机在高空飞行中遇到强气流，翅膀常会发生强烈震颤，甚至造成失事。那么，蜻蜓翅膀的稳定性和灵活性的奥秘在哪里呢？原来，蜻蜓的翅膀除了布满像蛛网状的翅脉，可承受巨大的气流压力外，其前缘近翅顶处，还有一片深色加厚的角质组织——翅痣。这是蜻蜓保持飞行稳定的奥秘所在。如果把"翅痣"除去，蜻蜓尽管还能飞翔，但稳定性却遭到严重破坏，飞行时会歪歪斜斜，在空中摇晃不定。飞机设计师正是从蜻蜓翅膀的"翅痣"中受到启示，在飞机两翼各加一块类似蜻蜓"翅痣"的平衡重锤，机翼震颤的问题就得到了很好解决。

童年的蜻蜓是五颜六色的——黄、红、绿、蓝、黑，多彩艳丽，生活习性

▲ 蜻蜓幼虫

也不相同。平时最常见的是黄蜻蜓，五六厘米长，数量最多，爱在空旷的打谷场上空飞翔，是村娃们主要的捕捉对象。其次是红蜻蜓和绿蜻蜓，数量不多，颜色艳丽，样子和黄蜻蜓差不多，只是体态稍微娇小一些，常栖息在村边篱笆和枯树枝上。让人最稀罕的，是体长足有10厘米的大绿蜻蜓——眼大翅长，漂亮威武，一对有力的咀嚼式大牙能够将人的手指咬疼咬破，小孩子们都望而生畏。这种蜻蜓大多在村野上空飞翔，小街和打谷场上也时常可以见到。还有一种灰蓝色的小蜻蜓，体态比黄蜻蜓短而秀气，飞行迅疾，仅在小河上空飞行巡弋，常停在水草上，其他地方一般见不到它们的踪影。

小河边还有一类属于蜻蜓目、均翅亚目的昆虫，名为"豆娘"，头小身细，像纤弱的豆芽菜，但翅膀却比蜻蜓宽大一些，有黑、绿、蓝、花多种。其中，浑身乌黑的最多，村人叫它们"黑老婆"。蜻蜓的翅膀，无论是飞翔还是休息，都呈平行状态，不能折立；而"豆娘"休息时则可以把翅膀折立起来。"豆娘"飞行时风度翩翩，扇翅速度较慢，不像蜻蜓那样迅疾和敏捷，捉起来也较容易。但孩子们不喜欢纤细的"豆娘"，只是在下河摸鱼的时候，才会赤手空拳去捕捉戏耍，吓得"黑老婆"上下翻飞、狼狈逃窜。

蜻蜓是空中的精灵，又是水中的骄子。夏天来临，经常看到一对对蜻蜓相互追逐、亲昵嬉戏；一转眼，一只蜻蜓就"咬"住了另一只的尾巴。两只蜻蜓串联在一起飞翔，乡人管这叫"配对"。其实，这并不是一只蜻蜓"咬"住了另一只的尾巴，而是雄蜻蜓用腹部末端的夹子——抱握器，猛然夹住了雌蜻蜓的颈部，人们没有看清，才错以为是咬了尾巴。

蜻蜓交尾的过程复杂而有趣，当雄蜻蜓的精子成熟后，第九腹节生殖孔中的精子就会自行移入第二腹节的贮精囊里,如遇到雌蜻蜓,便会在追逐中用腹部末端的抱握器夹住雌蜻蜓颈部,而雌蜻蜓则会用足抓住雄蜻蜓的腹部,并将腹部末端的生殖器弯过去,搭到雄蜻蜓第二腹节的贮精囊上,完成受精过程。受精卵在体内成熟以后,雌蜻蜓便开始在水面上一点一点产卵。这就是俗称的"蜻蜓点水"。

蜻蜓卵发育成的幼虫叫水虿,短粗而丑陋,乡人俗称"水蝎子"。童年时对"水蝎子"很害怕,摸鱼时生怕摸到它。长大了,才知道"水蝎子"只是虚名,并不蜇人,只是静静地伏在水底,捕捉孑孓之类小昆虫。对那些徒有吓人外表而无真实本领的人或物,乡人们便会讥笑为:"水蝎子——不怎么蜇!"水虿要在水中生活3~5年,蜕8~15次皮后才逐步长大;最后在一个夏天的夜晚,爬上水草羽化成蜻蜓,走完生命中最辉煌的季节。看来蜻蜓的一生确实很辛苦,尤其是幼年的时候,很容易成为鱼儿、青蛙、甲鱼的食物。所以,羽化之后,我们更不应该去伤害它们。

原以为故乡的蜻蜓色彩和种类够多了,但翻阅了有关资料才知道,那只是

▲ 蜻蜓

蜻蜓家族中的九牛一毛、沧海一粟。全世界的蜻蜓大约有 5000 种，我国也有 350 余种。蜻蜓是一种拥有亿万年历史的古老昆虫，曾目睹了恐龙的灭绝和飞鸟的兴起，目睹了我们人类进化的全过程。根据发现的化石显现，当年最风光、最庞大的蜻蜓竟大如今天的喜鹊一般。

而现在，雨天少了，池塘少了。再回故乡时，完全没有了山清水秀的样子，连环村的小河也断流了。蜻蜓赖以生存的条件在一步步消失，美丽的蜻蜓越来越少了。即使在阴雨的日子，也很难看到它们的踪影。不知道我国的 350 余种蜻蜓现在还剩多少？不知道今后的孩子们还能否有我们那样的幸运？还能否见到那么多美丽的蜻蜓？

科普链接：

蜻蜓为节肢动物门、昆虫纲、有翅亚纲、蜻蜓目、差翅亚目昆虫的通称。一般体形瘦长，翅为膜质，网状翅脉极为清晰。一对触角细而较短，咀嚼式口器很有咬力。蜻蜓的眼睛又大又鼓，占据了头部绝大部分，且每只眼睛由数不清的"小眼"构成，可以辨别物体的形状、大小，而且还能向上、向下、向前、向后看而不必转头。其复眼还能测速，当物体在复眼前移动时，能迅速确定目标运动的速度，以便迅速捕捉。幼虫称为稚虫，在水中生活，故又俗称"水蝎子"。

▲ 蜻蜓

化蝶

▲ 蝴蝶

梁祝化蝶是一个凄美震撼的爱情传说,小提琴协奏曲《化蝶》更是以其优美、哀婉、深情的曲调使人为之倾倒。

而昆虫界的化蝶却没有艺术中的浪漫和震撼,且充满艰险,甚至让人揪心忐忑。

1

天气一天比一天冷下来。一个秋日早晨,在院子的一株花椒树上,突然发现了一条绿色肥胖的青虫。只见它浑身光滑无毛,足有 4 厘米长,微微仰着头,头上如覆盖着一顶浅绿的冠胄;冠胄有一条横向隆起的带有黑、白、红斑的冠带;深绿的体肤就像披挂着一片片浅绿的铠甲;四对步足和尾足紧紧抓住花椒树枝干;从胸至尾的腹部每个环节下方都有一条横的白斑……仿佛是一位威风壮硕的绿衣武士。

这是一种童年时就熟悉的青虫,喜欢吃花椒叶和芝麻叶,芝麻叶上的叫"芝麻虫",花椒叶上的叫"花椒虫"。这类青虫的尾部一般都长有一根尖尖的向后倾斜的尾突,但这只青虫却没有。

"花椒虫"是一种大中型凤蝶的幼虫,其学名为柑橘凤蝶,也叫花椒凤蝶。

花椒凤蝶飞行展翅有八九厘米宽,前翅和后翅均为黑色,呈三角形,带有黄色细斑和由小渐大的黄白斑,后翅还带有一对明显的尾带。

京郊地区常见的那种以黑色为主基调,翅上有黄白斑纹的大型蝴蝶就是花椒凤蝶。

早知道眼前的青虫最终会变为蝴蝶，但什么时候作茧，什么时候成蛹，什么时候羽化却一直不甚了了。

已近寒露节气，气温不断下降，花椒树叶子已经大部分脱落。隔天早晨去看青虫，只见它趴在一枚叶梗上一动不动，似乎被夜里的低温冻僵了。

太阳升起来，气温逐渐上升，大青虫终于开始慢慢爬动。

连续观察两天后，我有些担心了：花椒叶越来越少，大青虫开始在树枝上明显暴露。绿色是一种保护色和欺骗术，将绿色的身体与绿色的叶子混为一体，鸟儿、胡蜂等天敌就被迷惑了。而现在，绿色的"保护伞"在一天天减少，说不定哪天就会被鸟儿发现；况且，天气越来越冷，花椒叶越来越少，这条青虫能长到成熟化蛹的那天吗？

为进一步观察青虫，我突然有了一个想法：何不将青虫带回家里饲养？家里气温适宜，青虫不会被冻死，还可以储备一些新鲜的花椒叶做饲料。

于是，我自作聪明地把青虫捉到一个塑料盒里，然后摘了些花椒叶放进塑料袋存入冰箱冷藏室——开始饲养青虫。

喂养青虫倒也简单，每天只需给它两三柄花椒叶就够了。青虫对塑料小屋似乎很满意，没有了外边的寒冷，又有嫩叶供养，每天能吃能拉，身体也日渐肥胖。

国庆节假期，与儿子一家去青岛小住，便把喂养青虫的任务交给了正上高中、在家休息的外孙。

10月4日晚上，外孙打来电话，说冰箱里冷藏的花椒叶没有了，问我到哪里去采。我告诉他院子东面的草坪中便有几株花椒树，树上的叶子若没有了，到根部滋生的新枝看看，兴许能找到新鲜叶子。外孙果然采到了花椒叶。

10月5日上午，外孙又打来电话，说大青虫抬着头一动不动，不知为什么"绝食"了。

我感到很担心，突然想到蚕儿幼虫成熟时也会抬起头一动不动，之后就吐丝作茧了——大青虫莫不是要吐丝作茧？

10月6日从青岛回来，外孙告诉我：昨天晚上青虫曾在塑料盒底部与内壁的拐角处反复拉丝，但最终也没做成茧子；今早起来一看，它已经变成蛹了……

塑料盒里果然有一枚奇怪的蛹躺在那里：蛹体灰绿微白，尾部尖尖，自腹至尾有3道环沟，胸部以上不是蚕蛹那样渐粗渐壮的圆头，而是背部稍隆，顶部稍扁，两侧各有一个明显的眼突，中间为一个明显的吻突——这是蝶蛹区别于蛾蛹的显著特征。

青虫为什么不作茧子而直接变成蛹了呢？它曾经也拉过丝啊？是没有长成吗？是养料不足吗？抑或是缺乏作蛹的环境？我一时不得其解。

查阅《辞海》《中国大百科全书——生物卷》均没有找到满意的答案，最后是网上词典帮我解决了困惑。

原来，蝴蝶幼虫经五龄老熟后，会找一隐蔽处吐丝作垫（而不是作茧），接着会用步足抓住丝垫，吐丝在胸腹间环绕成带，将自己缠在枝干等物体上，然后就开始化蛹。这种作蛹的方式称为"缢蛹"。"缢"者，即绞绕吊挂之意；也就是说，它们是用吐出的丝把自己缠绕吊挂起来后化蛹的。这种化蛹方式与蛾类幼虫结茧化蛹的方式大相径庭。

也难怪，眼前的塑料盒四壁光滑，盒底虽可作丝垫，但周边却没有吊挂自缢的依托之物，所以青虫只能无奈地就地化蛹了。

少了每天采叶、喂叶的牵挂，看着塑料盒里一动不动的蝶蛹，心中不免有些失落。

把塑料盒放在阳台一角，用一点胶水将蝶蛹尾部粘在盒底上——这样它就不会因盒子移动而滚来滚去了。

时间过得真快，转眼间春节过去了。一次次查看，那蛹始终静静躺在盒底。

正月十九。早晨去阳台拉窗帘，眼睛的余光发现那塑料盒的蝶蛹似乎在晃动，急忙把塑料盒拿到面前。果然，蝶蛹已裂开一道纵向细缝，头部缝隙裂开得明显更大，已有几条细腿和带着棒状触角的半个头部挤了出来！啊——是花椒凤蝶开始羽化了。

▲ 蝴蝶羽化

凤蝶蜕皮是一个艰辛的过程：先是尽力挤出头部、胸部，让胸部的四条前腿蜕出来；然后四条腿用力向后撑，连同头部、胸部竭力向外、向后拱，让两条后腿和身体、翅膀尽量蜕出、再蜕出；直至两条后腿、腹部和翅膀全部蜕出，整个凤蝶便脱离了蛹壳。

挣脱了蛹壳的羁绊，只是完成了羽化的第一步，后面的环节更为重要。

蜕壳前，蝴蝶的腿和翅膀与身体紧紧并拢在一起；蜕壳以后，翅膀很短很皱，仅有身体的一半；只有向翅膀迅速注充血液，翅膀才能张开、伸长、硬化，进而变成真正能飞翔的翅膀。

但眼前这只蝴蝶，翅膀皱皱巴巴，20多分钟过去依旧展不开、伸不长，甚至连裹在腹部的后翅都无法蜕出来。由于后翅缠裹着身体，蝴蝶无法翻过身行走，只能仰面蠕动，用几条腿乱抓。我用手指帮它翻过来，它又翻滚回去；想帮助它把裹在腹部的翅膀拨出来，结果却弄断了后翅的尾带。面对这种困境，我知道正常羽化已无可能，这只蝴蝶只能在羽化失败的悲剧中走向夭亡……

为什么不能向翅膀中及时注充血液呢？或许是移入室内后温度过高，蝶蛹失水过多？抑或是气温过高而使其过早进入了羽化期？

我算了一下，从10月5日成蛹到2月23日早晨羽化，共计141天。此时正值春分，京郊室外夜间的气温在零下六七摄氏度，白天也只有零上四五摄氏度。这样寒冷的气温下，室外冬眠的蝶蛹是绝不会羽化的。只有当白日气温升高到15摄氏度以上，杨柳发芽，春花绽蕾，冬眠的蝶蛹才会适时羽化，迎接万紫千红的春天。

此外，从纪录片上得知：蝴蝶羽化，须身体倒悬，用脚爪钩住蛹壳，让整个身体呈下垂状，这样才能为翅膀充血获得最佳效应。如果没有倒挂的条件，只趴伏在原地，将很难通过充血使皱褶的翅膀展开。

在正常情况下，蝴蝶蜕壳后展开翅膀需要十几分钟，硬化身体和翅膀大约需要一小时。其间，若发生跌落在地、翅膀折叠或褶皱变形等情况，都会导致羽化失败。

三天以后，塑料盒中那只畸形的、羽化失败的花椒凤蝶再也不动了。

严峻的事实说明，大自然中的各种生命都有自己生存的诀窍和规律；人自以为是地去干扰，只能适得其反。

有资料介绍，蝴蝶越冬的方式是多种多样的。既可以卵的形式越冬，这是越冬的主要手段，也可以幼虫形式越冬，如钻到土中避寒，用丝线把叶子拉紧卷成叶筒住在里边，抑或是不吃不喝趴在草叶上忍受冬寒直至春暖花开。而深秋蛹化之后，蝶蛹则完全能忍受北方的严寒，花椒凤蝶就是其中的代表。在温暖的南方，许多蝴蝶甚至能以成虫形态越冬；而南美的帝王蝶则是以迁徙的方式度过寒冷的冬天。

鳞翅目昆虫因为翅膀有鳞片而得名。这些鳞片含有丰富的脂肪，犹如给它们穿了一件雨衣，即使下着小雨也能飞行。蝴蝶和飞蛾都属于鳞翅目昆虫。

蝴蝶为鳞翅目、锤角亚目昆虫的总称，全世界约有 20000 种，而中国则有 2100 多种。

由于同属鳞翅目，故飞蛾与蝴蝶有很多相同之处：都是完全变态，都有三对步足，成虫体表及翅上都有鳞片，均有可旋转收缩的丝状虹吸式口器，且幼虫多为植食性。

但二者飞行时一眼就能分辨出来：蝴蝶身体苗条，翅膀宽长，颜色多彩美丽，飞行姿态优雅翩翩；而飞蛾身体粗短，翅膀窄小，单调一色，飞起来既慢且笨。

仔细研究后会发现，二者的区别还有很多。如飞蛾的活动是不分昼夜的，而蝴蝶则在白天活动；飞蛾大多数为棕色或黑色，而蝴蝶则色彩丰富；飞蛾的触角多呈羽毛状、镰刀状，而蝴蝶的触角为末端膨起的棒槌状；飞蛾休息时多为四翅平展，而蝴蝶则是双翅立起；飞蛾粗壮的躯干有浓密绒毛，而蝴蝶身体修长绒毛很少；飞蛾的蛹有丝茧包裹，而蝴蝶的蛹裸露在外，只有几道丝线紧固于树枝……

但在幼虫期，人们仍然很难区分出哪些是飞蛾幼虫，哪些是蝴蝶幼虫。我的经验是，一般来讲，蝴蝶幼虫的身体都很光滑，没有密生的毛毛。如菜粉蝶幼虫便是青绿无毛的小肉虫，花椒凤蝶便是青绿无毛的大肉虫。可也不尽然，如黏虫、玉米螟的幼虫也是无毛的肉虫，但它们却是飞蛾。所以，要想将二者准确区分开来，除非不断钻研学习，努力成为一名昆虫学家。

蝴蝶幼虫因种类不同，取食的对象也有所不同：多数幼虫嗜食叶片，而有些幼虫爱吃花蕾或幼果，也有极少数以蚧虫、蚜虫为食。而蝴蝶成虫多以吸食花蜜为主，只有少数吸食水果的汁液或果肉，甚至吸食树木流淌的液体。

蝴蝶天生柔弱，缺少御敌的利器，所以天敌众多。鸟儿、蜥蜴、蛙类、螳螂、蜘蛛、胡蜂等，都会把蝴蝶当成猎物。

为了欺骗和对付天敌，看似柔弱的蝴蝶不得不进化出了非凡的防御手段。

枯叶蛱蝶以拟态著称，停歇时，它们酷似枯叶的翅膀会紧紧竖立，将身子深深隐藏，就像是一片秋天棕色的枯叶；猫头鹰蝶翅膀上有两个巨大的眼状斑纹，休息时一对翅膀犹如瞪大眼睛的猫头鹰，让掠食者望而生畏；线纹紫斑蝶腹端有一对腺体，受到威胁时会迅速散发一种恶臭，让天敌避而远之；凤蝶类幼虫的前胸中央多有一枚臭角，受到惊吓时叉形臭角会立即向外翻出并散发一种臭液，让天敌厌弃逃离。

正是凭借这些奇妙的生存绝技，柔弱的蝴蝶才能在生物进化的长河中繁衍不息，翩翩而行。

💡 科普链接：

蝴蝶，为节肢动物门、昆虫纲、鳞翅目、锤角亚目昆虫的统称，全世界有记录的蝴蝶大约有 18 科 20000 种，中国有 12 科 2153 种。蝴蝶多分布在美洲，尤其是亚马孙河流域，色彩鲜艳，翅膀和身体有各种花斑，最大的蝴蝶展翅可达近 30 厘米，最小的不足 1 厘米。蝴蝶主要采食花蜜，幼虫以吃植物的叶子、嫩芽或果实为主，也有少数猎捕蚜虫、疥虫。蝴蝶与蛾类的主要区别是头部有一对锤状触角，而蛾的触角多为羽状、镰状。白垩纪时蝴蝶随着显花植物的进化而一并演进，为之授粉，是昆虫演进过程中最后一类生物。

▲ 蝴蝶

追寻"蜂鸟蛾"

▲ 蜂鸟鹰蛾

初夏,几位好友相约去爬山。山谷两侧,粉红的杜鹃花正在盛开。一位朋友突然喊道:"快看、快看,蜂鸟!"

大家循声望去,只见花丛中飞舞着一只奇特的小东西,伴着轻微的嗡嗡声,一会儿悬停在杜鹃花前吮吸花蜜,一会儿倏然向上,一会儿陡然向下,一会儿突然倒退,一会儿蓦然向左,一会儿翩然向右……翅膀扇动极快,速度迅疾敏捷,与电视纪录片中介绍的蜂鸟极为相似。几位伙伴如同发现了新大陆,惊叹在北京郊区竟然发现了"蜂鸟"!

但我知道,他们被骗了:北京地区哪里有什么蜂鸟,那只不过是一只"箍漏锅"而已。

"箍漏锅"是儿时经常捕捉、玩耍的一种昆虫,是乡里人给它们起的诨号。

小时候,村里经常来补锅匠。俗话说:"金木水火土,离不得泥巴补。"

谁家碗摔了、锅漏了，都要等补锅匠走乡串户摆摊时一一补好。哪里像现在东西坏了就扔、旧了就换的。

补锅前，补锅匠先要用红炉熔化一杯生铁水，然后在锅的裂缝处敲出小眼，以便铁水能够注入。补锅时一手握一把泥沙，一手执勺浇注铁水，同时用执勺手的食指与中指夹着的一根长长的、蘸湿的旧布卷一点一点把铁水抹成铁疤，最后再用砂石打磨光滑。村里的孩子们把补锅匠叫"箍漏锅"的。

为什么管这种飞虫也叫"箍漏锅"呢？因为采蜜时它们总是伸展长喙，悬停在空中一进一退，一进一退……那样子和补锅人拿着长长的湿布卷一蘸一蘸抹平铁水的形象很相似，所以得了"箍漏锅"的诨号。

智慧的乡人给动植物命名，不讲什么"门、纲、目、科"，都是根据特点、习性、模样、用途等随机赋名。这种乡间命名法，不受条条框框限制，比起正规的动植物分类学不但实用实际，而且幽默有趣。

而蜂鸟属于雨燕目、蜂鸟科动物，是世界上最小的鸟类，仅分布于西半球的南美洲等地。最小的蜂鸟体长仅有5.5厘米，重约2克。它们能够通过高速扇动翅膀而悬停在空中，会像蜜蜂一样发出嗡嗡声，所以叫"蜂鸟"。它们可以向前、后、左、右各个方向任意飞行，这在鸟类中绝无仅有。

任何物种的生存与进化都与环境息息相关，生长在西半球的蜂鸟根本不可能出现在北京郊区。向同伴们做出一番解释后，大家将信将疑。于是，我找来一根"丫"形树杈，让"丫"形树杈在不远的两个蜘蛛网上转了几转，做成了一个简易捕虫网，然后向正在专心采蜜的"箍漏锅"快速扣去。那小东西果然被蛛丝粘住了！

我轻轻捏着它的身子，它拼命扇动着翅膀。大家上前细看，顿时恍然大悟：若是蜂鸟，翅膀应该是羽毛的，可眼前飞虫的翅膀飞散着细碎的鳞片，与飞蛾的翅膀没有什么不同。又让大家看它卷曲的喙，小棒棒似的一对触角，黄褐色带着茸毛的背，还有六条腿，宽而略扁的后腹……很明显，这只是一只蛾子类的昆虫。

"小时候，我们经常捉'箍漏锅'来玩。这家伙比蜻蜓还要难捉，飞得快，躲得急，力量很大，尾巴上拴一个纸条飞起来比蜻蜓还好看……"我一边介绍一边放飞了手中的"箍漏锅"。

"可它学名应该叫什么呢?"

面对同伴们的提问,我顿时尴尬。是啊,"箍漏锅"的学名到底是什么呢?

回家以后,我开始翻看有关资料,《辞海》《辞源》《大百科全书》……可找了很久,都没有"箍漏锅"这个词条。很显然,乡人们自造的这个名字是不入流的,想用它来查找其生物学名称是不可能的。

"箍漏锅"很像蜂鸟,又是一种蛾子,能不能通过"蜂鸟蛾"这个词找到"箍漏锅"的学名呢?我立即开始翻阅有关资料,还是没有结果。我突然想到了网络,便打开计算机输入了"蜂鸟蛾"一词,果真出现了"蜂鸟蛾"的介绍和许多图片。

词条介绍说:蜂鸟蛾,被称为昆虫世界里的"四不像",主要分布亚洲、南欧、北非和北美等地。

▲ 蜂鸟鹰蛾

蜂鸟蛾又称小豆长喙天蛾、蜂鸟蝶蛾、蜂鸟天蛾，英文直译为蜂鸟鹰蛾。它是蛾类，翅展5厘米左右，腹部粗壮，除了比蜂鸟多出一对触须和翅膀上没有羽毛以外，体重、外形、生活习性、飞行速度都与蜂鸟极为相似，故而被生物学家命名为蜂鸟蛾。

"蜂鸟蛾"确实是奇特的"四不像"：样子很像蝴蝶，有漂亮的翅膀，头上有一对尖端膨大的触角，尤其是那口器，也是长长的卷曲形喙管，采花蜜时和蝴蝶一样，能自如地伸展到长长的花筒中去吮吸，只不过那翅膀扇动的频率极快，是蝴蝶的许多倍；又像是蜜蜂，但比蜜蜂个头大，腰部宽，翅膀扇动的速度远超蜜蜂，采食花蜜的过程中也会发出清晰的嗡嗡声；又像是南美洲的蜂鸟，外貌和采食花蜜的样子与蜂鸟非常接近，时而在花间盘旋，时而高速扇动翅膀悬停在花前并将喙管深入花筒中，很难见到它们停落在花枝或花朵上；又像是天蛾，个头、模样与天蛾均很相似，但比天蛾肚子小，飞行速度和灵活性都超过了天蛾。加上它们闪、展、腾、挪的各种动作如鹰一样灵活，因而在昆虫界又得了个"蜂鸟鹰蛾"的大号。

看了蜂鸟蛾幼虫的图片我顿感似曾相识：身体长而肥硕，浅绿色，头部有黑色的咀嚼式口器，尤其是尾部，有一根向后倾斜的肉针。这熟悉的外表不就是乡人们俗称的"芝麻虫"吗？"芝麻虫"因常在芝麻的叶子上看到而得名。这种青绿色的大虫子有的能化为漂亮的

▲ 蜂鸟鹰蛾幼虫

大蝴蝶、有的能化为巨型的大天蛾……看来蜂鸟蛾就是其中的一个种类。

真相逐渐清晰，我为找到了"箍漏锅"的学名而感到欣慰，也为破解了"芝麻虫"与"箍漏锅"的关系而兴奋。在以后的日子里，我对"蜂鸟蛾"的行踪也更为关注。

早春二月，天气乍暖还寒，楼前草坪边一丛丛迎春花开了一朵朵金色的小花，招惹得蜂儿、蝶儿翩翩而至。漫步花边甬路，突然在这花丛中发现了一只"蜂鸟蛾"，急忙打开背包掏出照相机想抓拍几张，但"蜂鸟蛾"机警得很，敏捷得很，刚刚企图靠近，它便转眼跳出了视野。加上我对相机使用并不熟练，追寻了半天，也没能拍下满意的照片。好在花丛中连续发现了多只"蜂鸟蛾"，经过十几分钟的追寻，总算拍到了两张相对满意的照片。

以后的几天，在迎春花丛中几乎每天上午都能看到"蜂鸟蛾"采蜜的身影。然而，在不远处的连翘花丛中，却很难见"蜂鸟蛾"光顾。同是金黄的花朵，同在一个小区，"蜂鸟蛾"为什么偏爱迎春而疏远连翘呢？

把两种花朵放在一起比较，我似乎发现了其中的奥秘：连翘为木犀科、连翘属、丁香族花卉，有4个花瓣；而迎春属于木犀科、素馨属、迎春花种花卉，有6个花瓣。除了花瓣数量不同，两种花最大的区别就是迎春花有深深的花筒，为典型的筒状花，而连翘则是没有花筒，四瓣展开后便是花蕊。

联系到"蜂鸟蛾"舒展开长长的卷曲喙管，伸入到迎春花花筒中吮吸花蜜的情景，我恍然大悟：怪不得"蜂鸟蛾"长着与蝴蝶相似的卷曲喙管，原来是为了便于吸食那些带着长筒的花儿里的花蜜啊！

看来，动物的进化及物种分化的过程，与它们所依赖的植物进化及分化情况息息相关。在植物花朵的进化过程中，多数花儿缩短或舍弃了花筒，而少数花却进化出了较长的花筒。为适应这种情况，以植物蜜源为生的昆虫们，便进化出了可适应不同状态花朵的纷繁类别：蜜蜂、胡蜂、蝇类、金龟子等适合在没有花筒或浅花筒的花朵中采蜜；而蝴蝶、蛾类，包括"蜂鸟蛾"则喜欢用长长的喙管在有深筒的花儿中吮吸花蜜。

想想也是，如果只有能在浅花中采蜜的昆虫，而没有能在深花筒中采蜜的昆虫，那么拥有筒状花的植物就会因没有授粉者而逐步走向衰亡；如果只有能在筒状花中采蜜的昆虫，而没有能在浅花中采蜜的昆虫，那么天生浅花的植物也会因缺乏授粉者而逐步走向衰败。

如此看来，任何物种都是我们这个和谐世界不可或缺的一部分。神奇的"蜂鸟蛾",同样是塑造我们这个缤纷世界的重要一员。

这年九月,我和家人去河北省蔚县小五台山下的金河口景区游玩,竟然在海拔1000多米的金河寺院内发现了几只"蜂鸟蛾"！它们在红色的九月菊花丛中盘桓飞舞,这让我有些大惑不解:中秋已过,气温趋凉,这里怎么会出现"蜂鸟蛾"呢?

蛾类成虫的生命周期普遍有限,一般交配产卵后不久即会死亡。为什么初春和深秋都出现了"蜂鸟蛾"的身影呢?如果说初春出现是为了繁殖产卵,那么深秋出现"蜂鸟蛾"又如何解释呢?

我猜想:深秋的"蜂鸟蛾",很可能是初春"蜂鸟蛾"的卵孵化为幼虫,幼虫长大后又羽化为二代成虫,是专门越冬的成虫;因为,"蜂鸟蛾"成虫有越冬的习性,来年春天会以成虫形式苏醒产卵;况且,"蜂鸟蛾"的成虫是很难从初春一直活到深秋时节的。

但一切猜想,还要在今后的探求和实践中去检验。

生灵物语——北京那些虫儿

▲ 蜂鸟鹰蛾

💡 科普链接：

　　蜂鸟鹰蛾，学名为小豆长喙天蛾，别称蜂鸟天蛾、长喙天蛾、蜂鸟蝶蛾、蜂鸟蛾等，属于节肢动物门、昆虫纲、鳞翅目、天蛾科昆虫，主要分布在亚洲、南欧、北非和北美等地，被称为昆虫世界里的"四不像"。像蝶、像蛾、像蜂、像蜂鸟，翅面暗灰褐色，前翅有黑色纵纹，后翅橙黄色。虫体翅展5厘米左右。它们腹部粗壮，除比蜂鸟多一对触须及翅膀没羽毛外，体重、外形、生活习性、飞行速度都与蜂鸟极其相似，故被生物学家命名为蜂鸟蛾。它们取食时和蜂鸟一样，时而在花间盘旋，时而在花前疾驰。其幼虫为白绿色，身体肥硕，头很小，呈黑色，多在干枯的瓜藤中越冬。

胡蜂印象

▲ 胡蜂筑夏巢繁殖

胡蜂，就是我们常见的马蜂，胡蜂是其学名。

半个月前，我家窗顶的铁栏上筑起了一个小小的蜂巢：精巧别致，黑色细柄上端如黑漆浇筑一样凝固在铁栏上，下端连着蜂巢。巢顶黑褐色，油油的，像涂了漆的"伞"顶。伞顶下是一方方六角形的巢孔，筷子般粗细。巢壁灰白色，薄薄的，像纸一样，有很强的韧性，这是马蜂将纤维质的东西嚼烂后再伴着唾液筑成的。

小时候，常看到马蜂飞来偷盗窗纸的情景：嗡嗡飞落在窗棂上，然后选好切入点，用咀嚼式牙齿"嚓嚓嚓嚓"，转眼间，窗户纸就被裁下圆圆的一块；然后用前腿灵巧地一卷，怀中一抱，便飞走了。那时候，一直以为马蜂盗纸是为了吃，后来，看了捅下的马蜂窝，才明白它们主要是为了筑巢。

北方的马蜂主要是"金环胡蜂"。工蜂常采集花蜜或捕捉其他小型虫类作幼蜂的食料,有时也会对鲜果形成危害。

胡蜂的名声不是很好,提到它们许多人都会产生恐惧感。我们可以从几句常见的熟语和歇后语中略见端倪。

"捅马蜂窝",是说惹了难缠、厉害的角色,会遭到报复,要倒霉;"秋后的马蜂——横行不了几天",是说残暴者末日将到,做最后挣扎。总之,马蜂给人的印象是厉害、难缠、惹不得、很可怕。

这印象在我儿时的记忆里很深刻,至今也像烙印一般清晰难忘。

混子比我大4岁,很勇敢、好逞能,是我们这群孩子的头领。那是一个秋日,枣子红了。混子上山割猪草,我们照常很自愿地随他上山做伴。你一把、我一把,背筐很快就被填满了。混子很讲义气,每逢这时候,就会带我们去一处果树下"犒赏"一番。五月的早杏、六月的香桃、七月的红枣、八月的白梨……混子像个能掐会算的诸葛亮,准能把我们带到熟透的果树下大吃一顿。这一天,我们来到一棵脆枣树下。抬头望去,红红的脆枣把枣树披挂成一顶鲜艳的红轿子。混子得意地提提裤子,三爬两蹦就上了树。他把紧树杈,站稳身子,然后合眼用力,猛撼枣树,枣子便像冰雹一般"哗哗"落下。我们一个个乐得捂着头蹲在地上捡。

突然,枣树不摇了,枣子不落了,混子"妈呀、妈呀"在树上哭叫起来。抬头一望:天哪!是混子摇炸了树枝上的一窝马蜂,数十只马蜂正轰炸机似的朝混子的脑袋俯冲过去。

"快趴下——马蜂眼是直的——"我们惊慌地叫喊着。混子连撕带掠从枣树上滚落到地上,马蜂仍不依不饶包围着他。混子见我们冲过去救他,不顾脚腕跌伤,冲我们大叫:"别过来……别过来……"我们像中了定身法,趴在地上不敢动了。十多分钟以后,马蜂渐渐散去,我们哆嗦着来到混子身旁。他无声地把头埋在地上，待我们把他扶起来，大伙吓傻了。混子的眼皮像发面一样肿起来，渐渐只剩下一道缝；脸上、头皮纷纷肿起大包，转眼间脑袋就肿成馒头一般。混子被大伙轮流背回了家，一下子躺了十几天。从此，我便知道了马蜂蜇人的厉害。

上中学后，每天往返于二三公里长的果林小路，爬树摘水果，免不了跟马蜂发生冲突。一天放学后，天旺爬到一棵梨树顶上去摘熟得发黄的鸭梨，没想到被树上的马蜂蜇了眉头。我们用葛针在天旺的伤处又挑又挤，但天旺的眼睛仍肿成了水蜜桃。大家发誓要为天旺报仇。第二天，我们砍来了长木杆，找来干草捆在杆顶，点燃后把树顶大蜂巢烧了个"一败涂地"。

其实，马蜂蜇人是一种自卫，除非遭到进攻，它们一般是不伤人的。记得有一次，我爬上杏树去摘杏，刚要直腰，突然感到头上像顶了什么，还传来嗡嗡声。我立即想到了马蜂，悄悄伏下身抬起头。好家伙，一个爬满马蜂、足有圆饼大的蜂巢就悬在头顶！我屏着气，一点一点往下挪，马蜂们抖着翅膀盯着我，居然没有进攻。我长长出了一口气，看来，只要互不侵犯，马蜂也是可以和人友好相处的。

自然界有许多动物，由于我们对其了解不多，所以常因某些表面印象而造成误解。猫头鹰因叫声可怕，就被看成不祥之鸟；麻雀因有偷吃粮食的小毛病，就曾被定为"四害"之一；胡蜂因为有毒刺蜇人，就被当成可怕之物。其实，认真观察了解，你就会发现胡蜂应列在益虫之中。

说胡蜂是益虫，不仅因为它们采集花蜜、传播花粉，有利于粮食、水果的丰收，还因为它们是捕捉害虫的能手，能够保护绿色植物。生活中，我曾目睹过蜂虫搏杀的惊心动魄场面。

夏日到了，路旁的国槐绿得郁郁葱葱。在路上走着，突然看到什么东西从树上霍然落下。停下脚步仔细一瞧，不禁吃了一惊，原来是一只马蜂搂着一条绿色的"吊死鬼"在拼力格斗。"吊死鬼"学名叫尺蠖，是国槐树上常见的害虫，爬起来一伸一曲，身子能弯成一张弓。两年前，楼前路旁的国槐暴发尺蠖之灾，几天之内几十棵国槐被千万条虫子吃得光秃秃。幸亏园林部门及时打药杀虫，才遏制了尺蠖的"扫荡"。

为甩掉马蜂，地上的尺蠖拼命扭动身躯，左盘右盘。而马蜂则抱定尺蠖，除了用牙咬，还不时用毒刺猛蜇。不知是尺蠖的个头太大，还是马蜂被尺蠖的挣扎惊走了信心，它竟然放开尺蠖飞走了。尺蠖摆脱了强敌，但由于中了毒刺，身体渐渐僵直，终于死于非命。其实，只要稍加坚持，尺蠖就会成为马蜂的俘虏。毛主席在《抗日游击战争的战略问题》中说："往往有这种情形，有利的情况和主动的恢复，产生于'再坚持一下'的努力之中。"这句满含哲理的名言，对眼前的情况真是再恰当不过了。

几日前上班，路旁的桧柏绿篱上突然落下一只马蜂。马蜂忽起忽落，样子很费力。仔细一看，原来它正抱着一只和它长短相似的松毛虫。松毛虫拼命扭动身子挣扎，马蜂抱紧它，借助绿篱的支撑，用牙齿叮住一处猛咬。松毛虫的身子被咬破了，流出了绿色的体液。马蜂边吮边咬，精神更加振奋。松毛虫的伤口越撕越大，加上它扭动用力，体液和肚肠涌出了一堆，渐渐失去了挣扎的力量。马蜂则抓住时机，对松毛虫的体液和内脏大吸大嚼。几分钟以后，松毛虫便被它吃掉了半截。大约觉得松毛虫的头还在蠕动，马蜂开始掉过头来从松毛虫的头吃起来。头比身体要坚硬，马蜂咬得很费力，一口一口，左歪歪，右歪歪，就像小狗啃骨头。松毛虫的头一会儿就被吃掉了。不是亲眼所见我真不敢相信，一只马蜂10分钟就吃掉了一条和它长短差不多的松毛虫。吸光体液，马蜂把虫子的皮团成一个小球，往怀里一抱飞走了。我猜想，它一定是把虫子的皮抱回去筑巢了。

捕捉肉虫是马蜂的拿手戏，所以，一片树林如果有了几窝马蜂，也就不必担心虫害了。当然，胡蜂也有贪吃水果的毛病。柿子、鸭梨、白梨、红枣，只要甜蜜，它就喜欢，常把熟透的柿子和鸭梨咬出小洞。记得儿时上树摘红柿，最爱吃马蜂咬过或喜鹊啄过的流汤儿柿子，那才叫"吃一口甜掉牙"呢！

马蜂还是在空中追逐和捕食蜜蜂的高手。捉到蜜蜂以后，它们会立即飞往附近树枝或建筑物上，去除蜜蜂头、翅和腹部后，仅携带藏有蜂蜜的胸部回巢。

有时，金环胡蜂还会对蜜蜂巢穴发动进攻。来自同一蜂巢的胡蜂先是聚集在蜜蜂巢前咬杀蜜蜂，然后攻占蜂巢，把蜜蜂的幼虫和蛹抢回自己的巢穴去喂养幼虫。当然，这种攻占要冒很大风险，它们会受到蜜蜂的顽强抵抗。

3

入夏以后，胡蜂变得十分贪吃。为什么呢？经过仔细观察窗外的蜂巢，才找到了让人感动的答案。

窗外的蜂巢几天前只有4只胡蜂，它们飞来飞去，辛勤筑巢。第一批六角形的房子建成了，共有七八个孔，每个孔长约2厘米。母蜂在房子里边产下卵，几天后卵就变成了比米粒还小的幼虫。这时候，胡蜂开始忙碌了，一个孔一个孔地给"马蜂儿子"们喂食。这种劳动十分辛苦，要把身子钻进六角房里，嘴对嘴把腹中的食料一口一口吐给幼蜂。想想看，

▲ 胡蜂筑夏巢

在黑洞洞的六角房里，能找到如米粒大小的幼蜂，并能准确把食物喂给它们，该是多么艰辛和伟大啊！

幼蜂渐渐长大，变得肥胖油光，就像去了皮的、白亮细长的花生米。这时候，六角的蜂房便被幼蜂用丝封闭了。"马蜂儿子"们将在里面蛹化蜕皮，逐渐演变为细腰、膜翅、短胸、长腹的马蜂。

七八天之后，六角房封闭的薄膜被咬破，褐色的小脑袋露出来，新蜂要出巢了。蜂妈妈在蜂巢上爬来爬去，不时和要出巢的新蜂亲吻几下，大约是在鼓励和祝贺。新蜂在房子里懒懒地待着，并不急于爬出蜂巢。它们不断摆动着头上的触角，好奇地注视着外面的一切。

我打开窗子，蹲跪在窗台上，想亲眼看到新蜂出巢的一刻。然而，新蜂们很沉稳，没有一点出房的征兆。半个小时后，我耐不住离开了。中午回来一看，啊——蜂巢上的胡蜂已经从4只变成了7只。我仔细辨认着，很快认出了3只新蜂。它们已和父母没有明显区别，只是颜色稍嫩一些，翅膀还不会像父母一样快速扇动。新蜂们在巢上爬着、转着，只要停下来，就会用两只后腿一遍一遍梳理着柔嫩的翅膀，像是在做独立飞行前的准备活动。

新蜂出巢前后，几只老蜂已开始在第一组六角房的边缘构建第二组蜂巢。母蜂在其中产下了新卵，第二轮喂养和孵化又开始了。就这样，一组一组，由内向外不断扩展，蜂巢由小到大，胡蜂的数量也在不断增加，直至秋冷时刻。

秋冷冬寒，所有的马蜂都销声匿迹，只丢下空荡荡的蜂巢。

4

金环胡蜂到底怎样越冬呢？据说，老蜂们都死去了，剩下的新蜂则躲进了可以御寒的树洞。它们真的钻进树洞了吗？

这一说法很有可能。我曾亲眼见到蜜蜂、小黄蜂在树洞中建巢越冬的情景：温暖的秋日里，熙熙攘攘的蜂儿们在空心大树的树洞口飞出飞进，忙忙碌碌，毫无疑问，它们是在忙着储存食物，准备在树洞里度过冬天。

想想也是，有厚厚的树皮作为遮挡，有锐利的牙齿去修理树洞，有与生俱来的高超筑巢本领，胡蜂在树洞里度过冬天当然没问题。在东北，"熊瞎子"不就是在大树洞里冬眠的吗？但是，倘若找不到可以越冬的树洞，胡蜂还有别的越冬方式吗？一定有，我猜测。

夏天的蜂巢肯定不行，这些灰色的、带着密密六角孔、由薄薄纤维筑成的马蜂窝，只适合在炎热的夏季繁衍抚养幼蜂，根本没有御寒的功能，所以，到了"天凉好个秋"时，蜂巢上也就蜂去巢空。

一个物种能够繁衍至今，肯定有其适应自然的生存之道，只不过许多东西我们没有发现罢了。

深秋十月，和同伴们去附近山上看红叶、赏秋景。沿着山谷时隐时现的泉水蜿蜒而上，两侧橡树、黄栌、柿树层林尽染，一片红、一片黄、一片绿，如丹青水墨扑面而来。秋风顺谷掠过，林涛轰响不绝。饮山泉、赏美景、攀小径，一路兴致勃勃。正行间，突然有几只胡蜂从头顶掠过，晃晃悠悠朝沟旁

▲ 胡蜂越冬的巢

一块向阳的巨石下飞去。深秋仍见胡蜂，心中顿觉蹊跷。俯身循迹向巨石下望去，不禁惊异万分。这是一块扁平横放的大青石，左右由两块巨石支撑着，一个圆圆的、巨大的"佛头"状球体倒挂在青石底部……

惊呼之后，众人悄悄俯身走近观看，嗬——好大一个蜂巢！好大一个从没见过的怪巢！这是一个怎样的蜂巢啊——完全不是我们平时所见的蜂窝，而是圆圆的、光光的，就像一个黄白相间、纹理复杂的漂亮彩球！巢上没有六角形孔洞，周围完全被一片一片美丽的"扇贝"包裹起来。"彩球"上部朝阳方向只有一个小小的洞口，胡蜂们就是从那里进进出出的。此时正是中午，阳光也好，那巢正可以被阳光斜射到。明媚的秋阳，暖暖的中午，胡蜂们正抓紧这大好时光收获着秋天。

俯身悄悄凑上去，痴痴看这怪异的巢。为什么没有六角形孔洞？为什么巢周围都被这些鳞片似的"扇贝"严严封闭起来？终于恍然大悟，这是胡蜂越冬的巢啊！既然是冬巢，就要保暖，就要御寒，巢周围当然要被密封起来。我被胡蜂的

聪明和能干深深感动了。

多么科学合理的筑巢位置呀!向阳、避风,又在巨石之下,再加上封闭、保暖、圆形的巢,胡蜂越冬当然没问题。由此看,除了树洞,胡蜂是完全能够在野外构筑冬巢的。至于夏天常见的青灰色、筑有六角形孔洞的"马蜂窝",那只是胡蜂们专门用来孵化幼蜂的夏巢。

那么,封闭蜂巢的一片片"扇贝"上的花纹又是怎样形成的呢?望着这些黄、白、红、褐相间的美丽花纹和时隐时现的山泉,我分明看到了一只只胡蜂叼来建筑材料,咀嚼后和着泉水,然后一口口筑到蜂巢表面……每只蜂儿都有相对固定的取材地点,都有明确的分工区域和工作顺序,所以才造就了这层次分明的一片片"扇贝"似的巢壳。

渺小而又伟大的胡蜂们还在秋阳里抓紧忙碌。我猜想,严冬来临之前,它们肯定会关闭巢上的小洞口,然后躲在温暖的"彩球"里度过寒冷的冬天;待到春暖花开的时候,它们又会飞离冬巢,重筑夏巢,然后生儿育女。

科普链接:

  胡蜂为昆虫纲、膜翅目、胡蜂总科、胡蜂亚科昆虫,静止时前翅纵折,尾部生有带毒的螯针,俗名马蜂。全世界约有1.5万种,已知5000种以上,中国记载200种。蜂巢用枯枝、叶子、纸类或动物外皮造成,属捕食类凶猛昆虫,也喜欢采集花蜜或啃食甜味水果,全世界多有分布。

生死搏杀

▲ 蜘蛛——跳蛛

每一种生命要生存下去都很不容易：弱肉强食、攻守杀掠，在看似平静的自然环境里，时时都上演着惊心动魄的悲喜剧。

楼房门口的草坪中有两株碧绿油光、造型圆圆的桧柏球，每株直径都超过 1 米，彼此间隔也就 2 米多。由于正对着楼门，勤劳的邻居又在桧柏之间的草坪中栽了几株月季和海棠。如此一来，门口那片草坪就长成了花柏交集的参差一片。

在这片袖珍"丛林"中，蜘蛛们依托丛林枝干间的空隙，织起了一张张隐约的丝网，专门捕捉过往的蚊蝱、采花的蝇蝶和误入罗网的小虫子。

1

▲ 蜘蛛

蜘蛛是非常懂得节约的掠食者。对于不同种类的猎物，蜘蛛采取的对策也大不相同。对大型猎物，如苍蝇、蝴蝶之类，它们会先用尾部喷出的扇形丝网将猎物紧紧包裹，令其无法反抗，然后才从容享用；对小型猎物，如蚊蝱之类，会直接扑上去吃掉，而绝不浪费宝贵的蛛丝资源。"杀鸡焉用牛刀"，蜘蛛很明白这个道理。

但对于撞到网上的少数特殊对手，蜘蛛却是十分小心，如胡蜂、牛蜂、土蜂……因为这些对手不但身体强壮，而且都带着可怕致命的毒刺，如若被它们蜇上一下，不但自己会被麻痹，还可能成为对手产卵用的俘虏或一顿饕餮大餐。

在海棠与桧柏球之间，一只足有蚕豆大小的蜘蛛结成了一张直径约30厘米的大蛛网。那网很漂亮，一条条纵向拉伸的经丝和一条条横折盘绕的纬丝，相互交织成一张横截在空中的八卦阵。微风吹过，一根根网丝便在阳光下一闪一闪泛着光亮。

这是一只黑色的大家蛛，肚子扁圆，胸部长着8条强壮的分节步足，头部下面长有一对尖利的螯牙，可以向猎物注射毒液；上面对称分布着4对大小不一的眼睛。蜘蛛的眼睛虽然较多，但视力却很一般，看到的东西总是模糊的，就像是可怜的近视眼。但它们腿部的感觉神经却十分灵敏,只要有猎物撞到网上,哪怕是轻微的震动,它也会察觉出来,进而迅速采取猎杀行动。大家蛛有时埋伏在蛛网边缘的桧柏里休息,有时坐镇在八卦网的中央地带守株待兔,可不管在哪里,只要有猎物撞上丝网,它们都能通过紧靠腿部的经纬线颤动,准确判断出猎物在网上的位置、大小,甚至是猎物种类。

一个春阳和煦的星期天,草坪中的海棠花开了,火红热烈,花骨朵一朵挤着一朵,缀成了一树艳艳的大花团。

一只带着黑纹的黄色胡蜂赶到海棠花上采蜜。黄色的花粉沾在了腿上、翅膀上,它似乎有些陶醉,竟忽视了身边不远处的亮晶晶的大蛛网,就在它摇摇晃晃飞起来要旋转一下的时候,却"嘟"地撞在了蛛网上。

突如其来的变故,让我来不及多想,立即跑回家里拿出了摄像机。

▲ 蜘蛛与胡蜂在蛛网上大战

一场生死搏杀由此展开！

正在蛛网边缘桧柏上休息的大家蛛瞬间收到了蛛网剧烈震动的信息，并没有立即扑向猎物，而是迅速爬到网上数寸远的地方凝听、观察、判断起来……

撞到蛛网上的胡蜂一下子变得清醒了。它分明觉察到危险即将来临，便用力弓腰蹬腿，左右腾挪，试图摆脱那黏黏的、粘住身体的蛛丝。

在旁边不远处凝听、观察的大家蛛，足足等了约有20秒钟，确信胡蜂确实被网丝粘住了，才一点点靠近。

就在离胡蜂不足3厘米远的地方，大家蛛一个虎跳冲过去，一面用长长的步足抓住胡蜂使其做飞速翻滚，一面从尾部的多个丝孔喷射出雾状扇形丝网去缠绕胡蜂……也就两三秒钟，偌大的胡蜂便在飞速旋转中被白雾般的丝网包裹住了！

我曾多次观察过蜘蛛捕获大型猎物的这种绝技，所以我断定，胡蜂是在劫难逃了。

法布尔的研究实验表明，蜘蛛是天然的致命杀手。对付胡蜂这样有毒刺的危险猎物，蜘蛛有自己的独门绝技，会伺机用毒牙准确咬中它们的颈部中枢神经球的位置，那里是昆虫们最薄弱的环节，能使其迅速麻醉死亡——就像狮子会准确咬中猎物的喉咙令其窒息而死一样。

被包裹的胡蜂由于失去了反抗的空间与能力，只能听任蜘蛛发出最后的致命一击了。

2

就在我为胡蜂暗暗哀叹的时候，眼前的情况却发生了戏剧性转变：

大家蛛没有继续进攻，而是突然抛下胡蜂，伸着前腿向旁边做出了逃跑状！

莫不是被胡蜂蜇伤了？根本不可能！刚才蜘蛛所做的"死亡翻滚"根本不会给胡蜂任何机会……那到底是怎么回事呢？

仔细观察发现，原来是在蜘蛛转动胡蜂做"死亡翻滚"的时候，它的一条后腿被拼命挣扎的胡蜂狠狠咬住了！

我顿时对胡蜂充满了钦佩：身处困境，面对强敌的突然袭击和终极武器，没有惊慌失措，没有听天由命束手就擒，而是用自信和不屈不挠的绝地反击咬住了强敌的后腿，使其从优势进攻中因怯阵而变为反身逃跑，这不正是我们应该学习和借鉴的吗？

原以为胡蜂会就势松口来自救并逃脱罗网，但这只固执的胡蜂却死死咬住蜘蛛的后腿，任凭蜘蛛怎样拉扯，依旧不依不饶地晃着头咀嚼切割，大有不咬断此腿决不罢休的坚毅。

大家蛛沿着蛛网用力向前爬，一条后腿被扯得很长很直；胡蜂的身体被丝网粘连，一对大牙虽然咬住了对方后腿却很难咀嚼用力。大约过了1分钟，双方依然相持不下。

身体强壮的胡蜂，用有力的腿和灵活的腹部一伸一缩，企图将身上粘着的蛛丝一点点搓下去。这一招果真见效，它终于将整个腹部从丝网包裹中脱离出来。

露出腹部的胡蜂便显出了几丝杀气，它将腹部用力向蜘蛛方向钩去，并试着一次次伸出毒刺；但由于距离太远了，终究无法伤到蜘蛛；于是，那毒刺就一次次向蜘蛛后腿上刺；但蜘蛛的后腿细而坚硬，毒刺怎么也无法刺入其中……

大家蛛似乎清醒过来：这是在自家的地盘上啊！怎么能在落网胡蜂的面前落荒而逃、被动挨打呢？它终于停止了逃离，开始反身发起进攻。

大家蛛迅速扑向胡蜂的背部，试图向它脊背的要害处给予致命一击。但由于必须躲避胡蜂可怕的毒刺，一条后腿又被胡蜂咬住，加上胡蜂机智地躲闪，因而几次进攻也未能得手。

而胡蜂则变成以守为攻，咬住蜘蛛后腿，根据蜘蛛的进攻方向一边躲避，一边调整腹部毒刺给予回击。

但蜘蛛毕竟是在自己的蛛网上,腾挪换位要轻松自由许多;而胡蜂毕竟被蛛网缠住了身手,行动受到了很大限制,毒刺的反击频率也明显下降……

双方你来我往,相持不下。随着剧烈的争斗,纤细的蛛丝受到严重破坏,半张蛛网被扯破了,蜘蛛和胡蜂也都滑落到蛛网边缘的几根蛛丝上。

蜘蛛和胡蜂的重力把纤细的蛛丝压得颤颤巍巍,双方都吊在蛛丝上失去了依托。

就在蜘蛛想再次发起进攻的一刹那,蛛丝断了,蜘蛛和胡蜂都从空中落向了地面……

就在滑落的一刻,胡蜂松开了蜘蛛的后腿,蜘蛛得以顺着断丝瞬间滑向桧柏球;而胡蜂则坠落在地面上……

踉跄坠地的胡蜂,翅膀和身上仍粘着许多蛛丝,迫不及待地钻进旁边一片松软的干土里。几分钟以后,它钻出了地面,身上的蛛丝不见了……原来,胡蜂是借助沙土摩擦力,把身上的蛛丝脱去了。

"好聪明的胡蜂!"我心里暗暗称赞。

胡蜂精心梳理了几下翅膀,然后展翅腾空,飞向了大好春光。

而蜘蛛则要花力气去修补它那残破的蛛网了……

一场生死搏杀以令人欣慰的结局告终。而我则收获了一段难得宝贵的录像资料。

盗叶贼

▲ 樵叶蜂

为装点和丰富家里的生活，我在阳台上养了一株小月季。花虽比不上大月季艳丽迷人，但花期长，又好安置，且耐活又抗病，很对懒散的爱花人的习性，所以，也就和小月季"相与为伴"了。

进入初夏以后，小月季开花了，一朵接一朵，一束束花蕾撑起了一把把粉红娇艳的小花伞。于是水浇得更勤，肥施得更勤，每天早晨起来，都要踌躇满志地站在那一束束漂亮的花伞旁观赏品味一番。

这一日，忽然发现翠绿的叶子上凹进了几个椭圆形的孔洞，心顿时便像被刺了一样。凭经验，断定是害虫所为，而且害虫很可能就躲在花秧上。于是，轻轻扳着花枝，一叶一叶搜寻，但寻遍了所有的叶片也没有发现虫子的踪迹。

第二天，椭圆形的孔洞有增无减，心情也变得郁郁懊恼，一定要把这吃叶的坏东西抓出来。于是我寻得更细，正面、反面，每柄叶片都翻看了好几遍，但还是没有见到虫子的踪影。忽然想起了童年时捉过的害虫"地老虎"——是一种灰黑色、比吃槐树叶的尺蠖稍短一些的害虫，专门藏匿地下，待夜间才出来啃食庄稼，常把甘薯的幼苗拦腰啃断。莫不是小月季生了"地老虎"？拿来铁铲，将花盆表土一点一点细细翻看，

▲ 樵叶蜂剪过的月季叶

065

最终也没有发现什么"地老虎"。

百思不得其解,决心利用星期日"蹲坑",一定要抓住盗叶"贼"。清晨,阳光灿烂。早饭后,一边在阳台上收拾易拉罐、废纸箱之类的杂物,一边巡视着小月季的上下左右。忽然,一只亮晶晶的淡黄色的小蜂嗡嗡飞来,围着小月季兜开了圈子。我悄悄站起来,屏着气,盯住了那淡黄的小东西。只见它反复斟酌以后,轻轻落在了一片舒展的、略显柔韧的叶片上。它捋捋触角,擦擦翅膀,然后从容地从一片叶子的边缘开始向叶内咬食。我顿时莫名惊诧,从没见过蜂类会啃食植物的叶片呢!令人更不解的事情发生了:黄小蜂用锋利的牙齿,像丝锯一样将叶子掏下椭圆形的一片,然后前脚扒,后脚推,转眼将叶片灵巧地卷成一卷。只见它用力一抱,下蹲发力,便展开翅摇摇晃晃飞走了。从落到叶子上开始咬噬到抱着叶卷飞走,前后也就用了十几秒钟!

一切都明白了,原来盗叶"贼"是这黄小蜂!六七分钟以后,黄小蜂又飞回来故技重演。我看着腕上的手表,这只小蜂一个小时之内竟往返了近 10 趟!

观察黄小蜂光顾过的叶片会发现,这些叶子多是较为柔嫩、还带着淡淡紫色的新叶。新叶柔嫩、易切,水分也较大,看来这小小的盗叶"贼"还很挑剔呢!

眼见这小东西切叶、卷叶,再蹒跚抱走叶片,我不知不觉少了恼恨,增了新奇。是卷叶筑巢呢?还是作为喂养幼虫的食粮?抑或是有别的用场?真想随它去看个究竟,只可惜我没有生出翅膀,不能随它而去, 只能把这不解之谜暂留心中。

后来,看了著名昆虫学家法布尔的《昆虫物语》,才知道这种专偷叶子的小蜂叫"樵叶蜂"。不过,法布尔说的樵叶蜂是白色的,欧洲种;而我见到的则是淡黄的,大概属于亚洲种。

▲ 樵叶蜂

那么，樵叶蜂切下叶片要去干什么呢？原来，它们既不是为了吃，也不是为了好玩，而是要把这许多小叶片带回巢中，拼成一个个小袋，在里面储藏花蜜产下卵，并用花蜜喂养孵化后的儿女。

樵叶蜂的巢通常选在蚯蚓废弃的地道里。但它们并不利用地道的全部，因为地道深处又暗又湿，不适合生活，所以仅用靠近地面七八寸的那段作自己的居所。为了适应巢的各部分要求，它会按需求剪出大小不同的叶片。如果一张较大的叶片不能完全吻合地道截面的话，它会用两三张较小的、椭圆的叶片凑成一个巢底，一直到紧密地与地道截面吻合为止，决不留一点空隙。

樵叶蜂生活中会碰到许多天敌，为了加强对家园的护卫，它们会用随意剪下的、多余的零碎小叶片在出入口构筑起防御工事，并在安全的地道内搭成一沓小巢。这些搭建小巢的叶片，远比那些作防卫工事的叶片要求高得多——必须大小相当、形状整齐，圆形的叶片用来作巢盖，椭圆形的叶片用来作巢底和边缘。剪回叶片后，它们钻入地下，先用一片叶子铺好底，然后再用几片叶子将周围封好，最后选一片椭圆的精致叶片作盖顶。

看来，樵叶蜂不仅是高超的设计师与建筑师，同时也是剪裁好手。

我从此有了经验，凡是在初夏见到月季花叶上有了这种椭圆形的缺陷，便可以断定这附近一定有樵叶蜂定居了。

为了拍到樵叶蜂切叶的照片，我曾多次拿着数码小相机在楼前的月季花丛中悄悄蹲守，但没能见到樵叶蜂的影子。

这天午后，我选了一处樵叶蜂屡屡作案的月季花叶现场再次蹲守，樵叶蜂终于出现了！它先是试探性地萦绕几圈，然后落到一片叶子上开始切叶。我连忙拉近镜头想拍个特写，谁知道镜头里一片模糊，竟找不到目标了。就在我调整焦距试图重拍时，樵叶蜂已抱着叶卷从容飞走了。我十分遗憾，只得重新等待。几次失败以后，我终于得出了经验，不再拉近镜头，而是悄悄跟进高速连拍，樵叶蜂切叶的画面终于被抓拍到了。效果虽然比不上专业摄影水平，但那画面已是清晰可见。

那么，樵叶蜂为什么专选月季花的叶子来作巢呢？将各种叶片比较后就会发现，月季花的叶子，尤其是小月季的叶子，不仅纤维性好，而且叶面坚实，不易风干。选它作储存蜂蜜的育儿袋，还能充分保存水分，再好不过了。看来，樵叶蜂又算是优秀的选材专家。

科普链接：

樵叶蜂，为节肢动物门、昆虫纲、膜翅目、蜜蜂科、樵叶蜂属昆虫，是一种小型蜂类，比蜜蜂瘦小，在蚯蚓废弃的地洞中筑巢，并多以月季花的叶子作为筑巢材料。京郊地区的樵叶蜂为浅黄色并带有黑色环纹，晚春初夏，当月季花含苞待放时，它们会飞到叶子上，用咀嚼式大牙将叶子切成椭圆，然后将切掉的叶片卷成一卷抱起来飞回地下洞穴中筑巢。

▲ 樵叶蜂

中华蜜蜂的危机

▲ 蜜蜂蜂巢

童年的时候,因为屡次向邻居养蜂大伯讨蜂蜜,以后又读了杨朔的散文《荔枝蜜》,所以对蜜蜂的好感也就变得日久天长。

记得《荔枝蜜》中有这样一段话:"正当十分春色,花开得正闹。一走近'大厦',只见成群结队的蜜蜂出出进进,飞去飞来,那沸沸扬扬的情景,会使你想:说不定蜜蜂也在赶着建设什么新生活呢。"文章还赞美道:"蜜蜂这物件,最爱劳动……它们从来不争,也不计较什么,还是继续劳动、继续酿蜜,整日整月不辞辛苦……多可爱的小生灵啊!对人无所求,给人的却是极好的东西。蜜蜂是在酿蜜,又是在酿造生活;不是为自己,而是在为人类酿造最甜的生活。蜜蜂是渺小的;蜜蜂却又多么高尚啊!"

长久以来,蜜蜂以其能够"建造"精美的六边形蜂巢而享有"建筑大师"的美誉。但科学家最近研究发现,蜜蜂其实根本不会建造六边形的蜂巢,它只会搭建近乎圆柱形的"毛坯房"。但当工蜂用自身分泌的蜡质建成圆柱形蜂巢以后,它们会用自己身体散发出的体温将其加热到 40 摄氏度左右,使蜂蜡一边溶化流动,一边按照自然物理学和几何学原理以最节能的方式转变成正六边形。如此看来,蜜蜂即使算不上"建筑大师",也应算是"物理大师"。

以前,京郊养蜂人饲养的蜜蜂都是土生土长的中华蜜蜂。养蜜蜂主要是为了获取宝贵的蜂蜜、蜂蜡、蜂胶和蜂王浆,但也有其他用途和目的。

我的一位朋友患有顽固的类风湿性关节炎,看了很多医生都不见什么效果。偶然听说蜜蜂的蜂毒可以治疗类风湿性关节炎,便请一位养蜂能手想方设法从山上收了两窝野生中华蜜蜂,自己养了起来。他虚心学习养蜂技术,居然把两箱蜜蜂侍弄得越来越兴旺,两年后两箱蜜蜂就分成了6箱。养蜂期间,他定期让蜜蜂用毒针蜇刺肿胀的关节。经过6年多的不懈坚持,顽固的类风湿性关节炎终于日渐痊愈。如今登山爬坡都已不在话下。这位朋友对中华蜜蜂的情感和感激自不必说。

中华蜜蜂是东方蜜蜂的一个亚种,一个蜂群大约有2万只蜜蜂。我国从东南沿海到青藏高原的30个省、自治区、直辖市均有野生或家养的中华蜜蜂种群分布。中华蜜蜂个头较小,工蜂体长不过十二三毫米,展开翅膀也就20毫米左右,头部和胸部为黑色,腹部为黄黑色,全身长有一层黄褐色的茸毛;雄蜂体长十四五毫米,长有一层褐色或白色的短茸毛;蜂王则为黄红色或黑红色,身长可达20多毫米。

然而,近些年来,由于毁林造田、滥施农药、环境污染等人为因素,大量野生中华蜜蜂或被毒杀,或因蜜源缺乏而被饿死,整个种群遇到了前所未有的生存危机。

中华蜜蜂身上有许多其他品种所没有的优点,它们嗅觉灵敏,特别善于采集那些种类较多却又零星分散的蜜源;它们耐寒性较强,其他蜜蜂在外界气温低于10摄氏度时就已停止活动,而中华蜜蜂在这种温度下却能继续它们的采蜜活动;它们的飞行动作十分敏捷,因而善于逃避胡蜂之类的敌害;它们对各类蜂螨等寄生虫具有很强的抵抗能力,所以能够长时间保持种群的健康与活力。但中华蜜蜂也有一些较为明显的缺点,那就是吸食花蜜的吻比较短,所以难以采集到较深花冠内的蜜源;生产蜂王浆的能力较弱,而且不能生产蜂胶,所以蜂农的收益受到一定影响。加上中华蜜蜂分群性强,常有结群飞逃、咬毁巢脾、抢掠其他蜂群食物的行为，所以许多蜂农开始弃养中华蜜蜂。

而从意大利引进的蜜蜂个头较大，蜂蜜和蜂王浆的产量都比较高。出于经济利益考虑，很多蜂农纷纷转向饲养意大利蜜蜂。

如此一来，家养的中华蜜蜂种群数量便急剧减少，野生中华蜜蜂已开始呈现灭绝状态，中华蜜蜂已沦为须大力拯救和保护的濒危物种。据介绍，2000年，原来一直盛产中华蜜蜂的北京市房山区蒲洼乡仅存中华蜜蜂30群；而在20世纪五六十年代，这里的中华蜜蜂曾经达到过4万多群！

近日，从电视上看到了一条更让人惊愕的消息：由于大量引进意大利蜜蜂，房山区蒲洼乡仅存的中华蜜蜂群再次遭到了灭顶之灾！

2006年夏季，这里的蜂农发现，自己饲养的中华蜂群中的蜂王莫名其妙地不断死去。蜂农们都知道，产卵的蜂王一旦死去，整个蜂群不仅会变得群龙无首，而且会因后继无蜂而快速衰败。这件事引起了农科院蜜蜂研究所领导的高度重视，他们立即派出专家到蒲洼乡养蜂基地进行调查。经过多日的昼夜跟踪与观察，专家们终于找到了蜂王死去的原因：它们既不是病死的，也不是被食物毒死的，而是被意大利蜂群派出的"刺客"混入蜂群刺杀的！

意大利蜜蜂怎么会混入中华蜜蜂巢里呢？按常理，外来蜂类是很难进入中华蜜蜂巢里的，因为尽职尽责的守门工蜂不会放过任何可疑的"敌人"。即使是遇到专门捕食蜜蜂的胡蜂，守门工蜂也不会后退。它们会群起而攻之，奋不顾身扑上去，把胡蜂紧紧抱住包在里面。看到这种情景，我们一定会以为工蜂们将不顾一切用蜇针向胡蜂发起进攻，但实际上它们并没有使用宝贵的毒刺，而是用一种奇异的体热向入侵者发起了围攻。

原来，中华蜜蜂有一种独特的内在调温机制：有时为了孵化幼蜂，提高蜂巢温度，工蜂们会展开翅膀，用力运动其肌肉系统，使胸腔温度迅速提升，然后把这些热量散发到巢内。这时候，一只只工蜂都成了为蜂巢加热的"空调"器。由于中华蜜蜂可以在50摄氏度左右的环境下生存，而胡蜂在45摄氏度左右就会被热死，所以，工蜂们包住胡蜂后，便快速扇动翅膀使胸腔迅速加热，短短几分钟后，蜂球中心的温度就超过了45摄氏度……就这样，不可一世的胡蜂很快被中华工蜂制造的"热核"活活闷死了。

然而，明枪易躲，暗箭难防。守卫大门的中华工蜂可以用生命拒胡蜂于"国门之外"，却被善于伪装的意大利蜜蜂欺骗了。那些专门被派来刺杀中华蜂王的意大利"刺客"，飞临中华蜜蜂巢门以后，会迅速改变翅膀振动模式，模仿中华雄蜂翅膀振动的频率并发出声响。担任警卫任务的工蜂误以为是同类雄蜂，于是毫不怀疑地放它们进入了巢内。这些得手的"刺客"，在巢内继续扮演中华雄蜂的角色，不但得到了巢内其他工蜂的喂养和款待，而且可以四处通行。它们狡诈地在巢内四处搜索，寻找蜂王，一旦发现蜂王的踪迹，就会迅速聚拢，将蜂王驱赶到阴暗处，然后群起而攻之迅速将其刺杀！这之后，"刺客"们悄悄返回自己的蜂巢通风报信，接着，意大利蜂群便开始了对中华蜂群的集体大抢劫。没有了蜂王的中华蜜蜂如同群龙无首，在强敌的疯狂攻击和掠夺面前四处溃散，直至丧失家园……

中华蜂群蜂王死亡的谜团揭开了，意大利蜜蜂的阴险狡诈也暴露无遗。这是一起典型的外来物种入侵的案例。专家们指出，如果不对中华蜜蜂进行有效保护，听任意大利蜂群发展蔓延，不用说野生的中华蜜蜂种群，就是人工饲养的中华蜜蜂种群也会很快灭绝。

中华蜜蜂有着近7000万年的进化史，它们长期形成的抗寒、抗敌害的能力远远超过西方蜜蜂；它们耐低温、出勤早，善于搜集零星蜜源，对保护我国生态环境具有重大作用。我国的许多植物能够繁衍到今天，中华蜜蜂功不可没。比如，那些生长在南方、冬季开花的植物，如果没有中华蜜蜂授粉，将很难繁衍生存下去；比如，北方的苹果，如果不用中华蜜蜂而用意大利蜜蜂授粉，授粉率会降低30%。况且，引进的洋蜜蜂由于嗅觉和它们的吻与我国很多植物花型并不匹配，所以根本无法给这些植物授粉。长期下去，这些植物就会减少甚至灭绝，我们的生态环境就会遭到严重破坏。如此看来，拯救和保护中华蜜蜂已成燃眉之急。

好在从电视上得知，2003年，北京市房山区已在蒲洼乡建成了中华蜜蜂保护基地，并制定了详细的保护和发展规划。他们迁走了保护区附近的全部意大利蜜蜂，清除了危害中华蜜蜂蜂王的刺客，中华蜜蜂终于重新获得了一块可以自由繁衍和发展的家园。

令人欣慰的是，2006年中华蜜蜂又被农业部列入国家级畜禽遗传资源保护品种，中华蜜蜂的命运总算有了一个良好的转折。

▲ 蜜蜂

💡 科普链接：

中华蜜蜂属于昆虫纲、有翅亚纲、膜翅目、细腰亚目、蜜蜂科、蜜蜂属昆虫，又称中华蜂、中蜂、土蜂，是我国独有的蜜蜂品种，是杂花林木和传统农作物的最主要传粉昆虫。它们善于采集零星蜜源植物的花蜜，不但采集能力强，而且利用率较高，且采蜜期较其他蜜蜂都长。由于土生土长，个头相对较小，对环境的适应力和抗螨抗病能力都很强，消耗的食物也较少，非常适合中国山区饲养。

老姜养蜂记

▲ 蜜蜂巢

朋友老姜每年都邀我们去家里做客:热情招待,巡山游玩,回来时除了带上核桃、柿子、白菜、萝卜等自产山货,还要送上几瓶蜂蜜——也是老姜自养自产的。

老姜养蜂已经十几年,养蜂的规模和名气也越来越大:蜂场内整齐摆放着60多箱蜜蜂,蜂场大门口挂着"房山区蜜蜂养殖示范户""北京市蜜蜂养殖示范户"等几块金光闪闪的匾牌。

1

老姜最初养蜂并不是为了赚钱,也不是为了饱口福,而是为了治病。

18岁那年,老姜初中刚要毕业,就被著名的解放军38军招走当了炮兵。一次,部队在京北搞冬训,大雪纷飞、寒风刺骨,炮车却陷进了一道冰河。为了把炮车拉出来,老姜等战士跳进冰河配合拖车砸冰垫路,一下子忙了半个多小时。当炮车拖出冰河时,老姜双腿已冻得没了知觉。从那以后,老姜的双腿就落下了严重的风湿病。

转业到地方后,老姜也曾寻医问药走遍了各大医院,但腿疼病总是未能根治。

快退休了。一次,老姜去看一位老中医。老中医告诉他:"你这是类风湿病,非常顽固，很难治愈。告诉你个方子，回去养两窝蜜蜂，让蜜蜂经常蜇蜇你的膝盖，兴许能治过来——因为蜂毒能抑制类风湿因子……"

俗话说"恨病吃药"，老姜是"恨病养蜂"。

退休后，老姜立即回到老家十渡镇三合庄，买上两箱蜜蜂就养起来。

三合庄紧靠着著名景点"仙栖洞"，是个山清水秀的小山村，群山环抱，植被葱茏，山荆满坡。

春天，这里山花烂漫，桃、杏、梨、枣等果树也赶趟儿开花，蜜源植物十分丰富。尤其是山荆花，从五六月试花，可一直延续到夏末秋初。于是，荆花蜜就成了老姜蜂场的主打产品。

遵照老中医的嘱咐，老姜一边侍弄蜜蜂，一边时不时让蜂针蜇蜇膝盖等关节，虽然疼得龇牙咧嘴，但他始终坚持着。经过近10年的蜂疗，老姜的类风湿病真的越来越轻，近两年居然没了疼痛的感觉。

老姜非常高兴，自觉身轻腿健，行走如风，虽年过古稀，可说话做事仍像小伙子一般。每天除了种瓜种菜忙农务，主要时间和精力都放在了蜜蜂养殖上，蜂场规模越来越大。

养蜂也不容易，既要学养蜂技术和养蜂方法，又要对付蜜蜂病虫害和各种天敌，还要操心冬季蜜蜂保暖和越冬食物……老姜肯学肯干，加上在部队锻炼和在地方工作的经验，眼界明显宽阔，思想也不落伍。

近些年，假冒伪劣产品也波及到蜂蜜市场，严重损害了诚实蜂农的利益，老姜对此深恶痛绝，决心用自己的行动捍卫蜂农的权益。可怎么捍卫呢？就是千方百计酿出纯正优质的熟蜜，并争得区里、市里有关部门的支持和指导，创出自己的蜂蜜品牌。

我跟随着老姜来到他的养蜂场。

▲ 老姜在检查蜂巢情况

这是个200多平方米的小院，整齐干净，让人看了非常舒服。三间北房是库房：一间存放着养蜂、抡蜜、割蜜等设备，一间存放着各种防治蜂螨的药品，一间摆放着包装好的"熟蜜"、蜂王浆、蜂蜡、蜂胶等成品。两间东屋是老姜的工作室兼卧室，他要昼夜守护他的蜜蜂。

经过十几年的发展，老姜的蜂群规模已经扩大到60多箱。蜂箱在院内纵横有序地排列，均为整齐划一的规格，看上去很壮观，很有震撼力。

"要创品牌嘛，就得弄得像个样子，乱糟糟的人家一看心里就会打折扣。这也是实力的表现对不对？"平时生活并不要样儿的老姜居然在养蜂上讲究起来。

"我的目标，就是老老实实、扎扎实实做出京郊'熟蜜'品牌。"

什么是"熟蜜"品牌呢？

听了我们的询问，老姜立刻打开"话匣子"，滔滔不绝地介绍起来。

▲ 蜜蜂巢 俗话说：内行看门道，外行看热闹。买蜂蜜的人大多数是看热闹的外行，为了得到真正的纯蜂蜜，许多人选择到野外养蜂人那里买蜂蜜。看着养蜂人将蜂坯子从蜂箱拿出，再放到抡蜜机里亲自摇动甩出蜂蜜，谁也不会怀疑蜂蜜的品质。"但老姜说，"这十有八九是一般的'水蜜'。"

可什么是"水蜜"呢？

"所谓'水蜜'，就是含水较高的蜂蜜。蜜蜂刚采回的蜂蜜含水量较高，须要在蜂巢中一边储存，一边蒸发水分；等六角蜜巢的蜜储满了，水分除尽，蜜蜂就会加盖封闭，这样的蜂蜜才叫'熟蜜'。'熟蜜'品质优、营养高、耐储存，不像水蜜，放一段时间就会发酵起泡，甚至变酸。这一秘密只有养蜂人知道，一般客户并不了解。听说一些发达国家要求市场上出售的蜂蜜必须是'熟蜜'。眼下老百姓购物也开始上档次,我琢磨着,这'熟蜜'的市场一定会有前景。所以我才决心做'熟蜜'……"

听了一番介绍,我们对老姜真的刮目相看了!

接着,老姜让我们见识了"熟蜜"蜂巢:一坯长方形沉重的蜜巢,几乎每孔六角巢都被纸似的盖子封闭了,看得出巢里储满了"熟蜜"。

老姜说:"要想抡出这里的蜂蜜,就要先割去上面封闭的盖子,然后才能放进抡蜜机里甩出蜂蜜——这才是'熟蜜'。'熟蜜'产量低、周期长、成本高,急功近利做不了;但'熟蜜'品质好、价格卖得高,就看用户懂不懂、认不认。另外,这种蜜巢还可直接切割成块,包装密封后作为带巢'熟蜜'出售,价格自然更高……"

听了这一番"熟蜜"经,我不由得赞叹说:"怪不得公家给你挂了这锃亮的牌匾呢!"

一个普通大山里的蜂农,古稀之年还要创"熟蜜"品牌,这份信念、坚守和不屈不挠的精神实在令人佩服。

"养蜂真的不容易,春夏秋冬你都得操心、精心。"老姜接着和我们聊起了养蜂的艰辛。

"就说这秋天吧,花少了,蜜源少了,除了要给蜜蜂留足蜂蜜做口粮,还得准备它们过冬的吃食。人家冬天给蜜蜂准备的多是白糖,我是买便宜些的大缸蜂蜜给蜜蜂做口粮。这样蜜蜂壮,春天干活也有力气。还有就是蜂螨,也就是蜜蜂身上的寄生虫,不治会把蜜蜂弄死……"

难道小小的蜜蜂身上也会有寄生虫?我们感到十分不解。

"蜂螨这东西小得跟针尖似的,叮在蜜蜂的胸部、腿部的缝隙里,跟虱子吸人血差不多,不除掉它蜜蜂会越来越弱。一群蜂里有了蜂螨,蜜蜂都变得病恹恹的。"

如何除掉蜂螨呢？那么小的蜜蜂，那么小的蜂螨，总不能手工去除吧？

"当然，得用药，把药喷在蜜蜂巢里把蜂螨熏死……"

老姜把我们带到放药品的房间，货架上准备着多种防治蜂螨的药品：敌螨、灭螨灵、杀螨净等。

为什么要准备这么多品种呢？

老姜说："主要是针对不同蜂群的情况而定。比如，'敌螨'，对成蜂及巢脾上的蜂螨有熏杀效果，但容易伤幼蜂，所以幼蜂大量出房时不能使用；'灭螨灵'不伤幼蜂，但用药时往往会出现'围王'现象，得酌情而定；'杀螨净'杀螨效果好，但刺激性大，药量得严格控制……尤其是冬春季节，要根据观察的情况及时灭螨。喷药一次要封闭20分钟，然后清理出落在巢底纸上的蜂螨烧掉；连续用药两三次，直到蜂螨基本消灭……"

接着，又讲了怎么喷药，什么时间喷药，药量用多少，如何保证蜜蜂安全等，真让人大开眼界。我们不由得连连赞叹。

"嘿，我这也是经历了失败，不断学习，请教专家才长的经验！"

老姜说，开始灭螨时因为药量掌握不好，有两次全窝蜂几乎都被熏死了。老姜的脸色瞬间变得有些黯然。

"好在经过不断学习，不断摸索，不断吸取教训，现在很少出问题了。"

老姜带我们来到排列整齐的蜂箱前面，惬意地指着嘤嘤飞舞的蜜蜂说："这些小蜜蜂多数是我一窝一窝分出来的。现在老了，只能养这些了，再多精力达不到喽——要是年轻，真得大干一场呢！"

勤劳的小蜜蜂在蜂巢下方出口进进出出，虽已进入秋天，仍是一派繁忙的景象。

一行人正在欣赏蜂儿们的轻歌曼舞，老姜突然紧张起来。只见他眼望飞舞的蜂群，悄悄拿起蜂箱旁的一把自制扫帚，突然挥动着向蜂群扑打下去：一下、两下……我们瞬间惊呆了，老姜怎么会拍打起自己的蜜蜂来？

正在紧张疑惑，老姜蹲下身子用扫帚按住了什么。大家近前一看，原来是一只又长又大的马蜂！马蜂学名为胡蜂，是一种食肉性大型蜂类。

老姜用脚踩住马蜂说："这些可恶的马蜂，专门到蜂巢捉蜜蜂，看准一只抱住咬死就带走了！一天会偷袭好几趟。我和老伴每天都要巡视，看到它们飞来就立刻用扫帚抽下踩死……"

果然，在短短 10 多分钟的时间里，先后又有 3 只马蜂前来偷袭。老姜和他老伴奋力扑击，打死了两只，另一只侥幸逃走了。

以前，我只知道马蜂会在野外偶尔袭击蜜蜂，没想到它们竟敢深入蜂场腹地捕捉蜜蜂。

老姜说，马蜂不仅会直接捕捉蜜蜂，甚至敢闯进蜂巢里来盗窃。但蜜蜂也不是好惹的，它们会把马蜂团团围住包裹起来，用集体产生的高温把马蜂活活热死。所以，马蜂多数是飞到蜂巢前伺机偷袭。

为了减少马蜂对蜂群的危害，老姜和老伴除了直接扑打侵入蜂场的马蜂，还要到蜂场周围数百米的地段进行巡视，一旦发现有马蜂的蜂巢，就要想办法烧掉或毁掉。

此外，鸟儿、刺猬、蜥蜴等也会捕食蜜蜂，但多是偶然的事情，不像马蜂那样危害严重，况且不好预防，也就随它去了。

听了老姜的介绍，我们对养蜂的艰辛程度也理解更深了。

但愿老姜的养蜂事业蒸蒸日上，但愿他的"熟蜜"品牌能早日名扬市场。

温柔的杀手

▲ 萤火虫

在儿时的记忆里,萤火虫是一种极为可爱的小昆虫。夏秋之夜,三五成群的孩子在打谷场上欢笑追逐,将一只只萤火虫捉在手中,再聚到一个纱布袋里,看能不能看清"小人书"上的字迹——这是在验证"车胤囊萤"的故事。

传说晋朝少年车胤,因家境贫寒买不起灯油,便在夏天的夜晚,捉来许多萤火虫装进纱囊中做读书照明之用。于是,就有了一个激励贫寒儿童发愤读书的榜样,就有了一个世代流传的动人故事。

且不谈萤火虫可以帮助穷孩子囊萤夜读,光是那夏夜流动的萤火,就足以让村娃们激动了。"萤火虫,打灯笼,飞到西,飞到东……"唱着歌谣,追着流萤,童年沉醉在烂漫的欢乐里。萤火虫的神奇,全在于尾部能发出萤光。那亮点可明可暗,可以在晚夏初秋的夜空画出一道道美丽的弧线。

"银烛秋光冷画屏,轻罗小扇扑流萤。"看来,不光小孩子们喜欢萤火虫,就连深闺中的小姐、贵妇也耐不住萤火虫的诱惑,要挥动罗扇以捉萤为戏了。

由于绿色的萤火会使人恐怖,童年游戏时,常把两片萤火虫尾部贴在眼皮上去吓唬同伴。漆黑的夜里,一对萤光闪闪的怪眼,几声让人心惊怪叫,常把捉迷藏的伙伴吓得落荒而逃。

陆游曾称赞梅花是"零落成泥碾作尘,只有香如故",而萤火虫则可称为"零落成泥碾作尘,犹有亮如故"。一只萤火虫倘若被淘气的孩子用脚踩搓在地上,那地面会在黑夜中持续闪现出一片散碎的萤光。

▲ 萤火虫成虫正面　　　　　　　　　　▲ 萤火虫成虫反面

萤火虫属于昆虫纲、鞘翅目家族中的萤科昆虫,全世界大约有 2000 种,分为水生和陆生两大类。常见萤光为黄色和绿色。雄萤腹部末端有两节能发光,而雌萤只有尾端一节能发光,但光亮要比雄虫亮许多。

萤火虫的尾部为什么能发光呢?原来,萤火虫的发光细胞内有一种含磷的化学物质,称为萤光素。萤火虫呼吸时吸入的氧气与"萤光素"发生氧化作用,所以尾部的发光器才能一明一暗发出持续的光芒。由于这种氧化作用所产生的大部分能量都用来发光,只有极小的一部分转为热能,所以萤火虫停在我们的手上时不会有"热"的感觉,萤光也才被人们称为"冷光"。

幼虫期的萤火虫身体细长,扁平分节,需经 6 次蜕变才能进入蛹化阶段。蛹化为成虫后萤火虫的头变成了黄褐色,鞘翅呈现为黑色。

萤火虫的幼虫大多生活在河边、池边、沼泽、农田,总之要靠近水源。水生萤火虫幼虫靠捕食螺类和甲壳类小动物为生,而陆生萤火虫幼虫主要捕食蜗牛等软体小动物。

▲ 萤火虫交配

蛹化为成虫以后,只有雄性萤火虫才有翅膀可以飞翔,而雌性萤火虫则是没有翅膀的,即使变为成虫也是与幼虫的模样很相似,但尾部的荧光却比雄虫要明亮。

萤火虫为什么要发光呢?昆虫学家经过反复观察、研究和试验得出结论:萤火虫发光主要是为了吸引异性,繁殖后代。茫茫黑夜,雌雄萤火虫不断用不同频率发出各自的萤火,才会知道彼此的位置,进而相聚相爱,结下秦晋之好。

雄性萤火虫通过四处飞翔和尾部闪光来吸引异性;雌性萤火虫则停在草叶上发出回应的闪光信号,吸引雄虫前来相会。

观察萤火虫会发现,它们多是在夏季繁殖季节夜间发光,可从晚上一直持续到深夜;雄虫会在20秒内或快或慢发出亮光,然后耐心等待雌虫的闪光回应,若没有反应,雄虫则会飞往别处。而深夜过后,萤火虫便逐渐停止发光休息了。

除了相互求偶、彼此沟通之外,萤火虫发光还具有警示的作用。实验证明,误食萤火虫成虫的蜥蜴、老鼠会中毒甚至死亡。这表明,萤火虫发光与响尾蛇响尾、章鱼变色一样具有警示天敌的作用,即发光的荧火虫是有毒的。

据悉,美国有一种萤火虫与螳螂一样,会吃掉交配后的雄虫作为

▲ 萤火虫幼虫

繁衍后代的营养。这种萤火虫还会通过模仿其他类雌性萤火虫的闪光来引诱异类雄性，以便把受骗前来约会的萤火虫趁机吃掉。

原以为萤火虫很温柔，可后来才知道，它的温柔里却包含着阴冷的杀机。

记得一个秋夜，追逐萤火虫跑到了打谷场南的一片草地。突然发现数点萤火在草丛中频频闪亮。轻轻走过去，俯身去捉那萤火虫，可一幕奇怪的情景让我呆住了。几只扁长多节的萤火虫幼虫头挨头挤在一起，像是在举行聚会。蹲下来借萤光仔细瞧，怪了，原来是趴在一只扁壳蜗牛身上和它"亲吻"！它们为什么会和蜗牛这样亲热呢？曾听老人们说过，萤火虫是草里生的，蜗牛也是草里生的，莫非它们是同祖同宗？

童年的困惑早在岁月的剥蚀中淡忘了。后来读了法布尔的《昆虫物语》，才勾起了尘封的记忆，解开了萤火虫"亲吻"蜗牛的原因。想不到温柔的萤火虫竟是专门猎食蜗牛的杀手。

蜗牛是行动迟缓的软体动物，但因为有壳保护，受到攻击时可迅速把身体缩回壳中，故不会轻易成为他人的猎物。然而，萤火虫却天生具有置蜗牛于死地的绝招。

夜晚，觅食的萤火虫幼虫发现蜗牛以后，会悄悄爬到蜗牛身边，快速和蜗牛腹足"亲吻"。这之后，蜗牛就像一个被蒙汗药麻翻的醉汉，再也不能自已了。原来，萤火虫有两只尖细的颚，刺入蜗牛身体后会迅速向其注入麻醉剂。于是蜗牛的腹足乃至身体便很快失去了知觉，再也无法缩回到硬壳中。得胜的萤火虫从容地向蜗牛身上吐出一种唾液。这唾液具有强烈的分解作用，可以把蜗牛的肉快速溶化为一种粥状物。待到蜗牛肉溶化，萤火虫们就开始贪婪地

▲ 萤火虫捕食蜗牛

吸食起"肉粥"来……

神奇的自然界，竟然在物竞天择中造就了如此令人惊叹的玄妙。谁会想得到，温柔、弱小的萤火虫，居然是捕食蜗牛的好猎手！

眼下，自然界的蜗牛越来越少了，萤火虫也越来越少了。

随着污染的加剧和自然环境的破坏，大自然的整个生物链条在一节一节地失落。萤火虫赖以生存的环境被破坏了，生存的条件也没有了。我们童年时观赏司空见惯的黑夜萤火，于今天对孩子来讲已变成了海市蜃楼般的梦想。

我们虽住在北京郊区，但我们所住的生活小区自1998年搬入以后就没有见过萤火虫的踪迹，即便是农村也难以寻觅到它们的踪影。

2006年去怀柔双阳宾馆开会，晚饭后一行人到怀柔水库大坝上遛弯儿。突然，在朦胧的夜空中看到了一点流动的绿光。我立即判断出是萤火虫，便情不自禁奔跑着追过去，全然忘记了自己的年龄！经过一番连续的扑打和追逐，那只萤火虫终于被我扑落在地上。小心翼翼把它捏起来放在手掌中，忘情看着它一闪一闪的黄绿色分节尾部，我仿佛回到了萤火纷飞的童年夜空。轻轻攥着它回到宿舍，连忙用照相机拍下了一张张图片，然后又把它重新放回了夜空。

我要把这些宝贵的图片给外孙看一看，要他知道什么是萤火虫，并讲给他我们那个时代美妙的萤火虫的故事。

为了让人们能见到美丽而富有传奇色彩的萤火虫，世界上一些国家和地区已经出现了养育萤火虫的机构，形成了以萤火虫为核心的生态旅游产业链。我国也出现了以爱琴海萤火虫培育中心为代表的民间萤火虫培育机构。

通过人工饲养的方式，培育美丽的萤火虫，让更多的人尤其是孩子们能够零距离接触萤火虫，了解萤火虫，确实是非常有前瞻和创意的生态战略行为！

▲ 夜晚捕捉萤火虫

科普链接：

萤火虫又名流萤，属鞘翅目萤科昆虫，全世界约有2000种，我国约有100种，分水生和陆生两类。体形长而扁平，体壁与鞘翅柔软，腹部7至8节，末端下方有发光器，呼吸时体内萤光素与萤光素酶发生氧化反应生成黄绿萤光，有引诱异性的作用。幼虫捕食蜗牛和小昆虫，喜欢栖于潮湿温暖和草木繁盛的地方。

毁誉蟑螂

▲ 蟑螂

提到蟑螂，凡知道的人会立即生出无比厌恶：有强有力的咀嚼式口器，以各类食物及肥皂、败叶、皮革、头发、油漆屑、纺织品、硬纸板、电线胶皮等各类杂物为食，污染食品，毁坏物品，传播各种疾病，且善爬行，会游泳，可飞行，扁平身体能钻入细小缝隙，已成为人居家庭难以消灭的头号害虫。

1

京郊我的故乡一带原本是没有蟑螂的。20世纪60年代末，建设北京石化总厂，来自东北、西北、山东等全国各地的建设大军齐聚北京西南举行大会战，蟑螂也随之被带到这里并迅速繁衍起来。

蟑螂传播的速度非常快，一栋家属楼内，只要一家出现了蟑螂，不出半年整个楼内的住户都会"高朋满座"，让人无可奈何、不胜其烦。

记得第一次见到蟑螂是在夜里。那天睡到半夜有些干渴，便打开灯去门厅饭桌拿热水瓶，昏黄的灯光下突然发现地上有一个爬虫在快速移动。本能地抬脚踩上去，"啪"的一声爬虫被踩爆了。打开手电筒好奇地观看这爬虫：黑褐色，有翅、有须、六条腿，足有一厘米多长，肚子后面还拖着一块椭圆扁长的东西，被我踩爆了，流出了白色的浆水……不是常见的潮虫，不是"钱串子"，也不是甲虫，到底是什么怪物呢？

后来，问了同楼来自东北的邻居，他告诉我这叫"蟑螂"，专门寄生在厨房里又吃又拉，是一种难以消灭的害虫；我踩死的是一只母蟑螂，后面拖着的那块东西是它的卵壳，里面包着一兜儿蟑螂卵！接着，又听了许多邻居对蟑螂的"血泪控诉"，我的心中竟产生了莫名的恐怖！

于是，立即对厨房内外进行了一次大搜捕，犄角旮旯、柜门内外，先后捉获处决了十几只大中小蟑螂！真不知道它们是何时、怎样侵入我家的。

然而，以后的日子里，家里的蟑螂依然时有出现，尽管经常搜索消灭，可它们仍像幽灵一样神出鬼没。

一天夜里，看书看到半夜去厨房找吃的。拉开灯以后（那时灯的开关都是闸盒拉线的），只见灶台、柜橱上分明细蚁如麻！仔细一看，原来是一片片如芝麻大小的幼蟑螂！我顿感头皮发麻，立即拿起苍蝇拍去拍打，可转眼间它们却不见了……拿过手电筒反复搜索，才知道它们都藏进了灶台、柜橱那些细小、隐蔽的缝隙中！我终于搞清了蟑螂绵延不绝的原因。原来，它们是白昼藏匿，夜晚出来"作案"的夜贼！

怎么办呢？我终于想出了一个狠招。第二天，先把橱柜、灶台清理一下，然后烧开一壶沸水，接着用壶嘴对着每个小缝浇下去，等于用开水将橱柜、灶台清洗了一遍。这一招果然大见效果，开水无缝不到，成百上千的蟑螂崽子都被浇死了，厨房里清静了很长时间。以后，用开水灭蟑螂也成了我的阶段性手段，虽不能根除，但却成功阻滞了蟑螂的发展。

厨房滋生蟑螂是因为有吃的，但办公室里也会有蟑螂出没。我办公室对桌是位爱打扮的年轻女士，平时爱吃零嘴。那一天，一只大蟑螂突然从她的办公桌下爬出来，我立即感到出了问题。消灭了这只蟑螂以后，帮她清理了一下办公桌，竟然在桌子的抽屉和下柜中先后发现了几十只大小蟑螂！原来，里面塞着面包、饼干等许多小食品——办公桌成了蟑螂的滋生地！

我所在的办公楼是五层，一楼是底商。有一次，一楼理发店关门闭户用熏药灭蟑。里面的蟑螂实在受不了了，便来了个四散大逃亡，一只只蟑螂从理发店的门缝、窗缝、墙缝摇摇晃晃钻出来，招引得人们四面包围叫喊着踩踏消灭，地面都被踩湿了！

无所不在的蟑螂真是让人厌恶至极。

2

我国生存着约 200 种蟑螂，室内常见的蟑螂有亚洲蟑螂、美洲蟑螂、德国蟑螂等近 10 种。蟑螂喜暗怕光，昼伏夜出，白天偶尔能见到，一般在黄昏后开始爬出觅食，清晨回窝，夏季尤为活跃。

美洲蟑螂、德国蟑螂也在危害中国百姓，说不定就是"八国联军"侵略中国时带进来的！

蟑螂为什么能在全球泛滥肆虐呢？这与它们顽强的生命力、巨大的繁殖力紧密相关。

蟑螂是地球上最古老的昆虫之一，曾经与恐龙生活在同一时代。原始蟑螂约在 4 亿年前的志留纪就在地球上出现了。科学家在煤炭和琥珀中发现的蟑螂化石与现在的蟑螂没有多大差别，但它们的生命力和适应力却越来越强。尤其是它们抗核辐射的能力是我们人类的十几倍甚至上百倍。也就是说，一旦地球上发生核大战，人类和其他动物等都可能消失殆尽，蟑螂却会继续生活下去！

蟑螂的繁殖能力异常强大。雌雄蟑螂交配后，雌蟑螂的尾端便会长出一个长圆形的卵鞘，其中包裹着数十枚虫卵。一只雌蟑螂一生少则能产 10 多个卵鞘，多则能产 90 多个卵鞘，一年可繁殖成千上万只后代！

蟑螂是不完全变态昆虫，整个生活史包括卵、若虫或成虫 3 个阶段。

雌雄成虫在羽化后一周左右就能交配。雄虫一生能交配多次，而雌虫仅交配 1 次就可以终生产出受精卵。不仅如此，一些雌蟑螂甚至和蚜虫相似——有孤雌生殖的能力，不经交配也能产卵延续后代。这是多么令人震惊的能力啊！

刚从卵鞘孵出的幼虫呈白色，以后颜色逐渐变深，没有翅膀，如一粒小芝麻。若虫须经多次蜕皮才能逐渐长大，直至最后一次蜕皮后长出翅膀变为成虫。这一时期，幼虫若丧失了附肢或损伤了触角，它们可以在蜕皮过程中再生出来，这在昆虫世界里也是绝无仅有的。

蟑螂的寿命较长，德国蟑螂最短也能活过 100 天，寿命最长的美洲蟑螂可以活到一年之久。

我的一位朋友曾做过一次试验：将一只蟑螂装进一个玻璃瓶中囚禁起来不给吃喝，到28天后仍活得很好。

有关专家也曾做过一个实验：美洲蟑螂在只给干食不给水的情况下，雌虫能存活40天，雄虫能存活27天；反之，如果有水无食，则雌虫能存活90天，雄虫能存活43天。由此可知，水对蟑螂来说比食物更重要，所以它们的滋生地总是在有水的厨房等地点。

有人还做过这样的实验：将蟑螂的头剪掉，它依然可以存活一个星期。人砍了头会立即死掉，蟑螂为什么能活上一个星期呢？原因就在于蟑螂没有像人一样的庞大血管网，也不需要很高的血压。它们拥有一套开放式的，不需要太高血压的循环系统。当剪掉它们的头以后，脖子的伤口在血小板的作用下会很快凝固。而蟑螂的每一段身体上都有呼吸用的气门，不需大脑来控制呼吸系统，所以才能继续生存相当长的时间。

蟑螂既能通过爬行或滑翔而散布到不同场所，又能随着包裹、行李或货物被汽车、火车、飞机等传播到更远的地方，甚至造成跨国扩散。

人们为了消灭蟑螂可以说是费尽了心机：夜晚捕杀、开水烫杀、药剂喷杀、毒饵诱杀、胶质粘杀、电吹风热杀……各种方法不一而足。

而最环保的方法则是利用天敌。如蜘蛛、蝎子、蜈蚣、蚂蚁、壁虎等都会捕食蟑螂，但我们的家里往往又不允许它们存在，所以只好"涛声依旧"，继续沿用灭蟑的老办法。

蟑螂寄生在室内，四处乱爬，边吃、边吐、边排泄，不但污染食物，而且身上带有多种病菌，能传播痢疾、霍乱、肝炎、白喉、结核病、猩红热等多种疾病，是人们"必欲除之而后快"的公认害虫。

可人们发现，蟑螂虽然携带着多种病原体，但在它们体内这些病原体却不能繁殖，也就是说，蟑螂不会得这些疾病。这种奇特现象表明，蟑螂自身一定具有一种特殊的免疫机制或免疫物质。

中医古方中记载，将蟑螂烘干后碾磨可作为生肌止血药，能促进伤口愈合。土鳖虫也是蠊科昆虫的一种，是蟑螂的近亲，我们的祖先很早就认识到土鳖虫可以作药材。既然土鳖虫可以作药材，蟑螂有药用功能也就不足为奇了。

我一直有口腔溃疡的毛病，只要着急上火，口腔溃疡就会发作。那一次，女儿给我从医院开回了几瓶"康复新液"让我试试。一看药物说明，我便产生了强烈抵触——上面写着药物的主要成分是美洲大蠊提取物。要喝让人恶心的蟑螂提取物，我实在不能接受。女儿一劝再劝，让我试试，我不得不试着喝了一小口。口感甜滋滋的，并没有蟑螂的臭气，我这才慢慢适应起来。

结果，我的口腔溃疡果然很快得到了康复。从那以后，"康复新液"就成了我对付口腔溃疡的常备药物。

后来，从中央电视台科教频道，看到了大理学院药物研究所70多岁的教授李树楠毕生投入蟑螂药用研究的专题片，才知道了"康复新液"的研发过程。在传统中医古方的启发下，经过艰苦的实验和研究，李教授成功提取了蟑螂（"美洲大蠊"）的有效成分，即可促进伤口愈合的药物成分，并投入工业化生产，生产出"康复新液""心脉隆注射液""肝龙胶囊"等多种药物，受到了患者和医生的一致欢迎。

记得科教频道还专门报道过一位创业者如何为药厂饲养供应美洲大蠊的故事，这家养殖场每年收获的干蟑螂就达8吨。创业者的母亲由于长期吃蟑螂粉，80多岁了仍头发不白，身体健康。

医学研究表明，以蟑螂提取物制成的药物，能促进肉芽组织生长和血管新生，加速坏死组织脱落，迅速修复各类溃疡及创伤创面。能消除炎性水肿，提高机体免疫功能，能提高巨噬细胞的吞噬能力和淋巴细胞及血清溶菌酶的活性，调节机体的生理平衡。

看来，讨厌的蟑螂并非一无是处，还有为人类造福的功能呢！

科普链接：

蟑螂，蜚蠊目昆虫的总称，属于节肢动物门、昆虫纲、蜚蠊目、蜚蠊科昆虫，别称小强、黄婆娘、偷油婆、鞋板虫、油灶婆等，发端于泥盆纪，为腐食动物，喜昼伏夜出，不善飞，能疾走，不完全变态，产卵于卵鞘内，约有6000种，主要分布在热带、亚热带地区，生活在野外或者人居室内。

▲ 蟑螂

蚕桑记趣

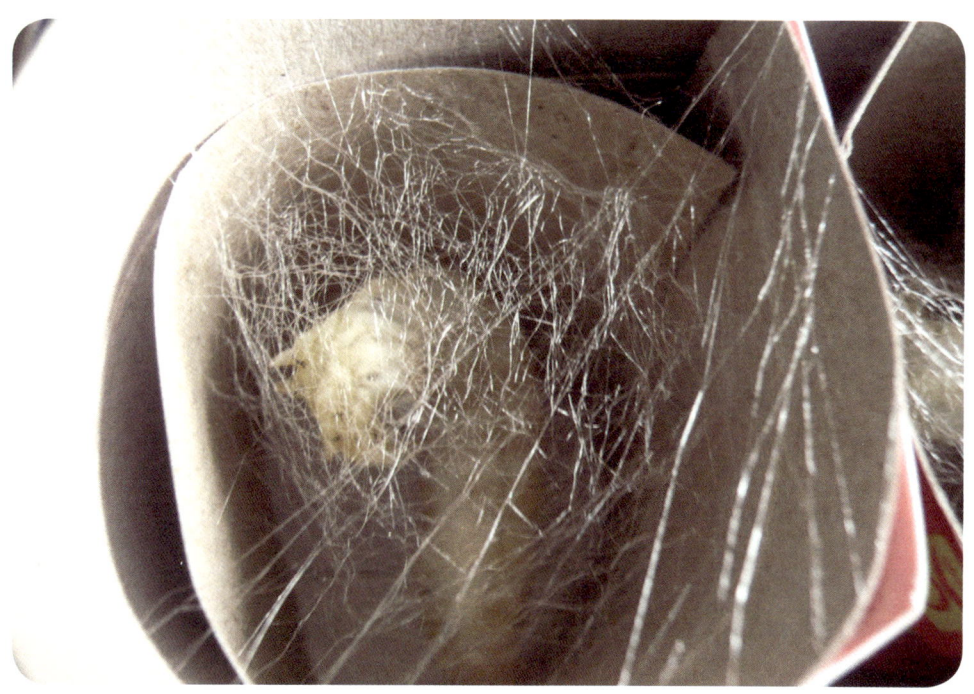

▲ 蚕作茧

说到蚕,人们自然会想到桑,会不自觉把蚕与桑"捆"在一起。我们的先人因为创造了桑蚕养殖业和丝绸编织技术而注定要彪炳史册。

蚕是昆虫的一种,属节肢动物门、昆虫纲、鳞翅目、蚕蛾科,原产于中国。

桑是多年生乔木或灌木,属荨麻目、桑科、桑属、桑种植物,同样原产中国。桑树耐寒、耐干旱、耐修剪、耐瘠薄,根系发达,萌芽力强。

中国自古就有在房前屋后栽桑种梓的传统,因此常把"桑梓"形容为故土和家乡。

由于桑树柔韧坚硬,可制弓弩等兵器,可造桑杈、车辕等农业生产工具,还可以作为制造家具、乐器和木雕的材料。

此外,桑皮、桑叶都是很好的中草药,可清肺、明目、疏散风热,治疗发热头痛、咳嗽胸痛、目赤肿痛,还可以降低血糖;桑葚是孩子们格外喜欢的野果,还可以制成桑子酒等饮品。

更为重要的是,野蚕以桑叶为食,在桑树上结茧。当我们的祖先发现野蚕茧突出的纤维性的时候,便开始用桑叶饲养野蚕。经过不断驯化和室内饲养,野蚕逐渐变成了家蚕,并深刻地改变了人们的生活。

中国自古就有"沧海桑田""沧桑巨变"的成语,足见中国植桑养蚕历史的悠久。

据有关文献记载,大约在7000年前,我们的祖先就认识了蚕丝的纤维性能,并开始从事养蚕、缫丝、编织丝织品等活动。朱熹在《通鉴纲目·前篇》中写道:"西陵氏之女嫘祖为帝元妃,始教民育蚕,治丝蚕以供衣服。"可见养蚕缫丝之术在中国由来已久。大约在5000年前,蚕的家养时代就已经开始了。

至于丝绸何时传到中亚、南亚、西亚和欧洲,有的专家认为,中国的养蚕缫丝技术大约在4世纪传到中亚、西亚,大约6世纪的时候传到东罗马。而有人则认为更早,因为人们曾在距今3000多年前的埃及木乃伊中发现了中国的丝绸。

丝绸传到西方后引起了上流社会的重视,据说古罗马恺撒大帝曾经穿着丝绸长袍去看戏,并引起了空前的轰动。古罗马人喜欢丝绸的原因主要有两个:一个是"物以稀为贵",很难得到;再一个是他们当时的衣料主要是麻和动物皮毛,远远不如丝绸穿在身上凉快清爽。

养蚕、缫丝、丝绸织造技术的伟大发明及对古代"丝绸之路"的开拓,是我国先民们对世界的巨大贡献,给世界人民带来了福祉。

蚕是一种完全变态类昆虫,一生要经历卵、幼虫、蛹、成虫四个时期。幼虫以桑叶为食,长成后吐丝结茧,而后变为蚕蛹,蛹化后变为蚕蛾,咬破蚕茧后出来产卵。桑蚕结的茧可以缫丝,蚕丝是优良纺织纤维,是编织绫罗绸缎的原料。蚕蛹可以食用,蚕沙(蚕粪)可作为祛风降湿、健脑明目保健枕的填充材料。

经过千百年来的不断实践与发展，我国勤劳智慧的先民们，根据不同地区不同植被的特点，不仅培育出了以桑叶为饲料的桑蚕，还培育出了以柞树叶为饲料的柞蚕，以蓖麻叶为饲料的蓖麻蚕，以楠木叶为饲料的琥珀蚕，以樟树叶为饲料的樟蚕，等等。其中，养殖最为普遍的还是桑蚕。

可以说，蚕的养殖和蚕丝的应用，对推动我国乃至世界经济的发展和改善人民生活都影响巨大。

2

在童年的记忆里，对桑与蚕的密切联系的认识就已十分深刻。

六七岁的时候，二姐家为养蚕把结婚住的两间房子都腾出来作为蚕房。记得炕上、地上的席子满是白花花的蚕儿。那时候，二姐每天都要打来两三筐桑叶才能满足蚕儿的胃口。跟着二姐去喂蚕，桑叶刚撒上去片刻，就听到了"沙沙沙沙"蚕儿咬食桑叶的声音，如同蒙蒙细雨洒落在树叶上一样。

当蚕儿长大，停止进食，晃动着身子昂首向上的时候，"上山"的时候就到了。蚕儿"上山"，就是蚕儿要爬到荆把子上去作茧。这时候，二姐便把预备好的一束束蓬松的荆枝放在旁边，以便蚕儿爬上去寻找合适的空间，然后吐丝作框架，再作出蚕茧。

▲ 桑葚及野蚕

然而，就在我上小学不久，合作社红火一时的养蚕潮退去了。

原来，京郊山区比不了南方，没有成规模的桑田，靠野生零散的桑树根本无法养活大批春蚕，若培育桑田又要人力和时间，所以合作社的养蚕"宏图"便戛然而止了。

但作为一种爱好，养蚕的兴趣却在孩子们中间年复一年地延续下来。当然，只是十几条、几十条，多了是没有能力养活它们的。

我曾连续几次痴迷于养蚕的艰辛过程。

蚕儿最娇嫩的阶段是蚁蚕孵化的时候。蚕卵小如米粒，"蚁蚕"是刚从蚕卵中孵化出的黑色小蚕，因为细小乌黑、如同黑色的小蚂蚁而得名。

初春以后，天气渐渐变暖，突然想到了窗台盒子里那小片珍藏的蚕卵。但打开一看，不禁后悔死了：小纸片上的几十粒蚕卵因天气变暖完全孵化而变成了白色的空壳，那些孵化出的小蚁蚕们因没能及时得到食物被活活饿死了！望着一丝丝黑线头般的干瘪尸体，心里的沮丧无以言表。

唉——只好静待来年了！

好友天旺的蚕蛾产卵后，我又从他那里要来一小片宝贵的蚕卵，下决心精心观察，决不再出现类似的失误。

第二年春节刚过，我便开始每天察看蚕卵的变化。随着气温渐渐变暖，蚕卵的颜色也变为黑色。慢慢地，通过朦胧的卵壳，发现卵内的黑色逐渐聚集成弯曲的C形，有了小小蚁蚕的模样。我知道，小蚁蚕就要出世了。我兴奋地跑到野外去寻找桑叶。

但令人失望的是，此时的桑树连叶芽的模样还没有出现。我便到向阳处寻觅一两年生的小桑条。依我的经验，背风向阳的小桑条会比一般桑树早发芽许多天。然而，小桑条也照旧是迷蒙着睡眼……

失望之余，我急切地向母亲求援。母亲说，用泡过的残茶叶是可以暂时代替桑叶的。我便把父亲喝过的残茶收集起来，待蚁蚕出壳便剪碎投喂。不知是方法不当还是什么原因，小蚁蚕对投来的残茶一点不感兴趣，即使是爬到了残茶上面也是不动一口……就这样，眼睁睁地看着我的蚁蚕一条条饿死了！

连续两年的失败，让我心灰意冷，但仍不死心，又开始了第三次尝试。

为了等待桑条发芽，我想让蚁蚕的孵化能晚一点，便把朋友给我的蚕卵放在了屋内窗台上。窗台的温度比抽屉的小纸盒里要低一些，而又不会冻坏蚕卵，果然略微延迟了蚁蚕出壳的时间，但蚁蚕开始孵化时野外的桑条还是没能发芽长叶，仅仅鼓出了黄豆大的芽苞。

焦虑之中我突然发现，向阳处的小榆树条已长出了嫩绿的小叶。榆树与桑树很相似，树皮与叶子都有很强的黏性，能不能用榆树的叶子暂时喂养蚁蚕呢？

带着殷切的希望和设想，采回了一把榆树叶，用剪刀剪成细条撒给了刚孵出的蚁蚕。我静静看着，啊——那蚁蚕仿佛受到了什么召唤，居然纷纷爬到了细条榆叶上！我倍感兴奋，看它们能否把榆叶当成生命中的第一口食物。果然，黝黑的蚁蚕真的微微晃动着小脑袋，用力啃食起榆叶来！

啊！大功告成，我高兴得拍手蹦跳，把妈妈都吓了一跳。看来，鲜嫩的榆树叶滋味远胜过残茶，完全可以成为桑叶的临时替代品。

然而，在干燥的春季，剪成细条的嫩榆叶很快蒸发成卷曲的黑丝，有的蚁蚕甚至被困在里面。如何解决嫩榆叶迅速干燥的问题呢？望着窗台钢笔水瓶里插着的一枝山桃花，我突发奇想：能不能撅回一枝榆叶泡在水瓶里，让蚁蚕到榆枝上去吃榆叶呢？

我立即撅回榆枝，泡进钢笔水瓶，然后用毛笔的毫毛一条条"粘"起蚁蚕，再轻轻放在榆枝嫩叶上……由于有了瓶水的源源供应，榆枝和榆叶几天之内始终保持着新鲜，上面的蚁蚕便能一直吃到鲜嫩的榆叶了。

十几天以后，桑条发芽长叶了，小蚁蚕们结束了榆叶替代生活，开始食用桑叶了。此时，许多蚁蚕已蜕去了黑衣，度过了生命周期中最困难的时刻，有了小蚕初步的模样。

3

二龄后的蚕儿食欲逐渐变得强烈,似乎总是在吃,长得也越来越快,所以每天都要抽出时间为它们采桑叶。好在村边或地堰随意就能见到一丛丛桑条,打猪草时随手捋回两把桑叶就够它们吃了,所以并不觉得麻烦。

但采桑、喂桑也有很多讲究:采桑最好采没有叶裂的整叶桑,不要采带叶裂的花桑,据说蚕儿吃了花桑爱闹病;带晨露或雨水的桑叶不能直接喂给蚕儿,一定要等水分充分蒸发后才能使用,否则蚕儿吃下去会拉稀;采桑的地点一定要保证没有打过农药,否则蚕儿会中毒的。我的一位同学因为误采了打过农药的梨树下的桑条,结果几十条蚕全被毒死了。

更换新桑叶时要把干瘪的残桑清理出来。由于蚕儿腹足的吸盘能牢牢抓住残桑,清理前必须先用毛笔头把蚕儿从残叶上轻轻扫落在新叶上。这需要细心和一定的技术,用劲大了会伤着小蚕,用劲小了会扫不下来。

蚕儿过一段时间就要蜕皮一次。当它们头部的颜色变黄并发皱时,就表明它们要蜕皮了。

蚕儿蜕皮非常艰苦。蜕皮前,会把头胸部昂起好像睡着了一样不吃也不动;蜕皮时,先是黑色的头壳开裂,新头从旧壳中拱出,然后用头和胸慢慢向前蠕动,使身体一点一点蜕出旧衣,直至整个身体蜕出。这时候,蚕儿的旧衣就会萎缩成一小叠褐色的皱褶。整个蜕皮过程大约需要一天时间。

蜕出皮的蚕儿身体变白,食欲大增,吃桑叶的速度也明显加快。撒上新桑叶后,它们会迅速找到一处桑叶的边缘或凸起,左右晃着脑袋用力咬出一个缺口,然后从缺口开始,沿C字形轨迹蚕食,"沙沙沙沙""沙沙沙沙",很快就会把一片桑叶吃出一个大洞来……这时,你才会真正体会出"蚕食"这个词的生动与形象。

蜕皮也是一个充满风险的过程。有的蚕儿因为发育不完全,蜕皮时被困在旧皮中无法脱身而导致死亡;有的因发育不正常,蜕皮时因局部损伤感染而无法自愈。

我曾见过这样一条蚕，蜕皮后身体个头比同龄的蚕儿明显小了许多。细细观察才发现，是这条蚕的牙齿出了问题：别的蚕吃桑叶时快速而高效，而这条蚕尽管晃着脑袋用力咬食桑叶，但费了很大劲只能在桑叶上咬出一点点深绿的印痕。最后，这条蚕终因无法获得必要的营养而死去了。

此外，养蚕用的蚕扁或纸盒也要经常晒晒太阳消毒，防止蚕儿感染真菌、霉菌而成批死亡。

在老家农村，蚕儿一生有许多天敌：由于安分老实，缺乏反抗能力，蜈蚣、蝎子、老鼠、壁虎、蛇与胡蜂都会把蚕儿当作"点心"。所以，养蚕必须时刻提防这些入侵者。因为在家里饲养，蜈蚣、蝎子、老鼠、壁虎、蛇这些天敌不会轻易出现，只要严加防范，及时消灭就行了。难以防范的是胡蜂，不知什么时候从天窗飞进来，抓起一条家蚕用蜇针一刺，家蚕便转瞬麻痹，然后抱起来就飞走了。当然，这只是二三龄的小蚕，四五龄的大蚕胡蜂是没有能力抱动的。

蚕儿的幼虫期一共要蜕四次皮，每蜕一次皮就增长一龄，身体也会长大一圈。当蚕儿完成第四次蜕皮后便成为五龄幼虫。五龄幼虫吃得更快，长得也更快，经过八九天以后，身体会长到六七厘米，成为一条成年幼虫。

五龄末的幼虫，排出的粪便开始由硬变软，由墨绿色变成了叶绿色，食欲也迅速减退，继而完全停食。这时候，它们身体的胸腹部会变成亮亮的、透明的浅黄色，会把头昂起来并吐着丝左右摆动寻找结茧的场所。这表明它们已成为熟蚕，即将"上山"结茧了。

看蚕儿结茧让人十分感动：它们先是爬到"山上"选好一处结茧的空间，慢慢吐丝在周围枝条上织出一个茧网作结茧的框架。茧网织成后，蚕儿会继续吐丝加厚茧网内层，然后以"S"形方式吐丝结出蚕茧的轮廓——茧衣。茧衣结成后，茧的腔逐渐变小，蚕儿会把身体和头部翻转成"C"形，吐出横向的"8"形丝圈继续结茧。经过两三天之后，蚕茧就结好了。

据说，结好一个蚕茧，里面的蚕儿需变换数百次位置，编织出6万多个"8"字形丝圈，吐出的蚕丝可达1000多米！

生灵物语——北京那些虫儿

▲ 蚕作茧

李商隐在《无题》一诗中曾写道："春蚕到死丝方尽。"其实，这一说法并不科学。春蚕结完茧、吐完丝之后，并没有死，而是在蚕茧中再次蜕皮变成了蚕蛹。蚕蛹形如纺锤，身体黄褐色，经过十二三天的休眠，最终蜕去外皮羽化为蚕蛾。

我曾百思不得其解，蚕茧十分坚韧，蚕蛾又没有锋利的牙齿，它们是如何钻出蚕茧的呢？经过一次次仔细观察我才发现，困在蚕茧中的蚕蛾，会吐出一种特殊的液体，将蚕茧的一头溶解一个空洞，然后破茧而出。看来，各种动物都有一套适应生存的独门绝技啊！

但作为缫丝纺织用的蚕茧，却绝不能等到蚕蛾羽化，必须在蚕儿结茧后的几天里迅速摘茧，并用开水焯煮，闷死茧里的蚕蛹，从而完成缫丝工作。否则，一旦蚕蛾羽化，蚕茧被破坏就失去了缫丝的价值。

破茧而出的蚕蛾全身披着白色鳞毛，不吃不喝，仅靠体内积累的养分维持生命。由于千百年来人工养殖所造成的结果，蚕蛾的翅膀严重退化，已失去了飞

▲ 已做成的黄色蚕茧

翔功能,它们的任务只是产卵繁殖后代。出茧以后,雌蛾与雄蛾迅速交尾。而后雄蛾会很快死亡,雌蛾则会产下数百枚蚕卵后也结束了使命。

蚕卵形如小米粒,刚产下时为淡黄色,经一两天后变为红豆色,再经三四天又变为了灰绿色或紫色。

经过漫长的冬季,当春季天气变暖的时候,蚕卵开始孵化并发育成蚁蚕咬破卵壳爬出,又一次生命轮回便开始了。

如今的孩子们也养蚕,但和我们那个时代却大不一样了:由于难以接触自然,无法采到桑叶,聪明人就发明了彩色复合饲料卖给孩子。据说,吃了这样饲料的蚕结出的茧子也是彩色的。但我担心,如此多彩的饲料必定会有多种添加剂,蚕吃了怕是要中毒甚至灭种的。

多么希望如今的孩子能像我们童年那个时候一样回归自然,能与大自然亲密接触啊!

关于蚂蚱的童话

▲ 蝗虫

上小学时曾学过一首歌,叫作《山里的孩子心爱山》。那旋律清纯优美,就像诉说着山里孩子的心里话。歌词写道:"山里的孩子呀心爱山,从小就生长在山路间;山里的泉水香喷喷,山里的果子肥又甜;山里的孩子心爱山,山里有我的好家园,山上是我们社里的树,山下是我们社里的田……"

家乡的小山村如同歌词中描绘的一样,甚至比歌词中的景致还要美。不用说那满山的果树,遍野的山花,诱人的鸟兽,单是那各式各样的蚂蚱,都会让孩子们痴迷忘返。

蚂蚱又称蝗虫,特别喜欢吃禾本科植物,比如,谷子、高粱、玉米等,所以,提到蝗虫人们就会想到铺天盖地的蝗灾。据说,我国历史上因蝗虫危害而造成的饥荒数不胜数。直到今天，世界范围的蝗灾仍然很难根治。

或许是老天偏爱，或许是地处山区，在我的记忆中，蚂蚱似乎并没有给乡人造成过什么灾难，倒是给山村的孩子们带来了无尽的欢乐。

小村四面环山，周围的小山长满了白草、茬草、炮仗草等禾本科草类。有了这些食物，蚂蚱们即使甩开腮帮子大快朵颐，也是吃不完、嚼不尽，哪还顾得上什么庄稼呢！

山里的蚂蚱为我们的童年编织出了一幕幕难忘的童话。初春以后，不但会与蚂蚱天天碰面，还会邀上几个伙伴时不时去捕捉。

田地里的"蚂蚱蹲"，山路边的"小土贼"，村北坡的"绿飞虹"，大东沟的"山吱啦"，何家坡的"蹬倒山"……常常一捉就是小半天。

捉住蚂蚱后，用带穗的白草秆从它们后背的"鞍子"穿过去，一只又一只，一会儿就穿成了八九寸长的一串。待到夕阳西下，傍晚回家，几大串蚂蚱会把家里的母鸡们撑得歪了嗉子。

"蚂蚱蹲"

"蚂蚱蹲"是春天田地里最早见到的一种特殊蚂蚱。说它特殊，是因为别的蚂蚱孵化成若虫以后，经过五次蜕皮就能长成有翅膀的成虫；而"蚂蚱蹲"即使经过多次蜕皮，甚至长到胖墩墩的成虫也不会长翅膀。

晚春初夏季节，当山坡上还是一片黄色的时候，土褐色的"蚂蚱蹲"便在田地里出现了。它们笨拙地蹦跳着，在田地里寻找着率先钻出地面的绿叶。由于田地是土褐色，"蚂蚱蹲"也是土褐色，所以，只要静止不动，人们视觉上就很难发现它们。

"蚂蚱蹲"的体形和它们的名字一样显得短而粗壮，一对强壮的后腿折叠在肚子两侧。可能是因为身子太重的原因，它们总也蹦不高，跳不远，再加上没有翅膀，用手三扣两扣就能将其生擒。"蚂蚱蹲"被捉以后很温驯，除了用腿做一些蹬踏反抗以外，就没了任何招数。

雌性"蚂蚱蹲"个头较大，成年后足有一寸长；雄性"蚂蚱蹲"个头较小，相当于雌虫的三分之二。初夏以后，雌雄"蚂蚱蹲"长成了胖墩墩的"青年"，它们开始谈恋爱。在蜜月里，雌虫驮着雄虫或静止不动，或慢慢爬行，偶尔蹦跳一下也显得十分笨拙。这时候捕捉"蚂蚱蹲"则易如反掌，常常是一捉一对，收获颇丰。

"小土贼"
▼

▲ 蝗虫——小飞蝗

"小土贼"是山村小路上常见的小飞蝗，一般两三厘米长。之所以叫它"小土贼"，一是因为它的颜色土，主要有褐色与灰色两种，与小路的颜色十分相近；二是因为它们身体瘦小，且长着内外两对翅膀，不但跳跃迅疾，而且飞行迅速，捕捉起来十分困难。由于上述原因，村里人都叫它们"小土贼"，是说它们既土里土气又贼头贼脑。

盛夏时节，走在干旱的山间小路上，脚下时常有"小土贼"纷飞起落。"小土贼"喜欢吃路边生长的各种杂草，不喜欢山坡上成片的白草和茬草，所以山路两边就成了它们喜欢的栖息地。

捕捉"小土贼"要有很高超的功夫，一般村童只能在一旁"观敌瞭阵"。捉"小土贼"要有蹑手蹑脚的耐心和迅雷不及掩耳的速度。看准"小土贼"以后，轻轻地移过去，用一只手自上迎头慢慢罩下，然后猛然下扣，"小土贼"十有八九会被擒获。用这种方式捉拿"小土贼"，速度较慢，但可以得到完好的"活口"。捉到"小土贼"以后，在它们的肚子上系一片草叶，然后让它蹦、让它飞，后面的孩子还要拍手跺脚吓唬它。于是，"小土贼"就拼命蹦，拼命飞，但怎么也蹦不远，飞不高，恶作剧的孩子们便拍手大笑。倘若捉"小土贼"是为了做鸡食，则不必用这种手段，只需折一把荆枝作为武器，看准"小土贼"后快速抽过去，一下子就能把"小土贼"抽晕或抽残。

至于住在村边和村外的人家，则更加省事，每天早晨只要把鸡群赶到山路边让它们自己去啄"小土贼"就可以了。鸡儿们会"八仙过海，各显神通"，有的飞奔追逐，有的展翅截杀，加上它们快如闪电的啄食绝技，"小土贼"纵然能飞能跳，也是难逃鸡群们的围剿。当然，鸡群主人所得的鸡蛋也自然比村里的住户数量更多，个儿更大……

"绿飞虹"

▼

小村北面有一片舒缓的山坡，长满了茂密的白草。这里不但是牛羊的牧场，也是我们捕捉"绿飞虹"的乐园。

"绿飞虹"是一种绿色的飞蚂蚱，最大的足有近两寸长。它们不光个头很大，样子威武，而且动作敏捷，颜色漂亮。它的外翅以绿色为主，间有几条细细的褐纹；内翅以淡黄色为主，接近翅根处又渐变成粉红色；飞行起来后翅膀飒飒作响，如一道彩虹在空中划过。所以，我们给它起了个漂亮的名字——"绿飞虹"，是说它飞起来是绿的，飞上天像一条彩虹。

捕捉"绿飞虹"要有相当的捕捉经验和跑山水平。由于是在茂密的山草荆棘中捕捉，脚下又是起伏坎坷的山坡，所以一般小孩子是无缘这种体会和经验的。每当秋季来临，几个伙伴就会在星期日相约聚会白草坡，展开一场捕捉"绿飞虹"的比赛。

捕捉"绿飞虹"第一步是"赶"，或用脚蹚，或用棍打，先把"绿飞虹"从草丛中撵出来。"绿飞虹"受到惊吓后，往往先是一蹦，继而展翅起飞，一口气会飞上四五十米。第二步是"追"，看准"绿飞虹"的落点，便以最快速度追过去，但在接近落点时要放慢脚步，悄悄逼近，以便搜寻降落的目标。第三步是"捉"，一旦发现"绿飞虹"的藏身处，立即选好角度，悄悄接近，用脱掉的上衣罩住目标快速扑下去……但即使是这样，捕捉"绿飞虹"的成功概率也不到一半。一般来说，捕捉一只"绿飞虹"没有几番追捕是很难成功的。

于是，在白草遍布的山坡上，我们奔跑追逐、兴致勃勃、大汗淋漓。待到太阳落山，比赛结束，各自拿出囚禁"绿飞虹"的玻璃瓶，比一比谁捉的数量最多、谁捉的个儿最大，"战果"也就一目了然。

"山吱啦"

"山吱啦"是一种与蝈蝈十分相似的蚂蚱，但比蝈蝈稍微瘦小，是螽斯科昆虫的一种。它们的身体呈深绿色，头上有一对复眼、一对长须和一对黑色的咀嚼式大牙，后背长着一对淡绿的、可以摩擦发声的透明振翅。蝈蝈的振翅短而有棱角，只到大肚子的一半，而"山吱啦"的振翅比蝈蝈的要长许多，而且缺乏棱角，几乎延伸到了整个肚子的尾部。

蝈蝈的叫声清脆悦耳，有很强的节奏感："蝈蝈——蝈蝈——蝈蝈——蝈蝈——"而"山吱啦"的叫声则显得有些沙哑，也没有明显的节奏："吱啦啦啦——吱啦啦啦——吱啦啦啦啦啦——"就像是拖泥带水的拙劣演奏。

"山吱啦"的习性与蝈蝈差不多，常把山荆等灌木枝当作演奏场。捕捉"山吱啦"的手段与捕捉蝈蝈很相似：先是循着叫声确定"山吱啦"的基本位置，然后放轻脚步一点点逼近。警觉的"山吱啦"发现有人靠近后，会立即停止演奏，静静躲进荆棘丛中。这时候，你不能着急，而是要蹲下身子，屏住呼吸，悄悄藏匿起来。几分钟以后，"山吱啦"误以为危险已经过去，便开始重新弹唱。你乘机循声侦察，十有八九能发现"山吱啦"藏匿的位置。于是，轻轻起身，盯住"山吱啦"慢慢接近，用两手相对一点点向"山吱啦"合拢；待到还有几寸距离的时候，双手突然相扣，"山吱啦"就会在嘶哑的叫声中成了你掌中的俘虏……

和蝈蝈一样，会鸣叫的"山吱啦"都是雄虫；而那些长相差不多，但拖着一根扁而细长产卵器的"哑巴"，才是"山吱啦"中的雌虫。

"蹬倒山"

"蹬倒山"别名大青蝗，是蝗虫中个头最大的"巨无霸"，号称"中华巨蝗"，是蚂蚱中相对少见的稀罕物品。每年六月，它们产在地下的卵块孵化成若虫，经过两个多月快速成长，到八月中秋就发育成伟岸的成虫。雌性"蹬倒山"长成后可达七八十毫米；雄性"蹬倒山"尽管相对较小，体长也可达40多毫米。"蹬倒山"的整个身体和外翅均为浅绿色，只有透明的内翅是玫瑰红渐变为淡黄色。八月中秋，在庄稼地旁，在小山洼地，时常可以看到成双成对的"蹬倒山"。

为什么把这种大蚂蚱叫"蹬倒山"呢？除了它们巨大的身躯，还有那对威武的、带着白色尖刺的强有力后腿。遇到飞鸟、螳螂等危险动物接近，"蹬倒山"会敏捷地转过身去，用那对强壮折叠的后腿对着来犯者，一旦发现对方向自己攻击，它会"啪"地将带刺的小腿从大腿窝弹射出去，闪电般刺向对方，常常把来犯者刺得头破血流。我曾多次领教过"蹬倒山"的厉害，手指也曾被刺得鲜血直流。正因为如此，乡人们才送给了它们"蹬倒山"的威武绰号。

"蹬倒山"不喜欢山坡上的白草，喜欢吃谷子、热草、棉花之类的叶子，所以在梯田地堰上常看到它们的身影；又因为它们爱晒太阳，因而在朝阳的山岩上常看到它们谈情说爱。掌握这些规律后，捕捉"蹬倒山"就变得比较容易。"蹬倒山"个儿大、劲儿足，善于飞翔，但比较笨拙，所以，捕捉时除了用手去扣捉，还可以准备一个长把捕网。遇到"蹬倒山"飞上难以攀爬的岩石，捕网就会派上用场。

20世纪60年代闹饥荒的困难岁月，"蹬倒山"和"绿飞虹"曾成为山里孩子们充饥解饿的宝贵食物：将捉来的大蚂蚱放到炉火周围焙干烤熟直至颜色变得焦黄，便是绝味佳肴了。尤其是大个、肚子里带着卵块的雌虫，烤熟后更是酥香可口，营养丰富，令人回味无穷。

时髦菜

随着时代的变迁，昔日被称作"害虫"的蚂蚱，如今不但成了宾馆饭店的时髦菜——"油炸蝗米"，而且成了一种新兴的养殖产业。

据营养学家分析，蝗虫体内含有丰富的营养成分，其中蛋白质占65%，脂肪占7.7%，还含有丰富的磷、铁、锌等矿物质和多种维生素，怪不得有人称蚂蚱为"旱虾""飞虾"呢！

查阅有关资料得知，把蚂蚱作为一种食物并不是从现代才开始的。我国食用蝗虫的历史十分久远。我国东部平原地区的居民还有捕捉蝗虫用盐水煮熟，晒干，去掉翅膀和外壳，将虾仁一样的虫体贮藏起来以备食用的习俗。黄河三角洲一直是我国最大蝗灾区。近年来，那里的农民利用丰富的蝗虫资源，找到了一条很好的致富门路，就是在大棚里养殖蝗虫，不仅受到国内市场欢迎，而且还出口国外换回了外汇。从互联网上看到，一些公司甚至专门收购中华巨蝗——"蹬倒山"，一公斤价格竟达到40元以上。

蚂蚱除了作为人们餐桌上的一种山珍食品，还可以作为各种家禽、家畜的高蛋白饲料。《治蝗全法》中曾记载："蝗断可饲鸭，又可饲猪。山中有人畜猪，以蝗饲之，其猪初重二十斤；食蝗旬日，顿长重五十余斤。"意思是说，捉来的蝗虫可以喂鸭,还可以喂猪。山里有人养猪,用蝗虫来饲喂,小猪开始重20斤,喂了10天以后,小猪竟长到了50余斤。

此外,蝗虫还具有止咳、平喘、解毒、透疹等药用价值,可用于治疗百日咳、支气管哮喘、小儿惊风、咽喉肿痛等疾病。由此看来,昔日危害农作物的蝗虫,只要我们趋利避害,控制得当,是完全可以变害为宝、造福大众的。

科普链接:

蚂蚱又叫蝗虫,是节肢动物门、昆虫纲、直翅目、蝗科昆虫的总称,不完全变态,只经过卵、幼虫、成虫三个阶段,全世界超过25000种,分布于热带、温带草地、沙漠等广大地区。口器坚硬,前翅狭窄而坚韧,盖在后翅上,后翅很薄,适于飞行,后肢很发达,善于跳跃,可利用弹跳来避开天敌。交尾后的雌虫会把产卵管插入10mm深的土中分泌白色物形成圆筒,然后再把卵产下形成卵块。主要危害禾本科植物,是知名的农业害虫。

▲ 蝗虫——扁担钩

初见草原飞蝗

▲ 草原飞蝗

从呼和浩特乘车,翻过大青山去体味和观赏希拉穆仁草原,一路的天光草色让人感慨颇多。

"敕勒川,阴山下,天似穹庐,笼盖四野。天苍苍,野茫茫,风吹草低见牛羊。"大青山就是阴山的一部分,可阴山下早已没有了"风吹草低见牛羊"的景象。虽已进入夏季,但连绵的山依然是"草色遥看近却无",稀稀拉拉的绿色皴点着,怎么也无法掩饰灰褐色山石的焦渴。倒是这里笼盖四野的"穹庐",使我恍若见到了 20 世纪 50 年代童年时候的天空:蓝盈盈的天像被洗过一样晶亮透明,幽深的蓝色使人不知不觉要融入一般,感到有几分眩晕;一朵朵白的云、灰的云、灰白相间的云,边界清晰、层次分明,绝没有一丝弥漫混沌;一阵阵风迎面吹来——绝不是一缕缕,而是一阵阵连绵而至,氤氲出一种苍茫、雄浑和宽广的大气。

1

经过几个小时的奔波，终于来到了早已渴望的希拉穆仁草原。据说，这里距离草原英雄小姐妹龙梅和玉荣的家乡很近。早在20世纪60年代就看过动画片《草原英雄小姐妹》，并被影片中的插曲所感动："天上闪烁的星星多呀星星多，不如我们草原的羊儿多；天边飘浮的云彩白呀云彩白，不如我们草原的羊绒白……敬爱的毛主席呀毛主席，草原在您的阳光下兴旺；敬爱的共产党呀共产党，小牧民呀在您的教导下成长……"跳跃活泼的节奏，欢快爽朗的旋律，优美抒情的歌词，让人对内蒙古大草原充满了憧憬和美好的想象。

2008年，我们来到希拉穆仁草原，享受了马队夹道、唱歌敬酒、敬献哈达等一系列欢迎仪式后，被安顿在一片带着天蓝色祥云纹饰的蒙古包里。蒙古包也现代化了：全部由水泥、砖石、塑钢门窗等现代新材料建成，且配备有电视和卫生间——成了永久的准星级宾馆，只有那圆圆的外形、穹庐般的屋顶还保持着蒙古包的形状。匆匆放下行囊，谢绝了蒙古族小伙子们骑马、坐车游草原的邀请，几位朋友一拍即合，一致同意去和大草原来个实实在在、亲密无间的零距离接触。于是，我们走出蒙古包群，顺着一条依稀的草原小路快步向北面平缓的小丘进发。

老舍曾这样描写他所见到的内蒙古草原："四面都有小丘，平地是绿的，小丘也是绿的。羊群一会儿上了小丘，一会儿又下来，走到哪里都像给无边的绿毯绣上了白色的大花。那些小丘的线条是那么柔美，就像只用绿色渲染，不用墨线勾勒的中国画那样，到处翠色欲流，轻轻流入云际。"

眼前的草原小丘的确像老舍描写的那样柔美，但绿色却显得逊色不少。尽管刚刚下过一场雨，但小丘淡淡的绿依然没能遮蔽住褐色的沙石。不知名的小草稀稀落落，匍匐在地皮上的小紫花一片一片，细细的草原沙葱一绺一绺点缀在小草之间——这里根本没有茂盛多姿、让人激动的草原肥美景象。

然而，陪同而来的老郭却告诉我们：别看希拉穆仁草原没有什么大气势，没有茂盛的牧草，但这里的植被却含有独特的营养，牧养出的羊儿肉鲜味美，是著名品牌"草原小肥羊"的专供基地。听了这介绍,大家对眼前稀落的草原重新恢复了几分好感。

2

▲ 草原飞蝗

一路踏着小草、沙葱和野花走来,蓝天、白云和缓而阔的草原,让人心胸宽广,怦然而动,不由得想扯开嗓子长啸高喊。我一下子明白了蒙古长调为什么会在这样的环境里产生——是蓝天白云、绿草鲜花的铺设点缀和高远寥廓的无限空间,使置身其中的人们不由得不迸发出发自内心的长歌。怪不得腾格尔会忘情地高歌:"我爱你我的家,我的家我的天堂……"

忽然,眼前出现了一缕缕飞行物,而且伴随着"哧啦啦啦"的清脆响声。仔细追踪观看,掠过空中的分明是一种昆虫,尽管它们展翅的姿态仿佛是蝴蝶,但我断定绝不是蝴蝶——因为它们起飞和降落的速度十分迅疾,不是蝴蝶所能做到的。到底是什么东西呢?几位伙伴已向西面小丘顶的一座巨大敖包走去,我却被这奇妙的飞行物所吸引,决心捉一只看个究竟。

这些飞行物都是从稀稀落落的草地上起飞的,所以,我猜想很可能是草原上的一种飞蚂蚱。童年的时候,追捕飞蚂蚱曾是自己为之骄傲的拿手戏,现在要捉上一只应该不在话下。然而,这东西隐蔽性极强,且机敏得很,还没容你发现它的隐蔽点,它已从你眼前豁然飞向了空中。几次受到戏弄以后,我开始发狠,使出童年追杀飞蚂蚱的死盯战术,看准一只穷追不舍——它飞起来我飞步追赶,它落下来我也随之赶到……就这样一次次反复,一次次较量,直到这只飞虫筋疲力尽、失魂落魄,最终被我一下子扣在草地上。果然是一只土褐色的人飞蝗,身体近2寸长,与童年捉到的"绿飞虹"个头相似,但颜色逊色多了。它身体的保护色和草原沙石几乎是一样颜色,因而我们在绿色稀疏的褐色草原上很难发现它们。

渐渐走入草原深处,飞蝗的数量也越来越多,空中纷飞穿梭,脚下频繁起落,"哧啦啦啦"的声音不绝于耳。仔细观察以后,它们的飞行姿态让我莫名惊诧:家乡的飞蝗,一口气能飞出上百米,但都是一直向前飞行,绝没有中途大角度转弯或在空中停留的本事;而这些草原飞蝗,不仅能大跨度直飞,而且可以自由改变飞行角度,抑或是像蝴蝶一样,扇动翅膀在空中做原位定点飞行。难道草原飞蝗的身体结构有什么特殊?带着疑问翻看手中的飞蝗:也是一对外翅、一对内翅,和家乡的飞蝗没什么两样,只是内翅为浅灰色,一对大腿的内侧为油亮的黑蓝色。那么,草原飞蝗为什么会在飞行中有原位定点和改变方向的特殊本领呢?

正当百思不解之时,一阵阵无遮无拦的草原风连续吹来,使我不得不倾着身子顶风而立。仔细体味和思索,我恍然悟出了草原飞蝗的奥秘:物竞天择,适者生存,任何物种要想生存繁衍下去,就必须适应它所面临的环境。大草原无遮无拦,风多风大,这里的飞蝗倘若像家乡的蚂蚱一样只能向一个方向飞,很可能早就被大风刮走了。一定是这风向变换而强大的草原风,逼迫飞蝗进化出了可以抵抗风力、改变方向,可以在空中定点飞行的高超本领,并适应了它们所生存的草原。进一步观察我发现,飞蝗每一次转向飞行,都伴随着一次"哧啦啦啦"的响声,这是两对翅膀瞬间合拢,重新确定方向后再迅速展开所发出的摩擦声。

3

▲ 草原飞蝗内翅

脚下的飞蝗越来越多，手里捉住的飞蝗也有十几只，我忽然感到一阵恐惧：莫不是这里要闹蝗灾了？本来就贫瘠的草原，如若遇上蝗灾，那问题就严重了！我不由得用力把手中的飞蝗掼在地上，然后手脚并用，或踩或扑，向飞蝗发起了连续进攻，直累得汗水从脸上不断滴落在草地上……

几位伙伴已爬上了西北小丘的敖包，并不断发出召唤，我终于清醒过来：本来是看草原的，怎么和飞蝗大战起来？我立即停止了这堂吉诃德式的战斗，向着西北的敖包快步赶去。

晚饭后自草原看星星回来，从电视里看到一条消息：内蒙古希拉穆仁草原发现了大面积草原飞蝗，飞机开始洒药灭蝗……果然证明了我的猜测！为什么这样贫瘠的草原还会闹飞蝗呢？看了电视介绍才知道，贫瘠的草原，由于有沙土裸露，正好为草原飞蝗在沙土中产卵创造了条件，因而也极易发生蝗灾。想想也是，倘若是风吹草低见牛羊的大草甸子，蝗虫又怎么能去沙土中产卵呢？看来，草原退化正是草原飞蝗泛滥的原因之一。

好在这里的牧民已把旅游作为一种重要的谋生发展方式，牛羊养殖的数量不仅大大减少，而且实行了围栏定点圈养。我深深盼望《敕勒川》所描写的情景能在这里重现。

臭椿、锁儿与"花大姐"

▲ 沟眶象——锁儿

椿树是北方乡村常见的一种乔木,树干通直高大,枝叶繁茂,属于苦木科中的臭椿属植物,古代又称其为樗树。它们耐寒、耐热,生长较快,适应性强,有一股臭味,很少产生病虫害;加上它们能抗污染、杀细菌,因而是良好的行道树和工厂绿化树种。

我们所居住的生活小区道路旁,栽植着一类新品椿树。这种树与家乡常见的臭椿树有显著不同:常见的椿树枝杈分布比较稀疏,且高低错落、参差不齐;而小区的椿树却是枝杈密集,且长短齐整,整个树冠犹如一把馒头形的大绿伞。常见的椿树接触以后会有一股明显的臭味,而小区的椿树的臭味却似乎小得多。尽管有上述不同,但从树皮的颜色、树叶的形状与小叶的片数,仍然可以断定小区栽植的就是臭椿树,是园林科研人员经过优选培育的椿树新品种。

这一判断,从两种小小昆虫的身上也得到了验证。

1

童年的时候,我和同伴们经常去院子后面的椿树上去寻找捕捉一种叫"锁儿"的小昆虫。为什么叫"锁儿"?因为这种小昆虫一遇到外界干扰,就会迅速蜷缩起肢体把自己"锁"起来。它们的身体有一层坚硬的蜡质外壳,灰黑色,上面分布着一个个小白斑,个头像蜜蜂那么大,只是头和腹部都稍微尖一些;尤其是它们的口器,犹如象鼻一样是个坚硬的弧形细管,平时紧紧折叠在胸部,只有吃东西的时候,才把那象鼻插入椿树的嫩皮。这种昆虫的最大特点,就是非常喜欢椿树,从幼虫到成虫,几乎始终爬行游走在臭椿枝叶上,臭椿是它们的主要寄主,别的树种上很少见到它们的身影。

"锁儿"依靠吸食臭椿树的汁液为生。吸食汁液时,它们会把管状的口器插进椿树枝干的嫩皮,然后趴在树皮上贪婪地"大吃大喝"起来。这个时候捕捉"锁儿"是最佳时机:一是"锁儿"因贪吃放松了警惕,二是这种吃相使它无法立即拔出口器逃走。

"锁儿"被捉以后会采取一种骗人的伎俩:一瞬间收拢口器,迅速将6条腿紧闭,整个身子缩成一个椭圆,一动也不动。这是和许多小动物一样面对天敌袭击而采取的一种"假死"骗术。

▲ 沟眶象——锁儿

山里的孩子当然不会被欺骗。这时候,小伙伴们会把捉来的"锁儿"集中放在一起,然后盯住它们,念念有词祷告起来:"'锁儿''锁儿'开门来,你们家门前有人嘞;'锁儿''锁儿'开门来,你们家门前有人嘞……"如此唱经一般反复不已。"锁儿"终于耐不过我们的坚持和魔力，不得不打开紧锁的腿，开始爬行起来。于是，我们继续玩耍折磨它们，它们又继续装死欺骗，我们再次耐心地大声祷告……这样的娱乐往往一玩就是半天。后来才知道，"锁儿"是一种嗜椿的象鼻虫，属于昆虫纲、鞘翅目、象甲科。它的学名叫"沟眶象"，"锁儿"是"沟眶象"的成虫阶段。

"沟眶象"分布很广，凡是有臭椿生长的地方，几乎都能看到它们的身影。它们主要危害臭椿类树木，尤其是它们的幼虫，形如蛴螬，会在树木上打出一个个小"隧洞"，严重危害树木，虫情暴发的年份，会使树木衰弱甚至死亡。

进入初夏以后，树干里的幼虫逐渐成熟并开始化蛹。化蛹前，幼虫会先在树干中咬出一个椭圆形的蛹室，然后开始化蛹。经过半个月以后，到6月中旬，成虫羽化成"锁儿"并钻出树皮。这就是我们为什么总是在初夏时节能抓到"锁儿"的缘故。"锁儿"在臭椿的根部树皮缝中产卵。产卵时，它们先咬破臭椿的韧皮部，然后把卵产在其中。八九天后，幼虫孵化出来便开始在树皮和树干中打洞为食，危害树体，直至在树干中度过秋季和冬季，直至来年初夏再次化蛹。

所以，"锁儿"是一种专门危害臭椿的害虫。

除了"锁儿"，椿树上还生有另一种会蹦跳的小昆虫。它长有6条黑色的长腿，前两对短一些，主要负责爬行，后一对较长较壮，除了支撑身体，协助前腿爬行，还有一种奇特的弹跳功能，遇到危险时，会像蚂蚱一样突然跳起，逃之夭夭。

这种小昆虫会变化，五六月份它们开始出现，进入盛夏以后，它们会像蝉一样蜕去黑白相间的硬壳外衣，变成"花大姐"，我们也叫它们"红媳妇"。

"花大姐"很漂亮：扁圆的肚子上小下大，呈浅黄色，并带有黑色的条纹；尤其是内外两对翅膀，外边的一对是灰粉色，并点缀着黑色斑点，里面一对前端是点缀着小黑点的漂亮大红色，后面则由白色或黄色过渡到深黑色……此时，它们不但具备了飞翔的本领，而且保留了善于跳跃的优势，所以，捉起来要讲究技术，得下一番功夫：看准目标以后，扬起右手悄悄靠近，从"花大姐"头部的上前方快速扣过去，十有七八会取得成功——这与捉蚂蚱的手法差不多。

捉住"花大姐"以后，我们会用细线拴住它的肚子，并于线后系一小纸条，然后把它们扔向空中。"花大姐"带着小纸条飞呀飞，我们跟在后边跑啊跑，空中回荡着欢乐的笑声。粗笨的"花大姐"飞不高也飞不远，既没有蜻蜓的高度，也没有蜻蜓的速度，坚持十几米后就要落下来休息。待它刚一落下，我们就随后赶到，逼得它不得不再次摇摇晃晃起飞。最后，直累得它趴在地上不能动弹……

如今，在小区路旁的树上，不但发现了少量的"锁儿"，而且发现了大量的"花大姐"，这表明小区的行道树确实是臭椿。

后来，经向园林专业人士请教才知道，这种树叫"千头椿"，是改良培育的一个椿树新品种，专门作为行道树的。真是名副其实，千百枝头虽蓬勃向上，但绝不旁逸斜出、突出自己，犹如一把团结的巨伞擎向空中。

童年时见到的"花大姐"一般都是零零散散，数量不多，能捉到几只就感到收获巨大。可眼前的"千头椿"上，"花大姐"实在太多了：几乎每棵树的主干、枝干上，都趴着一溜溜、一片片……沿着近4000米的环区人行道漫步，随眼可在路旁树上见到这恐怖的情景！

什么东西都一样，数量太多了就会让人感到恐怖。

在"花大姐"危害严重的"千头椿"下，人行道方砖上覆盖了一层油光光的黏性物质，并散发着轻微的臭味。踩上以后，鞋底竟被粘住了，必须稍微用力才能抬起来。人们行走在树下，树上的分泌物有时会像毛毛雨一样飘落在头上、脸上或衣服上，黏糊糊很难擦下去；落到地上更无法清理，只能让时间和风雨去慢慢销蚀。

▲ 斑衣蜡蝉

开始，我以为这些分泌物是"千头椿"枝叶被"花大姐"刺破后流出的树汁，可仔细观察后才发现，原来是"花大姐"们吃饱喝足后排泄的粪便！借助太阳的照射，趴在树干上贪吃的"花大姐"，突然从尾部尖凸的肛门喷射出一股细细的液体，一下落到脸上……我顿时感到一阵恶心！

3

这里为什么会有这么多的"花大姐"呢？仔细想来，可能有两方面原因：一是小区行道树品种过于单一而且集中，整个环小区的公路旁栽植的都是"千头椿"，这便为"花大姐"的繁殖、生长和种群扩张提供了有利的环境与生存资源。二是预防控制不利，未能在"花大姐"暴发初期就采取有力措施控制住蔓延的趋势，因而造成了"花大姐"呈几何级数的暴发式增长。

查阅资料得知："花大姐"的生物分类名称应叫斑衣蜡蝉，属昆虫纲、同翅目、蜡蝉科，一年只生一代。我们所见到的"花大姐"是它们的成虫阶段——每到初秋时交配，深秋时产卵。虫卵多产在椿树主干与分枝的接合部，犹如一片片浅黄色的斑点。产卵以后，为保护卵块，母蝉还会分泌一层浅黄色的泡沫把卵块覆盖起来，风干以后便形成了具有弹性的蜡质保护层。春暖花开以后，虫卵孵化，小若虫破卵而出，形如芝麻，善于跳跃，十分灵活；长大一点以后，小若虫黑色的身体上布满白色的小斑点；经历两次蜕皮后，它们的身体开始变成鲜红色，上面布有黑色的体脉和白色的斑点，看上去让人感觉十分恐怖。它们吸食椿树嫩芽的汁液，经过最后一次蜕皮后，红色的大若虫变成了童年时我们捉来玩耍的"花大姐"。

斑衣蜡蝉从红色的大若虫蜕变为成虫花大姐，蜕皮过程与蝉十分相似：先从头部中间裂开一个口子，然后将头部用力拱出来，接着是用力向后仰，把外皮裂口撑大，将胸部和身体挤出，最后是整个身体向后仰，再猛地向前抓住蝉蜕一下子将尾部挣脱出来……这是一个十分艰难的过程，也是斑衣蜡蝉最没有逃脱能力的时候,所以大多在夜间完成。蜕皮后的新成虫十分丑陋,淡淡的浅黄色,没有漂亮的翅膀,翅根上只有两垄淡黄的凸起。但这凸起很神奇,随着时间延续,凸起会向后逐渐伸展、变薄、变色,最终变成了漂亮粉红的两层翅膀,整个过程要持续一两个小时。

斑衣蜡蝉暴发的年景,大量若虫寄生在椿树的枝叶上。它们吸食本应供给枝叶的营养,给椿树造成了巨大危害。被害植株的嫩梢会萎缩变形,进而引发煤污病,严重影响椿树的生长,甚至会造成树木成株死亡。

防治斑衣蜡蝉的最好办法是在入冬时及时刮除树干上的卵块并烧掉,或者在小若虫孵化的初春及时喷洒杀虫剂,把它们消灭在萌芽状态。此外,还可以在"花大姐"交配繁殖的季节,适时喷洒杀虫剂,以消灭这些"产卵的机器"。

大约是有关管理部门发现了泛滥成灾的"花大姐",并及时喷洒了杀虫剂,清晨散步时赫然发现,每棵椿树下都落下了一层死去的"花大姐",连地面都呈现出斑斑红色。

望着这恐怖的情景,我有些纳闷:近些年来,生活小区的绿化越来越好,麻雀、喜鹊、斑鸠、戴胜、啄木鸟等鸟儿越来越多。按照自然规律,鸟儿以昆虫为食,应该是昆虫的天敌。可为什么这里的"花大姐"没能受到控制呢?我蓦然想起了童年的一幕情景:小时候也曾捉来"花大姐"扔给鸡儿吃,可鸡儿只用嘴啄了啄就丢弃而去。我顿然大悟,连鸡儿都不吃,鸟儿当然不会喜欢了。但鸡儿为什么不吃呢?我寻思,根源就在于椿树,也在于"花大姐"的生存之道。由于椿树汁液苦涩,带有一股难闻的臭气,因而以椿树汁液为食的"花大姐"身体中也必然充满了臭气和苦涩。正是这种苦涩和臭气,让鸡儿、鸟儿们对"花大姐"敬而远之;加上那令鸟儿们厌恶的鲜艳保护色,"花大姐"缺少了致命的天敌,种群自然会大行其道了。

物竞天择,适者生存。看来,物种的进化和选择的过程不仅严峻,而且十分有趣。"锁儿"也好,"斑衣蜡蝉"也好,由于选择了具有苦涩和异味的臭椿树作为寄主,从而获得了保护,促进了种群的繁荣。这应该算是它们的一种生存的智慧吧!

叶上毒虫慢悠悠

▲ 绿刺蛾

无论是生长在农村的人，或者是到农村插过队、在农村生活过的城里人，肯定都有被"会子"蜇刺的经历。

"会子"是什么？是一种只有一二厘米长的绿色小虫，长成后能到2.5厘米。在昆虫世界里，别的小虫子身体都比较长，且表现为一种圆柱形态；而"会子"的身体却很短，呈现的是短粗的长方体形态。

为什么叫"会子"？这其中包含了乡人机敏形象的智慧。在农村，人们并不懂什么生物学分类，对不知名的植物、动物、昆虫往往依形象、特点起个名字。"会"有相会、接触的含义。这种小虫只要碰到，就会刺伤你，所以取名为"会子"。这里的"会"又增加了接触刺伤的新意。

其实，"会子"的规范生物名称叫中国绿刺蛾，老百姓俗称它们是"会子"或"洋刺子"。中国绿刺蛾属于昆虫纲、鳞翅目、刺蛾科。背部两侧有着或深蓝或褐色的一溜小点的叫褐边绿刺蛾。它们分布广泛，大江南北都有它们的存在；它们食性广泛，众多的灌木、乔木都能成为寄主，尤其喜欢枣树、榆树与核桃树的叶子。

"会子"的嘴小而隐蔽，退缩在胸肌下面，没有其他昆虫那样明显，不细看很难发现，只有进食的时候才能看到小嘴巴在慢慢咀嚼嚅动。由于进食缓慢，体形和食量又较小，一片叶子就可以吃上好多天，所以不必为觅食奔波。但正是由于这一优势，导致"会子"的腿严重退化，胸足变得短而小，腹足完全没有了，而腹部中间却进化出了一串扁圆形的吸盘，使它们能牢牢吸附在叶片上。此外，由于行动迟缓，总是慢悠悠的，天敌往往会错以为它们是不会移动的死物而放弃关注。造物主就是这样的神奇与公正：每种生物都会根据生存需要和外部环境，将身体的各种器官进化到与之相适应的美妙极致。

▲ 绿刺蛾幼虫

"会子"在牙齿不发达的幼小时期，靠啃食叶面的叶肉生活，常能见到叶面上留下的一个个薄薄的、带着叶脉和透明表皮的网状小洞。幼虫长大以后，食量逐渐增加，咀嚼式口器不但能将叶子蚕食出明显的孔洞，甚至连整片叶子都能吃掉，只留下光光的叶柄。"会子"暴发的年景，榆树、枣树、核桃……小小的"会子"会爬满枝叶，有时会把一棵棵大树吃得只剩下一树枝干。一旦发生这种情况，生产队就会采取喷药灭杀行动。

"会子"的最大特点就是浑身带着一簇簇毒刺：它的身体分为七八个环节，每个环节的两侧和背部都生有4个小毛瘤，每个小毛瘤上都长着一簇小毒刺。尤其是它的胸部和身体后部环节：胸背上生有两个特殊的毛瘤，每个毛瘤上长着3～6根红色的长刺，就像是"会子"突出的两个红刺角；后背末端的两个环节上生有4个特殊的毛瘤，每个毛瘤上长有一簇蓝色的长刺，就像是"会子"防卫用的4个蓝刺角。看看，浑身是刺，前后防卫，"会子"把身体武装成了一个无懈可击的小刺猬。

但可怕的还不止这些毛刺。许多毛虫身上也带刺，但照样被天敌吃掉。"会子"的可怕，在于它们的特殊毒刺反应机制：每个毛瘤下都储存着充足的毒液，所有毛瘤上的针刺都与瘤内的毒液紧密相通，且每根针刺都是一个中空的管子。一旦遭到攻击或接触到毛刺，毛瘤内的毒液就会顺着毛刺喷射而出，迅速注入对手的皮肤！就这样，一个将毒液与毛刺紧密结合的快速反应系统构成了"会子"无与伦比的防卫盾牌。

这种小小的、静静的、从不会主动进攻人的毒虫，虽然不像蜜蜂、马蜂和蛇类那样恐怖，但它们对人的伤害次数远比蜂类、蛇类的要多得多。它们吸附在植物叶子背面，具有很强的隐蔽性。乡村劳动也好，孩子们玩耍也好，有意无意之间会经常与植物接触，这就注定会侵犯"会子"的领地，注定要遭到它们的反击。当你的手臂或身体暴露部分碰到了它们，那一簇簇毒刺便会带着毒液瞬间刺入你的皮肤，并将毒针折断在里面……此时，疼痛和刺痒如同针扎一样让你情不自禁去摸去挠，一挠毒刺会扎得更深，毒液会散布得更广更快，转眼间被蜇刺的地方就会变得红肿一片。

蜜蜂、马蜂的蜇伤一般都疼得暴烈，但几天以后就会逐渐消退。"会子"的蜇伤比起蜂类会略显"温柔"，可时间会绵延很久。有时候过去了二十几天，你已经忘记了被蜇的事情，但只要一碰患处，仍会暴发出难忍的奇痒和刺疼。

然而，"会子"的毒刺也欺软怕硬。若用手指去捏"会子"，或者把它们放在手掌上，我们不会有任何不良反应。为什么呢？因为我们的手掌经常劳动，经常攀握东西，表皮变得厚实而坚硬，加上没有汗毛，所以即使接触了"会子"，毒针也无法刺入，毒液也无法注入，我们的手掌也自然会安然无恙。

自己由于从小生在山村、长在山村，便有了数不清与"会子"亲密接触的机会。上山割草、打蒿子会碰到它们，为队里摘杏、摘桃、摘梨会碰到它们，尤其是打枣、打核桃，几乎天天都要与"会子"决战一番。

中秋前后，大枣儿红了，山坡地堰的枣树行子挂满了红玛瑙。不知是枣儿香甜，还是枣树叶肥厚，枣树往往会成为"会子"的最爱。打枣儿的季节，是我们这些善于爬树的青少年大显身手的时候。大家攀上枣树，先是用力摇动枣枝，让成熟的枣儿尽量落下，然后再用长长的木杆把树枝上剩余的枣儿一一打下来。

在品尝丰收喜悦的时候，我们也遭遇到了"会子"酿成的一次次苦痛。摇动树枝的时候"会子"跟着被震落，打枣儿的时候"会子"也会被打下来，不知什么时候会落在手上、脸上、胳膊上，甚至滚到脖子里……其他地方的疼痛都好忍受,滚到脖子里就倒大霉了——"会子"所经之处会一溜儿遭殃、红肿一串……为了免遭这种厄运,我们汲取教训,加强防护,用毛巾把脖子围严实以后才上树作业。然而,尽管加强了防护,但一般性伤害还是无法幸免。为了"复仇",也为了减轻疼痛,按照以毒攻毒的做法,我们把伤害自己的"会子"抓住碾碎,将它们的汁液涂抹在患处——是否真的有效无法考证,但起码是一种心理平衡和安慰。

记得那年深秋,去南山谷打核桃。这里是阴坡谷地,追着阳光的核桃树长得细高细高。费力爬上一棵丈余高的大树,让同伴递给我杆子,刚打了几下,我突然感到右腿火辣辣刺疼,并触电一样迅速传遍了半个身子!低头一看,由于穿的是短裤,我的右腿内正好把一只"会子"夹在了树干上!这不是一般的"会子",而是一只又大又扁的浅绿色龟背大家伙!我抓住它并立即把它在树干上捻烂,把汁液涂抹在右腿上。但是,剧烈疼痛丝毫没能减缓,反而发展到整个右腿都变得僵硬麻木——我预感到情况不妙,果断让同伴扔上一根绳子,然后攀着绳子,用左腿钩着树干一点一点落到了地面上。

这天下午我什么也没干,掐着大腿根在地上足足坐了两个多小时,才一瘸一拐地站起身来……这一次,我遇上了"会子"家族中一只奇毒巨无霸,所造成的痛苦和伤害当然也是刻骨铭心。

其实,这也仅仅是小巫见大巫。中央电视台纪录频道曾介绍了一种类似"会子"的南美巴西剧毒刺毛虫,人若碰上它,短短两三分钟就会毙命,连抢救的机会都没有!如此说来我应该也算庆幸了。

后来才知道,"会子"毒素是酸性的,用浓肥皂水涂患处能减轻疼痛。因为肥皂是碱性的,大约是酸碱中和伤痛就减轻了。但俗话说得好,"再好的刀伤药,也不如不刺口"。

▲ 绿刺蛾的茧

对"会子"之类的毒虫,还是尽量远离的好。

我们所见的蜇人的"会子",只是刺蛾们的幼虫阶段。和许多昆虫一样,刺蛾一生要经过卵、幼虫、蛹和成虫四个完整变态阶段。"会子"的幼虫长大后,也会作茧把自己包裹在里面。它们的茧十分奇特,与一般虫子结成的丝茧截然不同:茧的颜色为暗褐色,椭圆形,长约1.6厘米,犹如一个羊粪豆。茧的外壁光滑而坚硬,仿佛是骨质的一般,捏都捏不动,用小石头轻轻敲打才能破碎。我猜测,这种茧显然不是用丝织成的,一定是"会子"吐出自己的唾液遇风凝结而成的。

▲ 绿刺蛾的茧子

茧子作成以后,里面的"会子"已缩成1厘米左右的蛹。它们不吃不喝也不动,又经过近20天的蜕变,蛹便变成了绿刺蛾。绿刺蛾们破茧而出后,急急忙忙寻找伴侣交配产卵,于是一个崭新的生命轮回又开始了。

科普链接：

会子，学名为中国绿刺蛾，为节肢动物门、昆虫纲、鳞翅目、刺蛾科、绿刺蛾属、中国绿刺蛾种昆虫，又叫"洋刺子"、褐袖刺蛾、小青刺蛾，分布于华北、山东、四川、贵州、湖北、江西等地。成虫蛾长约12毫米，头胸背面绿色，腹背灰褐色，由幼虫作茧蛹化而成。茧皮坚硬，白色或花色。幼虫体长16～20毫米，头缩于前胸下，体黄绿色，背线红色，两侧具蓝绿色点线及黄边，各节生灰黄色肉质刺瘤1对，第9、10节有较大黑瘤2对，各节体侧有黄刺瘤，碰到后瘤刺会刺入皮肤并注入毒液，使人痒疼难耐。幼虫危害栀子花、桃、核桃、梨、李、樱桃、紫藤、杨、柳、榆等。

▲绿刺蛾

"知了"与蝉鸣

▲ 蝉

蝉，我们又叫"知了"，有大小多种，是童年记忆中十分有趣的昆虫。

初夏之后，我们就开始与蝉结下不解之缘。

一场大雨之后，清晨起来，我们就会到院子或地里的大树下开始寻找"知了猴"。"知了猴"是蝉的幼虫，为黄褐色，是即将变为蝉的成熟的肥大幼虫，那是一种难得的美味佳肴。

"知了猴"生活在土里，长着刺吸式口器，靠吸食树木根部的汁液成长。"知了猴"一生在土中生活，要蜕 5 次皮，有的会生活 3 年，有的会生活七八年，最长的要生活 17 年。待到最后要羽化成蝉的时候，它们会选择一场大雨之后，于黄昏到凌晨钻出土表，爬到树干上，然后抓紧树皮，缓慢蜕皮羽化成"知了"。

夏初大雨后的清晨，正是抓捕挖掘"知了猴"的最佳时间。提着小篮，拿着铁铲来到大树下很快就会有丰厚的收获。这时的"知了猴"已有相当一部分爬到了树干上，抓起来非常容易。它们既不会飞，也爬不快，慢得简直像蜗牛，可以手到擒来，轻易摘下，毫不费力。还有一部分"知了猴"正在从土中往外"拱"，这时候要细细观察，仔细倾听，发现哪里有土皮松动，立刻用铁铲在松动处用力掘起，一个肥大而黄褐色的"知了猴"就会出现在你眼前……

"知了猴"之所以选择在雨后钻出来蜕皮，完全是为了躲过干旱土壤的坚硬和板结。"知了猴"有尖利的爪子，在湿润的地下掘洞没有什么问题，但要对付干旱坚硬的地表，则显得力不从心了。所以，它们选择了雨后掘洞钻出地面。这恰恰也让我们掌握了"知了猴"掘洞出地蜕皮的时机。

赶上运气好的时候，一个早晨就可以收获几十个"知了猴"。回到家里，将捉来的"知了猴"冲洗干净，放进水盆中泡一会儿让它吐出脏水，母亲就会为全家做一顿喷香的油炸"知了猴"解馋了。刚出土的"知了猴"营养丰富，蛋白质含量非常高，因而成为人们餐桌上的一道美味。

但被捉着的"知了猴"毕竟有限，多数"知了猴"还是爬到树干上蜕皮成了"知了"。

看"知了猴"蜕皮是一件非常有意思的事情：爬到树干上的"知了猴"选好一个安全地点，便用尖锐的利爪抓住树皮，开始了一个多小时的艰难蜕皮。起初是背上出现一条黑色的裂缝，里面的"知了"就开始用头使劲向外拱。十几分钟以后，"知了"的头、背、前爪依次蜕出，然后用身子慢慢向后仰、向后仰，几乎与树上的"知了"皮成了90度。当整个身体通过这种后仰动作基本脱离壳体以后，"知了"会用力把身子向上翻转，然后用前爪抓住壳皮，使劲抽动尚在壳中的尾部，进而使整个身体脱离壳体……这一"金蝉脱壳"的全过程大约需要一个多小时。

2

新生的"知了"获得自由以后,便静静地抓住壳皮,开始通过液管慢慢向又小又短的隆起小翅"充血"。这时候,你会看到"知了"的双翼像魔术一般一点点变长、变宽、变透明,最终变成了闪光、宽大、漂亮的蝉翼。开始,薄薄的翅膀软软的,遇风以后便慢慢变硬。经过数个小时的休息和身体硬化,"知了"终于可以展开双翅飞走了。

"知了"羽化以后,留下的空壳叫"蝉蜕",是一味辛凉解表的著名中药。孩子们会将"蝉蜕"捡回卖到收购站换些零用钱。

▲ 蝉

"知了"的寿命约有两个月。蜕皮以后,雄"知了"便开始鸣叫歌唱;而雌"知了"却是个哑子,没有鸣叫的功能。

为什么雄"知了"会叫,雌"知了"不会叫呢?原来,雄"知了"肚皮上有两个小圆片,叫音盖,音盖内侧有一层透明的薄膜,叫瓣膜。雄"知了"振动两片音盖,瓣膜便随之发出了声音,如同人们用扩音器来扩大自己的声音一样。而雌"知了"由于肚皮上没有音盖和瓣膜,所以就成了哑子。

盛夏以后,雌雄"知了"成双成对开始交配。雌"知了"会把卵产在年轻的枝梢上。产卵时,雌"知了"先用产卵器刺破树皮,然后用产卵器在枝条中挖出一个爪状卵孔,并将卵产在木质部里。待"知了"的卵孵化为幼虫后,便由枝头飘落到地面上,随即钻入土中开始了又一个生命轮回。

"知了"的食物主要是树的汁液。它们的嘴像一根硬管能插入树干,一天到晚吮吸汁液,给树木造成损伤;还可以一边用吸管吸食树的汁液,一边无忧无虑地高声歌唱,饮食和唱歌两不耽误,所以"知了"尿也就来得很随意。

炎热的中午,如果你忍受不了"知了"的聒噪,去摇晃或敲打树干驱赶它们,受惊的"知了"会"哇"地长鸣一声,随即将一泡"知了"尿毫不客气地洒在你的头上或脸上。

"知了"还能预报天气,天气越热,它们的叫声也越洪亮,仿佛在大叫"热死了,热死了"。

自古以来,人们对"知了"的鸣叫就很感兴趣。文人墨客们甚至借歌咏蝉声来抒发情怀。唐代诗人虞世南在《蝉》诗中曾写道:"垂緌饮清露,流响出疏桐。居高声自远,非是藉秋风。"

小学时曾读过一篇课文,叫《知道了》,说没头没脑的蝉只知道一个劲单调地傻叫"知道了,知道了——"最后,被身后的雀儿吃掉了。

然而真正的蝉鸣,在我的记忆中并非单调,而是丰富有趣,且能唱出时令变迁的音符。

在京郊地区,"知了"家族会按照季节变化先后登场:初夏是"葚儿",盛夏是"咀乐",数伏是"伏凉儿",而立秋之后是"鸣应哇"。

"葚儿"是蝉类出世的急先锋。刚一入夏,它们就最先从地下钻出来。结束了数年地下黑暗的养育,终于争得了见到光明的一刻。蜕皮、展翅,身体仅有桑葚大小的"葚儿",浴着初夏温暖,开始了纤细轻妙的歌唱:"叽——"那声音腼腆而柔弱,极像初登舞台含羞掩面的小姑娘。

而盛夏登场的"咀乐"则显得粗犷莽撞,不但身体硕大,而且叫声洪大,响遏行云。天越热它越叫,仿佛要把数年中在地下压抑的烦闷,一股脑儿地倾泻出来："哇——"记得儿时大人们因为"咀乐"聒噪而睡不好午觉，常让我们去驱赶。我们也乐得逃避午休，去与"咀乐"大战，并发明了用长杆抹上"桃胶"粘"咀乐"的绝招。长大后，读了《庄子》的"佝偻承蜩"一段故事，才知道几千年前的老祖宗们早就运用了这一绝技。

"知了"中最让人喜欢和怜爱的就是盛夏随伏而来的"伏凉儿"。与"蛁儿"极相似，个头也差不多，如同姊妹一般。小东西叫声婉转悠扬，仿佛极通人意。盛

▲ 蝉蜕皮

夏暑热，正当人们烦躁难熬的时候，它便在庭院枝头唱起了轻盈舒缓的歌："伏低儿——伏凉儿——伏低儿——伏凉儿——"听着这颤颤的、美妙的歌，纤细的、温柔的歌，人们心里也变得平心静气，暑热仿佛也消解了许多。

连绵的阴雨将暑热和要浸出水的湿气一股脑儿淋到了地上。清晨漫步，只觉得凉风习习，空气清爽，分明感到了秋的气息。

忽然听到了欢畅的歌鸣："呜应——呜应、呜应、呜应哇——"那歌声是从高高白杨树上发出的。一阵欣喜促使我蹑手蹑脚走过去搜寻，果然，在路边高高的白杨树干上发现了这位报秋的歌者——"呜应哇"。一下子想起了柳永的《雨霖铃》："寒蝉凄切，对长亭晚，骤雨初歇……"骤雨的确初歇，但寒蝉并不凄切，眼下的"呜应哇"不正在唱得淋漓欢畅吗！

"呜应哇"只是"知了"家族中报秋的一种。

炎夏渐消，雨水减退，"呜应哇"就应运登场了。这是一种两寸左右长的大蝉，立秋之后才肯露面。由于个大体壮，胸腹下的发音镜振动得强健有力，所以"呜应哇"的鸣唱也格外响亮而有趣。"呜应——"先是如京剧"黑头"叫板似的一声长鸣，继而是一连串短促的"呜应"，最后，才是"哇——"地拖出一声悠长的底韵。"呜应——呜应、呜应、呜应、呜应——哇——"人们以声定名，"呜

应哇"便成了这种秋蝉的别号。

记得儿时捕"知了""鸣应哇"是一种稀罕难得的大蝉,一旦被捉,"鸣应哇"就再没了枝头酣唱的从容和抑扬顿挫的鸣唱,叫声瞬间会变成惶恐的嘶号:"哇——"仿佛在叫"救命啊——"

北方的蝉多种多样,鸣唱丰富;南方的蝉比北方也毫不逊色。那年四月去四川,在都江堰竟遭遇了一次欺骗。清晨起床,听到了窗外树上婉转动听、连绵不断的鸟鸣:"咕碌碌碌,咕碌碌碌……"是什么鸟儿在叫?对动物的特殊兴趣,催着我非要弄个究竟不可。在树下转来转去,左瞧右瞧,无奈树的枝叶太密,怎么也看不清。灵机一动,想起了"敲山震虎"的计策:用脚猛蹬树干,鸟儿果然被突然的震动惊飞起来。然而,掠过空中的并不是鸟儿的形象,却极像仓皇的飞蝉。经向当地人询问,才知道那树上叫的确实是南方的蝉。

赵忠祥在《岁月随想》中曾说过,井冈山的蝉是"纸糊的驴——大嗓门",不光鸣声大,而且有高低两声部,极像萨克斯管奏出的"布鲁斯"曲调。如此看来,南方的蝉叫起来比北方的蝉更有音乐感。

蝉幼年钻入泥土中以树根的汁液为食,成年后则爬上树梢危害嫩枝,所以被冠以"害虫"之名。但其蝉蜕可入药,幼蝉被掘出后可烹煎为美食;况且,那丰富多彩的蝉鸣,那撩人心绪的天籁,又何尝不是生活中的浪花和时令中的自然回响呢?

▲ 蝉蜕皮

科普链接：

蝉属于节肢动物门、昆虫纲、蝉亚目、同翅亚目、蝉科昆虫，全世界有2000余种。蝉是一类不完全变态昆虫，产卵于树皮之上，由卵孵化为幼虫钻入地下生活数年。幼虫吸食植物根的汁液，经过数次蜕皮，不经过蛹期直接变为成虫。蝉的个头有大有小，大者体长可达5厘米，有两对透明的膜状翅膀，生有一对突出的复眼，雄性腹部有一对可以振动发出巨大声音的"音镜"，而雌性没有"音镜"，不会发出音响。

多面"金龟子"

▲ 金龟子

金龟子是一种常见的昆虫，属于昆虫纲中的鞘翅目、金龟子科。它们有的以植物的根茎叶为食，有的以腐败有机物为食，有的以各种粪便为食，是一类食性很杂、相貌大同小异、个头大小不一的多面昆虫家族。

仔细观察金龟子就会发现，每一只的头前都有一对颤颤的、由7～11节组成的鳃叶状触角，而且各节都能自由开合。法布尔认为，金龟子的触角有表达情绪、显示性成熟、彼此求偶等作用。但我却觉得，除了这些作用，还可能是为了更好地获取外部信息。金龟子的触角，由一片片鱼鳃状的弧形小叶片组成，对外接触的面积很大，加上能够自由开合，因而便能灵活而充分地去捕捉周围发出的各种信息素。例如，每种植物生长过程都会发出自己特有的气味，吃植物的金龟子可通过灵敏的触角去分辨这些气味，从而循着气味找到自己喜欢吃的植物；各种腐烂的植物和动物粪便，都会散发出腐败的气息或臭味，食腐或食粪的金龟子便可能通过触角迅速接收到这些信息素，从而循味飞翔而至。

金龟子种类很多，全世界有3万多种，而在我国就有1300多种。在我的老家，人们将以植物为食的金龟子叫"铜壳郎"，将以腐败有机物为食的金龟子叫"独角牛子"，将以粪便为食的金龟子叫"屎壳郎"，也叫蜣螂。

"铜壳郎"是以梨、桃、杏、李等果树为主要寄主的金龟子，也啃噬桑、柳、榆、山荆等树木和灌木的枝叶。常见的"铜壳郎"有茶色、铜绿色、黑金色、暗黑色等许多品种。为什么叫它们"铜壳郎"呢？因为它们体壳坚硬，表面光滑，且多数的身体都闪烁着漂亮的金属光泽，有的像镀了一层黄金，有的像晶莹的蓝宝石，有的像涂了油亮的黑漆……这在其他昆虫里是很难见到的，所以才有了这样形象的绰号。当然，也有一种黑褐色的小个子，没有一点光泽，浑身土里土气，孩子们根本就看不上眼。

"铜壳郎"的身体为卵形或椭圆形，后背长有一对坚硬的外翅，外翅下面有一对膜质的内翅，起飞的时候，先张开两个外翅，然后才能扇动内翅飞向空中。在我们所见的昆虫中，"铜壳郎"有块头、有力气，好捉又耐玩，所以经常成为孩子们的玩物。捉"铜壳郎"也要有一定胆量，它们虽然没有蝈蝈那样令人害怕的大牙，没有"蹬倒山"那样带尖刺的大腿，但它们的6条腿非常有力气，攥在手里会把你的手心挠得又痒又疼。有趣的是，"铜壳郎"天生具有一种欺骗的小伎俩：受到惊吓或被捉住以后，它们会6条腿蜷缩一动不动，如同死了一般。这是一种"诈死"术，用以欺骗那些爱吃活食的捕猎者，如蜥蜴、刺猬等。一旦捕猎者走开，它们会很快活过来逃之夭夭。

但这把戏骗不了"老到"的村娃，大家见得多了。男孩子们经常把"铜壳郎"从菜叶上、树叶上捉回来戏耍一番：或者比个头，或者比颜色，或者在"铜壳郎"后腿上系一根1米多的细线，线后粘一纸片再抛向空中……类似于放飞蜻蜓的玩法。玩完了，玩腻了，再把它们放飞。

"铜壳郎"有的爱白天出来活动，有的爱夜晚出来活动，夜晚出来觅食的相对较多。它们吃东西一点都不讲究，植物的叶子、花朵、嫩芽及果实都可以大嚼一番。它们长着咀嚼式口器，能像"褐边绿刺蛾"幼虫一样只吃叶肉而使叶片留下网状斑洞，也能把叶子啃出孔洞或整片吃掉。"铜壳郎"很喜欢品味花蜜，当它们在花朵上行走的时候，也就不自觉担任了花儿的授粉使者，所以，"铜壳郎"也并非一无是处。

"铜壳郎"有许多天敌，鸟兽和一些爬行动物都会把它们当"点心"，所以它们很少泛滥成灾，但又像是天上的星汉，星罗棋布、随处可见。

在我的记忆里，只有一年，村北黄土坡黄豆地暴发了"花斑蝥"，同时还伴有成群的"铜壳郎"泛滥成灾。为对付虫灾，生产队专门安排学校组织小学生到地里去捕杀，还特意在夜间设置了诱杀"铜壳郎"的黑光灯。

然而，靠着巨大的数量，强大的繁殖能力和顽强的适应能力，亿万年来屎壳郎始终是生生不息。

金龟子的繁殖方式与蝗虫很相似，成虫交配后十几天便可产卵。产卵前，雌虫选好一处粪堆或松软湿润的土壤，先用尾部犁头似的产卵器在粪土中犁出一个小坑，接着便开始在小坑中产卵，或产一枚，或产几枚，然后变换地点再挖坑、再产卵。每头雌虫可产卵几十枚到100多枚。经过近一个月的自然孵化，屎壳郎的幼虫便出世了。

金龟子的幼虫统称为"蛴螬"，村里人则称它们为"地蚕"或"瓷头"。

为什么叫它们为"地蚕"呢？因为它们长时间生活在地下，身体肥胖莹白，形状与胖胖的蚕宝宝十分相似，只是体长稍短一些，有三四厘米，故老百姓称它们为"地蚕"。为什么叫"瓷头"呢？因为它们的身体白白的、亮亮的，如同白色的瓷器，所以又叫它们"瓷头"。"地蚕"的头为黄棕色，咀嚼式口器，一对大牙结实而锐利，以粪土中的各类有机物为食。

儿时的岁月，小孩子并不晓得"地蚕"就是金龟子的幼虫，只知道它们非常有趣，被挖出来的时候，身体弯曲成马蹄形，又像汉语拼音中的"C"。由于"地蚕"又肥又嫩，是鸡儿最喜欢的食物，所以，一些小孩子常常跟着"倒粪"的大人们去捡"地蚕"。

"倒粪"是一种辅助农活，为的是将生肥料尽快转化为熟肥料。熟肥施到地里后，不仅便于庄稼吸收，而且可减少病虫危害。

比如，刚从马棚、牛棚、驴棚起出的粪肥是生肥料，将它们堆在一起后，里面就会慢慢发热发酵。为了使粪堆内外上下得到充分搅拌和均匀发酵，就有了"倒粪"这一自然经济的举措。

"倒粪"时两个人一组，一人持镐，一人用锨，自粪堆的一侧开始，先用镐头弄下一溜儿，然后把大块粪肥依次捣碎砸烂，再用铁锨翻到另一侧，如此循环往复。粪堆经过这样多次翻倒和发热、发酵，土、粪、草类混合得便越来越均匀细密，生肥也就逐渐变成了熟肥，同时也杀死了其中的许多寄生虫。大人们"倒粪"时，几乎每招下一溜儿粪肥，都会发现大小不等的"地蚕"，跟随的孩子们当然会大有收获。

可"地蚕"是从哪儿来的呢？它们为什么喜欢粪堆呢？后来才知道，"地蚕"就是金龟子的幼虫：是"地蚕"的妈妈金龟子，特意把卵产在了粪堆上——那里有枯枝、败叶、牲口粪，都是"地蚕"们爱吃的美味……看来小小昆虫的生存之道也不可小觑啊！

俗话说：靠山吃山，靠水吃水。生活在粪堆里的"地蚕"以粪肥为生，生活在地下的"地蚕"便以植物的根茎作为食物。所以，玉米、花生、白薯等农作物，尤其是幼苗期时常会受到"地蚕"的危害。

初夏的早晨，正是玉米间苗期。走在玉米地里时常会发现个别小苗莫名其妙枯萎了。顺着根部挖下去，十有八九会捉到一条"地蚕"或黑褐色的"小地老虎"。

"地蚕"要在地下生活将近一年，有的甚至要生活两三年。在这漫长的日子里，它们掘洞生活，或以植物的根茎为食，或以妈妈为其准备的粪球为食，个头逐渐长大，经过3次蜕皮，便长成了老熟的幼虫。这些老熟的幼虫会吐丝作茧化蛹，然后经过近一个月的时间羽化为成虫金龟子，一个生命周期就此圆满。

在金龟子种群中，有一种称作"独角仙"的大型异类，乡人们叫它们"独角牛子"。它们体大威武，身体可长到三四厘米，身体呈棕褐色或黑色，雄虫头顶长有一个末端分叉的独角，背面光滑明亮，三对强大有力的长足，末端均生有一对利爪，十分有利于爬攀。棕褐色的"独角仙"主要以树木的汁液或熟透的水果为食。这种大型金龟子十分稀少，通常在盛夏时节才能偶尔见到，所以如果谁能捉到一只就会精心养起来，并会让其他孩子们羡慕不已。而黑色的"独角仙"

则以人畜的粪便为食,是一种大型的"屎壳郎",滚出的粪球比一般"屎壳郎"要大好几倍,与乒乓球的大小差不多。

▲ 金龟子——屎壳郎

据有关资料记载,世界上最大的"独角仙"为南美洲的几种巨型金龟子,体长可以达到十几厘米,是地球上已知最大的甲虫。由于体形巨大而漂亮,一些国家和地区已将其作为宠物来饲养,并已进行人工养殖的尝试。由于巨型金龟子数量稀少,在我国,这样的大型金龟子都已被列入国家二级保护动物名录。

"屎壳郎"是金龟子家族中的一个重要分支,由于它们能分解动物的粪便,因而在净化生态方面扮演着独特的重要角色。

20世纪六七十年代以前,北京农村中普遍饲养着马、牛、骡、驴等大型牲畜。这些大型牲畜,担负着拉车、耕地、驮粪、磨磨、拉碾子等繁重农活,是农村中不可缺少的重要生产力。这些大型食草动物,每天要吃掉许多草料,同时要代谢出大量粪便。这些粪便,不仅成为农业生产的绿色有机肥,而且是粪金龟"屎壳郎"生存繁衍的食物来源。

那时候，在山坡上，在道路旁，只要有牲畜拉下的粪便，就会有粪金龟接踵而至。它们发现粪便的能力简直能与苍蝇匹敌。这些"屎壳郎"会迅速将粪便分割并揉搓成一个个圆圆的粪球，然后翻越坎坷，经历失败，艰辛而不屈不挠地把它们推到满意的地点。接下来，它们会在地上掘出十几厘米甚至更深的小洞，把粪球放进去，或者作为自己的食物，或者在粪球中产下一枚卵，将粪球作为孵化幼虫的食物。

粪金龟推粪球称得上是坚忍不拔。它们倒转过身子，身体倾斜，头朝下，屁股朝上，用两对前腿作为支撑，用强有力的后腿蹬着粪球向后翻滚，同时还要尽量掌握好方向。遇到倾斜的陡坡，粪球往往会一次次滚落，但它们毫不气馁，不屈不挠推着粪球重新开始。有时候还会遇到无赖同伙的抢劫，粪球主人免不了要同强盗大战一场去守护自己的劳动成果。

法布尔曾在《大自然的清道夫粪金龟》一文中说，不知道你是否看过粪金龟认真地推着粪球的滑稽样子？粪金龟将牛或羊等动物的粪便制作成粪球以后，会把粪球滚回家或是埋在地底下，所以在粪金龟比较多的牧场，你只能看到新鲜的粪便，而看不到时间比较长的粪便。但是在城市的混凝土路上，粪金龟就很难生存了，所以住在城里的小朋友们就不会看到它们的身影。

因为有了"屎壳郎"，农村中大量的牲畜粪便都得到了及时处理。在非洲大草原，数百万角马、斑马、大象、狮子等动物，每天会产生数量让人瞠目的粪便。正是有了大量屎壳郎做勤劳的"清道夫"，非洲大草原才保持了郁郁葱葱的自然景象，才没有变成动物粪便的垃圾场。

而如今，农村中分田到户，原来集体饲养的各类大牲畜或宰，或卖，或处理，早已不见了踪迹，替代的是耕地收割的机械，还有大量的农药化肥。没有了牲畜，就没有了粪便，没有了粪便，以粪便为食的粪金龟自然也就销声匿迹了。现在，不用说城市孩子，就是生在农村的孩子也很难看到粪金龟的身影了。不知这是一种文明进步，还是一种遗憾与悲哀？

科普链接：

金龟子是无脊椎动物、昆虫纲、鞘翅目、金龟子科昆虫的总称，是一种杂食性昆虫。有的危害梨、桃、李、葡萄、苹果、柑橘等果木，有的危害柳、桑、樟、女贞等林木，还有的专门以粪便为食。常见的有铜绿金龟子、朝鲜黑金龟子、茶色金龟子、暗黑金龟子、粪金龟子等，全世界种类超过 26000 种。除南极洲以外各大洲均有发现。不同种类的金龟子生活于不同的环境，如沙漠、农地、森林和草地等。

▲ 金龟子

威武的"锹甲"

▲ 锹甲

乡间或城里的许多孩子都喜欢斗蟋蟀,但我们那里的孩子对此并不感兴趣。原因是觉得蟋蟀太小,而且遍地都能见到,就连家里的炉灶旁都是偷吃烤红薯的"灶马",所以,没人把蟋蟀当回事。在童年的记忆里,昆虫世界中最威武的斗士是一种身披铠甲、头顶两个弧形大角的巨无霸昆虫——我们叫它"大夹子"。由于"大夹子"个头大,颜色鲜亮,头上有两个威武的大角,且较为稀罕,决斗起来无论是场面还是激烈程度都让人着迷,所以,我们所钟情的是"斗夹子"。

"大夹子"的身长可达到 4 厘米,头上的两个大角几乎和身体长度差不多,是一种超级大甲虫——在我的印象里没有任何一种甲虫能跟它相比。"大夹子"身披坚硬的铠甲,除了前胸甲和背板甲两侧有一些黑褐色以外,腹部甲和腹背上的两个巨型鞘翅都是漂亮的黄褐色。6 条带有毛刺的腿抓力很强,要想从树上拿下来必须用一定的力气。尤其是头部的两只大角就像鹿角,不仅带有多个尖刺,

生灵物语——北京那些虫儿

▲ 锹甲

而且灵活有力，夹住对手后就会像钳子一样咬合起来，可轻易刺破对手的身体。

开始捉"大夹子"的时候，由于没有经验，我的手指曾多次被它们的大角夹得鲜血直流。后来我们长了教训，捉"大夹子"绝不能像捉蚂蚱、捉蝈蝈那样迎头去扑，而要从身体后部去偷袭——悄悄接近后突然按住它的背甲，再捏住它的胸甲两侧，头上的两个大夹子就失去了用武之地，即使手舞足蹈再挣扎，也是无济于事。这时候，我们会趁它两个大角交叉在一起时，突然用拇指和食指捏住它的大角，"大夹子"就只能在空中张牙舞爪了……

捉"大夹子"的目的，一是觉得好奇好玩，二是为了与小伙伴们"斗夹子"。那时候，邻居的小伙伴们都会在夏天下功夫捉一批夹子，经过精心挑选留下最强壮的几只决斗用——我们称为"牛子"。选"牛子"的标准很苛刻，不但角要长，个头力气要大，而且要身手灵活，有拼命的狠劲。挑选一只上等的好"牛子"很不容易，经常是捉了许多只也碰不上称心的。夹子喜欢夜间活动，喜欢在榆树和一些枯木上生活。为了捉到一只好"牛子"，我们常常在太阳落山后到大榆树或枯木堆上去寻找。

捉到较好的"牛子"以后，先要带回家在小盒子里饲养，切一点梨或桃给它们当吃的；然后进行试斗——也就是先在自己的夹子中斗一斗看谁能够胜出。屡战屡败的家伙被逐渐淘汰，几经挑选以后的"牛子"脱颖而出。

"斗夹子"就是双方都把自己的"牛子"放出来，在一块石板或空地上对阵交手，看谁的"牛子"能把对方用夹子掀翻或把对方打得落荒而逃就算胜出。这时候，失败一方的主人就要向胜利

▲ 锹甲

一方的主人白送一枚玻璃球。在 20 世纪五六十年代的农村，弹玻璃球是孩子们参与的一种普遍而时髦的游戏，谁拥有几枚或十几枚彩色玻璃球，将是让人羡慕的"巨大财富"。所以，能在"斗夹子"中赢得一枚玻璃球，那是很光荣、很神圣的事情。

"斗夹子"要讲究训练，训练"牛子"的诀窍主要有两种。一种是饥饿法。"斗夹子"的前一天晚上，要饿着它不给吃的，待第二天"斗夹子"时，故意把一块吃的扔给对方，自己的"牛子"为了抢吃的，就会向对方发起拼死攻击。而有的伙伴认为"牛子"要参加决斗了，就在头天晚上拼命喂好吃的，结果第二天却败下阵来。原因很简单，吃饱喝足了，自然就没有为吃喝而拼命的勇气和动力了。第二种方法就是引诱法。凡是长角能打斗的"牛子"都是公夹子。母夹子要么不长夹子，要么夹子很短。为了得到母夹子的青睐，公夹子们常常会争风吃醋、在母夹子面前一决高低。决战之前，可以先让一只母夹子与"牛子"短暂相处一

段时间，决战时再把母夹子拿开放在旁边。这时候，"牛子"为了保护自己的母夹子，会与对方拼力决斗。但这也有风险，弄不好对方也会醋性大发玩起命来。

"牛子"们决战的场面称得上是紧张激烈。两只"牛子"放到一起时，并非立即会大打出手，常常是主人的引诱或小棍的挑逗才引发了双方误判。争斗之初，双方会张开大夹子缓缓晃动，一对黑色的短触角会像"七品芝麻官"的帽翅一样快速抖动，黑色的小眼睛狠狠对视着，这是向对方发出最后通牒和警告！一旦对方还不知趣，一场大战就开始了！鏖战的武器就是前面的两个大夹子。平时，这些"牛子"的行动似乎很迟缓，但真的战斗起来却显示出惊人的敏捷。一方用夹子"咔"地夹过去，对方用夹子"咔"地迎回来，常常是两对夹子相互交织钳制在一起拼命角力，都想把对方掀翻过去。"牛子"身材巨大，体重超群，一旦被掀翻过去就很难翻过身来。所以，一旦被对方掀翻，如同在拳击台上被击倒一样自认失败。决斗的"牛子"身强力壮，都知道被掀翻的后果，所以，相互角力时都力图抓住地面，压低重心，争取保住自己，掀翻"敌人"，常常相持达到20多秒钟。谁最终坚持不住了，就会被掀翻在地上……

"斗夹子"最怕自己"牛子"的腿被对方夹住，一旦被夹住就可能肢残腿断。断了腿的"牛子"不但抓力下降、重心不稳，而且灵敏度、平衡能力显著下滑，最终只能被淘汰。

"牛子"之间的决斗，也不是只靠蛮力的。我的一只叫"牦牛"的"牛子"，个头并不大，力气也算不上出众，但这家伙机敏狡猾，对阵决斗时，一般先机敏地躲开对方的攻击作逃跑状麻痹对方，然后乘机迂回到对方侧面突然出击夹住对方的身子或一条腿，然后高高举起抛了出去……伙伴们许多著名的"牛子"都败在、残在"牦牛"手里。"牦牛"也为我赢得了六七个玻璃球，但可惜在喂食放风时被一只大黑猫叼走了……

在乡里，"夹子"因形状而得名，它的生物学名称又叫什么呢？原来，"夹子"在生物学分类上属于昆虫纲、鞘翅目、锹甲科昆虫。它们普遍个头较大，背后的一对鞘翅形如圆头铁锹，因而归类为锹甲科。锹甲科昆虫种类繁多，分布广泛，我国华北、华东、西北、华中、西南及台湾地区都有发现。童年时捉来饲养决斗的黄褐色的"大夹子"学名叫"黄褐前凹锹甲",意思是身体黄褐色、头的前部凹进去的锹甲。其实,黄褐前凹锹甲头上的两个大夹子并不是什么角,而是雄虫发达的角状上颚,是用来防范敌人,保卫自己领地的。

昆虫纲、鞘翅目的幼虫基本是大大小小的蛴螬。胖胖的、蜷缩成"C"形的金龟子的幼虫,在粪堆、地里时常能见到。"大夹子"属于黄褐前凹锹甲的成虫阶段。它的幼虫是一种大个的蛴螬,与天牛白胖的幼虫十分相似。它们生长在枯朽的木头里,以木头的纤维为食,经过近三年的成长,大个头的幼虫用咀嚼过的木纤维筑成一个茧形的小屋子,并在小屋子里变成蛹。再经过近一个月的孵化,黄褐前凹锹甲破茧而出。

黄褐前凹锹甲多数时间在夜间活动,取食树木的汁液,尤其喜欢吃水果和花蜜。经过恋爱交配,雌虫把卵产在枯木之上。

近些年来,大型锹甲类昆虫在一些地区和国家大受追捧,许多人把它们当作宠物来饲养,斗锹甲也成为一种娱乐活动,饲养繁殖锹甲甚至成为一种产业。真是世道轮回,想不到当年乡村儿童戏耍的一种小小昆虫,如今变成了有钱人的一种娱乐工具!

科普链接：

锹甲又叫锹形虫、锹形甲虫，为节肢动物门、六足亚门、昆虫纲、有翅亚纲、鞘翅目、锹甲科昆虫，约有1000种。雄虫的上颚发达，并形成公鹿角一样的叉形角，角上有分支和齿，角长和体长相当，人手可被夹出血来；极少数甚至可以切断手指，如苏门答腊巨扁锹甲。锹甲体粗壮，黑色或褐色，少有明亮的色彩。幼虫阶段危害树木根部和枝叶，是典型的害虫。

▲ 锹甲

讨厌的"臭板子"

京郊所见到的所有昆虫里,最让人讨厌的莫过于"臭板子"。"臭板子"也叫"臭大姐",身体扁平,指甲盖一般大小,多为带着斑点的黑褐色,也有浑身碧绿的。对这些家伙的讨厌,不是因为形状,而是它们的气味:倘若遇到一只"臭板子",一不小心触动了它,一股浓烈的臭气便会瞬间弥漫在空中,让你不敢喘气,甚至会憋着一口气狼狈逃离!

"臭板子"的臭气虽然比不上狐狸、獾子的猛烈和具有杀伤力,但遭遇的概率却比狐狸、獾子高出许多。去地里干活会遇到它,上树摘水果会遇到它,去野外打猪草会遇到它,在家里午休也会遇到它……总之,在农村生活,"臭板子"会与你相依相伴、亲密接触,你根本无法拒绝。

初夏六月,香甜的桑葚成熟了,大桑树上黑紫色的桑葚充满了诱惑。趁着大人们午睡,一帮孩童会不约而同聚集到村北那片桑树林去采摘桑葚。"吃我桑葚黑屁股,吃我桑葚黑屁股……"尽管树上的黄鹂因为我们争抢了它们的美味而对我们"大骂"不止,但我们毫无顾忌,照旧爬上树顶大快朵颐。就在边摘边把桑葚填进嘴里的时候,突然一股刺鼻的臭气弥漫了口腔……这不是一般的臭气,是"臭板子"独有的"化学制剂",带着辛辣,还有比腐臭更为难闻的邪气,让你不得不"哇"地吐出了嘴里所有的东西……这时候,你会完全倒了胃口,再也没有了吃桑葚的兴趣!

明明塞进嘴里的是桑葚,为什么会暴发出"臭板子"的味道?原来,这是"臭板子"埋设的"化学地雷"。"臭板子"们不光喜欢植物的汁液,更喜欢汁甜味美的果实,尤其是甜甜的桑葚更是它们的大爱。为了更多地占有成熟的果实,"臭板子"们便在饱餐之后,还在周围一些桑葚上喷射了一些化学臭气。有了这些化学臭气在桑葚上"熏陶",鸟儿们远离了,孩子们也不得不停止了大吃大嚼。吃了被"臭板子"熏陶过的桑葚,倒了胃口不算,还会让你半天都感到恶心。

"臭板子"属昆虫纲昆虫,生物学通称为"蝽"或"椿象",是昆虫界的大家族。它们身体扁平,种类繁多,有大有小,有长有短,大的可达2厘米,小的不足1厘米，全世界约有5000种。椿象中的大部分以植物的汁液为食，是农牧业的害虫，只有少数捕食其他小虫子，如蝎蝽、疣蝽、厉蝽等以猎捕其他软体昆虫为食，是农牧业的益虫。

"臭板子"长着针刺式口器，适于刺吸植物的汁液。之所以把它们分为半翅目中的异翅亚目，是因为它们翅膀的独特形态：它们的前翅不像甲虫完全硬化，而是前半部变成革质化，后半部退化为膜质化；而后翅则完全退变为膜质化。

"臭板子"之所以能散发出浓烈的臭气，是它们中后足的基节旁边有喷发臭气的开口，里边有专门生产臭气的臭腺。遇到危险或敌害时，"臭板子"立即喷发出难闻的臭气，让敌害无法忍受而不得不放弃、逃离。

"臭板子"和斑蝥一样是著名的"放屁虫"，是昆虫界能够自制"生化武器"的生化战专家。其实，这种"生化武器"并不是为了进攻，只是一种自卫和抵御敌害的手段，是一种为保护种群而进化出来的本能。遇到敌害进攻，立即施放臭弹，使敌害闻味丧胆，自己则乘机逃命去也。看来，从生存的角度来看"臭板子"的臭弹，也算得上是一种聪明的绝技。

人们讨厌"臭板子"，但"臭板子"却总想与人"结缘"。平时走在路上，说不定什么时候就会有一只"臭板子"撞到你身上或脸上！这时候，你千万不要气急败坏去打它，否则它的臭气会在你身上瞬间暴发。最好的办法是先稳住它，然后将其从身上突然击落，不容它散发臭气，再一脚踩死它后迅速撤离。

夏秋时节，"臭板子"往往会对我们的住宅情有独钟。暑热的夏天，为了躲避骄阳酷暑，"臭板子"常常会钻进我们的屋子里乘凉；白露以后，天气变冷或气温骤降，它们也会千方百计钻进屋里与我们为伴。为了防止这些不速之客的造访，我们会把窗框、门框之间的缝隙尽量堵住或用纸糊严。但即使这样，也难以堵住"臭板子"钻进来的所有通道。一旦发现屋里或窗户上爬上了"臭板子"，最好的办法是找一块纸垫在手里，把它们捏住快速扔到屋外——尽管这样免不了会遭遇到臭弹袭击，但总比在屋里养着一个"生化臭弹专家"要安全许多。

由于"臭板子"的特殊"威力"，淘气的孩子们也在恶作剧中派上了用场。一次考试，锁子想偷看同桌英子的卷子遭到了拒绝。第二天，他便捉来几只"臭板子"用纸包好,悄悄放进了英子的铅笔盒。上课后,老师讲完数学英子准备拿铅笔做题,打开铅笔盒后发现一个纸包放在里面,感到好奇便打开了。这一来不要紧,一股臭气喷薄而出,几只"臭板子"轰炸机一样"嗡嗡"飞起,英子发出了一串尖叫,教室里立刻乱了套……经过一阵混乱和捕捉,教室终于恢复了平静。脾气暴躁的段老师开始调查案件的制造者。

按照英子提供的线索,锁子成了怀疑的"首犯"。但锁子很冷静,很坚强,尽管段老师拍桌子瞪眼一次次威吓,锁子却脸不变色心不跳,始终是一句话:"不知道!"由于找不到确凿证据,锁子又一直死硬否认,这一案件最终只得不了了之。多少年以后,同学聚会锁子说出了此事,在一片欢笑中英子对锁子仍旧是"大骂"不止。

"臭板子"属于不完全变态类昆虫,没有蛹化期。卵孵化为幼虫之后,样子就与成虫"臭板子"十分相似,刺吸式口器基本不变,所喜爱的寄主也没有什么变化,只是个子比较小,没有长翅膀,不会飞行。一两个月之后,幼虫长大为成虫,并生出了翅膀。"臭板子"的寄主十分广泛,禾本科、豆科、葫芦科等草本植物及各种果树都是它们喜爱的寄主,水稻、棉花、各种蔬菜、水果都会受到它们的危害。

"臭板子"对庄稼、果树的危害使人记忆犹新。白天,"臭板子"主要处于潜伏休息状态,躲在叶子下面不易被发现;到了夜晚或清晨,它们则趁着清凉,爬到嫩芽上吸食汁液。

专门危害棉花的小个绿臭板,从幼虫到成虫始终寄生在棉株上。它们叮在棉花嫩叶、花蕾和小棉铃上,会使幼芽停止生长,叶片形成大量孔洞,使棉铃脱落,棉芽皱褶萎缩,最终造成棉花大量减产。

鸭梨、白梨、桃子等水果几乎有一半的果实多多少少会受到"臭板子"危害,使水果变为"猴头桃""疙瘩梨"。

上小学的时候,曾读过一篇课文,是讲鸟儿们捕捉梨椿象的故事。梨椿象是专门危害梨树的一种椿象。这种椿象,小时候危害梨树的叶子、花朵,会把叶子、花朵的汁液吸干,使叶子变得卷缩枯萎,花朵无法坐住果实。待梨子长大以后，它们会把长长的刺吸式口器插入梨子当中，疯狂地吸食梨子的汁液。凡是受到梨椿象危害的梨子，都会在伤口周围结成一个硬硬的疙瘩，这就是我们常见到的"疙瘩梨"。"疙瘩梨"不好吃，不好看，自然也就卖不上好价，常常给农家造成巨大的损失。

除了危害庄稼和水果，"臭板子"对杨、柳、榆、槐、桑等树木和各种花草也不放过。它们吸食花蕾、花瓣、叶片、果实的汁液，使树木花草萎靡不振，失去生机。

更为可怕的是，"臭板子"一年可以繁衍两三代，会呈几何级数蔓延。入冬之前，成虫把卵产在树皮或植物枯枝败叶中过冬，第二年春暖花开时卵开始孵化。幼虫经过两三个月的成长，到六七月变为成虫，寿命一般可达一个多月。成虫产卵，卵又孵化成幼虫，幼虫经过两三个月后又长成了成虫……如此循环，周而复始，"臭板子"也就绵延不绝了。

为了对付"臭板子"，早春时乡人们采取堵树洞、刮老皮等办法直接消灭越冬的成虫和虫卵；夏季则采用摇动树干，将落地成虫直接踩死的办法；此外，晚春初夏，抓住"臭板子"幼虫期不会飞行的弱点，及时喷洒农药也是消灭"臭板子"的有效办法。

近些年来，由于全球化进程加快，越来越频繁的世界贸易导致外来物种入侵成为世界性问题。美国白蛾在中国大行其道，亚洲的椿象也迁移到美洲大肆泛滥。一种茶翅椿象已经成功在美国33个州"安家落户"。美国科学家们正试图找出控制亚洲椿象的有效办法。

滥用杀虫剂，在消灭害虫的同时也会造成益虫大量死亡，而且会对土壤和农作物造成一定伤害。如今，生态农业逐渐提上了日程，防治"臭板子"又多了新招：利用"臭板子"天敌。利用一些个头很小的寄生蜂对"臭板子"进行生物防治已成为最佳选择。例如，椿象沟卵蜂会把自己的卵产在"臭板子"的卵上，使其成为儿女成长的宝贵食物。还有专门捕食椿象的猎蝽，捉住猎物后会用钩子一样的尖吻刺入椿象体内注入麻醉剂，然后吸食其体液。

"臭板子"臭名昭著，以臭闻名，但也有大相径庭的个别异类。如可做中药的"九香虫"和"小九香虫",也属蝽科昆虫,能治肝胃气痛、腰膝酸痛等疾病,是应用比较广泛的中药资源。

科普链接：

臭板子,学名为"蝽象",也名"蝽",为节肢动物门、昆虫纲、半翅目、蝽科昆虫,世界约5000种,中国约有500种,体后有臭腺开口,遇到敌人时就放出臭气,俗称"放屁虫""臭大姐"等。凡其沾过的植物、水果或叶上都会留下这种臭味。为不完全变态昆虫,若虫经多次蜕皮后变为成虫。多数为植食性,严重危害农作物、果树和蔬菜;少数肉食性种类捕食其他昆虫,对农业有利;水中生活的田鳖、松藻虫,它们捕食小鱼等水生小动物,对水生养殖业不利。

▲ 臭板子

神奇的水黾

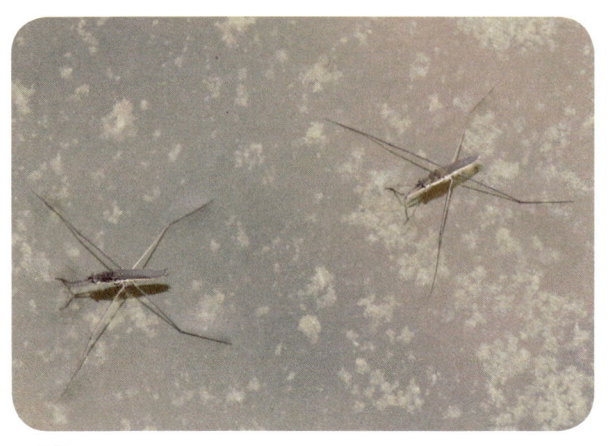
▲ 水黾

"小黑棍，细溜溜，漂在水面游啊游。四条长腿当划桨，身上就像抹香油。"这是小时候在河边水湾玩耍时常念叨的一首歌谣和谜语。

那么，这首谜语的谜底是什么呢？就是水黾。水黾是在河湾、池塘中常见到的一种细小水生昆虫，身体瘦长，就像一根小黑棍，又像是一只椿象被夸张地拉长拉细了一样。水黾身长有1厘米左右，宽只有一两毫米，全身黑褐色，头部呈三角状，突出的吻部粗壮而有力，头两侧长着一对发达的复眼，视力非常好，还有一对细细的丝状触角。

小时候，去村边的龙泉河湾里游泳，经常把捕捉这种水面漂浮的小东西当成一种乐趣。那时候，根本不知道这种小昆虫叫什么"水黾"，我们都叫它们是"卖香油的"。为什么叫"卖香油的"呢？一是因为它们太神奇，能轻轻松松漂在水面上游来游去（这是其他昆虫难以做到的），身体两边各张开两条长腿，一划一划像穿梭一样前进，浑身如同抹了能漂在水面上的香油；二是捉住它们后，这些小东西会从身上散发出一股很强烈的香气，有点像香油的味道……大约是由于上述两点原因，乡人们便给它们起了个形象生动的名字——"卖香油的"。

"卖香油的"不但神奇有趣，而且非常好玩。

初夏以后，天气热起来。正午时节，村里的孩子们纷纷逃避午睡偷跑到河湾去游泳。

龙泉河自小村西北发源，绕经村西再到村南，然后流向村东顺着山谷注入大石河。由于蜿蜒曲折的走向，村西与村南的河道拐弯处，便被河水漩冲出一个个小水湾。这些水湾水流平稳，积水较深，水面也比较开阔，加上有沙石滩可以晒太阳，因此成为村娃们戏水游泳的乐园。

"卖香油的"喜欢在平静的河湾水面上生活游走，我们也喜欢在深阔的河湾里游泳，于是，孩子们便会在水面上和成群的"卖香油的"不期而遇了。

赤条条跳入河湾中游玩一阵之后，孩子们就开始疯闹起来，打水仗，发水疯，只见水花飞溅，水面上空不时泛出一道道彩虹……小小"卖香油的"家园被我们占领了，它们不得不惊慌地游到河湾的边缘水面。

闹够了，游累了，有人突然对河湾中"卖香油的"产生了兴趣，便游过去捕捉。俗话说，猴儿山不让掐谷穗。孩子们就是这样，一个人率先带了头，一群孩子就会一哄而上——捉"卖香油的"瞬间成了河湾里的主题。

▲ 水黾

但想捉"卖香油的"却没那么容易：它们游走的速度太快，就像在水面上弹射一样，你刚要接近，它们就"嗖"地一下划远了；况且，它们还有应急跳跃的绝技，一旦游走仍不能逃脱，就会"咻"地跃离水面，一下子跳出去1米多远！

可顽皮倔强的孩子们全然不顾一次次失败，反而更加兴致勃勃群起而攻之。大家形成一个包围圈，把一群"卖香油的"团团围住，只听噼噼啪啪，只见水花飞溅，许多只"卖香油的"终于还是被孩子们抓在了手中……

大家开始坐在沙滩上小心翼翼检阅各自的战利品：必须捏住它们细棍似的身子，或者捏住它们细长的腿。若放在手掌中，它们要么会一跃而逃，要么会展开翅膀突然飞走。所以，必须捏住玩赏。

"卖香油的"有大有小，大的肯定是家长，小的肯定是孩子。对于那些又短又小或没长翅膀的小东西，我们会不屑地放掉；留下的都是那些长着翅膀的长家伙和大家伙。

"卖香油的"身体很硬，真像一根小黑棍。不过它们不是4条腿，而是和其他昆虫一样有6条腿：只是最前面的2条腿较短，是用来捕食的，容易被忽视；而后面的4条腿很长，中间的一对腿用来驱动划水，后面的一对腿用来控制方向，所以我们才以为它们只有4条腿了。

但要千万注意，捉住"卖香油的"只能玩一玩放掉，绝不能拿回家像蚂蚱一样喂给鸡儿吃。

一次，我们把捉来的"战利品"都交给锁儿让他拿回去喂鸡。结果，锁儿家的一只大母鸡竟被毒死了！我们由此知道，"卖香油的"是有毒的！

"卖香油的"在水面上游来游去忙什么呢？原来，它们不是为了有趣，也不是为了好玩，而是在水面上寻找并捕捉那些落难的小动物。我们曾把捉来的小虫子、小蛾子扔到水面上看"卖香油的"有什么反应。只见它们迅速聚拢过来，用前面的两条腿迅速抓住猎物，然后把坚硬的吻刺进了猎物的体内吸吮起来……小虫子、小蛾子是这样，即使是个头较大的苍蝇，甚至蜜蜂，落到水里后也会被"卖香油的"团团围住，无法摆脱被吃掉的厄运。

据说，"卖香油的"的腿上有非常敏感的刚毛，可以通过水波迅速感受到落水昆虫的挣扎信息。发现猎物以后，它们会以飞快的速度冲过去，并用管状的嘴刺入猎物体内，然后从容吸食它们的体液。

一次，两只胡蜂在空中打架，其中一只一不小心跌落在了河湾里。胡蜂在水面上扇动翅膀摇摇晃晃挣扎，搅得周围涟漪不断。这扩展的涟漪就像通知和告示一样，立刻招引得四五只"卖香油的"聚拢过来。面对这只庞然大物，"卖香油的"起初还只是试探着靠近，又突然离开。渐渐地，它们的胆子越来越大，终于冲上去抓住了胡蜂，群起而攻之……俗话说，虎落平阳被犬欺。胡蜂尽管个头很大，又有致命的蜇刺，但它跌落在水里，失去了平衡和灵活，加上"卖香油的"身体又细又硬根本无法用毒刺伤害，所以，巨大的胡蜂最终还是成了小小"卖香油的"的美餐。

然而，生物链就是相生相克的，"卖香油的"可以捕捉落在水面的小昆虫，同样，它们也会成为蛙类和鱼类的美餐。

一次，游泳上岸时顺手从河湾旁拔了一根水草，发现草茎上粘着一个个黑色的小颗粒。就在我刚要扔掉水草的时候，发现一个小颗粒突然蠕动起来，定睛细细观看，原来是从里面挣出了一只小东西。待那小东西舒展开以后，才看清原来是一只微型"卖香油的"。我由此得知草茎上的小颗粒原来是"卖香油的"的卵。把刚刚孵化出的"香油崽"扔到水面上，奇怪，它竟然很快游入了水中。难道"卖香油的"的幼虫能够生活在水中吗？我有些茫然不解。

"卖香油的"全身也分为头、胸、腹三部分，和其他昆虫差不多，只是中间的胸部较长，长有一对革质的翅膀，却没有膜质的内翅。

仔细观察，会发现它们的身上覆盖着一层细密的银白色绒毛。我们猜测，这绒毛或许就是它们能漂在水上的原因吧？

然而，身子有绒毛能漂在水上可以理解，但那又细又长的腿怎么能浮在水面上且能划水呢？对于这种神奇的魔力，我们议论纷纷始终不得其解。尤其是它们交尾配对的时候，一只公的趴在母的背上，母的居然能背着公的在水面上照旧游来游去，这需要多大的浮力

▲ 水黾

啊！当然，这时候它们的速度就会慢了许多，也正是它们被捕捉的危急时刻。

大家都说，假如能长上"卖香油的"那样神奇的长腿，岂不成了"水上飞人"了吗？

一个偶然的顽皮，让我知道"卖香油的"那神奇浮力也有克星。一次，村里的一位婶婶在河边洗衣服，我偷偷用她的胰子（现在叫肥皂）弄了一盒胰子水泼向水面"卖香油的"，想呛呛它们。结果发现，"卖香油的"一游到被胰子水覆盖的水面，就会拼力挣扎几下，而后沉到了水里……我由此知道，胰子水能破除"卖香油的"的浮力。可胰子水为什么能破坏"卖香油的"的神奇浮力呢？我

却怎么也想不明白了。

　　许多年以后，通过查阅有关资料才知道："卖香油的"生物学名叫水黾。它们之所以能浮在水面上而不沉，是因为每条腿都生有两个跗节，跗节上除了密布着细密的毛，末端还裂成两片小叶，一对爪就生在两片小叶的基部。跗节上密布的毛和两片小叶使得它们可以借助水的表面张力，在水面上飞快地运动而不会沉下去。

　　那么，为什么胰子水能破坏"卖香油的"的神奇浮力呢？原来，如果向水里加上一些洗涤剂，这就会破坏水面固有的张力（胰子水就是一种洗涤剂），水面张力没有了，水黾腿上密布的细毛就会被沾湿，因而就会沉入水中。

　　生物学家通过电子显微镜发现，水黾的腿上长有无数细长的微刚毛，单根刚毛上还生有精细的螺旋状纳米大小的凹槽结构，而吸附在这些凹槽中的气泡会形成气垫……这种特殊结构，能使水黾的腿排开 300 倍于腿部体积的水量，一条长腿就能在水面支撑起相当 15 倍于腿部的重量。

　　正是具有了超强的负载能力，水黾才能够在水面上行动自如，即使在狂风暴雨或急流中也不会沉没。据说，它们可以在水面上以每秒达自身长度 100 倍的距离滑行！也就是说，这相当于一位身高 1.8 米的人以每小时 643.7 千米的速度在水面"飞泳"。

　　了解了这些神奇知识，我不禁惊叹造物主的绝妙和伟大！假如我们能依照仿生学原理发明一种水黾式的水面战车，我们就会获得一种能在水面"风驰电掣"的绝妙新装备，无论是救援还是作战都会发挥出意想不到的效果。

科普链接：

水黾，为昆虫纲、半翅目、黾蝽科、大黾蝽属、水黾种水生昆虫，栖息于静水面或溪流缓流水面上。身体细长轻盈，前脚较短，可以用来捕捉猎物，中腿和后腿细长，长着油质的细毛，有防水作用。体色黑褐色，体长约2厘米，能飞翔，亦能在陆地上生活一段时间，以捕捉落入水中的小昆虫或鱼虾的尸体为食。

▲ 水黾

打斑蝥

▲ 红斑蝥

记得学习鲁迅《从百草园到三味书屋》一课时曾背诵过这样一段经典段落:"不必说碧绿的菜畦,光滑的石井栏,高大的皂荚树,紫红的桑葚;也不必说鸣蝉在树叶里长吟,肥胖的黄蜂伏在菜花上,轻捷的叫天子(云雀)忽然从草间直窜向云霄里去了。单是周围的短短的泥墙根一带,就有无限的趣味。油蛉在这里低唱,蟋蟀们在这里弹琴。翻开断砖来,有时会遇见蜈蚣;还有斑蝥,倘若用手指按住它的脊梁,便会啪的一声,从后窍喷出一阵烟雾⋯⋯"

由此知道,斑蝥还俗称"放屁虫"。

但在我的童年的记忆里,斑蝥是否能够"放屁"却没有什么印象,只知道它们是农田里常见的一种害虫,多在夏秋季节集中暴发,对庄稼的危害程度丝毫不亚于黏虫。黏虫主要危害谷子、高粱等禾本科植物,而斑蝥主要危害豆科植物,会把大片的绿豆、豇豆、黄豆等植物的花和叶子吃得精光。

上小学的时候,我们就曾与斑蝥进行过多次有趣而激烈的战斗!

斑蝥别名斑蚝、斑猫、花壳虫、黄豆虫等,又俗称西班牙苍蝇,是常以豆科、茄科、忍冬科、木犀科等植物为食的害虫。

斑蝥的成虫呈长圆筒状,身长 10～15 毫米,身体或为黑色,或为橘黄间有黑斑,有的还闪烁着金属光泽。它们头下面的一对咀嚼式牙齿,几乎与身体垂直,便于趴在植物上咬噬花朵或叶片;头上有一对呈丝状或锯齿状的触角,每只触角由 11 节组成；狭窄的胸部长着 6 条步足，后背长有一对很长的鞘翅，能把整个腹部从上面遮盖起来。

我的老家在北方农村，最常见到的是花斑蝥和黑斑蝥。

花斑蝥的学名叫斑眼芫菁，身体和步足均为黑色，头略呈方形，鞘翅或为淡黄色，或为棕黄色，上面分布着显著的黑斑。它们一般一年繁衍一代，成虫主要蚕食豆类、瓜类、茄子、花生的花或叶子。

黑斑蝥的学名叫锯角豆芫菁，又名"葛上亭长"，身体比花斑蝥略窄一些，头为红色，身体和步足均为黑色，后背的一对鞘翅也是黑的，每个翅膀上有一道细长纵向的白纹，一年繁衍一代或者两代，成虫在五六月或十月后出现，特别喜欢吃大豆、菜豆、豇豆的叶子和花瓣，也会危害棉花、茄子等植物。

斑蝥属于完全变态型昆虫，以幼虫形式越冬。成虫交配后会把卵产在较湿润的土壤里，经过近一个月的孵化，卵渐变为幼虫。

幼虫时期它们主要生活在地下，经过半年多的成长和 5 次蜕皮，幼虫变成蛹，蛹再羽化为成虫。

大自然确实奇妙，各种生物都有自己繁衍生存的高招。刚刚孵化出的斑蝥幼虫会呈现出乳白色小蛴螬的模样。它们或者寻找蝗虫的卵块在上面寄生，或者寻找土蜂的蜂巢作为寄主，由此开辟出它们生命的新天地。

资料介绍，斑蝥的幼虫会趁着土蜂产卵时"偷渡"到蜂卵上。它们先把蜂卵杀死，吸光卵里的汁液，然后在卵皮上进行第一次蜕皮，接着装成土蜂幼虫的模样大大方方住进蜂巢并以蜂蜜为食，直至多次蜕皮长大变成蛹再化为成虫，最后再从土蜂蜂巢的盖子上开个小洞钻出地面……

看来，斑蝥的幼虫和杜鹃一样是自然界中善于"偷梁换柱"的阴险家伙。

羽化后的斑蝥成虫喜欢白天活动。从羽化、交配，到产卵、死亡，成虫的危害期只有一个多月时间。但就是在这一个多月里，它们一面大肆啃食植物的花朵和叶子，一面寻找配偶，谈情说爱。由于耗费体力，还要繁衍后代，它们的食量和危害程度也令人吃惊。

2

夏末秋初季节，往往是斑蝥暴发的高峰期。这一时期，各种豆类、瓜类和花生正进入旺盛的生长期和开花期。适宜的气温、湿度和丰富的食物，会使斑蝥的成虫在几天之中便如雨后春笋般从地里冒出来。

在成片的豇豆、绿豆、黄豆、黑豆田里，黑斑蝥或花斑蝥像无数在低空飞行的微型滑翔机，慢悠悠起飞，晃悠悠降落，在豆子的叶片，尤其是花朵上大快朵颐。由于个头较大，身子较重，斑蝥飞行起来既没有苍蝇的速度，也没有蜻蜓的灵活，但它们啮食叶子和花朵的速度极快，不过几天时间，大片豆田里的豆叶和豆花就会被咬得千疮百孔，甚至只剩下光秃秃的秸秆⋯⋯

斑蝥尤其爱吃黄黄的、嫩嫩的、甜甜的豆花。一只斑蝥趴在豆花上，十几分钟时间就会把一朵豆花完全吃掉！这是一种灾难性的虫害：吃掉了叶子，豆子会严重减产；吃掉了豆花，豆子会从根本上绝收！

由于斑蝥能分泌一种毒性很大、气味辛辣的黄色液体——斑蝥素，所以，鸟儿们根本不敢去啄食它们，也就少了天敌的制约。这也是斑蝥泛滥成灾的原因之一。

20世纪60年代初，农药的使用还不太普遍，尤其是山区农村，对付黏虫、蝗虫、斑蝥等虫灾多是要靠人力去剿灭。

夏末秋初，正是中耕、除草、施肥的农忙季节。面对着突发的虫灾，生产队难以抽出壮劳力去对付虫害。因此，村里的老人、妇女，尤其是我们这些在校的小学生，就被动员起来参加生产队里打黏虫、打蝗虫、打斑蝥等特殊的战斗。

打斑蝥与打黏虫、打蝗虫大不相同，必须加强防护。

黏虫和蝗虫虽然看着让人很不舒服，但没有什么毒素；而斑蝥却是一种毒虫，体液中含有怪味和有毒的斑蝥素。由于斑蝥素对人的皮肤和黏膜有强烈的刺激作用，溅到皮肤上能引起充血、红肿甚至起泡，所以，打斑蝥最好要戴上手套、口罩和护目镜，以免眼睛、皮肤受到伤害。

可那时候，农村的生活条件太差，孩子们去打斑蝥根本不可能准备口罩、手套和护目镜。无知无畏的孩子们便都不管不顾，只穿着背心裤衩，照样在豆田里奔跑扑打，各个忙得不亦乐乎！

打斑蝥的工具主要是苍蝇拍。这工具几乎家家都有。苍蝇拍的铁丝细网透风好，阻力小，不仅可以击杀叶片和花瓣上的斑蝥，还可从空中截击正在飞翔的斑蝥。

队长把我们带到斑蝥肆虐的豆田里，讲完要领，做完示范，大家就开始分组行动。每个小组承包一块豆田，各组成员挥舞蝇拍联合行动，对飞舞的斑蝥展开了全面扑杀。

对正在叶片和花朵上饕餮大吃的斑蝥，我们按要领甩动蝇拍轻轻抽打，只需把它们打落在地上，跟上一脚将其踩死就行了——这样可以减少蝇拍对叶片和花朵的损伤；对从头顶上飞过的斑蝥，则要挥舞蝇拍凌空拦截，"啪"的一声将其击落再踩死——这需要身手敏捷，眼到拍到，动作迅疾。

但有的斑蝥飞得很高，在头上两三米的空中，苍蝇拍根本够不到。我们便在两三米长的椿木杆上绑一个用铁丝圈撑起的纱网，用这种自制的捕虫网对空中的斑蝥突袭拦截。它们十有八九会难逃罗网……

经过几天征战，大家打斑蝥的技巧大大提高，还总结出一条经验，那就是早晨是打斑蝥的最好时机。

中秋以后的清晨，由于天气较凉，斑蝥的翅膀上落满了露水，所以起飞也变得很困难，多是趴在豆秧上休息——我们打起来自然高效省力；待到太阳出来，温度升高，翅膀的露水被晒干，斑蝥便能随时起飞，打起来当然要追逐、费力了。

村里组织小学生打斑蝥的事汇报到公社以后，公社领导很高兴，召开电话会要各村学习推广。这消息也引起了公社药材收购站的重视，专门给学校打来电话：说斑蝥是一味很好的中药材，要我们把打到的斑蝥收集起来，卖到收购站给

孩子们换一些书本钱。

老师告诉我们：公社的医生说了，斑蝥性味辛热，有大毒，具有破血消症、攻毒蚀疮的功能。生斑蝥焙干研磨后可以用来敷治毒疮，经炮制后可以内服治疗肿瘤等疾病。

得到这一消息后，孩子们都非常高兴：打斑蝥不但能为生产队消灭虫害，还能获得一些收入，真是一举两得呀！

为了把打落的斑蝥收集起来，我们都自制了一个简易小木夹和一个小布袋。女同学专管用布袋收集斑蝥，男同学则负责捕捉和击杀斑蝥。我们把捉到的斑蝥一只只放在小布袋，然后再集中到老师的大布袋里。

斑蝥分泌的辛辣怪味曾让许多管布袋的女孩子掩鼻恶心，男孩子也发生过被斑蝥尿液灼伤皮肤的事情，但大家都坚持不懈，没有一个退缩的。

满载战利品回到学校以后，老师烧一壶开水，浇在布袋上把斑蝥全部烫死，然后倒出来晾晒，最后由学校统一卖到公社药材收购站。

那一年，学校用卖药材、打山草、捡杏核等勤工俭学的收入，为学生们买了跳绳、皮球、铁环等体育用品。课间十分钟休息，小小的校园里也由此变得分外热闹起来。

从那以后，组织小学生打斑蝥、收斑蝥，便成为学校一项正式勤工俭学活动。这活动一直延续了好多年。

不知道现在故乡是否还闹虫灾，是否还有斑蝥出现？如果有，大概也用不着小学生们去"大显身手"了吧？

科普链接：

斑蝥，学名为芜菁，俗称斑蚝、花斑毛、斑猫、芜青、花壳虫、章瓦、黄豆虫等，属昆虫纲、鞘翅目、芜菁科、斑蝥种昆虫，身体呈长圆形，鞘翅甲壳有特殊的臭气。斑蝥有很强的肾毒性，属剧毒物品，能分泌被称为斑蝥素的液体，用来防御敌害。成虫自初夏开始危害植物的茎叶及花朵等，七八月最甚，危害大豆、花生、高粱、茄子及棉花等农作物。世界上分布大约有2300种，我国记录的约有130种。

▲ 斑蝥

神秘的"打灯婆"

▲ 土鳖虫

童年的夜晚,因为村里还没有电,所以黄昏以后天很快就黑透了,倒是深蓝色夜空中闪烁的一颗颗星星显得格外明亮,仿佛站上山顶就能摘到它们。

一盏如豆的油灯给一家人带来一线光明。在这微弱的灯光下,母亲一针一线给我们缀着衣服的破洞;我们则借着灯光,或赶写作业,或暗暗窥读着一本千方百计借来的小说。灯光摇曳,汇成一缕淡淡的青烟飘散在屋内,使人闻到了一股幽幽的煤油香。突然,一只扁扁的巨大飞虫扇着巨大的翅膀扑向灯苗,那油灯转眼被它扑灭了!于是屋内一片漆黑,伸手不见五指。"打灯婆子——你个冤死的东西……"母亲边擦着火柴去点油灯,边喃喃骂着那扑灭油灯的飞虫。油灯重新亮起来,那巨大的飞虫分明还在屋里的一个角落飞舞。我立即放下手中的书,用耳朵和眼睛开始警惕搜寻。果然,那飞虫又盘旋着向油灯发起了俯冲,我立即挥舞手臂向它迅速扇过去。一次,两次……"啪——"就在它再次俯冲的一刹那被我重重击落在地上——它晕过去了。

捡起这巨大的飞虫在灯下观瞧:这家伙小小的头上有一对复眼和一对细细的头须,体长近1寸,淡褐色,前胸有三对带刺的足,后背有内外两对发达的翅膀。外翅稍硬,脉纹清晰,仿佛是薄薄的皮革;内翅透明,呈黄褐色,好像是一层膜纱。两对翅膀折叠于背部,腹部后面还有一对短短的尾须。

"这就是打灯婆子!专爱在夜晚来扑打油灯,是个见不得光亮的冤魂……"接下去,母亲就讲起了"打灯婆"的传说。

"很久很久以前,一个欠债的女人被卖到一户富家当女奴。狠毒的东家不但要她白天干活,晚上还要她在一个有特大号油碗的灯下纺纱织布。东家规定,每天夜里都要干到油尽灯灭才能歇息,不然就要被管家责骂鞭打。就这样,苦命的女人每天都要熬到夜半三更才能歇息。日久天长,女人对那盏大号油灯充满了仇恨,终于有一天,她打碎了油灯,点燃了织机,自己也在熊熊大火中被活活烧死了。从这以后,女人一缕冤魂变成了专门在黑夜出来扇灯扑火的'打灯婆'……"

听完这凄惨而悲哀的故事,我不禁对眼前的"打灯婆"深深惋惜起来。

但后来才知道,所谓"打灯婆"的传说,完全是老人们的臆想和编造。为什么呢?因为"打灯婆"根本不是什么女人的化身,而是实实在在的雄性昆虫!

那么,"打灯婆"到底是什么昆虫呢?

在农村,童年时常见到一种叫"土王八"的黑褐色昆虫:身体椭圆形,背部隆起像个锅盖,有一道道环节,像一块块瓦片扣在上面,小小的头隐于前胸,有触角1对,复眼1对,咀嚼式口器,体长近1寸,体宽七八分,腹部为棕红色,胸部有3对发达的足,足的胫节长有许多小刺,末端长有1对小爪……这些形态丑陋的家伙,多生在老旧的土炕或残垣断壁中,拆除旧墙或翻修土炕时经常可以看到它们。

"土王八"又叫"土鳖",因其形状与水中的王八——老鳖十分相像而得名。"土鳖"喜欢在较干燥的土洞中建巢繁殖,所以,老旧的土炕和土墙才成为它们理想的栖息地。拆除旧土墙或旧土炕时,时常可以看到有"土鳖"从其中仓皇逃出,有时还能挖出成窝的"土鳖"家族:密密麻麻、大大小小,四处逃窜,让人看了头皮发麻。"土鳖"喜欢昼伏夜出,白天它们在窝里睡

▲ 土鳖虫

大觉,到了夜里才出来寻找食物或寻找配偶。"土鳖"的食谱十分广泛,人畜粪便、碎叶果皮……凡是有机垃圾都可以成为它们的食物。

有一次翻修家里的老土炕，我不但发现了连绵不断、大小不等的"土鳖"，而且发现了几只"打灯婆"的踪迹。只见它们趴在一只只"土鳖"身上，而且尾部与土鳖紧紧连在一起……我突然大悟了：这"打灯婆"与"土鳖"一定是一家子，一定是一公一母，要不，它们怎么会这样"亲热"呢？

后来，经过查阅资料，我的猜测完全得到了证实。资料里介绍说："土鳖"又叫中华地鳖虫，鳖蠊科，地鳖亚科，又叫地乌龟、簸箕虫、土元、土王八、地团鱼等，雌雄异型，雄有翅而雌无翅。在整个成长过程中，土鳖每20天蜕皮1次，每蜕1次皮体形增加1圈。雌土鳖一生蜕皮11次，然后发育为成虫。它们爬行于墙壁、树干等物体上，生殖器散发出特有的气味，吸引雄土鳖交配。雄土鳖一生蜕皮9次便开始羽化，羽化后一个星期性成熟，可先后与十几只雌土鳖交配，交配后20天死亡。雌土鳖交配后7天开始产卵，无须二次交配，一只雌土鳖能先后生产数10只卵块，卵块40多天后孵化出幼虫……

有了亲眼所见，有了资料证明，"打灯婆"不是女子冤魂所化，而是不折不扣的雄性"土鳖"被确定无疑。那么，它为什么又要在黑夜去专门扑打灯火呢？其实，这也很好解释，大凡夜间活动的昆虫，都有趋光的习性，所谓"飞蛾扑火，自取灭亡"就是这一现象的形象写照。飞蛾都会扑火，"打灯婆"扑灯也就不足为奇了。

后来从中医药书中得知，相貌丑陋的"土鳖"原来还是一种比较名贵的中药呢！

"土鳖"性寒、味咸，有微毒，具有去瘀止血、消肿止痛、通络理伤、接筋续骨等功效，是理血疗伤的上好中药，可以治关节炎、腰腿痛、跌打损伤、闭经等症。

我国将"土鳖"作为中药已有2000多年的历史。《神农本草经》将其列为药材里的中品。《名医别录》载："蟅虫，生河东川泽及沙中，人家墙壁下土中湿处。"《新修本草》载："状似鼠妇，而大者寸余，形小似鳖无甲，但有鳞也。"

现代医学研究发现，土鳖虫身上至少含有17种氨基酸。这些氨基酸具有养颜、抗凝血、抗缺氧、抗突变等作用，对治疗白血病、癌症有一定疗效。药店里与土鳖虫配伍的中成药就有"人参鳖甲丸""追风丸""跌打丸""伤科七厘散""中华地鳖胶囊"等200多种。此外，营养学家还发现，"土鳖"中含有丰富的蛋白质、脂肪和微量元素，长期食用可以调节神经，增强免疫力。正因为如此，"油煎银鳖""土元脆皮"等用"土鳖"做成的菜肴才成为许多大宾馆的名菜。

由于"土鳖"的明显药用价值和营养价值，所以，现已成为市场上的畅销货，人工饲养"土鳖"已成为一种前景诱人的养殖业。据说，我国每年需要的活土鳖虫已达500万公斤！干土鳖虫的价格也由原来每公斤20多元升至目前的四五十元。

前些年，企业搞起了"协议解除劳动合同"，我的一位朋友"买断"工龄后干起了养殖业。这位朋友很精明，为使有限的饲料发挥最大效益，他先是买来饲料养塔兔，然后用塔兔的粪便来养土鳖。就是靠着这种刻苦学习的精神和精明的循环饲养模式，他的养殖业不但取得了可观效益，自己也成了塔兔和土鳖的饲养专家。

平时相聚，只要谈到土鳖，他就会眼睛放光，津津有味大侃一番"土鳖"养殖经：土鳖最合适的生长温度为15～39摄氏度；每公斤土鳖卵可生产干土鳖成虫40～50公斤；选种可去野外采集，也可以从养殖场引进；土鳖喜欢生活在pH值8～15的碱性土壤内；饲养池的饲养土应根据虫口密度和不同季节确定薄厚；夏秋季高温每天要加喂1～2次青饲料；若虫孵化后应根据个体大小分档饲养，还要预防蚂蚁和老鼠；雄虫不能做药材，到第7次脱皮时除保留少量种虫外，其他雄虫都要除掉……

真是一套一套的。他甚至总结出了怎样吃土鳖的保健食谱，并把土鳖当作贵重礼品赠送给朋友。

真想不到，昔日令人生厌的"土鳖"和"打灯婆"如今竟成了宝贝，养土鳖也成了一种前景诱人的养殖产业。

科普链接：

土鳖虫，为蜚蠊目、鳖蠊科昆虫，又称土元、土鳖、地鳖虫、转屎虫等，雌雄异形，雄虫有翅，雌虫无翅。性杂食，食物多样，蔬菜的叶、根、茎及花朵、嫩芽、果实，杂草的嫩叶和种子，米面麸皮，碎骨残渣都可做食物。捕捉后，用沸水烫死，晒干或烘干可做中药材。分布于我国华北、华中和西北等地区；具有破血逐瘀，续筋接骨之功效；可用于治疗跌打损伤、筋伤骨折、血瘀经闭、产后瘀阻等症。

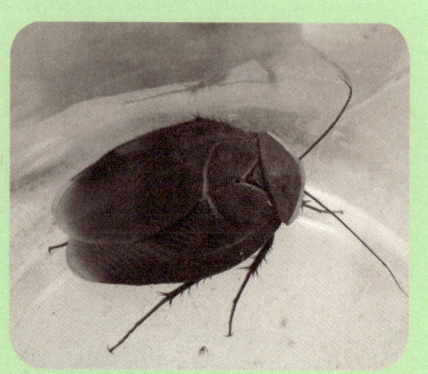

▲ 土鳖虫雄虫

诡秘的斑潜蝇

▲ 斑潜蝇危害

在以往的记忆里,从没有见过这种诡秘奇特的害虫:薄薄如纸的菜叶,居然能有什么东西钻到叶肉里面掘出细洞,且蜿蜒成白色蛇皮一样的、细细的曲曲通道,让人看了大惑不解!好端端碧绿的叶子,里边的叶肉被悄悄啃食,整个叶肉组织被弯弯曲曲的蛇皮通道阻断破坏,以致整片叶子逐渐发黄,直到枯萎死亡……

看到这情景,知道必定是害虫所为,可又是什么害虫呢?以前所见过的害虫,多是以"蚕食"方式大口大口啃食叶片的毛虫、尺蠖之类,抑或是以刺吸式口器吸食叶片汁液的蚜虫、椿象之族;而这能钻到叶片里边横行霸道的诡秘东西到底是什么害虫呢?

发现这种虫害的时间大约是20世纪90年代,是买小胡萝卜时从叶片上看到的。于是,惊讶之后仔细翻看,居然许多叶子都看到了弯弯曲曲的白色虫道!厌恶地把有虫害的叶子一一摘除——很不愿意把这恶心的东西吃到肚子里。

曾多次问过老年人或经验丰富的农家,都声称以前从没见过这种虫害。

之后不久，这种诡秘的东西变得更为普遍，又陆续在黄瓜、西瓜、豆角、小白菜等叶片上发现了这种奇怪的虫害。许多人感到困惑，甚至把这种虫害称为"鬼画符"，意思是由魔鬼画出的符咒。

为此，去菜市场买菜，尤其是叶菜，都要细看一番，看有没有"鬼画符"混杂其中。

初春，门前的草坪中长出了一片"二月兰"。"二月兰"属十字花科，叶子像萝卜的叶片，蓝色的小花一朵朵开满了花茎，让人看了赏心悦目。可几天以后，"二月兰"的叶片上竟生满了"鬼画符"，让人感到十分沮丧。

摘下几片病叶拿在手里，顺着弯曲的蛇皮似的通道仔细搜寻，终于在通道的尽头发现了一个黄白色的小凸起。贴着叶片轻轻一挤，白色的表皮破裂了，一条如铅笔尖大小的乳黄色小蛆虫便被挤了出来！

原来它就是制造"鬼画符"的真凶！

暴露出的小蛆虫身体饱满，很湿润，还在微微蠕动；但没过一会儿，随着烈日直射，它身上的水汽快速蒸发，饱满的身体很快干瘪下来死去了。看来，这小蛆虫离不开湿润的环境，所以才钻进叶片以叶肉为食，并用叶片里的丰富水分来保护湿润自己。真是个又聪明又狡猾的小坏蛋！

这诡秘的小坏蛋是从哪里来的？它的学名又叫什么呢？

通过查阅有关资料才知道，这种害虫叫"南美斑潜蝇"，是20世纪90年代从南美巴西通过货物贸易传到中国的，是典型的外来入侵物种，怪不得从前没有见过呢！

今年初夏，外孙鹏鹏到农贸市场买来一小袋日本樱桃萝卜的种子，要我帮他种在门前地里搞个种植试验。

于是，我们一起松土、浇水、撒种、盖土……我告诉外孙，几天后小萝卜就能长出来了。

一个星期后，待外孙从城里回来时，小萝卜苗果然已经长到2厘米高。每株小苗都有两片厚厚的、椭圆的、中间凹进一点的嫩绿的子叶。它们挨挨挤挤，长得很壮很密。看到自己的播种有了成果，外孙感到很惬意、很有成就感。

又是一周过去了，两片子叶中心长出了带着小毛刺的真叶！

周六早晨，外孙提着喷壶兴致勃勃去给他的小萝卜喷水，突然，他在外边大叫起来："姥爷，快来看——这是什么东西？"

跑出去接过外孙举过的子叶一看，原来是感染上了斑潜蝇！

"这是一种害虫。看，叶片里面的白道道中有小蛆虫，专门吃叶肉，凡是它吃过的地方，就留下了蛇状白斑……"

外孙惊奇地观察着，果然在我的指引下于白斑尽头找到了一个黄色小虫。

"叫你吃我的小萝卜，叫你吃我的小萝卜……"外孙一边诅咒，一边把叶子里的小虫狠狠捏死。

我告诉他："这害虫叫南美斑潜蝇，是从巴西进口货物时带到中国的。由于没有明显的天敌，现在已经在全国许多地区蔓延，能够危害蚕豆、大豆、西瓜、冬瓜、萝卜等许多种植物，重点危害十字花科植物……"

外孙显然有了兴趣，马上拉我到网上查阅关于斑潜蝇的信息。

很快找到了相关信息：斑潜蝇又称"鬼画符"，属于双翅目潜蝇科，大约于1993年由巴西传入我国，蔓延迅速，目前全国各地均有此害虫。它们寄生在豆类、瓜类等植物上，尤其喜欢十字花科植物……

那么，斑潜蝇是如何钻进叶片里面的呢？

原来，斑潜蝇的成虫有尖尖的产卵器，它们先用产卵器刺伤叶片，然后把卵产在叶子表皮下。经过2～5天孵化后，卵变成幼虫。幼虫再顺着叶片伤口边吃边喝潜入叶片内部。由于大量叶肉被吃掉，叶子变得千疮百孔，严重影响光合作用，最终会导致叶片枯萎脱落，严重的还会造成整个植株死亡。

斑潜蝇的幼虫与其他昆虫幼虫一样，要经过几次脱皮才能逐渐长大。长到末龄幼虫时，它们会咬破叶子的表皮，在叶外或地表下结茧化蛹。蛹经过7～14天，就会羽化为成虫。

斑潜蝇的成虫是什么样子呢？

虽然一次次看到过斑潜蝇的幼虫，但从没见过斑潜蝇成虫到底是什么样子。根据斑潜蝇的名字猜测，它的成虫很可能是一种小苍蝇。

为了能亲眼看到斑潜蝇的成虫，我时不时蹲在樱桃小萝卜前观察等待，常常一蹲就是十几分钟。

这天下午，我正在给小萝卜拔草，一只大约只有几毫米的微型小土蜂飞到小萝卜上空盘旋起来。我屏住呼吸，一动不动，看小土蜂轻轻落在一片饱满的叶子上。

小土蜂身体浅黄，肚子背部有几道浅黑的条斑。

小土蜂是蜂儿中的一种，在泥土中筑巢，有厉害的蜇刺，别看个子小却十分凶悍。童年时，我的一个伙伴因掘地时冒犯了土蜂的巢，差点被土蜂蜇死。

小土蜂和蜜蜂一样喜欢鲜花，喜欢采蜜。但我的眼前现在没有任何花朵，这只小土蜂来这里做什么呢？

只见它转转身子，捋捋触角，伸缩着腹部，仿佛在选择合适位置，蓦然从尾部伸出一个尖刺刺向叶片……

我顿时从疑惑中恍然大悟：难道……难道这是斑潜蝇的成虫不成？

现实果真证明了我的判断：只见它刺一下叶片，尾部用一下力气产一枚卵，然后抽出针刺再刺向叶片……终于见到了斑潜蝇成虫和它产卵的难得一幕！

我被斑潜蝇奇特的外表震撼了：黄黄细细的身体，肚子背部还有三道黑色的条纹，简直与可怕的小土蜂模样没有什么区别！

看来，为了保护自己，恐吓敌人，斑潜蝇能把自己拟态成恐怖土蜂的形状呢！

我拿起地上的小铲子，看准斑潜蝇快速拍下去，这只斑潜蝇顿时被拍晕在地面上。

把仍在哆嗦的斑潜蝇仰放在手心仔细观察：头、胸、腹部明显都是蝇类的特征，但只要翻过身子，却俨然展示出一只土蜂的威严了！

真是又狡猾、又聪明的拟态高手。

据资料介绍，美洲斑潜蝇自 20 世纪 90 年代侵入到我国，如今已在全国大多数省市自治区蔓延开来，给我国农业造成了巨大破坏。由于是钻入叶片内危害植物，农药防治很不明显，加上缺少天敌，所以就泛滥成灾了。

随着经济贸易的全球化，外来物种的入侵成为一种常态。要迎接这种挑战，除了要切实严格边境口岸的检疫防疫，加强人工和药物防治，还要加强国际合作，培育引进天敌，用生物防治逐步取代药物防治。

科普链接：

斑潜蝇，又称鬼画符，属于昆虫纲、双翅目、潜蝇科、斑潜蝇属、斑潜蝇种害虫。1993年由巴西传入我国，目前全国各地均有发生。主要危害黄瓜、番茄、茄子、辣椒、豇豆、蚕豆、大豆、菜豆、西瓜、冬瓜、丝瓜等22科110多种植物。成虫体长仅1.3～2.3毫米，体淡黄或灰黑色，复眼酱红色，产卵于各种植物叶片内，卵孵化为蛆形幼虫潜伏于叶片内啃食叶肉，使叶片形成白色弯曲的通道，幼虫老熟后在叶内化蛹，然后变为成虫飞出。

▲ 斑潜蝇

"螵蛸"与小螳螂

▲ 螳螂卵——桑螵蛸

童年时，常在山野的桑条、荆条或酸枣枝上折下几枚"老鸹脓"烧着吃——这是学大人们的做法。小孩子谁都会有"尿炕"的"光辉"历史。为了治"尿炕"的毛病，大人们会从野外寻回一些"老鸹脓"做偏方，在火上烧熟后给小孩子吃。这偏方果然很神奇，许多孩子吃了后真的很少尿炕了。

始于耳濡目染，故乡的孩子便把烧烤"老鸹脓"当成了解馋充饥的手段。

为什么叫"老鸹脓"？因乡人们见这东西很像老鸹的粪便（老鸹的粪便叫"老鸹脓"），就给它起了这恶心的名字。

其实，这东西吃起来很香，与烧蚂蚱的味道十分相似，而且更酥脆——因为它们是刀螂的卵，含有丰富的动物蛋白。

刀螂就是螳螂，"老鸹脓"又叫"刀螂子"，学名叫"螵蛸"。

小时候在野外曾见过刀螂产卵的情景：一只大肚子母螳螂要产卵了，先选一个枝条分泌出一堆泡泡，然后才把尾部伸进泡泡内产卵；一个卵泡产满以后，它会休息一下再去寻找新的产卵地点……之后，这些卵泡会逐渐蒸发、浓缩，最终凝结成一个外壳坚硬的卵块——"老鸹脓"。

卵块初时为乳白色，犹如热熔后的胶质，过一会儿就开始变硬，变成了黄褐色或黑褐色。

每个"老鸹脓"如手指肚般大小,内侧牢牢裹附在树枝上,外壳十分坚硬,能保护里边的螳螂卵不受伤害并度过寒冷的冬天。

螳螂的卵块有的产在榆枝上,有的产在荆条上,有的产在酸枣枝上,有的产在桑树枝上。产在桑树枝上的叫"桑螵蛸",产在其他枝条上的叫"螵蛸"。

《本草纲目》等药典将"桑螵蛸"作为著名中药,说只有产在桑树上的"桑螵蛸",才能独得桑白皮津液之精气,有良好的药效。但依我看,"螵蛸"的药效和作用应该相差不多。

冬季去野外收集"螵蛸",采回来先蒸上一小时,晒干后便可入药,能有效治疗体质虚、小便次数过多等疾病。

尽管知道这卵块会孵化成小螳螂,但始终没有见过小螳螂出世的情景,不能不说是个遗憾。这遗憾伴随着我从少年到成年,直到天命之年。

那年"五一"假日,带着孩子们回故乡爬山,无意中在一枝桑条上发现了一枚"桑螵蛸"。我立即招呼孩子们围过来向他们介绍起"螵蛸"的奥秘和功用,并讲起了小时候的趣事。

听了我的介绍,孩子们对烧烤"螵蛸"并无兴趣,嫌太恶心,倒是对"螵蛸"能孵化小螳螂充满了憧憬。

可"螵蛸"什么时候孵化小螳螂、怎么孵化小螳螂,我却无从作答了。

于是,折下这枚"桑螵蛸"带回家插在君子兰花盆里,决定详细考察一番。

日子过得很快,连续观察了八九天,那"螵蛸"仍静静抱着桑枝没有动静。

天气一天天变热,最高气温曾一度超过了30摄氏度。

5月12日早晨,当我走到阳台君子兰面前,霎时就惊呆了:花盆里、君子兰叶子上爬满了长度只有1厘米左右的小螳螂,那卵块下面还有一堆小螳螂挣脱后留下的皮!

我激动地弯下腰细细观察那卵块,希望能看到小螳螂出卵的一刻,但等了5分钟、10分钟……却始终没有见到有小螳螂从卵块中出来。我似乎明白了,卵块里的小螳螂可能都已孵化完了!心中顿感十分遗憾,只得小心翼翼将这些小螳螂收集一下放生到楼前草坪的大柳树上。

▲ 螳螂刚孵化　　　　　　　　　　　▲ 螳螂孵化幼虫

后来，果真在《本草纲目》中找到了答案："(螳螂)深秋乳子作房，粘着枝上，即螵蛸也。房长寸许，大如拇指，其内重重有隔房。每房有子如蛆，卵至芒种节后一齐出。"原来，螳螂孵化是在芒种节之后"一齐出"的呀！看来李时珍不仅是位大医药学家，而且是位了不起的生物学家。

但芒种节是在6月，而我采的"螵蛸"则是在5月孵化，时间提前了20多天。莫不是地球变暖，螳螂孵化也提前了吗？我猜想。

第二年，我又从野外折回一枚"螵蛸"插在阳台花盆里，但结果与第一次基本相同，我再次错过了观察"螵蛸"孵化的最佳时机。

今年5月1日，带着孙儿去野外山溪看蝌蚪，再次折回一枚"桑螵蛸"插在君子兰花盆里。

除了每日早晨巡察，还时不时去阳台探查"桑螵蛸"，生怕错过了宝贵的一刻。

5月19日下午3点多，正在计算机前整理文章，床上休息的爱人突然喊起来："小螳螂出来了，小螳螂出来了……"原来，透过斜照的阳光，她看到有小螳螂爬上了那枝桑枝的顶部。

我顿时振奋起来，立即拿着相机跑到阳台君子兰花盆前。真是恰到好处，小螳螂刚刚出来五六只。

啊——这是怎样一番新奇的景致呀：先是从"螵蛸"的中脊气孔中鼓出一个浅绿的亮晶晶的小泡泡，继而蠕动出带着黑色大眼睛的头部；那头部不断前仰后合，角度和幅度也越来越大；于是，身子便被一点点拉出，能清楚看到有触角和附肢紧贴着身体；最终整个身子被拉出并带着一根丝线从气孔中垂吊下来……

整个过程犹如哺乳动物分娩一般。

"螵蛸"卵块下面,吊挂着一个蠕动壮观的若虫团。团中的小生命尚不具备螳螂的模样,只是一个头大尾小、约半厘米长的小东西。每个若虫被一层薄薄的透明的皮包裹着,它们必须挣脱皮的束缚,才能变成能爬、能跑、能跳的小螳螂。

挣脱皮对若虫来说是个艰辛的过程:先是头部撑破皮脱出,通过呼吸运化,头部变大,触角伸开,一对黑色复眼显现在头部两边;继而是通过不断蠕动和抓挠,将颈部、腿部挣脱出来,硬化起来;最后再将整个腹部、尾部奋力脱出……经过数分钟的呼吸和运化,小若虫的身体渐渐变长,腹部变粗,尾部翘起,全身变得棱角分明,折叠的长腿也变得有力,终于离开若虫堆变成了一只能爬、能跳、活泼玲珑的小螳螂。这一过程经历了二十几分钟。

尽管惋惜孩子们没有亲眼看到这激动人心的一幕,但有幸用相机录下了这宝贵的全过程,也算可以和孩子们共享奇景了。

从下午三点半到四点半,整个孵化过程持续了约一个小时。之后"螵蛸"脊背的气孔再没有若虫冒出来,空壳下只剩下游丝牵挂着的一小堆紧缩的淡黄的皮。

看来,李时珍所说的"一齐出"实际是一个较为短暂的、约有一个小时的孵化过程。

经过一番详细计数,整个"螵蛸"中诞生了150多只小螳螂。

熙熙攘攘的螳螂宝宝有的爬到花盆边沿,有的爬到君子兰叶片上,有的则跳到附近的窗帘上。它们身手敏捷,行动迅速,并有了非凡的跳跃能力,相互之间并不打斗,也没有互相残杀的现象。

我把大部分小螳螂送到草坪绿植上放生,希望它们能在草坪中平安健康成长。留下5只按照孙儿的要求放到玻璃瓶中试着饲养,希望能看到它们逐步成长的过程。

为了保证通气,我用一块纱布做瓶子封口,并用皮筋套封好。

从幼儿园放学后,孙儿兴冲冲拿过一片菠菜叶要喂小螳螂。

我急忙告诉他,螳螂是食肉昆虫,给菠菜叶是不吃的。

"那它们吃什么呢？"孙儿疑惑地问。我没有回答，而是带他去草坪碧桃树上摘下一片卷曲的、上面爬满蚜虫的叶子。

"这小虫子叫蚜虫，专门吸食叶片的汁液，所以叶子才卷曲萎缩了。小螳螂最爱捉它们做食物呢！"听了我的解释，孙儿勇敢地拿过叶子把它投进了瓶子里。

然而，小螳螂并没有去捕捉蚜虫，而是惊慌地在玻璃瓶壁上不断乱爬，不断滑落——它们还没有适应玻璃瓶里的环境和生活。

一天以后，依然没有看见小螳螂去捕捉蚜虫，倒是看见它们去吮吸孙儿扔进瓶里的一小块苹果。看来，食肉昆虫幼小时也是喜欢吃一点有水分、有滋味的瓜果。

又过了一天，有两只小螳螂不幸死了：一只躺在苹果块的下面，一只趴在干枯的碧桃叶子下……不知是砸伤而亡还是饥饿而死，一家人都觉得很惋惜。其他小螳螂的腹部似乎有点变黑，分明吃进了蚜虫——因为蚜虫是黑褐色的。

清除了瓶子里的枯叶和死去的小螳螂，重新放进带蚜虫的新叶，希望剩下的3只小螳螂能好好捉蚜虫、吃蚜虫，好好地活下去。

仿佛理解我的心情，3只小螳螂果真健康地活了下来。它们上翘着腹部，有的爬上光滑的瓶壁，有的爬到瓶口封闭的纱布上小憩，广口瓶成了它们成长的家园。

经过多次观察发现，小螳螂对那些静止的蚜虫反应迟钝，但对瓶壁上爬行的蚜虫或浮尘子很感兴趣。别看出生仅仅几天，小螳螂已显现出食肉的本性：看到一只浮尘子飞落在眼前，先是半立起身子，将两把大刀折叠举起，继而在浮尘子靠近的一瞬间突然"弹开"大刀闪电般夹住了猎物，继而啃食起来……

3只小螳螂在一天天成长，身长很快达到了2厘米。

这天下午，正要把两片带蚜虫及浮尘子的桃叶放进瓶子，一幕恐怖的场景突然把我惊呆了：一只稍大一点的螳螂竟抓住了另一只小螳螂正在从头部大吃大嚼！那只被吃掉了头部的螳螂还在拼力移动着身子和后腿做最后的挣扎……

同胞兄弟相残——真是太残忍了！

八九分钟以后，那只可怜的小螳螂基本被吃光，只剩下零落的残肢跌落在瓶底上。

是食物不足吗？还是螳螂的本性生来就凶残？我一时不得其解。

我不由得隐隐担忧起来：另一只小螳螂说不定也会遭到同样的厄运？

但这只小螳螂与猎杀者相比，个头不相上下，长得十分健壮，看上去彼此势均力敌，大约不会被轻易俘获——这让人稍稍感到安慰。

▲ 小螳螂兄弟残杀

然而，两天后再去观察，另一只小螳螂果然不见了，只剩下肚子明显肥大起来的猎杀者……很显然，有了弑弟经验的猎杀者又吃掉了另一个同胞。

事实证明，螳螂之间即使是同胞兄弟姐妹亦没有亲情、友情，它们的成长过程，只遵循弱肉强食的自然法则。

18天以后，瓶子里的小螳螂完成了第一次蜕皮，换上了一身黄绿的新装。

我做下记录后拿着玻璃瓶来到楼西金银花架旁，将这只凶悍的猎杀者放归花架，让它在自然中去独立奋斗。

科普链接：

螵蛸为昆虫纲、有翅亚纲、蜚蠊总目、螳螂目、螳螂科雌虫产在植物枝条或树皮上的干燥卵块。产卵前，雌螳螂先分泌出一种泡沫状的黏液，再将受精卵产在里面。螳螂卵分行排列，每卵一室，干燥后即形成卵鞘。每只螳螂雌虫可产4～5个大小、形状相似的卵鞘。中医学称这种卵鞘为"螵蛸"，产在桑树上的称为"桑螵蛸"，采收蒸晒后可入中药，成品黄褐色，质松软，体轻，对体弱、小便次数过多者有抗利尿功效。中医认为，只有产在桑树上的"螵蛸"才能独得桑白皮津液之精气，因而入药最好。

怪异的螳螂

▲ 螳螂

　　螳螂俗称刀螂，是一种十分怪异的昆虫，也是童年时常玩的一种昆虫。尽管捉拿时有被螳螂大刀夹伤、砍伤的危险，但依旧是兴致勃勃、乐此不疲。捉螳螂是为了看它如何吃蚂蚱：将一只蚂蚱放到螳螂的面前，螳螂会毫不犹豫用大刀将其夹住，然后用小脑袋上尖利的牙齿，一口一口将蚂蚱吃下去……

　　螳螂是一种不完全变态昆虫，据说世界上有 2000 多种左右，我国就有 100 多种。家乡常见的螳螂多是中华绿螳螂，也叫"大刀螂"，体长约 8 厘米，绿色或黄绿色；此外，还有一种斑小螳螂，也叫"小刀螂"，体长五六厘米，灰色或暗褐色。

1

螳螂肚子很大，胸背狭长，头部与整个身体相比显得过于微小，几乎不成比例，模样十分怪异。小小的三角形脑袋下面像安有一个螺旋，能灵活地做180度左右旋转，这是其他昆虫无法做到的。小小的脑袋上面却生有一对大大的由上百个晶体状单眼组成的椭圆形复眼，几乎占了头部三分之二的宽度，和蜻蜓的头部结构很相似。它的头上有一对多节丝状的触角，虽然比蝈蝈的触角短了许多，但却灵动而机敏。螳螂的背部两侧长有内外两对翅膀，外翅多为绿色或浅褐色，下面覆盖着薄而透明且多彩的内翅，飞行起来就像舒展的黄红彩纱。螳螂的胸部有三对足，前面的一对称作"螳斧"或"螳刀"，如同一对粗大的折叠状镰刀，腿节和胫节上生有倒钩形尖刺，一旦抓住猎物，它们几乎没有逃生的可能；后面的两对是细长的步足，主要用来行走、跳跃和支撑身体。螳螂属于昆虫纲中的一目，是一种古老的、变化不大的昆虫，现在的样子与4000万年前的螳螂化石几乎一模一样。由于螳螂总是爱半昂着身子把一对合起来的螳斧高举在胸前，如同在向上天祷告什么，因而人们又称它为"祈祷虫"。

螳螂不仅形状怪异，而且是一种能根据环境变化和生存竞争需要而拟态的高手。生活在北方灌木草丛中的中华绿螳螂，因为周围的环境为绿色，所以它的身体也是绿的，与草叶、树叶融为一体。这样，既不容易被天敌发现，又容易隐蔽自

▲ 螳螂——棕色

己，麻痹猎物。生活在热带雨林中的宽背螳螂，由于周围环境多是阔叶，如果仍是温带螳螂那样瘦长的胸背，极易被天敌和自己的猎物发现，所以，它的后背就生出了宽而薄的椭圆背甲，就像一片小树叶把瘦长的胸背遮盖起来，天敌和猎物很难发现它。生活在落叶中的枯叶螳螂，它不仅会把身体的颜色变为褐色，还会把身体演化成如一片残缺的枯叶，让人见了惊叹不已。还有一种更为狡猾而聪明的白兰花螳螂，由于专门爱在盛开的白兰花上捕食采花的蜜蜂、蝴蝶等小昆虫，待兰花开放的时候，它会把全身都变成了兰花一样的白色。白兰盛开时节，白兰花螳螂会悄然而至，静静趴在花瓣上，翘起白色的肚子，展开白色的双翼，如同一朵盛开的并蒂白兰。这时候，只要有被兰花幽香引来的昆虫落下来，厄运也就来临了。不过，螳螂的视力并不算敏锐，它们对静止的东西几乎视而不见，但对运动着的东西却十分敏感，因此，运动中的各种昆虫自然成了它们猎取的对象。

2

生活在农村的孩子，大多知道螳螂是食肉的好手，所以，若是身上长了瘊子、赘疣之类，常捉来螳螂让它把这多余的赘肉一口一口吃掉。我腿上曾长了个刺儿瘊子，就是请螳螂帮助除去的。

螳螂吃瘊子的感觉很奇妙：痒痒的，疼疼的。由于螳螂的头很小，尽管它的咀嚼式黑色牙齿很锋利，但每一口咬掉的赘肉并不多，所以并不很疼，完全能够忍受。《三国演义》中关云长有刮骨疗毒的壮举，农村孩子们便把螳螂吃瘊子戏称为"刀螂除瘊"。

小小的脑袋，狭长的胸背，

▲ 螳螂

样子修长，仿佛很柔弱，可螳螂确是昆虫中顶尖的食肉猎手。螳螂一生以捕捉其他昆虫为食。如果说它能捕食蝇、蛾一类弱小的昆虫还能理解，但说它能捕食蜜蜂、胡蜂这样连我们人类相遇也要退避三舍的特殊昆虫，怕是许多人也难以相信。但事实确是如此。

儿时上山割草，曾在一丛蓬勃的荆蒿上见到了一只绿色大螳螂。淡蓝色的荆花正开着，招引许多蜜蜂嘤嘤飞舞前来采蜜。大螳螂微微张开一对螳斧，趴在一穗荆花上昂首祈祷一动不动。我悄悄走过去，想从背后进攻活捉螳螂玩耍一番。突然，一只细腰大马蜂醉汉一样飞舞着，晃晃悠悠落在了面前的荆花上。我这才看清了，是马蜂捉住了一条"尺蠖"，它正抱着这条绿色的虫子撕咬吞食。祈祷的螳螂霎时激动起来：只见它张开螳斧，翘起肚子，双翅渐渐展开，微微晃着身子向马蜂一点一点移动。近了，近了……突然，一只螳斧钩砍过去，马蜂连同尺蠖，一下子被牢牢夹在螳斧合闭的尖刺中！马蜂大吃一惊，一边拼命挣扎，一边本能地用肚子上灵活的毒刺向四周胡乱刺蜇。我知道，螳螂尽管很英武，但是若被马蜂的毒刺蜇中，肯定会一命呜呼。此时的螳螂并不慌乱，而是收紧高扬的螳斧，让螳斧上的尖刺一点点刺入马蜂体内，然后用它锋利的牙齿，去咬食马蜂的脑袋。不幸的马蜂因为被锋利的螳斧挟持在半空，肚子上的毒刺完全无法发挥作用，因而只能在螳螂的咬噬中渐渐丧了性命。结果，这只马蜂连同那条尺蠖一起成了螳螂的大餐。螳螂在与马蜂的恶战中之所以能够获胜，还有另一个原因，那就是它螳斧上的铠甲。螳螂的两把大刀，除了有两排锋利的倒刺，外表还有一层坚硬的铠甲，蜜蜂、马蜂的毒刺根本无法刺透，所以，在与马蜂的搏斗中，它只要保护好前胸、肚子等柔软部位，就能够出奇制胜。

螳螂这一物种有同类相残的习性。大小螳螂相遇，小螳螂如果躲避不及，往往会成为大螳螂的美餐；公螳螂与母螳螂相爱交配后，最终往往会悲壮地成为母螳螂的晚餐。

北方中秋以后，天气渐渐变得凉爽，螳螂的交配季节也到了。母螳螂长得体态丰满，比公螳螂的个头要大出许多。情投意合的一对螳螂谈情说爱后，开始相互交尾、共度蜜月。然而，就在这惬意美好的蜜月里，母螳螂往往会回转过头来，毫不客气地将公螳螂一口口吃掉！奇怪的是，此时的公螳螂，不知是被交尾的甜蜜所陶醉，还是甘愿为爱妻所殉情，竟然不做任何实质性的反抗，任凭妻子将自己一点一点"凌迟"。母螳螂为什么要吃掉公螳螂呢？昆虫学家解释说：这是螳螂为繁殖后代的一种本能行为。由于受孕的母螳螂产卵时要消耗大量营养，所以它必须用一切手段尽可能多地获取所需的营养。公螳螂交配后很快就会死掉，为了充分利用这一营养资源，母螳螂吃掉它也算是一种"废物"利用。

3

螳螂的卵和它产卵的方式很奇特。深秋以后，大肚子的母螳螂开始寻找合适的产卵场所。一般说来，蝗虫、蚂蚱一类的昆虫多在地下产卵。找个较松软的地方，用产卵器在地上钻个洞，然后把卵块产在地下。螳螂不是，它要专门找一些灌木的枝干，把卵产在枝干上。桑树、枣树、山荆是它们最喜欢的产卵场所。在毫无遮盖的树枝上产卵，难道不怕被鸟兽等天敌吃掉吗？聪明的螳螂自有它们的一套办法。

▲ 螳螂卵内部构造

螳螂产卵很壮观：产卵开始，它先从腹部产卵管中分泌出一种白色的黏液，然后用尾部的两个瓣膜一开一闭地搅动黏液，打进空气，使黏液形成泡沫状，然后才开始在泡沫中产卵。它每产一排卵，就盖上一层泡沫。就这样，卵被一层层泡沫保护起来。产完卵不久，外表的泡沫黏液很快干涸凝固，进而形成一层坚固的保护壳，即使是鸟儿也很难把它啄开。

螳螂的卵中医称之为"螵蛸"：生于桑树上叫"桑螵蛸"，生于枣树上叫"枣螵蛸"，生于荆枝上叫"荆螵蛸"。据说，螵蛸可用来医治腹痛、湿疣、淋病、气喘、膀胱肿大、胆囊发炎、气血虚弱、坐骨神经痛等疾病。

螵蛸外表坚固，封闭良好，不怕严寒，能保护里面的卵平安度过冬季。待到来年初夏，螵蛸里的卵粒便开始孵化。刚孵化出的小螳螂叫若虫，瘦小而娇嫩，十有八九会成为蚂蚁等昆虫和鸟类的猎物。

那年五一长假，一家人回老家看山水、摘桑叶，无意中发现了一枚"桑螵蛸"，便把它连同桑枝折了回来。我把它放在阳台窗台上，叮嘱家里人随时观察，看看螵蛸里的小螳螂什么时候出世。时间一天天过去了，天气渐渐热起来，一次次观察，桑螵蛸依然没有动静。

一个星期六的清晨，早起的外孙忽然在阳台上大叫起来："姥爷——快来！小螳螂——小螳螂——"我快速爬起来跑向阳台：哇——天哪，几十只，不，得有一百余只小螳螂围着它们刚刚出生的螵蛸壳，簇拥在一起，形成了一个密密麻麻的螳螂团！周围还四散着十几只已离开螵蛸壳的小螳螂。小螳螂为浅褐色，虽然只是小若虫，没有翅膀，但已具备了螳螂的基本外形。它们向上翘着小肚子，爬行、跳跃，动作都很敏捷。

看着这些可爱的小东西，我感到十分惊奇和不解：昨天还一只不见，今早怎么会倾巢而出了呢？细细思索以后，我恍然大悟了：刚出卵壳的若虫因为极柔弱，极易受到天敌的伤害，所以就像约定好了似的一起出壳，以便用它们庞大的数量去赢得被损害后的生存机遇！

阳台上没有让小螳螂生存下去的任何食物，只有螵蛸壳能为它们提供出生后的简便第一餐。但螵蛸壳又干又硬，小螳螂必须尽快离开它去寻找能够提供水分的猎物才能生存，譬如蚜虫。于是，我将小若虫们轻轻拨到一张纸上，然后，送到了院子草坪中的那株大柳树上。大柳树上生有许多蚜虫，有足够的猎物供它们捕食。看若虫们纷纷爬上了柳树干，我祝愿它们能尽快成长起来。

4

螳螂尽管是昆虫中的顶级杀手，但其弱小时也很容易成为其他昆虫或鸟兽的美餐。螳螂一生要经历七八次蜕皮才能长成大螳螂，所以，一枚螵蛸所出生的百余只若虫，只有几只能长到成年螳螂。

▲ 螳螂捉蝗虫

"螳螂捕蝉，黄雀在后"，是说螳螂能够捕捉像蝉那样的大型猎物，但自己也会成为鸟雀们的食物。此外，对螳螂威胁较大的还有山蜥蜴。螳螂遇见了山蜥蜴，会本能地举起大刀，翘起肚子，扇动双翼，发出"嘶嘶"的威吓。但山蜥蜴并不害怕，而是停在螳螂大刀的攻击范围之外静静观察、选择角度。待螳螂翅膀扇累了，警惕降低了，它突然吐出带有黏液的长舌，像导弹一样射向螳螂，然后闪电般把螳螂粘回来，再迅速吞入口中……

平时，螳螂虽然可以生擒蜜蜂、马蜂之类的可怕昆虫，但其产卵时却又会成为一种山蜂的俘虏。产卵时的螳螂把全部精力都用在了排卵和筑巢上，完全失去了抵抗能力。狡猾的山蜂便乘虚而入，将毒刺刺入螳螂的肚子将其麻痹，然后再尽情享用这丰盛的大餐。

由于每天以猎捕昆虫为食，螳螂有时会染上一种可怕的寄生虫病，就像人吃了"豆猪肉"会得绦虫病，吃了带有丝虫卵的生鱼片会得丝虫病一样。螳螂的寄生虫长在肚子里。晚秋时节，捉住一只大肚子母螳螂，稍微一挤它的肚子，也许就会有一条黑色的寄生虫从螳螂的肛门蜿蜒而出。待寄生虫全部排除，那长度会让人瞠目惊愕：足足有十四五厘米长，犹如扭动翻转的一团黑铁丝，超过螳螂身体的两倍！真是难以想象，如此巨大的寄生虫居然能在螳螂的肚子里生存下来！

怪异的螳螂，顽强的螳螂，真是一种不可思议的昆虫。

> **科普链接：**
>
> 螳螂，亦称刀螂，为节肢动物门、昆虫纲、螳螂目、螳螂科肉食性昆虫。在古希腊，人们将螳螂视为先知，因螳螂前臂举起的样子像祈祷的修女，所以又称祷告虫。是农、林、果树和观赏植物害虫的重要天敌。动作灵敏，捕食仅用 0.01 秒，以有刺前足牢牢钳住猎物。世界各地均有分布，尤以热带地区种类最多。世界已知 2000 种左右，中国已知 100 余种。个别品种有孤雌繁殖能力。

▲ 螳螂

"骗人"的母螳螂

螳螂是一种不完全变态昆虫,从卵里孵化出来以后,小若虫就与成虫螳螂很相似了。随着身体不断长大,小若虫一次次蜕皮,每脱一次皮称为一龄,雌若虫一般要蜕七八次皮,雄若虫一般要蜕六七次皮。大约8月上中旬以后,螳螂若虫经过最后一次蜕皮,开始变为成虫。之后,它们会寻找配偶、开始交配。交配后经过20天左右,也就是9月中下旬,雌螳螂开始产卵,产卵后会陆续死亡,个别顽强的成虫能够活到10月底到11月初。

1

国庆假日后一家人自青岛返回北京,车开到德州服务区下车舒活筋骨时,在服务区外的草地中意外捉到一只近10厘米长的绿色大螳螂。由于被抓住了脖颈,尽管三角形的小脑袋左右转动,两把大刀在空中连连舞动,也毫无意义。

这只螳螂立刻吸引了我的眼球:除了身长体壮以外,最突出的就是那大而略扁的肚子,分明是一只快要临产的母螳螂。深秋将到,正是螳螂们产卵的好季节。我决定把螳螂带上车,一来让孙儿见识见识,二来饲养一段时间,让一家人亲眼观赏一下螳螂产卵的实际过程。

路上,突然下起了大雨。儿子开车,我坐在副驾驶的位置上,母螳螂在我手上、胳膊上、肩膀上爬来爬去,后面的孙儿不时告诉我螳螂在哪里。

刚过了天津收费站,千百辆小轿车就把公路堵成了绵延十几里的超级停车场。幸亏有动画片和大螳螂轮流哄逗着,3岁多的孙儿才与我们一同熬过了烦恼的3个小时!

到家门口,由于匆匆忙忙从车上拿东西、躲大雨,待回到屋里后才发现,大螳螂不见了。顿时有些遗憾和懊恼,一路上与螳螂相伴,怎么到家反把它弄丢了?

然而，脱外衣时才发现，大螳螂竟然趴在我的肩头！

孙儿很高兴，要把大螳螂与塑料盒养着的绿蝈蝈放在一起。

我告诉他："这可不行，两个家伙都是食肉昆虫，放到一起指不定谁把谁杀死吃掉了呢！"

阳台上养着一盆兰花、一盆榕树盆景和一盆君子兰，花盆里曾看见过有小飞虫繁殖。于是，我把大螳螂放在了君子兰上：一来想让大螳螂帮助我们捉飞虫，二来是为大螳螂找一个捕食场所，也算一举两得。

但几天以后，我发现自己的想法很不切实际：大螳螂虽然厉害，但主要捕捉的是蛾蝶幼虫或蚂蚱之类的大型昆虫，对于渺小善飞的蠓虫，除非落在嘴边，否则是抓不到的——即使能抓到，得捉多少才能填饱肚子啊！

大螳螂似乎很尽职，几天中一直在花盆的绿植上爬行游走，分明也是在寻找猎物，但令它失望的是这里根本没有能捕捉的东西。

看着大螳螂一天天消瘦我感到很焦急：如此下去，别说产卵，就是活下去恐怕也难。一定得想办法让螳螂吃到东西！

想去外面捉一些蛾子、虫子喂螳螂，可深秋以后，草坪和绿植中很难发现蛾虫的踪影。

突然想到了冰箱冷藏的牛肉。螳螂是食肉昆虫，牛肉是高级的肉食，切下一小块喂它岂不解决了难题？

我迅速找出牛肉，用刀切下指甲盖大的一块，先在手掌中焐化、焐热，然后兴冲冲来到阳台把肉送到螳螂嘴边。满以为它会立即大嚼一番，但螳螂毫不领情，反而转过头迅速退却，躲到一片君子兰叶子的后边。

凭以往的经验，我知道螳螂是很贪吃的，为了吃甚至不顾一切，即使被捏住了脖颈，蚂蚱被送到嘴边也会毫不犹豫大嚼起来。看来这是一只矜持胆小的螳螂。

我只好叹了口气，把牛肉放在了君子兰叶片上。

这天晚上，我突然想起了那块牛肉，便急忙去了阳台。啊，牛肉不见了，查遍了君子兰叶片和花盆都没有，显然牛肉被螳螂悄悄吃掉了。这些天，它一定是饿坏了。

我感到很兴奋，有了冰箱里的牛肉，有了今天的实践，大螳螂应该不会饿肚子了。

然而，事情并非像我们想象的那样顺利。在以后的几天里，我照旧每天把一小块牛肉放在君子兰叶子上，但大螳螂并没有继续来赏光。难道它对牛肉失去了兴趣？

2

我知道，不吃东西，缺乏营养，母螳螂是很难产卵的，必须想办法让螳螂吃到东西。

这天早晨，晨练回来的路上在草地中捉到了一只小飞蛾。回家后我立即来到阳台准备"犒劳"母螳螂，但找遍了阳台上下，也没有见到它的踪迹。阳台窗户关得好好的，它不可能从阳台逃出去。难道它蒸发了不成？

连续两天我天天去阳台巡视，希望能有惊喜发现，但奇迹始终没有出现。

第三天，就在希望渺茫时，我突然发现了母螳螂：原来，它顺着阳台窗帘爬到了顶部的窗帘杆上！

这家伙，竟然学会了捉迷藏！可它为什么会爬到窗帘杆上呢？仔细巡视阳台顶部，我突然发现了其中的秘密：原来，阳台顶部的边角上由于长时间没有清扫，结下了许多小蛛网，每个蛛网上面都潜伏着一只小蜘蛛。它们靠捕捉花盆滋生的蠓虫生活。母螳螂是发现了阳台顶的蜘蛛，才爬到窗帘杆把蜘蛛当猎物了！

真是个神奇的世界，小小阳台居然构成了一条意想不到的生物链！

看螳螂捕蜘蛛让人感到一丝残忍：顺着阳台顶倒仰着一点一点接近蜘蛛网，蛛网上的主人立即变得警觉起来。就在蜘蛛转动身体试图从网丝撤退的一刹那，螳螂的大刀以迅雷不及掩耳之势砍下去，蜘蛛转眼被夹在了折叠的大刀中……接着就是大吃大嚼，蜘蛛很快没了踪影。

看到这一幕，我恍然想到了螳螂拒绝牛肉的原因：放在君子兰上的牛肉是静止的，而螳螂只对移动的物体感兴趣，捕猎活物才是它们的最爱。

但阳台顶上小蜘蛛毕竟少得可怜，靠捕它们维持生命简直不可能。我必须继续为母螳螂提供有效的食物救助。

根据螳螂吃活物的特点，捕获来的蝇、蝶、蚂蚱、肉虫等猎物，必须保证它们是活的、可运动，但又不能让它们飞蹦起来逃走。

根据这一要求，我把捕捉来的蠓虫、飞蛾、苍蝇等昆虫，剪去翅膀，弄伤其腿，使其失去飞行能力，但又能稍微爬动，然后放进一个塑料托盘里（托盘有2厘米高的盘沿，能困住受伤的猎物）。

就这样，我为母螳螂准备了一个特殊的捕猎食盘，每天尽量捉一些活物补充进去。

母螳螂对这一举措似乎很买账，果然经常到食盘中去巡视"猎捕"。

那一次，我刚把从花椒树上捉来的一条两厘米长的小青虫放进去，它便顺着窗帘下到盘中。见到快速爬动的小青虫，母螳螂立刻振奋起来。它几步抢上去，用大刀"啪"地夹住了小青虫。受惊的小青虫立即翻滚卷曲，拼命挣扎反抗，弄得母螳螂有些慌乱，竟松开了小青虫。小青虫拼力蠕动努力逃脱，但身体却被螳刀尖刺刺破，流出了绿色的血液。大约被这血腥所刺激，母螳螂再次追了上去。它看准时机，在小青虫伸展身体的一刹那，挥动两把大刀同时劈下去，小青虫被锋利的双刀死死钳住，再也无法翻卷！母螳螂从青虫尾部开始吃，一段一段，一直吃到了青虫的脑壳……先后只用了10多分钟。

毕竟已到了深秋，为螳螂捕捉猎物的任务越来越艰难，有时一天也抓不到一只。而母螳螂仍然没有要产卵的征兆，且行动迟缓了许多，精神也变得明显萎靡。

接到作协通知要去参加一次会议，我只好把照顾螳螂的任务暂时交给了老伴。

会议期间，华北地区连续大风降温，白天气温突降到四五摄氏度，夜里甚至发生了霜冻。我担心阳台上母螳螂会被冻死。

当我开会回来的时候，老伴遗憾地告诉我：10月27日那天早晨，母螳螂死了，至死也没有产卵……

手托着母螳螂的尸体细细查看,它的肚子已变得干瘪褶皱,全没了要产卵的迹象。我突然觉得自己受骗了:螳螂产卵的时间多在9月,而这只螳螂我们是10月7日抓到的,会不会是捉了一只已产完卵的"产妇"?

解剖了螳螂的肚子,果然没有看到卵块。

看来我真的上当了——当然,不是被母螳螂骗的,而是被我的自以为是欺骗了。

恼人跳蚤

▲ 跳蚤

跳蚤也叫"虼蚤",乡人称其为"虼子",是一种令人恼恨的吸血寄生虫。

辞书对"虼"的解释是:昆虫,赤褐色,小型无翅,善跳跃,寄生在人畜的身体上,吸血液,能传染鼠疫等疾病。

《水浒传》梁山好汉中第107位是"鼓上蚤"时迁,属七十二地煞星中的"地贼星"。之所以被称作"鼓上蚤",是因为时迁能飞檐走壁,善于深入、钻营、偷盗。一些人认为"鼓上蚤"的意思就是"鼓面上的跳蚤"。这其实是望文生义大误。"鼓上蚤"的真正含义,是指鼓边上起固定鼓皮作用的小铜钉,隐喻身子小巧却能深深钻入并建功立业之意。

这里的"蚤"虽不是"跳蚤"的"蚤"的含义,但二者"小而本领不凡"的意思却是相近的。

跳蚤和蚊子、苍蝇、虱子一样是20世纪六七十年代前严重危害百姓健康的害虫。

相比之下,跳蚤比其他几种害虫更厉害、更难以对付。

首先,是它们的敏捷及吸血的狠毒。

一旦跳到寄主身上,跳蚤会立即用刺吸式口器刺进皮肤,狂吸猛吸,迅速使身体鼓胀起来。由于跳蚤的口器比蚊子、虱子更粗壮,吸血速度更快,所以刺入皮肤后人会感到格外刺痒和疼痛。

而当寄主感到痛痒难忍拍打或抓挠患处时,跳蚤早就敏锐感知而跳到别处继续"作案"了。所以,一个晚上,只要被窝里有一两只跳蚤,就会把寄主咬得翻来覆去、无法入睡、苦不堪言，又无可奈何。

有人苦笑着说："这'虼子'也太厉害了，咬得我一次次从炕上爬起来，都不敢着炕了！"

于是，就有了"'虼子'力气大，顶人躺不下"的乡民俚语。

其次，是它们顽劣的抗击打、抗重压的能力。

俗话说得好："常在河边站，哪能不湿鞋？"跳蚤天天咬人，总有被人拍住、捏住的概率。这时候，人们会用手指使劲捏压，直到认为跳蚤已经昏死才会放开。可就在你查看跳蚤尸体的时候，它却倏然滚动，继而"嗖"地没了踪影……这结局会让人懊悔不已、怅然若失。

这结局在蚊子、虱子、苍蝇身上是绝对不会发生的。那么，跳蚤为什么会经历重压而不会被捏死呢？

原来，跳蚤外壳不仅厚实，且极为坚韧，上面还倒生着许多硬毛，可以承受来自外界相当于自身体重百倍的重压！有了这种特殊的身体构造，就像练就了铁布衫金钟罩，使其有了打不破、捏不死的非凡能力。

有人做过一个计算，人如果生了跳蚤一样的外壳，那么，即便是从1000米高空跌下来硬着陆也会安然无恙！

再次，就是它们躲避追捕、转瞬即逝的逃脱能力。

与虱子、蚊子、苍蝇、跳蚤接触过的人都会有同样感受：捉虱子比较容易，打蚊子、苍蝇也不难，但唯独抓跳蚤难上加难！

之所以困难，在于它们出奇的机警和令人惊异的跳跃能力。

想抓被窝里的跳蚤，就得掀起被子。可被子刚一掀开，暴露出的跳蚤就会双腿一蹬没了踪影……

跳蚤为什么会有如此敏捷和惊人的弹跳能力呢？

秘密就在于跳蚤的两条后腿上。跳蚤两条带刺的后腿粗大健壮，是前腿长度的数倍，不但肌肉发达，而且有一种天生的特异功能。

跳蚤的祖先为原始翅尾虫，本来生有翅膀，后来退化了，但其牵动翅膀的强健肌肉依然保存下来，并能将力量从背部转换到侧面，这样就使跳蚤获得了强大的跳跃力。此外，它们位于胸部的"侧弧"器官由特殊蛋白质组成，能如橡皮筋那样拉长以后再收缩，从而释放出巨大储能。上述两个原因叠加后，便使跳蚤获得了令人瞠目的弹跳力。

有人曾做过测算，小小跳蚤的跳跃高度可达30多厘米，相当于自身长度的200多倍！犹如一个人奋起一跃腾空二三百米高再越过一个标准足球场一样！

所以，要选动物跳高、跳远冠军，跳蚤当之无愧。

正是具备了上述一系列绝佳本领，跳蚤才成为让人最为头疼的寄生虫。

2

经历了一次次痛苦折磨和实践，人们总结出了消灭跳蚤的诸多办法。

为防止掀起被子跳蚤会逃脱，我总结出这样一种办法：不掀被子，而是从一侧一点点慢慢卷起，一旦发现跳蚤，迅疾用手掌迎面压住；待确实感觉摸到并捏住跳蚤了，便拼力反复揉搓，直到将其搓死搓烂……当然，手指也就染上了鲜血。

可一只只捕捉毕竟困难，而且效率低。

怎样才能有效抑制和消灭跳蚤呢？

岳母的办法是：将被褥和炕席揭下来到院子中敲打晾晒；在土炕上铺一小层柔软山草或麦秸，然后点燃控制其慢慢燃烧。这样一来，被子、席子上的跳蚤及虫卵被基本清除，土炕上的虫卵及躲在炕缝中的跳蚤被烧死或熏跑，一家人终于可以在一段时间内睡个安稳觉了。

后来有了"六六六"粉等农药，便将药剂撒在炕席底下和被褥上。这种方法驱虫效果显著，但容易引起人员中毒——那时候，农村时常会发生村民农药中毒事件。

随着"除四害、讲卫生"运动的不断深入，人们防治跳蚤的知识不断增加。

首先，是大家知道了跳蚤的巨大危害和消灭跳蚤的重要性。跳蚤吸血，给人造成严重痛痒还是表面和次要的，可怕的是它通过叮咬吸血传播令人恐怖的鼠疫、绦虫病、肾综合征出血热、地方性斑疹伤寒等恶性传染病。

鼠疫是由鼠疫耶尔森菌感染引起的烈性传染病，是我国法定传染病中的甲类病种，在 39 种法定传染病中位居第一位。老鼠、旱獭等是鼠疫病菌的自然宿主，而老鼠身上的跳蚤则是传播鼠疫病菌的最佳媒介。鼠疫传染性强，病死率高，在世界上曾多次发生过大流行。14 世纪欧洲暴发的鼠疫病，3 年时间就死了 3000 多万人，造成了空前无人区和大恐慌！我国 1949 年前也曾多次发生过鼠疫流行，造成了成千上万人死亡。目前，鼠疫虽已大幅减少，但在我国西部、西北部仍有零散病例发生……由此可知，跳蚤虽小但危害巨大。

其次是了解跳蚤的生活习性和传播途径。据说，一只小小的跳蚤在适宜环境中能活 1～2 年，一年之内不吃任何东西也可以活下来，其生命力的顽强让人咋舌。

据资料介绍，雌跳蚤吸一次血排一批卵，一只雌蚤一生可产 200～400 枚卵。虫卵为白色，产下 2 天后就可孵出幼虫。幼虫也是白色或乳白色，全身有鬃，行动活泼，如微型无足小蚕，会藏在炕缝、墙缝、炕席下，以成虫粪便、动物皮屑、食物残渣为食，什么都吃，从不挑食。经过 3 次蜕皮后幼虫进入蛹期。这时候，它们还是咀嚼式口器，而一旦蛹化为成虫后就变成了刺吸式口器。随遇而安的生活习惯，使跳蚤的幼虫具备了极高的生存概率。

跳蚤没有固定的寄主，在各种有毛动物身上均可寄生，甚至在毛毯、地毯中也能生存。母跳蚤吸血后一般会选择把卵产在动物身上，而不是人的身上——因为人经常洗衣、洗澡，不利于卵的寄生和孵化。这也是它们的繁殖策略。

了解了跳蚤的这些习性，便能有针对性地采取措施消灭它们。

第一是对居室进行清除跳蚤的处理：喷洒药剂，堵死鼠洞，抹平土炕、墙壁上的各种缝隙，让老鼠难以出没，跳蚤无处藏身；第二就是对鸡舍、狗窝、猪圈等禽畜饲养地喷洒杀虫剂，铲除跳蚤繁殖滋生的基地。

20 世纪八九十年代以后，水泥普遍代替了石灰；而坚硬的水泥地面、墙壁、路面阻隔了老鼠打洞的可能，跳蚤的重要寄主——老鼠基本被挡在了居室之外。

那时候，居民小区普遍严格实行"八不养"（不像现在宠物猫狗泛滥成灾）规定……

经过多年的不懈奋斗，困扰人们多年的跳蚤和跳蚤所带来的疾病，终于退出了人们生活的舞台，并消失在众人的视线里。

3

如今，几十年过去了，没有了跳蚤的干扰，没有了可怕的鼠疫，我们的生活变得舒适和安逸。跳蚤和鼠疫似乎已成为历史上遥远的痛苦记忆。

但 2019 年，连续从网络上看到京郊、华北等多地出现了多起鼠疫的信息。这让人从心底产生了一种不祥和恐惧。

如今的城市居民，因为长期浸淫在安逸、富足的生活中已变得相当自我和麻木。猫、狗、鼠、兔和各种禽鸟，已成为普遍豢养的宠物，有的宠物地位甚至远高于家庭老人之上！曾经的"八不养"现在已被许多人抛之脑后。数量众多的宠物行走于闹市街头如入无人之境。它们的确为主人增添了乐趣，也填补了一些人心灵的空虚，却造成了大量资源的消耗，尤其可怕的是给我们的生活埋下了巨大隐患和不定时炸弹！

寄生在宠物身上的跳蚤等寄生虫就是这种隐患和不定时炸弹。

猫、狗身上的寄生虫清除起来非常困难。如跳蚤可在不同寄主之间频繁转换，悄无声息传播着各种潜在的可怕病毒。这些病毒一旦失控暴发，就会给这个家庭、小区乃至整个城市带来不可估量的灾难！

不要以为导致上亿人死亡的鼠疫病离我们已经十分遥远，或许明天、后天的某个节点，它就可能露出狰狞的面容！

可能许多人会不以为意地讥笑这是杞人忧天，认为凭着现代发达的医疗技术和防治手段，曾经的鼠疫在今天一定会得到很好的控制，历史上的灾难不会在今天轻易上演的！

但愿如此吧。我们也从内心里这样祈祷！

💡 **科普链接：**

跳蚤为节肢动物门、昆虫纲、蚤目、蚤科寄生性昆虫，俗称虼蚤、虼子，身小无翅，触角粗短，后腿发达粗壮，极善跳跃，成虫通常寄生在哺乳类动物身上，少数寄生在鸟类身上。跳蚤是完全变态昆虫，卵白色，孵化后幼虫很像白色或乳黄色小蚕，无腿，全身有鬃，行动灵活，为咀嚼式口器，以有机物渣子和成虫排泄物为食。几次蜕皮后作茧化蛹，羽化后变为成虫，身体坚硬侧扁，腹部大而椭圆，有9个环节，变为刺吸式口器，吮吸动物血液，可传播鼠疫等多种疾病。

▲ 跳蚤

扑杀桃天牛

▲ 桃红颈天牛成虫

近几年来,星城小区主路两侧的碧桃遭遇到"红颈天牛"的疯狂洗劫:碧桃1米左右高的主干被天牛幼虫蛀食得千疮百孔。路树管理部门不剪枝、不打药,很少对碧桃浇水管理,天牛泛滥也未见采取措施,任凭碧桃一株株死去,每年冬天只是像"收尸"一样,把死掉的桃树锯掉拉走,以致路两侧400多株碧桃如今仅剩下几十株。

昔日星城主干道两侧,曾是绿柳依依、碧桃盛开、姹紫嫣红,盛开的碧桃也成了远近闻名的星城美景。如今,一棵棵碧桃被锯成了树墩,剩下的孑遗也被天牛噬咬得奄奄一息,怎不叫人扼腕叹息!

1

天牛又分为锯天牛、花天牛、沟胫天牛等多个亚科,品种繁多、危害广泛,全世界有2万多种,我国也有2000多种。

天牛是我童年就熟悉的一种大型昆虫,在杨、柳、榆、槐、桃、杏等树木上都能发现,盛夏雨季甚至可轻易捉到成双成对的成虫。

天牛的成虫威武雄壮,像铠甲包裹的武士:肚子形如长筒,略扁的胸背由硬甲包裹,一对长长的触角从头前生出,像雉鸡翎一样飘逸,且能自由转动;6条步足带有坚硬的锯齿,攀爬时迅捷有力;头上一对尖尖的、向内弯曲的大牙可以轻易咬开树皮；后背一对坚硬的鞘翅，鞘翅下有内翅，飞翔时外翅张开，内翅扇动，会发出"嗡嗡嗡"的响声。

因为力气大、善飞翔，故有了"天牛"的名字；又因会发出"咔嚓、咔嚓"的响声因而被称为"锯树郎"。

天牛的触角长而漂亮，足有10多厘米长，几乎是身子的2倍。每根触角由8至10节"小细棒"组成，每节小"细棒"下粗上细，仿佛是拉开了的组合式钓竿。

天牛的颜色为黑色或褐色，以黑色居多。星天牛后背黑亮，还带着许多星星般的白点，十分漂亮，是故乡胆大的孩子们喜欢捕捉的玩物。

抓捕天牛要有定力和勇气。一是天牛能散发化学气味，一旦受到攻击或惊吓，它们就会从身体气孔中散发出一种难闻的怪味，让捕食者或捕捉者望而却步；所以，捕捉天牛要能忍得住天牛释放化学气味的"熏陶"。二是天牛成虫头前的一对大牙很厉害，倘若用手去抓，弄不好会被咬上一口，所以捕捉时，最好不用手与天牛直接接触。

我们的办法是：用高粱秆扎个席篓小笼子，抓天牛时先用树枝将天牛从树干击落，接着用脚轻轻踩住，慢慢挪动鞋子将天牛露出，再用木棍夹住放进笼子里。

被困住的天牛会乱窜乱爬，胸部发出"嘎吱嘎吱"的响声。待它们跑累了、累蔫了，终于停下来时，我便看准时机用细线迅速系住天牛一条或两条腿，然后将其放出，便有了放飞天牛的好把戏。它们会张开翅膀，拼力往上飞，但又受到细线牵引无法高飞，只得在空中"嗡嗡嗡"像直升机一样兜着圈子。

有时候，小伙伴们还会提着各自的"俘虏"举行天牛决斗，但千万不能让它咬到——那家伙的牙很厉害，会把手指咬破的。

李时珍在《本草纲目》中介绍说："此虫有黑角如八字，似水牛角，故名。天牛处处有之。大如蝉，黑甲光如漆，甲上有黄白点，甲下有翅能飞。目前有二黑角甚长，前向如水牛角，能动。其喙黑而扁，如钳甚利，亦似蜈蚣喙。六足在腹，乃诸树蠹虫所化也。夏月有之，出则主雨。"

李时珍的观察可谓全面细致。

天牛对树木的危害主要在幼虫阶段。天牛的幼虫为淡黄色或乳白色，榆天牛幼虫甚至会长成紫红色。它们的身体前粗后细，有明显环状突起，如同拉开的蛇形管，越到头部越粗壮，故又称圆头钻木虫。这种肥胖的虫子长达四五厘米，头上长一对内弯强壮的黑牙，能轻易咬开坚硬的木质部，钻入树内。它们会在树内生活近两年，长大后扩出一个1厘米左右宽的孔道作茧化蛹，待到六七月雨季再羽化为成虫钻出蛹洞交配产卵，开始下一个生命轮回。

2

▲ 桃红颈天牛幼虫

危害星城碧桃的是"桃红颈天牛"。之所以叫这一名字，是因为它们的胸颈部分是红色的，而头部和桶状腹背是黑色的。

面对桃树根部落下来的一堆堆黄色虫粪，我曾多次顺着虫洞深入挖掘，所看到的虫害让人触目惊心。天牛3龄前的幼虫，主要啃食树皮到木质部之间的生长层。生长层是树木供应水分、养料，确保树木存活生长的关键组织层，一旦被蛀空，树木就会迅速衰败并走向死亡。到了3龄以后，天牛大幼虫便开始啃食坚硬的木质部。

可捉到胖胖的、长着两枚黑色大牙的黄白色幼虫；倘若蛀入了木质部，挖掘就失去了意义，除了劈开树干，是没有其他办法挖到木质部中去的。

消灭天牛的最有效办法，就是在它们羽化为成虫后及时捕杀。1只天牛成虫可产下三四十枚虫卵，杀死 1 只成虫，就等于消灭了几十只未来幼虫。

经过连续观察，发现"桃红颈天牛"成虫主要在 6 月底、7 月初出现，交配产卵期可延续近 20 多天。

按常理，健康的桃树天牛是很难攻入的。

桃、杏等树木都有一套自我防卫机制，一旦遭到外敌入侵，它们会迅速分泌黏稠的桃胶、杏胶，将伤口封住，或把天敌闷死在洞内。

但这种防卫机制，是以树体健康为前提的。一旦管理无为，任凭虫害损害树木，病弱无力的树体便难以分泌防卫的桃胶，天牛也就会大行其道。

星城碧桃就是在这种情况下被天牛乘虚而入的。

今年，直至 6 月下旬老天才下了第一场透雨。雨后的碧桃总算吸足了水分，开始尽力分泌桃胶以封堵众多伤口。"桃红颈天牛"成虫也在这个时节开始大量羽化。

天牛成虫一般能活 10 余天，长的可达 1 个多月。羽化后成虫会在蛀道中停留几天，然后爬出虫洞尽快寻找配偶交尾，并把卵产在树皮缝隙中。

眼见成虫泛滥，心中焦急，便几次去路边碧桃下进行扑杀。

"红颈天牛"身体坚硬、生命力顽强，用树枝拍打到地面后，只要不是柏油路，用鞋子多次踩压后照样能匆匆爬行。用树枝连续拍打，或用小石块摁住碾压，直至牛角折断、肢体残破，它们还能踉跄前行……

第二次扑杀时，竟然发现一只短小的雄虫，正与地面上一只断腿、断角，严重受伤的雌虫交配。那只雌虫是昨天被打伤的——天牛的生命力真的让人难以置信！

经过几轮巡视扑杀，几十只天牛被消灭了，但新的成虫仍在不断出现。晚上，与几位乘凉的老伙伴说起此事，大家纷纷表示：从明天开始，一起参加扑杀行动。

于是，碧桃树下，陆续出现了扑杀"桃红颈天牛"的老年志愿者的身影。

3

人工扑杀天牛成虫虽然有效，但很难大规模推广。经过多年研究和试验，人们认识到，生物防治才是抑制天牛最环保、最有前景的科学手段。

人工扑杀天牛成虫虽然有效，但很难大规模推广。经过多年研究和试验，人们认识到，生物防治才是抑制天牛最环保、最有前景的科学手段。

1997年，中日专家在银川附近调查时发现，一些天牛幼虫在木质内离奇死亡。进一步观察发现，死亡的天牛幼虫上面寄生着一种叫作花绒寄甲的昆虫。经深入研究分析发现，花绒寄甲是追寻到天牛幼虫后在它们身上产卵的。这些卵孵化为幼虫后立即向天牛幼虫发起攻击，先将其麻醉，然后吸食天牛身体的营养，直至留下薄薄的空壳。花绒寄甲幼虫长大后，作茧化蛹再羽化为成虫，然后继续寻找天牛幼虫产卵寄生。为此，人们对花绒寄甲进行了人工繁殖饲养，然后将它们带到天牛灾害发生区释放。

▲ 天牛克星——花绒寄甲

▲ 天牛克星——肿腿蜂

花绒寄甲全身呈黑褐色，体长只有 5～10 毫米。其幼虫主要寄生在 3 龄以上大幼虫的身上，寄生率可达到 70%，是天牛大幼虫的有力克星。

除了花绒寄甲，细长的肿腿蜂则是天牛小幼虫的天敌。

肿腿蜂是一种形似蚂蚁的小型蜂类，主要把卵产在 3 龄以下天牛小幼虫的身上，与花绒寄甲正好形成互补。肿腿蜂钻蛀能力极强，能穿过充满虫粪的虫道寻找到天牛幼虫，用毒刺将其麻醉后便在身上产卵。卵孵化为幼虫后便以天牛幼虫身体为食。

为此，肿腿蜂成为人工饲养防治天牛的又一种寄生蜂。最近，《北京晚报》专门刊发了北京市园林科学院建设"天敌昆虫工厂"，用于繁殖可寄生于天牛幼虫的天敌昆虫的报道。

"天敌昆虫工厂"，主要繁殖肿腿蜂和花绒寄甲，已经实现了规模化生产。该工厂年产肿腿蜂可达200万只，花绒寄甲成虫40万只，卵100万只，并在11家市属公园进行了推广示范。他们先后累计释放肿腿蜂约1000万只、花绒寄甲虫约100万只。结果表明，示范区天牛危害率明显下降到5%以下，有效地保护了北京各大公园的古树名木资源。

可以预见，生物防治，将是今后抑制天牛泛滥最重要、最有效的科学手段。

衷心希望星城碧桃的管理者能负起责任，尽快采取有效措施防治天牛。否则，不仅星城碧桃会消失殆尽，周边乃至更大区域的碧桃也会遭殃。

生灵物语——北京那些虫儿

▲ 天牛幼虫

科普链接：

　　天牛为节肢动物门、昆虫纲、有翅亚纲、鞘翅目、叶甲总科、天牛科昆虫的总称，天牛是植食性昆虫，咀嚼式口器，有很长的触角，常常超过身体的长度，全世界约有20000种，我国也有2200种左右。大部分天牛幼虫蛀食树木，能对树木甚至建筑物造成严重危害。天牛分布广泛，不但能危害松、柏、楮、柳、榆、核桃、柑橘、苹果、桃和茶等树木，还会危害棉、麦、麻、玉米、高粱、甘蔗等粮食及经济作物，是林业、农业和人们生活中的主要害虫。

蚂蚁的奇异本能

▲ 蚂蚁之战

在我们看来,蚂蚁是微不足道的小动物,但它们遍布各地,数量众多,具有许多让人惊叹的本能,许多方面值得我们敬畏、学习和研究。

从电视纪录片上看到,在热带雨林中,食肉的行军蚁浩浩荡荡、所向披靡,能将所经地区的大小动物全部啃食成一堆白骨;食蘑菇的切叶蚁忙忙碌碌、紧张有序,能把一棵棵大树的叶子切成一小片一小片,然后搬运到巢中堆积起来做蘑菇生长的温床;几乎能够啃食和消化所有植物的非洲白蚁,能建起高高的蚁冢,在干旱的荒原筑成奇特的生命林场,为食蚁动物酿造珍贵的能量……

京郊地区虽然没有这些惊悚、令人惊叹的蚂蚁种类,但认真观察和研究平时所见的大黑蚁、小黑蚁、黄蚁、小黄蚁等蚂蚁,也会让人大开眼界。

蚂蚁属于昆虫纲、膜翅目、蚁科类昆虫,全世界已知有10000多种,中国有600多种。

1

蚂蚁是一种古老的昆虫。化石研究表明，蚂蚁与恐龙大约属于同一时代，距今已有1亿多年。中国最早的辞书《尔雅》中就有多处关于蚂蚁的记载和解释。

李时珍的《本草纲目》更是记述了蚂蚁的特点："蚁，释名玄驹，亦作驹。蚍蜉，蚁有君臣之义，故字从义，亦作蚔。大者为蚍蜉，亦曰马蚁。十二月，玄奔，谓蚁入蛰也。大蚁喜酣战，故有马驹之称。蚁处处有之，有大、小、黑、白、黄、赤数种，穴居卵生。其居有等，其行有队。能知雨候，春出冬蛰。壅土成封，曰蚁封……"这段话概括了蚂蚁德仁大义，有明显等级，有良好纪律，以及冬蛰、春出、好战、玄奔、知雨候、善挖掘等特点。

蚂蚁社会为典型的母系氏族社会。一个蚁群一般由蚁后、雄蚁、工蚁和兵蚁组成：蚁后也称母蚁、蚁王，触角短，胸足小，交配后脱翅，在群体中体形最大，腹部生殖器发达，主要任务是不间断地产卵、繁殖并统管整个大家庭，使蚁群始终保持蚁丁兴旺，与蜜蜂群体中的蜂王极为相似；雄蚁又称父蚁，与蚁后相比不但个头小，且上颚不发达，触角细长，有发达的外生殖器，主要职能就是与蚁后交配，交配不久即死去；工蚁又称劳蚁，是不发育的雌性，在群体中个头最小，但数量最多，能相互合作，上颚、触角和三对步足十分发达，善于步行奔走，主要负责建造巢穴、采集食物、喂养幼虫和蚁后，几乎每天都在忙碌收集食物，以保证蚁群的成员有足够的吃食；兵蚁也是雌蚁，但没有生殖能力，个头较大且上颚发达，能咬碎坚硬食物，在保卫领地和群体的战斗中充当着先锋和主将的角色。

蚂蚁是动物中出色的建筑师。工蚁们利用一对大牙向地下挖洞，将一粒一粒沙土顽强搬运出洞口，不辞艰辛建成了大小不一、深浅不一的各式蚁穴。

20世纪60年代学大寨，村里深翻土地造大寨田，我们曾挖穿过一个大黑蚁的蚁穴。在靠近地面半尺深上下，开始发现弯曲的蚁道和横向的蚁室，随着蚁道向下延伸，蚁室相对增加，并发现了白白的、成堆的蚂蚁蛋和体如胡蜂般的蚁后。纷乱的蚂蚁们尽管受到了灭顶威胁，但仍然不顾一切去抢救蚂蚁蛋，去簇拥保护蚁后……

蚁穴选址一般在较高的地方，不仅规模很大，而且有着良好的排水和通风孔洞。每个蚁穴都有多个出口和入口，出入口四周有像火山口那样的环形小土丘护卫。巢穴里温暖潮湿，每个巢室功用明确，育儿室和蚁后的产房拥有足够的空间。适宜的深度和地下结构表明，蚁穴可以防雨、防湿，也可以防止过度干燥，能保持库存的"食粮"不至于霉变。

蚂蚁有预知天气的特殊本领。俗话说："蚂蚁搬家蛇过道，眼看大雨要来到。"大雨来临之前，蚂蚁们会本能感到要下大雨了，目前的蚁穴已不能抵御即将来临的暴雨，必须立即将蚁穴迁往更安全的地点。于是，我们便会看到，忙忙碌碌的蚁群衔着蚁蛋举家搬迁的壮景。

正是有了蚁后非凡的生育能力，有了蚁群们智慧、艰辛的劳动，有了预知天气的特殊本领和卓绝的、不怕牺牲、不屈不挠的团队合作精神，才使得渺小的蚁群在世界各地绵延不绝。

蚂蚁的行走速度在动物界堪称奇迹。笔者曾做过一个测量实验：身长0.8厘米的黄蚁，10秒钟行走的距离大约为2米。2米是200厘米，用200厘米除以蚂蚁的身长0.8厘米，结果是250。也就是说，蚂蚁10秒钟爬行的距离相当于自身长度的250倍。

世界短跑超级巨星飞人博尔特，身高1.96米，2009年在柏林世锦赛男子100米比赛中，以9秒58的成绩夺冠，刷新了世界纪录。跑完100米用了将近10秒钟，若用100米除以博尔特的身高1.96米，得出的数字是51。也就是说，超级飞人博尔特拼命奔跑，10秒钟也只跑出了相当于自己身高51倍的距离。而黄蚁呢？则可以用平时行走的速度，在10秒钟内轻易"走"完自己身长250倍的距离！其速度之快是不是让所有陆行动物中的佼佼者都相形见绌？

蚂蚁不但跑得快，而且是非凡的大力士。虽然是动物界的小个子，可它们能举起相当于自身体重的数十倍的物体，能拖动相当于自身体重上百倍的东西。我们常看到一只小蚂蚁举着或拖着一只大苍蝇在艰难移动。而奥运举重冠军所举起的重量最多也不会超过其体重的3倍。两相比较，蚂蚁力量之大会让人瞠目结舌。

蚂蚁凭借纤细的6条腿和一对颚怎么会有如此大的暴发力和持久力呢？科学家经过观察、解剖和研究后发现，原来蚂蚁腿部肌肉犹如高效率的"原动机"，能够产生非凡的力量。而供给"肌肉发动机"的是一种特殊燃料，能在不燃烧的情况下把潜藏的能量释放出来并转变为机械能。不燃烧就没有热损失，其效率自然会极大提高。

而这种特殊"燃料"，是一种十分复杂的磷化合物。人们从蚂蚁腿部肌肉特殊的"发动机"中得到启发，制造出了一种将化学能直接转化为电能的燃料电池。这种电池，利用燃料进行氧化还原反应而直接发电，发电效率达到了70%～90%，大大高于一般电池。

试想一下，如果能把蚂蚁腿部"肌肉发动机"的特殊原理运用到机械设备制造上，那一定会引发一场新的技术革命。这也是现代仿生学令人着迷、充满魅力的根本原因之所在。

3

蚂蚁的视力很差，几近失明。见到它们急急忙忙在地面上行走，我们会以为它们信马由缰、视野开阔，但实际情况恰恰相反。

那么高的行进速度，走出的距离又很遥远，它们是凭什么按时回到自己巢穴的呢？人类出行有指南针，有坐标识别能力，有交通路线图或现代导航仪指引，蚂蚁靠什么找到回家路线呢？

原来，蚂蚁在行走过程中会分泌一种特殊的信息素。这种信息素既能引导后面的蚂蚁走相同的路线，也会引导蚂蚁从走过的路线原路返回。也就是说，蚂蚁在边走边用信息素插"路标",是靠信息素"路标"指引方向、联络沟通、寻找食物的。有了信息素"路标"做指引,蚂蚁走得再远也不会在返回时迷路了。而一旦信息素"路标"受到干扰或破坏,蚂蚁就会惊慌失措,到处乱爬,迷失方向。

清明节之前,为了观察蚁狮成茧、羽化的全过程,我曾在一个小铁桶中放了些细沙模拟野外环境,并捉来4只蚁狮幼虫放到里边饲养。蚁狮以蚂蚁为猎物,所以,我得每天捉回一些小蚂蚁放进小铁桶里供蚁狮捕捉。

但捉蚂蚁不是一件容易的事情。用手去捉,由于蚂蚁爬行速度很快,手指又大又笨,不是抓不准,就是把蚂蚁捏伤。后来,我改用小棍引诱,希望蚂蚁能爬到小棍上,再将其甩进光滑的小塑料罐里。然而,一次次把小棍放到蚂蚁面前,它们左转转、右转转,就是不往上爬,而是转过小棍继续前进。我猜测,一定是小棍上没有信息素它们才不买账的。急躁中忍不住用小棍故意将蚂蚁前行的路线搅乱或截断。这一来蚂蚁乱了手脚,慌不择路中便有个别蚂蚁爬上小棍成了"俘虏"。

但这样在地面上捉蚂蚁效率太低,也耗费时间。

那一天,突然发现楼前草坪的大柳树干上爬着很多只小蚂蚁。这些蚂蚁上上下下,沿着一道窄窄的两三厘米宽的树皮双向互进。顺着蚂蚁向上爬行的队伍观察,原来,一丈多高的树干分叉处有一个腐朽的树洞,蚂蚁们是在那里安营扎寨了。

我立刻像发现了新大陆,把柳树干当成了捉蚂蚁的"牧场"。树干很硬,用小棍向塑料桶里拨容易伤着蚂蚁,便改成了用毛笔刷去扫。这一来效率不但提高了,且避免了蚂蚁受伤。

就这样,日复一日,毛笔刷沿着蚂蚁爬行路线一次次上下扫动,免不了向左、向右有所扩展。渐渐地我发现,毛笔刷经常扫动的这一段,蚂蚁上下运行的路线变得混乱了、扩展了。向上或向下,它们依旧走的是原来窄窄的路线,只有走到这一段,蚂蚁们行进路线的宽度竟达到了半尺多。我由此推断,是毛笔刷不断向两侧扩展扫动,沾染并扩展了信息素的范围,才使得蚂蚁们爬到这一段变得混乱并散漫开来。

由此可以推断，蚂蚁的信息素应该是有味道的，是可以沾染并扩展的。

同一群蚂蚁身上都带有相同的信息素，它们通过触角交流相互沟通、交流信息，这才使得它们能团结协作，共同去搬运食物，共同去应对各种困难和敌人。

4

蚂蚁是很典型的社会性动物：彼此间能很好合作，能共同照顾幼蚁，具有明确的劳动分工……这些特点与我们人类很相似。

蚂蚁的寿命相对较长，工蚁可生存几个星期甚至数年，蚁后则可存活几年或十几年。但在孤独的环境里，蚂蚁却只能生存八九小时。

把捉回的蚂蚁倒进饲养蚁狮的铁桶中，半天之后再去观察，十几只蚂蚁便全部变成了卷曲的尸体。这其中大部分是被蚁狮捕捉、麻醉、吸食的，但也有一小部分是自己死掉的。

是因为缺乏食物，在小桶沙土中干渴而死的吗？我曾在小桶中放入小块水果和吃食，蚂蚁们也曾围过来啃食，但最终也没有坚持到24小时还是全部死了。

原来，只要脱离了蚁群，离开了自己熟悉的环境，蚂蚁们就会惊慌失措，胡乱奔走，不吃不喝，并很快死亡。看来，蚂蚁同样会因为孤独、忧郁、无助、失望等心理挫伤而走向死亡。

只有当它们回到自己的群体和伙伴中，才会重新恢复勃勃的生机。

蚂蚁贪吃蜜露。一些蚜虫的排泄物味道甘甜，是蚂蚁们的最爱。聪明的蚂蚁们便会把这些蚜虫保护、饲养起来，在大树上开辟出蚂蚁的"牧场"。

楚汉相争之时，张良曾撒下饴糖引诱蚂蚁闻糖而聚，并汇成了"霸王自刎乌江"6个大字。兵败乌江的霸王项羽见此以为是天意，不禁仰天长叹，"天之亡我，我何渡为"，于是乃横剑自刎。蚂蚁也由此成为改变中国历史进程的小小昆虫。

蚂蚁绝对忠诚自己的群体，其战斗精神、牺牲精神、不屈不挠精神即使是我们人类也无法与它们相比！

▲ 蚂蚁大战

我曾多次目睹蚂蚁之间的群体大战：可能为了领地，可能为了食物，可能为了抵御侵略，千万只蚂蚁胶着在一起，抱着、咬着、滚着，漆黑了地面，拉成了黑色的战阵，常常一战就是数个小时，甚至一两天！当战争结束，满地蚁尸，惨不忍睹，许多蚂蚁是抱在一起同归于尽的。

面对不同种类的蚂蚁，如果问是大蚂蚁厉害，还是小蚂蚁厉害，许多人的回答肯定是大蚂蚁厉害。但事实并非如我们想象的那样。

曾经将几只体长 0.8 厘米的黄蚁与八九只身长只有 0.4 厘米的小黑蚁放在一起。纷乱中几乎每只黄蚁转眼间就被小黑蚁咬住了一条腿。接着就是一对一或二对一的厮杀。大个黄蚁千方百计想弯回身子咬住小黑蚁、摆脱小黑蚁，但小黑蚁就像粘在了腿上，咬不到也甩不开。无可奈何的黄蚁只能拼命奔逃，想用飞速奔跑拖垮小黑蚁。但小黑蚁蜷成一团，至死也不放嘴……最终结果是，大黄蚁跑死了，小黑蚁被拖死了。死后，两只蚂蚁仍然牢牢纠缠在一起！

一往无前，为种群拼命，为种群义无反顾战死牺牲——这是蚂蚁唯一的本能，也是蚂蚁令人钦佩的精神与血性！在这一点上，我们许多人会感到震撼、汗颜和自愧不如！

▲ 小蚂蚁肢解大蚂蚁

科普链接：

蚂蚁为节肢动物门、昆虫纲、膜翅目、蚁科类昆虫，品种繁多，世界上已知有11700多种，有21亚科283属，中国已确定的蚂蚁种类有600多种。一般有蚁后、雄蚁、工蚁和兵蚁，其幼虫由工蚁喂养。最近还发现了无性繁殖的蚂蚁新物种。蚂蚁的寿命很长，工蚁可生存几星期，有的能达到3~10年，蚁后则可存活几年甚至10年。一个蚁巢在一个地方可延续几年甚至十几年时间。同窝蚂蚁能相互合作照顾幼体、合作捕猎，是出色的社会性昆虫；它们又是出色的建筑专家，蚁穴内有许多各有用处的分室，道路四通八达。

鸣虫蟋蟀

▲ 蟋蟀

深秋时节,每逢听到蟋蟀清脆、颤抖而略显忧伤的鸣叫,便会想到《诗经·七月》中"五月斯螽动股,六月莎鸡振羽。七月在野,八月在宇,九月在户,十月蟋蟀入我床下"的诗句。

2000多年前的先人们就与蟋蟀相依相伴,可见蟋蟀与我们的关系源远流长。有关资料介绍说,蟋蟀的生存和进化史已有1.4亿年,比我们人类的历史不知要漫长多少倍;全世界的蟋蟀多达1400种,中国有30多种。

1
▼

蟋蟀是京郊孩子非常熟悉的一种小鸣虫,乡人叫它们"蛐蛐"。"蛐蛐"

是根据其叫声得来的："嚁——嚁——嚁——"时间长了，乡人们就依声命名，赏给了它们"蛐蛐"的雅号。

蟋蟀大约分为家蛐蛐和野蛐蛐两大类。其外貌很像是蝈蝈的微缩版：身躯只有一两厘米，身体为黄褐色或间带黑色，头须细长，咀嚼式口器，大颚很发达，善于咬斗，一对前足和一对中足长短相似，头圆胸宽，肚子较大，背部有鞍，雄者长有带摩擦镜的翅膀，带刺的后足很发达，善于跳跃踢刺，折叠后微微外倾，腹部后面有较长的尾须，雌性长有细长中空的产卵器。

家蛐蛐头须较短，个头较小，种类也较少。

▲ 蟋蟀

20世纪六七十年代以前，一入秋季，农家孩子几乎每天都会与家蛐蛐邂逅。家蛐蛐又叫"灶马"，也是乡人起的名号。

"灶"者，土石垒砌，专营烧火做饭之设施。

那时候家家都要用煤火做饭，而煤火炉多砌在土炕前面。屋内地下挖一个方形储存煤灰的炉坑，上面用炉坑板覆盖。炕沿下砌有一尺多深的炉洞，炉洞下有"火嗓"与土炕相连，做饭时炉火余热便可通过"火嗓"源源不断将土炕烘热，晚上睡觉会感到格外舒服。

由于炉洞下有"火嗓"通过，炉洞内温度很高，因而成了农家的天然烤箱。

入秋以后，白薯收获，成了农家冬季的主食。每天早晨，孩子便可以吃到美味的"牛筋儿白薯"了。

所谓"牛筋儿白薯"，就是晚上将蒸好的白薯一块块放进炉洞，经一夜烘烤，水分充分蒸发，白薯表皮变得皱褶坚韧，吃上去不但咬劲十足，而且更为甜蜜——是农家孩子绝佳的"早点"和享受。

记得天刚蒙蒙亮,便会悄悄地从炉洞内摸一块"牛筋儿白薯"在被窝里美美吃起来。

然而,有时会带上一只活物——就是"灶马",会在被窝里蹦来跳去,让你浑身发痒。

"灶马"怎么会和"牛筋儿白薯"混在一起呢?原来,聪明的"灶马"也是来享用白薯美味的!

家蛐蛐为什么又叫"灶马"呢?一是因为它们对炉灶情有独钟,总爱聚集在炉灶周围。由于炉灶天天做饭,炉洞经常烘烤白薯、窝头、土豆等食物,于是炉灶周围就成了它们的核心觅食地;二是它们行动迅速,善蹦善爬,如疾风快马,不容易捉住。将这两个特点结合在一起,才获得了"灶马"的尊称。

"灶马"有咀嚼式的大牙,炉洞里的白薯、土豆经常被它们啃出一个个玉米粒大小的凹坑。但孩子们并不嫌弃,吃起来照样津津有味。

自然要想一些捕杀办法,但它们太机警、太敏捷,直接扑打效果很差。受纸叠苍蝇斗启发,制出了一个小口的纸质空袋,在袋中装入饵料放在炉洞做陷阱,钻进的"灶马"无法从小口钻出。第二天早晨,就会有十几只被困住,成了鸡儿们的"点心"。

"灶马"在屋内的藏身处很多,炉灶、土炕、老墙的各种缝隙都可以成为它们栖息的家园和自由的"琴房"。

深夜的时候,不知哪只雄"灶马"高兴起来率先弹奏一曲"曤——曤——曤——"紧接着,另一只也会跟着和唱——就这样你方唱罢我登场。

躺在土炕上,于幽暗的夜色中听着这响亮而悠悠的小夜曲,会感到寂静中氤氲出几许浪漫,蒙眬中增添了说不出的美妙。

赶上农家拆土炕,被熏黑的土坯缝中时常会发现成窝的、大大小小、密密麻麻的"灶马"。这时候,主人就会用开水泼浇将其烫杀,但"灶马"依然会绵延不绝。

2

田地中的野蟋蟀个头较大，品种也丰富：中华蟋蟀、"棺头板""油葫芦"都是常见的品种。中华蟋蟀个头威武，长须飘飘，外貌形如家蟋蟀，但身材比家蟋蟀要大上一圈，黄褐的色彩也更为漂亮；"棺头板"的头部从触角根向下齐刷刷后斜，就像是棺木面向下倾斜的棺头板；"油葫芦"身材肥胖，通体黝黑，不但翅膀长，尾须也很长，就像是通体抹了油脂。

蟋蟀取食植物根茎叶，但有时也捕食青蜢、粉蝶幼虫等小昆虫，所以不能简单把它们归于害虫之列。

▲ 蟋蟀

蟋蟀喜欢较湿润的环境，浇地或整理蔬菜时常会看到蟋蟀四散蹦跳的情景。夏天气温高，蟋蟀们随意在枯叶下、土缝中便可以安身。只有到了入秋天凉之时，它们才会在土地里打个浅洞做巢。

法布尔在介绍蟋蟀筑巢情况时写道："盖房子大多是在十月，秋天初寒的时候。它用前足扒土，还用钳子搬掉较大的土块。它用强有力的后足踏地。后腿上有两排锯，用它将泥土推到后面，倾斜地铺开……"

而挖洞盖房子的多属于雄性：一是为了避寒越冬；二是为了吸引雌性前来居住以便繁衍后代。

蟋蟀没有耳朵，其听觉器官位于前足胫节上。也就是说，蟋蟀是靠前足胫节来感知声音的。

雄蟋蟀喜欢鸣唱，生性好斗，通过格斗获取食物、巩固领地、占有雌性。

其个头比雌性小一些,前翅上有较复杂的发音系统,由翅脉上的刮片、摩擦脉和发音镜组成。鸣叫的时候,雄蟋蟀前翅举起,让刮片和摩擦脉左右摩擦,从而振动发音镜发出声音。

而雌性个头较大,翅膀短小,不能发声,尾部有针孔状产卵管,能够钻入泥土产下卵块。

初时倾听,雄虫的鸣唱似乎简单重复,但仔细听来其音调和频率却有着明显差异。遇雌虫时,雄虫的叫声会变得温柔可亲,分明在招呼异性——快来吧,我在等你。遇到同性闯入,雄虫会发出响亮威严的鸣叫,仿佛是在警告——这是我的领地,快离开!而一旦不识时务者执意闯入,一场捍卫领土的大战便会展开。用锋利的大牙猛咬,用带刺的后腿猛蹬……直到双方决出胜负,失败者狼狈逃走。此时,胜者会高展双翅,傲然发出响亮的长鸣,显得格外自豪与得意。

鉴于雄虫善于鸣叫和孤僻、好斗的本性,人群中醉心娱乐的一族便巧加利用,琢磨出"养蛐蛐""斗蛐蛐"的一系列娱乐。

据史料记载,养蛐蛐、斗蛐蛐始于唐代,兴于宋代,盛于明清,至今仍余音袅袅。闲暇时,人们都喜欢带上自己训练好的蛐蛐,聚到一起一决高下,甚至押宝设赌。南宋宰相贾似道不理国事,每日与妻妾、娼妓、宫女喝酒淫乐,斗蟋蟀,还专门写了《促织经》,是奸臣误国的典型,而《促织经》却成了世界上第一部研究蟋蟀的专著。

童年时,记得农家孩子也爱捉蛐蛐,但只为实用,并不晓得"斗蛐蛐"。捉住蛐蛐后,用草秆穿过后背的鞍子,一只一只连成一串,提回家后喂鸡儿。若捉的多是肥胖黑褐的"油葫芦",就会拿到炉火上烤一烤烧掉翅膀,再放到炉洞里慢慢焙干,吃起来焦酥香脆,是孩子们一道解馋的小吃。

记得"斗蛐蛐"的游戏还是城里的一位堂兄传授的。

▲ 蟋蟀

来到乡下后,他被地里蹦跳纷乱的蛐蛐惊呆了。堂兄是一位喜爱养蛐蛐、斗蛐蛐的中学生,在城里从没见过这么多蛐蛐,兴奋得他连连捕捉、欲罢不能。但他不要"棺头板",说那家伙丑陋、不吉利;也不要"油葫芦",说那家伙粗鲁、愚笨;只捉头须飘逸、身姿威武、颜色漂亮的中华雄蟋蟀,说这才上得了"斗蛐蛐"的台面。

找来盛油的小罐,放进两只准备好的蛐蛐,在堂兄的传授表演下,"斗蛐蛐"的大战便开始了。

"斗蛐蛐"的"斗",其实包含两层意思。一是人去挑逗。两只蛐蛐放进罐里后,先要用细软的草秆连续拨动蛐蛐的口须,恼怒的蛐蛐便会情不自禁冲向对手;若触动尾毛,则会用后足猛踢,接着冲向对手。二是蟋蟀打斗。短兵相接后,两只蛐蛐或者用大牙相互撕咬,或者用后腿猛刺猛踢,甚至抱在一起翻滚。几个回合以后胜败分出,失败者轻者断须,重者伤腿,甚至会被咬破了肚皮……

看蛐蛐决斗,有一种惊心动魄的感觉,所以招惹得孩子们都上了瘾,村里很快兴起了一股斗蛐蛐的热潮。

但村里大人并不支持这种游戏,说是玩物丧志,不务正业,闲得没事。堂兄走后,短暂的斗蛐蛐热潮也很快变得清冷下来。

说来也是,农家人整天忙着农事,忙着生活,哪有什么心思去斗蛐蛐呢?

但斗蛐蛐的习俗一直绵延至今,据说北京城现在仍有近10万名蟋蟀爱好者,在蟋蟀专业委员会注册的就有1000多人。

▲ 蟋蟀

京城的一些公园，经常会看到三五成群的人们围观看斗蛐蛐。

夏末秋初，是蛐蛐恋爱繁殖的季节。这一点从蛐蛐的叫声中便可得知。

宁静的秋夜，草丛中会传来众多阵阵清脆悦耳的鸣叫声。这是雄蟋蟀发出的约会信号。听到这种歌声，附近的雌蟋蟀便会根据歌声做出选择，进而靠近选中的对象。

蟋蟀鸣唱本来是一种秋虫恋爱的自然现象，但人们听了却会因心境不同而产生异样的感受。

李清照在《行香子·七夕》中写道："草际鸣蛩，惊落梧桐。正人间、天上愁浓。"

陆游在《蝶恋花·桐叶晨飘蛩夜语》中写道："桐叶晨飘蛩夜语。旅思秋光，黯黯长安路。"

可我总觉得蟋蟀的叫声很美妙，会让人陶醉。经常有这种情况，路边灌木丛悠然传出"嚯——嚯——"的叫声，我会静静停下来蹲在一旁倾听，希望循着那声音发现乐师的踪迹。但乐师太聪明、太敏感了，只要有一丝挪动的声响，那音乐会戛然而止。

💡 **科普链接：**

蟋蟀为节肢动物门、昆虫纲、直翅目、蟋蟀科昆虫，亦称促织、蛐蛐、夜鸣虫、将军虫、秋虫、灶马等，分布地域极广，已有1.4亿年的历史。世界上已定名的蟋蟀有1400种以上，中国有30种以上。蟋蟀喜欢较湿润的环境，以植物和小虫为食，一年繁殖一代，10月产卵，卵块在土中越冬，第二年仲春孵化为若虫，属于不完全变态昆虫。若虫三四天蜕一次皮，经过六次蜕皮转化为成虫，寿命大约为5个月。雄蟋蟀生性好斗，"斗蛐蛐"的习俗始于唐，兴于宋，盛于明清，至今仍有赛事活动。

▲ 蟋蟀

探秘树蚁

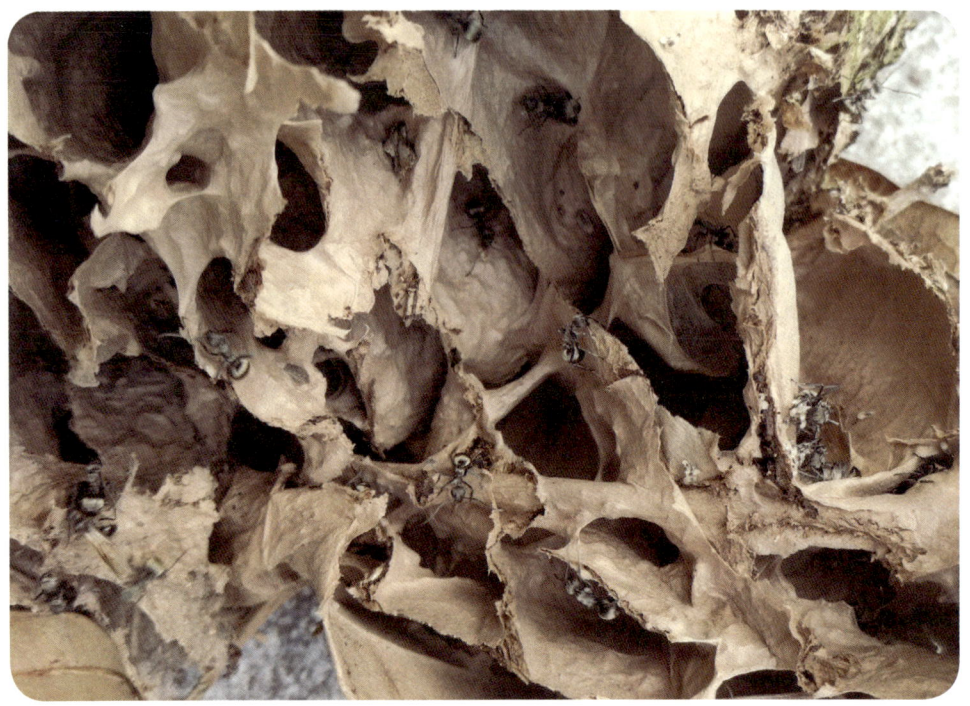

▲ 树蚁内巢

在京郊大地上，蚂蚁是最为常见、数量最多的昆虫。

北方比较干旱，雨水较少，湿度也小，加上夏天炎热，冬天寒冷，所以京郊的蚂蚁多在地下打洞做巢。地下筑巢可以保持湿度、温度，既可避暑，又可御寒。尽管雨水也会威胁洞穴，但蚂蚁们有一套自己的预警和防御系统。所谓"蚂蚁搬家蛇过道，眼看大雨要来到"，蚂蚁们会在大雨来临之前将蚁穴迁往高处，会在雨后将巢穴中塌陷或滚入的泥土一块块叼出，以便保证蚁穴的干燥、整洁和通风。

而南方呢？南方的蚂蚁也这样生活吗？

近些年，我连续几个冬季都选择到福建上杭金秋公寓小住：一是为了躲避北京的雾霾；二是为了享受南方的温暖。

到上杭以后，老伙伴们在公寓大院内遛弯，却没有看到司空见惯的蚂蚁。难道是气温偏低这里的蚂蚁也休眠了？

紫金公园与公寓相隔仅数百米,是公寓旅居老人们时常光顾的场所。紫金公园占地1680亩,山青林密,鸟语花香,是集健身锻炼、休闲娱乐于一体的综合园林。公园中心是碧波荡漾的浏金湖,湖边是蜿蜒曲折的沿湖步道。在紫金公园沿湖边步道走来,偌大个公园也没有见到蚂蚁的踪迹。

然而,大家却在湖边的松树、榕树、桂花树和苍翠密集的竹林中发现了一个个褐色的包状物。这些包状物多呈椭圆形、圆柱形或不规则的角状、葫芦状,仿佛用泥巴垒砌;大的长三四十厘米,围径二三十厘米;小的长十几厘米,围径八九厘米。

是燕子巢吗?可又不像。燕子巢多是用泥巴垒砌的,且要有前出口,但这种巢没有。是其他鸟巢吗?也不对。其他鸟儿筑巢多用细草、纤维、苔藓、绒毛之类,上面或侧面也要有明显出口,这种巢亦不相符。大家议论纷纷,一直难有定论。

又去上杭紫金公园散步,碰巧遇到了公园管理处龚主任,便向他说起了这心中的疑惑。

龚主任告诉说,这是一种蚁巢,是很厉害的蚂蚁。小时候上山砍柴曾碰掉过它们的巢,结果遭到蚂蚁包围,咬得浑身刺疼,拼命拍打着奔跑,这才冲出了重围……听了龚主任的介绍,我不禁浑身起了一层鸡皮疙瘩,心中的疑团也恍然解开:原来,南方并非没有蚂蚁,不仅有在地上营巢的蚂蚁,而且有在树上筑巢的蚂蚁,比北方的蚂蚁品种似乎更丰富。

全世界已知的蚂蚁有10000多种,中国有600多种,但在树上筑巢的蚂蚁相对较少。它们到底属于什么品种呢?

查阅了有关资料,发现一种叫"黄猄蚁"的蚁巢特征与眼前的蚁巢十分相似。资料介绍说,由于黄猄蚁可以把周围的树叶拉近再用黏稠的蚁丝连缀成"蚁包",故又属"织叶蚁"一类。

我顿时想到了曾在中央电视台纪录频道看过的一部关于"织叶蚁"的专题片。其中,织叶蚁"织叶"的过程简直让人瞠目结舌:在树冠温暖向阳的地方选好筑巢点,工蚁们便开始展开身体抓住邻近的叶子用力收缩身体使叶子逐渐靠近;若距离太远，它们会组成"蚁桥"把枝叶拉过来；同时，口衔成熟幼虫的工蚁会迅速在叶缝或枝条间拉出黏黏的细丝将枝叶黏结在一起……

这其中，"织叶蚁"幼虫起了神秘的关键作用。

原来，织叶蚁幼虫与工蚁之间有着默契的"交哺"关系。幼虫虽然缺乏移动能力，却能分泌一种信息激素诱导工蚁来喂养自己，亦能分泌一种营养物质交哺给工蚁。这种特有的双向"交哺"行为使彼此关系十分密切，信息之间的传递也变得迅速而协同。由于成熟的幼虫具有吐丝作茧的本能，尽管它们不用再去作茧，却能由工蚁默契地把丝吐在树叶或树枝接缝上。就这样，工蚁充当了织叶的"巧手"，而幼虫充当了储丝的"梭子"，大家团结协作共同完成了织叶筑巢的神圣任务。画面上还显示，蚁群织巢时虽然数量众多，但工作起来却是各司其职、井然有序。

这种把幼虫当作织巢"梭子"的行为，在蚂蚁社会中可能是分工协作的绝佳典范。

据说，一个大型黄猄蚁家族，大约有一万到数万只蚂蚁，由蚁后、雄蚁、大工蚁、小工蚁、幼虫组成。蚁后只有1个，体形最大，长约1.6厘米，开始有翅，交配后翅落，可始终产卵，是蚁群的核心；雄蚁有翅，体长六七毫米，交配不久就会死亡；大工蚁体长10毫米左右，有大颚，主要负责狩猎捕食和防御外敌；小工蚁体长七八毫米，主要负责饲养幼虫及整理蚁巢内务。

黄猄蚁生长在岭南地区，在树上筑巢，是食肉性蚂蚁。正是发现了黄猄蚁凶悍、食肉的本性和群起而攻之的狩猎方式，我们的先人早在晋代就开始利用黄猄蚁防治柑橘害虫了。

我国古代被誉为世界第一位植物学家的西晋嵇含，曾在《南方草木状》一书中记载了古人用黄猄蚁防治柑橘害虫的方法和效果："柑乃橘之属，滋味甘美特异者也。有黄者，有赪者，赪者谓之壶柑。交趾人以席囊贮蚁，鬻于市者，其窠如薄絮，囊皆连枝叶，蚁在其中，并窠而卖。蚁赤黄色，大于常蚁。南方柑树，若无此蚁，则其实皆为群蠹所伤，无复一完者矣。"

意思是说，早在晋代的时候，南方交趾郡就有人开始用席囊装着黄猄蚁巢在集市上出卖了,买者则主要是柑橘果农。若没有黄猄蚁去协助消灭柑橘树上的各种害虫,柑橘就可能没一个完整不受伤害的果实。由此可见,早在1700多年前,黄猄蚁就成为古代果农防治柑橘害虫的重要手段。

据说,一片果林或一片竹林,只要引进了黄猄蚁,各种害虫都会受到致命攻击,其数量和种群便会受到明显抑制。

由于黄猄蚁能用来防治柑橘果园中叶甲、天牛、叶蜂、大绿蟑、吉丁虫等害虫,故岭南人也将黄猄蚁称为"黄柑蚁"。

根据上述经验和紫金公园树蚁巢的特征,我们基本认定这里的树蚁应该是黄猄蚁一类的织叶蚁。

仔细观察公园湖边树木和竹林会发现,一个大蚁巢周围往往分布着四五个小巢,犹如相互呼应的一个大家族。

凑近蚁巢细看,上面依旧一个蚂蚁也见不到。岭南虽属亚热带气候,但前几天上杭白天的气温曾下降到5摄氏度。我们猜想,蚂蚁们一定是躲进内巢暂避严寒了。

为了验证巢里到底是不是黄猄蚁,有没有黄猄蚁,几个老伙伴决定冒险偷摘一枚一探究竟。

这天上午,我们悄悄来到湖边巡视,在一棵桂花树上发现了一个拳头大的小巢。桂花树较为低矮,蚁巢伸手可及,我便悄悄伸出右手抓牢蚁巢,然后快速扯下后放在近在咫尺的路面上。

▲ 树蚁之巢

▲ 树蚁之巢

前后也就一两秒钟,但我的手背上已瞬间爬上了十几只蚂蚁。蚁巢中果真躲避着众多蚂蚁!我惊骇地用左手拍打着右手上的蚂蚁,但手腕上连续发出针刺般的疼痛,我明白自己被蚂蚁咬伤了。想不到蚂蚁报复和反应的速度如此快!

也是活该!谁让你摘了人家巢穴呢!

望着四散的蚂蚁,我一时忘了疼痛和恐惧,与伙伴们一边抓紧拍照,一边仔细寻找着蚁后。愤怒的蚂蚁们四处寻找着破坏蚁巢的仇敌,我们则不时躲避并拍掉爬到脚上、腿上的蚂蚁。

翻动蚁巢发现,巢的外表全部由叶片和蚁丝封闭;内部则由许多比蜂窝更大的叶室组成。这些叶室全部由叶片和蚁丝分隔。可能是天冷了,蚂蚁们都从外层居室搬到中层或内层——因此内层蚁室中蚂蚁连成了一片!

蚁巢底部由一片巨大的木芙蓉落叶铺成,其他部位则由众多落叶和蚁丝织成,分明没有鲜活的树叶。这种筑巢方式,与"织叶蚁"虽然相似,但又有一定差别。

况且,这些蚂蚁的腰身不是黄猄蚁的锈红色,而是黑褐色,体形与图片中展示的黄猄蚁也不同。眼前的蚂蚁头部较大,腹部短粗,分明只有两节,背部分节有一白道,头后部为浅白色……

到底是什么蚂蚁呢?我一时陷入了迷茫。或许是黄猄蚁进化过程中的一个分支?或许是与黄猄蚁相似的另一种织叶蚁?

不忍心再去破坏蚁巢,便轻轻提起蚁巢把它重新放在桂花树上。

"对不起,大冬天坏了你们的巢,再去织补恢复吧……"我愧疚地相告。

回来以后,带着疑问对照片进行进一步比对,发现这种树蚁与黄猄蚁确实有较大差别。

但差别归差别，二者毕竟大同小异，同是树栖，同是用树叶和蚁丝筑巢，同是食肉的蚂蚁，既然黄猄蚁可以放入柑橘园去帮助消灭虫害，那么这种更为健壮的褐色树蚁也应能在灭虫防治中一显身手。关键是人们对这种褐蚁的了解、研究和应用没有黄猄蚁那样深入。

近日，偶然从网上看到一则消息，说福建山区最近有人专门捕捉和收购树蚁用来泡制保健药酒，生意不但十分红火，盈利数目也相当可观。

福建是我国绿化程度最高的省份，这自然得益于岭南的优越地理环境和气候，得益于福建人的绿色环保意识，但各类树蚁对福建植物保护所做的贡献也不能埋没。良好生态环境是一个完整的系统，毁坏了其中任何一个链条都可能引发意想不到的生态灾难。

所以，有关部门应及时遏制那些为一时一己之利而乱捕滥杀树蚁的行为，为保护好福建这座绿色宝库而尽职尽责。

▲ 树蚁内巢

科普链接：

　　树蚁，即在树上做巢的树栖蚁类，多为肉食性，属节肢动物门、昆虫纲、膜翅目、细腰亚目、蚁科、织叶蚁属昆虫，有黄猄蚁、黑蚁、褐蚁多种，广泛分布于我国南方、东南亚等地。工蚁会利用蚂蚁幼虫吐的丝将拉在一起的树叶粘连起来，而后一层层筑成"蚁包"供蚁群繁殖栖息。蚁巢呈椭圆、圆柱形和不规则造型，大型蚁群既有大的主巢，又有多个小的副巢。树蚁生性凶猛，擅长捕食树上的各种昆虫，对保护森林大有益处，还可用于果林害虫防治。我国早在1700多年前就开始利用黄猄蚁防治柑橘害虫，是世界果林业生物防治的先驱。

蝈蝈声声

▲ 蝈蝈

炎炎夏日,又见到成百上千只的蝈蝈在高粱篾子编成的小笼子里囚着、哀哀叫着,被骑车小贩推到了集市上,心中不觉涌出了关于蝈蝈的许多记忆。

说到蝈蝈,不论是稚子还是成人大约都会幻化出许多美妙的回忆。

"有翅无毛不会飞,它在青山哭得悲。青山在,它也在,青山归,它也归。"这是儿时常叨念的一首关于蝈蝈的民谣和谜语,虽然年代久远,但由于对蝈蝈的偏爱,却仍牢牢印记在心里。

蝈蝈又叫聒聒、螽斯儿、土喳子等,属于节肢动物门、昆虫纲、直翅目、螽斯科、鸣螽属昆虫,我国南北方各地区都有分布。

北京地区的蝈蝈全身为绿色或铁绿色,具有紫蓝脸、红黑牙、粉白肚皮、膀大翅长、叫声洪亮等特点。

蝈蝈有一副健壮的圆柱形的身体,头较大,复眼椭圆形,头上长着两条褐色的触角，像两根灵动的长丝，几乎超过了身子的长度。它们的胸背板十分发达，像盾甲盖住了中后胸，胸盾甲后面的短翅有褐色的脉络。雄蝈蝈长 4 厘米左右，雌蝈蝈稍长，可达 5 厘米。雄蝈蝈的短翅上有闪亮如镜的发音器，而雌虫只有短短的小翅芽。雌蝈蝈的大肚子末尾有 1 枚马刀形扁长的产卵管，足有三四厘米，产卵时会把产卵器插入土中。

蝈蝈具有两条发达的后腿，上面带着两排尖利的小刺，遇到危险时它们会用快速的弹跳以击伤敌人或避开敌人。

蝈蝈属于杂食性昆虫，爱吃瓜花、白菜、油菜、胡萝卜等植物，尤其爱捕食其他昆虫。野地里的蝈蝈以捕食蝗虫、蝉等害虫为生，是捕捉害虫的能手。

在蚂蚱一类昆虫里，蝈蝈的样子最威武，细长的双须在头顶灵动地摇曳，咀嚼式大牙慢悠悠咬合出一种不屑一顾的傲然，坚硬的背甲后生出两个短而长方的绿色双翅，便便大腹两侧，折立着两条带刺的极具弹跳力的大腿。这一切，把蝈蝈武装成了蚂蚱一类昆虫中最为英武的"斗士"。儿时曾拿着一只六七厘米长的大蝗虫"蹬倒山"与蝈蝈"交战"。结果，比蝈蝈长出两厘米的"蹬倒山"，不到一分钟竟被蝈蝈吃掉了半个脑袋！

然而，蝈蝈所以被人喜爱，还是因为那清脆而悦耳的叫声。其实，把蝈蝈的欢歌当作"叫"，实在是大的误会。像其他昆虫一样，蝈蝈本来是不会发声的。"蝈蝈"的鸣唱，与蟋蟀、油蛉一样，是由后背双翅的发音器（我们叫"镜儿"）摩擦振动而产生的一种声响；况且，只有雄蝈蝈才可以"鸣叫"。这种"鸣叫"是用来吸引异性、呼唤同性、警告敌人的。

仔细观察雄蝈蝈会发现，它们的左翅盖在右翅之上，鸣叫时两个前翅倾斜着竖起，来回振动摩擦，从而发出巨大的音响。两翅越发达，摩擦就越有力，声音也越大。所以，捕捉蝈蝈时，尽量要选择那些翅膀宽大而厚实的。

在野外自然环境中，蝈蝈从小到大一共要蜕 6 次皮。蜕皮时它们用足抓紧附着物，头部先向下，继而用力向上拱，于是头胸中间的蜕裂线最先开裂，头部最先蜕出，然后陆续蜕出前足、中足、后足、触角及腹部，前后大约要经历 1 个多小时。蜕完皮后，饥肠辘辘的草绿蝈蝈会把自己蜕下的皮大口大口吃掉以补充营养。

炎炎夏日，是蝈蝈最为活跃的季节。田野间、山坡上，蝈蝈的叫声此起彼伏，汇成了夏日山野间美妙的大重唱，仿佛是在欢歌这火热的日子。雄蝈蝈们用动听的"山歌"呼唤雌性，蝈蝈情侣们进入了恋爱交配的蜜月期。

雌虫交配以后，食量大增，体重可迅速增加两三倍。待腹中的卵发育成熟，雌蝈蝈便开始产卵了。产卵时雌蝈蝈先把腹部向上提，使腹尾的产卵管能垂直插入土内，然后将卵分批产于土里。产完一批卵后，雌蝈蝈会抽出产卵管，用力向后弹土，将产卵孔封住，接着再继续产卵。每只雌蝈蝈能产卵三四百粒。

人们虽喜爱蝈蝈，但多数人并不知捉蝈蝈的艰难。

蝈蝈十分机警，当人们循声走近时，它便戛然停止了鸣唱。由于身上翠绿的保护色和周围的荆棘枝叶融成一体，人们很难寻找出它的踪迹。即使偶尔发现，想去捕捉，可稍有动作，它就会眨眼遁入草丛。所以，捉蝈蝈不能急，循声逼近后要屏气观察，发现目标后再酌情捕捉。可用双手悄悄向蝈蝈合拢，待靠近后突然合并，将其扣在手窝之中。这适于捕捉停栖在山荆上的蝈蝈。至于停栖在酸枣枝子上的蝈蝈，因枣枝上有刺，也就不能用手去扣捕。可折一束荆枝慢慢伸向蝈蝈，诱其跳上，然后扣而擒之。

捉蝈蝈千万不能用手去抓，倘不小心被咬住手指，它将死不松口。儿时捉蝈蝈曾被咬破了手指肚，疼得抓着蝈蝈用力扯。结果，蝈蝈的头被扯掉了，那牙还嵌在手指上。后来才得知，遭了蝈蝈咬千万别硬扯，可用嘴向蝈蝈徐徐吹气，蝈蝈遇气则惊，牙则会慢慢松开。

然而，近些年随着农药、化肥的大量使用，野生蝈蝈的数量大为减少。原来上山游玩，遍野都可听到蝈蝈的叫声，而现在，只能在人迹罕至的大山中才能偶尔听到这"天籁"之音。

晚秋以后，天气变凉，蝈蝈们也进入了生命的最后周期。野生蝈蝈从春季出土孵化，到深秋死亡，整个生命周期为3个月左右，所以蝈蝈又叫"百日虫"。

早在商周时期，我们的先人们便对蝈蝈有了清晰的记录。那时候，人们把蝈蝈和蝗虫通称为"螽斯"或"斯螽"，《诗经·七月》中便有了对蝈蝈的记载：

生灵物语——北京那些虫儿

"五月斯螽动股,六月莎鸡振羽。七月在野,八月在宇,九月在户,十月蟋蟀入我床下。"宋朝人将蝈蝈与纺织娘混为一谈,到了明朝才有了"蝈蝈"这一特指的称呼。

中国人把蝈蝈作为宠物由来已久,宋代人就开始饲养蝈蝈,明代时从宫廷到民间均把养蝈蝈作为一种休闲娱乐,到清代则掀起了前所未有的饲养蝈蝈的热潮。

清朝皇帝中,从康熙、乾隆直到宣统都喜欢养蝈蝈。乾隆游历西山,听到满山蝈蝈叫,不禁诗兴大发,即兴赋《榛蝈》诗一首:"啾啾榛蝈抱烟鸣,亘野黄云入望平。雅似长安铜雀噪,一般农候报西风。蛙生水族蝈生陆,振羽秋丛解促寒。蝈氏去蛙因错注,至今名像混秋官。"上行下效,皇帝都喜欢,北京老百姓也把养蝈蝈当成了一种市井爱好,并逐渐形成了一种独有的蝈蝈文化。这种民俗文化至今仍在民间延续不衰。

近年来,随着市场经济的深入,都市中出现了许多专做蝈蝈生意的小贩。每当夏季来临,便有农民推着自行车把成千上万只蝈蝈装进小笼子运到城市,在一片悦耳的鸣叫声中出售,或者几元钱一只,或者几十元一只。看到一只只蝈蝈被困在拳头大的篾笼子里,齐声哀哀,让人心里顿生无奈爱怜之感。

市场上贩卖的蝈蝈,小部分是从山村廉价收购的,大多数是人工饲养的。有需求就有买卖。如今,社会上出现了蝈蝈繁殖饲养专业户。秋后,他们将蝈蝈的卵块收集起来,待春暖花开后孵化饲养,待长大会叫后,囚进笼子到大街小巷去兜售。

将蝈蝈囚在笼中听其鸣唱,于人类是一种享受,于蝈蝈却是一场"失夫"的悲剧。因为,凡可鸣唱的"囚犯",都是蝈蝈王国中的"男性公民"。那动情的鸣唱,不仅是夏日的欢悦,更是向雌蝈蝈送去的恋意情歌。

然而,夏日时节,大批雄蝈蝈被捕捉后,送到城里卖掉成为人们的玩物。面对"失夫"的悲剧,雌蝈蝈们大约只有"无声而泣"了吧?

科普链接：

蝈蝈为节肢动物门、六足亚门、昆虫纲、直翅目、螽斯科、鸣螽属、蝈蝈种昆虫，又称鸣螽、短翅鸣螽、中华短翅鸣螽、鼓翅鸣螽等。通体铁褐色或绿色，触角鞭状，长于体躯，复眼卵圆形。前翅近膜质，较短，前缘向下倾斜，静止时左翅覆于右翅上方。雄虫左前翅中心有圆形发音器，右前翅的基部有光滑的鼓膜，可摩擦发声。听器位于前足胫节基部外侧。食性较杂，各种小虫到植物茎叶荤素俱吃。是人们喜爱饲养的鸣虫。

▲ 蝈蝈

奇妙的"倒退儿"

▲ 蚁狮

儿时常痴迷沉醉于挑逗一种小昆虫：灰褐色，豆粒般大小，肚子扁而椭圆，上面有环纹，犹如一只尖头的小土鳖。这小虫模样和行为极古怪，一对尖而硬的弧形钳长在头前，羊角一般向上翘着，灵活而凶悍，随时可用双钳将猎物夹住。这种小虫爬行起来十分古怪，不是向前，而是一味地后退——后退——再后退——再向下，直到退进沙土之中将自己掩埋起来为止。

乡人不讲什么生物学，往往依形状或行为给活物起名。鼹鼠生得扁，就叫它"地里拍子"；蚯蚓动则曲，就叫它"曲曲儿"。至于这向后退行的小虫儿，乡人就赠了它一个形象的名字——"倒退儿"。

"倒退儿"能招引得我们注意，全是因它那神奇而有趣的巢。上学路上，路边地堰的松软沙土中，常见到一个个圆锥状的小坑，这就是"倒退儿"的巢。这种"漏斗"状的小坑，周围的斜坡极光滑，一旦蚂蚁类的小虫爬入，就会顺着流动的细沙向坑底滑去。这时候，藏匿在坑底沙土中的"倒退儿"便会迅速出击，用灵动的头和弧形的钳,闪电般地向小虫蠕动的方位连续而准确地弹射出"沙弹"。慌不择路的小虫被"沙弹"袭击,变得慌张无措、晕头转向,便愈加向坑底滑去。待小虫滑落到坑底,沙土中的"倒退儿"突然跃出,用尖而硬的双钳夹住小虫,继而连续发力上下摔动,直到把小虫摔晕,然后夹紧猎物迅速退进沙土,进而从容地、慢慢地吸食小虫体液。就这样,小虫成了"倒退儿"的美味佳肴。

▲ 蚁狮之巢

看了这惊心动魄的一幕,你才会明白,沙土中那些好看而有趣的圆锥形小坑,原来是"倒退儿"设下的"美丽陷阱"。这些看着一点也不起眼的小小"倒退儿",竟然是"守坑待猎"的凶猛"杀手"。上学路上,我们经常趴在一个个圆锥形小坑旁,捉了蚂蚁扔进去,看"倒退儿"如何钳着蚂蚁奋力摔打,再如何退进沙土,并因此而常常耽误了上课。

蚂蚁数量众多,善于爬行,个头又很小,很自然成为"倒退儿"的捕猎对象。

但不是那种大个头儿的黑蚁。大黑蚁爬过"倒退儿"的巢，虽然有时也被夹住，但它个大力足，爬行也快，所以，会把"倒退儿"自沙土中整个拖出。每到这时候，识时务的"倒退儿"就只能放开钳子，匆匆藏身了。

除猎捕小蚁，各种食草的小肉虫有时也会成为"倒退儿"的猎物。小肉虫的身体比"倒退儿"大好几倍，可"倒退儿"却敢与它较量。原来，"倒退儿"有致其死命的"杀手锏"。肉虫身体柔嫩，极易被"倒退儿"的双钳刺破。"倒退儿"的钳不仅是利器，而且能向猎物注射致命的麻醉液，犹如蛇的毒牙、蜂的毒刺一般。

遇到肉虫被"倒退儿"钳住，一场恶斗就开始了。肉虫左右扭曲，拼命想甩掉"倒退儿"，而"倒退儿"则借助土遁拖着肉虫，并迅速向其体内注入毒液。初时的搏斗既惊险又激烈，"倒退儿"几乎被扭动的肉虫拖出土坑外。但是，随着毒液的发作，肉虫的挣扎愈渐迟缓，终于被麻醉不动，直到被"倒退儿"拖入土内，慢慢享用。

"倒退儿"的学名叫蚁狮，为昆虫纲、脉翅目、蚁蛉科、蚁蛉的幼虫。

为什么叫"蚁狮"？因为它们主要以捕捉蚂蚁为食。把蚂蚁作为捕食对象，手段又是如此诡谲凶猛，所以得了"蚁狮"的名号。

做成漏斗状"陷阱"，以捕捉蚂蚁为食的"倒退儿"是蚁狮的幼虫阶段。这一阶段，它们主要生活在有细沙土的地区，尤其喜爱有风化花岗岩的地质环境。春分前后，天气渐渐变暖，"倒退儿"从卵中孵化出来，钻入向阳风化的细沙里，并从此开始了它们的狩猎生活。

随着"倒退儿"一天天长大，它们会蜕几次皮。每蜕一次皮，就长大一圈，食量也会逐渐增加。

清明节后，我曾从沙坡上专门捉来5只"倒退儿"在一个小铁罐里试着饲养，想看看它们到底是如何结茧变为成虫的。

这是一件让人十分矛盾的事情。养"倒退儿"就要为它们捉蚂蚁，捉蚂蚁就有助纣为虐的负罪感。但想到"倒退儿"在野外生长也要捕食蚂蚁，心里总算少了一些纠结。

经过几次蜕皮以后，"倒退儿"渐渐长大。最后，它们吐出丝来与周围的沙粒混合在一起，结成一个球状的茧把自己包裹起来，然后在茧中变成蛹。再过一段时间，蛹就变为成虫蚁蛉破茧而出。

蚁蛉有 1 对短棒形的触角，2 对翅膀窄而脆弱，带有褐色或黑色斑纹，体长 23～32 毫米，展开翅膀有 52～67 毫米不等。静止停留时，它们会将 2 对翅膀自胸背向体后折叠呈鱼脊状，覆盖住整个后半身，形状与豆娘十分相似，又像是小小的蜻蜓。它们捕食蚊蝇等小型昆虫，与蜻蜓、豆娘的食谱也差不多。经过短暂的飞行，蚁蛉分别找自己的意中蛉，度过短暂的蜜月期和产卵期，然后迅速走向死亡。

《本草纲目》中称蚁狮为"沙挼子"，有很高的药用价值，能够消炎、降压，治疗疟疾、胆结石、骨髓炎、脉管炎、小儿消化不良等病。把蚁狮烤干了研成粉末，据说还是治疗刀伤的有效药物。

福兮祸所伏，祸兮福所倚。"倒退儿"靠倒退的功能和陷阱捕食猎物，而正是这"美丽的陷阱"和其退守的愚笨，也招致了鸟儿和食虫野兽们（如刺猬、野鼠）准确无误地捕食。

神秘的大自然，有趣的大千世界！千奇百怪的动物各有各的绝招，各有各的活法。然而，进有得失，退有得失，大有利害，小有利害。总之，相生相克，谁也逃脱不了大自然的法则。

科普链接：

蚁狮属节肢动物门、昆虫纲、脉翅目、蚁蛉科、蚁狮种小型昆虫，俗称"倒退儿""土牛""沙猴""沙王八""地牯牛"等。完全变态发育，头部大，方形，有镰刀状内弯大颚，前胸形成可动的颈部，腹部卵形，沙灰色，有细细的鬃毛。成虫与幼虫皆为肉食性，以捕捉蚂蚁等昆虫为食，故称"蚁狮"。幼虫生活于干燥的地表下，在沙质土中造成漏斗状陷阱以诱捕猎物。

▲ 蚁狮成虫与沙茧

蚁狮嬗变记

蚁狮就是少年时代所见的"倒退儿"——一种在沙子里做成漏斗状"陷阱",以捕食蚂蚁等为生的小昆虫。

蚁狮长大以后会变成什么样呢?一生是不是也要经历卵、幼虫、蛹、成虫四个完全变态阶段呢?对此,我一直抱有探究的希望。

为了追寻这一奥秘,初春4月2日,利用和几位老伙伴春游踏青的时机,在花岗岩地貌的东岭郊野公园,捉到了5只蚁狮并装进一个塑料空瓶子里带回家饲养。

为了创造一个尽量与外界相似的环境,我特意去小区工地找了些细沙装回来,放进了一个圆圆的、周壁光滑锃亮的铁皮小盒。细沙铺了一寸多厚,然后将蚁狮放了进去。

5只蚁狮有2只大的,2只小的,1只不大不小。大的身长六七毫米,小的也就四五毫米,体形犹如椭圆的小土鳖,后背带着7道明显的环状纹理;胸部越向前即变得越窄,胸前嵌着一个几乎与胸部等宽的呈正方形的头;头前两个顶点长着两枚对称的、可自由开合的、弯弧向内的钳,末端尖锐、锋利且中空,是蚁狮克敌制胜的独门杀器;只要头部的弧形钳抓住猎物并刺入体内,储存在头胸的致命麻醉剂就会随之注入,猎物很快就会停止挣扎并被拖入沙土中……

见到了沙子,蚁狮们像见到了"亲人",屁股向下、向后,急急如逃遁一般退入了沙土里。

喂养蚁狮虽然简单,但也牵扯精力。俗话说:"有根的多栽,带嘴的少养。"是说侍候植物比较简单,而侍候动物则要耗费心思。植物定期浇浇水、施施肥就可以了,而动物每天都要为它们的那张嘴操心。

饲养蚁狮让我见识了蚂蚁与蚁狮世界的诸多新奇。

在楼前的草坪里生活着大大小小三类蚂蚁，最小的只有 2 毫米左右，中等的约有 4 毫米，都是黑色的小蚂蚁。最大的一种是黄蚁，八九毫米长，爬行迅速飞快，最不容易捕捉。为了保证蚂蚁不受伤害，捕捉蚂蚁时我只用一根细小的树枝引它们上来，再抖落在一个光滑的塑料小桶里。

我原以为大个儿的蚂蚁应该最厉害，但实际结果却是大相径庭。2 只大个儿黄蚂蚁和几只小黑蚂蚁聚在了塑料小桶里，只见小黑蚁上来就咬住了黄蚁的一条后腿。原以为黄蚁会奋力还击，把小蚂蚁咬死，但实际上它只是拼力奔逃，总想把小黑蚁甩掉。但顽强的小黑蚁死活咬住就是不松口，弄得黄蚁狼狈不堪、无可奈何。

有一次，两群小黑蚁聚集大战，在地面拉出了一条 2 米多的黑色长龙。我就势用树枝在黑色长龙上点了几下，往塑料瓶里就抖落了十几只小黑蚁。没想到，落进了塑料瓶里，黑蚁们仍旧纠缠在一起拼命大战：或咬住对方的腿，或咬住对方的脖子和触角，或咬住对方的肚子……翻滚厮杀搅成一团，谁也不放过谁……

我顿时感到了一种悲哀，可怜的动物啊——包括我们人类——为了眼前一点小利、一点食物、一点资源，争得你死我活，完全不晓得"黄雀在后"的危险，不晓得还有更大的隐忧和灾难等着自己！

小黑蚁被倒进了"倒退儿"的铁罐，相互之间的"战争"仍在继续，但蚁狮的猎杀也开始了。

蚁狮的头和尖利的弧形钳力量很大，可以把"陷阱"中与自己体重相当的沙粒一下掀到"陷阱"之外，可以把落入"陷阱"的一团蚂蚁抛到离"陷阱"很远的地方。

早晨起来，就会发现"陷阱"的外围有一个个小小的黑球球——那是蚂蚁被吸干体液后被"倒退儿"抛出的尸体。

对于被麻醉的猎物，蚁狮并非要把它们吃掉，而是只用"双钳"吸食猎物的体液。它们会用弧形钳将猎物倒来倒去，不断变化吸食位置，以达到"物尽其用"。

做一个漏斗形"陷阱"蚁狮只需二十几秒钟：它快速掀动着灵活的头和任意开合的弧形钳，一上一下将沙粒甩向背后，沙土随即出现一个浅浅的小坑；蚁狮连续甩着沙子并在坑底倒退着身体自转，一个漏斗形"陷阱"转眼就做成了。

一次，随手从大柳树上捉了一条一寸多长的毛毛虫与蚂蚁一起倒进铁盒内看蚁狮作何反应。

开始，蚁狮潜在沙土中没有任何动作，倒是有蚂蚁们不断爬到毛毛虫身上，像发现了新大陆。蚂蚁们都喜欢攻击虫子，常常会看到成百上千只蚂蚁围住一条虫子噬咬。与蚂蚁相比，虫子虽然是庞然大物，但最终也无法逃脱被肢解的命运。

但对付毛毛虫蚂蚁却显得无可奈何。它们费力地在毛毛虫身上的"毛毛森林"中前行，时而摔倒，时而跌落，根本无法接近毛毛虫的肉体——"毛毛森林"所产生的保护功能被充分展示出来。但它的腹部却没有毛毛保护，这便成为蚁狮从沙土下偷袭的"阿喀琉斯之踵"。

突然，毛毛虫身下的沙土一动，毛毛虫不由自主扭动起笨拙的身子。依我的经验，毛毛虫一定被蚁狮的双钳刺中了！

果然，双方展开了一场激烈的争夺战。毛毛虫竭力扭动身体想摆脱下面的攻击，蚁狮一次次被拉出来又随即退入沙土中……随着时间的延续，毛毛虫扭动的幅度越来越小，半分多钟以后终于停下来——它被蚁狮注入的毒液麻醉了。两个多小时以后，毛毛虫的后半段身子明显萎缩塌陷了许多。它竟然成了蚁狮丰富多汁的大餐！

由此可见，蚁狮并非只偏爱蚂蚁，似乎更喜欢多汁的虫子；如果有其他昆虫送上门，它们也会"照收不误"；只不过蚂蚁数量众多，个头也小，极易踏进它们"守株待兔"式的陷阱罢了。

其实，蚁狮的胆子是极小的。凡对猎物发起攻击，一定是在漏斗形的沙巢里，若身子裸露在沙土外，即使猎物就在眼前甚至掉在身上，它也会像没看见一样，只顾匆匆逃入沙土中。而一旦遁到了沙土，其猎杀本性就会恢复，就会成为蚂蚁们的克星。

2

▲ 蚁狮沙茧

在家中饲养蚁狮这样的小虫子会遭遇许多尴尬，会招来许多奇怪的目光。

每天去楼门前的草坪中为蚁狮寻找蚂蚁，许多人奇怪不解："您忙什么呢？为小草抓虫哪？"

"没有没有……随便玩玩……"我无可奈何地应付着。

但一天、两天、三天……时间长了不能总说"没事玩玩"，于是尽量选择没人的时候去草坪。

草坪中有一株大柳树。有一天，无意中发现树干上总有蚂蚁上上下下。仔细观察后才发现，柳树上有一个腐朽的树洞，里面住着一窝黑蚁，蚂蚁们都是从那里进进出出的。从树干上诱捕蚂蚁是自下而上的纵向运动，比在地面上的横向运动容易多了，效率也提高了不少。大柳树从此成了我的"蚂蚁牧场"。

但每次行动，总要在柳树旁寻觅一会儿，还是有好奇的邻居凑过来看个究竟。我不得不草草收场，讪笑着应付着人家的追问。

这时候我才深深体会到，贫穷的法布尔为什么要攒下一笔钱，在偏僻的塞里尼昂小镇附近购得一处荒芜的老民宅——取名荒石园，在那里他对昆虫们进行了30多年的观察——偏僻、自然、宁静、不被人干扰，才能专心致志地做他想做的事情啊！

为保持沙土的清洁，我几乎每天都要旋转一番桶内的沙子，将里面的蚂蚁尸体、大沙粒以及混入的草叶、树皮清理出去，顺便转出沙里的蚁狮，查看一下它们的生长情况。

4月20日，饲养18天以后，旋转沙土后我意外发现了一只蚁狮蜕落的外皮。样子与蚁狮一模一样，只不过变得中空，后背有一道明显开裂。

我曾多次观察过蝉的幼虫——"知了猴儿"蜕皮，观察过"斑衣蜡蝉"的幼虫如何蜕变为"花大姐"，所以，看了蚁狮蜕下的外皮，就知道它们蜕皮时也是先自后背裂开一道缝，然后蜕出头、蜕出胸，最后蜕出腹部。

同时也发现，5只蚁狮还剩4只，分明少了1只。于是倒出了桶中的全部沙土仔细检查，果然少了1只小的。逃出铁桶是不可能的，铁桶四壁光滑，蚂蚁尚且无法攀爬，何况蚁狮了？是大蚁狮吃了小蚁狮吗？可清理时从来没有发现有尸体的蛛丝马迹啊？但可以肯定，眼前的这只蚁狮皮，绝对不是小蚁狮的尸体，而是蚁狮们蜕去的外皮。

若真是同类相残，另1只小蚁狮的性命也会危在旦夕。

但经多次筛查，蚁狮们始终保持着4只。后来，除了又先后发现了3只蚁狮的蜕皮，再没有发生蚁狮减少的悲剧。失踪的小蚁狮也由此成了一桩疑案。

蚁狮的蜕皮表明，蚁狮生长期间，与蚕、斑衣蜡蝉等昆虫一样，要经过多次蜕皮才能最终长大。

其实，蚁狮们还是有邂逅而迅速规避习惯的。倘若2只蚁狮在土遁或建造"陷阱"时相遇或靠得太近，它们会迅速调整土遁方向，让彼此很快拉开距离。

5月9日至5月13日，由于要参加作协举办的一个培训班，不得不把为蚁狮捉蚂蚁的"重任"暂时托付给老伴。

老伴又带孙子又要做饭，还有精力喂蚁狮吗？

培训班结束后，带着几分忐忑回到家，没想到聪明的老伴不但做得尽职尽责，而且发明了用毛刷从树干扫捕蚂蚁的新方法。采用这种方法，每次只需二三十秒就可完成当天的任务。

大柳树上的蚂蚁成千上万，每天捕捉十几只丝毫无损蚁群的数量。有了柳树的"蚂蚁牧场"，有了毛刷扫捕术，即使阴天下雨也不用为蚁狮的猎物犯愁了。

4只蚁狮长得都很健壮。个头从五六毫米长到了1.2厘米，若加上弧形钳，能达到1.6厘米。

因终日埋在沙土中，自饲养以来到5月底已经近2个月时间，4只蚁狮全然看不到要作茧子的征兆。我猜测，它们肯定是要作茧子的，但具体时间及茧子的模样就不得而知了。

3

6月2日早晨，经过61天的喂养，筛查沙土时突然在沙中发现了一枚圆圆的小沙球，直径1厘米左右，个头与儿时玩过的玻璃球大小相似。我断定，这就是蚁狮所做的茧子！蚁狮终于开始了从幼虫到成虫的"伟大"嬗变！

将褐色的小沙球从沙土中轻轻抠出，发现沙球有一定硬度。原来，沙茧的表层是由蚁狮吐出的丝和沙子混合而成。

为了让里面的蚁狮能从容蜕变，我把小沙球拿出来放进另一个透明塑料盒保存，盼望蚁狮的成虫能尽快孵化出来。

6月7日早晨，经过66天的喂养，第二枚小沙球也出现了。然而，就在轻轻将其取出的一刻，我感到沙茧似乎有些软，没有第一枚那样坚挺。放进塑料盒以后，沙茧果然由圆形塌成了扁圆形。我这才知道，蚁狮做好沙茧以后，一定要在沙土中硬化一段时间，待茧丝变硬茧子才能坚固起来。由于操之过急，过早拿出了沙茧，才导致了茧体的塌陷。我也曾试图捏着沙茧让其恢复圆形，但却毫无成效。

这天下午，我带着沮丧去看这枚沙茧，却意外发现沙茧已经破损，里面的蚁狮钻了出来——变形的沙茧被它废弃了。由此可知，蚁狮对茧的形状及内部空间要求还是很严格的。我只得满怀愧疚把这只蚁狮重新放回了沙土中。

6月8日早晨，时隔一夜之后，这只蚁狮又做成了一枚漂亮的沙茧。汲取上次教训，直到当天下午沙茧确实硬化了，我才把它放进塑料盒中。

6月18日早晨，历时77天喂养，第三只蚁狮也已经作茧。

6月29日，最小的那只蚁狮终于也作茧了。

自4月2日开始喂养，历时88天，四只蚁狮都先后结茧并开始蛹化。

终于不必为捉蚂蚁而操心了。

6月27日，第一枚沙茧被"咬破"，蚁狮的成虫——蚁蛉破茧而出了！从6月2日作茧到27日破茧，前后历时25天。

蚁蛉犹如一只微型蜻蜓，更像是一只小豆娘。黑色的身体长度超过3厘米，胸前的6条腿抓握起来很有力量，细长的腹部分为5节，每节有黄色的细环，两对透明的膜翅几乎超过了身长，一对大大的眼睛配上一对小棒棒似的、顶端向外弯曲的触角，样子纤细、威武而漂亮。

可惜蚁蛉羽化得不太好，一只内翅皱皱巴巴，因而无法飞翔。直觉认为蚁蛉可能会吃蚜虫之类，便从绿篱中找到一枝带蚜虫的小枝放到它面前。但一天以后，蚁蛉不知为什么死去了。

我随即解剖了空空的沙茧。沙茧果然是由白色的丝连缀的，丝的黏性能把细沙黏合在一起，因而才做成了沙茧。破开沙茧后，里面出现了两种蜕皮，一种很小很皱，为黑褐色，是蚁狮结茧化蛹时蜕下的最后一种幼虫皮；另一种为透明黄白色，是蚁蛉羽化出茧后留下的蛹皮。令人惊叹的是，那黄白透明的蛹壳尽管只有1厘米多一点，居然能羽化出3厘米长的蚁蛉来，真让人不可思议。

7月4日，第二只蚁蛉出茧了，从6月8日作茧算起历时26天。

7月11日，第三只蚁蛉出茧了，从6月18日作茧算起历时24天。

7月24日，最后一枚茧子孵化出蚁蛉，从6月28日算起历时25天。

实践表明，蚁狮从作茧到孵化成蚁蛉大约需要25天时间。

不过，由于4只蚁蛉是陆续孵化的，相互间相差的时间又太多，所以无缘谈情说爱，结为"秦晋之好"。

为了延长蚁蛉生命，除了找一些蚜虫做猎物，还把小块的西瓜、桃子送到它们面前。蚁蛉果然对这些甜甜的水果感兴趣，爬上去吮吸起来。但它们终究还是没有完成交配及繁衍后代的使命。

蚁蛉羽化期间，我曾特意到东岭郊野公园的沙土中寻找野生蚁狮的沙茧和蚁蛉。然而，一切仿佛都已经结束，跑了半个山岭也没有发现野生茧子和蚁蛉的任何踪迹。

饲养的蚁狮正是成虫羽化期，可野外为什么不见沙茧和蚁蛉的影子呢？

认真回想饲养蚁狮的环境和经过，我不禁似有所悟。野外的蚁狮全靠捕猎少数误入"陷阱"的蚂蚁为生，而饲养的蚁狮每天都有充裕的猎物；野生蚁狮的巢穴和沙茧要接受风吹、雨打、日晒，尤其是夏季的高温，而饲养的蚁狮生活在冷热均衡的室内，没有夏日灼烤的条件；野生蚁蛉数量众多，尽管羽化时间有差异，但总可以找到自己的配偶，而饲养的蚁蛉数量寥寥，差异较大的羽化时间使它们失去了相遇求偶的机会。

我由此推测，家养的蚁狮，很可能是因环境的优越和变化，延长了生长、作茧及羽化周期，因而造成了与野生蚁狮生活状态的不同步。

看来，要真实了解蚁狮的全生态状况，还要不辞劳苦，到大自然中去认真考察为好。

我希望明年春天能到自然环境中再去探寻蚁狮的嬗变过程。

"纺织娘"的歌唱

▲ 纺织娘

"纺织娘"是农家孩子非常熟悉的一种小昆虫，童年时时常抓来玩耍饲养。

"纺织娘"长得玲珑而纤巧，因地域不同，人们又把它们称为"筒管娘""络丝娘""纺织郎""莎鸡"等，故乡人则称"纺织娘"为"铜钟儿"。

之所以叫"纺织娘"，是因为其雄性背上的两个翅膀振动时会发出连续的"织呀、织呀、织呀"的振动声，犹如织女摇动纺车在不停地织布，因而被人们称作"纺织娘"。

故乡人称其为"铜钟儿"，是因为这种小昆虫发出的声响非常特殊，犹如敲击铜钟儿发出的声响，"当啷儿……当啷儿……"清脆而悠远，还带着袅袅余音。

就我的感觉来说，叫"铜钟儿"似乎更准确、更贴切、更形象。

我国最早的诗歌总集《诗经·七月》篇中，便有"五月斯螽动股，六月莎鸡振羽"的诗句。斯螽就是指蝈蝈一类会叫的蝗类昆虫，善于跳跃，以植物叶片为食。莎鸡就是"纺织娘"，雄性振动翅膀能发出声响。这两句诗的大意是：五月斯螽弹腿响，六月纺织娘抖翅膀。这是我国古代文献中最早描写斯螽、莎鸡的诗句，描摹状物形象而生动。

纺织娘体长五六厘米，有紫红、绿色、淡绿、黄褐色等多种体色。紫红色的较为少见，属于珍贵品种，俗称"红纱娘"；淡绿色的称为"翠纱娘"；深绿色的称为"绿纱娘"；黄褐色的称"黄纱婆"。在多种体色的纺织娘中，以"翠纱娘""绿纱娘"最为常见。

"纺织娘"的体形犹如1枚袖珍的侧扁豆荚。它们头部较小，外翅发达，宽度能盖过肚皮，长度能超过腹部许多，翅膀上常有纵列的黑色斑线。雌性的产卵器长在腹部后面，呈弧形上弯，犹如一把精巧的小马刀。雄性的翅膀上有两片透明的发声器，相互摩擦可以发出清脆的响声，与蝈蝈、蛐蛐很相似。其黄褐色的触须细长如丝，可达8厘米；折叠的后腿长而有力，极具弹性，弹跳时可将身体弹向空中并跃向远方。

"纺织娘"一年发生一代。白天，它们多在植物茎叶间静静休息；晚上，则出来觅食并发出鸣唱。雄性纺织娘的歌唱，主要是为了吸引雌性。若有雌性闻声而至，雄虫则会更加卖力地表演，还会转动着身子，逐渐靠向雌虫，直至结下秦晋之好。婚配以后，雌虫会将卵产在植物的嫩枝上，然后死亡。整个种群主要以卵的形式度过寒冷的冬天。

"纺织娘"尤其喜欢吃南瓜、冬瓜、丝瓜等植物的花瓣，也喜欢吃许多植物的叶子，所以农民们将其列为害虫。

但在我的感觉里，"纺织娘"的危害微乎其微，而"叫声"的有趣甚至让人产生了强烈的怜爱。

夏末秋初，经历过数龄的蜕皮与生长，"纺织娘"由若虫发育为成虫。而只有长到了成虫，雄虫才有了"歌唱"的条件和资本。

夏秋之交、傍晚前后，"纺织娘"的歌唱便会在农家周围、田野草丛纷然响起。这细微的、略显忧郁的连绵之声，如秋雨般润泽，如微风般吹过，让人感到悠然宁静，全无了烦躁焦虑之气，人也会在倾听与陶醉中氤氲出澄净如水的心情。

因为"纺织娘"的歌唱，乡村孩子才像对蝈蝈和蛐蛐一样，有了捕捉和饲养"纺织娘"的强烈愿望。

40 "纺织娘"的歌唱

"纺织娘"虽品种较多,但能饲养的只有宽翅纺织娘和窄翅纺织娘两类。宽翅纺织娘腹体宽大,叫声抑扬顿挫、高亢洪亮,高低音交错循环,每次可反复鸣叫很长时间,并因翅宽体大,故命名为"宽翅纺织娘",但故乡很少见到。这种纺织娘喜欢生活在阴凉的灌木丛和林荫下的草丛中,喜阴暗,怕强光,行动较迟缓,一旦受到惊吓会立即跳跃逃走,市场上出售的多是这类"纺织娘"。

故乡最常见的是窄翅纺织娘。它们每次鸣叫数分钟,声音较为纤细,音域相对较窄,介于蝈蝈和蛐蛐之间,捕捉起来则比蝈蝈、蛐蛐容易多了,丝毫不用担心它会咬你。

"纺织娘"鸣叫的时候,或驻足原地,抖动外翅,露出内翅;或一边鸣叫,一边缓缓移动。听到"纺织娘"的歌唱,悄悄搜寻,循声侦察,很容易会发现它们的行踪。

比起蝈蝈和蛐蛐,"纺织娘"就像是穿着高跟鞋行动迟缓的女人,受到惊扰时不是立即飞起,而是匆忙一跳,既不敏捷,也不迅速,且柔弱的身体、细长的大腿极易受伤折断。

所以,捕捉时不能鲁莽地用手去扑,而应轻轻去扣或用网兜拦截,唯此才能保证"纺织娘"的肢体完整。

孩子们捉住"纺织娘",多会用高粱秆剥出的细篾子做笼栏,用剥出的白色秆瓤做框架,扎一个三角棱锥体或长方体的小笼,做饲养"纺织娘"的"家"。

但我觉得这对"纺织娘"来说不自由、受束缚,还要天天记着喂食,所以我只把捉回来的"纺织娘"放在院子的瓜架上散养。

我家小院的南部是一块菜地,菜地周围用树枝扎成篱笆。篱笆北侧栽了4根1丈多高的木桩,以木桩顶部做支撑,用木杆横向连接,纵向借助北屋房檐支撑,搭成了一个丈余宽的瓜架。谷雨前后,我们在菜地北侧开出瓜埯,施足底肥,种上南瓜。一个多月后,蓬勃的南瓜秧就爬上了搭好的瓜架。夏末秋初,正是南瓜累累、瓜花盛开的季节,所以"纺织娘"尽可以大快朵颐,在瓜架绿棚上任意游走。

有了这种富足而自由的生活,它们的鸣叫也自然潇洒开心。

傍晚饭后,一家人坐在瓜架下扇着蒲扇聊天休息时,"纺织娘"也开始了它们开心的鸣唱。

我悄悄站起来在瓜架下仰头搜寻，便会在一朵瓜花上、一片瓜叶上或一个小南瓜上发现它怡然振翅的身影。有了这种歌唱相伴，农家艰辛的生活也多了几分愉悦，农家孩子的贫困饥渴心灵也得到了些许慰藉。

正因为如此，每年夏末，我都会多捉几只"纺织娘"放在瓜架上。

但这种散养也有风险。一旦"纺织娘"不慎从瓜架上跌落，就会成为院子里鸡儿们的美餐。

记得居住在城镇的奶奶和叔叔大爷们也都喜欢故乡的"纺织娘"，所以，每年我都要做好笼子，捉上几只和爸爸一起坐着"大鼻子公交车"，连同水果一起送到那遥远的城镇，直到1964年奶奶离世。

如今，随着人们生活的日益多彩，"纺织娘"也进入了虫鸟市场的宠物之列。

饲养"纺织娘"没有任何危险，食物丰富多样，喂养也很简单，非常适合妇孺群体。

那么，如何挑选"纺织娘"呢？首先要选择体形健康硕大的个体。体大者证明发育较好，鸣声也自然会响亮。其次看身体结构。以头小、翅宽、背部发音镜较宽者为好，因为这种结构的"纺织娘"，鸣声洪亮有力，持续时间也长。最后要看大小腿6肢是否完整、触角长短是否一致，这也是区分"纺织娘"好坏的重要标准。

饲养"纺织娘"还要选择好适宜的笼器，并悬挂于空中，以防止猫、鼠的伤害。深秋以后，气温下降幅度较大，要及早移至屋内采取保暖措施，以便延长"纺织娘"的寿命。

▲ 纺织娘

💡 科普链接：

　　纺织娘属于节肢动物门、有颚亚门、昆虫纲、有翅亚纲、直翅目、长角亚目、螽斯总科、纺织娘科、纺织娘属昆虫，喜食嫩叶花朵，背翅相互摩擦会产生鸣响，是有名的鸣虫，在京郊和全国许多地方均有分布。

夺命猎蝽

▲ 猎蝽

猎蝽，是一种食肉型昆虫，因猎捕对象多为各种蝽类小虫，故名猎蝽；又因抓住猎物后立刻用尖喙刺入其体内并毒杀猎物，故又称刺蝽。乡人叫它们"抱钩子"，是说它们抱住猎物后就用尖嘴钩进猎物身子里。

猎蝽与蚁狮、蚜狮等有许多相似之处，都是食肉昆虫，都是用大螯或尖喙刺入猎物身体注入毒液使其昏迷，都是注入消化酶后吸食猎物的体液直至其干瘪。所不同的是，猎蝽的武器是 1 枚由 3 节喙管连成的、能下弯折叠的尖利单喙，而蚁狮和蚜狮的武器则是头前一对向内弯曲的尖螯。

1
▼

猎蝽喜欢在灌丛、花草等植物上活动，有时也躲藏在树洞、石缝或树皮下休息，更喜欢在地表上爬行狩猎。

从外表看，猎蝽似乎与步甲虫很相似，都是头小肚大、身体前窄后宽。但猎蝽颈部较窄，革质和膜质的软翅也显瘦窄，故称半翅，盖不住宽大肚背的两侧；而步甲虫则颈部较宽，翅膀为坚硬宽大的鞘翅，会把整个肚背都遮盖保护起来。

猎蝽虽然没有步甲虫坚硬的铠甲做保护，但其胸部和腹部外皮相对较为厚硬，在一定程度上起到了护甲作用。

猎蝽的利喙分为3节，可向下、向内折叠弯曲，不用时可折窝在前胸板中央的纵沟内。由于沟底有细密横列棱纹，利喙端折窝在沟中时，能与横纹相互摩擦，从而发出猎蝽独有的叫声。

而一旦捕猎需要，折窝的利喙可立即弹出投入战斗。所以，即使有人发现了猎蝽，也很难看到它们胸下的尖喙，以至于误以为它们就是步甲虫之类。

猎蝽不善追逐捕猎，多采用蹲守待猎的伏击方式。发现有椿象、肉虫、甲虫在周围活动，猎蝽会静止不动，用一对分节的、可灵活转动的触角时时感知着猎物的远近和具体位置；一旦猎物进入攻击范围，它会突然扑上去用带刺的前腿将猎物死死抱住，然后将利喙迅速刺入其体内。

多年来，对猎蝽捕猎时所表现来的出色麻醉魔力，许多乡人并不了解。

看猎蝽抱住、钩住一条大肉虫扭在一起，但肉虫很快不动了时，大人们会说："这'抱钩子'简直有什么迷魂术，虫子被它一抱就睡着了……"

他们并不晓得是猎蝽尖嘴插入了虫子身体且注射了毒液，那虫子才被麻翻的，而是为猎蝽赋予了"迷魂"传说。

猎蝽喜欢捕食鳞翅目、鞘翅目昆虫的幼虫。这些幼虫身体柔软，体液丰富，只会爬行，捕

▲ 猎蝽

捉起来相对容易，但也敢于对体壁坚硬的椿象、蚂蚁，甚至带有毒刺的蜂类发起进攻。

▲ 猎蝽

捕猎时，猎蝽会根据不同对象采用相应策略。若是毛虫、肉虫之类，会采用大胆进攻战法。尽管虫子身体比自己大许多倍，但外皮软弱，很容易被尖喙刺穿，所以会毫不犹豫扑上去，几个回合下来，虫子就会停止挣扎。猎蝽食量很大，先向虫体内注入消化酶，然后用尖喙作为吸管，把粥一样的体液一点一点从容吸光，只剩下一条瘪瘪的外皮。

若捕捉对象是椿象之类，就没那么容易了。椿象的外皮很坚韧，如同一层革质，不能轻易戳破。而猎蝽自有对付的办法。抓住椿象后，猎物会扭动盾牌状的身体拼命挣扎，同时会从臭气孔喷发出一股股恶臭，试图使对方无法忍受而放弃。但猎蝽根本不惧怕椿象臭气，而是抓抱得更紧，并快速用利喙试探着刺向椿象腿的根部或背甲下面——那里是椿象最柔软的部位，一旦被刺中猎物就会迅速失去知觉而成为俘虏。

2

在野外，有时会见到两只猎蝽抱在一起，上面的一只比较瘦小，下面的一只比较肥大——这是一对交配中的情侣。上面的是雄猎蝽，下面的是雌猎蝽。这样的缠绵景象会维持一天左右。交配结束不久，雌虫会用针状产卵器，或者将卵产于植物枝叶上，或产于松散的土壤中。由于有黏稠胶状物质粘连，卵粒会结成卵块，有利于提高幼虫群体孵化时的生存概率。

猎蝽的卵非常有特点，每个圆柱形卵囊都有一个明显的卵盖，与胡蜂抚育幼蜂的六角蜂巢十分相似。

春暖花开时节，越冬卵开始孵化。猎蝽属于三变态昆虫。小若虫一出生就具有猎蝽成虫的典型特征：喙3节，能弯曲折叠在前胸下方的摩擦沟里，能像成虫那样去麻醉捕食其他小昆虫。

随着成长，幼虫会经历多次蜕皮才能变为成虫，这与蝈蝈、蟋蟀幼虫的成长过程基本一致。

猎蝽家族庞大、种类繁多，食肉的本质基本相似，但也有口味特别的异类。比如，马陆臭气烘烘，怪味难闻，一般人躲之不及，可有的猎蝽居然对其偏爱有加；步甲虫外壳坚硬，味道怪异，体液黏稠，可有的猎蝽却对其情有独钟；蚂蚁充满蚁酸，体液也不丰富，但食蚁的土猎蝽总是视其为美味……这些奇怪的嗜好其实也算正常，我们人类不也是"萝卜、白菜各有所爱"吗？

猎蝽的分布不只局限在陆地，水塘里也会看到它们的身影。

那年5月带着孙儿去附近马头湾水塘看蝌蚪。在一个浅浅的泥水坑里发现了一只儿时见到过的"水蝎子"。灰褐的体色几乎与泥水融为一体，如蝎子般长圆而扁的身子贴在水底足有2厘米，两条前腿已演变成如蝎子般弯曲的大螯，支撑身子的4条步足深入泥水一动不动，一条如蝎尾的长须拖在身后几乎与身子等长……果然如蝎子一般让人骇然!

▲ 猎蝽

就在一家人惊异于这水虫长相的时候,一尾小虾一下子跳到了"水蝎子"面前。只见这怪物倏然挥动一下双螯,大家还没明白是怎么回事,那小虾已被大螯牢牢钳住,并送到了"水蝎子"头前。那"水蝎子"几乎没有头,身子前面只有一个略微突出的小三角。一对小眼,一对短短的触须就长在那个三角头上。

大家以为饕餮的撕咬和吞噬即将开始,但"水蝎子"只是快速将一枚尖喙刺到小虾身体里就静静不动了。

怎么回事呢?难道它对小虾不感兴趣?家人们一时不解。

但过了一会儿,大家发现,那小虾的身体似乎在一点点变小、变瘪,身体内可看到的一点内脏也不见了……我忽然想到了蚁狮和蚜狮,想到了猎蝽。

回家以后,我把拍到的照片与网上"水蝎子"的照片、介绍对照核实,果然得到了预想的答案:"水蝎子"的学名叫"蝎蝽",属猎蝽科水生昆虫,主要捕食水中小鱼、小虾、蜻蜓幼虫等,其猎捕和进食方式与猎蝽并无二致。而它身后那条长长的细尾巴原来是呼吸器官,是用来在水中呼吸获取空气的。

由此可知,水中亦有猎蝽的天地。

3
▼

猎蝽家族成员和我们人类一样,有胆大者,有胆小者,也有聪明狡黠的智者。

蜜蜂是带有毒针的危险昆虫，但食蜂猎蝽却专门在花朵上伏击蜜蜂。当蜜蜂"嘤嘤"飞舞着落到一朵鲜花上满心欢喜、专心致志采蜜时，猎蝽便会瞅准时机，选准部位，一个猛扑抓住蜜蜂的头胸部，然后把利喙迅速刺入蜜蜂头颈结合部。这里不但柔软，而且是蜜蜂的中枢神经所在地。一旦被猎蝽刺中，蜜蜂连反抗还手的机会都没有；可一旦失手错过良机，蜜蜂用蜇针反抗刺中猎蝽，它也会被蜜蜂反杀。

所以勇敢者绝不是鲁莽者，艺高而胆大，这才是真正的勇士。

白蚁是让南方人烦恼的害虫，而食蚁猎蝽却是白蚁的重要克星。猎蝽捕食白蚁主要采取两种办法。一是蹲守在白蚁巢前埋伏等待，待白蚁出现后立即扑上去。由于白蚁没有视力，全靠嗅觉行动，所以很容易成为猎蝽的俘虏。而一旦得到蚁胞遇难的气息，其他白蚁会纷纷前来救援。这就为猎蝽连续捕杀创造了条件。当然，也要适可而止、知难而退，否则就会被白蚁所围猎。二是悄悄埋伏在蚁巢垃圾存放地。白蚁有及时清理巢内垃圾的习惯。一旦有清理垃圾的白蚁到来，猎蝽就会从垃圾中冲出捕获猎物……这些善于伏击和伪装的猎蝽是不是显得狡猾而富有心计？

猎蝽中还有一些醉心于伪装的胆小者。

比如土猎蝽，我国最早的辞书《尔雅·释虫篇》中称其为"傅，蝜蝂"。柳宗元在《蝜蝂传》中也称其为"蝜蝂"。

土猎蝽的最大特点，就是捕获蚂蚁等猎物后，会把吸完体液的尸体扔到背上。由于它们后背会产生一种黏液，所以这些尸体会黏附在背上越积越多。

于是，柳宗元写道："蝜蝂者，善负小虫也。行遇物，辄持取，卬其首负之。"

可若从猎蝽的心理行为来看，却是一种自我伪装的自保行为而已。猎蝽虽然很强悍，但毕竟是一种小小的昆虫，周围窥视它们的天敌很多。这种伪装仅仅是为了遮盖自己的本来面目，是为了迷惑对手，让天敌难以认出自己而已。

当然，背负杂物习惯的昆虫还有蚜狮，它们也可能是《蝜蝂传》中所说的蝜蝂原型。

据说，猎蝽还是世界上有名的致命昆虫。这主要缘于那些叮咬人畜、吸食人畜血液的少数猎蝽类，但这仅仅是个别和特殊现象。

猎蝽虽然长相丑陋，灰头土脸，令人看了很不舒服，但大多数是消灭椿象等害虫的能手，在维持生态平衡方面发挥着不可或缺的作用。如果加以科学利用，说不定会在未来农林生物防治方面大有作为。

科普链接：

猎蝽，为节肢动物门、昆虫纲、半翅目、异翅亚目、猎蝽科昆虫。全世界分布有3000多种，我国有300余种。多生于暖热地带，主要捕食蝽类等有害昆虫。喙分3节，向下呈弓形，能折叠于头、胸、腹面下的纵沟内，最前一节短而尖利，刺入猎物体内可分泌毒液，亦可吸食猎物的体液。头上有带节的一对长触角，头后有细颈，颈背有翅，体长10～25毫米不等，多为黑色或深褐色，亦有色泽鲜明种类。属不完全变态昆虫，孵化后的若虫与成虫相似，几次蜕皮后变为成虫。

▲ 猎蝽

"蚜狮"奇变

▲ 草蛉

昆虫世界充满了令人意想不到的奥秘，不细细观察、循迹跟踪，甚至是亲自饲养往往发现不了，草蛉便是奇妙昆虫里的一种。

夏天的夜晚，经常会有一种绿色的、长着4枚长翅的飞虫撞入屋里或趴在窗子纱窗上。捉住一只仔细观看，那飞虫长长的翅膀、细细的腰身，样子很柔弱，就像缩小版豆娘，又像是蚁狮的成虫蚁蛉，但后翅明显宽大，头上的一对触角又细又长，且两只黑亮的复眼显出了几许凶悍——这就是草蛉。

生在农村的人对这种飞虫可谓司空见惯，因为夏天的夜晚随便就能撞上，但多数人叫不出它们的真名字。记得乡人叫它们为"青蛉子"，因为身体的颜色是青绿的，而"蛉子"则是对瘦小飞虫的统称，便有了"青蛉子"的名号。在我看来，这名字确实很贴切。

"青蛉子"长翅膀，善飞行，明显是成虫。那么，幼虫又是什么？产的卵又是什么样？农家人虽然在日常生活可能都见过，但往往不能把它们有机联系起来，因而对"青蛉子"一生的"四态"变化只能一知半解。

记得少年时一次锄玉米，休息时随手抓到一只"青蛉子"，问跟前的老叔它吃什么。老叔很随意地告诉我："它喝露水。"

但事实证明"青蛉子"爱与花朵亲吻，证明它们在吮吸花蜜；更有趣的是它们还爱与腻虫亲吻。腻虫就是蚜虫，乡人叫"腻虫"——因为身上总是油腻腻的，还能拉出蚂蚁爱吃的"蜜露"，故称为"腻虫"。

一次，看到一只"青蛉子"趴在一片"腻虫"上，原以为它在吸蜜露，可仔细一看，它不但吸蜜露，还把拉蜜露的"腻虫"一只一只吃掉吸干了。我觉得

"青蛉子"实在有些贪婪。

▲ 草蛉卵

▲ 草蛉卵

许多年以后，读了有关蚜虫天敌方面的书籍，才知道吃蚜虫的"青蛉子"原来叫"草蛉"，是蚜虫的天敌，主要以捕食蚜虫为生。

由此还知道，草蛉的卵叫"优昙华"，非常怪异，黄白色，如椭圆的米粒，但仅有大米粒的三分之一，且由一根闪亮的细丝长柄支撑着立在空中。这在所有昆虫卵中绝对是独树一帜。

"优昙华"本为佛教之花，意思是灵瑞之花、空起之花，日本人将草蛉卵称为"优昙华"——也就是空中短暂开放的高贵花朵。

少年时也曾多次在树叶上看到过这种怪异情景：一根、两根或许多根细丝集中在一起微微倾斜直立着，约有2厘米高，每根丝的顶端都托举着一个椭圆的小颗粒；微风吹过，细丝微动，颗粒轻摇，但根底却牢牢黏固在树叶上。

这到底是什么东西呢？曾认为是树叶长出的一种发霉的微型菌类，但树叶绿绿的，并没有霉烂的痕迹；也曾猜测是蜘蛛放出的细丝，但细丝顶端为什么又有小颗粒呢？用手指捏一捏那小颗粒，里面居然有些液状物质……这种疑问和困惑直到许多年以后才得以明了，才知道它们是草蛉产下的卵。

草蛉为什么要采取这种奇特的产卵方式呢？分明是为了保护自己的卵。让卵经细丝托举着悬挂在两厘米高的空中，那些在叶子上寻食的天敌就难以发现它们，即使是善爬的蚂蚁也无法顺着细丝爬上去。这应是草蛉在生存竞争中进化出的独门绝技。

那么,"优昙华"孵化出的草蛉幼虫又是什么样子?

盛夏七月,正是槐花盛开的季节。楼东两株龙爪槐正开着一簇一簇白色的小花。走近观看,除了花枝上爬满一层密密的黑色槐蚜,还看到了槐花上长出的一根根奇妙"优昙华"。我顿时被吸引住了。看来,龙爪槐上已成为草蛉繁衍与狩猎的战场。我竭力在槐花上寻找,却没有见到草蛉的幼虫,看来它们还没有孵化出来。

▲ 草蛉产卵

于是,一连几日连续到龙爪槐旁细细观察,居然看到"优昙华"遭遇了厄运。一只胡蜂飞到槐花上,除了吸食槐蚜屁股上的"蜜露",还把"优昙华"一口一口吃掉!看来,"优昙华"空中自保的绝技,在凶悍、狡猾的胡蜂面前失去了作用。

我不忍看到"优昙华"继续被吃掉,便把手中的折扇快速收拢,然后看准胡蜂猛然击打过去。胡蜂被打翻在草丛中,几经挣扎才晃晃悠悠飞走了。

两天过去了,三天过去了,槐花上的"优昙华"继续在微风中轻轻摇动。

到了第四天,当太阳升起来,仿佛是奖励我的虔诚,"优昙华"上的颗粒突然发生了突变:黄白的外壳不经意间裂开一道缝隙,紧接着,一只浑身带着毛刺的小虫子从壳里一点点挣脱——天哪,是草蛉幼虫孵化了!我顿时惊喜异常。紧接着一只又一只带着毛刺的小虫子魔术般地先后从卵壳中脱颖而出。出壳的小虫先抱着卵壳静静休息,待身体硬朗之后,便顺着卵壳上的细丝慢慢爬到了槐花上——一个崭新的生命历程开始了。

刚出生的毛刺小虫很快显出了凶残的本性:毫不犹豫地用头前的一对弯曲的大颚夹住一只蚜虫。蚜虫伸着细腿挣扎了一番,就慢慢不动了,一会儿便被吸食一空……

▲ 草蛉幼虫捕食蚜虫

真是令人激动的一刻！槐花枝上有数不清的蚜虫，已将一簇簇槐花吸食得瘦弱憔悴；草蛉幼虫的出现，使蚜虫们终于有了克星。

龙爪槐随后成了我观察草蛉成长的天然基地。

这天黄昏，一只绿色的草蛉成虫落在了槐花上。我屏住呼吸一动不动，生怕惊动它。只见它梳理一下长长的触角，横一横身子，然后将腹部末端弯到一枚槐花上用力一点，接着抬起腹部上拉，一根晶莹的丝线便从腹部扯了出来；待丝线达到约两厘米时，它停住腹部用力挤压，一枚椭圆浅白的卵粒便立在了丝线顶端——啊，草蛉是在产卵！它用力收缩腹部末端与卵粒脱离，继而再次将腹部弯向槐花……目睹了草蛉产卵的全过程，才晓得最初的腹端弯曲是为了寻找和固定"优昙华"的丝线支点，继而腹部的上翘是为了拉出丝线的距离和空间，最后腹尾的收缩是为了排出丝顶的卵粒……整个过程真是充满了艰难和情趣。

草蛉幼虫叫"蚜狮"，以善于捕食蚜虫而得名。它们与"蚁狮"的性情很相近。"蚁狮"就是专门猎捕蚂蚁的"倒退儿"。

"蚁狮"和"蚜狮"头前都有一对向内弯曲的尖利大颚，夹住猎物后都会向猎物体内注入一种麻醉消化液；待猎物昏迷后，再通过中空的大颚，将溶解了的猎物内脏、肉汁一点点吸食干净。只不过"蚁狮"的幼虫是生活在沙土里，而"蚜狮"的幼虫则生活在蚜虫聚集的植物枝叶上。

"蚜狮"幼虫头大尾细，身体微扁瘦长，褐黄色或黑褐色，浑身带有许多毛刺，与瓢虫的幼虫很相似。它们有一个特别的嗜好，就是吸完猎物的肉汁后，还会把猎物的空壳用大颚向后一挑扔在自己的背上。由于"蚜狮"后背长有许多毛刺，能分泌黏性物质，所以扔上去的物体会被黏住或挡住。这便出现了"蚜狮"背负众多杂物快速行走的有趣画面。

柳宗元在《蝜蝂传》中说:"蝜蝂者,善负小虫也。行遇物,辄持取,卬其首负之。"

柳宗元这里所说的"蝜蝂"行为与"蚜狮"的行为十分相似;所以,"蚜狮"很可能就是柳宗元所说的"蝜蝂"。

那么,"蚜狮"为什么要在背上积攒蚜虫空壳和杂物呢?原来,这也是一种自我保护的伪装行为。背上有蓬乱的杂物作为掩盖,原本暴露的身体便被遮住,自然就减少了被天敌捕食的机会。海底的一种小蟹不就是将海草粘在身上迷惑天敌的吗?由此看,

▲ 草蛉幼虫的伪装

"蚜狮"算得上是昆虫界因地制宜、废物利用的伪装高手。

据统计,一只"蚜狮"一天可捕食百十只蚜虫;整个幼虫期大约可吃掉上千只蚜虫!

有关资料介绍说:草蛉属于完全变态昆虫,一生中要经过卵、幼虫、蛹和成虫四种不同阶段,一年可以繁殖数代。草蛉主要在幼虫期和成虫期捕食蚜虫,尤其是幼虫期捕食量最大。幼虫孵化后,经过大约10天的生长,历经3次蜕皮,变成老熟的幼虫。这时,它们停止捕食,会寻找植物叶子的背面、树皮下、枝杈间或缝隙处由尾部抽丝做成茧,然后在茧内化蛹。蛹期有长有短,若是夏秋蛹,经过十来天就能羽化为成虫;若是越冬蛹,则要经过整个冬天至来年春天才能羽化。羽化后的成虫开始寻找配偶,一生中只交配1次,但可以多次产卵,产卵量可达数百粒之多。

生物学家通过调查发现,我国共有草蛉近百种,其中一部分为以采食花蜜为主的植食类草蛉,但大部分为以捕食蚜虫为主的食肉类草蛉。这些食肉类草蛉,除了能消灭各种蚜虫,还会捕食粉虱、红蜘蛛等害虫,甚至许多害虫的卵也是它

们喜欢的食物。由此看，草蛉无愧是抑制和消灭农业害虫的重要功臣。

正因为如此，开展草蛉人工繁殖和饲养，将人工饲养的草蛉释放到田间去消灭害虫已成为一种切实可行的生物防治手段。

可以预计，在未来大力提倡生物防治的现代农业大潮中，神奇的草蛉必将会发挥更为出色的作用。

42 "蚜狮"奇爱

▲ 草蛉

科普链接：

　　草蛉属于节肢动物门、昆虫纲、脉翅目、草蛉科肉食性昆虫，体长约10毫米，绿色。复眼有金色闪光；翅阔，柔软透明，常飞翔于草木间；在树叶或其他平滑光洁面产卵；卵黄白色，有丝状长柄，称"优昙华"。幼虫纺锤状，主要捕食蚜虫，故称"蚜狮"。全世界已知有86属共1350种，中国约有15属近百种，分布于南北各地。近年来，人工饲养、繁殖草蛉以防治棉铃虫、蚜虫等农业害虫已获得成功。

蝜蝂辨析

▲ 猎蝽伪装

本来不晓得蝜蝂是何物，只是读了柳宗元的寓言《蝜蝂传》，才开始对这小虫子好奇起来。

《蝜蝂传》中说："蝜蝂者，善负小虫也。行遇物，辄持取，卬其首负之。背愈重，虽困剧不止也。其背甚涩，物积因不散，卒踬仆不能起。人或怜之，为去其负。苟能行，又持取如故。又好上高，极其力不已，至坠地死。今世之嗜取者，遇货不避，以厚其室，不知为己累也，唯恐其不积。及其怠而踬也，黜弃之，迁徙之，亦以病矣。苟能起，又不艾。日思高其位，大其禄，而贪取滋甚，以近于危坠，观前之死亡不知戒。虽其形魁然大者也，其名人也，而智则小虫也。亦足哀夫！"

文章短小精到，寓意深刻，用蝜蝂的"持取"无度，影射世人的贪得无厌；

用蝜蝂的"坠地死"，警告世人物欲无度没有好下场。

寓意明摆着，我倒是对蝜蝂感了兴趣。从柳宗元描写的情景看，我认定蝜蝂是儿时常戏弄的一种小虫。于是，便去翻阅《现代汉语词典》《辞海》《辞源》以求根据。

《现代汉语词典》说："蝜蝂，寓言中说的好负重物的小虫（见唐柳宗元作的《蝜蝂传》）。"《辞海》说："蝜蝂，小虫名。柳宗元《蝜蝂传》：'蝜蝂者，善负小虫也。'"《辞源》说："蝜蝂，虫名。唐柳宗元《柳先生集》十七《蝜蝂传》：'蝜蝂者，善负小虫也，行遇物，辄持取，卬其首负之。背愈重，虽困剧不止也。'"

以上三种工具书，对"蝜蝂"的解释大同小异，皆出自于柳宗元的《蝜蝂传》。至于现实中是否真有蝜蝂，几种工具书就没有科学定论了。

然而，我知道，蝜蝂却是真真切切存在的，只是名字不同，非乡下人不能认识它们。

小时候，常听见乡人说一些戏谑的俚语。见人遇物贪心便会说他："活像蚂蚁的舅舅——概搂儿！""概搂儿"为何物？就是柳宗元所说的"蝜蝂"。

暑假的一天下午，随大人们到地里去除草。休息时大家在梨树下纳凉，我突然发现了一只奇特的小虫。黑褐色，6足，身体扁而长，匍匐在地上，体宽如柳叶，长约1厘米，爬行并不迅速。小虫边爬边觅，背上负有一蓬杂物，什么草籽、碎蝉翼……但最多的是蚂蚁的尸体。我立即生出了极大好奇心，就问旁边的二叔这小虫叫啥。

二叔斜看一眼说："叫啥？这是蚂蚁的舅舅'概搂儿'！"

"为什么是蚂蚁的舅舅？为什么叫概搂儿？"我仍然缠住二叔问。二叔点着小虫的后背说："不明摆着嘛，它为蚂蚁收尸呢！不沾亲带故能干吗？"原来如此。二叔又去侃山了，我便和"概搂儿"逗在了一起。

用草根拨它背上的杂物，居然黏稠得不易脱落。我连续用力拨，杂物终于被拨了下来。"概搂儿"慌了，匆匆逃遁几步，竟又回转身来，将落物一一捡起。我顿时惊异于它捡物的功夫了，用头前的尖吻向前一戳，先将物体托举起来，再灵动地向后一甩，那物体就落在了扁平的后背上，极像施工时用的装载机。"概搂儿"的后背能分泌一层黏物，东西落在上面即被粘住，所以，才能聚起蓬蓬的一团。由于"概搂儿"取物十分广泛，人们才给它取了"概搂儿"的名称。至于它是否和蚂蚁有什么亲缘，那只是乡人的臆想。

"概搂儿"为什么会收集蚂蚁的尸体？是为自己准备吃食吗？我曾多次寻找"概搂儿"的家，想看看它是如何卸去背上黏物的，但终未找到机会。然而，我确信，"概搂儿"既然能把食物甩到背上背回去，就一定有卸去食物的办法。读了《蝜蝂传》，又有了亲眼看到"概搂儿"捡拾东西的实践，我断定乡人们所说的"概搂儿"，就是柳宗元所说的"蝜蝂"。

查阅《北京方言词典》，对"概搂"的注释为：1.搜罗。如什么破的、烂的他都往家概搂。2.收拾、归置。如你把要带的东西概搂概搂，别丢三拉四的。3.乱吃。如他总往嘴里胡概搂。4.指设法拿到，占为己有。如全让他概搂走了。

方言词典举了四个义项，但其中也没有"概搂儿"作为"蝜蝂"的注释。如此看，文人、学者编纂辞书、字典，只与书本打交道是远远不够的，还须走向生活，走向实践，走向自然，并认真考证，才会对概念作科学的解释。

从字典、辞书上看，"蝜蝂"这种昆虫似乎是柳宗元杜撰的，但比柳宗元《蝜蝂传》更早的辞书《尔雅·释虫》词条中，已对"蝜蝂"有了记载。

根据"好负重"这一特点，联系少年时所见的"概搂儿"，再查阅有关昆虫的图片和资料，我觉得"蝜蝂"似乎是草蛉的幼虫。因为草蛉的幼虫也有把碎物、蚜虫等扔到背上驮着爬行的习性。

草蛉为昆虫纲、有翅亚纲、脉翅目、草蛉科昆虫，身体细长，约有10毫米，绿色，复眼有金色闪光。翅阔，透明，常飞翔于草木间，在树叶上或其他平滑的表面产卵。幼虫纺锤状，在树叶间捕食蚜虫，故称"蚜狮"。

草蛉为完全变态昆虫，一生中有卵、幼虫、蛹和成虫四种不同的形态。草蛉的卵在昆虫中比较特殊，除少数种类以外，大部分的卵都会带有一条长长的丝柄，丝柄基部固定在植物的枝条、叶片或树皮上面，而卵则高悬于丝柄的顶端，因此便可较容易躲避其他昆虫的侵扰。雌性的草蛉成虫很聪明，它们会选择蚜虫密集的地方产卵，因为幼虫一旦孵化出来，就能立即在附近捕食蚜虫。

草蛉的幼虫捕食蚜虫时十分凶猛，它们虽然没有翅膀，不能随意飞翔，但却可不停地在植物上爬行，到处寻找蚜虫。"蚜狮"们捕食的主要武器是头前方的上下颚。发现目标后，它们会张开上下颚将目标紧紧咬住并注射毒液。由于上下颚生有能注射毒液的细沟，这些毒液注入蚜虫体内后，蚜虫身体的组织就会被溶解，而溶解的液体又马上会被"蚜狮"吸到肚子里。这样，每头"蚜狮"一天可以吃掉百十只蚜虫。当吸光蚜虫的体液后，"蚜狮"还会把吸空的害虫空壳背在背上继续行走。

"蚜狮"这一习性，与"蝤蛴"的负重特性十分吻合。

然而，后来又看到了这样一则资料，使原来的判断又有了疑惑。2007年，辽宁两位中学教师曾发现了一只怪虫，背上竟背着草叶和米粒等碎物。这只怪虫被其中一位教师饲养在家中的花盆里。这位教师说，怪虫经常在爬行时往背上放吃剩下的食物或者沙粒。有时候背上的东西太重，两只后腿就向后搂着背上的东西一摇一晃爬行。怪虫的口器与蜜蜂很相似，捕食速度极快，碰到蚂蚁时，两只前足会迅速将其捉住，口器闪电般刺出，不到一秒钟蚂蚁就毙命了。

南开大学昆虫学研究所的专家曾为这只昆虫做了一份鉴定，认为该虫属于昆虫纲、半翅目、猎蝽科中的一类昆虫。

猎蝽科昆虫在世界上有4000多种，中国约有300种，主要分布在北京、辽宁、山西、河北、河南、山东等我国北方地区。

猎蝽科昆虫主要捕食陆生蝽类昆虫，所以又称为猎蝽或刺蝽。它们多为褐色或黑色，也有少数为红色，外观像蚊虫的模样，尖利的喙像钢针一样可以扎进猎物的身体，使其麻醉并迅速毙命。

它们栖息在树洞、石缝、树皮、石块下，爱在地表爬行，昼间活动，且背部能分泌黏液，用以粘捕猎物或进行伪装，常以蚂蚁的尸体黏附背上而遮掩其本来面目，中国古代人又称之为"储蝈"。

通过对上述资料的综合分析和比较，我觉得"蝤蛴"的真实身份基本可以确定下来了——"蝤蛴"即是"储蝈"，应是猎蝽科中以捕食蚂蚁为主的一类。

至于草蛉的幼虫，似乎缺乏猎杀蚂蚁的本领，但就其能够背负杂物的特点来看，又与"蝤蛴"十分相似，所以也不能完全排除"蝤蛴"是草蛉幼虫的可能。

寄生蜂的绝技

▲ 寄生蜂——土蜂

一个人随着知识和经验的增加，对相关事物的认识也会变得相对深刻——比如对寄生蜂。

童年时并不知道"寄生蜂"这一名词。即使见到蜂儿捕捉了青虫、毛虫，也以为它们是为了填饱肚子，因为曾多次见到马蜂把尺蠖等肉虫狼吞虎咽吃掉的情景。

后来，读了法布尔的书，看了中央电视台纪录频道有关寄生蜂的专题片，对寄生蜂的认识才比较深刻起来。原来蜂儿的捕食狩猎与寄生狩猎是两种截然不同的行为。

捕食狩猎是为了自己"吃"或直接喂养幼虫；寄生狩猎通过狩猎俘获寄主，并在寄主身上产下卵，使寄主成为卵孵化后幼虫的食物。

1

夏日，几位同仁去北台实践基地避暑小住。闲暇时独自沿着小路漫步上山，突然被路旁杏树下一个大蛛网吸引住了。那网倏然震动起来，分明有猎物撞上了蛛网——我知道围捕的战斗要开始了。

急忙赶过去站在蛛网旁边观战。却没有看到蜘蛛喷洒蛛丝网捕猎物的情景，而是看到一只蓝亮修长的姬蜂与一只带着西瓜纹大肚子的蜘蛛头尾相对抱在了一起……

姬蜂也俗称"细腰蜂"，胸部、腹部瘦长，6条腿修长，或为黑褐色，或呈油亮的蓝色，行动抖擞迅疾，尾部刺针纤细绵长，出击时伸缩疾速、神出鬼没。

看来不是细腰蜂撞上了蛛网，而是它偷袭了蜘蛛。但这样抱在一起对细腰蜂十分不利，若被蜘蛛的螯牙咬上一口它很可能就会成为蜘蛛的大餐。细腰蜂似乎很明白这一点，用长长的两条后腿用力蹬住蜘蛛的头胸部，使蜘蛛的螯牙无法咬到自己，同时伸出尾部的长刺，闪电般地"嗖嗖嗖"寻找着不同角度猛刺，终于刺进了蜘蛛腿部柔嫩的缝隙……

▲ 姬蜂猎捕蜘蛛

被注入毒液的蜘蛛慢慢停止了挣扎。细腰蜂稍事休息了一会儿，小心翼翼抓住大肚子蜘蛛奋力起飞，然后晃晃悠悠飞离了蛛网。

但蜘蛛太重了，飞行数米后细腰蜂不得不落在了山路旁的一块石头上。它改变了策略，不再负重起飞，而是用咀嚼式大牙叼住蜘蛛后腹的尾部凸起，举着蜘蛛爬行起来。

我悄悄跟踪着细腰蜂，看它会爬到哪里去。

细腰蜂跟跟跄跄钻过了一个荆蒿丛，翻越了一片2米多宽的草地；其间，蜘蛛两次被荆枝、草秆刮掉，细腰蜂都快速把它叼起来。前面是一块荒芜的土地，细腰蜂来到这里突然停住了。只见它放下蜘蛛，停在一处黄土裸露的地表，然后在一处看上去较松软的地方用前腿飞快地刨起来，身后飞扬起一片沙尘。转瞬间一个洞口出现了——原来，这是一个细腰蜂早就打好的地洞，只不过是把洞口暂时掩埋起来。

细腰蜂回身叼住昏迷的蜘蛛倒退着往洞里拉，但蜘蛛肚子太大了，试了几次都拉不进去。细腰蜂不得不退出来放下蜘蛛重新扩大洞穴。经过一番努力，大肚子蜘蛛终于被拽入了洞穴深处。

数分钟以后，细腰蜂钻出来了。它迅速封闭好洞口，然后刷一刷翅膀上的灰尘，心满意足地飞走了。

细腰蜂在洞内干了什么，我自然无法看到，但从法布尔的记述和看过的纪录片里已得知洞中发生的事情。细腰蜂的螫针如同医院手术的麻醉针，会选择蜘蛛关键的神经节刺入，注入很少的毒液便可使蜘蛛瘫痪。昏迷的蜘蛛伤而不死。细腰蜂会在猎物的胸部或腹部隐蔽处产下一枚蜂卵，然后封闭洞口再去选择下一个目标。两三天后，孵化出的细腰蜂幼虫会慢慢吸食昏迷蜘蛛的体液，先食用肌体不重要的部分，吃完蜘蛛肌体的一半蜘蛛甚至还活着。当蜘蛛被吃尽的时候，细腰蜂的幼虫已经长成并开始作茧化蛹。

这种生存繁衍的寄生绝技，不仅为细腰蜂后代的成长创造了条件，而且被人类运用到农林虫害的防治中。

2

紧靠办公桌北面是两扇推拉窗。由于平时只推拉左边的内窗，右扇外窗基本不动，故右窗左侧的铝合金轨道一直空置着。

秋凉了，这一天清理推拉窗轨道上的落叶，却发现外窗空置的轨道槽里有一坨长约10厘米，宽五六厘米，厚约1厘米的黄土。用手一摸，外表光滑平整，并非黄土，而是由坚硬、干燥的黄泥筑成。右手用力去抠，黄泥硬邦邦的很光滑，丝毫也不动。

从以往经验看，这不是飘落的黄土，而是用黄泥专门筑成的什么东西。可到底是谁堆砌的呢？我一下子想到了土蜂。在童年的记忆里，土蜂就是用黄泥筑巢的，我曾多次敲碎并刺探过这种土蜂巢。

眼下的土坨很可能就是土蜂的杰作。

办公桌抽屉里正好有一把刮腻子的扁铲，便找出来用力从土坨底部铲了过去。土坨被铲开，破成了两块，果然如我所料是土蜂幼虫的巢。每块土坨中均有三个椭圆的巢穴，每个巢穴里都躺着一个黄白的、胖胖的、足有1厘米长的土蜂幼虫。

土坨外表坚硬平滑，封闭得严严实实，土蜂幼虫肯定是在巢穴建好前以卵的形式入住其中的。土蜂成虫不可能进入巢内给幼虫喂食，那么它们是凭什么长大、长胖的呢？查看了巢穴中的残余物，分明有蛴螬皮囊的碎屑。由此可以断定，土蜂是刺昏了蛴螬后将其带回，先在其体内产下一枚卵，然后将昏迷的蛴螬封闭在巢穴里。

也就是说，当土蜂卵孵化后，幼虫便以昏迷的蛴螬为食，并一点点长成；待到幼虫老熟，蛴螬的尸体也吃完了。于是，幼虫开始作茧化蛹，待来年春天蛹化为新蜂后再咬破巢穴飞出来。

然而，仍有许多环节让人困惑不解：比如，土蜂巢外表光滑细密，很难有足够的空气进入，土蜂幼虫难道不会窒息吗？又如，土蜂巢外表非常坚硬而结实，蛹化后的新蜂是怎么破巢而出的呢？

仔细查看土蜂巢发现，蜂巢底部与窗子轨道接触的平面上有一些微小的孔隙，分明是土蜂筑巢时故意留下的，可能正是这些孔隙保证了空气进入，使幼虫和蛴螬得以呼吸。

那么，蛹化后的新蜂又是如何突破坚硬结实的泥土壁垒，飞离巢穴并获得新生的呢？

我曾观察过蚕蛾钻出坚韧蚕茧的过程。蛹化后的蚕蛾，先向头部上方的茧头部位吐出一些消化酶，这些消化酶能够快速将茧头的蚕丝溶解出一个小洞。蚕蛾趁机从小洞钻出并不断挤大孔洞，最终挣脱了蚕茧的束缚。

所以，蛹化后的新土蜂一定有一套突破泥土巢穴的本领。或许是用液体腐蚀巢壁脱颖而出；或许是等待春天的雨水淋湿巢穴乘机破壁新生……总之，一定会有点石成金的奇招妙法；否则，就不会有今天的种族繁衍和昌盛。

此外，还有一种寄生土蜂，它们并不是捉住蛴螬后将其带回产卵后再封闭在巢里，而是直接追入蛴螬巢穴将其用针刺麻痹，然后在蛴螬体内产卵并就地封闭。如此一来，蛴螬的巢就变成了自己的墓地和新生土蜂的出生地。

3

寄生蜂种类繁多，颜色不同，仅姬蜂科就有近 40000 种。

寄生蜂的寄生形式可分为外寄生和内寄生。外寄生就是把卵产在寄主的体表，内寄生就是把卵产在寄主的体内，均是由雌蜂来完成。

一般情况下，一个寄主只会寄生一个幼虫，但有时也会寄生多个幼虫。

若寄主缺乏保护，寄生蜂会选择把卵产在寄主体内，那是为了减少外界对卵的伤害；若寄主生活在隐蔽处（如树木孔道）或结好的茧子内，寄生蜂则会把卵产在寄主体外，因为卵也会受到较好保护。

此外，寄生蜂还会根据自身体形大小和嗜好，有针对性地去选择适合自己的寄主。

著名的赤眼蜂因眼睛为红色而得名。由于它们个头太小，便选择了松毛虫、玉米螟、甘蔗螟的卵作为寄主，它们把卵产在寄主卵内，而孵化后的幼虫便以寄主卵的营养作为食物。而大一些的寄生蜂则会钻入树的虫洞内搜寻天牛等幼虫。一旦发现天牛幼虫，它们便会迅速用尾部刺针将卵产在天牛幼虫体内，孵化出的幼虫便会以天牛幼虫为食，直到吃得天牛幼虫只剩下一层外皮。

但大部分寄生蜂喜欢将鳞翅目幼虫作为寄主。鳞翅目幼虫数量众多，且多为肉虫。一旦发现这些肉虫，寄生蜂们就会突然落到它们头部，用长针在其脑部注入麻醉液，然后把肉虫"抱回"洞穴让它们成为后代的食物。

《诗经·小雅·小宛》篇中曾有"螟蛉有子，蜾蠃负之"的诗句。螟蛉即指鳞翅目昆虫的幼虫；蜾蠃指的就是各种寄生蜂。由于古人经常看到蜾蠃捕捉螟蛉幼虫后带回巢中，便认为是蜾蠃抱走螟蛉的幼虫去做义子了。由于认识的错误，古人才有了"螟蛉有子，蜾蠃负之"的说法。而实际情况是，蜾蠃带走螟蛉幼虫根本不是去作为义子，而是把它们作为自己卵的寄主，让其成为蜾蠃幼虫的食物。

尽管古人认识有误，但毕竟发现了"蜾蠃负之"的现象。到公元 502 年南朝梁代，著名医学家陶弘景在其《名医别录》中便揭开了"蜾蠃负之"的奥秘：说蜾蠃种类繁多，且有雌雄之分，能捕捉许多昆虫的幼虫来喂养自家幼虫。

神秘的寄生蜂用它们复杂多变的寄生绝技，为大自然的生态平衡发挥着自己应有的作用；许多寄生蜂——如姬蜂、金小蜂、赤眼蜂已成为人类防治农林虫害的出色卫士。

科普链接：

寄生蜂为昆虫纲、膜翅目、细腰亚目昆虫，是靠寄生成长的昆虫，主要有金小蜂科、姬蜂科、小茧科等。它们寄生的对象有鳞翅目、鞘翅目等昆虫，还有蜘蛛，从卵到幼虫、成虫等各阶段均可被寄生，是从植食性蜂类进化到筑巢性蜂类期间的一群肉食性蜂类。其寄生方式主要有外寄生和内寄生两大类。前者是指把卵产在寄主体表，让孵化的幼虫从体表取食寄主体液；后者是把卵产在寄主体内，让孵化的幼虫取食寄主体内的组织。

蝼蛄拾趣

▲ 蝼蛄

蝼蛄,家乡人叫"蝲蝲蛄",属于节肢动物门、昆虫纲、直翅目、螽斯亚目、蟋蟀总科、蝼蛄科昆虫,有大有小,小的体长两三厘米,大的能到四五厘米,绝大部分时间生活在地下,是危害庄稼根茎的重要害虫。据资料介绍,全世界蝼蛄约有50种,而我国有5种。京郊地区常见的蝼蛄是华北蝼蛄。

为什么叫"蝼蛄"呢?

明代大医药学家李时珍说,《周礼注》云:蝼,臭也。此虫气臭,故得蝼名。蝼蛄穴土而居,有短翅四足。雄者善鸣而飞,雌者腹大羽小,不善飞翔。

蝼蛄实际有6条腿,李时珍说蝼蛄有4足,是指胸部一对中足和长在胸腹接合部的那对后腿,除去了最前面的那对变异铲形足。

蝼蛄善于掘地,前端粗壮的铲形足末端变扁变宽,并进化出4个尖利的钯齿,犹如鼹鼠的前爪,非常适于在地下挖洞、掘进、生活。

蝼蛄的身体为茶褐色,腹部为灰黄色,两头尖的身体非常有趣。头部很小,长着一对触角,一对小眼睛,还有咀嚼式牙齿;胸部很大,呈圆滚的筒状,且外面包着一层坚硬的"铠甲";筒状腹部较长,占身体的二分之一,甚至超过了头胸部;胸背甲后长着一短一长两对翅膀,前翅较短,仅到腹部中央,后翅较长,超过了整个腹部,为透明的膜质,平时折叠成长而尖的尾状……加上那对有力结实的铲形足和后面两对带着尖刺的腿,给人一种威武、健壮的感觉。

蝼蛄能飞但不善飞,爬行速度也不太快,可善于挖洞钻营,稍一愣神,它们就会钻进土中或缝隙里,想抓住它们不那么容易。

抓蝼蛄时最好手脚并用,发现踪迹立即出击,或用脚踩,或用手扣,抓住后立即用手指捏住胸背甲后部,使它们的"铲子"和带刺的腿无法发挥威慑和伤害作用。

蝼蛄的身体很有韧性。记得有一次锄地,地里突然蹿出了一只蝼蛄,便伸手去扣。就在要捏住蝼蛄脊背的一刹那,它突然翻过身来对我的手指又抓又咬。情急之下,另一只手上去抓住蝼蛄就扯,居然用了一定力量才把它的头胸与腹部扯断!

扯断的腹部明显凸出一根白色针状物。二叔指着说:"看看,这是朱元璋赐的'圪针','蝲蝲蛄'的身子就是朱元璋用圪针给接起来的……"

跟着,二叔就讲起了"蝲蝲蛄"救驾的传说:

有一天,朱元璋被元兵追赶,跑到一个正在耕地的老农前面。四周一片平地,根本无处躲藏,朱元璋急忙向老农求救。老农灵机一动,便让老牛迅速深翻出一个犁沟,叫朱元璋躺在沟中,在上面盖上一层浮土。元兵追到此处,果然没有发现,便继续向前追赶。朱元璋躺在土中憋得不行,突然有一只蝼蛄在他鼻孔附近挖了个小洞,他这才喘过气来。官兵走远以后,老农帮助朱元璋从土中爬出来。

朱元璋出来后,发现了那只曾在他脸上爬过的蝼蛄,心里很恼火,嘴里说:"作死的蝼蛄,爷爷遭难,你还爬到脸上相欺……"说罢,抓住蝼蛄将它拦腰扯断。老农见了立即责怪说:"你这人真是恩将仇报,没这蝼蛄挖个气孔救了你性命,你还不被憋死吗?"朱元璋听了后悔不已。看着身首异处的蝼蛄,顺手从一棵酸枣树上掰下一根长针，把蝼蛄的头和身体插在一起，然后跪地祷告说："蝼蛄神虫，救我性命；误伤于你，恳请谅行；祈求上天，赐福重生。"果然神奇，那只蝼蛄真的爬起来活了。接着，朱元璋封赐它可食五谷根茎，蝼蛄便冲朱元璋和老农拜了拜，然后钻入土中。

据说，从那以后，蝼蛄的胸腹接合部就有了这样一根"硬刺"连接，庄稼的根茎也任由蝼蛄啃食了。

这则传说很有想象力，既为蝼蛄断腹的"硬刺"找到了形成依据，也为蝼蛄啃食庄稼根茎找到了"天赐"理由。我猜测，分明是人们对蝼蛄危害无可奈何的一种精神自慰吧？

后来才知道，"蝼蛄救主"的传说有多个版本，有讲刘邦的，有讲朱元璋的，内容大同小异，二叔讲的是其中一个。

蝼蛄是有古老记载的鸣虫。《逸周书·时讯解》中说："立夏之日，蝼蝈鸣。又五日，蚯蚓出。又五日，王瓜生。"是说蝼蛄立夏之后便进入鸣叫繁殖季节。而《古诗十九首》的《凛凛岁云暮》一诗写："凛凛岁云暮，蝼蛄夕鸣悲。"是说深秋时节蝼蛄仍在悲鸣。这表明自立夏开始至深秋，蝼蛄的鸣叫一直在持续。

但鸣叫的蝼蛄都是雄虫，靠翅膀镜室振动摩擦发出声音，这与蝈蝈、蟋蟀一样。由于前翅较短，后翅尖长，翅上的发音镜很不完善，仅以翅上的对角线脉和斜脉为界，形成一个长三角形镜室，所以蝼蛄发出的声音较为单调，多为重复不停歇的"咕噜噜噜噜噜噜"之声或有间断的"咕噜噜噜噜噜噜"之声，给人一种莫名其妙的忧伤之感。

蝼蛄主要在晚间活动。立夏以后，雄蝼蛄用翅膀镜室摩擦"唱"出响亮的情歌，招呼和吸引雌蝼蛄前来幽会。雌蝼蛄如果被这种情歌所打动，便会姗姗地爬到雄蝼蛄身旁与之结为秦晋之好。

由于危害庄稼，乡人们自然讨厌蝼蛄：发现了成虫就直接消灭，听到蝼蛄的叫声就会想到庄稼被害的情景，与蝼蛄的战斗也始终在延续。于是，乡人间就生发了这样的俗语："听'蝲蝲蛄'叫，还不种地了？"意思是不惧危害，照常行事，该干什么就干什么，不被干扰所阻碍。

20世纪六七十年代，生产队曾利用"趋光性"在夜间的田地里悬挂黑光灯诱捕蝼蛄成虫。

黑光灯能发出一种人眼看不见的紫外线光，具有很强的诱虫作用。由于昆虫的复眼对这种紫外线非常敏感，强烈的趋光性使许多害虫纷至沓来，或触电死亡，或落在灯下的水盆中被毒液杀死。利用黑光灯诱杀害虫，效率高，没污染，深受乡人欢迎。可惜分田到户后各家只顾个人田，就再没有人使用这种方法。

据说，昆虫学家还发明了用录音机先将雄蝼蛄的情歌录下来，然后于晚间在田地中播放的诱捕方法，并招引得许多雌蝼蛄纷纷奔向录音机而被抓获，成为送上门的中药材。但昆虫学家们发现，如把北京蝼蛄的情歌磁带带到河南播放，却无法得到当地雌蝼蛄的青睐——原来蝼蛄也有"方言"上的差异与隔阂呢！

蝼蛄是一种不完全变态昆虫。

变态，是昆虫生长发育过程中的重要现象。根据发育过程中是否有蛹期，绝大多数昆虫被分为完全变态与不完全变态两大类。

完全变态昆虫一生要经历卵、幼虫、蛹和成虫4个阶段，幼虫与成虫在外观上有较大的差别。比如毛虫结茧化蛹后最终会羽化为成虫蝴蝶，蛴螬结茧化蛹后最终会羽化为成虫金龟子。蜜蜂、蚂蚁、苍蝇、蚊子、蝴蝶、蛾子及各种甲虫都是完全变态昆虫。

不完全变态昆虫最显著的特点就是没有蛹期，一生只经历卵、幼虫和成虫3个阶段。幼虫与成虫形态相似，只是身体较小，生殖器官尚未发育，翅膀尚未长成，经过数次蜕皮就能长为成虫。蝗虫、蜻蜓、蟋蟀、蝼蛄等都属于不完全变态昆虫。

蝼蛄一生的大部分时间在地下生活，吃新播下的种子，啃食农作物的根部和嫩茎，使农作物根系损伤，与土壤分离，致使农作物失水而死。各种谷物、蔬菜、树苗乃至其他植物的根茎，都是它们取食的对象。尤其对农作物的幼苗危害更大，常常使整株的幼苗枯萎死亡，其危害程度甚至超过蛴螬和小地老虎等地下害虫。

它们潜行于土中，啃食庄稼的根系，在地下10多厘米的深处挖掘出多条"隧道"，除了正向前进，还能倒退疾走，因而能在地下隧道网中行动自如。

蝼蛄们还是游泳的高手，抓住后若扔到水里，它们会摇头摆尾移动着身子，划动着宽大的一对铲形足,俨然一个游泳健将。此外,它们身上仿佛有一层防水的油脂,能帮助它们轻易浮在水中。

雌蝼蛄在土中挖穴产卵,一窝卵可达数十粒。小蝼蛄孵化以后,雌蝼蛄会担负起哺育的职责,直到第一次蜕皮后小蝼蛄才开始独立生活。

记得20世纪六七十年代在村里整大寨田,多次在深翻土壤时发现成窝的小蝼蛄,密密麻麻让人震惊,最终点燃一抱荒草把它们烧死。

雌蝼蛄有很强的护子意识。若有食肉的蜈蚣、蝎子想打劫幼虫,雌蝼蛄甚至会冲上去与其拼死大战。

记得一个初夏,为生产队夜间浇麦地,马灯挂在一棵杏树的枝上。突然听到树下一块石头附近发出了"沙沙"的响声。以为有蛇或刺猬通过,便小心翼翼摘下马灯晃着去看——原来是一只蝎子正与一只蝼蛄滚在了一起!蝎子试图用前螯夹住蝼蛄的铲形足,并用弯曲过来的尾巴将毒针一次次刺向蝼蛄的脊背,但都被那浑圆背甲挡了回来。蝼蛄的铲形足似乎更加有力,推挡击打着蝎子的双螯,让它无法接近和固定自己。连续几个回合的大战后,蝎子大约感到很难制服对手,便绕了两个圈子,悻悻离开了。

第二天早晨,翻开树下的石头一看,一窝小蝼蛄就躲在石头下的巢穴里——那只大蝼蛄仍守在洞口保护着自己的孩子!这次例外,我和同伴竟放过了蝼蛄母子。

到了冬天,蝼蛄会挖出两三尺的深洞躲避严寒。记得冬季整地时挖出的蝼蛄,都是头朝下方、蜷缩不动的,它们已进入短暂的冬眠期。

蝼蛄是一味很好的中药,赤脚医生说有利尿、消肿、解毒的功能,能治疗水肿、淋病及跌打损伤、脓肿疮毒等病症。

乡人们抓到蝼蛄会晒干卖到公社收购站。但蝼蛄很机警,在野外抓捕很不容易。当你循声悄悄接近,哪怕有一点微微声响,它们也会停止鸣唱,让你失去探寻目标;况且,即使明确了方位,跟踪挖掘时它们十有八九也会顺利逃掉。而用"黑光灯"诱捕,则是我见到的最有效的办法。

如今,随着化肥、农药的大量使用,野生蝼蛄的数量已急剧减少。听说,为了获得必要的蝼蛄药用资源,人们不得不去人工饲养了。

科普链接：

蝼蛄，俗名耕狗、拉拉蛄、扒扒狗、土狗子，东北称为地蝲蛄，为昆虫纲、直翅目、蟋蟀总科、蝼蛄科地下昆虫。触角短于体长，身体梭形，前足为特殊的开掘足，有尾须。雌性有产卵器，雄性覆翅具发声结构。背部呈茶褐色，腹部一般呈灰黄色，根据其生存年限的不同，颜色稍有深浅变化。

▲ 蝼蛄

生活在泥土中，昼伏夜出，吃农作物嫩茎。2～3年一代，成虫和若虫在土内筑洞越冬，掘洞可深达1米至数米。全世界已知约50种。中国已知5种，分别为华北蝼蛄、东方蝼蛄、金秀蝼蛄、河南蝼蛄和台湾蝼蛄。

贪婪蚧虫

▲ 君子兰蚧虫

蚧虫，又叫介壳虫，乡人称其为"树虱子"。为什么叫"树虱子"呢？因为它们会像人身上的虱子一样叮住树木枝叶一处，将刺吸式口器插入，然后不停地吸呀吸，即使把身体撑得鼓胀如豆也不罢休！一些树虱子从孵化为若虫到长大为成虫，几乎没有变换过叮咬的地方。

1

  蚧虫实施的是一种"阵地战"，发现以后不会逃跑；所以，只要措施得力，就地消灭不成问题。

  但蚧虫为什么又屡治不绝呢？原因就在于它们繁殖力惊人，隐蔽性、欺骗性太强，悄无声息地生长，且有一层坚固的介壳做保护，用药物很难毒杀；于是，就有了年年暴发、繁衍不绝的资本。

  蚧虫的雄虫羽化后有翅能飞，可以随时寻找雌虫交尾。而雌虫即使长到成虫也没有翅膀，且爬行能力严重退化，连移动都很困难，只能等雄虫找上门来繁殖。但雌虫绝不消极等待，尚有一种繁殖的绝活，那就是孤雌生殖——也就是说不用与雄虫交配自己也能产卵。这一本领与蚜虫的模式基本一样。由此看，大凡低级的、处在食物链底端的昆虫，均可能用"孤雌繁殖"的策略来应对种族数量减少或被消灭的危机。

  蚧虫的隐蔽性和欺骗性主要体现在三个方面。一是体色迷惑。蚧虫体色大多会与寄主树皮的颜色十分相近，粗看根本发现不了。二是静止不动。蚧虫刚孵化时在嫩叶嫩枝上活动，之后便会叮入一处树皮不再移动——因为移动的物体容易被关注，而不移动则难以被发现。三是潜滋暗长。蚧虫叮入树皮固定后，身体一点点变大，这种悄然渐变很容易让人麻痹。

再就是它们自身分泌的笼罩身体的那层蜡质保护壳，很厚、很硬、很结实，不但防水，而且防毒杀，一般的杀虫剂根本奈何不了它们。

卓绝的繁衍技巧，一系列隐身、欺骗和自我保护伎俩，才使得看似愚笨的蚧虫能够从容生存下来。

2

在京郊地区，人们最常见的蚧虫是草履蚧、桃球坚蚧和柿绵蚧。

草履蚧是乡人们所说的椿树虱。

草履蚧的幼虫和雌虫主要吸食香椿树、杨树、柳树等树木的汁液。由于枝条营养被吸食，上面的芽叶无法生长，因而枝条会逐渐枯萎，最终危及整株树木。

草履蚧的卵产在树根附近的墙缝或石缝中。初春，随着气温升高，越冬卵开始孵化，幼虫们纷纷爬到附近树木的嫩枝、嫩叶上吸食树汁。它们叮住一处，一只挨一只拥挤着，会将整根嫩枝团团包围，密得连树皮都看不见了。

那几年，岳母家院子里的香椿树接连暴发了香椿虱。按常理，每到四月中旬，香椿树就会长出紫红色的嫩芽。而那年到了四月下旬小香椿树的顶部还没有动静。岳母走近这些小树一看，原来芽苞周围叮满了土褐色的香椿虱！

这些身体扁平椭圆的"吸血鬼"，和香椿树皮几乎一个颜色，不仔细辨认根本看不出来。它们伏在嫩皮上，将针状的吻刺进去吸呀吸，怪不得小树长不出嫩芽了呢！

岳母气恼地攥住小树干从下向上用力一捋，椿虱变成的白绿色液体将树干都浸湿了！

双休日去岳母家，我和孩子们也戴上手套加入了灭虱大战。

五一长假树虱依然在泛滥，但它们已到了产卵季节。岳母家突然飞进了许多比蚊子略大的黑翅小虫。小黑虫究竟是什么虫子?沿着房子墙壁仔细观察,居然看到小黑虫正在与一只没有翅膀、身子鼓胀的椿树虱交配。我恍然明白了,这长着黑翅的小虫原来是香椿虱的雄虫,而雌虫是没有翅膀的。之后,果然发现,雌虫交配后会不吃不动,整个身子会化作卵块而静静死去。沿着院子围墙上下寻找,墙缝里、石头下、树皮裂缝中,雌虫卵块几乎随处可见,难怪香椿虱会绵延不绝呢!

消灭香椿虱还可采用阻隔法或诱杀法。香椿虱孵化上树前,在香椿树主干上刮去15厘米宽的一圈老皮后用黄泥抹平,然后绕树缠上10厘米宽的一圈光滑的胶带,阻止幼虫上树。这样,每隔两三天就会发现有许多香椿虱幼虫被阻隔在胶带下,届时便可将它们踩死或用开水烫死。5月或入秋是香椿虱的产卵季节。可在树干周围挖一圈半径一米、深十几厘米的浅槽,槽里放进树叶、杂草以诱集成虫产卵,然后将树叶、杂草一并烧掉杀死里面的大量虫卵。

在京郊地区,对果树危害最严重的蚧虫要数桃球坚蚧,也就是乡人所说的桃树虱。

当桃树幼芽萌动后,桃树虱也开始出洞了。刚孵化的幼虫为橘红色,有足,会爬行,变为若虫后便开始定位取食。它们的体表分泌有一层白色蜡壳,常几个或几十个群聚在一起,形如一粒粒紫色的小豆豆。到四五月份,幼虫长大蜕皮变为成虫。成虫成长迅速,体表球形蜡壳也变为鲜明的红褐色。这时候,雌虫会分泌一种透明的黏液招引雄虫来交尾。交尾后,雌虫的球壳会变硬并转为暗紫色。它们在球壳下产卵,边产卵身体也随之变小变瘪,直至死亡。这时候,雌虫的球壳变成了不折不扣的卵囊,里面可包裹2000多粒虫卵!简直就是一台造卵的机器。之后,这些卵孵化为幼虫开始迅速扩散,先危害

▲ 桃球坚蚧

叶背，然后爬到枝条上固定吸食树汁，最后以若虫形式越过冬天……

桃树虱危害的主要对象是桃树、杏树、李树等李科果树。

上小学时，由于没有农药，发生树虱灾害后，村里会安排小学校组织学生去灭树虱。两个人合包一棵桃树，每个人持一根小木棍或小木板，从树干到树枝仔细寻找，发现树虱子就用小棍一一碾杀。

介壳很硬，碾杀需用力，"咯吧、咯吧……"响声不断，黄紫色的虱血常常把树皮都浸湿了。这也是桃树虱被称为"球坚蚧"的原因。

▲ 桃球坚蚧成虫

京郊常见的蚧虫还有柿绵蚧，是危害柿树的一种白色树虱子。

柿绵蚧吸食柿树枝叶、果实的汁液，使嫩枝干枯，叶片皱缩，果实软化、萎缩、早落，是柿树的主要害虫。

柿树虱幼虫披一层白色蜡粉，在树皮裂缝及干柿蒂上越冬；待第二年柿树长出新叶时开始出蛰，一年中会繁殖四代。前两代以危害叶子和新梢为主，后两代主要危害柿果。

刚出蛰的幼虫善爬行，吸食嫩芽、新梢的汁液，蜕皮以后开始固定取食。这时候，它们会固定在柿蒂和果实表面，分泌一层白色的蜡被将自己包裹起来，然后在里面大吃大喝，直至长大后分化为雌雄两性交尾繁殖。

受到危害的嫩枝，轻则形成黑斑，重则干枯死掉；受到危害的叶片，则会长成畸形或提早衰落；而受到危害的柿果，会提早脱落，或变为黄果、红果、软果而坠落；即使没有脱落，受害部位也会变黑、凹陷、破裂甚至木栓化，严重影响柿子的产量和品质。

3

蚧虫是世界上数量庞大的昆虫群体，其种类可达数千种以上。

这些蚧虫绝大多数是农林果业的害虫，人类一直与其进行着长期不懈的拉锯战。

但也有例外，我国特有的白蜡蚧就是一种造福人类的有益昆虫。

白蜡蚧也叫白蜡虫，能够分泌生产生白蜡，而白蜡是工业、医药和日常生活用品的宝贵原料之一。

中央电视台科教频道曾播放过《白蜡传奇》这部纪录片。片中详细介绍了白蜡虫寄生于白蜡树以及生长、分泌蜡质、繁衍生息的全过程。

白蜡虫雌虫无翅，呈球形，体长三四毫米，一生经历卵、若虫、成虫等三个阶段，属不完全变态；而雄虫有翅，体长2毫米，发育过程要经过卵、幼虫、蛹、成虫等四个阶段，属完全变态。

白蜡虫比蚜虫大不了多少，也是靠刺吸式口器插入白蜡树枝叶来汲取养分。白蜡虫的特点是：幼虫期能从尾部管状或圆盘状分泌腺分泌一种白色的蜡丝。也就是说，白蜡丝是白蜡虫幼虫新陈代谢的产物，是它们的排泄物。而这种白蜡丝恰恰是我们所需要的宝贵白蜡的原料。

初春，蜡农们将孵化后的白蜡虫放到白蜡树上饲养。白蜡虫聚集在白蜡树上不断成长，树枝上很快会出现一片片白色的斑块——那就是宝贵的"蜡花"。一旦白蜡虫长到成虫期就不会再分泌白蜡。这时候，蜡农们采摘"蜡花"的时刻就到了。

蜡花采摘之后，立即送至熬蜡房及时用开水熬制，漂亮优质的白蜡便被提取出来！

据史料记载，我国饲养白蜡虫的历史已有1000多年。在没有化工石蜡的古代，先人们用饲养白蜡虫的方法获取珍贵的白蜡，进而制造出照明蜡烛，实在是一项了不起的发明，是对人类发展的重大贡献！

白蜡虫因能为我们提供宝贵白蜡而被称为益虫。它们和桑蚕一样成为人们喜爱并饲养的有益经济昆虫。

由于蚧虫繁殖力强,又有介壳防护,控制起来十分困难。为减少蚧虫对农林果业的危害,除了人工防治,还可以利用蚧虫的天敌来消灭它们。

据介绍,大红瓢虫、澳洲瓢虫、红点唇瓢虫、金黄蚜小蜂、软蚧蚜小蜂等都是蚧虫的天敌。这些天敌,有的直接猎食蚧虫,有的在蚧虫身上产卵使其成为幼虫的食物……

如果能将人工防治蚧虫与利用天敌紧密结合起来,就一定能开创一条科学防治蚧虫的高效之路。

> **科普链接:**
>
> 蚧虫,又名介壳虫,因体外有蜡质介壳得名,为昆虫纲、同翅目、蚧总科、蚧壳虫种昆虫,是柑橘树、柚子树、桃树、李树、杏树等果树的重要害虫。雄性有一对柔翅,足和触角发达,能飞;雌虫无翅,足和触角退化。幼虫和雌虫一经孵化便终生寄居在枝条、叶片或果实上,用刺吸式口器不停吸取果树的养料,造成枝梢枯萎、叶片发黄、树势衰退,且易诱发煤污病。介壳虫的卵通常埋在蜡丝块里、雌虫身体或介壳下面。每一种介壳虫都有特定的宿主,主要危害树木的根、皮、叶、枝、果实。京郊地区主要介壳虫有危害桃树、苹果树、李子树、柿子树等果树的草履蚧、桃球坚蚧、柿绵蚧等。

树胶与天牛

▲ 桃树分泌树胶自我防卫

在家乡众多的果树中，桃树和杏树有一种特殊性能，就是能分泌一种黄褐色、半透明的胶体。那胶体初时软软的，颜色、性状与熬制的肉冻很相似。一两天后就渐渐变得晶亮坚硬，如同黄褐色的琥珀。乡人称其为桃胶和杏胶。

桃胶和杏胶黏性很好。在物资匮乏的艰难岁月，我们常去桃树和杏树的主干上寻找桃胶或杏胶，因为胶主要生在主干上。胶采回来之后，放进小铁锅里加水在火炉上慢慢熬，一直熬成黏黏的胶水状，然后装进墨水瓶以备上学使用。

除了孩子们采集熬胶，大人们也采胶，主要是为了熬制以后顶替糨糊。

但时间一长，这种自制的胶水容易发臭。于是，就尝试着加进一些盐，果然除去了臭气，又延长了使用时间。

一场大雨之后，是桃胶、杏胶在树干上大量生成的时机。一缕缕、一簇簇从树皮裂缝或孔洞中浸出来，就像变魔术一般。

为什么雨后胶体会大量浸出呢？我猜想，一定是雨后树木养分旺盛、汁液充足，才浸出了这黏黏的胶体。可为什么浸出的不是汁液？况且，只有桃树、杏树才能浸出这种东西呢。

经过多年的观察发现，桃树也好，杏树也罢，凡浸出胶体的地方，一定会有伤口，因为胶体是从伤口上浸出的。我由此明白了树木浸出胶体的本能，一定是为了保护和尽快愈合树皮上的伤口。至于为什么阴雨后树胶会增多，那是因为雨后树木无论是养分还是水分，都变得比较充裕，所以，树木们就有了更多资源来加强自身伤口的防护。

其实，大多数树木受伤后，都会用分泌自身汁液的方式来进行自我防护。我们经常会看到，杨树树干裂开了，裂口中会慢慢流出黄黑色的液体；榆树受到伤害，会从伤口流出黄褐色的液体。

正是因了这一现象，人们才故意在橡胶树干上割去一缕绿树皮，促使乳白的胶液不断从伤口浸出，从而收获宝贵的天然橡胶；在油松树干上斜割掉一块块树皮，促使金黄色的松树汁液慢慢渗出，从而收获宝贵的松香。

由此可知，桃树和杏树的自我防护只不过特殊一些，它们是把汁液变成了可凝固的胶体，就像橡胶树和油松树一样。

树木用分泌汁液的办法来保护自己可以说是多种多样。夹竹桃叶子中含有剧毒，如果不慎嚼食了它们的叶子，就会有致命的危险。热带雨林中的见血封喉树毒性更大，如不小心把它们的汁液弄到皮肤上，皮肤就会溃烂，弄到眼睛里眼睛就会失明，渗入人和动物的血液就会立即中毒死亡。

2000年，北京周边的杨树上的舞毒蛾曾肆虐一时，后来在没有人工防治的情况下，不少舞毒蛾竟然纷纷挂在树枝上死去。为什么呢？专业人员解剖了这些舞毒蛾后发现，它们的肠胃已经被溶化。原来，是杨树体内产生了毒素，这才使舞毒蛾大难临头。看来，植物在危难关头，还能迅速自我合成化学武器来对付敌人呢！

每一种树木，几乎都有自己特定的天敌。通过一代代与天敌的斗争，树木们也相应进化出了对付天敌的一整套防卫机制。

在危害桃树、杏树的害虫中，除了吃叶子的毛毛虫，最重要的是天牛幼虫。

天牛是天牛科昆虫的总称，两条分节的长触角，常常超过整个身体，全世界约有20000种。天牛的成虫多为黑色，身上披挂的甲壳双翅带有闪亮的金属光泽，常危害林区、园林和果园的树木。

天牛对树木的危害主要在幼虫阶段。天牛卵孵化成幼虫以后，初龄的幼虫即蛀入树皮。它们最初在树皮下取食，待慢慢长大后，便钻入木质部危害树木。这时的幼虫胖胖的，身体呈前粗后细的圆筒状，浑身淡黄色或白色。它们可以把身体前端扩展成圆圆的头形，因而得名为"圆头钻木虫"。它们的上颚十分强壮，能把树木坚硬的木质部蛀食成"隧道"，并在树内生活 2 年以上。

天牛幼虫蛀食树木时一定要有通往树皮外的"隧道"和开口，唯此才能把自己的排泄物和蛀食过程中产生的碎屑不断从"隧道"和开口处向外推出。

待幼虫长大老熟以后，它们会在靠近树皮的"隧道"中筑成一个较宽敞的蛹室，用吐出的丝和木屑堵塞两端，并在其中蜕化成蛹，最后羽化为天牛成虫经"隧道"开口爬出。

对天牛幼虫这种深入骨髓般的危害，许多树木都缺乏有效的自我防御手段。我家西屋前那棵直径已半尺多的国槐，因为在丈余高的地方生了天牛，受到蛀食的那段树干竟然不断膨起变粗，最终在一场大风中轰然折断了。当我把折断的树干拉到面前仔细看，里面已千疮百孔，十几条白胖胖的天牛幼虫就藏在木质部的一孔孔"隧道"之中。

类似的灾害在榆树上、柳树上、桑树上经常可以见到。

但我发现，桃树与杏树的树胶居然能对天牛的幼虫实施"窒息封堵"。

那一次，我在草坪中一棵茂盛的碧桃树干上发现了天牛幼虫"作案"的痕迹——碧桃树下出现了一小堆浅黄色的类似锯末一样的"虫子屎"。我顿时感到情况不妙，以我的经验判断，这是天牛幼虫留下的明显痕迹，眼前的碧桃恐怕要遭殃了。

然而，几天以后再去看这棵碧桃，树下的"虫子屎"并没有增加，树干上被蛀出的几处伤孔，竟然被黄褐色的桃树胶密密实实封堵起来，且十分坚硬。

一场大雨之后，桃树胶浸出得更多，连"虫子屎"也没了痕迹。

我恍然大悟，当初入侵树干的天牛幼虫，一定是被黏稠的桃树胶密密封堵在隧道中。无法推出排泄物，没有了可移动的空间，隔断了外界的空气，天牛幼虫只能窒息而死了。

由此可知，黏稠的树胶是桃树、杏树自我保护、防止害虫入侵的有力武器，不仅可以抚平伤口，还能有力地去窒息消灭敌人，与人类的自身免疫系统十分相似。

可也有例外，同样是碧桃树，同样遭遇了天牛幼虫侵袭，但结果却是大相径庭。

一棵位于公交车站旁的碧桃树，遇到天牛幼虫的肆虐蛀食，树干上孔洞累累，黄褐色"虫子屎"落在树根周围形成了一堆堆明显的锥形体。我感到十分诧异：这棵碧桃为什么没有用树胶去封闭天牛打出的"隧道"呢？

我仔细观察以后发现，树干南侧的几个孔洞已经被黄褐色的树胶所封闭，只有北侧和西侧的孔洞赤裸裸暴露着。地上成堆的"虫子屎"就是从那里推出来的。

为什么树干北侧和西侧没能分泌树胶呢？由上而下查看了整株碧桃，我找到了答案。碧桃北侧和西侧的枝条有三分之二已经干枯，主干上的树皮也多半脱落，如此半死不活的羸弱之身，哪里还有能力和精力去分泌树胶、自我保护呢？所以，只能任由天牛幼虫恣意妄为了。

看来，树木的自我防卫机制与自身体质紧密相关。身体健壮，自我防卫能力就强；身体垮了，防卫机能便会随之下降甚至完全消失。

▲ 桃树无力分泌树胶防卫的结果

星彩瓢虫

▲ 瓢虫

瓢虫，是孩子们最容易看到和抓到的小昆虫。从春至秋，在野外几乎都能见到，甚至在冬日朝阳的屋檐、窗户上都能看到它们的身影。

1

瓢虫是昆虫大家族中"多星多彩"的一族：不但有红、黑、黄、浅黄、橘黄、黄褐等多种颜色，还带有二星、四星、六星、七星、九星、十星、十一星、十二星、十三星、十四星、二十八星等多种"将星"，此外还有不带"星"的大红、红环、纵条、显盾等其他种类，称得上是一个华丽多彩的大族群。

资料介绍说，全世界瓢虫科甲虫共分为瓢虫亚科、小艳瓢虫亚科、盔唇瓢虫亚科、小毛瓢虫亚科、食植瓢虫亚科、刻眼瓢虫亚科、隐胫瓢虫亚科7个亚科，亚科下又分为近500属,共有5000多种。中国记录的则有近400种。

瓢虫因有椭圆形的龟背突起,身体形状犹如农家舀水用的水瓢而得名"瓢虫"。而农家人却叫它们为"红娘子""花大姐""臭龟子"。

叫它们"红娘子",是因为瓢虫里红色居多;叫它们"花大姐",是因为它们的龟背上多带着不同的星点;叫它们"臭龟子",是因为被抓以后它们会从脚关节分泌出一种难闻的黄褐色液体,让你闻之生厌而不得不丢弃。

瓢虫还有一招逃避敌手的绝活。一旦被捉,它们就会瞬间缩起6条短腿,仰面朝天做假死状,让敌人弃之或放松警惕。而它们,则会趁机起飞逃之夭夭。

瓢虫的体长不足1厘米,呈半球状,6条腿和1对触角都很短小,整体上显得局促而精致。1对鼓起来的外翅如晶亮的盾甲覆盖着身体,外翅下有1对膜质的内翅,能展开飞翔,飞起来像是生了翅膀的甲壳虫小汽车。那对坚硬的鞘翅是瓢虫自卫的盾牌,一般昆虫很难对其造成伤害。

▲ 瓢虫幼虫

瓢虫是昆虫中的游侠，不筑巢穴，四海为家，走到哪儿哪儿就是家。植物的叶片、枝干，建筑物的石缝、墙缝、屋檐、窗下都会成为它们躲避风雨、抵御寒冷的临时场所。

瓢虫的一生要经历卵、幼虫、蛹、成虫4个阶段，属完全变态昆虫。它们的生命周期较为短暂，京郊地区每年会发生3～4代，每代为七八十天。也就是说，从卵中孵化到幼虫长大蛹化为成虫，大约需要一个月时间，而成虫则可以继续存活50多天。

在田野农村，春夏秋三季很容易同时看到瓢虫的卵、幼虫或成虫。

瓢虫幼虫很丑陋，瘦长多节，身体柔软，善于爬行，没有成虫装备的盔甲，但长着坚硬的鬃毛，是自我防护的武器；尤其是头前一对强有力的下颚，就像一把钳子，能轻易刺穿小虫的身体并将其捕获。

幼虫的整个生长过程要蜕4～6次皮，每次蜕皮后身体都会长大一圈，直到长成老熟幼虫才开始作茧化蛹。

化蛹之后，瓢虫身体会发生令人惊异的变化。整个身体构造被重新组合、调整、发育，而破蛹羽化时则变成了与幼虫面目不同的真正瓢虫。但这时的瓢虫还十分脆弱，身体柔软娇嫩，背甲尚未坚硬；它们必须尽快吸取氧气，接受阳光照射，使体色逐渐加深，外壳迅速变硬，星点或斑纹也随之显露出来。几个小时之后，瓢虫终于变成了身披铠甲、星光闪耀的威武"将军"！

从食性看，瓢虫主要分两大类：一类为肉食性，一类为植食性。

肉食性瓢虫主要猎捕蚜虫、蚧虫、壁虱、叶螨和其他小虫——瓢虫中的绝大多数种类都属于这一类。例如，二星瓢虫、六星瓢虫、七星瓢虫、十二星瓢虫、十三星瓢虫、赤星瓢虫、大红瓢虫等都是以食蚜为主的肉食性瓢虫。它们是农林果业的保护者，是我们欢迎的益虫，而七星瓢虫则是食蚜瓢虫的杰出代表。

植食性瓢虫主要以植物、农作物为食，茄科、菊科、豆科、葫芦科、禾本科、葡萄科等植物都可能成为它们危害的对象。植食性瓢虫种类较少，只占瓢虫家族的六分之一，但危害性却很大。

区别肉食性和植食性瓢虫除了看它们吃什么，还可以通过外表光亮度进行分辨。不用管瓢虫的颜色和星点多少，凡鞘翅表面光亮细腻者便属于肉食性瓢虫，凡鞘翅晦涩并长有密密麻麻的细绒毛的就是植食性瓢虫。

为观察瓢虫吃蚜虫的过程，我曾捉了两只七星瓢虫放到一个大号四方玻璃罐头瓶中饲养。

开始，我为它们准备的是槐蚜。折来一穗叮满黑色槐蚜的槐米放进瓶里供瓢虫去捕食。两只瓢虫围着槐米穗上下爬动，并没有立即扑向蚜虫大快朵颐。过了半天时间，才看到它们偶尔抓住一只蚜虫咀嚼起来。一天以后，槐米穗渐渐枯萎，上面的蚜虫纷纷四散爬到瓶壁上，有的甚至爬到了瓢虫嘴边或瓢虫身上，可瓢虫却没有捕捉的欲望。

看到瓢虫这种迟钝的样子很让人纳闷，都说七星瓢虫是吃蚜虫的能手，怎么在这里就不灵了呢？我感到有些沮丧。

枯萎的槐米穗、四散的蚜虫，还有点点分泌物，瓶子里变得很肮脏。我只得请出两只瓢虫，将瓶子重新清洗了一遍。

是瓢虫不喜欢槐蚜吗？这一次，我找了一枝生满蚜虫的花椒芽放进瓶里看瓢虫的表现。

果然，七星瓢虫明显冲动起来：它们很快爬到花椒芽上，扑上去各咬住一只蚜虫大嚼起来。吃完一只以后，

▲ 瓢虫幼虫吃蚜虫

接着抓捕第二只、第三只……花椒芽上的蚜虫仿佛感受到了威胁，变得惴惴不安、蠢蠢欲动。

我盯住一只瓢虫计数，它居然连吃了9只蚜虫才停下来，用前腿抹抹大牙，现出很满意的样子。看来瓢虫是讨厌槐蚜的。

怎样保证花椒芽持续新鲜呢？我找了一个小瓶灌上水，然后将花椒芽插进去。这样一来花椒芽能不断吸收水分，嫩叶可以在两三天内保持新鲜。蚜虫有了新鲜的食物，而瓢虫也就有了新鲜的猎场。

由此可知，瓢虫也是挑食的。槐蚜因为以苦涩的槐树汁液为食，所以体色黑，味道差，瓢虫并不爱吃；而花椒芽上的蚜虫则非常适合瓢虫的口味。

这也是七月槐花开时花穗上虽长满黑色的蚜虫，却很少看见有瓢虫去捕食的重要原因吧？

而食蚜的草蛉却很喜欢在槐花穗上捕食蚜虫，并将其作为产卵繁殖的基地呢！

瓢虫繁殖力极强。以七星瓢虫为例，1只雌虫一生产卵可达500～4000粒不等，数量相当惊人。

七星瓢虫产卵，多选择蚜虫众多的植物枝叶上，为的是幼虫一孵化便能就地捕食蚜虫以资成长。它们下颚强壮，就像一把钳子，扑上去可轻易咬穿蚜虫的身体。

孵化后的幼虫，每天在枝叶间爬来爬去寻找蚜虫。随着身体成长，幼虫胃口越来越大，除了蚜虫，一些身体柔软、体形较小的蚧虫、叶螨都可能成为它们的捕猎对象。

经过一个月成长，4次脱皮，幼虫开始作茧化蛹；蛹经过6～12天嬗变，最终羽化为七星瓢虫。

变为成虫以后，七星瓢虫获得了更大自由，它们四处飞翔寻找蚜虫，每天可捕食蚜虫100多只。

据统计，在七星瓢虫从幼虫到成虫的近80天生命周期中，可捕食近万只蚜虫！这真是个让人惊叹的数字，不愧是保护农林果业的卓越功臣。

瓢虫是蚜虫的天敌。近些年,人们尝试着将大量人工养殖的瓢虫放飞到蚜虫、蚧虫泛滥区去控制消灭害虫。这种生物防治的手段效果明显,科学环保,越来越受到人们的重视和欢迎。

3

肉食性瓢虫对农林果业的贡献有目共睹,而植食性瓢虫对农林果业的破坏也不可小觑。

京郊地区常见的有害植食性瓢虫主要为十星瓢虫、十一星瓢虫和二十八星瓢虫。尤其是二十八星瓢虫,严重危害茄子和土豆等茄科植物,常会把茄子、土豆枝叶吃得千疮百孔、惨不忍睹。

二十八星瓢虫体长7毫米左右,黄褐色背甲上有28个黑点,分大小两种。一种吃土豆的叶子,身体和黑点略大,称大二十八星瓢虫;一种吃茄子的叶子,身体和黑点稍小,叫小二十八星瓢虫。

那年,我在小区附近的西坟村租了40平方米的一块田园种一些有机蔬菜,其中栽了十几棵茄子。

入夏以后,茄秧长得很壮,茄子一个接一个,紫色的茄花已经开到了"四方斗"。可就在这时,厚实紫绿的茄叶上却出现了许多小洞和叶肉被啃食后留下的透明叶脉网纹。凭经验,我知道茄子长二十八星瓢虫了!

二十八星瓢虫夏日繁殖极快,食量很大,能够在几天之内把茄叶吃得只剩下叶柄。若不采取果断措施,茄

▲ 瓢虫与杠柳

子肯定会"全军覆没"。

为十几棵茄子买农药、借喷雾器实在不值;再说,喷洒农药后就不是有机蔬菜了。我决定采取最原始的人工防治法,一个叶一个叶翻找查看,发现二十八星瓢虫就用手指捏烂。

▲ 二十八星瓢虫

贪吃的二十八星瓢虫多隐蔽在叶子背面。翻看叶背,既可看到成堆的黄色颗粒虫卵,又会看到小刺猬状的软体幼虫,还能看到正在啃食叶片或产卵的成虫。我的原则是,不管是虫卵、幼虫还是成虫,一律捏死不留。茄叶和手指上沾满了黄色的、带着浓浓异味的虫血……

于烈日下翻找杀灭瓢虫确实辛苦,汗水浸到了眼里,流到了脖子里……好在茄秧数量不多,经过一个多小时的奋战,茄叶上肆虐的二十八星瓢虫被我扫荡一空。

随后的日子,我又先后进行了几次全面复查,顽固的二十八星瓢虫终于被我打败了。

茄秧重新长出了紫绿色的嫩叶,开出了浅紫色小花,结出了众多光亮黑紫的秋茄子。

而临近几家的茄子地,由于没有采取有效防治措施,夏末秋初茄秧就干枯了。

暑往寒来,深秋到了。瓢虫们如何过冬呢?

在田野里,大部分瓢虫是以成虫形态过冬的。越冬之前,它们或者聚集到石缝中、树洞里和树缝中,汇成数百只、上千只的群体,抱团度过寒冷的冬天;或者钻入树根下的泥土里隐蔽起来,待第二年春季再破土而出。

有时候,成百上千只的瓢虫还会在初冬暖阳的照射下,熙熙攘攘地飞到农家窗纱上或门楣上,试图进入农家屋里以度过寒冷的冬天。

科普链接：

瓢虫为昆虫纲、鞘翅目、瓢虫科甲虫的总称，共分为7个亚科，约500属，共约5000种。中国记录到的近400种。因有圆形龟背突起，形似农家水瓢而得名"瓢

▲ 瓢虫吃蚜虫

虫"。其体色鲜艳，常带红、黑、黄斑点，别称胖小、红娘子、金龟、花大姐等。某些品种的分泌物有异常臭味。其中，大多数瓢虫以猎捕蚜虫、蚧虫、螨虫为主，对农业生产有益；约六分之一的瓢虫种类为植食性瓢虫，主要危害茄科、葫芦科、菊科、豆科、禾本科等植物，如二十八星瓢虫主要危害马铃薯和茄子，是农业上的害虫。